大岡信全軌跡

あとがき集

大岡信ことば館

凡例

『大岡信全軌跡』凡例

『大岡信全軌跡』は、大岡信の全軌跡をまとめる計画の一環として、まずその骨格を『年譜』『書誌』『あとがき集』の三分冊の書籍のかたちで表すものである。

『大岡信全軌跡』は、著書・雑誌・新聞・カタログ・パンフレットといった刊行物のみならず、未発表ノート・手帖などの資料、家族・関係者から提供された情報などをもとにしているが、二〇一三年時点で複数の情報源によって確証が得られたことがらのみを掲載することを基本方針とした。大岡信の全貌を後世にわたって調査・研究し続けていくためのきっかけとして供するに過ぎない。今後、時々刻々調査が進行し、新たな確証が得られたことがらを追加することで、全軌跡はより完備されていくことになる。

『大岡信全軌跡』全三巻の構成は次のとおり。
『年譜』は大岡信の行動と業績をまとめた。二〇一三年時点で判明する限りの事実を網羅した。
『書誌』は大岡信の業績のうち、著書のみ取り上げて書誌を掲載した。「著書」の定義は、『書誌』凡例を参照されたい。
『あとがき集』は、『書誌』で選定した著作のうち「あとがき」の添えられたものを全文掲載した。大岡信の自著に対する考え、初出に関する情報、刊行の背景を窺い知ることができる。

刊行物のタイトルや引用文中などでは原資料の表記を生かし、旧仮名遣いや旧漢字を残した。かつて出版物において人名を本来の表記によらず新字体に改める時期があったため、同一人物であっても時期によって表記の異なる場合がある（ex. 滝口修造など）が、これも原資料のままである。

引用文中に、現代においては差別的用語とされる語句や表現が残っているところがある。作品成立時の時代背景と文学性を考慮に入れてそのまま残した。

『あとがき集』凡例

『書誌』で選定した著作のうち「あとがき」の添えられたものを全文掲載した。

全体にジャンルごと、刊行年昇順にならべた。

のちに新版、文庫が刊行された場合は、刊行年の箇所ではなく、初版に続けて掲載した。

各構成は次のとおり。

書籍タイトル

基本情報　…　［叢書名］　出版社　刊行年　頁　判型　定価

■あとがき■　…　書籍によっては「まえがき」、「ノート」、「新版のためのあとがき」などの場合がある。

目次

『あとがき集』目次は、初版刊行年順。後年刊行された改訂版、文庫は初版に続けて並べている。

太字の書籍にのみ大岡信によるあとがきが掲載されている。そのほかは初版と同じあとがきが入っているか、あとがきそのものがない書籍である。

ジャンル「著作集」は、刊行年順ではなく、巻号順に並べている。

詩

アンドレ・ブルトン集成3［新装版］
アンドレ・ブルトン集成4［新装版］
アントナン・アルトー全集1
プレヴェール詩集 やさしい鳥
世界名詩名訳集［世界文学全集49］
フランシス・ジャム全集 第1巻
タゴール著作集 2 詩集II
ジョン・アッシュベリー詩集

古典・翻訳 62

能・狂言集［カラー版現代語訳 日本の古典16］
和泉式部・西行・定家［日本の古典 現代語訳11］
百人一首［グラフィック版日本の古典 別巻1］
百人一首［講談社文庫］
百人一首［グラフィック版 特選日本の古典 別巻1］
百人一首［ビジュアル版 日本の古典に親しむ2］
鬼と姫君物語 お伽草子
大岡信が語る「お伽草子」［かたりべ草子1］
おとぎ草子 遠いむかしのふしぎな話
おとぎ草子［新版］
小倉百人一首
古今集・新古今集［現代語訳日本の古典3］
古今集・新古今集［学研M文庫］
万葉集ほか［少年少女古典文学館25］
万葉集ほか［21世紀版少年少女古典文学館24］

評論

評論 82

現代詩試論［ユリイカ新書1］
現代詩試論［双書種まく人3］
こうしてつくられる［詩の教室1］
外国の現代詩と詩人［詩の教室3］
詩人の設計図
芸術マイナス1 戦後芸術論
芸術マイナス1 戦後芸術論［再版］
抒情の批判 日本的美意識の構造試論
藝術と傳統
眼・ことば・ヨーロッパ 明日の芸術
超現実と抒情 昭和十年代の詩精神
超現実と抒情 昭和十年代の詩精神［新装版］
文明のなかの詩と芸術
文明のなかの詩と芸術［新装版］
現代芸術の言葉
現代詩人論［角川選書13］
現代詩人論［講談社文芸文庫］
蕩児の家系 日本現代詩の歩み
蕩児の家系 日本現代詩の歩み［新装版］
蕩児の家系 日本現代詩の歩み［復刻新版］
肉眼の思想 現代芸術の意味
肉眼の思想 現代芸術の意味［中公文庫］
紀貫之［日本詩人選7］
紀貫之［ちくま文庫］
言葉の出現
躍動する抽象［現代の美術8］
現代美術に生きる伝統
たちばなの夢 私の古典詩選
私の古典詩選［同時代ライブラリー］
装飾と非装飾

今日も旅ゆく・若山牧水紀行
岡倉天心［朝日評伝選4］
　岡倉天心［朝日選書274］
子規・虚子
昭和詩史
　昭和詩史［新装版］
　昭和詩史［詩の森文庫］
現代文学・地平と内景
詩への架橋
明治・大正・昭和の詩人たち
うたげと孤心　大和歌篇
　うたげと孤心　大和歌篇［同時代ライブラリー］
日本詩歌紀行
にほんご
詩の日本語［日本語の世界11］
　詩の日本語［中公文庫］
現代の詩人たち　上
現代の詩人たち　下
萩原朔太郎［近代日本詩人選10］
　萩原朔太郎［ちくま学芸文庫］
若山牧水　流浪する魂の歌［中公文庫］
現世に謳う夢　日本と西洋の画家たち
　現世に謳う夢　日本と西洋の画家たち
加納光於論
日本詩歌読本
　日本詩歌読本［講談社学術文庫］
短歌・俳句の発見
表現における近代　文学・芸術論集
日本語の豊かな使い手になるために
　日本語の豊かな使い手になるために［講談社＋α文庫］
　日本語の豊かな使い手になるために［新装版］
ミクロコスモス瀧口修造
楸邨・龍太
万葉集［古典を読む21］
　万葉集　古典を読む［同時代ライブラリー］
　万葉集　古典を読む［岩波現代文庫］
抽象絵画への招待
窪田空穂論
詩人・菅原道真　うつしの美学
　詩人・菅原道真　うつしの美学［岩波現代文庫］
連詩の愉しみ
あなたに語る日本文学史　古代・中世篇
あなたに語る日本文学史　近世・近代篇
　あなたに語る日本文学史［新装版］
日本の詩歌　その骨組みと素肌
　日本の詩歌　その骨組みと素肌［岩波現代文庫］
生の昂揚としての美術
詩人と美術家

その他の美術評論

ミロ［世界名画全集　続巻15］
ポロック［現代美術17］
ピカソ　芸術の秘密
クレー［世界の美術24］
ピカソ／レジェ［世界の名画8］
ルソー／デュフィ［世界の美術26］
クレー／カンディンスキー／ミロ［現代世界美術全集10］
エルンスト／ミロ／ダリ［世界美術全集23］
ジョルジュ・ブラック［ファブリ世界名画集54］
ブラック／レジェ／ノルデ／デュビュッフェほか［世界の名画12］

随筆

声でたのしむ　美しい日本の詩　近・現代詩篇　CD
声でたのしむ　美しい日本の詩　和歌・俳句篇　CD
四季歌ごよみ　春［ワインブックス］
四季歌ごよみ　夏［ワインブックス］
四季歌ごよみ　秋［ワインブックス］
四季歌ごよみ　冬［ワインブックス］
四季歌ごよみ　恋［ワインブックス］
名句歌ごよみ　春［角川文庫］
名句歌ごよみ　夏［角川文庫］
名句歌ごよみ　秋［角川文庫］
名句歌ごよみ　冬・新年［角川文庫］
名句歌ごよみ　恋［角川文庫］
私の万葉集㈠
私の万葉集㈡
私の万葉集㈢
私の万葉集㈣
私の万葉集㈤
現代詩の鑑賞101
現代詩の鑑賞101［新装版］
北米万葉集　日系人たちの望郷の歌
百人百句
おーいぽぽんた　声で読む日本の詩歌166
星の林に月の船　声で楽しむ和歌・俳句

著作集

著作集　334

大岡信著作集　第1巻
大岡信著作集　第2巻
大岡信著作集　第3巻
大岡信著作集　第4巻
大岡信著作集　第5巻
大岡信著作集　第6巻
大岡信著作集　第7巻
大岡信著作集　第8巻
大岡信著作集　第9巻
大岡信著作集　第10巻
大岡信著作集　第11巻
大岡信著作集　第12巻
大岡信著作集　第13巻
大岡信著作集　第14巻
大岡信著作集　第15巻
万葉集を読む［日本の古典詩歌1］
古今和歌集の世界［日本の古典詩歌2］
歌謡そして漢詩文［日本の古典詩歌3］
詩歌における文明開化［日本の古典詩歌4］
詩人たちの近代［日本の古典詩歌5］
詩の時代としての戦後［日本の古典詩歌別巻］

著作集（再録詩集）　468

大岡信詩集［現代詩文庫24］
大岡信詩集［五月書房］
新選大岡信詩集［新選現代詩文庫108］
朝の頌歌
誕生祭［現代詩人コレクション］
続・大岡信詩集［現代詩文庫131］
続続・大岡信詩集［現代詩文庫153］
大岡信全詩集
大岡信詩集［自選］

著作集（再録随筆）　470

詩・ことば・人間
詩歌ことはじめ
ことのは草

昆虫記［少年少女世界の文学　別巻2］
語るピカソ
マックス・エルンスト［シュルレアリスムと画家叢書］
マックス・エルンスト［シュルレアリスムと画家叢書　増補新版］
ミロの版画
道化のような芸術家の肖像
みつけたぞぼくのにじ
まっくろけのまよなかネコよおはいり
アラネア
おふろばをそらいろにぬりたいな
木の国の旅
宝石の声なる人に　プリヤンバダ・デーヴィーと岡倉覚三・愛の手紙
宝石の声なる人に　プリヤンバダ・デーヴィーと岡倉覚三・愛の手紙［平凡社ライブラリー］
日本　合わせ鏡の贈り物
昆虫記（上）［世界文学の玉手箱3］
昆虫記（下）［世界文学の玉手箱4］
昆虫記（上）［ジュニア版　世界文学の玉手箱③］
昆虫記（下）［ジュニア版　世界文学の玉手箱④］
ファーブルの昆虫記　上［岩波少年文庫］
ファーブルの昆虫記　下［岩波少年文庫］
サンタクロースの辞典
シュルレアリスムと絵画
小さな強者たち［ファーブル博物記2］

編集・解説

現代詩論大系 4 1960─1964 上
現代詩論大系 5 1960─1964 下
現代詩論大系 4 1960〜1964 上［新装版］
現代詩論大系 5 1960〜1964 下［新装版］
現代詩大系3
言語空間の探検［現代文学の発見13］
昭和詩集二［日本詩人全集34］
窪田章一郎ほか［現代短歌大系5］
世界名詩集　別巻3
言葉と世界［文化の現在1］
中心と周縁［文化の現在4］
美の再定義［文化の現在9］
ことばよ花咲け　愛の詩集
ことばの流星群　明治・大正・昭和の名詩集
五音と七音の詩学［日本語で生きる4］
集成・昭和の詩

※『書誌』『あとがき集』もくじは、初版刊行年順。後年刊行された改訂版、文庫は初版に続けて並べている。

※**太字**の書籍にのみ大岡信によるあとがきが掲載されている。そのほかは初版と同じあとがきが入っているか、あとがきそのものがない書籍である。

※「著作集」は、刊行年順ではなく、巻号順に並べている。

詩集

記憶と現在

書肆ユリイカ　一九五六年　一五五頁　B6判　定価三三〇円

■あとがき■

ここに収めた詩は、数年間の作品から選んだ。一部の作品は、ここに収録するに当つて改作したものがある。すでにユリイカ版『戦後詩人全集』の第一巻に発表した作品もこれに含まれているが、そのあるものにはかなりの修正を加えたところがあり、この詩集をもつて決定的なものにしたいと思う。

詩を書きはじめたのは一九四六年、敗戦の翌年からだつた。ぼくらには長年の友人のようだつた二人の教師、茨木清氏と中村喜夫氏のまわりに親しい友人数名が集つて、『鬼の詞』という雑誌を作つた。焼跡の掘立小屋のような中学校の校舎で、日暮れにガリ版を刷つた。リルケ、日本浪曼派、中村草田男、ドビユツシー、立原道造、そして子供つぽい天文学などが、ぼくらのなかにロマンチツクに変貌しながら住んでいた。あれからもう十年近い。その間、ぼくは多くの友人知己によって精神の形成を助けられた。ぼくがその間に得た表現の貧しさは覆うべくもないが、敗戦から青春を開始したともいえる世代の一人として、ぼくなりに日本語の表現に心をくだいてきたことは事実だ。

すでに詩論集『現代詩試論』でぼくの詩に対する考え方の原型ともいうべきものはある程度明らかにできたと思つている。が、ぼく自身が今一つの転換点に立つているように思う。一言でいえば、ぼくが意識的、無意識的に作つてきたぼく自身の枠を、どのようにして打ち破るべきかということが、ぼくの現在の問題なのだ。この詩集が一つの転機になることをぼくは願つている。

表紙の写真を撮つて下さつた長谷川周子嬢、いつもお世話になりつぱなしのユリイカの伊達さんにお礼申し上げる。

一九五六年七月　　大岡信

大岡信詩集

[綜合詩集]　思潮社　一九六八年　五九三頁　四六判変形　一二〇〇円

■ノート■

「記憶と現在」は一九五六年八月ユリイカから刊行された。「大岡信詩集」(解説・寺田透)は「今日の詩人双書」第7冊として、一九六〇年十二月ユリイカから刊行された。第Ⅰ部は「記憶と現在」から抄出した詩によって成り、第Ⅱ部は「記憶と現在」以後の作品を収める。今度の詩集では、この第Ⅱ部を独立した詩集の形に直し、表題を「転調するラヴ・ソング」とした。

「わが詩と真実」（解説・飯島耕一）は一九六二年十二月思潮社から刊行された。「大岡信詩集」以後の作品の中から、飯島耕一が作品を選び、編集してくれた。

以上三冊が、私の既刊詩集である。

思潮社から綜合詩集をまとめるよう誘いを受けたとき、これまでに書いた詩を洗いざらい収録することに、ためらいを感じた。ひとつには、未刊詩篇の数がかなり多くなっていたため、それらをまず単独の詩集で出したい気持があったからである。しかし、私の物ぐさから、いつになったら自発的に詩集をまとめる気になるかわからない。考えた末に、未刊詩篇をも含めた綜合詩集をひとまず編むことにした。

したがって、既刊詩集以外の本詩集収録作品は、本来なら何冊かの詩集としてそれぞれ独立に刊行されるべきものだったことにかんがみ、これを五つの章に分け、それぞれに表題を付けた。各章の配列や作品の順序は、必ずしも年代を順に追ってはいない。

「方舟」（初期詩篇）の章の作は、「記憶と現在」以前にはじまって、「記憶と現在」収録の作品と年代が重なるものから選んだ。最初期の作品は十六才のころのものだが、それらの中の若干を含む。

以上のほか、放送のために書いたいくつかの作品を収録することをも考えたが、紙幅の関係もあって見合わせた。

著者

透視図法——夏のための

［現代詩叢書2　縮刷普及版］書肆山田　一九七三年　一一二頁　B6判変形　八五〇円

■縮刷普及版のためのあとがき■

本書は一九七二年七月三日刊の『透視図法——夏のための』の縮刷普及版である。

元の版は私の希望で六〇〇部刷ってもらい、ほかに特製本二八部をつくった。それらは半年ほどで品切れとなったが、その後も折々問合せがある。書肆山田の山田耕一氏とは、元の版を刊行したとき、将来普及版を出す可能性について少々話しあったことがある。比較的廉価で、しかも装本も見劣りしないものができるなら、というのが私の希望だった。山田氏もこれに同意してくれた。

　元の版について、ひとつ書いておかねばならないことがある。元の版は、印刷、装本、レイアウトその他、私には満足な出来映えだったが、奥付に刊行年月日が落ちていたのである。山田氏も私もそれに気づかず、年末になって、人からの問合せではじめて気がついた。珍らしい本になったじゃないですか、と私は大いに面白がったが、山田氏はひどく恐縮して、今度の普及版ではぜひあとがきにそのことを書いてくれといわれる。このあとがきを書いたのも、ひとつにはそのためである。ふたたびしるす、『透視図法――夏のための』の初版は一九七二年七月三日の刊行です。

　一九七三年四月　　大岡信

＊一九七二年七月三日刊の元版にはあとがきはない。

透視図法――夏のための

［縮刷普及版　新装版］　書肆山田　一九七七年　一一二頁　B5判変形　二〇〇〇円

■新装版のための覚書（別刷）■

　『透視図法――夏のための』の初版は、書肆山田（当時山田書店）から一九七二年七月三日に刊行された。六〇〇部、ほかに特製本二八部を作った。本のサイズは、縦二四センチ、横一八センチの、やや幅びろの形のもので、表紙や箱の意匠は単純にして簡潔を旨としたものだった。

　初版が品切れになってから、廉価な普及版を出したいとの書肆の希望があり、私もそれに同意して、初版をそのままの形で縮刷したものを、翌一九七三年四月に刊行した。

　この縮刷版が出てのち、私は書肆山田からもう一冊の詩集『遊星の寝返りの下で』を出したが、書肆ではこのたび新たに右の二冊を同一の版型で作り直し、新装版として出したいという。私のこれらの詩集を皮切りに、この版型による詩集のシリーズを続けて出してゆきたいという希望をもっているとのことである。『遊星の寝返りの下で』の場合は、最初の版が高価なものになったので、新装版が一種の普及版というかたちのものになるわけだが、『透視図法――夏のための』の場合は、すでに縮刷普及版が出ているので、これは三種類目の版になる。短期間に三種類の版が出るのは、著者として少々とまどいの気持もあるが、今後出るはずのシリーズの一冊という意味で、新装版の刊行に同意した。『遊星の寝返りの下で』もこれも、本文をあらためて全部組み直したので、文字通りの新版である。書肆の山田耕一氏の風狂ぶりに、半ば呆れつつ脱帽するのみである。

表紙と見返しは加納光於氏の作品で、加えて装本全体が加納さんの手を経ている。表紙が年来の畏友の新作で覆われることになったのは大きな歓びである。一見しただけでは墨一色に見えるが、文字の銀色も含めると四色刷りのぜいたくな表紙で、過分のことと思っている。

以上、新装版刊行の由来について覚書をしるした。

一九七七年十一月　　著者

遊星の寝返りの下で

［普及版］　書肆山田　一九七七年　八七頁　B５判変形　二、〇〇〇円

■新版のためのあとがき■

この詩集は一九七五年七月に刊行された限定九七五部の『遊星の寝返りの下で』（定価六千円）の新版である。元の版は加納光於氏の装本で、縦三二センチ、横一八センチのフランス装、表紙、見返し、扉および箱が加納氏の作品によって飾られ、目次や本文の活字の指定、組み方の指定もまた、加納氏によってなされた。今度、書肆から普及版を出したいとの申し出があり、あらためてこの新版が刊行されることになった。元の版よりも小型だが、ページ建ては元の版と全く同じに組んである。新版でも加納光於氏が表紙、扉絵および口絵を新たに作って下さった。加納氏の一九七七年における新展開を示す作品によって、この詩集が包まれることを幸せに思う。表紙の加納氏の作品は四色刷りであることを付言する。また、元の版の若干の誤りを正したので、本文に関していえば、今度の新版が定本ということになる。この詩集には、私自身の詩に関する考え方をたしかめる上で重要な意味をもっていた作品が収められているので、新版を出してくれる書肆の好意を有難く思っている。

一九七七年十二月　　著者

＊一九七五年七月刊の限定版にはあとがきはない。

大岡信詩集

［綜合詩集　増補版］　思潮社　一九七七年　八九一頁　四六判　二八〇〇円

■増補新版へのあとがき■

一九六八年二月十五日発行の綜合詩集『大岡信詩集』が品切れになったので、その後の詩集を増補して新版を出したいとい

う申し出を思潮社から受けたのは、もうだいぶ以前のことになる。増補版を出すからには、ある種の区切りがついたところで出したいというのが私の気持だった。何となく日延べしているうちに、『透視図法——夏のための』（書肆山田刊）、『砂の嘴まわる液体』（青地社刊）、『悲歌と祝祷』（青土社刊）、『遊星の寝返りの下で』（書肆山田刊）の四冊の詩集が出来上っていた。『悲歌と祝祷』をまとめることになったとき、自分なりの感じ方にすぎないが、ある種の区切りがついたように思われたので、この増補版綜合詩集を出してもらうことに決めたのである。これから出す新しい詩集は、少しは変ったものになるだろうと思っている（少なくも、そう願っている）。

ひとつお断りしておかねばならないのは、『砂の嘴　まわる液体』（一九七二）が、題名のみ記されて内容がここには録されていないことである。この詩集は加納光於氏と私の共作（といっても九割は加納氏の一年余にわたる労作だが）の箱形オブジェ作品『アララットの船　あるいは　空の蜜』（三十五個限定）の内部に固定され、いわば最初から封印された詩集として刊行された。すでに五年近くを経過しており、公表してはどうかと人から言われたこともたびたびある。私としても、格別公表をいとうわけではない。ただ、奇妙なことに、加納氏がこの詩集を密封した行為が私自身に及ぼした効果というものを、近年しだいに強く考えさせられることがあって、つまり私は『砂の嘴　まわる液体』という未公開の詩集を一冊持っていることによって、どこかでたえず何ものかに挑撥されているような気分を味わっているのである。この気分はまだしばらく保っていたい。加納氏が本来公表されることを前提とする活字の作品を、いわば有無をいわさずオブジェの中に閉じこめてしまったことの、ある必然的な結果が、私の中で今醱酵しているように感じられる。開けてみれば、なあに一向に大した詩があるわけではないことがわかるはずだが、その事と今いった事とは、どうも別の問題らしく思われる。

こういうわけで、『砂の嘴　まわる液体』の内容はこの本においても明らかにしないでおきたい。それが私自身にとって必要なことだという点に免じて、題名だけをかかげるわがままを許していただきたい。

旧版は『記憶と現在』から『方舟』までだが、今度読みなおして、気がついた限りのすべての誤植を訂正した。その作業のためいやおうなしに一巻を通読し、ある時期の作品に対してはとりわけ、抹殺したい思いを強く持ったが、今となっては手遅れである。自分の詩のだめなところがよく見えるようになったのが、せめてもの心やりというものであった。

一九七六年十一月　　著者

水府　みえないまち

思潮社　一九八一年　一五七頁　菊判　二四〇〇円

■エピローグ　調布X■

ここに収める詩篇をもつて、ぶざまにも三十余年、詩に頸根つこをつかまれてきた一人の男の四十代は終つた。

知命の年とは、天命を知るべき齢の意といふ。天命とは何か、誰が知らう。私はただ、しだいに深く感じてゐる、私の天命とは私自身であることを。

ここに収めた詩篇を書くことが、はからずもそれを私に教へた。

私から産まれたに違ひないこれらの詩篇によつて、私自身が産みかへされるのを感じてゐる……

一九八一・二・一六

草府にて

思潮社　一九八四年　一三一頁　菊判　二〇〇〇円

■あとがき■

『水府　みえないまち』（思潮社一九八一年刊）以後の詩を中心にこの詩集を編んだ。収録した詩の中には『水府』収録の詩、またその前に出した『春　少女に』（書肆山田一九七八年刊）収録の詩と重なる時期の作もある。私はいくつかの方向をもった詩群を同時に書き進めるのが近年の常態で、この詩集もそのような意図の結果としてこのような形になったものである。したがって、今度の詩集には収録しなかった同時期の作もかなりあって、それらはゆくゆく少なくとも三冊の詩集を形づくるはずである。

初出一覧にはいちいち断わらなかったが、この詩集に収める作品の大半は、初出時の形とは異なっている。いくつかの詩にいたってはすっかり姿を変えたものもある。ある種の作はわれながら呆れるほどふやけたものだったので、手を加える気にもならずに棄てた。

詩集は三章に分かれている。三つに分けることによって一つの全体を一層全体として明確にしたいと思った。意図がいくぶんでも実現していることを願う。私は自分の詩が「箴言」と「うた」という二つの大きな詩のテーマによっていやおうなしにしぼりあげられているのを感じる。

今、新しい詩集を編んであらためて思うことは、人間は他の何を変えることができても、自分の性格を変えることはできないということである。

一九八四年九月しるす　大岡信

詩とはなにか

青土社　一九八五年　一二八頁　Ａ５判　一九〇〇円

■あとがき■

ある日ふと「詩とはなにか」という題で小さな詩を書いた。それがインキのしみとして紙の上にしるされるのを見たとき、私は前々からこの題をつけて詩を書こうと思っていたのだったことに、あらためて気づいた。この詩集はその日から始まった。

私には「詩とはなにか」という問をそのまま題にして「詩」を書くことが興味があったので、この問に対する理論的解明を志したわけではない。その点では、題は「記憶と現在」でも「悲歌と祝祷」でもよかっただろう。しかし私はそれらの題ですでに詩集を出している。それに、今は「と」を抜いた題が気持に適っている。

「詩とはなにか」という問を自らに向けて発したとき撥ね返ってくるものに、言葉を与えること。撥ね返ってくるものは当然さまざまである。詩の形状様相もさまざまであらざるを得ない。「……とはなにか」という疑問形をとっている以上、それへの解答という側面がともなわざるを得ないこともたしかである。中でもとりわけ私にとって重い問いかけだったのは、詩を日本語で書く以上、それに伴って必然的に生じる「日本語の詩が歴史的に血肉化してきた数々の表現上の特性をどう考え、どう評価するか」という問いかけであった。

これは十数年前から日本の古典詩および詩人に関して私が考え、書いてきた批評と鑑賞の仕事と不可分に結びついている問で、私はそれらの本を書くことを、自分の詩作そのものとつねに結びつけて考えてきたため、この詩集の中でその問題にふれずにすますことはできなかった。詩集第二部に収めた諸篇は、直接その問にかかわるものを集めているが、第一部も第三部もそれと無関係ではない。

さて、以上のようなことを書きはしたものの、これは要するに一冊の詩集である。作者は何よりも、これらの詩がおもしろいものであることをねがっている。その上で、作者がこれらの詩の中に塗り籠めた怒りや哀しみや親愛や不安が、同時代の人々に多少なりとも伝わって、沈黙の伴侶となりうることをこいねがっている。とにかく今は「詩」がひどく風邪をひいている時代だと私は感じている。この本は少くとも私自身のための煎じ薬である。

収録詩篇の大部分は、「ユリイカ」誌の一九八四年五月号から八五年五月号まで、十三回にわたって連載されたものだが、詩集を編むに当って順番を入れ替えただけでなく、随所で手直しをした。また中の数篇は捨てた。

柿本人麻呂歌集の歌にあらわれた多くの枕詞を連ねることによって一篇の挽歌的相聞歌を虚構しようと試みた「異本　かきのもとの　ひとまろ　かしふ」は「ユリイカ」一九八四年十二月臨時増刊号「現代詩の実験１９８４」にのせたもの。また「万葉試訳集」五篇は、最近刊行した『万葉集』(岩波書店)の中でも、該当個所に原文とともに掲げた試訳。これらにも多少手を加えている。

なおまた第二部冒頭の「詩語」と題する文章は、最近出た平凡社の百科大辞典の当該項目のために書いたもので、これにもごく僅かながら付け加えた所がある。私は辞典の項目も、ものによってはそのままの形で詩集に編入できるという考えをもっている。

第三部の「松竹梅」は雑誌「太陽」一九八四年一月号に初出、また「閑」は一九八五年三月二十九・三十の両日「ギャラリー上田・ウェアハウス」で催された閑崎ひで女創作舞「閑と極」のために書いたもの(音楽・瀬戸龍介)。そのような機縁から本書の装幀を閑崎さんがやって下さることになった。まだそのプランを見ていない。楽しみにしている。

一九八五年十月　　作者

ぬばたまの夜、天の掃除器せまつてくる

岩波書店　一九八七年　二三二頁　Ａ5判　二二〇〇円

■あとがき

詩集『ぬばたまの夜、天の掃除器せまつてくる』の詩篇は、季刊誌『へるめす』創刊号から第十号までに同題で連載した作品をまとめたものである。一九八四年十二月から一九八七年三月まで、二年半にわたり、「組詩」というタイトルのもとに総計三十八篇の作品を書いた。うち二篇は、詩集の全体の構想に照らして別の詩集に入れるべき性質のものであるため省いた。総数三十六篇という数は、当初から念頭にあったが、もしそのような数にまとまらなければそれも仕方がない、無理はすまいと思っていた。結果としては所期の篇数におさまった。

これらの作の中には、おそらく二十年ほども前になろう、一時手をつけながら、中途で断念していた作もある。単独では仕上げることができなかった作も、このような一個の組織体としての詩集の中でそれ独自の場所を得ることができたのは幸せだった。『へるめす』という同人雑誌の場がなかったなら、この

詩集はたぶん生まれることがなかっただろう。不思議な気がする。

畏友安野光雅さんが、装幀のみならず、本文レイアウトその他についても熱心に手を下して全体の設計をしてくれた。深謝。

一九八七年十月　　著者

故郷の水へのメッセージ

花神社　一九八九年　一四一頁　A５判　二〇〇〇円

■あとがき・独白■

詩集をまとめる時期がたまたま昭和時代の終焉と合致した。けれども私の中では昭和は相変らず続いているし、死ぬまで続くだろう。単なる元号の問題ではないのだから当然である。私はどこから眺めてみても自分が「昭和の子」であるのを感じる。体験も、知識も、対人関係も、想像力も、飲み食いも、思考方法も、文体も、卑小さも、憧憬も、残念ながら自分が生きてきたこの時代を離れては成り立たないものだった。お気の毒さまである。

せめてこの詩集を読んで面白がってくれる方がいくらかでもあることをねがっている。

しかしその一方で、私は自分の詩作品がほとんど常に、同時代の流行の生活感覚や流行思想に対する本能的な疑惑、嫌悪、怒りの衝動と切離せないところで芽生えたものであることを知っている。こんな人間の詩が流行するわけがない。

せめてもの慰めは、私が詩をそのような感情の感傷的な吐け口として利用したことはなかったということである。

だから詩は今でも私にとって未知なるものであり続けている。そのことに謙虚な思いで感謝する。

一九八九年二月　　作者

地上楽園の午後

花神社　一九九二年　一三三頁　A５判　二三〇〇円

■あとがき■

詩といふものは
どんなものでもありうる。
けれどもそれは、
結局のところ何ものかへの
心潜めた呼びかけでなければ、

詩である必要もない
のではなかろうか。

しかし私は
これらの詩を書いたとき、
何ものかに呼びかけながら書いたのかどうか、
少しもはつきりしない。

ただ私は、思ひつづけてゐる——
詩といふものは
どんなものでもありうる、
けれどもそれは、
結局のところ何ものかへの
呼びかけでなければ、
詩である必要もない
のではなからうかと。

一九九二年晩春　　大岡信

火の遺言

花神社　一九九四年　一二七頁　A５判　二四〇〇円

■あとがき■

できることなら、できるだけぶっきらぼうに詩を書きたい。内容はぶっきらぼうな詩も、ぶっきらぼうでない詩もあろうけれど、書き方はぶっきらぼうに。

けれども、いつも事志に反してしまう。

徹底してぶっきらぼうに書くならば、最後は詩なんてものを書く必要もないところまで行くのだろう。けれどもその時、実はいちばん詩が書ける状態に居るのでなければ、意味がない。単なる枯渇にすぎないだろう。

なぜこんなことを考えるのか、よくわからない。

私は詩というものを無用なものともくだらないものとも思ってはいない。逆に、詩は有用であり、すばらしいものだ。ただ、私自身の詩について思うときは、一度もそういうことが念頭に浮かばない。

有用ですばらしい詩は、いつでも他の人が書いている。千年も、また五十年も前に。

だから詩の世界は広大で、多様で、生きるに値する。

一九九四年五月　　大岡信

光のとりで

花神社　一九九七年　一一七頁　A5判　二三〇〇円

■あとがき■

今まで出した詩集で一番新しいものは、『オペラ　火の遺言』（朝日新聞社、一九九五年十一月刊）だった。これはその前年に出した詩集『火の遺言』（花神社、一九九四年六月刊）とは内容のまったく違うモノオペラ台本としての詩集で、一柳慧さんの作曲、ソプラノ歌手豊田喜代美さんの全曲独唱によって各地で上演されたが、今度の詩集にも一柳さん作曲による合唱曲のための作品「光のとりで　風の城」が含まれる。この詩を含め、第Ⅱ部を構成する三篇の詩は、現代詩の形で「語る」ことと「歌う」ことを融合させるには、どのような道がありうるかを、三つのやり方で試みてみたものである。

当然、私の他の舞台作品やラジオ作品もこの試みの中に入るわけだが、この詩集では三篇にしぼった。

いったい日本語の散文と詩に違いはあるのか、あるとすれば両者それぞれの独自性《アイデンティティ》を保証する最も大切な要素は何か——そのことをたえず考えるが、少なくとも、単なる形式上の解答は、あまり役に立たないだろう。

第Ⅲ部に入れた作品には、そのような問題が多少とも明瞭に見えているが、実際はこの詩集全体を通じて、これは右の問題に直面している人間が作った詩集であることを見て頂ければ幸いである。

収録作品には、初出時のものを大幅に改作した作品も多い。言うまでもなく、主題の問題は一層重要である。私にとっていつも気にかかっている問題は、自分が現代文明の進路に対してますます強く疑いの念を持つようになっているということ。それがこの詩集の作品群にも、陰陽いずれにせよ、反映しているだろうと思う。私たちの今の環境は、詩を作るのにいい環境だとは思われないのが残念である。

一九九七年九月　大岡信

捧げるうた50篇

花神社　一九九九年　二五三頁　B6判　二〇〇〇円

■あとがき■

こういう詩集を作ってみたいと思ったのはかなり以前からのことだった。詩集の成り立ち具合からは、高浜虚子の『贈答句集』のようなものとさして違わないといえるだろうが、それに加えて私は、一篇一篇の作品が、どういう機会にどんな動機で作られたのか、可能な範囲の分量で、「後日の註」をつけ加えようと思った。この分量は、多すぎるとも、逆にまだ少ないともいえるが、必要最少限を心がけた。

現代詩の世界では、まだ珍しい試みだろうが、和歌や俳諧の世界では、相聞、贈答はそれぞれの詩型の存在理由そのものとさえ言っていい。現代詩にそれがないのは、ある意味では、このジャンルの孤立性の自己証明であるようにさえ思う。それがよろしいのかどうかは、考えるに値する問題だろう。

私は『捧げるうた 50篇』を編むことによって、自分の過去五十年間にわたる詩作品の群れに、一つの角度からする筋道をつけてみようと思った。それがこの詩集を作る主な動機だった。

ふと気づいてみれば、私が詩というものを作りはじめてから、五十二、三年が経った。たいした詩も書けずにいるうちにこんな齢にまでなってしまった、という驚き、というよりは珍らしさにうたれて、やはりこのような詩集を作っておくべき時期ではないかと思い立ったのである。

しかし、自分の過去に筋道をつけるということは、言うにたやすく、行なうに甚だ困難である。自分の内部に渦巻く想念だけを対象にする限り、過去というものは掘り返すほど砂塵濛々、ろくに目も開けられぬ有様におちいること必定である。参照できる標識も無しに、ひたすら内面なるものを掻きまわす愚は避けねばならぬ。

私はその「標識」として、「他者」を立てた。その他者も、私が詩を作って贈るという形で、明らかな自と他の関係を持ち得た他者に限る。こうして過去に書いた詩の中から、人に献じた詩だけを選んだこの詩集が成り立った。

もとより、他者に献じた詩の数は、私程度の者でも五十篇にとどまらない。しかし区切りのいい数なので五十にとどめた。

半世紀に及ぶ期間の各年代の詩を「人に献じた詩」という観点から選び出してみると、少なくとも私自身には、その一篇一篇の詩を作っていた瞬間ごとに伸びたり縮んだりしていた私の「自我」というものの、動き具合やその帰趨というものが、特別にはっきり見え、感じられてくるという有難い感覚がある。それは明らかに私が、その相手を実際に友人知己、あるいは肉親や家族として知っているという事実と、密接に関係している。

しかし、彼らと私との関係は、第三者には、詩からだけでは伝わらない多くの具体的事実の上に成り立っているものである。そしてそれらの事実があるからこそ、私の自我は、でこぼこしたり伸び縮みしたりしながらその相手に触りにゆき、そのようにして、生きている間は死なずに、ものを書いたりもして来られたのである。私の自我は、丸くおさまりかえることなしに、外界との関係を呼吸し、鼓動することができてきたのである。稀有の有難いことだった。

この詩集に「後日の註」として新たに書き加えたのは、一篇々々の詩の註釈として最小限役立つだろうと思われたことを書き綴ったものだが書いてみると、以前刊行した『詩への架《か》橋《きょう》』（岩波新書）の続篇のような内容になった。扱われる年代からしても、そうなるのが当然だった。

この「後日の註」には、今までまったく書いたことのない話、たとえば私の母のことなどが、たくさん入っている。できるだけ詳細なデータを入れておきたかったので、可能な限り調べて書き入れた。たとえば人の生年月日や歿年月日。それでも完全なものにはならなかった。十年ほど前には簡単に連絡がついた方でも、歳月の移り行きの中で、連絡がとれなくなっている人たちもあった。残念である。

この詩集は、冒頭にも書いたように、以前から出したいと思っていたものだが、当初のプランからは数十年以上たった今、内容も大幅に変え、収録詩篇の数も五十篇と限り、あらためて編み直した。今世紀の西洋の画家たちを対象に書いた詩など、今度はすべて除外した。

しんがりの田村隆一追悼の詩だけは、既刊詩集に未収録だが、この詩を発表したあと、これをしめくくりとして、折もよし、二十世紀最後の年に、『捧げるうた 50篇』という詩集を作ろうと思いたった。そして編むことを始めたが、その時「後日の註」をつけることも、自然に頭に浮かんだ。

私の詩集二十冊前後の中では当然異色のものだが、これ一冊によって自分の詩集を判断されてもいい、という風に思っている。

一九九九年五月　大岡信

世紀の変り目にしやがみこんで

思潮社　二〇〇一年　九六頁　A5判　一八〇〇円

■あとがき■

この詩集は私にとっては21世紀に入って最初に出す詩集である。これに先立つのは、一九九九年半ばに出した『捧げるうた50篇』（編註つき）で、最初期から最近の作まで、すべて何らかの意味で他人にあてて作った詩ばかりの中から、五十篇を選んで本にまとめた。五十という数は、私が詩というものを書きはじめてから五十年あまり経っていることを考えたためでもあった。

その詩集には田村隆一追悼の「こほろぎ降る中で」が最後に入っているが、当時この詩はどの詩集にもまだ入っていなかったもので、内容から『捧げるうた』の一篇とするにふさわしかったため特に編入したのである。単行詩集としては、今度のこの詩集ではじめて世に出ることになる。

「捧げるうた」という題名を前著に用いたけれども、私の詩作モチーフには、何ものかに向かってこれらの言葉を捧げているのだ、という思いが常に底流していたように省りみられる。ただ最初からそのつもりで作った詩ではなく、後になってよくよく考えてみればそうだったんだ、とうなづかれることが多い。

一方で、捧げるなんて気分には到底なれない心の状態にあり、不機嫌をそのままぶちまけてやろうと考えて書いた詩が、最近何年間かはどう仕様もなく多いのだが、それらの詩でさえ、後になって読んでみれば、不特定多数の人に向かってよびかけている気持ちの方が、前面に出ている。この詩集の前半の詩には特にそういう気分が強い。自分の内面をひたすら掘り返すことをもって詩的行為と考える嗜好は、私にはない。

詩集の題名としては、他にも、別の詩から取って「シャボン玉の唄」というのも考えた。結局「世紀の変り目にしやがみこんで」に落ち着いたのは、ほとんどサイコロを転がしたらこうなった、というほどの感じである。ただし題名をおろそかにしているわけでは毛頭ない。

私は今、文芸雑誌の「すばる」に、隔月に詩を連載して二年になる。総タイトルを「旅みやげ」としていて、外国への旅から発想した詩ばかりだが、やがて別の表題でまとめるつもりのそれらの詩は、この『世紀の変り目にしやがみこんで』とはかなり異質な詩集になるだろう。これらの二つを並行して書いていたことになる。そちらも遠からず刊行されるはずだが、両者併せて、私の世紀末の心の風景画に仕あがってくれることをねがっている。

二〇〇一年九月末　　大岡信

旅みやげ　にしひがし

集英社　二〇〇二年　一四八頁　A5判　二七〇〇円

■あとがき■

詩というものの書き方がよく判らなくなった、何年も前から。たぶん私は、「うたう」ということがどういうことか、よく判らなくなったのだろうと思う。いまだにその状態は続いている。

この詩集『旅みやげ　にしひがし』は、その状態を克服するために考えついたものだったように思う。「うたう」ことができないなら、「かたる」ことで道を開くしかあるまい、と。素材として「旅」が選ばれたのは、私が旅行好きな人間ではないため、十年、二十年、三十年も前の旅でも、時と場合によって、かえって鮮明に蘇えることがあって、それらを「かたる」ことを通じ、自分が生きてきた時代を、私という一個の小さな運動体の軌跡に托して蘇えらせ、記録することができるのではないか、と思い至ったからである。

しかし、ただ「かたる」のでは、時に大量の紙数を無益に費してしまうおそれもある。それを避け、話に山や谷をつけるためには、話の洪水を堰きとめ、緩急を生みだす装置のごときものとして、一定の行数できちんと分けてゆく一種の定型の詩を作っていかねばならない、と思った。四行ごとに一行置くという形式が主として採られているのは、私にとってその形式が面白かったからで、この形だと、詩句の展開にとって絶対に必要な、行から行への飛躍ということも、いろいろ実験できるのである。かつて『春　少女に』という詩集では、一連二行づつという形式を試みて、これも楽しかった。

作品はほとんどすべて「すばる」にほぼ隔月に連載されたが、「現代詩手帖」にも二篇掲載し、また最後尾の「壺中の天」は新しく作ったものである。二〇〇〇年から二〇〇二年にまたがって連載を掲載してくれた「すばる」編集部には、別して感謝する。私の詩集としては、いくつもの点で以前の詩集とはがらっと変った新詩集のような気がする。

二〇〇二年秋　　大岡信

鯨の会話体

花神社　二〇〇八年　一〇五頁　A5判　二二〇〇円

■あとがき■

この詩集『鯨の会話体』は、単行詩集としては、『旅みやげにしひがし』（二〇〇二）に続く私の十八冊目の詩集である。その間、私が所有してきた美術作品を国内五か所で展示する「大岡信コレクション展」（二〇〇六年春―二〇〇七年秋）などが行われ、その巡回展に時々は同行するようなことがあり、身辺が多少にぎやかになったりしたこともあったが、おおむねは都心の高層建築物の一角で静かに過ごしてきた。

この詩集には、作曲家の鈴木輝昭さんや木下牧子さん、また箏曲の演奏家草間路代さんのために作った詩が含まれている。また、彫刻家速水史朗、作曲家武満徹、画家浜口陽三、フラメンコの名手小島章司、前衛美術の画廊の経営者で、私にとっては忘れ難い親友であった志水楠男といった人々のための詩も含まれている。こうして並べてみると、私にとっては彼らとの交友は、私自身の生涯のきわめて重要な部分を形づくっていたことを、あらためて思わされるのである。もちろん、わが人生はほかの人々によっても根本的に支えられていて、追い追いそれらの人々についても書かねばならないが、今はこの『鯨の会話体』で小休止ということにしたい。

大岡信

二〇〇八年二月

あだしの

小沢書店　一九七二年　一六八頁　19.4×13.6 cm　九〇〇円

■覚書　十章ならびに付けたり一章■

Ⅰ

私は「あだしの」という題の作品をもう一つ書いている。NHK大阪中央放送局の委嘱で、ラジオの「芸術劇場」のために書いた台本である。一九六六年十月二十三日夜に第一放送で放送された。これは翌一九六七年、私の台本の仏訳および英訳のテキストを付けて、イタリア賞コンクールにNHKから出品された。

音楽・端山貢明、演奏・アンサンブル・シュバリエ、笛（能管）・野口浩和。

演出・久保博、効果・作本秀信、技術・林靖。

人物

夏夫（ドラマの中で、中世の武士、および第二次大戦中の学徒兵になる。現在は事業に失敗して破産寸前の男。四十二、三歳）……小池朝雄

占い女（ドラマの中で、中世の女盗賊、第二次世界大戦中の女学生冬子、および戦後の復員者夏夫の何人かの情婦の一人で自殺する女になる。二十一、二歳）……市原悦子

他に、空襲警報の際の人々の叫びや、戦後の盛り場の女たちの声など。

以上が、ラジオで作った「あだしの」の制作スタッフならびに人物である。

本書に収めた戯曲「あだしの」のきっかけになったのが、ラジオのための「あだしの」にあったことはいうまでもないが、内容には大きな違いがある。とくに男の主人公は、性格も職業も思想も異っており、また、中世の場面（これは今昔物語集の中の一小話にヒントを得たものだが）を除くと、戦中、戦後の男女の主人公たちの生活状況は、ぜんぜん別のものになっている。

それは、ひとつには、劇団「雲」の第四回実験劇場のために「あだしの」を書くに当って、この芝居を小池朝雄さんが演出し、出演することが念頭にあったため、小池朝雄にふさわしい主人公を、などと、一応は考えた次第で、主人公の境遇や性格がラジオ作品とは変ってしまった理由の一斑はそこにあったようである。しかし、今となってはこまかなことは、あまり記憶にない。

Ⅱ

寝耳に水の

大岡信

戯曲をいつか書いてみたいとは思っていた。しかし希望はついに希望に終るだろうという予感もつねにあった。ラジオ・ドラマのようなものはいくつか書いたが、聴覚イメージを頼りに、時間、空間を勝手に飛び移ることのできるラジオの場合と、舞台という固定した場所で何かが生じなければならない芝居とでは、あまりにも困難さの性質がちがっていた。第一、私はおよそドラマティックな人間ではないという、つらい自己認識があった。

「あだしの」がこうして舞台のものになったのは、ひとえに小池朝雄の介入による。小池さんはこの芝居の原型となったラジオ・ドラマ「あだしの」に、市原悦子さんと共演してくれた。小池さんはなぜかその作品を気に入って、舞台にのせたいなあ、といってくれた。到底そのままでは舞台にのせられない性質の作品だったから、こちらも気楽に、そうですねえ、といっていた。何度かそんなことがあって、ある夜小池朝雄から電話がかかってきた。実験劇場で上演することに決まったというのである。当然、えーッとおどろく。相談せずに決めたのは申しわけないが、企画会議で通ったし、すでに公演パンフレットにも出てしまった、と小池朝雄はいった。やんぬるかな。私はいやおうなしに、台本を書かねばならなくなった。寝耳に水のクーデターというようなものである。

書きはじめると、ラジオの原型とはまるでちがったものになったのは当り前として、私には「幕」という最後の字を、いつになったら書けるのかわからない日が続いた。短いシーンであるはずのところで、人物たちがえんえんとお喋りをしてしまうのが一番困った。

その芝居のテーマは？　とたずねられて、そのたびに口ごもってしまう。裏切りというものがひとつのモチーフであることはたしかである。私たちは、日常、大なり小なり数知れぬ裏切りを重ねながら生きている。むしろ生きるということの本質が裏切りをすでに含んでいるのではないかと思う。そういうひとつの想念に形を与え、展開し、表や裏から眺めてみようとした結果が、こういうものになったと、一応はいってもよいと思う。実は、私にもよくわからない点が多いのである。

舞台装置も音楽も、私の好きな人たちがつくってくれるのは嬉しい。小池さんはじめ出演者たちが、私の書いた文字をどんなにみごとに裏切って、歩きまわる言葉にしてくれるか、私は非常な好奇心をもって見ている。

（一九六九年七月二十五日――二十九日紀伊国屋ホールでの「あだしの」上演の際、現代演劇協会機関紙「雲」特別号に書いた作者の弁）

Ⅲ

ラジオ作品「あだしの」のための下書き。

1　京のあだしのに似た仮空のあだしのを設定する?

2　嵯峨野辺を歩いて史蹟を勉強している学生などから導入する?

たとえば教師と生徒たちとの対話。合戦、またはある種のanecdote

3　女——狂女?　＝　占者。

4　効果音

風——不安

鳥の羽音——あこがれ

水——永生＝死のシンボル

轟音——列車（繰返して）

——爆撃

——噴火

時計——生命のシンボル

5　色彩

紅葉

緑

火焔

青空

6　墓石が語りはじめる形式。

語らせるのは、占いの女。

7　青年——あだしのに迷い入った魂。

戦争で殺人したことが、彼の記憶に蓋をしている。

清純だが、きわめて不安。時に兇暴になるが、それは自己防衛の発動。

彼を救えるものは、記憶のよみがえりだけ。

あだしのは、そのための〈装置〉。

いいかえれば〈煉獄〉。

8　占いの女——若い。美しい。

占いは予感と予知の術であり、冷徹さが本質。

しかし彼女は、好奇心→愛を青年に対して抱く。

その結果、占いの呪力を失うが、失うことによって青年をその悪夢から解放する。

なぜなら、彼女もまた、予知力というひとつの能力ゆえに、青年のすべてがわかってしまうような不幸な錯覚にとらわれていたためであり、また予知力によってニヒリズムに陥っていたのだから。

青年の故郷さがしの同伴者。

女性

富

知

ドライヴウェーの今日的平和のみじめさ

9　青年の遍歴——

①快楽
②知識
③信仰
④富

（①〜④）これらすべてに裏切られたのちの青年の自覚 ←

占い女の「占い性」をうちやぶる。

占いを信じなくなるから——→女の、占い者としての自己呪縛もとける。

女は「不幸な知」のシンボル。

すなわち、知が、不安を克服した不安によって救われるという構造。

右はラジオの「あだしの」を書くにあたって心覚えのために書きとめておいた下書きである。

下書きというものは、私の場合、ほとんど常に、実現した作品とは似ても似つかぬものである。右の下書きは、ラジオ作品「あだしの」にとっては、いわば遠隔操作的に作用したということを別にすれば、具体的にはあまり関係がなかったように思われる。

Ⅳ

しかし、女性の有する予知能力、透視力という主題は、戯曲「あだしの」においても終始私の興味の中心を占めていた。

語り部という種族も、女の超人的な記憶力があってこそ存在しえたであろう。この場合、記憶力とは、歴史の尨大な堆積をつらぬく透視力と、けっして別ものではないと私は思っている。

稗田阿礼が男ではなく女だったという柳田国男の考えに、私は感銘を受けたことがある。

「知」にもいろいろな性質のものがあるが、女性の「知」は男性の「知」とは異なる領域に触手をゆらめかしていると思う。

Ⅴ

私はさきの下書きを、ラジオ作品にも舞台作品にも生かしえなかったが、のち散文詩風の作品『彼女の薫る肉体』（「都市」創刊号、のち湯川書房より三百部限定出版）を書いたとき、ふたたびこの下書きのテーマにもどった。下書きの内容そのものは、「あだしの」よりはむしろこの作品においての方が、生きているかもしれない。

Ⅵ

戯曲「あだしの」は、安岡章太郎作、芥川比呂志演出の「ブリストヴィルの午後」と二本立てで上演された。

演出・小池朝雄
美術・伊原通夫
音楽・八木正生
スライド・坂本正治
演出助手・村田元史

配役
三郎　小池朝雄
カエデ　藤村志保（大映）
サクラ　深沢英子
小林　野村昇史
黒木　西田健

「新劇」一九六九年八月号にこの台本を掲載した。

大学の演劇部やアマチュア劇団がいくつかこれを上演したようである。ある場合には上演許可の申し入れがあったが、別の場合には無断であった。日本で一番規模の大きい大学の教養部が、大学祭でこれを上演するというので、私の故郷の町の街角に派手なポスターが張られているのを、たまたま人が見つけて知らせてくれた。その町にその大学の教養部はあるのだ。私にはこれの上演について何の申し入れもなかった。別の土地で上演されたときには、やはり私には断りなしだったが、あとでその土地から出ている同人雑誌に、演出者が上演の記録を書いているのが送られてきた。

ある雑誌に発表された戯曲が、人々によって右のような形で上演されるということは、ごく普通のことなのかもしれないが、私にはこれは不思議なことのように思われる。私の知らないところで、私の名を冠した芝居が、私の作意とはまるで違った理解のもとに演じられ、人々がそれを見て何ごとかを感じ、ついでに作者として名が出ている男についても若干の感想をもつということは、この私自身とどういうふうに関係するのだろうか。東京では、日本女子大の演劇部と慶応大学の有志がこれを上演し、そのときにはもちろん通知もあり、上演も見たが、演出も演技も、「雲」のそれとはまったく別種のもので、戯曲というものが内包する不思議な性質を思わされたのだった。

作者とはいったい何者なのか？

戯曲作者は、結局のところ、座付作者であることをもって理想的とするという意見は、私の貧しい経験からしても理解できる。

大学の演劇サークルなどがある戯曲を選んで上演することに対して、別に水をさす気もないが、大学生諸氏は、作者が自分たちの上演をどんなにおどおどと、はらはらと、見つめているかについて、たまには想像してみるくらいの優しい心根をもってもよかろうと思う。

Ⅶ

「写楽はどこへ行った」は、ここに収めたラジオ作品のほかに、テレビ台本もある。

本書収録のものは、一九六六年五月二十二日夜、やはりNHK第一放送の「芸術劇場」の時間に放送されたものである。こうしてみると、「あだしの」も「写楽はどこへ行った」も、ラジオでは同じ年に放送されたものだったことに気づく。

音楽・湯浅譲二
企画・伊藤豊英
演出・沖野瞭
配役
蔦屋重三郎　小池朝雄
お春　里見京子
十返舎一九　名古屋章
歌麿　林昭夫
写楽　山本学　その他

このラジオ作品は、「芸術劇場」で毎週放送される年間の全作品を対象にした放送記者会賞優秀賞を与えられたが、私にとっては、この作品が小池朝雄とのはじめての出会いでもあった。このときの蔦重の役に感銘を受けたのが、次の作品「あだしの」で小池朝雄に出てもらうきっかけになり、それが舞台上演にまで発展した。

ついでにいえば、私はNHKラジオ部門の何人かの有能な演出者たちと知り合いにならなければ、ドラマ形式の作品に手を染めることはなかったかもしれないと思う。十数年前、NHKラジオに「放送詩集」という番組があって、当初は島崎藤村や高村光太郎やを放送していたが、遠藤利男さんが担当するようになって様相が一変し、戦後詩人たちが十五分あるいは三十分の放送詩をつぎつぎに書くことになった。このことについては、遠藤さんが「ユリイカ」一九七一年十二月号に回想を書いているので、くわしくは書かない。私自身についていえば、「宇宙船ユニヴェール号」という十五分の作品がはじめてのもので、つづいて放送詩集の枠の中でいくつかの作品を書いた。遠藤さんのあとをついだ小川淳一さんの時に、放送詩集という番組はなくなったが、福岡へ移った小川さんから、今度はドラマ形式で書いてみませんか、とさそわれて、一九六四年、長崎に題材をとった「墓碑銘」というのを書いた。セリフというものを意識して書いた最初の作品といっていい。これがその年の放送記者会賞最優秀賞を与えられ、ドラマ形式というものが五里霧中の感じだった私にとっては、ちょっとした出来事となった。

その後、久保博、伊藤豊英、沖野瞭、久保田浩、平野敦子さんたちと一つないし二、三の仕事をいっしょにやった。平均すれば、一年一作程度になろうか。

詩を書く人間がある種のドラマティックな構成をもつ作品を

つくるということは、決して簡単なことではなかった。登場人物が喋りはじめると、その語りはしばしば独白となり、また長々と続く傾向を示した。T・S・エリオットのいわゆる第三の声のごときは、とてもじゃないが発する力がなく、第一の声、すなわち作者自身の声ばかりが、いろいろな登場人物の口を借りてのさばる傾向を示した。

結果として、私のラジオ作品は、多かれ少なかれ、私の詩作品の世界から完全には臍の緒が切れていないものになっていると思う。しかし私としては、これを完全に別のものにしてしまうつもりもなかったのであるから、そういう結果になるのは自然の成行きだっただろう。

VIII

「写楽はどこへ行った」は、一九六八年にテレビ作品に改作され、イタリア賞コンクールに出品された。音楽はこのときも湯浅譲二さんが作曲し、演出は遠藤利男さんだった。参考までに配役を書けば、写楽・佐藤慶、蔦屋重三郎・山形勲、お春・岸田今日子、十返舎一九・露口茂、京伝・南原宏治、歌麿・木村功、北斎・山崎努その他で、劇中歌舞伎(「娘道成寺」「花菖蒲文禄曾我」)、劇中能(「阿漕」)などに歌舞伎役者、能役者が出演した。私はこの改作に難渋し、最後は遠藤さんと二人で渋谷の旅館にとまりこんで苦吟したが、窓が極端に小さいその部屋は、設計上の感じからすると、原稿執筆に向いている部屋というよりは連込み客専用の部屋と考えた方が自然な部屋で、なぜなら連込み客にとっては窓など小さいものであった方がむしろ都合がよく、それゆえ遠藤さんと私は通風のわるさに悩まされながら、交互にひっくりかえっては天井をながめて呻っていたのだった。

この一時間もののテレビ・ドラマは、二回放映されたため、案外多くの人の眼にふれたようで、ときどき感想をいってくれる人に出会った。

本書にはテレビ台本ではなく、前作のラジオ台本を収めたが、それはラジオ作品の方が、読むものとしては適切だと考えたからである。若干手を加え、また放送用台本独特のM(音楽)とかSE(音響効果)とかFO(フェード・アウト)その他の記号類は、最少限必要なものをのぞいて消した。読む本としては、それらがかえって目ざわりになることをおそれたからである。

IX

ラジオ作品「写楽はどこへ行った」のための心覚え。

○写楽――大衆の人気に敏感なるがゆえに、どうしてもそれに迎合できない。

○坂田半五郎の回顧談
○蔦重の回顧談

○松平定信の奢侈禁止令。
　写楽は松平定信時代を代表する画家であり、同時にこの時代なるがゆえに打撃をうけた。矛盾。
　芸術観——ロマンティシズムとリアリズムの矛盾を体現させる。
　虚実皮膜論——→蔦重と写楽の会話。写楽の「美醜」をめぐる論。

　なぜ画風が変り、落ち目になったか?
　雲母地——→黄摺……鬼気喪失。

○蔦屋重三郎（一七五〇——九七）寛政九年没。
　天明三年（一七八三）、吉原から日本橋通油町に。
○歌麿——当時四十四歳。
　天明三〜四年ごろか、蔦屋に同居、新進浮世絵師として認められる。

　勝川春章の創始した役者の大首絵を、美人画に転用した才気。美人大首絵は寛政二年ごろから。

　雲母刷りの背景も歌麿の創始という。

○一九——当時三十二歳
　寛政六年秋、蔦重方に寄食。「膝栗毛」を開始したのは享和二年（一八〇二）からだが、この作では時代の正確な照合を無視することもあるべし。
○京伝——当時三十六歳
　寛政三年、「仕懸文庫」「娼妓絹篩」「錦之裏」のため町奉行に取調べを受け、五十日間の手鎖の刑。出版元の蔦屋は身代半分に削減。その上、それ以前に刊行した洒落本はすべて絶版。

　小心者の京伝は、以後ふるえあがり、二度と洒落本を書かず。洒落本の歴史における大きな事件で、こののちの小説本が、重くるしい恋物語やら義理人情のもつれに重点をおくものに転じていった一因となったようである。
○江戸時代の芝居興行——明け六つ（午前六時）——→暮七つ半（午後五時）。夜間興行は明治以後。
○春信、歌麿——河原者の役者の肖像は描かないと豪語したが、実際には描いた。

　吉原と芝居は賽の裏表　　寛政川柳
「役者女形、昔は歴々の奥方の風を真似たり、今は歴々の奥方、役者を真似る」（松浦静山「甲子夜話」）

X

テレビ作品「写楽はどこへ行った」のための下書き。

①十返舎一九の、写楽への芸術的・人間的嫉妬。
冒頭は蔦重の臨終シーンから始まる。

「写楽はどこへ行った」と蔦重が呟く。
一九、それをきいて嫉妬の感情をもつ。
写楽の何者なるかをあらためて解明しようと思いたつ。すなわち、一九の写楽追跡が全体のストーリーをまとめてゆく。

②写楽の絵に大きくわけて三つの段階的変化があるのはなぜか？

③なぜ、絵を捨てたか？

④北斎をどうあつかうか？
たとえば写楽は北斎の新しい絵を見て絶望した？

⑤歌麿——寛政末期～享和・文化年間に濫作。この時期の女たちは、背丈がはなはだしくつまる。脂肪質。
これは、写楽からのヒントだった？

⑥ひいき客、座元は、役者絵を大量に買って配る。
寛政はじめまでは、役者絵は概して安価だった。

写楽の雲母刷りが、豪華版としてどっと出版された理由は何か？　——特定の座元、その趣味の問題。

⑦「江戸沿革」に——「顔のすまひの癖をよく書きたれど、その艶色を破るに到りて役者に忌まれ……」
役者は自分の顔の誇張を好まず。

しかし、劇通はかえって喜ぶかもしれない。——そこが蔦重のつけめ？　資本家として、座元とタイアップして短期間にどかっと売る。座元の側にしても損はない。

⑧雲母地——奢侈禁止令で豪華版の上梓不可能となる→黄摺。細判・間版《あい》→妖気なし。

⑨蔦重——浮世絵の偉大な保護者で、同時に搾取者。
この二面性を、写楽に対する二面的態度においてみること。

写楽と蔦重女房との気持の通い合いを、このあたりに起因させる？

女房は芸術にはまったく無縁だが、搾取者としての夫を、生活感覚の中で感じ、写楽に同情する？

⑩寛政五年七月、松平定信退官。
きびしい取締りの緩和への期待。

芝居小屋隆昌の気運が感じられるも、むしろ役者が華美になる方がめだつ。

三座の俳優の給料合理化の事実あり。

蔦重は、松平政治への反撥もからみ、商売上の必要からも、この際芝居絵でもうけてやろうと思う。

そこへ写楽という無名の絵描きが現れる。

蔦重は京伝に相談する。京伝（浮世絵師北尾政演）は歌麿と親密で、考え方も共通。大衆の支持するものを描くべし。

⑪やがて十返舎一九、写楽に惚れこみ、写楽の絵のドーサひきをみずから買って出るほどに――→写楽に嫉妬を感じはじめる。一九自身の絵を、写楽が軽くあしらうようなことも挿入すべき？

⑫北斎――写楽の作品を見た当初はショックをうけるが、やがて写楽の絵の変化を見て、写楽を面罵する――→写楽はその面罵のおかげで、もう一度能面づくりの腕をみずからたしかめる勇気を得る。

XI

以上のノートは、小沢書店の編集者長谷川郁夫君の要請もあって、本書の巻末に付載することにした。制作ノートを同時にこのような形で示すということは、あまり例のないことかもしれないが、私には今後これらのノートをもとにして何かを書くつもりはないので、公表すること自体に格別の苦痛はない。

私は劇作家としてはまったくの素人であって、その点については何の幻想もいだいていない。ただ、劇の形を借りて言うのが一番言いやすい種類の思念・感情が、私のうちにもあるだろうということは考える。

たとえば、白状しておくが、ラジオの「写楽はどこへ行った」で私に興味があったことの一つは、写楽という謎めいた絵かきを通して、芸術家の自己抹消ということの意味を考えることであり、二つは、蔦重という出版人の中に、私にとって特別に懐しい故人、一九六一年一月に四十歳そこそこで死んだ書肆ユリイカ社主の伊達得夫を二重写ししてみることであった。

それらのことは、だから、寛政年間に生きていた人々とはまるで関係のないことである。「写楽はどこへ行った」という作は、何ら事実にもとづいた作品ではない。具眼の士の指摘をまつまでもなく、この作品は、歴史的実証性においては欠陥だらけである。読者がその点について寛容であることを願っている。写楽はいったいどんな人間だったのか、その前身はどんな経歴の男か、等々についても、私は私の空想にしたがったことを明らかにしておく。

オペラ　火の遺言

朝日新聞社　一九九五年　九三頁　21×14 cm　一八〇〇円

■はじめに■

『オペラ　火の遺言』は私にとつて初めてのオペラ作品です。この台本を私が書くことになつたのは、一柳慧さんからの誘いによってでした。その一柳さんが、これまた一柳さんにとっては最初のオペラ作品である『火の遺言』を作曲することになったのは、ソプラノ歌手豊田喜代美さんからの熱心な働きかけがあつたからでした。豊田さん自身は、かねて日本語によって創作されたオリジナルのオペラを唱いたいと考えていて、それが今度この作品となつて実を結んだわけです。

その意味では、作曲者も作詞者も、歌手の熱意に煽られてここまで達したわけですが、私は――そして一柳さんも同じでしよう――豊田さんの煽動のおかげでこういう作品を作ることができたことに、心から感謝しています。

これは、歌手が一人だけで語り、歌い、演じるモノオペラです。二年ばかり前に豊田さんからこれを依嘱された段階では、モノオペラなどと言う形式は、私にとつてはまつたく手の届かないものでした。もちろんこの形式では、ジャン・コクトー作、プーランク音楽の『人間の声』という傑作があり、マリー・パッペンハイム作、シェーンベルク音楽の『期待』と共に、近代の古典となつていることは周知の通りです。しかしそれらがいずれも、女主人公の内面世界で展開するドラマを中心にして成り立つている点からみても、モノドラマという形式は、台本を書く上でかなり制約があるものだということは、最初から容易に想像できました。モノドラマ形式の特徴は、主人公と他の人物とが現実に交す対話というものが一切ないということです。想像や回想や妄想の世界で事が進行するというのが、こういう形式で書かれる場合の作品の、一般的なあり方になり易いのはそのためです。

私は、できる限りそのような印象を与えない作品を作りたいと思いました。この作品の第一幕の背景を、主として平安朝の幕切れの時代、すなわち、源平の壇の浦の合戦の時代に置いたのは、そのためでもありました。いわば、個人の想像や回想に代えるに、血なまぐさい歴史上のドラマをもつてしたわけです。これとて一個の空想物語に過ぎませんが、どうせ同じ想像力の世界の出来事であるなら、はじめから人々に共通の連想や想像を刺戟できる、歴史上の周知の事件を背景にした方が有利だろうと考えたからでした。

第二幕でいきなり、舞台を現代に移した人物・事件に転じたのは、私にはまつたく自然なことでしたが、その唐突な転換にとまどう方もいらつしやるかもしれません。

一幕・二幕を共通して繋いでいるのは、女たちが戦争によつてとつぜん投げこまれる理不尽な苦難・迫害、そこに必然的にからんでいる、男たちの暴発、とくに性的暴力の問題です。それをよび出すのは、戦場の異常心理と逆上的興奮である場合が多いでしようが、これは平安朝の幕切れの時代も第二次大戦末期の時代も、現在ただいまでも、本質的にはまつたく変らない問題として、私たちの眼前にも、世界のいたるところにも、おびただしい悲惨な事例とともに存在しています。
『オペラ　火の遺言』はたまたま第二次大戦終結五十年後の一九九五年に発表されますが、それに合わせて書かれたわけではありません。むしろ、ここで扱つている問題は、現在にも過去にも共通する、人間性そのものの問題であるというのが私の考えです。

私は一柳慧さんとはすでに何度も一緒に作品を作つて来ました。中の一つは、一柳さんの代表作の一つでもある『交響曲ベルリン連詩』（一九八八）ですが、その後の例で言えば『伶楽交響曲第二番「日月屏風一雙」』（一九八九）や『The Way』（一九九〇）があり、また混声合唱曲『光のとりで　風の城』（一九九二）があります。『交響曲ベルリン連詩』以下三作品は、既存の私の詩作品に一柳さんが作曲したものであり、『光のとりで　風の城』は新たにかなり長い詩を書きおろしたものでした。『オペラ　火の遺言』は、それらの成果の上に立つもので、同時に、掛け値なしに一柳さんが思う存分に力をふるつた秀作です。

今私がこれを書いている時点では、第一幕の稽古が行われた段階にすぎませんが、楽器編成の妙と言い、演奏家たちの息の合つたアンサンブルといい、作品完成の時の楽しさが今から予見できる曲です。

豊田喜代美さんの歌について、私はその魅力をいちいち数えたてることは控えますが、ひとつだけあえて言うなら、日本語がこの人の胸から出てくる時ほど、張りと艶と力強さに満ちて聞こえることはあまりなかつたような気がする、ということです。

豊田さんは、「子供の時から授業では国語と音楽が大好きでした」とある時私に言いましたが、国語の授業が好きだつたのは、もちろん「朗読」があつたからでしよう。彼女は今度のこの作品『オペラ　火の遺言』の朗読をしてくれて、私に舌を捲かせました。その国語大好きなお嬢さんは、長じてケルンに留学した時以来、日本語でオペラを歌いたいという夢を大切に育てつづける一流のオペラ歌手になりました。日本語には日本語の美しく力強い響きがあり、それを何とかしてオペラでも実証したい、とりわけ外国でそのままの形で歌いたい、という彼女の願望は、すでに別の形でも実を結んでいます。ヴィクターからCDがつい最近発売された、豊田喜代美の「無伴奏による日本の唱歌」二十三曲がそれで、これはある意味では歌手としてきわめて大胆な挑戦ともいえるものでしよう。そういう企てを実現してしまう情熱の根源にある、日本語への歌手としての献身という態度に、実をいえば私はうたれ、当初は無謀と思えたようなこのモノオペラの制作にまで来てしまつたのでした。

私としては、歌い手の豊田さんがこの作品を最初から愛読してくれたことで、ほつとしています。歌手自身が気乗りしていない作品の提供者という、なんとも寂しい立場の作者になることは、どうやら避けられました。
あとはこれを聴いてくれる方々に、どれだけ深く強くこの曲が浸透してゆくことができるかにかかつています。

一九九五年八月　作者

〔追記〕私にはすでに一九九四年に刊行した詩集『火の遺言』があります。内容は今回の『オペラ　火の遺言』とはまつたく別のものです。オペラ作品を構想する段階では、最初まつたく別の題名を考えていたのですが、豊田喜代美さんがこの詩集の題名を見た時から、この題名を強く希望し、私もそれに同感したため、異例ですがそのように変更したのです。従つて、呼び名としては、詩集は『火の遺言』、こちらは『オペラ　火の遺言』としたいと思います。

櫂・連詩

思潮社　一九七九年　二三〇頁　23.0×18.8cm　二八〇〇円

■執筆記録および刊行覚書■

(第一回～三回)執筆記録《しゆひつのこころおぼえ》

どうしてこういう試みが始まったのか。

友竹辰が異国留学あるいは放浪の旅に出るという。その旅の馬のはなむけに、「櫂」一同で何かひとつまとまったことをしようではないか、というのだったか。それとも友竹辰自身が、編集同人として、旅立ちの前に一号どうしても雑誌をまとめて行きたいと考えたのだったか。どうやらそれらの、そしてもっと別の諸理由が一緒になって、一九七一年(昭四六)十二月十九日、京都で集まることになった。しかし、私は浮き浮きと京都におもむいたわけではなかった。京都の集まりでは大岡を宗匠役にして、連句にならって連詩を巻こうということを、たぶん谷川俊太郎が言いだし、とんでもない冗談にも宗匠なんてことばはやめるべし、だいいち俺はなんにも知らない、何行もの詩と一行の句を同じに見るわけにはいかないはずだ、ほんとに俺はそんなこと出来ないのだ、と反対したにもかかわらず、賛同者圧倒的多数につき反対意見はあえなくしりぞけられたのである。もとはといえば、安東次男、丸谷才一、川口澄子と共に巻いている連句のノートを、谷川俊太郎や水尾比呂志に見せた私がわるかったのだ。

断るまでもないが、私は安東次男の手引きで連句入門したばかりの小僧であって、こちたき法式のたぐいには全く知識をもたない。しかも、恐れを知らない櫂の乗組員たちは、なあに、われわれが漕ぎはじめれば、船はなんとか動きはじめるさ、必要なのはまず始めることだ、と思っている。何よりも、とにかく皆で合作をするということが楽しみで、それはこの私にしても同じだった。

《櫂の会》京都集会会場(宿泊所)案内

一二月一九日午後三時より随時

＊場所・名称　白河院・京都市左京区岡崎法勝寺町一六

ＴＥＬ〇七五・七六一・〇二〇一

＊交通

・市バス　京都駅前より「修学院」ゆき乗車、動物園前下車(所要時間二〇～三〇分)

・タクシー(推定二〇〇～三〇〇円)(十分)

＊費用

・宿泊費千円

・食費千円(夕)二百円(朝)

・サービス料　？

・その他（集会室使用料四〇〇〇円／櫂）

○中江付記・水尾氏より安くて良いところの所望あり。二、三心あたりをさがすも、しもたやふうの落着いたところは、部屋数少なくとても十名は泊れぬ（ごろ寝なら別）という具合。高くてもよければ、清滝や鞍馬あたりの料理旅館があるが、今回は断念ということにした。

白河院とて、しかしわれらの運座の出来ばえを助ける程度には、良き場所なり。　（以上中江俊夫より櫂一同あて）

白河院は私学共済組合京都宿泊所で、中江俊夫が京大医学部Y氏を通じて申込んでくれたもの。「当宿泊所は、白河天皇の離宮跡に造られたことから「白河院」の名称を取ったものであります。建物は鎌倉風の公卿造りと英国風の洋館が見事に調和した古都にふさわしい建物です。」

病気療養中の飯島耕一、用事ができてこられない吉野弘をのぞいて全員が集った。川崎洋は奥さんと二人のお嬢さんも一緒。主賓友竹辰が「発句　ではない　発詩」を発し、「京で迎え」る今日のあるじ中江俊夫が脇をつけ、さてそれからは、おのずと順序も決まって、という具合にはいかないところもあり、また長短もさまざま。宿の門限があって、京都ホテルに部屋をとっている茨木のり子、岸田衿子は途中で一時退場、翌朝あらためて加わることになる。「櫂」の同人には、夜十二時すぎれば眠くてたまらなくなる人が二、三いて「おいしい景色の彼方」を夢みる川崎洋がまず寝床にもぐりこみ、つづいて「老人たちは軋む寝台で寝返りを打つ」と書き了えた谷川俊太郎がその隣りのふとんにもぐりこみ、ついで友竹辰。中江俊夫は「午前二時三分咲きの／魂もつれ　喜々と輝く」午前二時三分に書きしるして寝る。すでに部屋はスタンド一つを残して暗くなっているが、水尾比呂志、大岡信はなお続行、大岡が寝るころ、四時に近かった。翌朝は当然、早く寝た二人がまず続け、岸田、茨木、中江と続いたところで昼となり、「案外時間がかかるものだなあ」。

第一回はここで打ちどめ。これの続きは明けて一九七二年一月三十日（日）、当時まだ立川に住んでいた水尾比呂志の家に集って完成させることになる。吉野弘、連句に関する本をいくつか調べてきた気配に皆感心する。この日欠席の谷川俊太郎に、三十六番目を回すことにして終る。

出来映えは参加者にもよくわからない感じのものだっただろう。原稿用紙をつぎつぎに糊で張って、巻物のようになったものをかかえて、「これをごく小部数の私家版にするか、「櫂」の正規ナンバーに加えるか」で思い思いの議論がある。問題は友竹辰がなお外国へ出発していないことにもあって、それならまたつづきをやろうか。

第二回は七月二十一日(金)、北軽井沢大学村の谷川俊太郎の山荘で開催。大岡が午後一時中軽井沢駅の改札口を出ると、「おや、やっぱり一人だけ」と声あり。谷川、水尾、友竹しか集まっていない。夜になって、京都→東京→軽井沢と乗りついでくる中江を待って、五人だけでやることになる。夕刻より豪雨。中江俊夫、しぶるタクシーを説得してやってきたと、九時すぎ到着。前回は行数不定でやったが、どうも行数がきまっていた方が面白そうなので、五行にしようということになる。つづいて、三十六番までというのは、詩の形では長すぎると感じた大岡が、半分にちぢめることを提案、十八番までで打ちどめにすることにする。曲りなりにも、十八番までだとそれがどうなるか、まあ適当にやろうじゃないか、ともゆかず、結局それらの座の数も減らすことにする。

翌朝、御代田の水尾比呂志の山荘に移って、夕刻前に第十八番を残して終る。早目に出発した友竹辰のところに十八番を回す。

第三回は八月三十一日(木)、調布市深大寺の大岡信宅で開催。前回不参加者(ただし、岸田衿子、飯島耕一はいずれも旅行ならびに病気で欠席)に、依然進行係の大岡を加えて実施。このたびは四行ずつにすることを大岡が提案。だんだん短くなる。第二回目は、何とはなしに、中年男の「迅速」の旅を主題とする連詩のていになったが、第三回はとくにその種の目じるしはたてず、流れるままにまかす。第十七番、第十八番を残して、ほぼ快調に進行。

これだけ出来たら矢張り「櫂」の正規ナンバー(第20号)にしようという声がしだいに強く、かくて今号の誕生となる。

いくつかの感想はあるが、いちいちは書かない。もとよりこれは「連句」とは全く異質のものだろう。しかしこれはたしかに「連衆」が集って作ったものであり、「連詩」と名づけることに不都合はないだろう。参加者それぞれに意図があるだろうが、私についていえば、古い時代の人の言葉を意識的に導き入れてみるのを楽しんだし、その他にもやってみたことがある。次には三行で、二行で、ついでに一行で、となるかどうか。

友竹辰はまだまだ出発しない。航空便でもつづけられそうに思う一方で、矢張りこれは皆で集ってその場で作るものだとも思う。一人きりで作るものとは、明らかに性質がちがうのである。しかし、辰さんなら可能かもしれない。これは私の勘。

(大岡信記)

——「櫂」20号・一九七二・十二

(第四〜六回)執筆記録《しゆひつのこころおぼえ》

第20号に引続いて、これも連詩の試みによる、第21号。かぞえて第四回目の「鳥居坂の巻」(乾・坤)、第五回の「雁来紅の巻」（天・地）、第六回の「夢灼けの巻」の三つをおさめる。

作品は早く出来上っていた。かくも刊行が遅延した責めは、ひとえにこのこころおぼえの執筆を怠った大岡にあり、慚愧にたえず。わけても悶々とこの駑馬の働きはじめる日を待ちくたびれていた編集同人三氏に対しては、申訳まったく相たたず、只管叩頭叩頭。

第四回「鳥居坂の巻」はすでに「ユリイカ」臨時増刊号「谷川俊太郎による谷川俊太郎の世界」（一九七三年十一月）に一度掲載された。「昭和四十八年睦月晦日、於東京国際文化会館」というのが、巻名の由来を示す。国際文化会館は港区の鳥居坂にある。乾十八連、坤十八連、いずれも当日だけでは完結に至らず、途中から次回会合に持ち越しになったことは、それ以前、またそれ以後の場合と同じであるが、何月何日に完結したか、今その詳細な記憶がない。互いの間の、郵便による付けも一部分あることをしるしておく。鳥居坂に集ったのは、その前日に中江俊夫の高見順賞受賞の式があり、中江が上京したのを好機としてであった。

「ユリイカ」の右の号には、「鳥居坂の巻」のあとに、この巻を一読した安東次男氏による「櫂連詩について」という、談話筆記がある。

「ところで今度の『櫂』の試みですがね、試みとしては文句なしにいいところに目をつけたと言えるんではないか。現代詩がこんな試みをやったというだけでも、画期的なことだ。（中略）ただね、自分の詩法の中でそれぞれが勝手なことをしゃべりあっているのでは、これは座談でしかありえない。その点『櫂』の作品をみて感じるのは、約束のもうけ方が非常に甘いと思う。昔の連句のように、春秋の句をつくれば三句乃至それ以上続けろとかそういうことじゃない。そんなものを詩の中にもちこんでみてもしようがない。そういうことは今日のわれわれから見れば連句の約束として存在しているのだけれど、もともとは日本人の自然な感情からきていることでね、夏冬の句は一句で捨ててもよいというのも、同じでしょう。発句がある季節を持ったものであれば、脇句にも必ずそれと同季を付けるというのもそうだ。形式からいえばこれは約束ごとだけれど、本質的には客をもてなす心があれば当然そうしかなりようのないことで、その辺に気づかないと、形がいくらととのってもどうにもならないと思う。」

「行数の問題にしても、何行では長すぎるからみんな五行とか三行に決めようというのは、これはナンセンスだ。三行のつづきがあってもいいし、五行のつづきがあってもいい、一行のつづきがあったっていいわけだ。変化は自由自在じゃないですか。やってるうちにおのずから連詩の約束をつくっていけばいいと思う。（中略）大切なのは発句が投げかけた心に添う心が次を書く人にあるかということでしょう。」

「この連詩には、裁き手がいないというのも、運びがうまくいかないひとつの原因だと思う。裁く人は技量が優れているとか、詩心が豊かであるとか、そういう必要はない。要するにはこびの流れを作るんだから、野球の監督みたいなものでね、必ずしも現役の選手として走ったり投げたりする必要はないわけだ。」

直接「櫂」の試みにふれた部分の主なところを抄録した(「鳥居坂の巻・乾」の最初の部分の技術評は長いので省略。主旨は、「客をもてなす心」の必要、「大切なのは発句が投げかけた心に添う心」というところにある)。

右の安東談話のうち、裁き手不在という批評は、私には耳の痛いところでありました。しかし行数に関しては私に別に考えがあり、「現代詩手帖」昭和四十九年四月号に「連句・連詩の場から」という拙談をのせたとき、少々触れたので、記録として、かつはまた、今回の号にのっている作のための註という意味も含めて、以下に引いておきたい。

「初めは行数不足だったけど、今は行数を決めてやっているんです。安東さんに言わせると、行数を決めてやるのはナンセンスだというんだけど、ぼくは必ずしもそうは思わない。五行ずつでやるか三行ずつでやるかで、ともかく出来上りは明らかに違うところがある。現代詩における行数というのは何か、という問題が、やっているうちにはっきり問題として意識されてくる。今二行以内でやっているんだけど、例えば習性として長く書かずにいられないタチの人にとっては、二行で書く場合どういうことになるか、その人にとって意味のある挑戦でしょう。谷川俊太郎の場合、彼の書いた詩句が七七という音数を自然にとってくるということが、ときどきおきている。それにハッと気がついて、崩してしていこうとする。崩すところに彼の詩がくっきりと出てくる面白さがある。しかも、それをみんなの面前で、みんなも意見を言いながらやるわけだから、本人にも他の人間にも、いろんなことが見えてくる。そういう作業をやってみると、今まで自分たちが現代詩を書きながら気がつかないできていたことがよく見えてくる感じがあるわけです。一行の長さをどうするか、言葉の組み合わせ方をどうするか、例えば普通の叙述法にしてあるものを他の人間がバッサリ切ったほうがいいと助言するとか、順序を変えたほうがいいとひっくりかえしてみるとかする。思いがけない効果が出てくることがある。みんながその場で見守りながら、『こうしたほうがいい』『いや、俺はこう思う』ということになっていけば共同作業になるわけです。／なぜそんなことが必要かというと、次に付ける人がいるからなんだ。次に付ける人にとって付けやすいものでなければいけない。次の人は、前の人がどこにポイントを置いているかということが明確でないと付けられない。前の人としては自分の提出するものの姿かたちが、次の人によく見えるものでなければいけない。それがつまり義務です。（中略）自分一人で好きに書いたものと違って、ある意味では暴力的にねじ曲げられたり切られたりすることによって、自分のもっているものが、より明確に出てくるということがある。それは一つの発見なんだな。」

念のためにしるせば、私が右のおしゃべりをしたのは、第五回「雁来紅の巻」のあと、第六回「夢灼けの巻」の進行中の時期である。しゃべった内容には、かくありたいという希望も含まれるが、同時にこれまでやってきた経験にもとづく報告と意見ももちろんあった。「心」の大もとについては、安東さんと全く同感である。実際の試みでは、意見の違いも出てくる。今のところはそれが当然だろう。

さて、こんな具合に記録をつづってくれれば、谷川俊太郎の二つの文章も引いておかねばならない。

その一。（前略）「先頃、私の属する同人誌の集りで、一夕たわむれに歌仙まがいの短詩の合作を試みたことがあった。私が驚いたことのひとつは、仲よしクラブなどと悪口を言われるほど気心の知れた仲間が、何行かの詩を書く段になると（私も含めて）ほとんどが或いは背を見せ、或いは別室に逃れ去って孤独のうちに仕事をし、各人の詩句の間には結果において、付合の気もちはおろか、（ふだんの付合の中では示される）わずかな思いやりすら通わなかったことである。同人誌というもっとも恵まれた詩の場においてすら、我々は詩を閉ざされた自分と各自の夢見るのっぺらぼうの無限定な読者のイメージとの間の回路に固定していた。我々は無意識のうちに印刷媒体という本来詩のあとに来るべきものを先行させ、何のために、誰のためにという問いかけを、自分が座っているその具体的な現場から出発させることができず、かつそういうスタイルをもち得なかった。そういう風に、知らず知らずのうちに我々は慣らされている。そこに詩意識から技術に至る或る一貫した（近代芸術に共通な）問題がひそんでいよう。私にそれを解明する能力はないけれども。」（以下略）（「現代詩手帖」一九七二年六月号、連載第五回「詩の現場がどこかにあるはずだ」。のち晶文社刊『散文』に収める）。

谷川がこれを書いたのは、私たちの連詩の試み第一回が、突然、手さぐり状態で始まった、その直後の時期である。一同のとまどいぶりは、ここにほぼ正確に描写されている。「わずかな思いやりすら通わなかった」と俊太郎さんは書いたが、まあ、思いやりを通わそうと努力はしたものの、言葉の恐るべき抵抗に手を焼いて、結果的に俊太郎説のようになった、という面もある。

その二。（前略）「また私の属する同人雑誌では、最近何度か連句ならぬ連詩の試みをしている。以前に一度同じテーマで皆が作品を書いたことがあり、その自然な延長で合作という話がもち上ったと思う。合作には何らかのルールが必要だというので、仮に連句の形を自由に適用することになった。同人間の他愛のないお遊びで始まったこの試みに、ほとんどの同人がそれぞれに熱意を感じ始めた様子なのが面白い。第一回目は各自の書く行数を自由にしていたのが、第二回は五行になり、第三回からは四行になった。／始めのうちは皆が『座』になじめず、仲間からかくれるように孤立して書き、前の詩を読みとりそれに付けることも、後の詩へと気持を残すことも出来なかったのが、だんだんにくつろいで自分の殻から抜け出し、前後への目配りもするようになってきている――と、少くとも私はそう感じている。合作された作品は印刷されてい、同人外の人々の目にも触れることになったが、私にとっては、この連詩の試みは未だ第一義的に、同人同志の小さな共同体の中での遊びとして意味をもつ。」（後略）（「文学」一九七三年十一月号所収「詩の伝達の場」）

　右の文章は、他のいくつかの例とともにこの連詩の試みを「雑誌――単行本というきまりきった詩の流通の形に対する何らかの形の反抗」のひとつとして紹介したもので、「たとえば詩が詩集という商品に変質してゆく過程で見失われがちになる、詩人と読者の関係を、マスメディアとは異るもっと小さな、具体的な場でとらえ直したいという欲求が、詩を書く人間の側にも、詩を受けとる人間の側にもあるとは云えぬだろうか」というのが、この文章全体の主題だった。「その一」にかかげた文章とくらべると、連詩についての谷川自身の感じ方に、ややちがう面も出てきている。それは多かれ少なかれ、他の同人についてもいえることで、それゆえ、ここで記録しておくのは大いに意味があると思う。

　以上、多くは人の文章を引用して責めをふさぐ形となったが、これはもちろん、つとめを怠るつもりでそうしたわけではない。今回の「執筆記録《しゆひつのこころおぼえ》」では、これらの文章をまとめておくことこそ、最も肝要と思ったので、そうしたのである。

　なお、一人も欠けるところなく集まり、付合の順序もきれいに揃えてこの試みをやることは、最も望ましいことにちがいないのだが、当日だれかがやむを得ず仕事などのため欠席したり遅れて出たりということになるのは、まずは避けられない。今回のものも、作者の順序がときどき乱れているのは、そういう理由からで、同人以外の読者諸氏のために一言付記しておく。

　最後になったが、「鳥居坂の巻」「雁来紅の巻」ならびに「夢灼けの巻」の進行データをしるしておく。

「鳥居坂の巻」（乾・坤）

　一九七三年（昭四八）一月三十一日（水）

　於東京国際文化会館

　（午前十時より午後七時まで）

「雁来紅の巻」（天・地）

一九七三年（昭四八）十月五日（土）
　於調布市深大寺「深水庵」
　（午前十時すぎより午後七時まで）
同年十月十九日（金）
　於水尾家

「夢灼けの巻」
一九七四年（昭四九）一月九日（水）
　於「深水庵」
同年二月二十八日（木）三月一日（金）
　於神奈川県葉山「佐島マリーナ」
　（二十八日午後現地集合、翌日昼すぎまで）
同年三月二十三日（土）
　於水尾家

「雁来紅の巻」は各人四行ずつ、「夢灼けの巻」は二行以内で、原則として片仮名言葉は使わない（ただし地名・人名はその限りにあらず）という条件のもとに作られた。

（大岡信記）

――「櫂」21号・一九七四・十

（第七回・八回）執筆記録《しゆひつのこころおぼえ》

今度の第22号には、一行ずつを連ねた連詩二つを掲げる。第何回ということになれば、前回の「夢灼けの巻」につづく第七回・第八回が今回の試みだが、「アイウエオの母の巻」と「蒸し鮨の巻」とは、同人が二組にわかれて同時進行で巻いたものであり、時間的に先後の関係はない。アイウエオ順で「アイウエオの巻」を第七回、「蒸し鮨の巻」を第八回としておきましょう。実際「蒸し鮨の巻」は、巻上るのも少し遅れたのだった。遅れたのは、ひとつには茨木さんが中途から夫君の病気のため参加できなくなったためで、三浦安信氏は病院に泊りこんだのり子さんの、片時も休むことない看病にもかかわらず、一九七五年五月二十二日長逝された。三浦氏は単に茨木さんの夫君としてのみならず、「櫂」同人にとっては数々の思い出をともにする方でもあったから、この悲痛事は同人全員にとっても深刻な衝撃であった。今はそのことについてこれ以上書くのは控え、ただ三浦氏の御霊の永遠の浄福をお祈り申しあげる。

「蒸し鮨の巻」の終りの部分で谷川・大岡両人が参加しているのは、こういう事情のしからしめるところであった。

さて、連詩の試みも、はじめは各人の書く詩句の長さを不定とし、おそるおそるの手探りにも似た出発だったが、その後三行ずつ、四行ずつ、あるいは二行以内といった試みを重ねた末、当然の成行きとして一行ずつの詩句を連ねる体を試みることになった。いうまでもなく、古くからの歌仙の様式は、五七五／七七を連ねて全三十六句、その間に二花三月やら春夏秋冬また雑の句をちりばめ、運びにもさまざまのきまりがあって、その様式の完成度はゆるしがたい高みにまで達している。各人一行の詩句をもって連詩を試みるということは、多少とも歌仙形式を意識せざるを得ないことにもなろうかと想像したが、実際にやってみれば必ずしもそういうことにはならず、あらためて五七五／七七定型のもつ意味の大きさを考えさせられたのだった。

終りに例によって進行データをしるしておく。

「アイウエオの母の巻」「蒸し鮨の巻」、ともに前後四日参集して継続制作した。場所はすべて、調布市深大寺「深水庵」。

一九七五年一月二十六日（日）、三月十四日（金）、五月十六日（金）、六月七日（土）。

（大岡信記）

――「櫂」22号・一九七五年・十二

（第九～十一回）執筆記録《しゆひつのこころおぼえ》および刊行覚書

例によって会合記録を以下にしるす。「櫂」には第九回「大原女あざみの巻」、第十回「一碧の巻」、第十一回「湯の波の巻」は未収録である。

「大原女あざみの巻」は一九七五年十一月七日午後一時をめどに京都市内の旅館上田家に集り、翌八日午前十時まで、一泊して第一回の会合とした。夜は市中の何個所かを徘徊したから、進行具合はあまりかんばしくなかったと記憶する。この巻も前回に続いて各人一行の受け渡し。

第二回会合は、一九七六年五月十二日午前十時より午後七時まで。

第三回は同年十月六日午前十時より午後五時まで。第二回、第三回とも調布市深大寺の深水庵にて。

「一碧の巻」と「湯の波の巻」は、同人を二組に分けて同時進行とした。

第一回は一九七六年十二月二十二、忘年会を兼ねて、伊東市内の旅館いなばに一泊して開始。二十二日午後一時をめどに集り、翌二十三日午後三時おひらき。

第二回は一九七七年三月五日午前十時より午後七時まで、深水庵。

第三回は同年五月二十八日、伊豆の三津浜なる旅館安田屋に午後三時をめどに集り、翌二十九日午後一時おひらき。

第四回目は同年十月十五日午前十時より午後五時まで深水庵。

「一碧の巻」と「湯の波の巻」に関しては、行数自由とし、進行にも格別な方向づけなど設けず、各人の詩句のおもむくままに受けこたえしてゆく方針をとった。その結果生じた興味ある現象の一つは、各人の書くものが、長くてもせいぜい五行どまりになったということである。たぶん、受けこたえに連詩の重点のひとつがあるということの自覚が、このような結果をもたらした重大原因となっていると思われる。このことについては、本書後半の同人による座談会の中でも話題になっているから、あらためて繰返すことはしないが、興味ある現象だということだけはしるしておきたい。

一巻を仕上げるのに意外なほど時間がかかっているようにみえるのは、実際に付けを長考する場合もあったけれども、同人が定刻に一度に参集し、最後まで一緒にいられるというわけでない場合が多いことに主として起因している。また、いうまでもなく、京都や伊豆、また深大寺などに集る場合、連詩をひとつの好機として、ふだん会わずにいる同人一同が集るという面もあるため、時の移るのを惜しんで談にふけることは避けられないという事情があった。

さて、現在までのところ、以上十一の巻々だが、これを今度の本のような形にまとめるについては、思潮社からの熱心な勧誘があり、同人協議の末勧誘に応じることになったが、その過程ではこの種の試みを本にまとめることに対するためらいの気持も、何人かの同人の中にあったことを付記しておきたい。かくいう私自身にもそれはある。いろいろな点について、私自身の責任において、進行上に不手際があったし、その他いくつもの、ああもしたかった、こうも、という思いがないわけではない。私だけの思いで言えば、そういう事情をも含んだ上で、この本の刊行に賛同した。それなりに意味はあると思ったからである。いわばひとつの試み、そういう気持が私の場合にはある。ただし、これは他の同人諸氏の意向を代表しての弁ではないことをしるしておきたい。

会合の記録としては、本書刊行に関する件を一同で協議するため、また新年の集いのため、一九七八年一月二十八日午後三時、京都市内の旅館聖護院御殿荘に集り、翌二十九日まで一泊して同人会を開いたことを、最後に録しておく。

（大岡信記）

ヨーロッパで連詩を巻く

岩波書店　一九八七年　二一七頁　四六判　一六〇〇円

■あとがき■

これは「世界」一九八六年一月号から十一月号まで、十回にわたって連載したもの（一回休載）を一本にまとめたものである。

外国に出かけていってそこの詩人たちと詩を共同で作るなどということは、まともな神経の持主ならやらないことかもしれない。いや、やらないに違いない。それは詩を冒瀆するものだ……。

そんな批判が出るだろうことは承知しているが、私はとにかくこの本に書いたようなことをここ数年来やってきてしまった。もののよく見えることを誇る人なら、「作品を読んでみたが、やっぱり大したことはなかった」と断言するかもしれないが、私にはそういうことも実はよくわからない。

すべては、この本の中でも書いたように「ある日とつぜん」という形で始まった。始まるについてはもちろん下地はあった。下地はあったが、きっかけはいつも突然やってきた。ある時は友人である相手との談笑のあいだに。またある時はこちらが全く知らないでいるうちに進められていた招待という形で。

そして事はいつも同じようには行われなかった。毎回毎回、出会う詩人たちは違う国の、違う言葉の、違うタイプの詩人たちで、作業もおのずと違う経過をたどった。この本の記述の中では未来形になっているが、現在ではもう過去に属することでいえば、私は昨年末、クリスマスも近いころ、パリのポンピドゥー・センター地階ホールでフランスの詩人三人（ジャン＝ピエール・ファーイ、アラン・ジュフロア、アンドレ・デルテイユ）と、会場に集まっている人々の眼の前で連詩を作るという、思えば何とも無謀な試みを行った。もちろんこのようなことはその時がはじめてで、俳句研究家でみずからも日本語で俳句を作りさえする友人アンドレ・デルテイユが日本語をフランス語にするのを援けてくれたからよいようなものの、さもなければとても乗れた話ではなかったろう。

なんでそんな面倒な思いまでしてやらねばならないのか、といわれれば、ほんとにその通りと思う気持ちもある。しかし、これも本文の中で書いたことに関係があるが、私はこのような試みを通じて、結局のところ、未知の者同士である人々の接触と相互理解の、ありうべき一形式を探求しているのだと思っている。それが詩という形をとったのは、私がそれに固執する以外にあまり能のない人間だからにすぎない。日本語の詩形式の中に、たまたまそのためのヒントになりうる形式があったから、上述のようなことが可能になったのだと思っている。

そういう意味でこの本は、過去の詩人たちにも、現在の各国の人々にも、実に言いようもないほど多くの恩恵を蒙っている出来事の報告書である。それらすべての人々に深い感謝を捧げる。また、私も同人の一人である雑誌「へるめす」の表紙を創刊以来ずっと描いてくれている黒田征太郎氏が、この本の装幀を欣然として引受けてくれたことにも、あつく御礼申しあげる。

ついでながら、ベルリンで私たちが作った連詩および関連論文やエッセーを収録した詩集そのものが本書と同時に岩波書店から刊行される。ドイツ語版の方が早目に出ていて（『詩の真珠・連詩』、西独ネルトリンゲン、フランツ・グレノ社、一九八六年秋刊）、それは南西ドイツ放送局選定「十一月のベスト・ブックス」」の一冊にも選ばれたが、日本でもよき読者に恵まれることを心からねがっている。

一九八七年二月

大岡信

連詩　闇にひそむ光

岩波書店　二〇〇四年　一七三頁　A5判　一九〇〇〇円

■編者あとがき■

『連詩　闇にひそむ光』は、静岡県文化財団の協力を得て、一九九九年から二〇〇三年まで、毎年秋に静岡県で実施された連詩の、過去五年間の作品の一応の集成である。いわば〝中仕切り〟というつもりの作品集である。

第一回は清水市（現在の静岡市）の丘陵日本平《にほんだいら》で一九九九年十月二十九日から三十一日まで実施され、三日置いて十一月三日、静岡市の巨大施設グランシップの六階交流ホールで発表会を開催した。

第二回以後は毎年十一月に静岡駅前のホテルセンチュリー静岡の上層階に用意された二、三室を開放してもらい、そこで詩の制作もし、報道のために常時待機している記者諸氏が、数人は必ずつめているという形で、第五回の「水平線」の巻までを作ってきた。

各回とも、第四十番まで作るということにして、制作を終った翌日（第一回の場合のみ日を置いたが）、グランシップの十一階会議ホール「風」で、参加者全員（制作した詩人たちプラス翻訳者）が、壇上にしつらえたテーブルを囲んで、一人ひとり自分自身の担当した部分を詠むという形で作品を朗読発表した。作品全編を通しての朗読だけではなく、作品の部分部分を採りあげて、自分の前の順番の作品をどのように受けとめ、それに自作をどのように付け合せて次の作品のために道を開くようにつとめたか、というようなことを簡単に説明し、鑑賞に資するということもやった。これは集まって下さった方々には好評だったように思う。

当日の会場の座席上方には、この連詩作品を墨書した長さおよそ二十メートル前後に及ぶ作品が貼りつけられ、連詩の長さを実感できるように工夫もされていた。この墨書は私が筆で行ったが、これは従来外国で連詩をやった時に、巻紙で同じようなことをやって来た習慣が、そのまま延長してこのような形になったものだった。ただし、その後、筆書する用紙は、大きな紙に変り、丈も高くなり、体裁は立派になった。それは、かつては一種の個人的なみやげ物のような気持ちで作られたものだったのに、日本で多くの人々に発表する場で、いわば装飾品の役割りを果たすべく展示されるものとなったためであった。

連詩作品を順番に従って制作しながら、各人の作品が出来上がるたびに、別室に設けられたお習字のためのテーブルで墨と硯を相手に筆書するのは、他の参加者よりも多少仕事量がふえるのだが、私自身は、筆を存分に使って字を書くということが楽しみだったから、その間十分に愉しませてもらった。全部が終ったあと、署名をして落款を押す時の、ちょっとした達成感はいいものである。

ずいぶん以前になるが、ドイツで連詩を作った時、ドイツ側の参加者の一人にカリン・キヴスさんがいた。彼女は筆に興味をもち、落款の印に大変関心を示して、自分の透きとおるようなピンク色の耳たぶにハンコを押してくれと言い張り、その通りにしてあげたことを思い出す。その時談笑の輪の中にいた日本側のもう一人の参加者が、つい先日（二〇〇四年十月二十一日）逝去した、同じ同人雑誌「櫂」の仲間の川崎洋君だった。彼はその一九八五年のベルリン世界文化フェスティバル「ホリツォンテ85」のあとでも、カリン・キヴスと文通を通じて連詩を少し続けていたのではないかと思う。

「しずおか連詩の会」は、今年（二〇〇四年）は、本書『連詩　闇にひそむ光』の編集刊行のため、例年通りの十一月の連詩の会はお休みとするが、来年度にはまた開催したいと考えている。新しい意欲的なメンバーが参加して下さるといいな、とねがっている。

主催者の静岡県文化財団、共催者の静岡新聞社、静岡放送に心から感謝しつつ、参加者を代表して一言ごあいさつまで。

大岡信

プレヴェール詩集　やさしい鳥

［詩の絵本4］　偕成社　一九七七年　五三頁　18×15.8 cm　八八〇円

■本のあとに■

今年（一九七七年）四月十二日の新聞は、ジャック・プレヴェールがフランス北部のシェルブールで十一日肺癌《はいがん》のため死去したと報《ほう》じました。享年《きょうねん》を七十七歳と記してあるその記事をながめながら、プレヴェールという詩人と彼の現実の年齢とが、あまりうまく私の中では一致しないのを感じました。あのプレヴェールでも、七十七歳という年齢を人並みに刻《きざ》むのか、という感慨《かんがい》がありました。この詩人は、少なくとも私などには、年齢のことなど全く連想させないタイプの詩人でしたから。

「彼は書く時でさえ話してるみたいなんだ……彼は街から来たので、文学から来たんじゃない……特殊なケースだよ……人生を讃《たた》え、いわゆる《おえら方》を軽蔑《けいべつ》する……素朴で、幸福が好きで、心にくいユーモアがあるし。分類できない男さ」

プレヴェールの親しい友人だった詩人で批評家のリブモン・デセーニュはあるときプレヴェールについてこんなことを写真家ブラッサイに言ったそうです。ブラッサイの『ピカソとの対話』という面白い本の中に出てくるエピソードで、このリブモン・デセーニュとの会話は一九三〇年ころのことといいますから、プレヴェールが詩人としてデビューしたそもそものはじめごろのことでした。そのころすでに、「心にくいユーモアがある」男、「分類できない」人物と友人たちに映《うつ》っていたプレヴェールは、以後ずっと、その「分類できない」豊かな味のある人間性をもって、数々の詩や映画シナリオを書きつづけたのでした。

プレヴェールは一九〇〇年パリ西部のヌイイ・シュル・セーヌに生れましたが、家は貧しく、十五歳のときからモンパルナスのマーケットの店員、ついで百貨店ボン・マルシェの店員となり、以後さまざまな職を転々としました。両親が映画好きだったため、暇《ひま》があると子供たちは映画につれていってもらいましたが、これはジャックおよび弟のピエール・プレヴェールの生涯に大きな影響《えいきょう》を及ぼしました。ジャックは名監督マルセル・カルネと組んで、カルネ作品の脚本、脚色を担当し、「ジェニーの家」「霧《きり》の波止場《はとば》」「悪魔は夜来る」「天井《てんじょう》桟敷《さじき》の人々」などの名作をつくりましたし、ピエールも映画監督になったからです。

ジャック・プレヴェールは一九二〇年代の後半、シュールレアリスム運動に参加しましたが、やがて離れ、詩を書くかたわら、映画脚本やシャンソンの作詞を手がけました。彼は作曲家コスマとのコンビで、数多くのシャンソンの名作を残しましたが、中で最も有名なのは何といっても「枯葉」です。これはもともとカルネ監督、プレヴェール脚本の映画「夜の門」（一九四六）の主題歌として書かれたもので、映画ははじめジャン・ギャバンとマレーネ・ディートリッヒが主役を予定されていたのですが、二人が映画の主題に反撥《はんぱつ》して役をおりたため、当時無名の新人だったイヴ・モンタンに主役が廻り、モンタンが「枯葉」を歌って、一世を風靡《ふうび》することになったのでした。

　プレヴェールの最初の詩集は『ことば《パロール》』（一九四五）です。それ以前に書いた詩を集めたものですが、これには面白い話があって、この詩集の原型となる一冊の詩集がすでに一九四三年に二百部限定で刊行されていたのでした。しかし、作者のプレヴェールははじめ、それが出たことを全く知らなかったのです。というのも、この詩集は、ナチ・ドイツ軍の占領下に、ランス市の高等中学の生徒たちが秘密に出版したガリ版刷《ず》りの粗末な本だったからです。これら中学生は、プレヴェールという詩人があちこちに発表する詩や映画主題歌などに夢中になり、自分たちでそれを集めて詩集を勝手に作ってしまったのです。

　こういう読者の存在は、いわばじつにプレヴェール的で、こんな本が作られてから二年後、ドイツ降伏後のパリで刊行された『ことば《パロール》』は、発表後たちまち大ベストセラーになり、現在にいたるまで、おそらく世界中で二十世紀に刊行されたおびただしい詩集のうち、最も多くの人に親しまれている詩集ということになるのではないかと思われます。

　「彼は街から来たので、文学から来たんじゃない」というリブモン・デセーニュの言葉の正しさは、『ことば《パロール》』をはじめとする彼のいくつもの詩集で存分に証明されています。街に生きる民衆が本能的にもっている、権威に対する反抗的心情、互いのやさしい思いやり、イキのいい諷刺《ふうし》や語呂《ごろ》合わせ、恋の歓びと悲しみ、自由な暮らしへの愛が、そこでは軽やかにぴちぴちはねる言葉で書かれています。

　この訳詩集に集められた詩の数はさほど多くありませんが、プレヴェールがどんなに親しみぶかい詩人であるかは、これを読んだだけでも感じとることができるのではないでしょうか。

大岡信

百人一首

［講談社文庫］講談社　一九八〇年　三〇〇、一〇頁　A6判
三八〇円

■はじめに――『百人一首』とその「訳」について■

『百人一首』は江戸時代以来久しきにわたって、日本の正月をいろどる風雅なカルタ遊びの主役であった。百首の名歌アンソロジー――そうあらたまって呼んでみると、そのアンソロジーを遊戯に用いて暮してきた日本の家庭生活というものも、これでなかなか趣きに富んだものだった。もっとも近年はそういう風習もすたれてしまい、娘たちの振袖のたもともいたずらに大路小路の風を切るばかり、それがカルタの札の上をかすって舞う情趣も大方は失われた。

『百人一首』は今では読物として愛読されるものとなった。そうなってみると、昔、「こぬひとをー　まつほのうらのー　ゆうなぎにいー」と節をつけて読みあげていたときには大して考えてみることもなかった一首一首の歌の意味が、案外に、というよりはじつにしばしば、なかなか複雑なものだったことに気づく。歌加留多《うたがるた》遊びはしょせん競技である。競技に没頭している人に、「焼くや藻塩の身」がなぜ「こがれ」ねばならないか問うてみても仕方がない。第一、競技に上達すればするほど、歌は最初の一音、二音の勝負となって、一首をのどかに味わう心境とは関係がなかった。

『百人一首』を一首一首の歌として読んでゆくと、そこには上古以来の和歌の歴史を通じて蓄積されてきた言葉の富というものがしみこんで、おのずと響き、歌っているのが感じられる。

『百人一首』を撰定したのは藤原定家とされている。その定家は、必ずしも古今の歌人の百人ひとりひとりについて、その極め付きの秀歌、代表作と彼が見るものを慎重に選びだしたとは思えない。にもかかわらず、人々に愛誦され、たえず繰返し口ずさまれているうちに、百首の歌はそれぞれにある種の愛すべき雰囲気、上品な貫禄をそなえるにいたった。はじめて接する時にはわずらわしいと思われる言葉の複雑な技巧も、聞きなれた耳にはさほど突飛なものでなくなり、かわりに語の一音一音の並び具合のふくよかさにまで思いがゆくようになる。それが結果として、とびきりの秀作ぞろいとはいえないだろうこの百首の詞花集全体に、理非を超えた魅力をそなえさせるにいたり、古来和歌というものが発揮してきたふしぎな牽引力にまで、あらためて思いを馳せさせることにもなる。

『百人一首』の注釈書・解説書は数えきれないほど書かれて

いる。私のこの本は、それら先行する厖大《ぼうだい》な著述によって積みあげられてきた知識見解に極めて多くのものを負うていることは言うまでもない。私がさらに新たに一書を加えることは、屋上に屋を架するにすぎないことかもしれない。ただ私は、この本でささやかな試みをしてみた。すなわち、通常の注釈書では「通釈」とよばれている部分に、行分けの形にした一種の現代詩訳を置いたことである。

　これは必ずしも原歌の厳密な通釈ではない。場合によっては、歌の中の掛詞《かけことば》や縁語《えんご》などの説明であるべき要素までも、「訳」の中に取りこんでいるから、原歌と読みくらべてみると、印象が大いに異るものになっているようなものもあろう。「一種の現代詩訳」と言ったが、別の言い方をすれば、百人一首の和歌を「楽譜」とした、現代語による「演奏」だと言ってもいいだろうか。その成否は読者の判断にゆだねるほかないが、私があえてこういう無謀に近い試みをした理由については、なお一言つけ加えておきたい。

　私が中学生の昔から、国文解釈の勉強をする折などにいつも疑問に思う一つのことがあった。それは和歌や俳諧をはじめ、詩的な表現がテキストになっている時、それの通訳が、一つ一つの語義の解釈に慎重なあまり、通読すると必ずしもすんなりと一息に了解できるようなものになっていない例が少なくないという事実である。文法上の正解が、一篇の詩歌の通釈としては必ずしも魅力満点のものとは限らぬ事例が多いのではないか。この疑問は、少年の日から今日にいたるまで、私の中でいつもわだかまっている疑問である。たとえば、感嘆詞風の言いまわしに対して、判《はん》で押したように、「……であることよ」とやってすませばそれでいいのだろうか、といった疑問。

　私のこの一種の現代詩訳なるものは、そういう疑問に対する私のささやかな答であると考えていただきたい。そこには原歌にない余計な言葉や解釈も含まれているだろう。文法的に見れば甚だしく越権的な訳もあるかもしれない。ただ、散文による「通釈」に代えて、こういう試みもあってもいいのではないか、という私の意図も、少しは実現されているかもしれない。それは私一個の希望にすぎないが、幸いにして読者の目にもそう映ってくれるなら、これを試みた甲斐もあったことになる。

　そういう試みをする一方、歌の語義などの説明については、別途に書きしるすことはもちろんである。また、一人一人の歌人にかかわるエピソードのたぐいについても、適当と思われる範囲内でつけ加えている。そういうエピソードを見てゆくと、おのずと、これらの和歌の世界を大きく包んでいる各時代の文化全体の姿というものが、『百人一首』という一つの窓を通してちらちら見えてくるところがあり、興味をそそられるからである。

＊『百人一首（日本の古典別巻1　グラフィック版）』（一九七

五　世界文化社）に大幅な補筆改訂を加えたもの。原版にあとがきはない。

鬼と姫君物語　お伽草子

［平凡社名作文庫11］　平凡社　一九七九年　二三四頁　A5変型判　一三〇〇円

■おわりに■

六つのそれぞれ特色のある物語を読んで、読者はそこに神さま仏さまのことがしきりに出てくるので、不思議《ふしぎ》に思われたかもしれない。子どもに恵《めぐ》まれない老夫婦が、住吉大明神《すみよしだいみょうじん》にお祈《いの》りして子を得《え》たり（「一寸法師《いっすんぼうし》」）、観音菩薩《かんのんぼさつ》を明け暮《く》れ念じた功徳《くどく》で女の子が生まれたり（「鉢《はち》かづき」）することからはじまって、良《よ》きにつけ悪《あ》しきにつけ神仏に祈る姿《すがた》がさかんにえがかれている。

「酒呑童子《しゅてんどうじ》」のように、平安朝《へいあんちょう》の勇士たちが怪物《かいぶつ》を退治《たいじ》するいさましい物語でも、恐《おそ》ろしい力を持つ鬼神《きじん》酒呑童子とその手下どもをうちたおすことができたのは、ひとえに石清水八幡《いわしみずはちまん》、住吉神社、熊野権現《くまのごんげん》の三社の神をはじめとする八百万《やおよろず》の神々や仏のおかげだったことになっている。

さらにまた、「梵天国《ぼんてんこく》」では、天子《てんし》からさまざまな難題《なんだい》をふっかけられ、ついには地の果ての恐ろしい羅刹国《らせっこく》にまで苦しい流浪《るろう》をかさねなければならなかった中納言《ちゅうなごん》や奥方《おくがた》は、物語のおわりで、八十歳《さい》にたっしたとき、なんと文殊《もんじゅ》菩薩、観音菩薩になって、世の人びとをお救いになることになってしまう。

どれもこれも信じられないような話だから、読者の中には「なんだ、おかしい」と思う人もあるかもしれない。しかし、『お伽草子《とぎそうし》』が書かれ、読まれ、また語られた南北朝のころから江戸時代初めころまでの約三百年間を、現在のものの見方で割《わ》り切って考えるだけでは事《こと》はすまないだろう。当時の人びとの生活の中で、神仏、とくに仏教が果たしていた大きな役割《やくわり》を見のがすわけにはいかない。

単に物語の筋《すじ》のおもしろさだけを取るなら、この『鬼と姫君物語』の中でも、たとえば「鉢《はち》かづき」のおしまいの部分は、

やがて宰相殿《さいしょうどの》は、自分の息子《むすこ》のひとりとともに鉢かづきの父を河内《かわち》の国の長官にした。宰相自身は伊賀《いが》の国に住み、どちらの子孫も末長く栄えたのだった。

というところで打ち切ってもよかったのである。けれども本書ではそのあとに、原文にあるつぎのような一節《いっせつ》を、はぶかず付け加えることにした。

むかしからよく、観音《かんのん》には霊験《れいげん》あらたかなご利益《りやく》があると言い伝えられているが、この物語を聞いた人は、必ず観音の御名《みな》を日に十ぺんずつ唱えることです。

「梵天国《ぼんでんこく》」のおしまいでも、中納言《ちゅうなごん》と奥方《おくがた》が菩薩《ぼさつ》さまに変身するという不思議《ふしぎ》な後日談《ごじつだん》がついているのをそのまま付け加えておいたが、今のわたしたちからすれば、ありえないと一笑《いっしょう》に付《ふ》したくなるようなこういう部分に、『お伽草子』という民衆《みんしゅう》向けの物語文学のひとつの特徴《とくちょう》が、まざまざとあらわれているのである。だから、単なる筋のおもしろさを追うほかに、この本ではそういう要素《ようそ》をもなるべく生かすように心がけた。

同じく、筋のおもしろさだけを追うなら、はぶいてしまってもかまわないようなものに、たとえば「唐糸《からいと》そうし」の中で、万寿《まんじゅ》と更科《さらしな》がたどる鎌倉《かまくら》への道筋の、つぎのような描写《びょうしゃ》がある。

雨の宮を出発した万寿姫たちは、親子の契《ちぎ》りも深い深志《ふかし》の里を通り、浅間山の煙《けむり》ならぬ、身にあまる思いの火を胸《むね》に、入山《いりやま》をすぎ、上野《こうずけ》の国の常盤《ときわ》の宿《しゅく》を越《こ》え、一の宮を伏《ふ》し拝《おが》み、二のたまはらを通りぬけ、父の面影《おもかげ》なつかしい秩父山《ちちぶやま》、たのしい末を待つ思いの松山もすぎ、霞《かすみ》の関《せき》を分け越して……

この部分の原文はどうかといえば、つぎの通りである。

万寿《まんじゅ》の姫《ひめ》は、雨の宮を立出でて、通るところはどこどこぞ、親子の契《ちぎり》は、深志《ふかし》の里こそめでたけれ。浅間《あさま》の嶽《だけ》に立つ煙《けむり》、身には余れる思ひにや、いま入山《いりやま》をうち過ぎて、上野国《こうずけ》に隠《かく》れなき常盤《ときわ》の宿《しゅく》をもうちこえて、一の御宮《おみや》をふし拝《おが》み、二のたまはらに出でしかば、親の名のみか秩父山《ちちぶやま》、末まつ山をうち過ぎて、霞《かすみ》の関《せき》をも分け越《こ》して……

ここには、わたしたちがふつう語呂《ごろ》合わせなどと呼《よ》ぶことの多い表現技巧《ぎこう》がいくつも用いられている。「親子の契は、深志の里こそめでたけれ」というところを例にあげよう。ふたりが通過した土地の名だけを言いたいのなら「深志の里こそめでたけれ」ですむのに、その上に「親子の契は」とついているのはなぜか。「深志」という地名の「深」という字に懸《か》け合わせて、「親子の契りは深い」という表現が、いわば文字だけの縁《えん》で呼《よ》び出されてきたのである。これは「深志」という土地そのものとはまったく無関係な出来事だといっていい。けれども、いったんこうして思いがけない形容《けいよう》をあたえられると、「深志」という地名が、いかにも奥《おく》ゆかしい名前に見えてくるではないか。

人が土地から土地へ旅し、さまよってゆくありさまを描写《びょうしゃ》するにあたって、日本の古い時代の文学や演劇《えんげき》作品は、右のような技法《ぎほう》をしばしば用いたのである。それは「道行《みちゆ》き」と呼ばれる文体の大きな特徴《とくちょう》をなしていた。「末まつ山」といえば、「末を待つ」と「松山」とを懸け合わせて、「松山」という地名に「深志」の場合と同様のふくらみをもたせているのである。

こういう文体が栄えたのは、ひとつには日本語の中に、音《おん》は同じでも意味はまったく無関係という、いわゆる「同音異義《どうおんいぎ》語《ご》」がたいへん多いからである。同音異義語が多いのは、日本語の一大特徴だが、この特徴をわざと利用して文章を飾《かざ》ろうとする方法が今あげたような例によくあらわれている。

わたしは本書の読者に、日本語表現のそういう側面をもできれば伝えたかった。筋《すじ》だけを追うものとのちがいを、そういうところにも出そうと願った。しかし何分《なにぶん》にも、唱えあげるにふさわしい、口調《くちょう》のいい原文をかみくだいて、語呂合わせの意味が通るようにしながら、なおかつある調子を保って地名を列挙《れっきょ》していくということは、たいへんむつかしい。せめて、本書のそういう意図だけでも伝わればいいと思っている。

こういうことは、年齢《ねんれい》の低い読者には、まだよくわからないかもしれないが、なあに、今すぐにわからなくてもいいのです。今いったような要素《ようそ》が日本語の文章にはあるのだということだけでも、頭の片隅《かたすみ》におぼえておいてもらえれば十分である。

『お伽草子』では、何ひとつ働かなくてすむ身分の人びとが主人公になっている場合が多い。これらの物語を愛読した庶民《しょみん》たちが、いかに富《とみ》や地位にあこがれていたかということを、それはおのずと物語っている。時代がまさにそういう時代だった。

その一方で、「福富長者《ふくとみちょうじゃ》物語」のような物語もある。ここに出てくる藤太《とうた》というひどく貧乏《びんぼう》な男は、おなら名人で富をなした隣人《りんじん》福富長者にだまされて、下痢《げり》薬を飲まされた。妙技《みょうぎ》を披《ひ》露《ろう》するつもりで貴族《きぞく》のお屋敷《やしき》に出かけて行って、大失敗をやらかし、叩《たた》きだされてしまう。貧乏人が人にだまされ、ふんだりけったりのひどい目にあう話で、後味《あとあじ》が悪いようなところもある。この物語の作者は、藤太の老妻《ろうさい》の嫉妬心《しっとしん》がこういう結果を招《まね》いたと言いたそうだが、それにしても、福富長者のおならによる繁栄《はんえい》ぶりにくらべると、隣人の藤太一家の貧乏ぶりはひどいものであわれをもよおす。しかし、こういう物語には、当時の一般庶民《いっぱんしょみん》の貧しい暮らしぶりが手にとるようにえがかれていて、その観点から見ると、これはこれで大いに貴重《きちょう》な物語である。話全体のばかばかしいまでのおかしさについてはいうまでもない。こういう物語も『お伽草子』にはあったのだと知ってもらうために、くさいのは少しがまんして、現代語に直してみたのである。
『お伽草子《とぎそうし》』には、このほかにもまだまだたくさんの種類の物語がある。それらについて紹介《しょうかい》できないのは残念だが、「はじめに」でも書いたように、本書をきっかけに、元の話そのものを読んでみようという人が、ひとりでも多く出てくることを願っている。

一九七九年一月　大岡信

大岡信が語る「お伽草子」

［かたりべ草子1］平凡社　一九八三年　二三〇頁　四六判
一二〇〇円

■あとがき■

『お伽草子』という名称で一括りにされる物語の群れは、活字に移されたもの、移されていないもの双方あわせると数百編の多きにのぼる。本書で紹介した六編の作品でこの厖大な数の物語群を代表させるわけにいかないことは、いうまでもない。今たちどころに思い浮かぶ他の作品題名をあげてみても、谷崎潤一郎の紹介で知られる「三人法師《さんにんほうし》」や、三島由紀夫が好んだ「猿源氏草子《さるげんじのそうし》」をはじめ、「天狗《てんぐ》の内裏《だいり》」「花世《はなよ》の姫《ひめ》」「あきみち」「熊野《くまの》の本地《ほんじ》」「磯崎《いそざき》」など、いずれ劣らぬ興味深い物語のかずかずがある。これらをも現代語に移し植えたなら、必ずや多くの人々に愛読されるだろうと思う。

しかし、従来『お伽草子』に与えられてきた文学史上の地位は、必ずしも高いものではなかった。それにはそれで、理由がないわけではなかった。文章についていえば陳腐常套《ちんぷじょうとう》のきまり文句がくり返し現れる。ストーリーの展開についていえば、しばしば荒唐《こうとう》無稽《むけい》な飛躍を平然とやってのけ、行為や出来事の脈絡を整えることにはあまり熱心でない。内容についていえば、素朴かつ露骨な出世主義、成金《なりきん》趣味を話の根本にすえ、通俗的・教訓的なお説教で表面を飾りたてているような話が好まれている……といったような作例が少なくないからである。「もののあはれ」の情趣をしっとりとたたえている王朝的な物語の理想像からも、またストーリーの展開には然るべき厳密な動機づけを要求し、人物造形にも然るべき個性の一貫性を求める近代小説の常識からも、いずれにせよ逸脱するところの多い作物が、『お伽草子』の中にはたくさんある。

ところで私は、『お伽草子』にそのような属性があるからといって、無下《むげ》にこれを低く見る見方には同調しない。なぜなら、これらの属性のうちにこそ、中世から近世にかけて大勢の人々に愛されてきた『お伽草子』の、真に『お伽草子』たるゆえんがあるからである。その意味で、今あげたような属性は、

『お伽草子』の本質そのものと言っていい。そのような観点に立ってこれらの物語を見直してみるなら、陳腐なきまり文句は、そのきまり方のあまりにもあっけらかんとした大通俗性に、かえって爽快《そうかい》な解放感を感じることもできるし、ストーリーの荒唐無稽な運びの背後には、『お伽草子』を喜んで読み、あるいは聴いた人々の、奔放な空想世界への羽ばたきの夢を感じとることができるのである。成上りのお大尽を礼讃する成金趣味も、地響きをたててひっくり返りつつある世の中の価値観が、その顚倒《てんとう》の過程で見せる新しい美意識の誕生を、たっぷり味わわせてくれるのである。『お伽草子』の中でも特にめでたいものとして愛された「文正草子《ぶんしょうぞうし》」など、まさにその典型的なものだった。

というようなことを書き続けてくると、何やら「アバタもエクボ」のそしりをまぬがれないかもしれない。それはそれで致し方ない仕儀で、実際私は、『お伽草子』のよさをいうのには、アバタをもエクボと言いくるめるほどの気持ちがなければ始まらないと思っているのである。というのも、世の常識では考えられない幻怪不可思議な運命流転《るてん》の物語、あれよあれよというまに奇瑞奇蹟が起きる霊験譚《れいげんたん》、冥界や天上界めぐりに発揮される荒唐無稽な中世的SF世界の壮大な空間描写、多くの草子をスリルに富んだ読み物にしている残虐非道な継子《ままこ》いじめや貴種の受難物語など、『お伽草子』の魅力をなしている多様な要素は、近代小説を批評する上での近代合理主義的基準からするなら、すべてこれ、アバタにほかならないと言えなくもないからである。

誤解を恐れずに言えば、『お伽草子』を読む楽しみは、ほら吹き話を楽しむことにほかならない。そこには、『お伽草子』が一つの時代から次の時代へ、無数の人々の耳から耳へ、口から口へと語り伝えられてゆくうちに形づくられた、オトギバナシ独特の誇張的性格が深くかかわっているだろう。実際、『お伽草子』の魅力の根本は、これらの作の多くが、ある特定作者個人の空想力の産物であるよりは、時代から時代へ、多くの人の空想の積み重ね、付け加えによって作りあげられていった誇張や膨《ふく》らみの部分をたっぷり持っている点にあると言ってもいいと思われるのだ。

『お伽草子』は文字を読めない人々によっても大いに愛好されたので、必然的にその文体にひとつの顕著な特徴を持つにいたったと思われる。これは、一人静かに本にむかう読者のみならず、大勢の聴衆を想定しなければならない種類の文芸形式だった。場合によっては何人もの人々が、笑い興じたり息を呑んだりしながら、共同で一人の読み手あるいは語り手に耳を傾けたであろう。そういう形の聴衆を意識して作られた物語だったから、そこではストーリーの水も洩らさぬほど首尾一貫した論理性よりも、むしろ一瞬ごとに消えてゆく語り手の声とともに次々に現れては鮮やかな印象を投げかけ、刻々に消えてゆく影像の多様性や華やかさの方が、聴衆に受けがいいのは当然だった。その結果、『お伽草子』はかなり乱暴な言葉の組み合わせをもあえてやってのけるし、また語り口の調子のよさを求めて、きまり文句を平然として多用するようになっていったのだろう。

ある新奇な表現を創造するために骨身を削るという、いわば純文学的な苦労に熱中するよりも、王朝や中世の高度に発達した文学的遺産を必要に応じて何でも利用してしまうという行き方が、ここでの普通の行き方になる。聴衆の受けを意識せねばならない文章の秘密は、優美なきまり文句と化した過去の名文句の数々を、あちらからもこちらからも好き勝手に寄せ集めては言葉の綴れ織りを織ってみせる手際のよさにある。つまり、少々きどって言えば、文章作りにおけるバロック的傾向が『お伽草子』の文体の一特徴となる。たとえば「鉢《はち》かづき」の作者は、姫の美貌を語るのに次のような形容を好んで用いる。

出でさせ給ふ有様、ものによく〳〵譬《たと》ふれば、ほのかに出でんとする月に、雲のかゝる風情にて、御かほばせ気高くいつくしく、御姿は春のはじめの糸桜の、露のひまよりもほの見えて、朝日のうつろふ風情にことならず。霞のまゆずみほのぐ〳〵と、嬋娟《せんげん》たる両鬢《りょうびん》は、秋の蟬《せみ》の羽《は》にたぐへ、宛転《えむでん》たる御かほばせは、春は、花にねたまれ、秋は月にぞねたまれ給ふ御風情なり。

どこをとってみても、いつかどこかで用いられたことのある名文句、美辞麗句の連なりといっていい。しかもこの手の文学的常套句の綴れ織りは、ここぞという時、一再ならずくり返して用いられるのである。それはほかでもない、耳で聴く物語にあっては、常套的名文句のくり返しは、それがぴたりとはまった位置に出てくるなら、聴衆に対してある快い陶酔感と共感をよびおこすものだからである。

同じように、たとえば「唐糸《からいと》そうし」の中には、万寿《まんじゅ》と更科《さらしな》が信濃からはるばる鎌倉までたどる道中の描写として次のような個所がある。はじめに本書の現代語訳をかかげる。

雨の宮を出発した万寿姫たちは、親子の契りも深い深志《ふかし》の里を通り、浅間山の煙ならぬ、身にあまる思いの火を胸に、入山《いりやま》をすぎ、上野《こうずけ》の国の常盤《ときわ》の宿《しゅく》を越え、一の宮を伏し拝み、二のたまはらを通りぬけ、父の面影なつかしい秩父山《ちちぶやま》、たのしい末を待つ思いの松山もすぎ、霞《かすみ》の関《せき》を分け越して……

この部分の原文はどうかといえば、つぎの通りである。

万寿《まんじゅ》の姫《ひめ》は、雨の宮を立出でて、通るところはどこどこぞ、親子の契《ちぎり》は、深志《ふかし》の里こそめでたけれ。浅間《あさま》の嶽《だけ》に立つ煙、身には余れる思ひにや、いま入山《いりやま》をうち過ぎて、上野国《かうづけの》に隠《かく》れなき常磐《ときは》の宿《しゅく》をもうちこえて、一の御宮《おみや》をふし拝《おが》み、二のたまはらに出でしかば、親の名のみか秩父山《ちちぶやま》、末まつ山をうち過ぎて、霞《かすみ》の関《せき》をも分け越して……

ここには、私たちがふつう語呂合わせなどと呼ぶことの多い表現技巧がいくつも用いられている。「親子の契は、深志の里こそめでたけれ」というところを例にあげよう。ふたりが通過した土地の名だけを言いたいのなら「深志の里こそめでたけれ」ですむのに、その上に「親子の契は」とついているのはなぜか。「深志」という地名の「深」という字に懸け合わせて、「親子の契りは深い」という表現が、いわば文字だけの縁で呼び出されてきたのである。これは「深志」という土地そのものとはまったく無関係な出来事だといっていい。けれども、いったんこうして思いがけない形容をあたえられると、「深志」という地名が、いかにも奥ゆかしい名前に見えてくるではないか。

人が土地から土地へ旅し、さまよってゆくありさまを描写するにあたって、日本の古い時代の文学や演劇作品は、右のような技法をしばしば用いたのである。それは「道行《みちゆ》き」と呼ばれる文体の大きな特徴をなしていた。「末まつ山」といえば、「末を待つ」と「松山」とを懸け合わせて、「松山」という地名に「深志」の場合と同様のふくらみをもたせているのである。

こういう文体が栄えたのは、ひとつには日本語の中に、音《おん》は同じでも意味はまったく無関係という、いわゆる「同音異義語」がたいへん多いからである。同音異義語が多いのは、日本語の一大特徴だが、この特徴をわざと利用して文章を飾ろうとする方法が、今あげたような例によくあらわれている。

私は本書の読者に、日本語表現のそういう側面をもできれば伝えたかった。筋だけを追うものとのちがいを、そういうところにも出そうと願った。しかし何分にも、唱えあげるにふさわしい、口調のいい原文をかみくだいて、語呂合わせの意味が通るようにしながら、なおかつある調子を保って地名を列挙していくということは、たいへんむつかしい。せめて、本書のそういう意図だけでも伝わればいいと思っている。

「あとがき」としては少々長きに失する文章を書いてきたのは、『お伽草子』をはじめて読んだ時以来、私はこの種の文体的特徴のうちにこの物語群の私にとっての面白さを見出してきたからである。

その意味では、読者がこの六編の現代語訳をひとつの機縁として、『お伽草子』の原文にまで手をのばしてくれたらどんなにいいだろうかと思う。

本書におさめた六編を現代語に移すにあたって、妻の深瀬サキが協力してくれたことに感謝する。『お伽草子』が陳腐常套の名文句をあっけらかんとして多用している理由について考えたり、この物語群の荒唐無稽な要素のもつ重要性について考えたりする上で、彼女と折々話し合ったことが大いに役に立った。また彼女が「酒呑童子《しゅてんどうじ》」に描かれている受難の姫君たちの悲劇にヒントを得て、ラジオ・ドラマ「堀河の姫」を書いた(NHKラジオで放送)ことをも、思い出すままに書きしるしておきたい。

本書が今度装いを新たにして発刊されるのを機会に、「あとがき」をも新たに書き直し、『お伽草子』の面白さにつき私が以前から考えている要点をのべて、大方の読者のご参考に供することにした。『お伽草子』が決していわゆるオトギバナシの単純素朴さだけに終らない要素をたくさん含み、その中には現代人の興趣をも十分にひくことのできるものがあるということについて、読者の同意が得られれば幸いである。

一九八三年八月　　大岡信

おとぎ草子　遠いむかしのふしぎな話

[岩波少年文庫3131]　岩波書店　一九九五年　二四二頁　16.5×11.5 cm　六五〇円

■あとがき■

ここにおさめた七つの物語の出典《しゅってん》は『御伽草子《おとぎぞうし》』という物語集です。もっとも、『御伽草子』という題名の本がはじめから存在していたのではありません。室町時代から江戸時代前期にかけて作られた数多くの短編の物語を、いつからか総称《そうしょう》して御伽草子というようになったのです。書かれた時代が何世紀にもわたるうえ、種類も実に雑多《ざった》なさまざまの短編が、御伽草子の名のもとにひろく愛読・愛誦《あいしょう》されてきました。

それらの物語のうち、従来《じゅうらい》なんらかの形で活字になっているものが約三百編、写本《しゃほん》で伝わるものも含めると、全部で五百編ばかりが知られているといわれます。このほかにも、長い歴史の流れの中で、いつのまにやら失われてしまったものも多いことでしょう。それらのうち、特に人びとに好まれたため、たえず本に編《あ》まれている物語だけでも優《ゆう》に五十編前後あります。本書で現代語に直した七編は、いずれも昔から無数《むすう》の人びとに愛されてきた物語です。

「一寸法師《いっすんぼうし》」や「浦島太郎《うらしまたろう》」などは、「おや、これがあの子どもの時から知っていたお話のもとの形だったのか」とびっくりなさる方もいるかもしれません。しかも、「浦島太郎」の場合など、『御伽草子《おとぎそうし》』ではじめて語られた話ではなく、はるかに古い時代からあったお話なのです。何しろ八世紀半ばごろに成立した歌集、『万葉集《まんようしゅう》』の中に、早くも、昔から語り伝えられてきたお話として、浦島の物語が出てくるのですから、『御伽草子』はじつに古い物語をも含《ふく》んでいることがおわかりでしょう。

浦島太郎《うらしまたろう》についてもう少し言えば、『万葉集《まんようしゅう》』の浦島物語から幾変遷《いくへんせん》して『御伽草子《おとぎぞうし》』にまで流れてくるあいだに、内容もこまかい点ではいろいろ違ってきています。その違いの中に、おのずから時代の移《うつ》り変《か》わり、人びとの暮《く》らしぶりや男女の愛情、信仰《しんこう》などの変化してゆく種々《しゅじゅ》のすがたもあらわれてくるので、そういう意味では、『御伽草子』は単《たん》に面白《おもしろ》いお話というだけにとどまらない、いろいろな発見を与《あた》えてくれるまことに貴重《きちょう》な物語群《ものがたりぐん》であると言えます。

本書を読まれる方は、そこにしばしば神や仏のありがたい功《く》徳《どく》のことが出てくるので、不思議《ふしぎ》にお思いかもしれません。「一寸法師《いっすんぼうし》」では、子どもに恵《めぐ》まれない老夫婦《ろうふうふ》が、住吉大明神《すみよしだいみょうじん》にお祈《いの》りをして子どもを授《さず》かります。「鉢《はち》かづき」では、観音《かんのん》菩薩《ぼさつ》を明《あ》け暮《く》れ念《ねん》じたおかげで女の子が生まれます。

「酒呑童子《しゅてんどうじ》」のように、勇ましい武士《ぶし》たちが怪物《かいぶつ》を退治《たいじ》する話でも、石清水八幡宮《いわしみずはちまんぐう》、住吉神社《すみよしじんじゃ》、熊野権現《くまのごんげん》の三社《さんじゃ》の神々をはじめとする八百万《やおよろず》の神や仏のお力添えがあって、はじめて、恐《おそ》るべき鬼神酒呑童子《きじんしゅてんどうじ》とその手下《てした》どもをうち倒《たお》すことができるのです。

また「梵天国《ぼんでんこく》」では、天子《てんし》からさまざまな難題《なんだい》を課《か》され、ついには地の果《は》ての恐《おそ》ろしい羅刹国《らせつこく》にまで流浪《るろう》を重ねることになる中納言《ちゅうなごん》や姫君《ひめぎみ》は、物語の終りで八十歳に達した時、おどろいたことに文殊菩薩《もんじゅぼさつ》と観世音菩薩《かんぜおんぼさつ》に変じて世の人びとをお救《すく》いになることになります。

こうしたことは現代人にとっては荒唐無稽《こうとうむけい》とも見えますが、数百年昔の人びとの生活の中で、神や仏が果《は》たしていた役割《やくわ》の大きさを無視《むし》することはできません。簡単《かんたん》に笑《わら》い捨《す》てる前に、そのことの意味を考えてみることが必要だろうと思います。この本では、物語の筋《すじ》の面白《おもしろ》さという観点《かんてん》からすれば省《しょう》略《りゃく》してもいいように思われる、そのような部分をも、なるべく生かして現代語に直しました。

同じことは、多くの物語に出てくる「和歌《わか》」についても言えます。主人公たちは、何か重要な決心をする時でも、悲劇的《ひげきてき》な事態《じたい》に立《た》ち至《いた》った時でも、しばしば和歌を詠《よ》みます。そんなのんきなことをしているひまはないはずじゃないか、と現代人なら思います。たぶん、主人公たちだって同じでしょう。実際《じっさい》には歌を詠《よ》んでるどころではないはずだからです。でも、これらの物語の作者たちは、肝心《かんじん》なところへ来ると、彼《かれ》あるいは彼女《かのじょ》にわざわざ和歌を詠ませるのです。それはなぜだったのでしょうか。
それにはいくつもの理由が重なり合っていただろうと思われますが、個々の理由はどうあれ、和歌《わか》というものは、単《たん》なる筋《すじ》の運びとは次元《じげん》の異なる情感を、物語を聞き、あるいは読む人びとに与《あた》えたにちがいありません。和歌は、物語の味わいをそこで深める役割《やくわり》を果《は》たしていたわけです。この工夫《くふう》は、私などにはなかなか面白《おもしろ》いものに思えます。そのため、この本では、従来《じゅうらい》の『御伽草子《おとぎぞうし》』の現代語訳の多くが省略《しょうりゃく》していた和歌をも、なるべくそのまま生かし、原作の次に歌の現代語訳を添《そ》えてあります。

「唐糸《からいと》そうし」は、神や仏の代わりに、母思いの万寿姫《まんじゅひめ》のひたすらな孝心《こうしん》が、牢《ろう》に捕《とら》えられている母唐糸《からいと》をついに救うに至《いた》るという、迫力《はくりょく》に富《と》んだめでたい話ですが、本書にはもう一つ、ほかの物語とは性質のがらっと違うお話があります。「福《ふく》富長者物語《とみちょうじゃものがたり》」です。ここに出てくる藤太《とうた》というひどく貧乏《びんぼう》な男は、おなら名人で富《とみ》をなした隣人《りんじん》、福富長者にだまされて大失敗をやらかします。貧乏人がふんだりけったり、さんざんな目にあう話で、その意味では後味《あとあじ》が必ずしもすっきりとはしないようでもありますが、物語の作者は、藤太《とうた》の老妻《ろうさい》の嫉妬心《しっとしん》が強すぎたのだといましめたいようです。この物語には、室町時代の庶民《しょみん》の貧《まず》しい暮《く》らしぶりが実にみごとに描写《びょうしゃ》されていて、その点では他の物語とはまた違った現実感にあふれています。

この物語は、くさいお話ですが、面白《おもしろ》いことも無類《むるい》ではないでしょうか。こういう物語も『御伽草子《おとぎぞうし》』の中にはあるのです。

私としては、この現代語訳が、先にも言ったように、話の筋《すじ》を追うだけなら省略《しょうりゃく》してもいいような個所《かしょ》をも、意識《いしき》して生かしてある所に、この本のひとつの特徴《とくちょう》があろうと思います。それは私が、昔の日本の物語にそなわっていた面白《おもしろ》い特徴を、「言葉」の面からも残してゆきたいと考えているからです。

終りに、この本を訳す過程《かてい》で、妻の深瀬《ふかせ》サキが協力してくれたことに感謝します。『御伽草子《おとぎぞうし》』の中にたくさん出てくる「定《き》まり文句《もんく》」の演劇的効果《えんげきてきこうか》などについて、彼女《かのじょ》と折々《おりおり》話し合ったことも、この本の訳《やく》の文体《ぶんたい》を決める上でも大いに役に立ちました。彼女の戯曲集《ぎきょくしゅう》『思い出の則天武后《そくてんぶこう》』におさめられているラジオ・ドラマ「堀河《ほりかわ》の姫《ひめ》」は、本書の「酒呑童子《しゅてんどうじ》」に描《えが》かれている受難《じゅなん》の姫君《ひめぎみ》たちの悲惨《ひさん》な運命《うんめい》からのヒントで書かれたものでした。もうだいぶ昔になってしまいましたが。

本書の原形はもと平凡社から『鬼《おに》と姫君物語《ひめぎみものがたり》』(一九七九年二月)という題で刊行《かんこう》され、さらに装いをあらためて「かたりべ草子《そうし》1」の『大岡信が語る　お伽草子《とぎぞうし》』(一九八三年十月)として、同社から改版刊行されたものです。岩波少年文庫で刊行されることになったのを機に、「浦島太郎」を新《あら》たに訳《やく》して加えました。

岩波少年文庫に移《うつ》すことについて同意してくださった平凡社

に心から感謝します。

一九九五年四月　大岡信《おおおかまこと》

古今集・新古今集

［学研M文庫］学習研究社　二〇〇一年　二五三頁　A6判　五二〇円

■あとがき■

『古今集』仮名序《かなじょ》の、とくに冒頭の一節、「やまとうたは、人の心を種として、よろづの言の葉とぞなれりける」云々《うんぬん》の和歌本質論は、よく知られていてたえず引用される。詩歌のみならず、芸道や茶道・華道・武道その他にまで『古今集』の影響が及んだ一因には、仮名序のこの冒頭部分が広く浸透《しんとう》したということもあずかって力があったかと思われる。

古来この仮名序は、『古今集』撰者の一人紀貫之《きのつらゆき》が書いたものと考えられていて、それを否定するに足る十分な論拠は見当らないようだ。しかし、逆に紀貫之作と決定的に断定するに足る論拠も、実をいえばないのである。それどころか、後世の偽《ぎ》作《さく》かと疑う論さえあって、なかなかややこしい。その点についてはあとで触れることにして、一応貫之の作という前提で言うが、仮名序のいくつかの部分のうち、私にとって興味深い個所の一つは、貫之が『万葉集』への礼讃《らいさん》を、特に柿本人麻呂《かきのもとのひとまろ》と山部赤人《やまべのあかひと》の名をあげてひとくさり述べ、続いて僧正遍昭《そうじょうへんじょう》・在原業平《ありわらのなりひら》・文屋康秀《ふんやのやすひで》・宇治山《うじやま》の僧喜撰《きせん》・小野小町《おののこまち》・大伴黒主《おおとものくろぬし》のいわゆる六歌仙《ろっかせん》をあげて、各人の歌風について寸評を加えているところである。

日本文学における批評史を考えるとき、この六歌仙評は、最初の気のきいた作家論ということになるだろう。短い評語で対象歌人の作風を言い当てることは、現代でも批評家にとっては大切で、しかも至難のわざである。それが早くもわが国最初の詩歌論といっていいものの中に見られるのが面白い。

僧正遍昭《へんぜう》は、歌のさまは得たれども、まことすくなし。たとへば絵にかける女《をうな》を見て、いたづらに心をうごかすがごとし。

在原業平は、その心あまりて、ことばたらず。しぼめる花の色なくて匂《にほ》ひ残れるがごとし。(中略)

小野小町は、いにしへの衣通姫《そとほりひめ》の流《りう》なり。あはれなるやうにて、つよからず。いはば、よき女のなやめるところあるに似たり。つよからぬは女の歌なればなるべし。

大伴黒主は、そのさまいやし。いはば、薪《たきぎ》おへる山人《やまびと》の花のかげにやすめるがごとし。

（僧正遍昭は、歌の姿形《すがたかたち》は整っているが、心の真実味が少ない。たとえば、絵に描いてある女を見てむなしく心動かすようなものである。

在原業平は、自分の心が溢《あふ》れ余って表現されるが、言葉が十分でない。しぼんだ花が、色はあせているのに匂いだけは残っているようなものである。

小野小町は古代の衣通姫《そとおりひめ》の流儀である。しみじみとあわれな感じで、弱々しい。いわば美しい女が病弱に悩んでいるようなところがある。強くないのは女の歌だからだろうか。

大伴黒主は、歌の姿形が卑俗である。いわば、薪を負った木樵《きこり》が美しい花のかげで一休みしているようなものである。）

六歌仙のうち、今日私たちがかなりの数の作品を読むことのできるのは、遍昭・業平・小町だが、この三人について言えば、この寸評はなかなかよくそれぞれの特徴を言い当てていて、紀貫之の批評家としての能力の卓抜《たくばつ》さを感じさせられる。

ところで、仮名序がはたして紀貫之の真作かどうか疑わしいという考えがあることをはじめに書いたが、その考え方によれば、『古今集』の序はむしろ巻末の真名序《まなじょ》（漢文序、筆者は紀《きの》淑望《よしもち》）の方が信頼すべき真正の序ではないかというのである。

すぐれた史書『紀貫之』の著者である歴史家目崎徳衛氏は、故山田孝雄《よしお》博士が『日本歌学の源流』その他で主張したところを踏みながら、あらたにその問題を提起した。同氏が昭和五十六年一月号から「短歌」に連載を開始した「百人一首の作者たち」という文章の第二回「六歌仙と三十六人撰」（同誌二月号）がそれで、史家の立場からしても山田孝雄説は十分検討に値するという考えを、いくつかの重要な点について簡潔明快に展開している。六歌仙についても、真名序の方は、六人のそれぞれについて「先ず美質を掲げ、次いで短所を突くという、一貫した方針に立っている。明快そのものである」という。例示すれば、大友《おおとも》（伴）黒主《くろぬし》についての部分は――

「大友黒主の歌は、古《いにし》への猿丸大夫《さるまるたゆう》の次《ついで》（系統）なり。すこぶる逸興《いつきよう》有り、しかれども体甚《ていはなは》だ鄙《いや》し。田夫《でんぶ》の花前に息《いこ》へるが如《ごと》きなり」

なるほど、指摘されてみればその通りで、作家論としてはこうあるべき所である。

真名序は貫之との緊密な協力のもとに淑望が執筆したのだろうというのが目崎氏の推定だが、従来仮名序冒頭部があまりに有名になったため（真名序にはこれに相当する部分がない）、仮名序ばかり脚光を浴びてきたことに対する重要な批判として、私は興味深く読んだ。国文学の専門家の見方はどうだろうか、聞いてみたいと思う。

＊一九八一年刊の元版『古今集・新古今集（現代語訳・日本の

古典3)』にはあとがきはない。

万葉集ほか

[少年少女古典文学館25] 講談社　一九九三年　三〇九頁　A5判　一七〇〇円

■あとがきに代《か》えて／「和歌《わか》」という言葉《ことば》の意味《いみ》■

五七五七七の形式《けいしき》でつくられる定型短詩《ていけいたんし》を、わたしたちはふつう「短歌」とよんでいます。しかし、このよび名が一般《いっぱん》に用いられるようになったのはわずか一世紀《せいき》ほど前からのことにすぎず、それ以前《いぜん》はみな「和歌」といっていました。

「和歌」というのはどういう意味でしょうか。多くの人は、これを中国の「漢詩《かんし》」に対《たい》して、古代《こだい》から日本で歌われていた定型詩、すなわち大和《やまと》の歌をいうものと理解《りかい》しています。「大和」の歌、すなわち「和歌」だというわけです。

こういう具合《ぐあい》に、中国の詩と日本の歌とをあえて区別《くべつ》して考えるようになったのは、平安時代《へいあんじだい》に入ってからのことでした。平安時代は「平仮名《ひらがな》」が急速《きゅうそく》に普及《ふきゅう》し、女性《じょせい》がこれを用いてぞくぞくとすばらしい詩や散文《さんぶん》を書きはじめた時代です。これは漢字一辺倒《いっぺんとう》の男性官僚《かんりょう》社会の文字表現《ひょうげん》に対する、女性優位《ゆうい》の文芸《ぶんげい》形式の大発展《だいはってん》を意味していましたが、「和歌」という言葉《ことば》が、唐《とう》の「漢詩《かんし》」に対抗《たいこう》する大和《やまと》（日本）の詩歌《しいか》という意味《いみ》で用いられるようになったのは、このような大和独自《どくじ》の文字（仮《か》名《な》文字）の普及《ふきゅう》・発達《はったつ》ということと密接《みっせつ》に結《むす》びついた現象《げんしょう》でした。実際《じっさい》、平安《へいあん》という時代《じだい》は、日本人が中国文明の強大な影《えい》響《きょう》に対し、自国文化《ぶんか》の独自性《どくじせい》をしだいに強く意識《いしき》しはじめた時代でした。漢字に手を加《くわ》えて平仮名《ひらがな》や片仮名《かたかな》を発明《はつめい》した人々は、みずから気づかずに、こうした文化的《ぶんかてき》独立性を準備《じゅんび》し、その自覚《じかく》を日本人にもたせる役割《やくわり》をはたしたのでした。この新しい文字による文学的表現《ひょうげん》がいっせいに花開《はなひら》いたとき、「和歌《わか》」も漢詩とは別個《べっこ》の誇《ほこ》るべき「大和の歌」として意識されるようになったのです。

けれども、「和歌」という語には、もっと別の、いっそう古くから存在《そんざい》した意味がありました。それは「和する歌」という意味です。「和する」とは、人のいったことに対して返事《へんじ》をするという意味です。唱和《しょうわ》する、という言葉における「和」の意味がまさにそれです。平安時代より以前《いぜん》、すなわち奈良《なら》時代には、「和歌」と書かれている場合はすべてこの意味で用いられていました。さきにのべたような日本の歌という意味でいう場合には、「和歌」ではなく「倭歌《わか》」と書きました。古代大和の国のことは漢字では「倭《わ》」と書かれたからです。

つまり、奈良時代の人々は、日本（大和）という国の歌という意味なら「倭歌《わか》」と書き、人と唱和する意でいうときには、地理的、政治的《せいじてき》な意味でのよび名とは関係《かんけい》なく、和するという動作《どうさ》の意味《いみ》で「和歌《わか》」と書いたのでした。

このことは一見《いっけん》小さなことのように思われるかもしれませんがたいせつです。「和歌」とは「和する歌」だったのです。

たとえば『万葉集《まんようしゅう》』巻《まき》一には額田王《ぬかたのおおきみ》と大海人皇子《おおあまのみこ》の有名《ゆうめい》な贈答歌《ぞうとうか》があります。

あかねさす紫野行《ゆ》き標野《しめの》行《ゆ》き
野守《のもり》は見ずや君《きみ》が袖振《そでふ》る
額田王《ぬかたのおおきみ》

紫のにほ《(お)》へ《(え)》る妹《いも》を憎《にく》くあらば
人妻《ひとづま》ゆゑ《(え)》に我《われ》恋《こ(い)》ひめやも
大海人皇子《おおあまのみこ》

これは文字どおり唱和《しょうわ》の歌でした。二人の歌がつくられた背《はい》景《けい》はどんなものだったかといえば、このまことに情熱的《じょうねつてき》な秘密《ひみつ》の恋《こい》の告白《こくはく》とも見える二首《しゅ》の歌は、実際《じっさい》には宴席《えんせき》の衆人環視《しゅうじんかんし》の場で歌われたものだったのです。天智《てんじ》七（六六八）年の夏、近江朝廷《おうみちょうてい》の廷臣《ていしん》たち一同は、男は鹿茸《ろくじょう》（鹿《しか》の袋角《ふくろづの》）、女は薬草《やくそう》を採集《さいしゅう》するために、近江《おうみ》の都《みやこ》から一日がかりで行く距離《きょり》にあった蒲生野《かもうの》までピクニック気分で出かけます。天智天皇ももちろんいっしょです。

薬狩《くすりが》りの行事《ぎょうじ》が終《お》われば、夜の宴《うたげ》となります。二人の恋の唱和は、その席上で披露《ひろう》されたものと思われます。酒宴《しゅえん》の席《せき》を盛《も》りあげるには絶好《ぜっこう》の唱和《しょうわ》でした。というのも、額田王《ぬかたのおおきみ》と大海《おおあ》人皇子《まのみこ》は、かつて十市皇女《とおちのひめみこ》という娘《むすめ》までなした仲《なか》だったのに、額田王《ぬかたのおおきみ》はその後召《め》されて天智天皇《てんじてんのう》の妃《きさき》の一人となったからです。しかも天智と大海人《おおあま》（のちの天武《てんむ》天皇）は兄弟だったのです。そろいすぎるくらい役者《やくしゃ》がそろっているといえるわけで、そのため、古来この額田王《ぬかたのおおきみ》と大海人皇子《おおあまのみこ》の唱和を、恋《こい》の三角《さんかく》関係《かんけい》の観点《してん》から読《よ》み解《と》くことがふつうにおこなわれてきました。二首《しゅ》ともそう読ませるに十分な魅力《みりょく》をもった歌だったからです。

けれども、この贈答《ぞうとう》の歌が衆人環視《しゅうじんかんし》の宴席で歌いあげられたという事実《じじつ》は、また別《べつ》の読みかたを可能《かのう》にします。つまり二人は、並《な》み居《い》る人々が、二人のかつての関係や、現在《げんざい》の額田王《ぬかたのおおきみ》の地位《ちい》についてよく知っているということを前提《ぜんてい》に、この情熱的《じょうねつてき》な恋歌を宴席の最高《さいこう》の座興《ざきょう》として唱和しあったのではないか、ということです。

額田王《ぬかたのおおきみ》の歌の中の「野守《のもり》」は、いかにも天智天皇を暗示《あんじ》しているように思えます。それだけに、たとい野守の監視《かんし》の眼《め》が光っていようとも、わたしは「人妻《ひとづま》」であるあなたにいまでも恋しているのだ、と訴《うった》える内容《ないよう》の大海人皇子《おおあまのみこ》の歌は、その場に居合わせた人々を大いに沸《わ》かせたでしょう。兄の天智天皇自《じ》身《しん》、この二人の唱和に、上機嫌《じょうきげん》で拍手《はくしゅ》を送《おく》ったにちがいありません。なかなかスリルに富《と》んだ唱和でした。

こんな読みかたに対《たい》しては、せっかく秘《ひ》められた恋の絶唱として愛誦《あいしょう》してきたのに、とがっかりし、反発《はんぱつ》する読者《どくしゃ》も多いかもしれません。しかし、これらの歌についていては、とにかく次《つぎ》のような事実《じじつ》を指摘《してき》しておかねばなりません。つまり、『万葉集《まんようしゅう》』ではこの二首《しゅ》は「雑歌《ぞうか》」の部《ぶ》に収録《しゅうろく》されており、恋《こい》の歌を収《おさ》める「相聞《そうもん》」の部に入っているのではないということ。『万葉集』には、「相聞《そうもん》」「挽歌《ばんか》」（死者《ししゃ》の哀悼《あいとう》）「雑歌」の三大部門があり、「相聞《そうもん》」にも「挽歌《ばんか》」にも属《ぞく》さない人生諸事《しょじ》百般《ひゃっぱん》の歌が「雑歌」の部に編入《へんにゅう》されているのです。この二首がそこに入れられているということは、『万葉集』のこの巻《まき》の編纂者《へんさんしゃ》にとって、二首の歌は恋の歌というよりも、むしろ宮廷《きゅうてい》行事の一環《いっかん》である宴席《えんせき》の歌と見なされたことを意味《いみ》するでしょう。

それに、額田王《ぬかたのおおきみ》の年齢《ねんれい》の問題《もんだい》もあります。彼女《かのじょ》の娘《むすめ》十市皇女《とおちのひめみこ》はこのころすでに成人《せいじん》していました。額田王《ぬかたのおおきみ》はたぶん三十代《だい》後半ないし四十歳《さい》前後だったでしょう。古代人の年齢感覚《かんかく》では、これはかなりの年齢だったはずです。純情可憐《じゅんじょうかれん》な恋人である年齢はとうに過《す》ぎていました。逆《ぎゃく》にいえば、衆人環視《しゅうじんかんし》の中で堂々《どうどう》と情熱的《じょうねつてき》な恋の歌を披露《ひろう》するのにふさわしい、機知《きち》に富《と》んだ人生経験《けいけん》ゆたかな女の年齢だったということです。

額田王《ぬかたのおおきみ》と大海人皇子《おおあまのみこ》の贈答《ぞうとう》には、そういう目で見直してみると、たいへんおもしろい味《あじ》があります。大海人《おおあま》は、公開《こうかい》の宴席の歌の仮面《かめん》をかぶって、じつは秘《ひ》めた思いをこの歌にこめているのかもしれない、ということだって考えられます。

こういうものが「和歌《わか》」だったのです。ひそかに思いを通《かよ》わせあっているのも和する歌なら、額田王《ぬかたのおおきみ》と大海人皇子《おおあまのみこ》の場合のように、人々の目の前で唱和《しょうわ》しあうのも和する歌。和する歌とは、別《べつ》の言葉《ことば》でいえば、心を通《かよ》わせあう歌のことでした。

人と人も、人と鳥獣虫魚《ちょうじゅうちゅうぎょ》も、人と地水火風《ちすいかふう》も、人と山川草木《さんせんそうもく》も、すなわち人と宇宙《うちゅう》そのものが、和するという状態《じょうたい》になりえたとき、そこに詩歌《しいか》が誕生《たんじょう》する、というのが、日本の詩歌史《しいかし》を貫《つらぬ》いているもっとも根本《こんぽん》の心だといっていいでしょう。

これは、もちろん、日本詩歌だけの特質《とくしつ》ではありません。すべての民族《みんぞく》、すべての言語において、和することは詩の根本の原理であったといっていいのです。第一《だいいち》、どの民族の詩であっても、そこで使《つか》われている言葉は、その民族のもつ言語のうち、もっとも美《うつ》しい調和《ハーモニー》とリズムの姿《すがた》を体現《たいげん》しているはずで、そこにもっとも直接《ちょくせつ》に「和する」というたいせつな原理が実現《じつげん》されています。ハーモニーもリズムも、和することなしにはありえないからです。

しかし、日本の詩歌史は、なかでももっとも忠実《ちゅうじつ》に、「和する」ということを中心原理としつづけた詩歌史だったといえるだろうと思います。少なくとも、本書の内容《ないよう》をなす古代《こだい》から江《え》戸《ど》時代にいたる和歌の歴史《れきし》は、この原理を離《はな》れては語ることのできないものでした。

歌合わせ、連歌《れんが》、俳諧《はいかい》の連歌《れんが》（略《りゃく》して「俳諧《はいかい》」ともいい、ふつう「連句《れんく》」といわれているもの）など、数人ないし数十人でつくられる和歌や俳諧《はいかい》文学の形式《けいしき》は、日本でとりわけ発達《はったつ》し、詩歌文芸《しいかぶんげい》の根幹《こんかん》をなしている形式《けいしき》ですが、これらの形式の本質《ほんしつ》をなしているのは「和《わ》する」ということです。

けれども、和することは単純《たんじゅん》に他者《たしゃ》に同調《どうちょう》することを意味《いみ》しているわけではないことをも強調しておかねばなりません。対《たい》立《りつ》したり、相手《あいて》を冷《ひ》やかしたり、無視《むし》したりすることを通じてでも、和することはできます。ひとりぼっちの孤独《こどく》の苦《くる》しみや憂愁《ゆうしゅう》、また世《よ》に容《い》れられない怒《いか》りを歌う歌も、五七五七七の形式でみごとに歌われていれば、すでにその場で他者によびかけ、他者を引き入れてしまうのです。

本書に選《えら》んだ古代《こだい》から江戸《えど》時代までの和歌や歌謡《かよう》は、そのようなものとして読まれることを待《ま》っているといいたいと思います。ここにはかならずしも昔《むかし》から名作として知られてきた歌ばかりが並《なら》んではいません。わたし自身《じしん》がなんらかの意味で強く心ひかれる歌を選んでいます。しかし、そんなに偏《かたよ》った選択《せんたく》ではないはずです。また、歌謡をかなり多く入れてあるのも、和歌だけでは知ることのできないこの国の詩歌史《しいかし》の、たいせつな、そしてめざましいおもしろさをもつ一面《いちめん》を、若《わか》い読者に知ってもらいたいと思ってのことです。

これらの歌を通じて、読者一人一人が、和歌と心で「唱和《しょうわ》」する楽しさを知ってくださるよう願《ねが》っています。

大岡信《おおおかまこと》

評論

現代詩試論

［ユリイカ新書　現代詩論シリーズ1］　書肆ユリイカ　一九五五年　一四四頁　小B6判　二〇〇円

■あとがき■

詩について考えることは好きだつたにしても、自分が詩について考えたことが本にまとめられようなどと思つたことはなかつた。まして、一冊の詩集を作ることに心躍るようなスリルを感じる二十才前の少年であつたころ、詩論とよばれるような文章を書くことを夢想したことがあつたろうか。ぼくの中に詩論を書く能力がひそんでいて、自分には自覚されなかつただけなのかもしれないが、しかし今でも自分が詩論を書いたことに奇異な感じがしないわけではない。一度車輪が廻りはじめたら、とまらく（ママ：とまらなく）なつてしまつたのだと考えることがぼくの気持にはふさわしいような気がするのだが、今のぼくはむしろ、廻りはじめた車輪を、とまつてしまわないように押して下さつた多くの人々、またその車輪の残した記録をあらためて記録しなおして下さろうとするユリイカの伊達さんに感謝しなくてはならない。

実際のところ、ぼくは詩の何たるかを知らない。ぼくは詩をその外側から冷静に眺めることができない。従つて、ぼくの詩論は、ぼくが詩と信じたものの中に飛込んでつかみとつた印象、あるいは判断をそのまま文字にたたきこもうとした努力のあらわれにすぎないといえよう。しかしさらに言うならば、ぼくは散文によつてどこまで詩の領域に近づきうるか、ということと、一見それに相容れないようにみえるが、散文によつてどこまで詩の領域を拡大しうるか、ということとを同時にためしてみたのだ。なぜなら、この二つはともに、詩について考える上で、最も緊急な問題だと思えたからである。ぼくは自分がどの程度まで成功し、どの程度まで失敗したかについて、まだ判断できないでいる。

ここに収められたものは、執筆の順序に従つて収録されてはいないので、左に執筆時期と掲載誌名を明らかにして、各誌の編集者の方々にお礼を申上げる。

現代詩試論　一九五三・六（「詩学」同年八月号）
新しさについて　一九五四・九（「地球」第十四号）
詩の条件　一九五四・九（「詩学」同年十二月号）
詩の構造　一九五四・十一（「櫂」第十号）
詩の必要　一九五四・十一（「今日」第三号）
詩観について　一九五四・十二（「囲繞地」第二号）
純粋について　一九五五・四（「葡萄」第五号）

一九五五年五月二十五日　大岡信

詩人の設計図

書肆ユリイカ　一九五八年　二三〇頁　B6判　四〇〇円

■あとがき■

詩人論を中心に評論集をまとめてみないか、という伊達さんのすすめで出来たのがこの本である。この中では「エリュアール論」が最も古く、「詩人の設計図」が一番新しい。「エリュアール論」は、ぼくの評論としてはほとんど処女作といつてもいいほどのもので、読み返してみて非常なためらいをおぼえる部分が少なからずあるのだが、僅かな語句の修正を除いて、そのままのせることにした。今のぼくには、たとえばランボオの柔らかい心臓のおののきや哀傷の方が遙かに貴重なもののように思えるし、「エリュアール論」の中でランボオに言及した部分など、無惨なくらい軽薄な辞句の羅列としか思えないのだが、そうしたことはあらためて論じる以外に償いようのないものだろう。そうした意味では、多かれ少なかれどのエッセーも償いを要求している。ぼくはそのことを忘れるつもりはない。

一九五八年四月　著者

芸術マイナス1　戦後芸術論

［現代芸術論叢書10］　弘文堂　一九六〇年　二七四頁　B6判　四五〇円

■あとがき■

この叢書のはじめのころ出た本の広告では、ぼくの本は『保田与重郎論』あるいは『昭和十年代の詩人たち』であるはずだった。それとはまったく別の体裁のものになったことについて、それらの広告を目にしていた読者諸氏にお詫びしなくてはならない。当初の予定では日本の昭和初期の詩を中心にしたエッセー集をまとめるはずだったが、もう少し書き足したりしたい問題もあって、先にこの本が出ることになった。

この本については、あとがきとしてあらためて言うべきこともない。雑多な主題についてその時々書いた文章を一ぺんに集めてみようじやないですか、という弘文堂の小野二郎さんの提案がきっかけで、主として戦後芸術に関するエッセーをまとめたものである。ぼくの現在の気持は冒頭の「疑問符を存在させる試み」の中に集約されるといっていいかもしれない。他の文章は、この文章の混乱に至るための様々な段階だったといえるかもしれない。つまりぼくは、今、見通しの少しもきかない地点にたっている。それがぼくの、詩を書き、エッセーを書く立場にほかならない。しかし著者としてみれば、どんなささやかな文章の中でも言うべきことは言っていたと考えたいものだ。同時代の芸術についてのこれらの試論の中に、何らかのポジティヴな像が見てとられ得るならば著者にとつては大きな喜びである。

この本をつくるに当つて直接、間接にお世話になったひとびとは多い。とりわけ小野さんはじめ弘文堂出版部の方々には面倒をおかけした。厚くお礼を申し上げる。

一九六〇年八月　著者

芸術マイナス1　戦後芸術論

［再版］弘文堂　一九七〇年　二七四頁　B６判　六八〇円

■あとがき■

新装で再版を出すといわれて振返ってみると、この本を刊行してから十年の歳月が過ぎている。一九六〇年から七〇年へ。私は必要ない限り、かつて書いた文章を読み直すということを全くしないといっていいが、十年ぶりに装いを新たにして刊行されるとなると、気にならないでもない。まぶしい感じでちらちらと目を走らせてみた。所詮、一人の人間の考えることに、そんなに急激な変化があるわけはなくて、十年前に惑った問題は今でも私を惑わせるし、十年前に嫌悪したものは今でも私を嫌悪させる。人はそれぞれに様々な問題の応接に忙がしいようにみえるが、一人の人間が真に衝突する問題は、一生の間に、はたして五指をもって数えるほどもあるだろうか。これこそ、恐ろしくも痛快な問題であろう。

初版あとがきで、私は次のように書いていた。記念のために写しておきたい。

「ぼくの現在の気持は冒頭の『疑問符を存在させる試み』の中に集約されるといっていいかもしれない。他の文章は、この文章の混乱に至るための様々な段階だったといえるかもしれない。つまりぼくは、今、見通しの少しもきかない地点にたっている。それがぼくの、詩を書き、エッセーを書く立場にほかならない。しかし著者としてみれば、どんなささやかな文章の中でも言うべきことは言っていたいと考えたいものだ。同時代の芸術についてのこれらの試論の中に、何らかのポジティヴな像が見てとられ得るならば、著者にとっては大きな喜びである。」

「疑問符を存在させる試み」は、吉岡実、清岡卓行、飯島耕一、岩田宏と共に出していた同人誌「鰐」に書いたもので、堂々たる長論文を書けとハッパをかけられながら書くことができず、やっとの思いでこれだけまとめたもので、これが私の文章の中で最も多く論議されるものの一つになろうとは、その当時思いも寄らなかった。

今、目次を眺めてみると、すでに廃刊となった雑誌に書いた文章の多いのに驚く。忘れっぽいので、すでに初出誌の記憶の曖昧なものさえある。備忘のつもりで、思い出す限り記してみるのも一興かもしれない。「芸術マイナス1」と「エヴリマン氏」は『近代文学』、「フォートリエ」は『みづゑ』、「写真の国のアリス」は『美術批評』、「アンドレ・マルローの映画論」は『映画評論』、「ケネス・パッチェン」は『ポエトロア』、「アメリカの沈黙」は、たぶん『音楽芸術』、「現代詩のアクチュアリティ」は『早稲田大学新聞』、「あて名のない手紙」と「前衛のなかの後衛」は『現代詩』、「シュルレアリスムの防衛」は、たぶん飯塚書店刊の『講座現代詩』に書き、『ユリイカ』（第一次）に再録、「想像力の自律性をめぐって」は『批評』、「詩の心理学素描」は『俳句評論』、「形式について」は創元社刊『ポエム・ライブラリー』、「子どもの詩大人の詩」は、たぶん国土社刊行の児童教育雑誌、「戦後の詩」は『国文学解釈と鑑賞』、「詩論批評」は『詩学』に書いた。また、書評類は、この本のために書きおろした清岡卓行詩集に関する文章をのぞいて、詩誌、書評紙、美術雑誌に書いたものである。

この本は当時弘文堂におり、現在は私と同僚の教師である友人小野二郎のおかげで出来たといっていい本であった。この本をも含む「現代芸術論叢書」の企画は、小野二郎の編集感覚の斬新さと卓越性を示すものだったことを、なつかしく回想する。今度この叢書の何冊かを再刊する計画をもって来られた小林忠次さんは、小野二郎が弘文堂を去って後に入社した若い編集者だが、どことなく風貌が二郎さんに似ているので驚いた。

もう一つ、装幀のこと。初版は伊原通夫がカバーを装幀してくれた。今度は加納光於が、表紙のみならず、目次面その他にも目を光らせて装幀してくれるはずである。実をいえば、私にはこの装幀を見るのが、この本の再刊の大きな楽しみなのである。というのも、加納光於は、装幀という仕事を、単に本の体裁を品よくととのえるといった程度のものとして考える習慣に対して、はげしい侮蔑を抱いている畏るべき友だからである。

一九七〇年八月　　大岡信

抒情の批判　日本的美意識の構造試論

晶文社　一九六一年　三〇二頁　B6判　四三〇円

■あとがき■

この本に収めた文章は、執筆年代からすると何年間かにまたがっているが、その意図ないしは姿勢については、ある一貫性があると思っている。本文の中でも書いたことだが、ぼくにとって一般に「日本的なもの」といわれるものは、決して自明なものでなく、むしろ意識的に見出さねばならないものとしてあった。岡倉天心は「日本はアジア文明の博物館である」といったが、この「博物館」がはたして死の支配するガラスの墓場であるのか、それとも今日なお新たな生命力をよみがえらせる潜勢力を秘めているのかについて、ぼくは少なからぬ関心をもっている。

この本には日本の詩についての文章が多いが、いわゆる詩論集を意図してはいない。「日本的美意識の構造試論」といういささか大げさな副題をつけたのも、この本全体を通じてのぼくの関心の方向がそうしたところにあったからである。体系的でもなく包括的でもないこの本に何らかの新味があるとするなら、それはぼく自身がそうした関心の方向に沿って対象に接近したということのうちにのみあるだろうし、そうであって欲しいと思っている。

この本の初校が出はじめたころ、ユリイカ社主伊達得夫が死去した。享年四十歳。他の多くの先輩、友人にとってと同様、ぼくにとっても彼の死は言葉に尽せない悲しみであり衝撃であった。彼は詩集や詩誌という、この国ではおよそ出版業の間尺に合わないものを、詩へのはにかみに満ちた愛と造本への自信ある熱意によって出版しつづけた。彼はこちらが書きたいと思うものを書かせ、言葉少なにほめることがうまかった。雑誌「ユリイカ」に連載した「保田与重郎ノート」なども、彼のそうしたはげましがなければ、あるいは書かれなかったかもしれない。彼の手がけた最後の本が、ぼくの新しい詩集だったことも、今となっては悲しい因縁だが、ぼくは本書を少なくとも三十年早く死んでしまった伊達得夫に捧げよう。

この本は、中村勝哉、小野二郎両氏の手で世に送り出される。両氏ともぼくより若いし、晶文社も生まれたばかりだ。小野氏には前著『芸術マイナス1』を出すに当ってもお世話になった。もともと本書は前著と一対をなすものとして構想されたが、その構想も多くを小野氏に負っている。ぼくとしては本書が新進の出版人、中村氏と晶文社の出発にとって、幸先のよいものであって欲しいと願うばかりである。

一九六一年三月　著者

藝術と傳統

晶文社　一九六三年　三〇六頁　四六判　六八〇円

■あとがき■

「万葉集からポロックまでとはね」とこの本の目次を眺めた友人がいった。まったく奇妙な構成の本だと思う。しかしここにはたしかにぼく自身の思考の軌跡がしるされているはずであり、日本の古典詩人も近代詩人も、文人画もアメリカ現代絵画の神話も、ぼくという現在の感受性の軸の周囲でそれぞれの位置を占めるはずであった。それらはそのような形で、現在に逆照明をあて、それを多義的な曖昧さを保ったままで光の中に浮かびあがらせるはずであった。それが実現されているかどうかは、読者の判断にまつほかない。

本書の表題を決めるにあたっては、本の構成が右のようなものであるためにひどく難渋し、友人吉岡実や飯島耕一をも一夕悩ましたが、結局東野芳明の示唆にしたがって現在のものとした。よき友たちに感謝する。

装幀は敬愛する駒井哲郎氏による。表紙の銅版画は駒井氏のアトリエでぼくが選んだものだが、最も好きな氏の作品のひとつでこの本が覆われることは、この上ない喜びである。

この本は最近新聞記者生活と別れたばかりのぼくにとって、ささやかながら記念的な意味をもつものになるだろう。

前著『抒情の批判』が望外にもいささかの好評を得たとの理由で、今度の本をも出そうといってくれた中村社長以下の晶文社の方々にお礼を申しのべたい。雑然とした原稿の堆積を奪い去り、手品師のごとくにその中から一冊の本を取りだしてぼくを呆然とさせる、エディターにしてわが友なる小野二郎に感謝する。この本を、日本の幸福な、また不幸な、少数者たちに。

一九六三年四月　　著者

眼・ことば・ヨーロッパ　明日の芸術

［美術選書］　美術出版社　一九六五年　二三四頁　A５判　五八〇円

■あとがき■

まったくの偶然だが、ヨーロッパから帰って丸一年目の日に、このあとがきを書いている。ごらんの通り、本の半分以上が、ぼくの短い旅行の見聞記で占められているが、はじめからこうした本を書くつもりで出かけたわけではもちろんなかったので、叙述におのずと濃淡、粗密が生じていることだろうと思う。

旅行に趣味をもっている人は案外多いらしい。ある期間内に、できるだけ多くの土地を歩き、見聞を広めるには、どんな方法をとったらいいか、というふうなことを、熱心に考え、かつ実行している人がいる。ぼくにはそれが出来ない。不精なためだが、また、新奇なものに対する純粋に熱狂的な好奇心が不足しているのかもしれない。この本の旅行記風な各章についても、他の土地に行かなかったわけでもないのに、叙述のほとんどすべてがパリでの見聞に限られている。見たり聞いたりすることを、識ることと出来るだけ一致させようとする気持ちが、こうした結果を生ませた一つの原因だったと、少なくとも自分では考えている。

　この本に出てくる人々の何人かについて、本文で記したことに付加えて書いておきたいことがある。

　C・Bという無名の芸術家のことを書いたが、彼（クロード・ベダール）は半年後の一九六四年九月、パリ市立近代美術館で展覧会を開き、もはやまったくの無名とはいえなくなってしまった。展覧会は「新しい黄金数を求めて」というタイトルで行なわれ、副題が「メトード・ベダール」（ベダールの方法）というのであった。しかし、ぼくは彼が送ってくれたカタログを眺めて、少々拍子抜けしたような変な気分を味わった。「君ももう、無名作家じゃなくなっちまったのか」。

　しかし、彼の仕事がこういう形で発表されたということは、何といってもぼくには嬉しかった。実をいえば、ぼくには彼の仕事の全容はまだよく理解できないのだ。彼自身にもその全容がわからないであろうような、そういう種類の仕事である以上、それは当然のことといえる。だからこそ、彼は自分の仕事を〈作品〉としてではなく、〈方法〉として提出しているのでもあろう。展覧会を見た江原順からの手紙では、どうもピンとこないような種類のものだったらしいが、いずれにせよ、美術館が、「作品展」ではなく、いわば「方法の展示」を試みたということには、それ相応の意図も意味もあったにちがいない。

　ロベール・フィリウーについては、ぼくは彼の詩、というより、正確にはアクション・ポエム（行動詩）ともいうべき作品『ペール・ラシェーズ墓地第一番』を、『ポイポイ』というタイトルによって、日本で上演した。この作品の飜訳は、雑誌『現代詩』一九六四年十月号にぼくの訳で掲載されているが、上演は六四年六月十七日、日本橋の南画廊を借りて行なわれた。この催しは、折りから来日中だったジャン・クラランス・ランベール（彼のことにもこの本の中でたびたび触れている）が、「行動詩の夕べ」というのをやりたいというので、ぼくが協力して開いたものだった。ランベールの自作朗読や、彼の持参したテープによる二、三の詩人の作品紹介が行なわれたが、グループNLT所属の若い俳優、小林、勝部両君が、声をつぶしかねない危険をおかして熱演してくれた十数分の『ポイポイ』は、身振りと言葉、意味と無意味の激しい混合によって、画廊を埋め、外にまではみ出ていた観客みなの腹をよじらせ、痛快な言葉の打撃を浴びせかけた。それは、飜訳し、演出の真似ごとをしたぼくも（ママ）自身にさえ、思いがけなかったほどの鮮烈な印象だった。ずっとのち、六四年末に日本にやってきたストックホルム近代美術館の館長ポントゥス・フルテンと話していたとき、たまたま『ポイポイ』の話が出たところ、この作品がスウェーデンでもフィリウー自身およびジャン・ルー・フィリップによって、フルテンの美術館で上演されたことを知った。「彼はすばらしい詩人だよ。おれは彼がとても好きだ」とフルテンはいった。

旅行との関連でいえば、パリで始終読んでいたジャン・タルディウの劇作のうち、帰国後飜訳した『鍵穴』が、七月に草月会館でNLTの北見治一、荻昱子により上演されたこと（演出塩瀬宏、装置山口勝弘、音楽一柳慧）なども付加えねばならないが、あげてゆくとまだまだ出てきそうなので、この辺でやめることにする。

第二部の諸作品は、画家たちの作品から触発されたものだが、いずれも日本で開かれたそれぞれの画家の展覧会を契機に書かれたものである。

第三部には、折りに触れて書いたヨーロツパの画家についての文章を集めた。

ヨーロツパについて、しかし、ぼくは何を識っているというのだろう。つい先日T・S・エリオットが亡くなったが、エリオットは、〈文化〉という一語を定義するという、ただそれだけの目的のために、「営々」という形容がぴったりくるような努力を傾けて一冊の重たい本を書いた。ヨーロッパ文化が予感している大きな危機が、エリオットにあのような努力を傾注させた原因であったことはいうまでもないが、〈文化〉という一語の定義のために詩人があれほどの思考を重ね得たこと自体、ヨーロッパ文化の強靭な生命力と抵抗力を物語っているといわねばなるまい。危機は、実をいえば、常に存在しているのであって、問題は、その危機をむしろ養分に変えつつ、どこまでわれわれが危険機淵に沈んでゆけるかにかかっているのだろう。ひとつの文化が、新たな成熟の局面に達するためには、常に大きな爆発的危機の時代を通過せねばならなかったというのは、過去の歴史の示す明らかな事実である。

たしかに、ヨーロッパ文化は今ひとつの大きな危機に直面している。だが、それはぼくら自身の運命と無関係にそうなっているのではない。ヨーロッパはぼく自身の中にもある、ということを感じながらでなければ、ぼくはヨーロッパとの明らかな疎隔を感じることもなかっただろうし、ましてそれを書くことはできなかった。

この本のために、雑誌にのった対談の一部分を使わせてくれた東野芳明にお礼をいわねばならない。

ひとりの人間が、たとえ短い期間でも旅に出るためには、じつに多くの人々の助力を必要とするものだということを、ぼくは今度の旅行で痛感した。この本をそれらの人々に捧げよう。

この本が出来上るまでには、美術出版社の長田弘君に一方な

らぬお世話になった。記して謝意を表します。（一九六五年一月）

超現実と抒情　昭和十年代の詩精神

［晶文選書］　晶文社　一九六五年　二八三頁　四六判　五八〇円

■あとがき■

昭和十年代という呼び名は、本書の場合必ずしも正確でないかもしれない。ここで扱った詩人たちの仕事は、昭和のはじめから第二次大戦、さらに戦後にまで及ぶ二十年前後の時間的ひろがりを持っている。ただ、これらの文章のすべてを通じて、昭和十年代という一時代への関心ないしは好奇心はほぼ一貫していると思う。ぼくにとって、昭和十年代の詩や詩人たちは、自分自身が詩を読み、そして書くようになったそもそものはじめから、ぼくの先導者であり、誘惑者であり、また拒絶の対象であり、そして常に、関心をそそられる対象として眼前に存在していた。これら年長の詩人に対する関心は、ある点まで、彼らによって育てられてきた自分自身に対する関心とも重なり合っていたように思われる。

しかし、それだけではなしに、昭和十年代の詩人たちの運命は、明治以来日本の近代文化が経てきた歴史の一断面を、ある意味で、濾過装置にかけたように鮮明に示していると、ぼくには思われるのである。そうした昭和十年代の特質は、さかのぼれば、大正末期からすでにはじまっていた日本の経済的、社会的不安によって、まず最初の兆候を示した。大正のいわば成金の父親たちの次にあらわれた世代は、昭和のはじめから、さまざまな形で失意や絶望を文字にし、歌にしてきた。たとえば、文学における理想主義的心情の表現ひとつをとってみても、その変化はきわめていちじるしいものがある。白樺派流の理想主義とは別の基盤から現れたプロレタリア文学の理想主義が、半熟のままで突き崩されたのちには、昭和文学には、裏返された、アイロニーに満ちた理想主義の幻影しか残されなかったようにみえる。それはたとえば日本浪曼派の、デカダンスの光背を負った古典復興への夢であったり、太宰治の「死ぬるとも、巧言令色であれ！」という反語であったり、モダニズム詩人たちのある部分に代表される、西欧との同時代性への熱病的な固執であったりする。しかし、どの穴を掘っても、理想主義的心情を内側から支えるべき生命の泉は噴出しなかった。そして、詩人たちは、右から左まで、ひとしなみに、詠嘆的抒情という、古く、かつ広大な海のふところにかえってゆき、そこで鬱屈した心をようやく解き放つことができたのだった。もちろんそこには何人かの例外的な詩人がいたし、一層若い無名の青年詩人たちの中では、閉塞された理想主義的心情は逆に激しい破壊衝動となり、あるいは呪咀の声となって、パセティックな、あるいはニヒリスティックな黒い歌を生み出させている。しかしそれらは、出口のない表現衝動の渦巻として、彼ら自身をまず破壊せずにはおかなかったのだった。

そうした意味では、明治の文明開化以来日本の近代文学を推進してきたところの、さまざまな形での理想主義というものが、戦争という遠心分離機にかけられて、ばらばらに解体され、深刻な危機の素顔を示した時代が、まさに昭和十年代だったということができるだろう。ランボーのうちに美神とさし違えた末期の眼の所有者を見出し、そこに、詩ではなく、批評のモラルを汲みとった小林秀雄が、昭和文学の主柱となったことには、深い必然性があったのだ。

いってみれば、ぼくがここに集めた文章で扱った時代は、日本の近代文学が経験した最もはなはだしい無明の時代だったといえるかもしれない。そしてそれは、無明の時代であることにおいて、戦後文学に深いかかわりを持っているし、そこで露呈された諸問題は、今でも変らずに生きているといえるだろう。ぼく自身の立場上、扱われている対象は詩と詩人たちにほぼ限定されているが、ぼくがここでさぐろうとした諸問題は、小説とか美術その他の表現ジャンルについても、ほぼ共通しているのではないかと思う。

実は本書に収めた文章は、以前に刊行した本から再録したものをかなり含んでいる。すなわち、「戦争前夜のモダニズム」「戦争下の青年詩人たち」「金子光晴論」「西脇順三郎論」は、『芸術と伝統』（晶文社）から、また「保田与重郎ノート」「昭和十年代の抒情詩」「三好達治論」「立原道造論」は、『抒情の批判』（晶文社）から、「中原中也論」は『詩人の設計図』（ユリイカ）から、それぞれ再録したものである。『抒情の批判』および『芸術の伝統』を編むに当って終始ぼくを督励してくれた畏友小野二郎が、それらの旧著に散在していた昭和十年代をテーマとする文章を集め、これに新稿を加えてあらたに一本を編むことをすすめてくれた結果出来たのが、本書である。このことは、旧著を読んで下さった方々のために特に記しておかねばならないことで、ここにおことわりする次第である。四年前に刊行した『抒情の批判』が、思いがけないことにいささかの好評を得、そのためか、今でも版元に時折り注文があるということだが、かなり前から品切れのままになっていた。そういう未知の読者に対して、旧著の主論文のいくつかを収めた本書が役立つものであってくれればと願っている。

晶文社の中村社長はじめ社員諸氏にはいつもながらお世話をかけ通しだった。お礼申しあげる。

一九六五年十一月　　著者

文明のなかの詩と芸術

思潮社　一九六六年　三七〇頁　B６判　九八〇円

■あとがき■

詩とか芸術とかいう言葉が、今日ほどその内容の不分明になった時代は、かつてなかったのではなかろうか。巷には詩の破片、芸術の破片が、ある時はテレビのブラウン管を通じ、ある時は通俗読物の中に、ある時は映画のタイトルバックの周辺に、ある時は鳴物入りで人々を動員する展覧会の会場に、つまりいたるところに、散乱し、束の間の輝きを放っている。活字の中にはとりわけおびただしく、詩の破片がころがっている。しかも、破片が破片であるという理由で断罪されることもなくなってしまった。というのも、破片ならざる本体そのものが見失われた結果としての、破片の氾濫だからで、破片の氾濫ということは、本体の破片化ということと別ものではないかもしれないのである。これは、戦慄すべき事態の到来を意味しているのかもしれない。詩も芸術も、破片化の道をころげ落ちていって、涯はどこの谷間に飛散するのだろうか。詩にも芸術にも、今なお、単純素朴な、堂々たる本道、本体があって、その本道にたちかえることだけがわれわれに要求されている唯一のことだ、というようなことをも、もちろん考えてはみる。しかし、人間は過去において在った状態に、そっくりそのまま復帰するということは決して出来ない。過去を現在に呼び寄せるという方法でしか、人間は過去と交渉を持つことができない。その時にはすでに、過去は過去でなくなっていて、むしろ、現在に含まれつつ未来に展開すべき可能性として、そこに甦えっているのである。

詩や芸術の本体なるものが仮りにあったとしても、それがそれ自体破片化したものでしかないかもしれぬ、という現状は、多分に右のような人間精神の特殊な働らきと関係があろう。本体は、かりにあったとしても、われわれの現在と交渉をもつ限りにおいて本体なのであり、しかもわれわれの現在が、世界の破片化という共通の病いに深く犯されている以上、詩や芸術の本体もまた、その病いを共有せざるを得ないだろう。

だが、こうした状況以外のところに救済を求めるということ自体、すでに、本来われわれの現在の内にしか求め得ない本体の把握を、みずから放棄することにほかならないだろう。

ほぼ以上のようなことが、本書に収めたエッセー類を貫いている基本的なモチーフであるといっていいと思う。ここには、いわゆる美術に関しての論も、いわゆる詩に関しての論も、その他いくつかのジャンルに属するであろう問題についての論も、さしたる区別なしに収録されている。もちろん、大別して第一部（芸術）と第二部（詩）に分けてはいるが、それは主として、扱う対象の種別によるもので、筆者のモチーフは両部を通じて共通だと考えている。

最近書いたものを集めて編纂したとはいうものの、中には「戦後」の詩のように、十年ほど前に書いたものも含まれている。また、「素描・現代の詩」のように、新聞（読売）連載という条件によって、詳細かつ具体的な作品引用にまで手がまわらなかったものもある。しかしそれらに大幅に手を入れることは差し控えた。

この本は思潮社の小田久郎、川西健介両氏の発案でこのような形にまとめられたものだが、とくに第一部の編み方については、川西氏の示唆に負うところが大きい。すなわち、さまざまな場所に、さまざまな理由で書いた文章を、すべてひとつの大きな標題のもとに一括して並べてみたらどうか、という川西氏の意見に同意して構成したものが、第一部である。そこでは、ゴヂック体の小見出しで、個々の文章の別が示されてはいるが、それらすべてを結んで、いわばひとつの長篇エッセーとしての性質を持たせることを意図している。これは著者の側からすれば、かなり冒険的な試みだったが、あえてその方法をとってみた。この試みが無意味でなかったことを望んでいる。装幀のために、作品の使用を快諾してくれた加納光於、装幀をすべて引受けてくれた堀川正美、これらの友に心からのお礼を言いたい。

一九六六年一月　著者

現代芸術の言葉

［晶文選書］晶文社　一九六七年　一八八頁　四六判　五八〇円

■あとがき■

ほかの人にとってはわかりきったことなのかもしれない。とにかくある日、ふと僕の中にひとつの想念が浮かんで、それ以来離れようとしないのである。

「われわれ自身の行為はいうまでもないが、そもそもわれわれを取巻いている事物や行為は、すべて言葉とみなさるべきではないか？」

言葉といえばいわゆる「言葉」そのものを指すのはいうまでもないが、有節言語として発音され、文字化される「言葉」以外にも、われわれは多くの意思伝達の手段をもっている。眉毛ひとつの上げ下げだって、沈黙の言葉を発しているではないか。ひとつの手造りの茶碗だって、言語こそ発しないけれども、夜更けの机の上で実に何ごとかを表現しているではないか。もちろん、道路にたっている信号灯は、几帳面なサイン言語の発信者である。

しかし、このような段階では、僕はまだ、この種の本を書いてみようという気持になっていたわけではない。ひとつの内的な経験が、しだいにこの問題に対する関心の集中を僕に強いるようになったのである。

詩を書く時に経験することで、以前からふしぎに思っていたことがある。それは、ある明瞭な（と少なくとも書き出す前までは思っている）主題を心にもって書きはじめると、どうもうまくいかないということだ。言葉が限られた地平で、ジャリジャリ音をたてながら鈍重に歩きまわっている感じがつきまとうのだ。拡がりと飛躍が欠けているのだ。しかしながら、主題を何ひとつ持たずに詩を書くことはできない。それは、粘土や鉄なしに彫刻を作るようなものであり、空気を叩き、空気に形を与えるようなものである。主題は、あっても困るし、なくては何もできぬ、奇妙な矛盾そのものと感じられた。

それにもかかわらず、詩というものが書かれうるとすれば、それはいかなる経路によって可能なのか。

これは実に難かしい問題だが、僕は自分の経験を反芻して、次のような答を得た。詩ができる瞬間、主題は「言葉」として触知される一種のものに変って僕の中で生きているのだ。つまり、単なる「意味」のかたまり以上のものになっているのだ。そしてそれがそのような形になるのは、どうやら僕が、主題を一たん放り出してしまった時であるらしい。

だが、放り出すといっても、どこへ放り出すのか。眼の前へでもないし、空中へでもない。それが放り出されるのは、本来それがそこから生じてきたところの、言葉の海の中へであって、それ以外のところではありえない。つまりこれは、主題というものを、もう一度その母胎へ還してやることにほかならないのである。主題を主題としてではなく、言葉の一つの層として感じとりうる深みにまで、主題を沈めてやることにほかならないのである。そのような内的操作を経て、はじめて詩の言葉が動きはじめる。その時もう、主題という個体はすっかり拡散し、一語一語の中に浸透して、それと見分けのつかぬイメージや音に変っているのだ。にもかかわらず、その後もなおひとつの主題が詩全体の中に響いているとすれば、その詩はたぶん成功したといっていい。

僕には、この経験が、なかなか意味深いものに思われた。主題というひとつの言葉のかたまりを、真に詩と化した主題たらしめるためには、それを一層広い、無限定に広い言葉の海の中へ還してやる必要があるということ——それは、言葉の世界そのものにおいてさえ、幾重もの層があることを示している。ちょうど人間に意識と無意識の層があるように。

してみると、この一層広い、無限定に広い言葉の海というものを、どう考えたらいいのか、という問題が当然起ってくるだろう。それは、必ずしも、有節言語としての言葉だけではないだろう。言葉の形をとらない影像や、音響感覚、触覚や運動感が、その海を形づくっているものであるだろう。それらは、時あって表面に吸いあげられるとき、いわゆる言語の形をとるにしても、常に言語として意識されているわけではない。

そのように考えたとき、僕の中に、最初に書いたような想念が浮かんだのだった。そしてそれは、やがて次のような考えにまで進んでいった。

自分が言葉を所有している、と考えるから、われわれは言葉から締め出されてしまうのだ。そうではなくて、人間は言葉に所有されているのだと考えた方が、事態に忠実な、現実的な考え方なのである。人間は、常住言葉によって所有されているからこそ、事物を見てただちに何ごとかを感じることができるのだ。自分が持っていると思う言葉で事物に対そうとすることより、事物が自分から引き出してくれる言葉で事物に対することの方が、より深い真の自己発見に導びくという、ふだんわれわれがしばしば見出す事実を考えてみればよい。これは、いわば、意識的行為と無意識的行為の差異に似ているが、要するに、われわれは自分自身のうちに、われわれを所有しているところの絶対者《ことば》を、所有しているのだ。いいかえれば、われわれの中に言葉があるが、そのわれわれは、言葉の中に包まれているのである。

このように考えたとき、僕は何かひとつの確かなものにぶつかったような思いがあった。

本書は、そのような考えを背後にもった一連の観察集である。言葉がいかに人間的環境の中で現象し、その本質をあらわにするかについての、これは試論集である。〈言葉の詩学〉とでもよべばよべるかもしれないものへ、接近するためのひとつの試みである。冒頭の「言葉の現象と本質」（最初雑誌に発表したときは「言葉の問題」と題していた）の、とりわけ第Ⅲ章に、僕の基本的な態度が示されていると思う。以下の文章では、演劇、美術、詩、短歌、俳句その他の、僕の眼に映じるすがたを出発点にして、諸芸術（すなわち種々の「言葉」）の、現象と本質について、接近を試みたものである。もとよりこれは学問的な著作ではない。新しい方法による学問的著作をも、相応の関心をもって読んではみたが、いざ書く段になると、僕には僕の気ままなやり方しか出来なかった。事柄の性質上、これらの諸論は「芸術の享受とはいかなることか」という問題に関する僕なりの答にもなっていると思う。「しからば芸術の創造とは？」という問題が出てくるだろうが、これは実に複雑な問題だ。それは複雑であり、また、われわれの体験に即するなら、論議を超えて単純なものでもあり、それゆえに、きわめて複雑な問題なのである。これについては、僕は自分が何らかの意味で答を出し得ているかどうか、知らない。

収録した文章についてさらに付加えると、「季節と形式」の第Ⅰ章「現代俳句について」については、金子兜太氏が『詩と批評』六七年四月号に反論を書いている。僕はそれへの反論を書くことを意図したが、その余裕がなく、そのままになっている。ただ、本書の他の部分を併せ読んでもらえば、僕がこの一文を書いた意図もおのずから明らかだろうと思う。僕は単に現代俳句のある一翼をやっつけるためにこの文章を書いたのではない。それをも、大きな言葉の海における一現象として、考えようとしたのだった。僕はこの文章で引用した多くの俳句について、もっと細かい検討を加えたい欲求は感じるが、議論の根幹については修正する必要を感じない。

本書収録の文章はすべて雑誌に一度発表されたもので、題名、内容に多少の修正を加えてあるが、初出掲載誌は次の通りである。記して各誌の編集者諸氏に感謝したい。

言葉の現象と本質（『放送朝日』一九六六年一月〜三月号）
現代芸術批判（『展望』一九六六年九月号）
演劇とその「言葉」
　Ⅰ　日本と西洋の問題（『新劇』一九六七年二月号）
　Ⅱ　サド侯爵夫人（『テアトロ』一九六六年一月号）
　Ⅲ　わが俳優待望論（『東宝』一九六七年一月号）
眼の詩学（『季刊芸術』創刊号）
話し言葉と自動記述（『世界文学』一九六六年春季号）
季節と形式
　Ⅰ　現代俳句について（『ことばの宇宙』一九六七年一月号）
　Ⅱ　現代短歌について（『国語通信』一九六七年92号）
芭蕉私論（『無限』20号）

中村勝哉社長をはじめ晶文社の皆さんには今度もいろいろお世話をおかけした。畏友小野二郎氏には、本の構成その他について、いつもながら貴重な助言を頂いた。しるして感謝の意を表する次第である。（一九六七年八月）

現代詩人論

［角川選書13］角川書店　一九六九年　三二三頁　四六判　五六〇円

■あとがき■

これまでに書いてきた現代詩人論の中から選んで一冊にまとめてみないか、というすすめに従って編んだのが本書である。そういわれてみれば、たしかにかなりの分量の現代詩人論を書いてきた。はじめて書いたのは、大学二年のときの「菱山修三論」で、そのころ読んでいたこの詩人の作品に、いわばある別れを告げるつもりで書いた。その次に書いた詩人論は、ポール・エリュアール論で、これはむしろ友人のだれかれに、詩人発見の喜びをつたえたい気持で書いた。詩人論は、ぼくにとっては、そんな必要から始まった。本書に収めたものは、多くの場合、求められて書いたものだが、なんらかの意味でぼくに必要だった詩人たちについてのものであることには変わりがない。

ここには十数年前のものもあれば、「中野重治」のように新たに書きおろしたものもある。当然、個々の文章のあいだにはでこぼこがあるだろう。「鮎川信夫」とか「小野十三郎」とかの、本書の中ではもっとも古い時期の文章は、本来なら新たに稿を起こして書き加えねばならないところを多くもっている。それらには、未熟さからくる視野の狭さ、判断の性急さが目立ち、はじめはここに収めるのをためらったのだった。しかし結局収録することにしたのは、読みかえしてみて、これらにはこれらなりの意味もあるかもしれないと考え直したからである。もちろん、たとえば鮎川氏について、その詩作品にほとんどまったく言及していないのは、この論の性質上そうならざるをえなかったこととはいえ、片手落ちであろう。しかし、今のぼくには、そういうことを含めて鮎川論を新たに書きおろす余裕がない。

そういう心残りは、多かれ少なかれどの文章についてもあるる。とくに、戦後詩人についてのものにそれがいえる。しかし、心残りは、結局のところ死ぬまでいっぱい持ちつづけていくにちがいないお荷物なのだ。人は与えられた機会に対しては、持ち合わせのものをひろげて応じるしかない。

本書の諸編の中には、以前出した本に収めていたものもあるので、簡単に注記しておきたい。

「小野十三郎」「立原道造」「鮎川信夫」はユリイカ刊『詩人の設計図』（一九五八）所収。うち立原論は、晶文社刊『抒情の批判』（一九六一）、同社刊『超現実と抒情』（一九六五）に再録。

「金子光晴」「西脇順三郎」は晶文社刊『芸術と伝統』（一九六三）所収。両編とものち『超現実と抒情』に再録。

「清岡卓行1」「吉岡実」「飯島耕一と岩田宏」は弘文堂刊『芸術マイナス1』（一九六〇）所収。

「前田耕」は思潮社刊『文明のなかの詩と芸術』（一九六六）所収。

右のほかの文章は、「中野重治」をのぞき、次のような刊行物に書いたものに加筆した。

「序章」　角川書店刊『日本文学の歴史』第十二巻

「中原中也」　講談社刊『日本現代文学全集』第七十七巻、中

原ほかの集の月報（1）、角川書店刊『日本の詩集』10、中原の集の「評伝」（2）、詩誌「ユリイカ」（3）

「吉田一穂」「村野四郎」「田村隆一」　雑誌「解釈と鑑賞」

「草野心平と高村光太郎」　雑誌「三彩」

「三好達治」　新潮社刊『日本詩人全集』の21「三好達治」の解説。

「丸山薫」「田中克己」　中央公論社刊『日本の詩歌』の24、丸山、田中ほかの巻の「詩人の肖像」

「滝口修造」　詩誌「現代詩手帖」に「往復書簡」としてのったもので、滝口氏は、同氏の文章を本書へ収録することを快く許可して下さった。

「山本太郎」　ユリイカ刊「今日の詩人双書」中、『山本太郎詩集』の解説。

「谷川俊太郎」　角川文庫版『谷川俊太郎詩集』の解説。


なお、中原中也、三好達治、草野心平、滝口修造の諸詩人については、本書収録の論のほかに、それぞれかなりの枚数の論を、一編ないし数編書いている。中原中也、三好達治論は『超現実と抒情』に、草野心平論は近刊の『蕩児の家系』（思潮社）に、滝口修造論は『超現実と抒情』および「中央公論」一九六八年二月号「芸術時評」に掲載されているが、都合でここには収められなかった。参照していただければ幸いである。

一九六九年一月　著者

現代詩人論

［講談社文芸文庫　お01］　講談社　二〇〇一年　四一五頁　A6判　一五〇〇円

■著者から読者へ／詩論を書く理由■

この本は一九六九年（昭和四四年）二月に角川選書13として刊行されたのが最初でした。そのとき「あとがき」に書いたのですが、はじめて現代詩人論を書いたのは旧制大学二年生の時で、「菱山修三論」でした。「そのころ読んでいたこの詩人の作品に、いわばある別れを告げるつもりで書いた」のでした。その次に書いたのは、大学二年のころ熱中して読んでいたフランスのシュルレアリスト（超現実主義詩人）ポール・エリュアールについての詩人論でした。「これはむしろ友人のだれかれに、詩人発見の喜びを伝えたい気持ちで書いた」ものでした。両方とも、当時大学で数人の仲間と一緒に出していた同人誌「現代文学」と、同じく学内の文学団体が合同で出した（ただしこれ一号でつぶれましたが）復刊「赤門文学」にのせたもので、後者については中村真一郎氏が「文学界」の同人雑誌評欄でかなり長いスペースを割いて、まあ激賞というに近い評論をしてくれたのでした。私は王子の下宿に帰る途中、書店の店頭でそれを立ち読みし、かなり高揚したのでしたが、その「文学界」を買うことはしなかったのが、その後も長い間ふしぎなことに思えていました。それだけの金も惜しかったのかとさえ思いますが、それよりは、中村さんがほめてくれたので気持ちがすっきりして、それ以上この雑誌を買う必要を感じなかったのかもしれません。

というのも、私のもっと身近なところにいたけれど、ふだんから大いに尊敬していて、決して狎れ親しんだりすることができなかった人が、私の「ポール・エリュアール」について、「なかなかよく書けているが、対象の抵抗感があまり伝わってこない」、という意味のハガキをくださっていたからです。その人とは、旧制一高以来の私の師であり、フランス語を教室で習う先生だった詩人・批評家の寺田透氏でした。私はそのハガキによって、いい気になっているところをピシャッとやられていましたから、中村さんがほめてくれたことで、多少気持ちの上のバランスがとれたのだと思います。それで満足したから、雑誌を買う必要はなかったのではなかろうかと、今では思っています。

しかし、友人のだれかれに詩人発見の喜びを伝えたい気持ちでエリュアール論を書いた、という私の執筆動機は、その後半世紀を経た今でも、あまり変らずに私の「書く」理由の中心にあるように思います。当時私の頭にあった「友人のだれかれ」とは、具体的にいえば、同人雑誌の仲間たちと、その近辺にいた人びとで、数で言えばせいぜい数人にすぎませんでした。同人雑誌を一緒にやっていた仲間は、日野啓三、佐野洋（当時は本名で丸山一郎）、稲葉三千男、山本思外里、浜田泰三、金子鉄麿（故人、劇作家）などでした。詩を書く者はほとんどおらず、同人の批評会などでは、私の書くものはほとんどの仲間にとって、やや異物めいた、了解するには何となく手ざわりがよくわからないものと思われていたと思います。それでいて除外することはとうていできない、妙に威張ってもいる存在として、私の詩と文章は皆の目に映っていたようでした。つまり敬遠です。

私がエリュアール論を書いたのには、いわば自分の惚れている対象を、他の連中にもちゃんと認めてもらいたい、という願いが大きく働いていたと思います。しかしそれは当方の勝手な思いにすぎず、詩も批評も、つねに孤独な立場に立たざるを得ないのでした。当然なことです。こちらが熱中すればするほど、多少とも回りの人々は白けるか、それほど冷たくはなくとも、まあ敬して遠ざけるという形になるのが、世の常というものです。私はこういうささやかな体験をするうちに、いやおうなしに批評というものが心すべき、さまざまな問題について、知ってきたように思います。ひと口に言ってしまえば、人の欠点を指摘することよりは、美点を正当に解明し、それを明晰な言葉で伝えようとすることの方がずっと困難ではないか、ということでした。困難なのは読者との関係において困難なのです。

だから当然、対象とする詩人の作品を、たとえ数行でも引用する時、批評する側の実力が丸見えにもなってしまうのです。くさす時よりも、ほめる時の方がはるかに困難であることを、私はこのような試行の中で思い知らされました。それは試みるに値することでした。

こういうわけでしたから、いつの間にか私についた揶揄と嘲けりの入り混じった綽名は〝理解魔〟。何でもよくわかる男というよりも、ニュアンスとしては、何でもほめるほめ屋さん、といった感じでしょうか。由来この国では、批評というのは人の悪口を言うことだ、とでも考えているかのような、威勢のいい啖呵を切れる人だけが、大先生としてもてはやされる風潮があり、人をほめたりするのは唾棄すべき弱虫であると見なされるやくざっぽい習慣があって、近ごろはそれもついに嫌気がさしたのでしょうか、数十年来のわが国珍風俗のひとつは、「批評家」という言葉が何となく、しかし明らかに、敬遠され、あるいは忘れられて、代りに「評論家」という、正体不明の、センセイ風だけは吹かせている言葉が、猫も杓子もという感じで大繁盛しています。

私は、詩論や詩人論を書きはじめた当座から、詩人は最良の批評家でなければならないと思いこんでいました。ボードレールやポール・ヴァレリー、そしてT・S・エリオットが、学生時代から私の最も親しみを感じる詩人＝批評家でした。

この本を読んでくださる読者の多くにとっては、どうもヘンな詩人だなあと感じられるかもしれませんが、私は十八、九歳のころからそう思ってきました。半世紀たっても少しもその考えは変っておりません。ですから、批評の対象は自分の関心の方向、在りかによってかなり変ることもあり得ます。私はある時期は「美術評論家」とも書かれましたし、その後は「日本古典文学」の評論家としてもそれなりの量を書かされました。そういう呼び名は、時に片腹痛いものでしたが、詩人という看板をかかげる人間がそれらの異分野で書くことは、むしろ当然だと思っていました。なぜなら私は詩人なのだから、と考えています。

大岡信

蕩児の家系　日本現代詩の歩み

［現代の批評叢書2］　思潮社　一九六九年　二八三頁　四六判
九八〇円

■あとがき■

『蕩児の家系』という題名は、ぼくの本としてはかなり風変りな題名である。名付け親は思潮社の川西健介さんだ。詩集は別として、評論集については、ぼくは本の題名を選ぶのにいつも難渋する。今まで出した本のうち、半分くらいは友人たちのつけてくれた題名をそのまま使ってきた。今度の本もそれで、川西さんが全文を読んだ上で提案してくれた題名のひとつがこれである。

蕩児の家系という題名は、いうまでもなく、〈蕩児の帰郷〉という例の物語に由来する。これについては本文中に書いた通りである。近代日本における新しい詩的表現は、いわゆる近代詩・現代詩という形をとって歴史をきざんできたが、短歌、俳句、あるいは文語定型詩という旧家からとびだした放蕩息子である口語自由詩の足跡を、ぼくなりの観点から追跡し、再構成してみようとしたのが、この本のおおよその成りたちである。言う必要もないことだろうが、蕩児の家系といい、帰郷といい、かつての旧家への復帰を意味しているのでは毛頭ない。放蕩息子は放蕩息子の天地を見出すであろう。その、新しい天地こそ、放蕩息子の帰郷する天地である。それはどのような場所なのか、それをぼくは考えてみたかった。だから、詩史的な見地から見れば、この本は穴だらけであろう。それに、本来なら明治時代の詩人たちの仕事に触れねばならないはずだったろう。そして、そうなれば短歌や俳句、歌謡、あるいは漢詩についてさえ触れねばならなかっただろう。だが、それは少なくとも今のところぼくの力に余る。

この本の前半をなす「大正詩序説」および「昭和詩の問題」は、雑誌「文学」にとびとびに連載されたものに若干の手を加えたものである。念のために初出をしるしておくと、

大正詩序説　一九六四年十一月
口語自由詩の運命　一九六五年四月
萩原と西脇　一九六五年六月
宇宙感覚と近代意識　一九六五年九月
抒情の行方　一九六五年十一月
守備の詩と攻勢の詩　一九六六年二月

また、この本の後半をなす「戦後詩概観」は、思潮社から刊行された『現代詩大系』全七巻（一九六六年〜一九六七年）のための通巻解説（他に、別の筆者たちによる各巻解説がある）として書かれたものである。「文学」の方でもそうだったが、「大系」の原稿はとくに書き辛く、書き悩み、そのために本の順調な刊行にもだいぶ支障をきたしたのではないかと思う。思潮社の人々が、ぼくのぼやきを聞き流して、出来上るまでじっと待っていてくれたので、ともかく終りまでこぎつけることができた。

ぼくにとって、一応首尾一貫した構成の評論集を出すのは、

これがはじめてだといっていい。こういう原稿を、ある期間にわたって書きつづけるとき、編集の任にあたる人々との呼吸が合うということが、想像以上に大切なことであるのを知ったのも、これを書いてみてのことだった。当時の「文学」の編集者だった菅野敦子さん、飯倉照平さん、梨本昌利さん、思潮社の小田久郎さん、川西健介さん、辻征夫さんには、その点でも感謝の思いを新たにしている。

一九六八年十二月　大岡信

蕩児の家系　日本現代詩の歩み

［復刻新版　思潮ライブラリー］　思潮社　二〇〇四年　三〇〇頁　21.8×14.0cm　付属資料一六頁　二八〇〇円

■新版のためのあとがき■

『蕩児の家系』を書いたのは、一九六四年から一九六七年の数年間にわたっての時期だった。初版あとがきにも書いたように、私が〝一応首尾一貫した構成の評論集を出すのは〟これがはじめてだった。

二〇〇四年になった今、振り返って見ると、一九六〇年代という時代は、この本を執筆する年代としては、どうやら最も適していた時代だったのではなかろうかと思われる。

第一に、その時点は、第二次大戦で日本という国が戦いに敗れ、武装を完全に放棄した一九四五年八月十五日という瞬間から数えて、ほぼ二十年が経っていた。この二十年という時間を、その後の約四十年間と較べてみると、一目瞭然という感じで、時の経過の密度が濃密だったなという思いがある。ある具体的な分岐点をあげるなら、一九七〇年の大阪万博開催の時を境いに、日本の「戦後」という、ひとつの〝輝かしい〟時代は終った。

今本書の「戦後詩概観」を見ると、その最も新しい部分に、「天沢退二郎、渡辺武信、岡田隆彦、吉増剛造、長田弘ら、今日の最も新しい詩的世代を代表する詩人たち」のことが書かれている。これらの詩人たちは、一九六〇年代当時に私が最も身近かな同時代的共感をもって見ていた自分より多少若い詩人たちであった。あれからすでに四十年以上が過ぎ去ったし、岡田隆彦のようにもう世を去ってしまった詩人さえいるほどだが、総体的に見るなら、今引き写した名前の詩人たちは、四十数年経た今でも、当時の〝最も新しい詩的世代を代表する詩人たち〟の位置を保ちつつ、その後の仕事を重ねてきているという事実は、揺るがし難いと思う。

その意味で、この『蕩児の家系』という本は、日本の戦後期の詩的展望を書いた本として、今なお存在理由を主張できるものだろうと、著者としては考える。もちろん、それら新しい世代についてのみならず、自分自身の同世代のひとびと、また少し上の世代の、れっきとした〝戦後派〟詩人たちについての観察のかずかずも、同時代人としての真剣な切り結びの軌跡を綴ったものであり、その意味ではもう二度と同じような内容を繰返すことはできないだろう、という文章が並んでいることを、今度あらためて認識した。

叙述は前後するが、本書には、前半部に「大正詩序説」および「昭和詩の問題」が置かれている。それらは岩波書店の「文学」誌に発表したものだが、前述の「戦後詩概観」が思潮社刊行の『現代詩大系』全七巻の通巻解説として書かれたのとは、発表場所が異なっていたという重要な理由によって、文章の性質も微妙に異なっていた。そのことが、私にとってはかえって好い結果をもたらしてくれたと思っている。というのも、大正・昭和戦前の時代を通じて、広い範囲に考察の網の目をひろげる必要がある文章だったから、「文学」は、お座敷として最適の場所を提供してくれたからである。

私は「大正詩序説」から始まって「口語自由詩の運命」「萩原と西脇」「宇宙感覚と近代意識（「歴程」、心平、光太郎）」「抒情の行方（伊東静雄と三好達治）」「守備の詩と攻勢の詩（村野、小熊その他）」の諸篇を書いた時、〝完全〟な詩史を書こうとは思っていなかった。そういう歴史記述の行き方は私の道ではないと考えていた。しかし、歴史を語るなら、これらの点だけはとり逃がすべきではないだろう、と思った重要な点については、強調しておこうと思い、かなり自由気ままなスタイルで書いた。その点で、（これは思潮社の場合も同じくだが）各時点での担当編集者たちとの接触は、私にとって極めて重要だった。雑誌にとって、編集者の存在は〝死活的〟な重要さを持っていると、私は昔も今も思っている。

『蕩児の家系』が版をあらためる機会に、半世紀近い過去のことを回想して、ちょっと長すぎるかもしれない新版のあとがきとする。

二〇〇四年五月　　大岡信

肉眼の思想　現代芸術の意味

中央公論社　一九六九年　二六一頁　四六判　八八〇円

■あとがき■

本書は一九六七年から六八年にかけて『中央公論』に連載した「芸術時評」を中心に、同じ時期に書いた同種の文章を集めて一本にまとめたものである。それぞれの文章の発表誌は次のとおりである。

「現代の創造」『朝日ジャーナル』一九六九年一月五日号
「技術時代の美術」から「現代芸術の中心と辺境」まで『中央公論』一九六七年八月号から六八年五月号まで（六七年十月号は休載）
「美術に国境はないか」『三彩』一九六六年十月号および十一月号
「季節と文明」『三彩』一九六七年四月号
「現代のリリスム」『芸術新潮』一九六七年十一月号
「武満徹をめぐる二、三の観察」『音楽芸術』一九六七年三月号
「三人の現代芸術家」『展望』（原広司——一九六八年二月号、山口勝弘——同年六月号、宇佐美圭司——同年九月号）

本文でもくりかえしのべたように、現代芸術は今大きな過渡期の瀬を渡っている。その瀬の荒い流れ、大小さまざまな波にもまれつつ、自分の位置をたしかめ、全体の展望を得ようと努力している一人の人間の、願望と思索と批評の書として読んでいただければ幸いである。

「芸術時評」は、はじめ山崎正和氏が担当して一年あまり連載され、好評を博した欄であった。それを引きつぐ形でぼくの時評が書かれたが、山崎氏のときからの担当者である編集部の望月重威氏には、毎回お世話をかけた。時評を書くので見たり聞いたりすることができた催しもののたぐいも多く、これはぼく自身にとっても有難い機会であった。今度本にまとめるにあたっては、出版部の古石明氏にいろいろご面倒をおかけした。記してあつくお礼申しあげる。中央公論以外の各誌に書いた文章の掲載についても、それぞれの関係各位にお礼申しあげる。

一九六九年五月　著者

紀貫之

［日本詩人選7］筑摩書房　一九七一年　二四三、四頁　B6判　七〇〇円

■あとがき■

紀貫之について書かれた本はきわめて少ない。もちろん専門研究論文は別としての話だが、いま一般読書人が容易に入手できる本としては、本文中でもふれた歴史家目崎徳衛氏の手になる伝記一冊のみといってもよいほどである。古今集や土左日記には種々の刊本があるので、貫之の一面はそれによって知りうるが、所詮限られたものでしかない。その意味では、この本にもそれなりの存在理由はあるだろうと思う。

正岡子規に罵倒されて以後の貫之の評判の下落ぶりについては、今さらここで繰返すまでもない。この本を書くことが決ってから山本健吉氏にお会いした折、「なにしろ子規以来のことだからね」と氏が言われたのも、そういう事情をふまえてのことだったが、この言葉は私にいろいろな意味でよい刺戟となったように思われる。評判が悪く、研究書も少ないような人を論じるのは、やり甲斐もあるし楽しみの多い仕事である。子規について書くことからこの本を始めたのは、そうすることが最も自然に思われたからだが、またそのような始め方が、結局本全体の書き方、トーンを決めたように、今となっては感じられる。

私はもともとプランを綿密にたててものを書くということがまるでできない。この本も、書きながら、どういうところで終るのか、五里霧中だった。「いったい、これ、終りまでいきますかね」と、ある日原稿をとりに見えた村上彩子さんに言って、「ええっ？」と驚かれたこともある。貫之の歌について書こうとしながら、筆はしばしば貫之を代表者とする平安朝文化そのものへの関心に傾き、あるいは海彼の文化と日本との関係をめぐる私自身の日頃の関心に、貫之の仕事を引き寄せて論じるような傾向も示した。けれども、それは構えてそうなったわけではなく、私には貫之の仕事がごく自然にそういう方向へ人を引っぱってゆくと思われるのである。

貫之の歌については、今度じっくり読んでみて、以前考えていたよりもずっと高い評価を与えるようになった。そのことについては本文中でも書いた通りである。貫之は古今集だけでは全貌がつかめない。貫之集でもまだ足りない。その理由の一つは、彼の作が詞書とともに読まれるべき性質を多分にもっており、貫之集ではその詞書が略されていることがしばしばあるからだ。後撰集所収の歌について特にこの問題がある。本文中で後撰集にふれることが多かった理由の一斑はそこにある。

そのことはまた、貫之の人物像を、どのような点に中心をおいて刻みあげるかにも関わってくる。貫之の生涯、とくにその実生活的側面は、目崎氏の本を読んでもわかるように、必ずしも詳細に跡づけることはできない。しかし、私はその点に関してはあまり苦にしなかった。残された歌や散文から貫之の世界を探ってみる楽しみが、充分に大きかったからである。

その結果、私の貫之像は、学恩を蒙った先学諸家の描いた貫之像とは、かなり違ったものになっているかもしれない。ねがわくば、そうあって欲しいと願っている。

これを書かないかと話があってから、すでに二年半近くにもなろうか。その間、私はややまとまったものとして窪田空穂論二百枚近くを書いた。「文学」に連載したが、この本の準備にかからねばならないこともあって、一応中途で筆をおいた。今貫之論を書き了えてみると、空穂論を書いたことがさまざまの点で非常に役立ったように思う。直接にはまったく無関係のはずだったが、空穂を考えることを通して、私は歌を読む上でのある種のアタリのようなもの、サワリのようなものへの自信を少しは得たようであった。貫之が、遠い時代の、紙の上にしか見出せない人間ではなく、身近に呼吸している人間のように思えてきたことも、それとつながった出来事だったようである。空穂は私の父の師だが、その晩年の十数年間、私も折々親しく接することができた。貫之の歌を読むにあたって、そこに生きた人間の呼吸を感じとるコツのようなものを、私は空穂との決して頻繁ではなかった対座の時間に学んだように思う。

本文中では特に書く機会は失したが、貫之や道真、また古今集歌人たちの仕事を見て感じることの一つは、それが日本語の精粋をしぼってめざましい成果をあげ、まさに国粋とよばれて然るべきものであったにもかかわらず、彼ら自身は決して国粋主義者でなかったという事実である。古今集をかついで国粋主義の旗をうち振るような人が現れたら、眉に唾した方がよい。

村上さんの記録によると、この本の最初の部分の原稿を渡したのは五月十日だった。脱稿したのは昨七月二十七日の朝八時で、ほぼ二か月半かかった。その間他の用事もしていたので、正味一か月少々というところだろう。いよいよ切羽つまって書き出すまでの長い期間の重苦しい圧迫感は、有難いことに、いざ書きはじめると、少しずつ消えていった。それでも、この種のものを書き下しで書くのははじめての経験だったので、最後まで緊張しつづけた。突然終りがやってきたときは、信じられないような気がした。

大体、一章書きあげるごとに原稿を村上さんに渡していったが、村上さんと川口澄子さんの両編集者が聞かせてくれる感想は、この際の私にとっては、暗夜の海を渡ってくる燈台の灯火にも等しかった。お二人には心からお礼申しあげる。

脱稿直前になって家を移ることになり、手伝ってくれる何人かと、本をボール箱につめたり運んだりの作業をやりながら、夜半から朝にかけて書くようなこともあった。嫌いではなかった三鷹での約十年間の、最後の日々とともにあったという意味でも、この本はとりわけ親しく感じられる。

なお、本文中に引用した貫之の歌や文章の使用テキストは、朝日新聞社版日本古典全書『新訂　土佐日記』、岩波書店版日本古典文学大系『古今和歌集』『土左日記・かげろふ日記・和泉式部日記・更級日記』、角川書店版窪田空穂全集『古今和歌集評釈』、日本古典全集刊行会版『後撰和歌集』などに主として拠った。古写本を精選した岩波版大系のテキストは、仮名文字が圧倒的に多いのを一特徴とするが、研究書ではないこの本では、私自身の判断で、依拠するテキストを前述その他から適宜選んだことを付記する。引用部分をのぞく本文で、土佐日記と普通書かれているのを、土左日記としたのは、古典文学大系本の校註者鈴木知太郎氏の説くところに従った。

七月二十八日　　大岡信

言葉の出現

晶文社　一九七一年　二五九頁　四六判　八〇〇円

■あとがき■

長短さまざま、手ざわりも異なる文章を集め、中の一篇の題名をとり、『言葉の出現』と名づける。旧いものは十数年以前に書いたものまで含まれるので、手ざわりにおのずと違いが出てくるのはやむを得ないが、書いた本人が感じるほどには読者の目にそれが際立っては感じられず、むしろ十数年の歳月を経て相変らず同じようなことを繰返し書いている人間を憐れまれるかもしれない。実はそのどちらの感じも、私自身が校正刷りを読みながら抱いたものであった。

四部に分けて編んであるが、これは晶文社編集部でこのような形に整えてくれたので、友人小野二郎氏、また担当者に、その点で大層お世話になった。

校正刷りに目を通しながら、第I部におさめた二篇のような、概論ふうの文章を、私は今後あまり書かなくなるだろうという一種の予感をもった。主題について言うのではない。文章の手ざわりの問題である。手ざわり手ざわりと、妙にこだわるようだが、文体と言えば少々綺麗ごとじみてしまう文の手ざわりの大切さを、このごろますます感じているので、言わずもがなのことを書いた。

それぞれの文章について、いろいろなことが念頭に浮かぶ。「言葉の出現」は、書いて発表した直後に、寺田透、飯島耕一両氏の目にとまったものだが、両氏とも私がこの文章で自作を対象に語ったことを珍らしがられていた。もちろん私自身もそのことにそれなりの意気ごみをもっていたので、両氏の論評はとりわけ有難かった。これを書いたころから、文章の手ざわりについての、先に書いたような感じ方が、私の中でますます強まったように思う。

大岡昇平論、寺田透論などは、主に詩歌論を集めた本書の中ではやや特別の位置にあると見えるかもしれないが、私の中ではそれらは他の文章と緊密に結ばれている。寺田氏については、他にも数篇短かい文章があるのだが、ここには最近のものを主としておさめた。

第III部の「詩と詩人抄」の文章は、それぞれにあまり長くはないながら、私にとっては、手ざわりの点で愛着のふかいものである。

第IV部の短歌・俳句論もさまざまな種類の文章をおさめてい

る。十数年前のものなど、気負った物言いが目についていやな気がするところもあるが、ほとんど手を加えずにおさめた。記録的な意味も考慮してのことである。「やぶにらみ韻律論」という文章の表題は、もちろん私自身の文章がやぶにらみだという意味でつけたのだが、ある人がこれを、岡井隆氏の韻律論に対するけなしの言葉ととって、けしからんと憤慨する文章を書いているのを当時読んでびっくりしたことがある。

富沢赤黄男が逝去したときに書いた追悼の短文は、それののった雑誌が見当らず、編集人の高柳重信氏に拝借を願い出たところ、わざわざ筆写して送って下さり、恐縮した。その他、それぞれの文章について思い出すことも多いが略す。巻末に初出誌・紙一覧をかかげた。これらの雑誌・新聞の編集者諸氏にお礼申しあげる。

一九七一年十月

躍動する抽象

[現代の美術8] 講談社 一九七二年 一三五頁 27.5×21.5 cm 一五〇〇円

■はじめに■

人間は何のために生きるか？ 人類が言葉をもってこのかた、この問いはたえまなしに人類の前に突き出されてきたピストンだった。あらゆる宗教がこの問いに答えようとしてきた。あらゆる哲学がこの問いの前で多かれ少なかれ立ちすくみ、倫理の、あるいは反倫理の情熱によって、悟性の冷徹を沸騰させねばならなかった。

いうまでもなく、絵画は色彩と形態によってある大きさの平面をいろどるものだ。画家からいえば、全身的な造形行為の明確な痕跡であり、観る者の側からいえば、視覚を主な通路とする全感覚的な受容体験の出発点であるもの、それが絵画作品にほかならない。

人間は何のために生きるか？ この問いは、絵画をつくるという行為、絵画を観るという行為にとっても、無縁なものではあり得ないだろう。画家が食事をしたり愛の行為に没頭しているとき、何のために生きるか、という問いが彼をふいに襲ってくることはごく自然である。まして、絵をつくるという行為には、大量の反省的思考と未来へ向かっての自己投身の情熱がかかわるものだから、この問いはさまざまな形で彼にたえず迫り、彼の身辺に緊張した気圏を形づくり、彼の制作動機の中枢に浸透しているはずである。

抽象絵画といえども、この問題から離れてあることはできまい。私がこれから対象にして語ろうとするのは、抽象絵画の一群の作品である。けれども、私は、これらの作品の作者が、みずから「抽象絵画」なるものを描こうと思ってこれらを制作したのだというふうには考えない。なるほど、造形表現には様式の歴史が厳としてあり、いかなる画家も、世界にまったく類例のないものを突如としてこの世に出現させたわけではない。芸術の歴史は、過去への反逆という意味においても過去とつながる部分をもっていて、ある時代の様式は多かれ少なかれ常に考慮されねばならない重要な制作環境である。それゆえ、この本で扱う画家たちが、抽象という20世紀造形美術の大きな様式を通して語ろうとしている事実は、それそのものとして重要な意味をもっている。しかし、そのことは、彼らが単に抽象絵画としての傑作を描こうとして描いているということは意味しないだろう。彼らが伝えたいもの、この世に形あるものとしてとどめておきたいと願うもの、それは彼らの精神が遭遇するあらゆる本質的な問題であろう。それに形を与えるのに、抽象絵画とよばれる様式が最も適していると思われたから、彼らはそれをやった。

　苦悩、激情、抒情、偶然、拒絶、無秩序、行為、混沌、生成、不定形、身ぶり、恍惚、絶望、その他少なからぬ言葉がこれらの絵画について発せられてきた。その例は枚挙にいとまがないほどである。アンフォルメル絵画、アクション・ペインティング、抒情抽象、抽象表現主義その他、いわば様式としての抽象の中の一群について与えられた符牒があり、幾何学抽象とか構成抽象とかよばれる別の抽象様式と区別されて用いられるが、この本に登場する作品のかなりの部分は、そういう呼び名でよばれることが多い。これもまた、歴史的な事実であって、大きな不都合が生じないかぎり、こういう呼び名にもそれなりの有効な分類的美徳もあるとしなければならない。けれども、私は必ずしもそういう分類に忠実に従って以下の文章を書くつもりはない。

　抽象という、人間精神の根源的な能力は、一方では現実世界を見る眼を顕微鏡的にし、他方では望遠鏡的にする。描くという最も単純で普遍的な行為が、画家自身によって微分され、積分される。それは当然、空間と彼自身とのかかわり方を変えるだろう。人間と自然との接触は、一方では地、水、火、風、空の元素的世界へ画家を導き、他方では都市のあらゆる塵埃、疾病、運動、歓楽、密集と孤独の世界へ彼を駆りたてるだろう。そういう拡がりにおいて、抽象の世界を見てゆこうと思う。

現代美術に生きる伝統

新潮社　一九七二年　一八九頁　四六判　八五〇円

■あとがき■

「現代作家のなかの伝統」の章に集めた文章は、一九六九年一月号から十二月号まで〈藝術新潮〉誌上に連載したものである。この章のはじめにも書いたように、伝統という言葉は妙に鬱陶しい言葉である。何かを創りだそうとして苦しんでいる精神の現場では、それはほとんど何の意味ももっていない。「これが伝統というものです」といって取り出せるようなものがあったら、それは眉唾ものにきまっている。テレヴィジョンの歴史空想活劇大絵巻が人気を博すると、急にあちこちに遺跡やら古戦場やらが甦るのに似たことは、今日ずいぶん多く見られる現象で、「伝統」が、量産される民芸品のごとく、また着飾った茶会のごとくに溢れるという現象が見られる。それは消費社会というものがとるお定まりのコースで、伝統も消費物資のひとつとして再生され、販売されるのである。

私がこの本で、十四人の美術家を通して見ようとしたのは、もちろん、今いったような意味での「伝統」ではない。ものを創るという行為は、明確で具体的な行為であって、作品はつねに、そのものとしての最後的な明確さをもっていなければならないが、その明確さを導き出す心と肉体の働きの中には、単純に測定できない大量の錯綜した要素が往き交い関係しあっているだろう。伝統が見えない力となって働く場所もそこ以外にはないだろう。過去の、形あるものが、形ないものに変容し、そして今の形ない力が、形あるものに変容して出現する内部の熔鉱炉は、それをそっくり取り出して見ることができない以上、つねに未知の部分をもつ。伝統もまた、その未知の部分に含まれている。

古人の足跡をたどるのではなく、古人の求めたところを求めるのだ、ということを芭蕉がいっているが、伝統というものがそういう形で成立していることを思う。それは必然的に、しばしば、古人の作ったものとはまるで無縁なものを今人に作らせるだろう。過去と連続しているものよりは、不連続に断ち切れているとみえるものの方が、伝統の力を深く吸いとっている場合が多いのもそのためである。

「現代作家のなかの伝統」は、毎月一人ずつの美術家の作品を通して、そういう問題を考えてみようとしたものである。たまたま同じ時期に展覧会を開いている作家が多くなったのは、そういう機会が、一人の作者に、何らかの意味で、ある明確な区切りを強いるため、否応なしにその人の作品のもつ意味もはっきり感じとれるようになるという点に惹かれたからであった。

岡本太郎論の2と菅井汲論は、それぞれの画家の画集および版画集（いずれも美術出版社刊）のために書きおろしたもので、画集『岡本太郎』は一九六八年九月、『菅井汲版画集』は一九七〇年二月の刊行である。〈藝術新潮〉連載の前後に書いたもので、接近の仕方はちがうかもしれないが、本書の主題に深くかかわる問題をあつかっている。岡本太郎論の1は、数年前に三一書房から出た近代日本の絵画百選というアンソロジー形式の画集で、《傷ましき腕》について書いたものである。2との間に多少内容に重複があるのはそのためだが、訂正を加えずに並べた。

「序にかえて」の一文は〈藝術新潮〉の連載をはじめる前の年(一九六八年)の正月、毎日新聞に書いたものだが、本書の内容にもかかわるものなので収録したものである。その中で武満徹の《ノヴェンバー・ステップス》にちょっとふれたが、その武満氏が最近新潮社から刊行した『音、沈黙と測りあえるほどに』の著作には、伝統の問題についての豊かで鋭い省察のかずかずが含まれていることを付記する。

本書で論の対象になっている作家たち、〈藝術新潮〉編集部、また本をまとめる上でお世話になった新潮社出版部の徳田義昭さんにお礼申しあげる。

一九七二年二月　　著者

私の古典詩選

[同時代ライブラリー86] 岩波書店　一九九一年　二七〇頁

16.3×11.3 cm　九五〇円

■なぜこの本を書いたのか——同時代ライブラリー版のためのあとがき■

本書は一九七二年(昭和四七)に初版が発行された『たちばなの夢——私の古典詩選』(新潮社)を改題し、同時代ライブラリー版の一冊として新たに刊行するものである。「たちばなの夢」という題名は、単行本の題としては悪くないと独り合点では思っていたが、同時代ライブラリーのような叢書に入れるものとしては、書物の内容がもっと端的にわかる題の方が望ましいという編集部の考えもあり、私もその通りと思うので、原書の副題をそのまま生かして新たな題名としたのである。あらかじめ読者のご了解をねがいたい。

同時代ライブラリーにこの本を入れたいのだが、どうか、という意向を編集部から伝えられたとき、私がとっさに感じたのは「それはありがたい」という気持ちと、「でも、大丈夫かな」という気持ちとであった。何しろこの本は、日本の古典詩歌・古典文学だけを主題として一冊にまとめた本としては、私にとって最初の本だったからである。その後、自分でも不思議なめぐり合わせとしか思えない経路をたどって日本の古典詩歌との付合いが深くなってしまった身としては、二十年も前に刊行した本の中身については、多少とも懸念を抱かずにいられないのは当然だった。

「これよりも、あとになって出した本の方がいいんじゃないかしら」と私は言った。編集部は動じなかった。お考えはごもっとも、でも若い時に書いたものの方がＤＬ（これがこの叢書の略称あるいは通称）の読者には親しみがあるでしょう、あるはずだ、というのである。

その考えは私にもよくわかった。若者には知識も必要だが、もっと必要なものは刺戟である。そしてこの本には、たしかにそんな意味でなら、ある種の刺戟をよびおこすところがありそうに思われた。

私がこれらの文章を書いたのは三十代の終りごろの数年間だが、その当時の私には日本の詩歌について知りたいこと、納得したいことがいっぱいあった。ここに収められている文章を書いたのはそのためだった。そこに若書きの取柄のようなものがあるかどうかは別として、少なくともこの本に収めた文章は、どのような対象を扱っているものであれ、その対象に私が取り付いたのがいかなる内的要求からだったかを、何らかの形で示していないものはないと思っている。

別の言い方をすれば、私は必要だからこれを書いた。何のために必要だったのかといえば――ここから先は多少口籠る思いがあるのだが、押して言うほかない――私が少年時代から、現代詩とよばれているものを書くことにのめりこんでしまったからである。

私は一千年以上の歴史をもつ短歌、数百年の歴史をもつ俳句に対してせいぜい百年の歴史しか持たない現代詩が、それ自身の存在理由をどのように堅固な基盤の上に築きあげてきたのか、あるいはそのような基盤はいまだに確立されていないと考えるべきなのか、長いあいだ自分一人の悩ましい疑問としてきた。

他方では十代の少年のころから欧米の詩の魅力にとりつかれていたから、この問題は一層複雑な様相を呈して私に住みついて離れなかった。

とりあえずのところ、私は短歌や俳句をわが好敵手と認識し、近代以前までさかのぼって、自分自身で古典和歌・古典俳諧の最も大事な勘どころ、つまり本質的要素を洗い出さねばならないと思いこむようになった。笑うべき妄想だったが、ほかに誰一人こんな馬鹿げた大風呂敷を広げようとする人もいないらしいことに気がついてから、妄想は自分自身に対する一種の義務感にまでなったらしかった。

これを言いかえれば、他の人とは違ったことをやりたいという謀反《むほん》気が、いつも私を支えてくれた。それは、紀貫之という見るかげもなく人気凋落していた平安朝歌人について本を書いた時も、岡倉天心という戦後日本で最も嫌われた一人である詩人思想家を論じた時も、私を鼓舞してくれたわが心に棲む味方にほかならなかった。それに、負け犬に肩入れする方が、どうせ肩入れする対象が必要なら、やりがいがあるに決まっていた。

こういう道筋も、現代詩を書きながら和歌や俳諧にまで手をのばさずにいられないという妙な宿命を負ってしまった人間の必然だったような気がする。しかし私の側から言えば、人の流れにさからって歩く方が、人々が当り前と思って見逃している大事な問題にふとつまずく幸運にめぐり合うチャンスも多いのではなかろうか。

私の知っているところでは、私たちは何かにつまずいた時初めて、本当の意味でその物をじっと見ることを知る。

そういう意味では、この本は、一人で手探りをくり返しながら古典詩歌の森に分け入ろうとする新参者が、つまずいてはそこに立ちどまって相手を見つめ、そうすることで少しずつ相手の特徴をのみこんではその記録を作ってきた、その記録集だともいえるだろう。少なくともこの男にとって、それは、苦しいよりも楽しい発見の方が多い作業だった。

若い読者たちが、ここから少しでも刺戟とヒントを得て、自分自身の楽しい探索行の参考にしてくれることがあるなら、新版を出す著者としてこれにまさる喜びはない。

一九九一年十月　大岡信

＊一九七二年刊の元版『たちばなの夢』にはあとがきはない。

装飾と非装飾

晶文社　一九七三年　二三三頁　B6判　九八〇円

■あとがき■

学生だったころは美術の世界についてほとんど何も知らなかった。外国の絵を展覧会という形で見うる機会は戦後しばらくの間きわめて稀れだったし、またそういう稀れな機会があっても、ヨーロッパ現代美術展とか国際展とかいう名前ではなく、泰西名画展といったうやうやしい名前がついた時代だった。新聞とか雑誌にもあまり目を通さなかったから、日本の戦後美術の動きについてもおおむね無知ですごしていた。

大学の生協書籍部の棚に少しずつ外国の本が入るようになって、私もペンギンやペリカンの叢書に親しむようになり、その中にハーバート・リードの『芸術の意味』とか『現代イギリス絵画』とかの本を見出してそれらを熱心に読んだ。フェイバーから薄い画集シリーズが出たのもそのころだと思うが、クレーの画集にとくに夢中だった。書生が手に入れることのできる本といえば、この種の廉価な本ばかりだったが、そこから得たものは少なくない。瀧口修造氏の『近代芸術』に出会ったのもそのころである。展覧会を見にゆくことをおぼえたのは、そんな経験がいくつか重なってから後のことだったと思う。

　今この本のあとがきを書こうとして、ふと思い出すままにしるしたが、今昔の感、などというのではなく、ああいう時代は決してそんなに昔のことではなかったように、むしろ思われる。

　一枚の絵について言葉によって何ごとかを書くということが、いったいどういう性質の、どういう意味をもった行為であるのか、実はよくわからない。その点では、昔も今もあったものではない。

　ただ、私は早いうちから、絵というものをその作者の世界認識の具象化であると見なすことに慣れてきたので、そういう観点から書いてきたことだけはたしかである。ロマンティシズムから抽象絵画にいたる美術思想の大きな潮流に対して、私がたえず心ひかれてきたことの理由もそこにあるだろう。それは究極においてはひとつの「眩暈」の定着にほかならないものへの憧れといってもよい。

　この本の題名にいう「非装飾」というのが、こういう観点を含んでいることはいうまでもない。私は、そういう世界への私の関心と、他方で、装飾性豊かな美術への愛との双方を、この本ではうちつけに並べてみることにした。「装飾」というものは、日本の美術について考える場合、とりわけ重要な領域だが、この本ではそれへの関心を示す以上にはあまり出ることができなかったのを心残りに思う。今後の宿題ということになる。本の題名の決定にあたっては、本書編集担当の島崎勉さんから適切な助言をいただいた。しるして謝意を申しあげる。

　晶文社からかつて出した『藝術と傳統』から再録した「水墨画私観」をのぞけば、この本では「ロマン主義の領土」が最も古い原稿で、ドラクロワ没後百年という年に、『藝術新潮』に八ヵ月連載した。毎回十二、三枚の限られた枚数だったので、叙述に少し固さがあるかもしれないが、手を入れることは避けた。以下に各稿の初出をしるす。

ロマン主義の領土（原題「フランス・ロマンティシズム」）
　『藝術新潮』一九六二年五月〜一二月
ギュスターヴ・モロー論　『別冊みづゑ42号』一九六四年一二月
ユトリロの「白」　『藝術新潮』一九六七年四月
生の昂揚としての抽象絵画　講談社刊『躍動する抽象』（「現代の美術」第八巻）解説　一九七二年二月刊
平家納経（原題「装飾へのあくなき執念」）『藝術新潮』一九七二年一一月
水墨画私観　『美術ジャーナル』一九六一年九月、『藝術と傳統』（一九六三年六月刊）に収録、絶版

白隠瞥見　『三彩』一九六八年八月
志賀直哉の美意識　『藝術新潮』一九七二年二月
今日、芸術とは何か　筑摩書房刊、東野芳明編『芸術のすすめ』に書下ろし、一九七二年八月刊

なお、本文中、「ロマン主義の領土」でたとえば「レアリスム」「ロマンティスム」のようにフランス語の発音に従って表記したものを、他の文章では「リアリズム」「ロマンティズム」のように英語読みにしているところがある。統一することを考えたが、かえって不自然になるところがあり、もとのままにしておいた。一言付記する次第である。

一九七三年七月　著者

今日も旅ゆく・若山牧水紀行

［歴史と文学の旅21］　平凡社　一九七四年　二〇七頁　四六判　九〇〇円

■あとがき■

本文の中で書いたように、牧水は私にとっては、最も早い時期に惹かれ、愛読した歌人だった。この本を書くように慫慂されたとき心が動いたのは、そういう思い出もあったからである。

私はこの本で、牧水の生涯について丹念に追ってみるという形はとらなかった。それには他に適任の筆者が何人もいる。私は牧水の歌の独特な点を、私なりの観点から浮彫りしてみたいと思った。必然的に、彼の若い日の恋愛、結婚、旅、仕事ぶりを、短歌作品と関連づけながら追ってゆくという形になった。与えられた紙数が尽きたため、あれも突込んで書きたかった、これも、という個所があちこちに出たが、これはこれでよしとするほかあるまい。

私が書けなかった大きな主題のひとつは、「牧水における酒」である。彼は酒をなぜあれほど飲まずにいられなかったのか。彼の酒と歌との関係はどうか、等々。

牧水は残暑烈しい九月半ばに亡くなったが、死後三日、最後の告別のため柩の硝子窓を開けたところ、「殆《ほと》ンド何等ノ屍臭ナク、又顔面ノ何処ニモ一ノ死斑サヘ発現シ居ラザリキ」という状態だった（主治医稲玉信吾氏の手記による）。なぜか？「斯《かか》ル現象ハ内部ヨリノ『アルコホル』の浸潤ニ因ルモノカ」と稲玉氏は書いている。牧水は臨終前夜まで、五、六合の酒を薬代りに飲んでいた。病名は肝大性肝硬変。まるで緩慢な自殺に近い酒だったが、その酒が彼に多くの芳ばしい歌を作らせもした。こういう歌人はもう二度と現れないだろうという気がす

る。

一九七四年九月　　　　　　　　　　　　　著者

岡倉天心

［朝日評伝選4］　朝日新聞社　一九七五年　二九九頁　B6判　一二〇〇円

■あとがき■

岡倉天心のことはかなり以前から気がかりだった。『茶の本』や『東洋の理想』を読んで感じていた天心が、少なからぬ人々の天心論で描かれている天心と、必ずしもぴったり重ならないことに、飽き足らない思いをしていたのである。この叢書の計画が生れ、だれか書いてみたい人物はいないか、とたずねられたとき、何人かの名前を考慮したのち、結局天心に落着いたのは、その思いに自分なりに形を与えてみたいと思ったからである。成算はなかった。少し前にプリヤムヴァダ・デーヴィ・バネルジー夫人宛の天心の手紙について書いたことはあったので、ほんの少しの手がかりはあったわけだが、執筆を決心した段階では、まったく雲を摑むような、というのが正直な気持だった。今、一夏をこの本のために費して、何とか予定の刊行期日に間に合わせるところまでこぎつけたのは、信じられないような気もする。

数年前『紀貫之』を書き、昨年は『今日も旅ゆく——若山牧水紀行』を書いて、書下しの本の経験も少しはしてきたが、いつも最初に目の前にあるのは大きな分厚い雲塊で、私は途方に暮れるのが常である。もっとも私は綿密な計画をたてて書くということができず——というより、むしろそれを意識的に避け——自分が困惑の極、蛮勇をふるってどこかに血路をひらかざるを得なくなるところまで自分を追いこむことだけを願っているので、途方に暮れないことには事は始まらないのだった。

書き出してから、どこかで自分の頭がうまく狂いはじめてくれれば、先の見通しは大体ついてくるという実感がいつもあって、今度の場合も問題はそこにかかっていた。うまく狂うというのは、こちらの歯車の回転と、対象の歯車の回転が、しだいに同調してきて、ある瞬間ふとうまく嚙み合ったと感じることがある、その瞬間以後の私の脳髄の生活を言っているのである。そうなったとき、私の脳髄の生活は、私のものであって私のものではない。その状態が非常にリアルに感じられるようになったとき、私はうまく狂ってきたと感じる。そこへ達するまでの山坂や曲折の作り方、乗り越え方が大層むつかしい。天心の場合はとりわけそれがむつかしかったように思う。それだけこの人の世界は複雑なひろがりを持っているということだろう。

そういうこともひとつの原因となったのだろうが、この本で描かれている天心の肖像は、従来の天心像とはかなり別な面をもっているはずである。これが私の描きたかった天心なので、この肖像画の出来具合については私なりに自負するところもある。私のやり方は、天心自身の書いたものにできるだけ寄り添って、彼の心の機構に直到する道をそこから探るということだった。私の見るところでは、この当り前なことが意外なほどなされていないのが天心の場合なのである。〝White Fox〟という作品に私が固執した理由もそこにあった。それは必然的に、詩人としての――詩作品の作者としての詩人、そして存在そのものにおける詩人としての――天心を論じるということになったが、これは私がはじめて『茶の本』の岩波文庫本を読んだときからの実感を、彼の他の作品や行為の検討を通じて確かめることにほかならなかった。いかなる点をもって天心を詩人と呼ぶかについては、本文中に再三書いたから、ここでは繰返さない。しかし、私にとっては、この本でその主題にふれた部分は、単に天心に関して言い得ることというにとどまらぬ意味と発見を含んでいたことは、忘れがたい経験となった。

こういう成立ちの本だから、当然多岐にわたる天心の活動のすべてに遺漏なくふれることはできなかった。その最たるものは、天心が明治の美術界において果した役割の、実際的効果についてのこまかな検討である。だが、私にはこれは手に余る問題だというのが率直な告白であって、それをやってのけるためには、美術史の専門的な知識をもち、文明開化時代における日本文明内部の極めて複雑な動向に対するしっかりした知識と総体的判断力をもつ必要がある。しかし私にはその資格がない。私にできるわずかなことといえば、その場合でも天心という人はこういう内発的意志によってしかじかの行動を選んだのだろうという推測ぐらいはたつということを、私なりに可能な仕方で論じることだけだった。というより、そういう掘り下げ方なら可能だ、というのが、私の考えであり立場である。

つまりこの本で私は、天心という人物を、複雑な要素をいっぱい抱えこみながらも、感じ、考え、行為する人間として強靱な一貫性、oneness を保ちつづけた人物としてとらえようとした。だから、この本の叙述は、いわゆる伝記が常道とする編年体をとらなかったし、とりうるとも思えなかった。私はどこを切っても同じ顔が現れる金太郎飴のような形に、この本を作りあげたいと願った。強いていえば、論の進め方に音楽的構成に似たところがありそうに思えるのも、そういう意図の自然な結果だといってよかろう。

きちんとした天心全集がないのは残念なことで、今度本を書いてみてあらためてそれを痛感した。

最後になるが、貴重な資料を貸して下さったり便宜を計って下さった春日井真也氏、色川大吉氏に深く感謝申しあげる。またスレンドラナート・タゴールの回想記原文を読む機会を与えて下さった茨城大学五浦美術研究所（天心遺跡）の緒方廣之氏にも、あつく御礼申しあげる。

この本の朝日新聞出版局における担当者廣田一氏とは、終始天心への旅を共にした。五浦へも、また天心逝去の地赤倉へも一緒だった。赤倉へはつい先日、天心の命日の前々日から次の日にかけて行ってきた。天心山荘のあとは、昔日の面影はほとんどないが、旧跡の斜面から見おろす眺めは雄大である。五浦のそれを模した六角堂には、平櫛田中原作の天心像が据えられているが、その前に並べられた立派な銅製の香炉、花器、燭台には、寄贈者の名を坂本繁二郎と刻してあり、この傑れた油彩画家の名をそこに見出すのは、意外でもあり、印象的でもあった。

一九七五年九月五日　著者

岡倉天心

［朝日選書274］　朝日新聞社　一九八五年　三三九頁　四六判　一二〇〇円

■選書版あとがき■

朝日評伝選の一冊として書いた『岡倉天心』が今回新たに朝日選書に加えられることになったのは大層うれしい。この本には著者として特別の愛着があるからであり、またこの機会に、評伝選刊行後に書いた天心に関する文章のうち、特に必要と私自身考える二つの文章を、補遺として加えることができたからでもある。この二つの文章は、いずれも最近刊行した拙著『表現における近代』（岩波書店、一九八三）にすでに収録したものだが、機会があれば評伝選版『岡倉天心』にこれらを加えて一本にまとめたいと願っていたものだった。その機会がこのように早くやってきたことは幸運で、快く転載に同意された岩波書店に感謝する。

『岡倉天心』刊行後ちょうど十年になる。この十年間に、天心への関心は、私がこれを書いた当時には想像できなかったほど強まった。そのような事態の盛りあがりと展開に対して、私の本も少しは寄与できたかと思う。

何といっても大きな出来事は、平凡社から現在望みうる限り最もよく整備された『岡倉天心全集』全九巻が刊行され、首尾よく完結したことだった。同全集編集部の熱意が実って、従来極秘だった天心関係資料が多数発掘され、収録された。その中には、まさか現存するとは思われなかったにもかかわらず、私がその存在をしばしば夢想していたプリヤンバダ・デーヴィー・バネルジー夫人から天心にあてた書簡も、たぶん全部ではないにせよ、大部分が見出され、全集に参考資料として収録されるという、大きな出来事もあった。こうして、天心とプリヤンバダの往復書簡は、私の訳によってまず全集に掲載されたのち、その内容の稀れなほどの豊かさゆえに、あらためて単行本として刊行されるにいたった。『宝石の声なる人に――プリヤンバダ・デーヴィーと岡倉覚三＊愛の手紙』（平凡社、一九八二）がそれである。私はそこにかなり長文の解説をつけた。それはのちに手を加えて、前述『表現における近代』に収録したが、本書ではその分の再録は見合わせた。興味をもたれる読者があれば、右往復書簡集を一度読んでいただきたいものだと願っている。

拙著『岡倉天心』刊行後、いくつかのきわめて貴重な資料をわざわざ贈って下さった方々があった。そのあるものは、少なくとも当分のあいだ、公表すべきではないと判断されるものであった。特にそのことを条件にして贈って下さったものもあった。関係者に与えうべき不測の影響からして当然と考えられるものばかりだった。「補遺」に入れた二つの文章の中で、私が少々あいまいな形で、公表をはばかる性質の資料の存在についてふれているのはそのためである。しかし、その後、それらの資料のうち一つは、著名な作家の書かれた天心論の中で、論の中核をなす資料として衝撃的に公開された。

天心の著作の重要な一翼である英文著作は、平凡社版全集の完結後、同全集編集部にあって精力的に仕事を遂行した中村愿氏の懸命の努力により、全三巻にまとめられて平凡社から刊行された。

“OKAKURA KAKUZO collected english writings”. 3 vols. Heibonsha Limited, Publishers, 1984

この中の第三巻には、プリヤンバダからの来信および彼女が岡倉と文通していた時期につけていた日記も収録されている。

最後に、「補遺一」の中でその問題について触れたので、あえて旧版本文の関連個所は訂正しないままにした点が一つあり、読者の注意を喚起したいので、以下に付言しておきたい。

星崎波津子の歿年を、私は評伝選版では従来の定説通り、天心嗣子岡倉一雄氏の著書その他に従って明治年間としておいた。しかるに実際は彼女はその後三十数年間生き永らえて、昭和六年に歿したのだった。近親者の証言があるため、かえって真の事実が覆われてしまったわけだが、一雄氏はそれを故意にしたとも思われない。事の性質上詳細を知り得なかったものであろう。天心その人が、波津子のその後についてどの程度知ることができたのかについても、不明とするほかない。悲恋が生んだ悲痛な人生破綻の大渦巻が、波津子を、また天心をまきこんでいたことだけはたしかである。

一九八四年歳末　大岡信

子規・虚子

花神社　一九七六年　一九七頁　A5判　一六〇〇円

■あとがき■

『子規・虚子』と題する本をまとめることは、つい先頃まで念頭に浮ばなかった。こういう本が出ることになったのは、花神社の大久保憲一君のすすめによる。

子規については、先年『紀貫之』（筑摩書房）を書いて以来、いずれさらに詳細に読み、考えてみたいという思いを持っていたが、折から子規の新しい精密な全集が刊行されはじめたという事情もあって、全貌を見わたすということはまだ先のことになるという風に考えが変ってきた。しかし、合間合間に短い文章を書くということはあった。ここに収めたもの以外にもそういうものが少しはあるが、それらはすでに『彩耳記』（青土社）や『青き麦萌ゆ』（毎日新聞社）などに収めている。いずれも断片的なものだし、多くは晩年の子規に関わるものばかりだから、本格的な子規論として世に問うことのできるようなものではない。しかし、この本に収めた文章、とくに「鶏頭の十四五本も」や「神様が草花を染める時」などには自分なりに愛着があり、虚子論と組合せてみることにも興味があったので、大久保君のすすめに従った。各篇に重複の個所もあって、見苦しいかもしれぬことをおそれるが、いざ手を加えようとすると加えにくい。そこで多くはもとの原稿のままに録した。読者の寛恕を乞う。

虚子論は毎日新聞社から刊行された『定本高濱虚子全集』全十六巻の各巻月報に連載したもので、もとの題は「虚子俳句瞥見」といった。これを私に書かせたのは、全集編集の実務にあたった毎日新聞出版局の石倉昌治君である。石倉君とは、同君が角川書店勤務時代に手がけた『芭蕉の本』全七巻のある巻に芭蕉についての文章を書いたことがきっかけで知り合ったが、虚子全集を出すについて、月報に詩を書く人間の立場から見た虚子論を書けというので、無謀と知りつつ書くうちに、当初七、八回の予定だったものが全巻に及んでしまった。

私は虚子についての従来の評価をほとんど何も知らない状態でこれを書いた。むしろ知ろうとせずに書いたといった方がいいかもしれない。俳句には門外漢の私も、戦後俳句を推進してきた俳人たちといつのまにか何人も知合いができたが、その多くの人々は、虚子についてはあまり語らず、語っても否定とから無視に傾く人が多かった。私はそのことに興味があって、ほんとはどういう俳人なのか、という好奇心が動いていた。石倉君の申し出がきっかけで、できるだけ虚子自身の句のみに付合うというやり方でこの俳人の肖像画を描いてみる気になった。不遜なやり方とはもとより承知の上のことだが、いわゆる俳人世界での読み方とは違う読み方ができるのではないかという希望はあったし、十六回の連載で、自分なりの考えはある程度出せたと思っている。連載中、石倉君や同じ編集部の西腰松丘氏がおだててくれたり、他にも私が信頼している人々で何人か、この文章にも見所はあるよと言ってくれる人がいて、それが支えになった。

　全集の月報という場所に書いたものだから、一般の目にはあまりふれなかったにちがいない。その意味では、この本ではじめてお目見得するという思いもある。俳句なんてものにはあまり関心がないと思っているような人に読んでもらえると嬉しい。私もそうだったから。

一九七六年四月　大岡信

昭和詩史

思潮社　一九七七年　二七七頁　四六判　一二〇〇円

■あとがき■

昭和詩史と名づけているが、この本で扱っている範囲は主に大正十年前後から昭和二十年前後までである。

　題名はいささか羊頭をかかげて狗肉を売るのそしりを免れないかもしれない。しかし戦後詩という呼び名が定着した現在では、昭和詩と呼んで実際にはこの本と同様戦前までの詩を扱うという例も一、二にとどまらない。その例に従わせてもらった。

　戦後詩に関しては別に既刊の『蕩児の家系――日本現代詩の歩み』（思潮社）の中に「戦後詩概観」を収めており、本書の「昭和詩史」と併せ読んでいただければ幸いである。

　本書に収めるところは二部にわかれる。第一部「昭和詩史」は、もと角川書店刊「現代詩鑑賞講座」中の『明治・大正・昭和詩史』の一部として書いたもので、他の共著者は鈴木亨（明治）・安西均（大正）・粟津則雄（昭和・戦後期）の各氏であった。粟津氏執筆の戦後詩史は、すでに同氏の『現代詩史』（思潮社）に再録されている。

　第二部には、第一部と組合せて読んでもらうべく、何人かの詩人たちに関する詩人論を収めた。執筆時期がまちまちであるため、文章にあるいは調子の不統一があるかもしれないことを恐れるが、西脇論中の「『近代の寓話』前後」と三好論中の『風狂』のうらおもて」を除いては、ほぼ発表時のままの形で収録した。上記二篇については大幅に改稿した。

　こういうものを出しておきながら言うのは不謹慎な話だが、

私は自分に詩史を書くに足る研究的な蓄積があるとは毛頭思っていない。私はそれを専門的に追求してきたわけではなく、自分が詩を書き、詩を考える過程で、はじめは自分の必要から、のちには折々義務感に駆られて、自分が調べ得た範囲で言い得ると思ったことを書きつづってきただけである。それゆえ、この本の第一部の「詩史」は、多分に「私史」的色彩をも帯びているだろう。けれども、今こうして眺めかえしてみると、それが全く無意味な営みだったという風にも思えない。とりわけ、現在の文学研究の趨勢は、はてしなく個別研究の精密化が進む一方で、通史的概観のような大づかみの試みは影をひそめる傾向にあり、通史を書こうなどという人物は、その領域の専門家のあいだでは、多かれ少なかれラ・マンチャの誇大妄想騎士に類することになってきたらしいので、私としてはそういう立場に身を置くことに少なからぬ興味を感じるのである。

私はさまざまな傾向のさまざまな詩人たちから刺戟を受け、教えられ、また反撥を触発されもしてきた。知識として彼らを知ろうと思ったことはなく、いつも私の生きる上での関心と切結ぶものを、他の詩人たちの中に求めてきた。その行為の積重ねの中で、この本に収めたような性質の文章も折々書くことになった。したがってここには知識的な事実に関する誤りも多いかもしれないし、遺漏はさらに多いかもしれない。それらについては大方の叱正を得たいと願っているし、また私よりも若い詩人の中から、こんな見取図をはるかに越えるすぐれた詩史の書き手が現れることをも、心から希望している。

本書で言及したすべての詩人たち、また収録文発表時の関係者各位に謝意を表する。

一九七六年十月

著者

明治・大正・昭和の詩人たち

新潮社　一九七七年　二六二頁　四六判　一五〇〇円

■あとがき■

この本は私が五年ほど前に新潮社から出した『たちばなの夢——私の古典詩選——』と一対をなすものとして、当時から念頭にあったものである。本の題名もできれば前著と一対をなすようなものにしたいと思ったが、どんな題名を考えてみても、詩集の題になら使えるかもしれないけれど、この本にはどうもぴったりこないという題しか思い浮ばず、それならいっそ端的に内容を語っている題の方がよかろうということになって、『明治・大正・昭和の詩人たち』とした。

並べてみると、詩人としてよりはむしろ散文作家あるいは画家として知られている人々の詩業についてのべたものが多く、本の題名には少々そぐわないと見られるかもしれないが、意図的にこういう形にしたわけではない。そのときどきに需められて書いたものの中に、小説家の詩作品についての文章がいくつかあったという偶然の事情にもよっている。ただ、私は、散文作家の詩作品には、たいていの場合、興味をそそる問題が含まれていると思っている。

　それにつけても、一九七四年の晩秋、ある人にしきりに求められて書いた五十枚近い高村光太郎論が、それを私に書かせた人ともども、その後消息不明になってしまったことを残念に思っている。Rさん、もしこのあとがきを目にしたなら、何はともあれ、原稿を送り返してくれませんか。

　本書は『たちばなの夢』と同じく、出版部の徳田義昭氏の手を経て世に出る。前著にはあとがきをつけなかったので、この際そのこともしるして謝意を表する。

一九七七年六月　大岡信

うたげと孤心　大和歌篇

集英社　一九七八年　二八二頁　Ｂ６判　九八〇円

■序にかえて――「うたげと孤心」まで■

一九六一年春に私は『抒情の批判』（晶文社）という評論集を出した。「保田與重郎論」その他、主に昭和初年代の詩と詩人ならびに現代の短歌・俳句についての批評文を集めた本だったが、その本の副題は「日本的美意識の構造試論」というのだった。それはもともと書中の一篇「保田與重郎ノート」の副題だったものだが、本をまとめるにあたって、本全体の副題としてそのまま流用したのである。羊頭をかかげて狗肉を売るのそしりを受けることは承知の上で、あえてそうした。私自身の、むしろ願望というべき心情において、私はそこに収録された三好達治や菱山修三や立原道造についての詩人論、古典詩歌についての小アンソロジーの試み、同時代の短歌・俳句に関する小論集などが、「日本的美意識の構造」についての試論として読まれうるものでありたい、と考えていた。今振返ってみれば、身の程知らぬ看板をかかげたものだが、しかしそういう願望をいだいたについては、少なくとも私一個の気持として切実なものがあった。

　私はそれより大分以前から、日本語でものを書くということと、とりわけ詩とよばれるものを書くということの困難さについて考えることがしばしばだった。言うまでもなくそこには、まず第一に私自身の能力のとぼしさという個人的事情があるにきまっていたが、それだけでなく、私たちが日夜どっぷりとつかっている日本語という言語そのものの中に、何かしら難しい問題がひそんでいるのではないかという疑念が、しばしば脳裡に去来して私を悩ませた。抒情詩に関していうなら、和歌の伝統の尖端に短歌があり、俳諧の伝統の尖端に俳句があって、それらはおそらく現代詩のとても及ばないほどの深さと鋭さと澄明さにおいて、日本語が生み出しうる抒情の精髄を表現できる詩形であると思われた。しかし、抒情という要素を排除することなしに、一層複雑な観念世界を詩の中できずきあげ、時には長大な詩篇をも堅固な言葉の建築物としてそそりたたせるというようなことが、私たちの日本語で可能なのかどうか、という問は、たえず、いわゆる現代詩人である私の前に立ちふさがるように思われた。

なぜそんな問に悩まされたのか。ひとつには、他愛ないことかもしれないが、西欧語による詩というものを、学生の時から読みかじることをおぼえたからである。ボードレールであれランボーであれ、ヴァレリーであれT・S・エリオットであれ、読者として熱心に読みふけるときの楽しみは、いざ自分が日本語で詩を書こうとして観念の肉化という問題に呻吟しはじめるやいなや、すべてそのままで悩ましい絶望感の源に転じるのだった。マラルメのような詩人にいたっては、悪夢とよぶほかないような作者だった。

今にいたってもなお、この問題は私の悩みのたねだが、ただ少しずつ困難さの実体だけは見えてきたような気がするという点が、四半世紀前とはさすがに違うような気がする。たとえば、過去一千年間に日本のすぐれた詩人たちが駆使してきた大和言葉は、いわゆる「てにをは」の絶妙な行使によって、詩歌の最も精彩ある、繊細をきわめた部分を生みだしたと言っていいが、この「てにをは」の重大性は、私が今言ったような点に関しては、別の意味で重大な問題を現代詩人につきつけていると私には考えられる。

このことを書くのは気が重い。日本語は「てにをは」なしには存在しない言語だからである。そして私自身、詩というものに惹きつけられたとき、「てにをは」の精妙な働きに対する感応を除いてそれが起こりえたとはとても考えられないからである。

この問題は、西欧語に訳された自分の詩を読むようなとき、ことに強く意識されることで、そういう経験を持つ詩人たちなら誰でも、多かれ少なかれそのときの不思議な感じを知っているはずである。そこにあるのは、確かに自分自身の詩の訳というものなのだが、日本語の原詩と並べてみると、まず例外なしに西欧語訳の方がきびきびした直進性をそなえている。「てにをは」の部分の繊細な表情はあらかた姿を隠し、代りに名詞や動詞の働きの比重が大きくなり、その分だけ詩の骨組み、構造が明確に印象づけられるようになっている。私は外国語に関してはほんの印象的なことしか言えないが、その印象を頼りに言えば右のようなことになる。

こうしたことは、知る人ぞ知るで、ある人々にとってはわざわざ口にするにも当らない常識であろう。しかし私の場合は、少しずつ自分の実感で確かめながら、憶測に憶測を重ねて知識とするほかにやりようがなかったので、今ごろになってようやくこの程度のことを口にしている有様となった。

しかし、こういうことが問題として私の中にわだかまりはじめたのは、先にも言ったように以前からのことで、『抒情の批判』に「日本的美意識の構造試論」という副題をつけずにはいられなかったのも、そこから来ていた。もし私が短歌あるいは俳句をみずからの詩形として選んでいたなら、あるいはこんな問題にたえずひそかに悩むようなことはなかったかもしれない。しかし、この選択は偶然のようにみえて、必ずしも偶然ではなかったので、私はいわゆる現代詩を書きはじめたときから、実はこういう問題そのものをも選んでいたことになる。かえりみて、そう言わざるを得ない。

もう一つの事情もあった。敗戦ののち、「日本的」とよばれるようなもの一切に対する、今では想像しがたいような拒否反応が広範囲にわたって生じた。当時私はまだ少年期だったが、その風潮の影響を明らかに受けていると思う。その一方で、家庭の環境の中には短歌の影が濃く落ちていて、私が最初ごく自然に採用した詩形も、短歌であった。旧制高校に入ってからは、『万葉集』や『新古今集』は万年ベッドのわきの机に常に置かれるものとなっていて、かたわら窪田空穂による和泉式部の歌の鑑賞とか、能勢朝次の『幽玄論』、風巻景次郎の『中世和歌の伝統』のような本に多大の刺戟を受けてもいた。しかし、火がついたように次から次へと紹介される西欧の新しい文学思想に、目移りし、煽りたてられ、また習いおぼえたおぼつかない外国語で『悪の華』やら『荒地』やらを読みかじることは、当時の一般的風潮の中では一向に珍らしくもない文学青年の常套だったし、私もまた、映画館を出てしばらくの間は映画の主役と同じ歩き方、同じ口のきき方になっているつもりの少年のように、ボードレールもエリオットも垣根なしの隣家の住人のように思いなしていたように思う。

けれども、何度も彼らのあとを追おうとする空しい足掻きを試みたのち、にがい自己確認の時がやってくる。あの人たちと同じことをやろうったって、そいつは無理だ。思想の成りたちも違えば、生活様式が根本的に違う。そして言葉が、決定的に違う。お前がもし『荒地』を書くのなら、それはエリオット氏の『荒地』とはまるで異質のものでなければなるまい。要するに、お前はお前だ。

こういうことが納得できるまでに、たぶん何年も何年もの歳月が必要だった。頭で考えれば一瞬に理解できることが、詩を書くという手探りに満ちた夜道の旅をしていると、何年たってもなかなか納得できないのだ。野心や自己過信や欲が、その歳月を埋めている。

　その試行のすべてが虚妄だったなどとは考えない。ただ、いかにもこれが人間というものの生の歩みなんだな、という気がする。

　そういう経過の中で、自然な成行きとして、「日本的美意識の構造とは何か」という、何とも茫漠たる主題が私の中に棲みついていた。ふたたび言うが、私が現代詩という詩形を選んでいなかったなら、こんな主題にぶつかることもあるいはなかったかもしれない。もちろん、この主題は多くの人々が、さまざまな領域で、独自の問題のたて方を通じて追求しているものであって、その意味では少しも目新しいものではない。ただ私は私自身の問題として考えてゆくほかないので、自分が詩を書きながら胸につかえる感じで感じていたことを、自分のやり方で少しずつ問題化してみる以外に道がなかった。

　当然、かつてはむしろないがしろにしていた古典詩歌の森の中へ分け入らねばならなくなった。私は学生時代にろくに国文科の授業に出ようとしなかったことを少々は悔みながら、自己流の読み方で古典を読みはじめた。その際、日本の古典詩歌の胎んでいる諸要素を問題化する上で、現代の詩や文学、また諸芸術について考えることが、少なくとも私にとっては一層必要なことになった。

　そういう意味では、私の古典詩歌論は、現代の詩の行方を見定めるためにまず反対の方向へむかって走ってみるという、意識的に迂回路をとった批評であるということになるだろう。私が古典について書くようになると、親しい友人たちをも含めて何人かの人から、あれは日本回帰ではないのか、といわれた。この言葉は、言うまでもなく香ばしからざる徴候という意味で用いられている。そう言われるたびに私は一種の困惑を感じた。困惑の理由は、私の動機が右に書いたようなところにあったからで、「回帰」という言葉はその際私の辞書にはなかったからである。

　「日本詩人選」（筑摩書房）の一冊として『紀貫之』を書いたことは、私自身にとっては大きな意味をもっていた。『古今集』の編纂の中心だった貫之は、『古今集』というものを通じて、彼自身夢にも想像できなかったような重大な影響をその後の日本人の生活に及ぼした。私は貫之論を実際に書くまで、そのことについては漠然たる認識しか持っていなかったのである。貫之について書いたことが、この『うたげと孤心』の主題をも私の中で明確にさせた。そのことについては、第一章「歌と物語と批評」の冒頭で書いているから、ここではふれない。

　「うたげ」という言葉は、掌を拍上《うちあ》げること、酒宴の際に手をたたくことだと辞書は言う。笑いの共有。心の感合。二人以上の人々が団欒して生みだすものが「うたげ」である。私はこの言葉を、酒宴の場から文芸創造の場へ移して、日本文学の中に認められる独特な詩歌制作のあり方、批評のあり方について考えてみようと思った。

勅撰漢詩集・勅撰和歌集のような、祝賀という動機を根本にもっている詞華集の編纂が、日本においてのように長期間にわたって行なわれ、しかもその成果が、『古今集』あるいは『新古今集』に代表されるように、それぞれの時代の文学的表現の頂点をなし、かつまた後代にも深い影響を及ぼしたというような例は、たぶんほかの国ではほとんど見出せない独特の現象ではなかろうか。

歌合《うたあわせ》のようなものが、やはり数百年にわたって、断続的にではあれ、詩歌の制作および批評の最も権威ある場として維持されたことについても同じことがいえる。そして連歌、俳諧の連歌（連句）。

人々の美意識の根幹をなす詩歌の場でこういう「うたげ」の原理が強力に働いたということは、必然的に生活の他の領域にまでその影響が及ぶということを意味していた。平安朝の室内調度品である屏風を装飾するために、絵と和歌との間に「うたげ」が生じなければならなかった。その屏風を見ながら、ある人々はまた和歌を作り、ある人々は、屏風のある室内情景を絵巻に描いた。趣味の高さを競うさまざまの遊び——絵合、物合、草花合、貝合等々——も、同じ場から生い出て、「生活の芸術化」という無際限な要請を満たすべきものとなっていった。この種の生活の芸術化という要請は、常に和歌を伴侶としていたが、和歌の側からすれば、これは「和歌の実用化」、「芸術の生活化」というものにほかならなかった。

つまり、日本の古典詩歌の世界では、文芸は文芸、生活は生活という二元論でなく、文芸は生活、生活は文芸という一元論が、久しく原則をなしていたということができるのではないか。私は『古今集』や紀貫之について考えているうちに、この問題に突当った。この地点に立って見まわしてみると、文学、芸術、芸能その他の多様な現象が、この視野の中でならすっぽりおさまり、互いに照らし合いさえすることに気づいたのだった。

なぜ日本では茶道、書道、華道、香道などの芸道が、古い時代から現代にいたるまで、かくも多くの人々を組織的に惹きつけることができたのか。

なぜ日本では短歌、俳句を作るのに「結社」というものがあり、弟子の作品を師匠が添削修正するという習慣が長年続いてきて不思議とされないでいるのか。

そういう事柄についても、今のべたことはどうやら深い関りを持っていると思われた。同人誌というものがこれほど多い国もあまりないと思われるが、これもまた、源をたぐってゆけば、歌合や連歌・俳諧を好んで興行した往昔の人々の寄合いにまで達するのではないか。

けれども、事はそれだけで終るものではない。みんなで仲良く手をうちあっているうちにすばらしい作品が続々と誕生するなら、こんなに気楽な話はない。事実はどうか。日本詩歌史上に傑作を残してきた人々の仕事を検討してみると、そこには「うたげ」の要素と緊密に結びついて、もう一つの相反する要素が、必ず見出されるということに私は気づいた。すなわち「孤心」。

孤心のない人にはいい作品は作れないということは、近代文学についてのみならず、古典文学についても言いうることだった。しかし、その場合、詩人は単に孤心をとぎ澄まし深めるだけで第一級の作品を生むことができるわけではない、というのが、少なくとも日本の古典詩歌創造の場での、鉄則のごときものであるように、私には観察された。

その点についての私の観察集が、以下の本書の内容をなすわけだが、あらかじめ本文の中から一個所だけ、この点に関連する部分を引いておきたいと思う。

> 今こうして書きついでいる「うたげと孤心」という文章は、大方はゆくえ定めぬ古典世界の彷徨にほかならないが、ただ私は、日本の詩歌あるいはひろく文芸全般、さらには諸芸道にいたるまで、何らかのいちじるしい盛り上りを見せている時代や作品に眼をこらしてみると、そこには必ずある種の「合わす」原理が強く働いていると思われることに、強く興味をそそられているのである。これを方法論についていえば、懸詞や縁語のような単純な要素から本歌どりまで、また短連歌から長大な連歌、俳諧まで、あるいは謡曲の詞章にその好例を見ることのできる佳句名文の綴れ織りスタイルのごときにいたるまで、一様に「合わす」原理の強力な働きを示すものだといわねばならないし、これを制作の場についていえば、強調と競争の両面性をもった円居《まとい》、宴《うたげ》の場での「合わせ」というものが、「歌合」において典型的にみられるような形で、古代から現代にいたるまで、われわれの文芸意識をたえず支配してきたということを考えずにはいられないのである。短詩型文学における「結社」組織をはじめ、おびただしい「同人雑誌」の存在は、「結」とか「同」といった言葉に端的にみられるように、「合わす」原理の脈々たる持続と健在ぶりを示しているといわねばなるまい。
>
> けれども、もちろんただそれだけで作品を生むことができるのだったら、こんなに楽な話はない。現実には、「合わす」ための場のまっただ中で、いやおうなしに「孤心」に還らざるを得ないことを痛切に自覚し、それを徹して行った人間だけが、瞠目すべき作品をつくった。しかも、不思議なことに、「孤心」だけにとじこもってゆくと、作品はやはり色褪

せた。「合わす」意志と「孤心に還る」意志との間に、戦闘的な緊張、そして牽引力が働いているかぎりにおいて、作品は稀有の輝きを発した。私にはどうもそのように見える。見失ってはならないのは、その緊張、牽引の最高に高まっている局面であって、伝統の墨守でもなければ個性の強調でもない。単なる「伝統」にも単なる「個性」にも、さしたる意味はない。けれども両者の相撃つ波がしらの部分は、常に注視と緊張と昂奮をよびおこす。(「帝王と遊君」)

『うたげと孤心』という本で私がたどろうとしている筋道の基本は、およそ右のようなところにある。心ある読者は、私がこの「序にかえて」のはじめの方で、自分が現代詩という詩形を選んだという事実に少々しつこくこだわったのを思い起こして下さるだろう。右の引用でもその含みをもって語っているが、古典詩歌の問題はまた現代の詩の問題であるというのが、私の、自分一個ではしごく当然としている事柄なのである。ただこのことは、どうやら私の一人合点に近いことのようでもあるのを、過去のいくつもの経験によって思い知らされていて、その点をも考慮して新たにこの小文を綴り巻頭におくことにしたのである。

■あとがき■

本書の内容をなす各章は、今度新たに書いた「序にかえて――『うたげと孤心』まで」を除いてすべて、季刊文芸誌「すばる」に連載したものである(一九七三年六月より一九七四年九月まで、六回)。

なぜ「うたげと孤心」という題目のもとにこのような文章を書いてきたのかについては、「序にかえて」で説いたからここでは繰返さない。この主題は、本書に収めた各章で扱っている対象以外にも広範に適用されうるものだろうと私は考えている。他の時代の他の詩歌人にまで論を及ぼし、結果として、日本における各時代の詩歌創造高揚期に関する一連の試論を形造り得たら面白かろうと思っている。「すばる」での連載は、朝日新聞の「文芸時評」を一九七五―七六年の二年間担当しなければならなくなったことや、『岡倉天心』(朝日新聞社刊)の書下ろしなどの私事のためもあって、前記六回の連載で一区切りつけた形になったが、近くまた稿をあらため、「すばる」に続篇を掲げさせてもらおうと思っている。本書をここで一冊にまとめることにしたのも、そういう心積りがあってのことである。

もとよりこれは学問的な研究書ではないが、多くの先人の著述に学恩を蒙っている。書中でその名をあげた著書や著者以外にも、私は多くの教示をさまざまな本から得たと思っている。それらすべての恩恵に対して深く感謝したい。また「すばる」

連載中や今回の本書の刊行に際して尽力してくださった集英社の関係者諸氏に、お礼申しあげたい。

一九七七年歳晩　　著者

うたげと孤心　大和歌篇

［同時代ライブラリー31］　岩波書店　一九九〇年　三三九頁
16.3×11.3 cm　九五〇円

■この本が私を書いていた——同時代ライブラリー版に寄せて■

物を書くことに半生を費してきてしまったため、時々は過去に書いた本と現在の自分との距離を測ってみるような気分に誘われることがある。たとえば第一詩集というものには、常に特別な位置を占めている本、と否応なしに思わせるものがあるが、それは「あのような詩はもう書くことができない」という実に不思議な眩しいものに出遭った時の感覚をも一緒にともなっている。二十歳前後に作った詩は、その青臭さも未熟さも気負いも含めて、きれいさっぱり完結している。今の私にとってはみごとに他者であるとしか言いようのないもので、一種の風景として楽しんで見ることとさえ出来るような、遠さと親しさの混合した遠近法の中にある。

そういうものを一方に置いて見るととりわけはっきりしてくるのは、散文で書いた本の、時間の中での持続性である。

詩は何といっても時間的限定を脱しているところがある。いつの時代に書いた作品でも、詩は時間の枠組の外へ自在に脱け出してしまう要素をもっている。つまり、私自身からある時出てきたものであっても、一旦文字として本の中に定着してしまえば、私とは無関係であるような顔をして自由に出歩いてもいる。形式というものの超時間性が、いわゆる自由詩の形で書いたものの中にさえ、脈々として生きていることがよくわかる。

ついでに言えば、たまたま十年以上前から書き続けてきた新聞コラム『折々のうた』の場合も、字数百八十字という形式上の制約というか、逆に安定感というかが、書き手である当の私自身からすると、散文よりは詩に近いものとして感じられているようで、初期に書いたものも最近書いたものも、新しさとか古さとかの時間的経過をほとんど感じないで読むことができるものになっている。

そういう意味では、散文作品は画然と違うところがあるらしい。そのことを痛感させられるものとして、この『うたげと孤心』がある。

私はある時期、無我夢中というに近い状態で、この本のもとになった季刊誌『すばる』（現在の月刊『すばる』の前身）の連載を六回にわたって書いた(一九七三年六月―一九七四年九月)。一体自分が何を書きつつあるのかも、半ば夢うつつの状態でしか意識していなかったように回想される。自分にとってはずっと若いころから頭の中でもやもやと絶えず醱酵しては崩れ、波立っては収まりしていたさまざまの想念に、何らかの形を与える必要に、創作的立場から、否応なしに迫られはじめていたことはたしかだったが、その他のことは大方は行き当たりばったり、綱渡りの実感だけが自分の支えといってもよかった。

そして今、十七、八年前のころに毎回四百字詰で五十枚から七十枚ほどの原稿を夢中で書いては当時の『すばる』編集者新福正武さんに渡していたころにはほとんど予想していなかったような形で、私が思い知らされていることがある。それは、私がこの本を書いたことは事実であるにしても、その後二十年近い期間の私の生活を振返ってみると、実はこの本が私を書いていたのだった、という疑いようのない実感に迫られるということである。

その点で、詩集と散文の本とはやはり画然と異なるところがあると認めなければならないことを痛感する。

今言ったことは、具体的にはどういうことかということを説明しなければならないが、それを逐一たどることはこの場では到底できそうもない。そのごく一部について回想的に書いてみることにする。

一九六〇年代の末から安東次男氏の手引きのもとに丸谷才一氏などと始めた歌仙(連句)制作体験が、結局のところ私を〈うたげと孤心〉という主題に導いてくれた重要な糸口だった。私はまもなくそれを、定型の五七五・七七の連鎖形式以外の形、すなわち自由詩形でも行うようになり、私もその一員である同人詩誌『櫂』の仲間とともに、一九七一年以後長期にわたってその実作を試みた。私たちはそれを連句ならぬ「連詩」と名づけることにし、その成果の一つは『櫂・連詩』(思潮社、一九七九年)という本にまとめられたが、連詩の制作自体はそれで終ったわけではなかった。そして私自身について言えば、歌仙および連詩実作の経験は、まさに『うたげと孤心』執筆の時期を前後から挟みこんでいる、最も大切な実戦の場での観念形成の日々といったものになったのだった。

歌仙や連詩で、何人もの、個性も違えば書法も違うすぐれた連衆と、まさに鼻つき合わせて詩作の場を共有し、協力し、その上で互いの個性の鮮かな相違を随所で思い知らされ、刺激され、焦慮し、哄笑する経験を重ねたことは、すべてが〈うたげと孤心〉という主題の熟成を私の内部で準備してくれたのだった。すぐれた連衆の存在が無かったなら、私はこの本をこのような形で書くことは、あるいは無かったかもしれない。運命的に幸運だったと思うのはそのためである。

つまりこの本は、実作の体験から胚胎したものだった。さらにそこには、青年期から私をたえず離れなかったある二極分裂的思考方法に対する一種の反撃といった要因も加わっていた。それは、簡単に言ってしまえば、閉鎖性、排他性を本質的にもつ同質社会の幻想に強くひたり、巨大な車座を組んでいるともいえるこの日本において、自分の中に頑強に根づいている孤心というものをどのようにしたら枯渇させることなく生きのびさせてゆけるか、という課題に対する、長い年月をかけての実践的解答というようなものであった。

同質社会のあり方とは、話を別の次元に移せば、同心の者たちの「うたげ」の光景と同じだと言ってよかろう。そこでは人々は心を合わせてお互いの健康と繁栄を謳歌する。人々は車座を組んで、お互いの顔を見合いながら志気を昂揚させ、鼓舞し合う。しかし彼らは、車座の輪の外側にはほとんど関心を払わない。純真に心を合わせることは、異見をもつ者、孤心を磨く者に対する排除と一対である場合が多い。

私は一九四五年八月十五日に中学三年生として日本の敗戦を経験した世代に属するが、少年は少年ながらにあの当時感じたある覚醒の経験が、このような問題を意識させた大きな要因だったと思っている。つまり、戦中の軍国主義合唱のうたげが、あっというまに戦後の民主主義合唱のうたげに変貌するのを肌身に感じたときの奇怪な感覚が、その後ずっと消え去ることなく続いて、〈うたげと孤心〉という主題を私の中に用意したのであるらしかった。日本という国家、というよりも、日本国という観念に対して、常にある距離を置かずには考えられない習性は、どう否定しようもなく、一九四五年八月以後の何年かの間に私の中に育ったものだった。

しかし他方、私は日本語という言語に骨の髄まで浸っている存在であり、短歌、ついで現代詩と散文を書くことが、どう仕様もなく自らの生の呼吸であり鼓動であるようになってしまうだろうということを、中学高学年のころにはすでにおぼろげながら自覚していた。

そのため、私は早い時期から、常に二つの相反する原理の間に身を置いて、その両者の間で試行錯誤をくりかえす自分の思想の軌跡を追うという形の物の書き方をせざるを得なかった。私の第一詩集の題は『記憶と現在』という。また初期評論集の題も、『超現実と抒情』とか『芸術と伝統』とかの両極併存式のものが目立つ。私は十分に意識しながら、そのような「……と……」という形の題名を本に掲げることをしてきた。人には折衷主義と見えようが、ここにしか私の立つ場がないと考えられたのだから仕方がなかった。

『うたげと孤心』という題名は、まさにそのような題名の私個人における一つの伝統の総括であるともいえるものだった。相反する要素の共存に耐えることが、私にとっては必要だった。それを簡単に一方に統一することは、私自身の「孤心」を掃除器にかけ、さばさばした顔つきで「うたげ」の世界に埋没することを、たぶん意味していて、これほど気色の悪いことはないのだった。

そこにはまた、私が私の至らぬ頭と感情で愛読し、日本で最も尊敬すべき詩人たちと判断して多少とも長文の詩人論を捧げ、あるいは深い敬意を捧げてきた過去の大詩人たちについての、私自身のある親しみをこめた断定もかかわっていた。それらの詩人たちとは、柿本人麻呂、菅原道真、紀貫之、藤原俊成・定家、松尾芭蕉、与謝蕪村、岡倉天心、正岡子規、夏目漱石、窪田空穂、高浜虚子、萩原朔太郎その他である。

これらの詩人たちは、私の考えでは一人残らず「うたげ」の中で「孤心」を生き、「孤心」の中で一人「うたげ」を主宰し演じることに長じていた詩人たちにほかならなかった。そして彼らが、この島の上で生きた詩人たちのうち最も大きな仕事をなしとげた人々の列に属しているということは、多くの人によって認められるはずである。

この人たちも皆、悩み多き自己分裂の生を生きたのだと思うことによって、私は少なからず励まされてきたと思っている。私は一九七〇年代、八〇年代の日本の生活環境にたえず異和感を抱きつつ、菅原道真や松尾芭蕉を思い、岡倉天心を読むことで、自らのバランスをとってきたことがしばしばあったように思う。彼らは、いや彼らこそ、私にとっての同時代人であると思われることさえもあった。

〈うたげと孤心〉という主題は、そういう意味では全く私個人の内的必然から生まれた主題だったという側面がある。

しかし、皮肉なことに、ここには「うたげ」という概念がはじめから設定されていたから、実践的な見地からすれば、この主題は決して私個人の内側だけに押しこめておくわけにいかない要素を最初から胎んでいた。

私はこの文章のはじめの方で、「この本が私を書いていたのだった」云々とのべた。それは以上のべてきたことのすべてに関わることであると同時に、さらに別の側面をも意味していた。

先にふれたような歌仙や連詩の試みを始めて十年ほど経ったころから、私は外国の詩人とともに連詩を作るという、それまで夢想だにしなかった経験に引きずりこまれてしまったのである。それが始まった最初の経験は一九八一年アメリカのミシガン州においてだった。友人の詩人トマス・フィッツシモンズと夕食後くつろいで会話しているうちに、日本の詩歌史を貫く最も重大な伝統は、個人の詩歌作品の連鎖ではなく、共同制作の連歌や連句、また歌合のような一連の詩のうたげにあったのだという話になり、その場で相手から申し込まれて、英語で連詩を作るという、まともな詩人が聞けばその無謀さに呆れるに違いないことを始めてしまったのである。

その時、約一か月間に作った二十篇の詩は、翌年『揺れる鏡の夜明け Rocking Mirror Daybreak』（筑摩書房、一九八二年）という本にまとめられたが、この本がしだいにヨーロッパの詩人たちにも知られるにつれて、こちらでもやってみたいから出て来い、と招かれることが多くなり、今までに西ベルリン（今はもうベルリンとのみ書けばよいことになった！）で二回、ロッテルダムで数回、パリで二回、ヘルシンキで一回、各国の詩人たちと連詩を巻いてきた。ベルリンの場合は、川崎洋、谷川俊太郎が各一回同行の連衆だった上、その時々の作品集が、西ドイツと岩波書店とから刊行されている。また詩歌総合季刊誌『花神』には、ロッテルダムやヘルシンキにおける連詩が、原語とともに掲載されもした。

『ヨーロッパで連詩を巻く』（岩波書店、一九八七年）は、主として西ベルリンにおける第一回の連詩制作を実作に即して細叙したものである。その後私は、編集同人をしている『へるめす』誌でも「連詩大概」と題して、連詩の沿革や意味について連載した（16号－19号）。また、一九九〇年十月にはフランクフルトのブック・フェアにおいて、谷川俊太郎と同道、ドイツ詩人二人とともに新たな連詩を制作し、ブック・フェア会場で発表することになっているし、九一年にはフィンランドで再び連詩を巻くように招かれている。


これらの体験は、私にとっては全くの偶然から始まりながら、やがてすべて必然の展開だったように思われてきた一連の出来事である。『うたげと孤心』という本が、私の書いたものでありながら実は私を書いていたと言った理由の一斑は、以上のようなところにある。

私がこの本で論じたことは、しかしながらこういう〈うたげと孤心〉という主題に関わる個人的話題とはおよそ遠い問題ばかりである。古典詩歌論として私が論じたことのすべては、その当時の私にとっては、力を出し尽くさねば書けないことばかりだったように思う。しかし、「歌と物語と批評」とか「贈答と機智と奇想」とかで書こうとしたことは、私にとっては、私なりの観点から日本古典文学を考えようとする時に出会う最も興味深い主題だった。また「公子と浮かれ女」を書いた時の楽しさは、今でも記憶に鮮かである。

しかし何といっても、『梁塵秘抄』の編纂者後白河院を論じた三章は、書きながら見えてくるものの面白さに何度も雀躍りする思いをした。

結局のところ、私はこの『うたげと孤心』という本を、不思議な幸運に恵まれて出来あがった本であると感じている。有難かったのは、『すばる』が当時季刊だったことで、毎回読み切りの形で長文の一章ずつを仕上げることができたのが、私の執筆ペースに合っていた。元の集英社版の「あとがき」で、近くまた続篇を『すばる』に書きたい、と言いながら、遂にそれが不可能となった理由の一半は、実は同誌が月刊に切換えになったためだった。一回三十枚以内で書くことは、その当時の私にはどうもうまくいかなかった。

実をいえば、その「あとがき」で言及した「続篇」とは、菅原道真論だったのである。しかしそれは、主として私自身の準備不足のため、また月刊態勢への切換えのために、文字通り私の中で潰えてしまった。私がようやくこのテーマに再び取り組み得たのは、ずっと時間が経ってから、すなわち一九八七年六月から八八年六月まで、季刊誌(今は隔月刊)『へるめす』(11号―15号)における「うつしの美学」の道真論においてだった。この連載は『詩人・菅原道真』(岩波書店、一九八九年)として一本にまとめられたが、こうして見れば、『すばる』における連載以来、一対のものとして考えられていた――集英社版で副題に「大和歌篇」とあるのは、次に「漢詩篇」を考えていたためである――道真論の絡結までに、何と十五年以上かかったことになる。鈍根、これにまさるものはなく、昨今続々と出現しつつある秀才たちから見れば、何とも歯がゆい蝸牛の歩みであろう。

終りに、「同時代ライブラリー」に収録されるに当って、集英社や小学館の関係諸氏の暖かいご理解を賜ったことに深く感謝申しあげたい。

本書が今日の新しい読者の感興をひくことを願いつつ。

一九九〇年七月　　大岡信

日本詩歌紀行

新潮社　一九七八年　三四二頁　四六判　一八〇〇円

■あとがき■

本書におさめる十六章は、一九七七年一月号から七八年五月号までの「新潮」に、通しタイトルを「古歌新詩」と称して連載したものである。一巻にまとめるに際し、全篇が古今の時を上下しての詩歌の国への旅であることにかんがみ、『日本詩歌紀行』と題することにした。

これを書くことになったのは、「新潮」編集長谷田昌平氏から、三好達治の『諷詠十二月』のような本を現代の詩人の立場で新たに書いてみないか、という誘いを受けたためである。『諷詠十二月』は学生時代からの愛読書だったし、多くの人がこの本から詩の面白さを教えられたこともよく知っている。三好氏のような書き方は私にはできそうもないという懸念はあったが、この種の本には以前から興味をもっていたのでとりかかった。

とりかかってみて、たちまち、三好さんのようにはとてもいかないことがわかった。第一に、一月、二月と歳時記風に順を追って名詩鑑賞を書くというやり方ができなかった。その方がたぶん書きやすいし、読者も安心して付合ってくれるだろうということはわかっていたが、私の中の頑固な非順応主義者は、毎回我を張って、「鑑賞」よりは「観察」の方へと、私をひきずってやまないのだった。鑑賞なら、ほかにも人がいるだろう、という思いがあった。せっかく機会を与えられたのだから、出せるだけの力を出して、ほかの人があまりやらないようなことをやってみたい、という思いを抑えることができなかった。自分にとって既知のことを整理して書くのでなく、毎回書きながら、未知の混乱に身をさらしてみたいという気持がつよかった。日本の詩歌の、あるパースペクティヴからする全体像を、私に見える範囲でスケッチしてみたかった。力の不足は言わずと知れているが、こういう試みにもそれなりの取得はあろうと思い定めて、ともかくある程度のまとまりがつくところまで書いてみようと思ったのである。

対象はもとより厖大である。天地左右すべてにわたって微に入り細をうがつことなどできるはずもなかった。取上げた作品も九牛の一毛にすぎない。しかし毎回の料理の仕方にはそれなりの苦心もあった。苦心がうまく実らなかった点については読者の寛恕を乞うのみである。

こういう文章を書く機会を作ってくれた谷田編集長をはじめ、「新潮」編集部の岩波剛氏、鈴木力氏に謝意を捧げるとともに、『たちばなの夢』や『明治・大正・昭和の詩人たち』に引続き本書をも手がけてくれた出版部の徳田義昭氏にお礼申しあげる。

一九七八年九月　　著者

詩の日本語

［日本語の世界11］　中央公論社　一九八〇年　三五四頁　四六判　一八〇〇円

■あとがき■

本書で私があつかっている話題、論点は、すべて「なぜ?」という問いかけから発しているものばかりである。

なぜ、ボードレールの原詩よりも日本語の訳詩の方が「むつかしい」言葉をつかって訳されているのか。

なぜ、日本の詩歌は物や心の「うつろい」をうたう時、とりわけ精彩を発揮するのか。

なぜ、日本のすぐれた詩人たちは、色ある世界の感興をうたうことから発して、色なき境地へ「しみ入る」ことを目指すようになるのか。詩人たちの反俗主義は、なぜ「色離れ」へと一様に進んでゆくのか。

なぜ、日本の恋愛詩には、相手を讃えてついには相手を聖化し神秘化するにいたるまでの超越性に乏しいのか。なぜ、日本の恋愛の主流は、「ひとり寝」の「肌寒さ」への詠嘆にあるのか。

なぜ、日本の文学批評は笑いや諷刺や遊びの作品を低く見る傾向を持つのか。

なぜ、芭蕉は「てにをは」が詩の死命を制すると弟子に教えたのか。

なぜ、日本詩歌史には精密で体系的な「詩学」の伝統が欠けているのか。一方なぜ、「語録」「芸談」が詩歌論・芸術論・芸能論の最良のものを生みだしてきたのか。

なぜ、日本のすぐれた詩人たちは詩の価値を「広がり」よりは「深み」に置くいちじるしい傾向を持っていたのか。

なぜ、歌謡の魅力について人々はあまり語ろうとしてこなかったのか。

なぜ、仏教の祖師たちの作った仏教歌謡は、七五調の作物の中でもとりわけ興味深い部分を形づくっているのか。

なぜ、叙事詩ないし長大な叙事作品の秀作が日本語の詩には乏しいのか。

なぜ、近代・現代の詩を論じ、あるいは書く人の多くが、近代以前の和歌・漢詩・連歌・俳諧などの歴史に自分は無縁であると感じているのか。

なぜ……

本書はこれらの問をたえず自らのうちで繰返してきた一人の詩の実作者の、自問自答集といった性質の本である。ある章は具体例に寄り添い、別の章は概観風に展望を押しひろげ、全体の運びは山あり谷ありという構成になっていると思うが、「なぜ?」という問から出発している点ではどの章も一貫している。

私がここで示した答の方はたとえ不完全なものであろうとも、「なぜ?」という問それぞれに関しては、決して単に私一個の狭い疑問というにとどまらぬ普遍性を持っているはずだと私は思っている。

これらの問から発するもろもろの論点を、もっぱら詩における日本語の問題としてあつかうことは、よほどの大才をもってしても困難なことである。したがって本書は、ろくな知見の蓄えもない一介の現代詩作者が、なけなしの財布をはたき、無い袖を振って、徒手空拳、詩歌世界の肥沃な富を現代に奪ってこようという、どう転んでも無謀な試みの一つにほかならない。

もっとも私は、無謀でないような試みには興味を感じることができないたちなので、もしもっと力があるならば、もっと無謀な試みに乗り出せたろうにと、それだけが残念な気もするのだ。

　いずれにしても、これは、出来のいい教科書のようによく整理された知識を与えてくれる本ではあるまい。しかし、自らのうちに言葉や詩歌についての問を抱いている読者には、考えるためのヒントを提供するだろう。その点についてはいささかの自負をもっていないわけでもない。

　この本は右に書いたようなさまざまの「なぜ」というモチーフの糸につながれて出来上った一枚の織物のようなものであるため、短期間に一気呵成に書けるような性質の本ではなかった。はたちになるかならないかのころ、西洋近代の詩と日本の古今の詩の、私には当時まだよくわからなかった多くの違いについて考え悩んだことがあるが、本書の出発点は、さかのぼればそこまで行く。その後少しずつ考えては自分なりに納得しようとしてきた事柄は、既刊の何冊かの本の中で、その時々のまとまりをつけて発表してきた。これはそういう経過を経た後の私にとっての、どうやら一つの決算報告という性質のものであるらしい。

　決算報告がなお多くの「なぜ」という問をかかえこんだままであるのは、私の力不足のためであるが、同時に、問題自体の困難さにもよる。ただしそれは、困難だがまた刺戟的な面白さを持っている諸問題だろうと思う。私は優れた若い人々が私の貧しい思考の成果から何ものかを見出して、利用できるものはどんどん利用して、遙かな先へと進んでいってくれるのを心から願っている。

　本書で扱うべくしてついに扱いえなかった話題もあるので、それらを他の拙著で併せ見ていただけると有難い。「参考文献」欄に自著数冊を並べておいたのはその意味からだとご了承願いたい。

　また、本書には他の出版物に既発表の文章をいくつか、あるものは大幅に加筆し、別のものはほぼ原形で編入した部分がある。いくつかの文章は何章かにわたって生かされているので、第何章には何が利用されたかという具合の簡単な列挙が出来ない。従って、それらの初出のみを左に掲げ、それぞれの文章を書く機会を与えられた関係各位に感謝申しあげる。

『エナジー』33号特集「日本の色」所収「古典詩歌の色——色離れをめぐって」（一九七二年七月刊）エッソ・スタンダード広報部編

『講座比較文学　1』所収「中世和歌の象徴主義」（一九七三年六月刊）東京大学出版会

『文学』特集「絵巻」所収「絵巻と和讃」（一九七四年三月号）岩波書店

『エナジー』38号特集「日本社会の非同質性」所収「美意識の同質・異質」（一九七四年八月刊）

『講座比較文化　7』所収「日本の詩学」（一九七六年五月

刊）研究社
『岩波講座　文学　6』所収「中世詩歌の成立」（一九七六年七月刊）岩波書店
『子規全集　6』所収解説「革新家子規と歌人子規」（一九七七年五月刊）講談社
『別冊太陽　近代詩人百人』所収「詩の鑑賞ということ」（一九七八年秋）平凡社
『国文学』特集「伊勢物語と業平の世界」所収「伊勢と大和――ひとつの読みかた」（一九七九年一月号）学燈社
『短歌の本　1』所収「日本の恋歌――奈良朝と平安朝を中心に」（一九七九年十月刊）筑摩書房
『ユリイカ』特集「芭蕉」所収「雪月花　とくに花」（一九八〇年五月号）青土社

昭和五十五年十月　　大岡信

詩の日本語

［中公文庫］　中央公論新社　二〇〇一年　三九六頁　A6判　一〇四八円

■文庫版あとがき■

親版の『詩の日本語』への「あとがき」でも書いたが、「本書で私があつかっている話題、論点は、すべて『なぜ？』という問いかけから発しているものばかりで」あり、「ろくな知見の蓄えもない一介の現代詩作者が、なけなしの財布をはたき、無い袖を振って、徒手空拳、詩歌世界の肥沃な富を現代に奪ってこようという、どう転んでも無謀な試みの一つにほかならない」という実感は、それから二十年たった今でもほとんど変らない。

私自身の閲歴に関連した事柄をいえば、ちょうど本書の親版が出たころ、私は朝日新聞一面の片隅に「折々のうた」という詩歌鑑賞のコラムを開始して一年余りたっていた。この連載は思いも寄らず長期にわたるものとなり、その間に取りあげて鑑賞した短詩型作品の数も、たぶん五千三、四百になるだろう。このコラムを書きながら私がたえず直面してきた問題は、まさに本書の第十六章「詩の『鑑賞』の重要性――一語の読み方が語るもの」で論じた事がらの実践篇だったといえる。

それは単なる一例にすぎない。本書で私が論じようと思った諸問題は、すべて私の中でその後もずっと生き続けている「問題」ばかりであり、その意味で、ちょっと触れれば、その個所によっては、いきなり血を噴きあげかねない「問題」でもあると思っている。落ち着いた論調で、解決ずみの問題につき説得力豊かに語るという性質の文章ではない。

もっともそう言うなら、私のすべての他の文章も同じようなものだが、とりわけこの本はその色彩が強い。そのため、章によっては多少難かしく感じられるところもあるかもしれない。しかし、私はもともと、わざわざ難解な文章を書くような作者は藝無しだと考えている者なので、私の文章を日本語の自然な生理に従って読んでもらえるなら、難かしいところは無いはずだと信じている。

少なくとも、今度中公文庫に入れて頂くことになり、久しぶりにこの本の最初の刊行の時日を親版に当たって見て、すでに二十年余りが過ぎ去っていたことを知り、やや啞然たる思いがしたのである。私の内部ではこの本はそんな過去の産物ではない。むしろ、ここで提出されている諸問題に向かって、私は今もたえず接近しつづけているのだ、と思っている。

二〇〇〇年十二月　大岡信

現代の詩人たち

青土社　一九八一年　三九五頁（上）・三六八頁（下）　四六判
各二二〇〇円

■あとがき■

『現代の詩人たち』上下二巻は、過去に出した現代詩人たちに関する私の単行本論集のいずれにも未収録の詩人論およびそれに類する文章を集めたものである。

この種の文章がかなりたくさん手許にあることは知っていた。すでに何年も前から上梓を求められていたにもかかわらず延び延びになっていたのは、他にも少し時間をとる仕事をかかえていて、旧稿にいちいち目を通すのは考えるだに気の重いことだったため、結果として何年も放置した形になってしまったからである。最初から熱心にこれらをまとめることをすすめてくれていたのは三浦雅士君だが、それを引き継いで高橋順子さんが旧稿のコピーをすべて私に読みやすいように整理配列してくれてからでも、かれこれ三年の余にもなろうか。その後新たに書いた文章も若干加えて、さて何ページ位になるのかたずねてみたところ、上下二巻に分けなければとても入りきれないという返事で、我ながら呆れてしまう有様だった。

古いもので「谷川俊太郎小論」とか「吉野弘」とかは、たぶん二十六、七年前の文章である。一番新しいものは「石牟礼道子」で、これは昨一九八〇年秋に書いた。したがって、執筆年代についていえば、四半世紀以上にわたる期間の文章の集成である。文章の骨格、肉付き、血のめぐりの緩急、たぶんいずれの点についても、相当なでこぼこがあるのではないかと思う。概して言えば、若いころ書いたもの（たとえば右の谷川論や吉野論のごとき）は、相手の急所を早くつかまえることに熱中するため、相手の詩業全体を見渡した上でのバランスのとれた評価などにはかまっていられないといった残酷な性急さがある。読みかえしてみて、あらためてそう思う。しかし、よほどおかしな言い廻しや誤記誤植でないかぎり、これら若い時の文章も含めて、この本に収録した文章は旧稿のままでのせることにした。ひとつには、さすがに年がたつと一種の箔がついてきて、箔をむりに引きはがすと本体まで無茶苦茶になることが明らかだからである。

それに、私は二十数年前の文章でも、言うべきだと思い、言いたいと思ったことを言うだけだったから、今になってどういろ直しする必要も、ほんとのところは感じていない。言っていることがすべて正しいなどとは夢にも思わないが、ちゃらんぽらんやおためごかしやなかまぼめに類することは言っていないつもりだから、一面の真実、という程度の取柄はあるだろうと思う。

中にあって、伊達得夫や重田徳といった人々のことを書いた文章は、詩人論というものの枠からは逸脱しているかもしれない。しかし、内容を読んでもらえば、なぜこれらをここに入れたか、理解していただけることと思う。

書評や、また詩人論というよりも人物プロフィルのような性質の文章がまじっていること、戦後詩史の略図のごとき文章も二種類収録され、内容や引用詩に少々重複している所のあることなど、不体裁なことだが、これらもそのままにした。

私は今パリに住んでいて、本書のゲラ刷りも、飛行機の中や旅舎の薄暗い電燈の下で少しずつ読む有様だったから、全体のまとまりがどうなっているのか、自分でもよくわからない。よくもまあこんなに飽きもせず書いたものだな、と思うことがしばしばだった。

こんなにもいろんなタイプの詩人たちのことを、熱心に書いてきたのは、まあまあ何ともいじらしいようなものである。近ごろではとんと流行しない態度である。日本ではもちろん、どうやらアメリカでもフランスでもそうらしい。詩人たち、とくに若い詩人たちは、この世界に何とかして自分の刻印を押すことだけで精一杯のようにみえる。他人さまのことなどかまっちゃいられない時代らしい。それで満足しているかといえば、皆たいそう不満足である。不幸な時代だ。もし自分が今二十代だったら、私もきっとそうなっていたのではないかと思うから、時代の不幸ということを痛感する。

明日はフランスの大統領選挙の第二回投票の日である。ジスカールが勝ってもミッテランが勝っても、フランス人の大半は各人各様の正当な理由によって不満足だろう。もっと他にまし な選択があるのではないかと思い、結局それが今のところまったく見つからないので、皆たいそう不満足である。私の住む通りのすぐ近くに、ポンピドゥー・センターがあって、そこの前の広場や、これにつながっているいくつかの通りでは、連日半プロやアマチュアの芸人たちが、思い思いの芸を披露して小銭をかせいでいる。また、思い入れたっぷりのジェスチュアで、自作詩の朗詠をやっている人々もいる。毎日同じ顔ぶれがやっているのに気づくと、わびしい気分になる。でも、これが今のフランスの一つの顔だ。広場に群れている大群集の中に、明るく輝いているなと感嘆させるような顔が、とんと見当らないのも、私の偏見のせいかどうか知らぬが、さびしい気がする。私も同じように陰気な顔で歩いているのだろうか。

要らざることを書いて、「あとがき」の慣例をやぶったようである。

一つ思い出したことを付け加えておきたい。以前『明治・大正・昭和の詩人たち』（新潮社）を出した時、あとがきにすでに書いたことだが、私はかれこれ六、七年前に、ある人のたっての要請で、忙しい年末のさなかに、ずいぶん無理して高村光太郎論をその人の計画しているという雑誌のために書いた。四百字詰原稿用紙で五十枚近くあったはずである。無理をして書いたから、原稿は抹消、書き直しでひどく汚い状態のまま、コピーもとらずにその人に渡した。相手が急いでいる様子の電話を何度もかけてきた上、私はそのころスタロバンスキーの『道化のような芸術家の肖像』（新潮社）の翻訳に難渋し、新潮社クラブに缶詰めになっていたので、コピーをとるひまもなく、同社の受付を通してその人に原稿が手渡されるようにしたのだった。

その原稿はまだ雑誌にのらない。雑誌は幻となってしまったらしい。原稿と一緒に、にこにこと愛想のいい、そして原稿をとるのにきわめて情熱的だった李昇潤氏は、私の前に姿を現わさなくなってしまった。中野局の私書箱の同氏あてハガキで返却を要請しても梨のつぶてである。私が残念なのは、その原稿が不満足な状態で書かれ、たぶんぶざまな出来のものにちがいないということである。万一どこかにあれが印刷されて出るようなことがあったら、私はうんざりするだろう。今でもいいから返してもらいたいと思うが、相手は郵便局の私書箱のむこうに姿を消して、どうおねがいを申しあげるすべもないあわれなことになってしまった。

『現代の詩人たち』という本を出すことになって、今それをまた思い出したので書く。

妙なあとがきで申訳ないが、旅舎のたわむれごとと思って許して頂きたい。

五月九日　　大岡信

＊一九八一年刊『現代の詩人たち』は上下巻あり。「あとがき」は下巻に掲載。

萩原朔太郎

［近代日本詩人選10］筑摩書房　一九八一年　二七九頁　Ｂ６判　一八〇〇円

■あとがき■

萩原朔太郎について一冊の本を書くということは、以前から時折り空想していたことだった。しかし実際にはその機会が久しい間やって来なかった。個別の論の形では何度か書いているが、彼の詩作品全体を通観したものということになると、何ものかがやって来て私の耳もとで、もっと先へのばした方がいいと囁くのだった。肩ひじ張らず、何の背のびもせず、ごく自然に、萩原朔太郎といわば差し向かいで対座するような気持で、言いかえれば現に生きている同時代の詩人と話すようなつもりで、彼について書いてみたいのだった。

本書はほぼそういう気分で書けたと思う。その点で、私は今肩の荷がおりたような気持でいる。「近代日本詩人選」という叢書が企てられた時機が、たまたま私の方のそういう状態に合う時機であってくれた幸運を感謝している。この叢書に先行する「日本詩人選」で『紀貫之』を出した時から、数えて正確に十年目にこの本が出るということにも、何かの因縁を感じる。また、私が書き下しの形で書いた詩人評伝が、『紀貫之』、『岡倉天心』（朝日新聞社）、『萩原朔太郎』という続き方の三冊になったことにも、筆者本人としてささやかな満足と喜びを感じる。

とはいえ、この本に着手してから完結するまで、われながら呆れるほどの月日がかかった。他の仕事がいくつか重なり合い、それらがまた多くの月日を要するものであったため、しばしば執筆中断を余儀なくされた。編集担当の間宮幹彦氏がいつも辛棒して待ってくれたことに感謝している。

言うまでもないが、萩原朔太郎に関する文献は今では汗牛充棟の多きに達している。近年はまたその傾向に一層の拍車がかかってきた感がある。そういう所へまた一冊の本を加えることにどういう意味があるのか、と自問して、私は私なりにとるべき態度をはじめからはっきり決めていた。曲りなりにも二十年、三十年のあいだ詩を作り、また詩について書きもしてきた私自身の眼に、萩原朔太郎のどういう所が、今最も大切な論点として映るか——そこにいつでも叙述の基本を置くということである。

そういう立場の私は、たとえば初期の萩原朔太郎の短歌や詩を、おそらく従来の他のどんな論者よりも重視して扱っているのではないかと思う。私にはそれらが大切に思われたからそのように書いた。同じようなことはそれ以後の彼の作品の取りあげ方、論じ方にも、随所にあるだろうと思う。その結果私は、萩原朔太郎という詩人の作詩法を通して、いくつかの新鮮な発見を、私自身の利得として、得ることができたことを喜びとしている。相撲とりの言葉で言えば、サクタロさんの胸を借りて、面白いことをいろいろ発見させてもらったという気持である。

私はしかし、自分一個の興味につられて詩人を専有しようとしたわけではは毛頭ない。朔太郎の詩一つ一つが秘めている問題に、可能な限り冷静に密着し、それらが指し示すところへ自らを運んでいこうと努めた。

その結果、今私は萩原朔太郎に、以前は感じなかったような種類の親しみを感じている。少し不謹慎な言い草かも知れないが、彼に友情のようなものを感じる。

「ふらんすへ行きたしと思へども／ふらんすはあまりに遠し」(「旅上」)と彼はうたった。そのふらんすで今私はしばらく暮している。昨日、夕暮れ時のセーヌ河畔を初校のゲラ刷りをかかえて歩きながら、萩原朔太郎という友達と、この河の橋にもたれて、夕陽に映える水の流れをぼんやり見おろしている光景を、ふと心に思いうかべて独り笑ったことを思い出した。

一九八一年五月十八日　　大岡信

萩原朔太郎

［ちくま学芸文庫］　筑摩書房　一九九四年　二九一頁　A6判　九〇〇円

■美貌の妹——文庫版あとがきにかえて■

手もとに正確な資料がないため少々心もとないが、たぶん昭和四〇年(一九六五)ころだったろう、私は「萩原朔太郎研究会」の集りのため前橋に出かけたことがある。この研究会は、当時前橋市立図書館長だった故渋谷国忠氏の尽力によって、一九六四年に正式発足した会で、最初伊藤信吉氏が会長をつとめ、やがて西脇順三郎氏がそれをついだ。会は現在にいたるまできちんと続けられているが、私が初めてこの会のために前橋へ出かけていったその年は、発足して日も浅かったので、渋谷氏の心づかいは並大抵のものではなかったように見受けられた。

たぶん会の存在を大々的に宣伝しようという心づもりもあったのだろうが、講演(および座談会?)のために招かれていった人々は多く、その中には、たしか伊藤整、伊藤信吉、福永武彦、那珂太郎、清岡卓行などの諸氏もいたように思う。萩原葉子さんももちろん出席していた。大方のことは記憶にない。しかし、一つだけ、鮮かに覚えていることがある。いよいよ開会の時刻になった時、会場にちょっとしたざわめきが起こった。振り向くと、三人の上品で美しい老婦人が、一列になって静々と前方へ歩み、最前列の方に設けられた席に揃って着席したのである。萩原朔太郎の妹さんたちであることはすぐにわかった。髪は華やかにアップにしていたと思う。三人ともそうだったかどうか忘れたが、衿あしの粋な感じが目に灼きつくようだった。

私のいた位置からはある程度距離があったはずだが、三人の老婦人はとにかく美しく見えた。別嬪という言葉は若い婦人に対して使うのが普通だが、あえて「別嬪」と声をかけたくなるような颯爽たる雰囲気があった。

その三人が妹さんたちのうち誰々だったのか、これまた記憶にない。しかし、とにもかくにも、私にとってそれは、萩原という詩人を「家族」との結びつきにおいて考える最初の経験になったのだった。

彼にはワカ（若子）、ユキ（幸子）、みね（峰子）、アイ（愛子）という四人の妹があった。美人姉妹で有名だった。中でも、今私が目の前に置いて眺めている一枚の写真に写っているユキは美貌である。先にその名をあげた渋谷国忠氏は、前橋市立図書館長として勤務するかたわら萩原研究に没頭し、いわゆる「浄罪詩篇ノート」の発掘・刊行をはじめ、重要な基礎的研究を数々発表すると共に、鋭い萩原朔太郎論を書いた人である。不幸にも中途で病に倒れ、一九六九年に六十三で亡くなったため、著書としては没後刊行の『萩原朔太郎論』（思潮社）しかない。さてその本の中に「詩人登場まで」という論文がある。若き日の朔太郎の苦悩と彷徨を跡づけた文章で、明治四十三年夏、岡山の六高を中退したころの朔太郎の身辺を次のように書いている。

「上の妹のワカは、既に明治四十一年四月（届出）に陸軍将校広瀬英吉と結婚して、当時東京に住んでいたので、二番目のユキだけが話し相手であった。ユキは前橋三美人の一人だったと言われているくらいの美貌の持主で、朔太郎の思想にもかなり理解があった。彼にはユキが女性の典型のように思われたことであろう。彼はユキを誇りとしこの妹を愛していた。ユキが共にいることが、せめては父母の家に住む心苦しさの慰さめであったに違いない。当時は県立の女学校が前橋になく、高崎に先に出来ていたので、ユキはその高崎の女学校の生徒であったが、そこを十七歳で中途退学して、明治四十三年十月（届出四十四年一月）に津久井惣治郎と結婚し、さし当りは津久井の勤務している病院の所在地である山形市に住むことになって、いったん父母の家を離れた。萩原家には目出度いこの結婚も、折からの朔太郎には打撃であったに違いない。」

この一節は、今私の前にある一枚の写真を読む上でもなかなか参考になる。この写真は大正四、五年ころのものと推定されている。四年とすれば朔太郎三十歳、幸子二十二歳ということになる。一見しての印象は、恋人同士。朔太郎は自慢のギターを弾奏しているかのようだし、幸子はひたすら聴き入っている風情だが、二人のポーズからは、男に身も心も傾け切った女の美しさが匂うように伝わってくる。

　朔太郎の服装はダンディなものだ。妹の星野みねが後年回想している所によると（「兄とマンドリン」・創元社版全集月報四）――、

「その頃の兄は、仲々気取りやで、服装なども甚だ凝つたものを着用してゐた。トルコ帽を被り、臙脂の幅広、仏蘭西風蝶型ネクタイを結んだ兄の伊達姿は、当時、前橋のやうな田舎では、随分人目を引いたやうであつた。御自慢のネクタイ等は、自身、態々呉服屋まで出向いて気に入つた羽二重を買つて来て、その結び方を頻りと工夫してゐた程である。」

　みねの回想に出てくる朔太郎の服装は、この写真の朔太郎にぴったり重なっている。幅広のフランス風蝶型ネクタイも。

　それよりも私が興味をひかれるのは、ユキがすでに結婚して五年ばかりも経った人妻だということである。この兄妹の間には、尋常普通の兄と妹の間の情愛よりもだいぶん濃密な精神的つながりがあったことは明らかである。朔太郎書簡で現存しているもののうち、青春彷徨期の書簡で最も重要なものはユキあてのものである。全集の書簡集を見れば一目瞭然で、彼はユキに向かって時には四百字詰五十枚にも達するかと思われるほど長い手紙を一気に書き、思想的な悩みをしばしば彼女に打明けている。時にはまた、知らずに読めば恋文としか思われないような情緒的な個所もある。

「御手紙拝見、知らない間に御別れして仕舞つたのは何だか残り惜しい様な気がする、君に別れてから私は元の巣へ帰つた、何だか悲しい夢を想はせる様な五月の風が乾からびたよう《(ママ)》な部屋の隅々まで吹き渡つて居るのを見た時は泣きたい様な心持に成つて仕舞つた、（中略）

何をしに東京へ出て行たのだろう《(ママ)》、それを言ふに忍びない、僕は君と別れなければ宜かつたと思つた、一所に一晩、大磯か小磯の海岸で貝でも捨《(ママ)》つて遊んで来ればよかつたと思つた、」

（明治四五・五・一六、本郷の下宿から前橋の幸子あて）

　大正三年十二月号の「詩歌」に発表され、現在は「拾遺詩篇」として全集に収められている長詩「秋日帰郷」には、「妹にあたふる言葉」という副題がある。ただし詩中での呼び名は「とき子」となっている。この名を持った妹は彼にはいない。もっとも、詩の最後に、「妹よ、祈る。／とりわけてなんぢのをさな児のうへにも栄光あれかしと。」という、現実味ある行がくるので再考してみるに、当時ユキには長男逸郎が生まれてまもない時期だったので、「とき子」の中にユキを見ることも決して不可能なことではなさそうだと私には思われる。さてこ

の「秋日帰郷」については、私はずっと以前、これを同時期の同じタイプの長詩「聖餐余録」と並べ、その重要性について強調したことがあるのだが、この中にたとえば次のような一節もある。

妹よ、
み寺に行く途は遠くとも朝のちよこれいとの興奮を忘れるな。
妹よ、
凝念敬具。
おんみが菊をさげて歩むの路を清浄にせよ。
ああ、秋だ、
秋だ、
兄の手をして血縁《けちえん》の墓石にかがやかしむるの秋だ。
妹よ、
兄が純金の墓石の前に、菊を捧げて爾が立つたとき、兄はほんたうにおん身に接吻する。おん身のにくしんに、額に、唇に、乳房に、接吻する。
妹よ、
いまこそなんぢに告ぐ、
われらいかに相愛してさへあるに、兄の手は、足は、くちびるは、かつて一度もなんぢの肉身に触れたことさへないのである。
とき子よ、
兄は哀しくなる、しんに兄は哀しくなる。

このような詩句があるからといって、朔太郎が妹に対して近親相姦的な愛情をいだいていたなどと言うことはできまい。それに、彼はたとえば末の妹アイをも非常に可愛がっていたのである。しかしながら、世の常の兄妹の間に生じうる感情の類型としては、ここに表現されているものは、やはり特異な愛執に属するといわねばならないだろう。萩原朔太郎と美貌の妹との間には、容易に他者の介入を許さない強い絆があったと考えるのが自然である。

そのような「他者」の条件を最もよく備えた女性がやがて登場する。言うまでもなく、大正八年五月に朔太郎と見合い結婚する上田稲子である。二人は憎悪と背反の暮らしの中で、十年後には妻が夫を捨て去る形で訣別した。

朔太郎と稲子との間には、たぶん決定的な無理解、愛の欠如があったのかもしれない。しかし、少なくとも稲子の方では、当時の若妻の心構えとして、夫に寄り添うべく努力した日々もあったはずである。しかし夫の心の中には、どうしても彼女が入りこめない聖域があった。そこに住んでいたのは、かの「エレナ」であったことも確かだろうが、私には、美貌の妹（たち）もまた、朔太郎の女性観をある意味で決めてしまうほどの存在として、そこに住みついていたのではないかと思われてならない。

ギターをかかえた朔太郎とその前に膝まずく幸子という、この一枚の写真が私に語るのは、そのような妄想的空想である。

※本稿は、『萩原朔太郎』（「新潮日本文学アルバム」）にて発表された。

加納光於論

書肆風の薔薇　一九八二年　一一七頁　22.0×14.0cm　二二〇〇円

■あとがき■

ひと昔前、一九七二年盛夏のこと、私は加納光於とともに紀州を南から北へさかのぼる旅をした。朝日新聞の「流域紀行」というシリーズ連載で熊野川の紀行文を書くためである。約二週間に及ぶ連載の挿画を、私は加納さんに依頼した。一緒に旅行したのはそのためだった。

その旅で私に印象的だったことの一つ。熊野本宮に参拝したあと、十津川沿いに日本屈指の巨村という奈良県十津川村を車で北上していった。全村面積の約九割が森林で、人の集落は山の斜面に辛うじてしがみつくように点在するばかり。そしてその山は、まぢかに十津川に迫って切りたっていた。私は耕地のあまりの少なさに驚きをおさえかねた。加納さんももちろんあたりの状態をじっと観察していたが、そのときぽつりと彼が洩らした言葉は私の意表をついた。

「ザラ瀬ばかりね、この川は」

耕地の極端に少ない山沿いの土地で生きる人々の生活は、必然的にきびしい条件にさらされている。私はそのことばかり考えていたが、加納光於は同時に、釣り師としての批評的観察をもって十津川の流れを見おろしていたのである。

加納光於を思うとき、私はしばしば、この小さな小さなエピソードを思い出す。思い出すたびに愉快な気分になる。

加納光於が芸術家として経てきた過程は、「ザラ瀬」には釣り糸を垂れない決意と嗜好の歴史だった。

この本に収めた詩と散文は、そういう加納光於について私が書いてきた文章の、現在時までの一まとめである。他にも加納さんに触れた文章は少なくないはずだが、ここには加納光於を単独で対象にしたものだけを集めた。この世のザラ瀬からたえず立ち去り、好んで困難を求めて別のルートを切拓いてゆく冒険者への、友情と敬愛のささやかなしるしとして。

一九八二年三月　大岡信

日本詩歌読本

三修社　一九八二年　二七八頁　四六判　一二〇〇円

■あとがき■

『日本詩歌読本』は一九七九年十月中旬から十二月中旬まで、毎週一回各二時間、西武百貨店池袋パーキングビル八階の「読売教養講座」の教室で話したことを一本にまとめたものである。前後九回の講義は、同講座を運営している読売文化センター委員会によって速記され、それが本書のもととなった。三修社からこの本を刊行するということは、右の九回の授業が終ったあとまもなく、読売文化センター委員会と同社の間の取り決めに基づいて決まっていた。このように遅れてようやく刊行されるにいたったのは、もっぱら私自身の怠慢と気おくれによるものである。長い間初校ゲラ刷りの状態のままで原稿を手もとにかかえこんでいたため、読売教養講座の担当諸氏には気をもませ、版元の三修社には大変迷惑をかけることとなってしまった。

私自身の怠慢については弁解の余地もないが、気おくれと書いた点については一言弁明しておきたい気がする。というのは、私は自分が書いたことでなく、話したことについては、いつもある種の心細さを感じるからである。授業形式で話す場合、私はその時間に話すことのすべてをあらかじめ原稿にしてゆくことはしない。当日の話の内容の、大まかな順序、予定を簡単にメモしてゆくのがせいぜいである。本書の場合、取上げる予定の詩歌作品の本文はあらかじめタイプ印刷して受講者に配ってもらってあったので、私もそれをひろげながら講読していった。したがって個々の作品についての私の説明は、その時その場で念頭にのぼった思念に従って話したものであって、場合によっては話題はどんどん横道にそれもするし、勢いに乗って言わでものことを口にしている場合も多いはずだった。妙なことだが、教場での話というものは、その種の逸脱がある意味で必要不可欠なものなのである。まちがったことを言ってしまったことに運よくあとで気付けば、翌週それを訂正することもできるが、気付かずにいる場合も少なくないだろう。

気おくれと言ったのは、そういうことに対してであった。速記録をあらためて見ることとさえ、出来れば勘弁してもらいたい、というのが、この種の話を活字化する場合に私に生じる、いつも変らぬ反応であって、今度の本についてはそれがとりわけ強かった。毎回二時間たっぷり話しているのだから、話題の曲折につれて、思わずあやまちを口走っている場合もあるにちがいない、と思うと気おくれがし、結果として怠慢ともなった。

そういう過程を経て本書が形をなすにいたったのだが、その間、私に代って全文に先に目を通し、気付いたデータのあやまりなどを訂正してくれた妻深瀬サキに感謝する。

本書で取上げた作品については、旧著の中ですでに論じているものもあるが、論の形式ではふれる余裕のなかったような事柄でも、話す場合にはおのずとふれ得ている点が一再ならずあったことに気付いた。受講者と向き合い、人々の表情に敏感な反応を読みとりながら、いわば受講者の無言の協力のもとに作りあげることのできた本である。「読本」という題にはその意味もこめているつもりである。

このような形で日本古典詩歌入門の一書を編むのは、昔はいざ知らず、近ごろはあまり例がないようである。何らかの意味でこれが読者の共感を得られるなら幸いである。

一九八二年盛夏　　著者

日本詩歌読本

［講談社学術文庫］　講談社　一九八六年　二七三頁　Ａ６判
六八〇円

■「学術文庫」のためのまえがき■

『日本詩歌読本』と名づけた本書の成り立ちについては、三修社版のあとがき（本書巻末）に詳しく書いたので、あらためてここで再説することは避けるが、もともとこれは聴講者を前にして話したものだった。

原稿用紙に書く場合と人の前で話す場合とで、内容の肝心なところが違うということはない。しかし、同じ内容でも、叙述の仕方はおのずと異なる点もあろう。書く場合なら避けるであるような一種の繰り返しも、話す場合には必要になることがある。つまり、いきなりでは呑みこみにくいと思われるところは、もう一度繰り返す形でわかりやすくしなければならないからである。ただ単に同じ言葉を反復するだけでは無意味だが、繰り返すことを通じて内容に一層深い理解を加えることができるなら、この反復には大切な意味があるということになる。

人に話すということは、その意味で、話す側にとって新しい発見をもたらしてくれることである場合が少なくない。

また、話すという行為にあっては、連想から得られるものがかなり重要な役割を果たすように思われる。一つの話題について話しているうちに、原稿用紙に向かって書いているときとは違った頭の働き方が生じることは、たぶんだれでも経験することだろう。この中にはその場限りの思いつきもあるが、必ずしも打ち捨てる必要のない観念もある。私はそういう思いつき、時には逸脱とよぶべきものにも重きをおきたいと思っている。

本書の中にはそういう部分が多少はあるだろうと思う。そこにも意味があることをねがっている。

本書をこのたび学術文庫の一冊に加えたいという講談社の申し入れに対し、三修社が同意して下さったことに感謝し、この文庫本がまた新しい読者に出会える機会を得たことを有り難く思っている。関係者各位にお礼申しあげたい。

三修社版と内容は変わらないが、不備に気づいた場合に多少手を加えたところもあることを申し添える。

一九八六年十一月　著者

短歌・俳句の発見

読売新聞社　一九八三年　三三四頁　四六判　一五〇〇円

■あとがき■

現代の短歌・俳句について書いた文章を一冊にまとめ、『短歌・俳句の発見』と題する。題は先ごろ読売新聞紙上に八回にわたって連載した文章の総題をそのままとった。あわせて同連載文を本書冒頭に置き、全体へのいわば序論とした。

本文の中でもたびたびそのことに触れて書いたように、私は現代詩とよばれる自由詩形を用いて詩を書く一方で、伝統的な詩形である短歌や俳句についても関心を持ちつづけてきた。

短歌については、父親がたまたま歌人であったため、いわば生まれおちると同時に、短歌的なものの世界にすでに触れていたと言ってもいいようなところがあっただろう。俳句についても、これまた本書の中で書いたように、中学時代の同人誌仲間に俳句を作る者が何人かいたので、その意味での親しみを早いうちから抱いていた。

現代詩を作る上で、私はまた、欧米の何人かの十九世紀・二十世紀詩人たちの作品からも刺戟と啓発と挑撥を受けた。とくに二十代、三十代のころには、自分の好きな欧米の詩人の詩を翻訳してみるという形で、より深く接触しようとしたこともたびたびある。

そういう関心を外に向けて持つ一方で、私は短歌・俳句——あるいは、より包括的な言い方で言えば、和歌・俳諧——をはじめとして、歌謡や漢詩その他の伝統的詩形に対する関心をもたえず生きた状態で自分の内面に保ってきた。それが現代詩を書く人間としての私にとって、必要でもあれば、不断の課題でもある生き方だった。私は「現代詩人」であるがゆえに、古典また現代の定型短詩に関心をもたずにはいられなかった。

私の和歌論・俳諧論はつねにそういう精神の表れとして書かれたものである。別の言い方をするなら、私は現代詩とよばれる分野の詩の中に、伝統詩の富をもできるだけ豊かに奪いとってきたいと考えている。それも折衷的な形ではなく、伝統詩が根ざしていたのと共通の地盤を自らも領有する形で、本質的かつ綜合的な意味における伝統詩の富の独自の摂取ということを、現代詩の未来に夢みている。もっとも、そういう意味での伝統詩歌論なら、私が今までに出した本の中にもすでに少なからずあるのだが、今度のこの本は、対象を現代短歌・現代俳句にしぼった文章だけを集めて成っている点で、著者としてはちょっと特別の思いがするのである。父親について書いた文章を収めている点をも含めて、この本に収録した諸章は、私にとってさすがに身近な感触が強いものであることを、ゲラ刷りを通読しながら今更のように感じたのだった。賞賛するにせよ批判するにせよ、ここで論じている歌人・俳人諸氏の仕事は、私にとっては根本的に親しいものであってそれ以外ではない。同じ岸辺にたたずんで、日本の詩という大河の流れを、それぞれの棹さばきで渡っていこうとしている仲間の仕事だと思っている。

なお、本書に収録した文章の中に、既刊の拙著の中から再録したものが三篇ある。「新しい短歌の問題Ⅰ・Ⅱ・Ⅲ」がそれで、これらが書かれた事情については、冒頭の「短歌・俳句の発見」で触れている通りである。私はこれら三篇を本書にあらためて収録することが決して無意味ではないと考えた。一つにはそれらが、私を現代短歌・俳句の世界に真の意味で導き入れるきっかけになったものだからであり、また、現在の読者にとっては、すでに目に触れることがほとんど不可能なものとなっているからでもある。三篇とも塚本邦雄氏との応酬文である。そこで塚本氏に乞うて、塚本氏による三篇の反論の主要部分を、原文のまま引かせていただくことにした。実をいえばこの形式は、塚本氏が『定型幻視論』（一九七二年）の中ですでにとっておられるものであって、そこには氏の文章のわきに、私の三篇の文章の主要部分が原文のままで引かれている。

読売新聞社は私にとってはいわば懐かしい古巣である。大学を卒業してから十年間、私は読売新聞外報部記者だった。その古巣から上述のような特別の思いのする短歌・俳句論集が出るということに、ある感慨をおぼえる。しかも、本書刊行の衝に当ってくれる出版局図書編集部の部長守屋健郎君は私と同期入社の友人、編集を担当してくれたのは、私が退社したあとで入社した現代詩人郷原宏君である。これまた感なきにしもあらずで、一言付け加えずにいられないような気がする。

本書で論の対象とした歌人・俳人諸氏はじめすべての関係者各位に謝意を表する。

一九八三年五月　　著者

表現における近代　文学・芸術論集

岩波書店　一九八三年　三二六頁　四六判　一八〇〇円

■あとがき■

「もし私が何々であったなら」とか、「もし私があの時こうしていたら」とかいった形の空想は、私たちにとってごくありふれた空想形式の一つだが、その種の空想で一年に一、二回ほどの割合で私に訪れるものに、「もしあのころのまま短歌を作り続けていたら、今、私はどんな歌を作っているだろうか、どうなっているだろうか」というのがある。

あのころのまま、というのは、中学三年生から四年生にかけてのころのまま、という意味で、その当時私は生まれて初めて自分の書いた作を雑誌に発表するという経験に遭遇し、仲間と一緒にガリ版印刷の同人誌刊行にせっせと励んでいた。私が当時選んだ最初の自己表現の形式は短歌で、これは父の大岡博が短歌雑誌を出していたので、私にとってはまさに門前の小僧の経文読誦にもひとしい、自然な成行きだったように思われる。

その後まもなく、私は近代・現代の西欧や日本の詩に惹かれ、少なくとも主観的にはかなりの苦心をして、短歌や文語定型詩から自由詩に転じた。しかし、本書の「新古今集との出会い」でもそのころのことにふれながら書いたように、短歌は短歌、詩は詩、互いに全く別の世界、という考えは、私にはなかった。むしろ、両者を統一的にとらえることにこそ、私の興味はあったし、あえていえば、義務感もあった。つまり、日本の詩の歴史をその全体像においてとらえること。その場合、全体像は、私という一個体の中でまず体験的に結ばれるものでなければならなかった。言いかえれば、私は学者や研究者である前に、詩歌作者として、古典的な定型詩と現代の自由詩とを統一的に自らの内で把握するのでなければならなかった。

私にとって「批評」という行為が「創作」という行為と分かち難く結びついているのは、右のような課題が必然的にそれを要求したからにほかならない。

その場合、私自身が現代詩とよばれる自由詩形で書いていること、そしてその立場において、避けようもなく一つの歴史的選択をしているのだ、ということが、私に本書収録の諸論を書かせたことは言うまでもない。それを包括的にとらえて言えば、〈表現における近代とは何か〉という問題をめぐる考察ということになる。

第Ⅰ章の「創造的環境とはなにか」という、本書中最も長い文章には、以上のような問題についての私自身の基本的な考えがのべられているが、第Ⅱ章以下に収めた文章では、個別の対象に即しながら、「表現における近代」というものの内包と外延の両面を追求しようとしている。

その場合、たとえば正岡子規や釈迢空については、そのきわめて近代的な作品の内にひそむ歴史的あるいは古代的な要素が、いかに彼らの仕事の前衛性そのものを支えているか、という点に私の関心があったし、また斎藤茂吉については、むしろ短歌史の外側に彼を連れ出し、内外同時代の芸術思想の光に照らして見ることによって彼の仕事の前衛性を考えるという点に、私の関心があった。つまり相手によって、それぞれに対する接近の仕方もおのずと異なっている。

第Ⅲ章の岡倉天心をめぐる文章は、以前『岡倉天心』（朝日新聞社）という本を出してから後、はからずも出現し、私の目の前に置かれることになったいくつかの重要な新資料に基いて書いたものである。岡倉覚三はその重要な著作の多くを、まず英文および漢文で発表したという特殊な近代の表現者である。それが単に『茶の本』や『東洋の理想』だけではなく、書簡文学の作者としての彼の書きものにまで及んでいるところに、「表現における近代」の意味を考える上で彼が大いなる鏡となりうる理由もあった。

このように見てくれば明らかだが、私が本書の諸論を書く上でたえず意図しているのは、ある対象の外見と内実との間に見出される差異の解析を通じて、固定化した通年をひっくり返し、そこに新たな展望をきりひらくということである。

第Ⅳ章に収めた諸論は、そういう私の意図を、文学・芸術における近代精神の特徴的な構造との関連において説こうとしたものであって、目次面を一見して異質に見えるであろうほどには、他の諸章の文章と異なってはいない。むしろきわめて深く、それらと関わっているであろう。とりわけ最後に置いた「詩における「知性」と「感性」」にそれは明らかだろうと考えている。

それぞれの文章は、本書に収めるに当って多かれ少なかれ新たに補筆した。大幅に書き加えたものもある。

これらの文章を発表する機会を作ってくれた各誌、各編集者にあらためてお礼申しあげるとともに、このような形で一本を編むことを提案してくれた岩波書店編集部に感謝の意をささげたい。

一九八三年七月　著者

日本語の豊かな使い手になるために

読む・書く・話す・聞く

太郎次郎社　一九八四年　二四三頁　四六判　一三〇〇円

■おわりに■

いやはや、たいへんなことになっちゃったなァ。そう思いながら本郷郵便局のわきを重い心で太郎次郎社めざして曲がったことも何度かあります。もうこれ以上、話すことなんか何もありゃしませんよ。ぼくは空っぽになってしまいましたぜ。そう思いながら本郷郵便局前の大通りを空っぽの心で東大の側へ渡ったことも何度かあります。

いやはや、それがなんと、こんなに長く続いて、とにかく一冊の本にまとまるほどの分量にまで達したということは、信じられない。しかし、これはほんとのことなんだ。だとすれば、これができあがったのは、ぼく一人の力によるものでなんかありゃしない。毎回じつに熱心にぼくの話を聞いてくれて、適切な問いを発し、興味ぶかい体験的教育論を聞かせながら、ぼくを遮二無二《しゃにむに》まえへむかって押し進めつづけてくれた伊東信夫、鈴木清隆、矢吹省司の三氏と、太郎治郎社の浅川満、渡部稲造両氏がいなければ、この本はけっして誕生するはずのなかったものである。つまりぼくは、この本のなかのいくつもの場所でそう力説しているところの、ことばが本質的に社会的存在であり、関係において生きもし、死にもするきわめて敏感な生きものなのだという考えを、自分自身のこの連続対話の成りたちそのものによって、はっきり実証したことになる——。

というふうに、いま私は思ってます。

この本のなかでもときどきその話題が出てくるのですが、私は数年前、『にほんご』（福音館書店）という小学校一年生のための国語教科書試案の共同制作に参加しました。小さな子どもの教育に直接かかわるような仕事をしたのは、あとにも先にもそれがたった一度の経験。もちろん、私には息子と娘が一人ずついますので、子どもの教育に無関係だなどとはけっして言えませんが、そこはそれ、よそでは立派な教育者で通っているような人が、ご自分の家のなかでは、さあ、どうかしら、あれで立派な教育者だなんて、ほんとにいえるのぉ、といったぐあいのチグハグ矛盾した生き方をしている場合も結構あるのですし、私自身については、もう何の誇るべき家庭教育の実績もありはしないのですから、とうていえらそうな口はきけないわけで、いままでその方面に関係があるような仕事には、ノー・タッチ、ノー・タッチできたのも当然だったのです。

ただし、人間にはそれぞれ個体として経過してきた歴史があります。私には私の個人的な歴史が、これはいやおうなしにあります。その「いやおうなしに歴史そのものである私自身」として世の中を見ていると、これはまた、なんとも居心地の悪い、と感じることも多々あります。電車やバスに乗っているだけでも、チカゴロノハハオヤッテノハ、コリャナンダといったたぐいの、「私的公憤」にかられるようなできごとに出会うことはよくあるわけだし、そこでそう感じる理由・根拠をつらつら考えてみれば、私自身の限られた個人的歴史の経験則からそのような善悪・是非・快不快の判断が出ていることは明らかで、してみれば私のほうにも絶対に正しいという原理原則があるわけではないと、しぶしぶながら反省させられるわけです。

そんなことをくり返しくり返し重ねながら、時の経過のなかで、自分自身と現代社会とのあいだに何らかの折り合いをつける道をたえず探し求めてゆく――それがまあ、多くの大人たちの生活（もちろん精神的人間としての生活）の実態だろうと思いますし、私自身がまさしくそうであります。

この本は、そのような生活者として生き、同時に、どういうわけか少年時代以来ずっと、ものを書くことが好きで書きつづけてきた人間が、ひとの問いに答えるという形式のなかでさまざま思いつくことを、みずからの体験にそのつどすばやく反響させて手ざわりを確かめながら、ともかくえんえんと話したことを内容としています。話題の中心がいつも「ことば」であり「日本語」であったのは、もともと雑誌『ひと』編集部の意向がそこにあったからであるのはもちろんですが、同時に、この私という人間が、要するにこの主題について、むかしから手さぐりでずっと考えつづけてきたことについてなら、多少は話す能力も、またたぶん資格も、あるという私自身の思いこみからもきていました。そして不思議なことに、私は毎回、もう話すことなどありゃしないと思いつつ、ほんとうにクタクタのボロみたいになって車に揺られて帰宅するにもかかわらず、雑誌『ひと』に発表されたその回ごとの自分の話を読むたびに、ともかくまだ何か話題がありそうな気がするなァ、と思うのでした。

このことは、この本を読んでくださる読者――一人でも多くの人に読んでもらいたいと、いまはもう心からそう思っているのですが――に対して、私が申しあげることのできるほとんど唯一の自画自讃であります。

義務教育段階にせよ、高校教育段階にせよ、教育の世界にはいろいろ神聖な、あるいは神聖というに近いことばがあるのを感じています。その一つは、「現場では」ということばです。

「あなたのおっしゃることは、なるほどごもっともですよ。私も心からそう思います。しかしこれは、ゲンバではねえ、なかなか通用しないんじゃないかと思いますよ」

こういうことばは、ゲンバにいない人間をついひるませるに十分な威力、重々しさ、厳粛な苦悩を感じさせるもので、そこでたいていの人が、子どもの教育について意見をいうなんて、自分のガラではないのだ、と思って遠慮してしまうことになります。しかし、教育ということばは、原義からすればオシエ・ソダテルことであるわけで、その「現場」たるや、学校の先生と生徒の形づくる場に限られるわけでは毛頭ありません。なんといったって、第一の「現場」は、母親の胎内に宿った瞬間から始まる父母と子の関係にあり、生まれでた瞬間から始まる「家族の一員」としての彼あるいは彼女の、主体・客体すべてを包みこむ家庭環境にあるわけで、そこから始まった「教育現場」を、いわば集中的に社会化するための理想的な場として、学校教育というものがあるはずだろうと、五十を過ぎた男としては考えるわけです。

この本で話している、ことばをめぐる諸問題は、その意味ですべて、「現場」の問題そのものなのだと、あえて自負して申しあげたいと思います。――だんだん威張ってくるようで、おかしいですね。

本の題名は太郎次郎社が考えてくれました。ことばの「使い手」というのをハウトゥー式の技術論風に受けとられると困るなあと私が言い、太郎さんも次郎さんも同じことを心配しておられるのですが、いろいろ並べてみると、やっぱりこの題がいちばん現実感があるのです。それゆえこの題に決めました。まあ、ちょっとでも読んでくだされば、技術論を含みながらもそれだけではない本であることは、すぐにおわかりいただけるでしょう。

もう一度、この本ができあがるまでに機縁をつくってくださったかたがた、また連載中、見守ってくださっていたかたがたにお礼を申しあげます。

一九八四年六月　大岡信

日本語の豊かな使い手になるために
話す・聞く・読む・書く

［講談社＋α文庫］　講談社　一九九七年　三三八頁　Ａ６判
七八〇円

■文庫版まえがき■

この本の太郎次郎社版初刷が刊行されたのは一九八四年七月でしたから、ちょうど十三年前になります。十三年の年月は早く過ぎ去ったのか、それとも遅く感じられるのか、私には決めかねます。ただひたすら、「あのときはたいへんだったなあ、よく乗りきれたものだ」という思いのみが胸にせまるからです。

「ことば」とどのように深くつきあってゆくか、それをつねに、決して理屈の面からではなく、体験をとおして、しかもあくまでも身近な問題として、考えてゆこうというのが、雑誌「ひと」にこれを連載することになったときの、一同の合意事項だったと思います。一同、というのは、私に毎回適切な質問をし、話の糸口を巧《たく》みに引きだしてくれた伊東信夫、鈴木清隆、矢吹省司の三氏と、太郎次郎社の浅川満、渡部稲造両氏のことです。

その当時、私は明治大学の法学部一般学科と文学部大学院で講義していましたので、本郷郵便局の裏手にある太郎次郎社に出かけるのは、毎度、御茶ノ水近くの明大での授業をすましてからだったと記憶します。二コマあるいは三コマの授業をやったあと、それに倍するほどの精力と集中力を要求する談話を、ときには三時間ほども続けたのですから、思えばずいぶん無謀《むぼう》なことでした。毎回終わるとくたくたになりました。そのことは本書末尾の「おわりに」にも書いたとおりで、十三年経過したということが私にはいまでもあまりぴんと来ないのも、そのときのドッと来る疲労感が、いまでもただちによみがえる思いがするからです。

このようなことは、それからほぼ十年後に、三浦雅士を主な聞き手として毎月一回ずつ、前後十回、三〜四時間ずつしゃべりづめにしゃべったものをまとめた『あなたに語る日本文学史』（新書館、上・下二巻）以外には、やったことがありません。後者の場合も、最初のころは、話し終えた瞬間、くらっとして、ほんとうに気が遠くなるんじゃないかと思うほどの脱力感におそわれたのでしたが、そのとき思い出して、妙に懐《なつ》かしい気分に誘われたのは、この『日本語の豊かな使い手になるために』のときの経験なのでした。いずれも、もういまとなっては絶対おことわりというしかない、全身全力集中の経験でした。

いまこの本を読みかえしてみると、そこにおのずとくりかえし現れてくるテーマというものがあったことに気づきます。そのひとつは、「ことばは知識ではなく体験だ」ということであり、当然その帰結として、「子どもだけのためのことば論などありえない」ということ、また「ことばは他人との接点であり、社会とのつながりの出発点、そして終結点でもある」ということでした。

このことが現実にどういうことを意味しているかについては、まさに本書を読んでいただくのがいいわけですが、簡単な例をひとつあげれば、あれもこれもと知識を詰めこむ受験勉強式のやり方は、ことばと接するうえではもっとも拙劣《せつれつ》な方法のひとつだろうということです。

なぜなら、ひとつのことばは決して単独に孤立して存在するものではなく、一語がつながっている別の語は、つぎからつぎに互いに呼びあい、つながりあい、それら自身ついにはひとつの社会を構成せずにはおかないほどの、広がりと厚みを生みだすもの、つまりことばは「それ自身が社会そのもの」だからです。

ことばについて考えることが、結局は人間および人間を取りまくあらゆるものごとについて考えることに通じているということ、別のことばで言うなら、つまるところそれが「哲学」というものでもあろうということ、を申しあげておきます。

なお、太郎次郎社版では、本書の副題が「読む、書く、話す、聞く」でしたが、本文庫版では「話す、聞く、読む、書く」に変えました。人間とことばの接し方の順序に従ったものです。

本文庫への収録に同意してくれた太郎次郎社に感謝します。対談相手の三氏にはもちろんのこと。一人でも多くの人が読んでくださることを願いつつ。

大岡信《おおおかまこと》

日本語の豊かな使い手になるために
読む・書く・話す・聞く

［新装版］　太郎次郎社　二〇〇二年　二八六頁　Ｂ６判　一六〇〇円

■新版序文■

この『日本語の豊かな使い手になるために』の初版は一九八四年七月に刊行されました。現在から数えてもう十八年の歳月がたっています。その間、講談社の＋α（プラスアルファ文庫）で装いを改めて刊行されたこともありましたが、それもいまは絶版となり、太郎次郎社で新たにまた新版として発刊されることになりました。

そんなかたちでふたたびお目見えするについては、この本に対する読者のご要望の高まりが近来強くなっているという有難い事情もあるほかに、日本語をあらためて考えなおそうという風潮、言いかえれば危機感が、このところ急激と言ってもいいほどの勢いで社会的に高まっていることも作用しているかと思われます。この本はそのような風潮に対するひとつの反応としてつくられたものではなく、そういう風潮がやがては生じるであろうことを、いわば予感しながらつくられたものだったように思います。そのことは冒頭に置かれている対談相手の伊東信夫さん、鈴木清隆さん、矢吹省司さん連名の「はじめに」をお読みくだされればおわかりの通りですから、私が事あらためて「ことばの危機」について申し述べる必要はないと思います。私が上記三氏と、七回、のべ三十数時間にわたって、本書にまとめられることになった対話を行なったこと自体、いま私たちが身を置いている「危機にあることば」の実際の状態を、いくつもの方角から掘り崩し、再検討し、対策を考えるという作業に熱中したことを意味しているからです。

その作業はおおむね手探りのかたちで始まり、徐々に全員の考えがなんらかの建設的な方向に向かって歩みはじめるというところまで進んで、一晩の作業が打ち切られる、という姿をとったように記憶しています。

私はこの当時、明治大学法学部一般教養担当の教授をつとめ、併せて同大学文学部大学院教授をも兼任していましたから、本郷の太郎次郎社に出かけるときは、杉並区にある明大・和泉校舎の授業または神田駿河台にある明大・本校校舎での授業をやってからであったことが多かったような気がします。思えばまだそんな無理も通せるほどには、私も若かったのだなあと一驚します。なにしろ三人の対話者たちが熱心でしたし、私もまた、頭をふりしぼってでも、まだ話すべきことはないだろうか、まだ珍しい話題、この場を活潑に盛り上げうる積極的話題はないだろうかと、緊張のなかでリラックスした空気を探し求める数時間のくり返しでした。

「おわりに」の冒頭でも書いたことですが、「もうこれ以上、話すことなんか何もありゃしませんよ。ぼくは空っぽになってしまいましたぜ」と思いながら太郎次郎社をあとにしたことは、いまに至るまで私のなかに鮮やかな記憶として刻まれています。

いま書いたことからも賢明な読者はおわかりのことですが、この本は、日本語、また「ことば」についての、ハウツー式知識や御明答をご披露しようとするものではありません。冒頭第Ⅰ章のタイトルからして、その意図は明白だと思っています。すなわち、「ことばは知識ではなく、体験である」。

こういう出発点でしたから、第Ⅰ章の中身が「ことばの社会性について」「『ことばを体験する』とは」「ことばが知識として定着するまで」という順序になるのは、まったく自然なことでした。それを受けて、第Ⅱ章は、「ことばの教育の基礎を考える」というタイトルになり、その中身は当然、「『話し・聞き』と『読み・書き』の違い」「豊かな人間関係とことばについて」となります。

以下、大きく分けて、第Ⅲ章に「ことばが誕生するとき」、第Ⅳ章に「ことばの音とリズムの世界」、第Ⅴ章に「書くことと創造力」と、「ことば」をめぐる人間の行為の発展が、しだいに同心円ふうにひろがってゆく様相がたどられていきます。

いまはもう細かいことまで覚えてはおりませんが、私の手探りの話が、いまたどったような順序をきちんと追って行なわれたとは思えません。第一、私たちの対話は、最初、太郎次郎社発行の月刊教育誌『ひと』に十一回にわたって連載されたのであり、その連載を編集部がまとめあげ、私が加筆・修正し、単行本にするにあたってさらに新しく原稿を加え、ふたたび全体を構成しなおし、さらにもういちど私が加筆・修正するという、じつに念の入った制作過程を踏んで、この『日本語の豊かな使い手になるために』という本が誕生したのです。

そして、これは鮮明に覚えているのですが、本の書名をどうするか決めるとき、私は「日本語の……使い手になるために」という大枠の文句が出てきたのち、点線の部分を考えあぐね、一、二日のあいだそこを空白にしたまま、とつおいつ思案したのでした。「上手な」とか「巧みな」とかの形容は、いわばすぐに思いつく言い方です。私は、そういう形容をまったく受け入れることができない人間としてこの本をつくったのだと思っておりますから、ここにどんな形容語をもってくるかは、重要でした。そして、ふと思い浮かんだのが、「豊かな」だったのです。それはつまらないことかもしれませんが、私には大事でした。

つまり、この場合の思案というのは、別の例をあげるなら、ある一篇の詩をつくって、一か所どうしてもぴったりくることばが見つからず、とつおいつ考えあぐねる場合と同じだったということです。「豊かな」という形容が浮かんだとき、私はこれでハウツー式の日本語の本ではないことを、はっきり示すことができると思って安心したのです。

読者のみなさんにそんなことを申しあげても、あまり意味のあることではないかもしれません。ただ私としては、この本を手にしてくださるかたがたに、本の成り立ちを一応知っていただくことも大切だと考えますので、こんなことまで書きました。この本が新しい、本質的なことを考えようと思う読者たちに出会えることを念じながら。

二〇〇二年六月十九日　　　大岡信

ミクロコスモス瀧口修造

みすず書房　一九八四年　二四〇頁　四六判　一八〇〇円

■あとがき■

瀧口修造氏について書いた文章、瀧口氏にあてて書いた詩、また往復書簡——それらのすべてを集成した本を作ってみないか、という誘いを、みすず書房から受けて編んだのがこの『ミクロコスモス瀧口修造』である。その提案はありがたかったが、実現できるものかどうか、われながらおぼつかない思いがあった。私が瀧口修造について書いた文章がはたして一冊の本を形づくることができるほどの量に達しているかどうか、それがまず心もとない話だったが、加えてそれらの文章が、別個の機会に個別の主題について書かれたものであることが、実現の難しさを思わせた。しかし、昨一九八三年夏、富山県立近代美術館で「瀧口修造と戦後美術」という展覧会が開かれた折り、求められてそこで講演をしたことから、本書を編むことも可能であるように思われてきた。すなわち本書第一部に講演速記の形でおさめたものがそれである。

瀧口さんについて論じることはさまざまな意味で大層難しい。それに、講演の最後でも言っているように、私は自分の詩と思想が、瀧口修造のそれとは多くの点でかけ離れていると思っていたし、瀧口さん自身もそう考えておられただろうと思う。しかし、私は青年時代からずっと、この詩人・芸術思想家の詩やものの考え方に関心をいだいてきた。長い間親しく接しもしてきた。今度こうして一本にまとめてみると、二十年以上にわたって、瀧口さん歿後にいたるまで、私はほとんど切れ目なしに瀧口修造にふれて、あるいは瀧口修造にあてて、詩を書き、文を綴っていたことに気づく。

私が描き出した瀧口修造の肖像は、明らかに私の限られた視点視野からのものであって、多くの瀧口修造の「若い友人たち」の脳裡にある肖像とは違っているだろう。それが当然である。ただ私は、私の見ている瀧口さんという詩人の像にも、それなりの取り柄はあろうと思っている。それを自負しているといってもいい。それが本書を世に送る理由である。この、決してよく理解されているとはいえない、「未完」といっていい詩人の詩と思想に、少しでも多くの若い読者たちが関心を寄せてくれることになるなら、これほど大きな喜びはない。

ただ一言、言わずもがなのことを付け加えるなら、瀧口修造という詩人・思想家は、お手本とするにはきわめて多くの危険な魅力の持主であって、私としては瀧口修造の歩んだ道を簡単に追随する人々が続出するようなことになったなら、尻に帆かけて逃げ出したいと思うだろう。つまりそれほどに、この人は彼の世代特有の問題を生きた人だったと私は思うのである。彼のユニックな存在の意味も、まさに安易な追随を拒否するところにあったと私は思っている。

なお、本書には小尾編集長のアイディアによって、瀧口修造アルバムをあわせ掲げて読者の便宜に供することにした。編成はすべて、多年瀧口氏に親しんできた小尾さんの苦心になるもので、私としては勿怪の幸いで興味深いページを作ってもらえることになった。

このアルバムには二、三行ないし十数行のキャプションや文章がついている。これには三種類の別がある。第一は、私自身が座談会や対談で瀧口修造についてのべている部分からの、ごく短い抜萃である。これも小尾さんの手をわずらわせたが、こうして見ると、文章の形では書かなかったような観察もあって、私ながらホオーッというような見解もあり、その点でも小尾さんに感謝している。第二には当該写真や資料写真についてのデータ面での説明キャプション。第三には、当該写真に関連性のある瀧口修造自身の文章の抜萃引用。すべて小尾さんの構成による。

これらの資料写真その他についてご協力いただいた方々に深くお礼申しあげると共に、瀧口綾子夫人にもお礼申しあげ、その末長いご健勝を祈るや切である。

一九八四年十一月

著者

楸邨・龍太

花神社　一九八五年　二三七、二三頁　四六判　一八〇〇円

■はじめに■

同じ花神社から以前『子規・虚子』という本を刊行したので、題名の形式からすればこれは相似形の二冊目の本である。

しかし、子規と虚子なら二人並べて一向におかしくない二人三脚ぶりだが、楸邨と龍太についてはそんな具合にはいかない。第一、楸邨さん、龍太さんお二方自身、こんな題名にはびっくりされるのではないかと思う。この並称には、俳句史的にも人脈的にも、表現論的にも美学的にも、必然性はあまり見出せそうにない。蛇笏・龍太とか、せめて波郷・龍太とか、また楸邨・澄雄とか、楸邨・兜太とか、とりあえず念頭に浮かぶ組合わせを書きつけてみれば、楸邨・龍太という組合わせが唐突であることは否定すべくもない。

しかし、今あげたような他の組合せ方の意味するものについてなら、俳句界にすぐれた論者もいて十分に説きあかされるに違いない。それは私のように俳句実作者でない立場の人間が書くまでもないことで、私はただ好むところに従ってさまざまな機会に文を綴ってきただけである。それが結果として、楸邨、龍太両氏について書いたり語ったり、また対話したりしたものの量がとりわけ多くなり、この本にまで至ったということである。

私自身としては、現代俳人中両氏について書いたものがとりわけ多くなった理由をあれこれあげることもできる。しかしそれはこの本の内容を読んでいただけばおのずと了解してもらえることだと思うから、ここで長々と説明する必要はあるまい。ただ、端的に言えば、楸邨、龍太両氏の句集は、私にとって、ワカル、オモシロイ、タノシメル、カンメイヲウケル、キブンイッペンスル、アジガコイ、ウスアジモイイ、フトコロガフカイ等々の点で、しゃぶり甲斐のある句が随所にあり、つまりウマがあうということになるのだろう。

両氏の句は、「俳句」を自分の生活の外側にあるうやうやしいものとして神棚に祀りあげることも、どこかよそに「名句」への道があると信じて右往し左往することも、また同じ理由によって逆に肩いからせることもない人の句である。そこに私が両氏を信頼し敬愛する根本の理由がある。このような態度はそのまま、両氏の人格の表現でもあるだろう。文は人なり、句は人なり。

このような生き方を実現するには、背後に実に多くの試練との闘いがあったはずで、その面からながめれば、楸邨も龍太も、したたかに強い孤独な剣客の風情がある。そういう人だけ

が知っている心の平安の価値、寛ぎの価値というものが、両氏それぞれの句に、それぞれの在り様で表現されているのが、私にはまた格別ありがたい。

　たかが五七五という短い詩の世界が、不意うちに私たちの視界に開いてみせる限りない大空の爽かさは、けっして天馬空をゆくていのすてきな言葉の組合わせだけから生み出されるものではない。五七五の一方の端には、東京都大田区北千束あるいは山梨県東八代郡境川村に住んでいる現実の人の現実の生活が、しっかり食らいついて離れないがゆえに、彼らの句の飛翔ぶりがいっそう目覚ましく思われるのである。

一九八五年二月　著者

万葉集

［シリーズ古典を読む21］　岩波書店　一九八五年　二六九頁
四六判　一八〇〇円

■あとがき■

　今までにも多少は書き下ろしの本を書いた経験があるが、今度の『万葉集』ほど時間のかかった本は一度もなかった。理由はいくつかある。この集がきわめて多様な内容のアンソロジーであること、また一千二百年以上を経た現在でも、おそらく年間に百冊あるいは二百冊をも超えるかもしれないほどの割合で、新しい万葉研究書や鑑賞書が刊行されつづけているという、異例中の異例の古典であること――世界のどの国、どの民族が、このような形で現代に生きている古代の書物をもっているだろうか、実に奇怪といってもいいことなのである、これは――また私自身が、万葉の中から好きな歌を拾い出せといわれれば、たちまち数百の、時代も異なれば作者も異なる数多くの歌をかかえこんでしまって、身動きがとれなくなるだろうという実感に、たえず圧倒されてしまうこと、等々。

　この本はそういうことから生じる困惑の思いを、書きながら徐々に整理してゆくことによって、ようやく形を成すにいたったものである。

　少年期からの万葉体験はいうには及ばない、尊敬する数多くの先人、また同時代の人々の書いた、それぞれが心血を注いだ仕事の成果である万葉研究の、まさに厖大な蓄積があることを知りつつ、ここにさらに一冊の万葉論を加えることの意味を、私は本書執筆が決まった時以来、すでに何年にもわたって考えつづけてきた。それにしてはすべてにおいて飽き足らない。しかしこれにはこれで、少なくとも私ひとりの思いこみでは、多少とも出版する意味のある内容も含まれているはずである。それがなければ、私ごとき一介の現代詩詩人が、あえて万葉を論じる意味などひとつもなかろう。

私はこの本で、万葉の歌を読み解く面白さ——それはまことに面白いものである——が、決して遠い過去の一時代の特殊な詩歌の解読程度にとどまるものではなく、現代人のごく現代的な日常生活にとってもいろいろな点で深く通じ合うところのある、ひろびろとした言語世界の解読の面白さであるということを書いてみたかった。一言でいえば、万葉の普遍的な面白さを、私なりの仕方で摘出し、指摘してみたかった。

そしてそのことは、もう一つの問題とも重なり合う。つまり、私はこの本で、現代の文芸批評というものが、『万葉集』という巨大な、そして多様性そのものである対象を相手にする時、最低限どのような形でこれを論じたならば、現代の批評文学として読むに堪えるものが書けるだろうか、という問いに、たえず直面しつづけたのだった。

考えてみれば、私が、父親の蔵書の中から抜き出して青年時代から愛読してきた窪田空穂による『万葉集評釈』をはじめ、斎藤茂吉、折口信夫ら、歌人・歌学者による万葉評釈は、それぞれがみごとな成果をあげているし、また土岐善麿がかつて昭和初期に編んだ『作者別万葉全集』同じく『万葉集以後』（いずれも改造文庫）も、まことに有意義なくわだてだった。彼らの歌人としての体験が、万葉理解にきわめて有益に働いていたのである。

しかし、近代以後のいわゆる自由詩の詩人たちを考えてみると、評釈の仕事はいわずもがな、万葉論の分野においてさえ、意外なほどまとまった著作がないことに気づく。私のこの本はその意味ではむしろ珍しいものに属するかもしれない。現代詩人にも万葉愛読者の数は多いはずだから、これは少々不思議なことだったといえるだろう。

そういうことも頭の一方にあった。いずれにせよ、私がここで書こうとしたものは、現代詩の作者として万葉を論じればどのような点に特に注意が向くか、という側面をも、必然的に持つことになった。

その上で、今のべたように、現代の批評文学として万葉論を成立させるにはどのような観点から、どのような掘りおこし方でこの古代詞華集を解読することが必要か、という所に私の関心は主として注がれた。

そのようにしてみると、柿本人麻呂の巨大さにあらためて感嘆する結果になったし、山上憶良、大伴旅人、同じく家持の文学的創造が、いかに人麻呂以後の必然的課題をになうものだったかも明らかになるように思われた。

「万葉」対「古今」という一般に甚だ通りのいい対立図式が、いかに根拠薄弱なものであるかということも、あらためて痛感した。それは裏返せば、歴史の中での詩的・文学的伝統の持続性を、私のやり方で再確認することでもあった。私としては、かつて『紀貫之』（筑摩書房）を書いて以来十五年の後に、あいだにいくつかの古典詩歌論を挟んでようやく『万葉集』にまで達し得たことに多少の感慨をおぼえる。

上述のような意図のもとに書いた結果、私は本書で、きわめて多くの歌人たちの作を完全に無視することになった。断腸の思いで、何人もの女性のすばらしい恋歌を省いたし、愛してやまない東歌《あずまうた》をも鑑賞しそこねた。「柿本人麻呂歌集」は論じたが、その中の旋頭歌の秀作にはふれ得なかったし、同じく面白い歌の多い「古歌集」よりの歌も、省略せざるをえなかった。それらのかなりの数のものは、実をいえば『折々のうた』（岩波新書、現在までに四冊刊行）で取りあげている。こんなことは言う筋合ではないが、本書の読者でもし万葉の他の歌にも興味を感じるという方があったら、『折々のうた』をのぞいていただけると嬉しい。

使用テクストは主として岩波の日本古典文学大系本によったが、他の諸種のテクストも随時参照した。本書執筆に当って学恩を蒙った書物は、多すぎてここに列挙することさえできない。私はただただ、それらの学恩に感謝するとともに、本書に大きな過ちがないことを祈るのみである。

長いあいだじっと仕上がりを待って辛抱してくださった編集部に感謝する。

一九八五年春　大岡信

万葉集　古典を読む

［同時代ライブラリー274］岩波書店　一九九六年　二七三頁
16.3×11.3 cm　一〇〇〇円

■同時代ライブラリー版あとがき■

この本の原書の初版本が出たのは一九八五年の四月でした。すでに十一年も前のことになるかと思うと、今更ながら光陰矢の如しの思いを深くします。今回「同時代ライブラリー」に収録されることとなり、喜んでおりますとともに、あらためて思うのは、本書で語り論じるだけの紙数がなかったため割愛した数々の項目についてであります。そのことについては、初版本の「あとがき」でも触れていますから、ここであらためて書くことはしませんが、『万葉集』の魅力について書こうとすれば、この本のスタイルで書いたとして、あと同じ分量の本を二冊くらいは必要とするでしょう。それはこの際とうてい不可能なので、当面この本一冊のみでお許し願いたく存じます。

これはこれで一応読者諸賢の前に提出できるものになっているだろうと、私は一人ぎめしているのですが、その理由ははっきりしています。これも原書の「あとがき」に書いたことをもう一度要約すれば、私はこの本で、第一に、「万葉の歌を読み解く面白さが、現代人のごく現代的な日常生活にとっても、いろいろな点で深く通じ合うところのある、ひろびろとした言語世界の解読の面白さ」にあるということ、一言でいえば、「万葉の普遍的な面白さを、私なりの仕方で摘出し、指摘してみたかった」からでした。

第二に私は、この本で「現代の文芸批評が、『万葉集』という巨大な、そして多様性そのものである対象を相手にする時、最低限どのような形でこれを論じたならば、現代の批評文学として読むに堪えるものが書けるだろうか、という問い」に、たえず直面しながらこれを書いたのでした。

その意味で、この本は単なる古典解説書でも古典崇拝主義者による古典讃美の本でもありません。今生きている私たちにとって、『万葉集』を読むことが、どれほど身近なものでありうるかということを、実際の作品を読むことを通じて考えようとするものです。

付け足しますが、私はこの『万葉集』を刊行したのち、講談社の以前からの要請に応じて、『万葉集』巻一から巻二十までの歌の鑑賞を、同社刊行の月刊誌「本」への連載という形で書いています。一九九六年七月号現在で五十四回、巻十六が終ったところです。この連載は、講談社現代新書で第三冊目まで既刊、第四冊目も近く刊行されることになっております（『私の万葉集』）。つまり、本書『万葉集』がいわば縦断的に万葉を考えたのに対し、連載「私の万葉集」では、各巻の興味深い歌の数々――何と多いことでしょうか――を、いわば細かく輪切りにして眺めてみようとしているものです。その新書は、総計五冊で完結する予定ですが、先に申しましたように、『万葉集』を論じようとすれば、たちまちにして数巻の本を書かねばならなくなると思うのです。

本書は、今のべました連載中の万葉論のためには、その幹となり、基礎となったもので、私としては、そういう意味でも、ことさらに愛着深い本であります。読者諸賢のご愛読が得られれば幸いです。

一九九六年六月　著者

万葉集　古典を読む

［岩波現代文庫　文芸127］岩波書店　二〇〇七年　二七〇頁
A6判　九〇〇円

■岩波現代文庫版あとがき■

この本の原書が出たのは、今数えてみますと二十二年前のことでした。まさに光陰矢の如しの思いを深くしています。思い返すまでもないことですが、日本人が古代の遺産として『万葉集』を持っているということの有難さは、どれほど強調しても言い足りないほどのことであろうと思います。自分一個の生きてきた短かい歳月の中でも、小学生として親に与えられた少国民のための『万葉集』のような本から始めて、少しずつ年相応の本を読むようになるにつれ、『万葉集』についての本もふえてきて、私の場合には『私の万葉集』（講談社現代新書）なる新書版五冊の本まで書いてしまうことになったのですから、『万葉集』は片時も自分の座右から離すことのできないものとなったのでした。

　この本の前身である同時代ライブラリー版の「あとがき」でも書いたことですが、「この本は単なる古典解説書でも古典崇拝主義者による古典讃美の本でもありません。今生きている私たちにとって、『万葉集』を読むことが、どれほど身近なものでありうるかということを、実際の作品を読むことを通じて考えようとするものです」、というのが、執筆した者としての私が言いうるすべてなのでした。

　『万葉集』を論じようとすれば、採りあげるべき歌、語るべきエピソードや触れるべき生死の物語はあまりにも多く、簡単にすますことはできません。それを何とかやってみようと志して、今諸者諸賢のごらんになっている本を作りあげた次第でした。

　このささやかな志が、いささかなりと達せられていることを、心から願っています。

　二〇〇七年八月　大岡信

抽象絵画への招待

［岩波新書黄版301］岩波書店　一九八五年　一八六頁　新書判　五八〇円

■あとがき■

　岩波新書が初めてカラー・ページをつけた特別版を出すことになり、本書の執筆依頼を私が受けることになった。ここで主として対象とした種類の現代の抽象絵画は、美術界に関りをもつ人からすれば、ある意味でとうに過ぎ去った話題という風に見られるだろう。他方、ふだん現代美術に慣れ親しんでいるわけではない人にとっては、耳新しい名前が相次いで現れる、もの珍しい本ということになるだろう。それが本書のおかれた位置であることを十分に承知した上で私はこの本を書いた。どのような意図のもとに書いたかについては、本文を読んでいただけばわかることだから、ここではふれることをしない。

　私はこの主題については今までにもいろいろな機会に文章を

書いてきたので、本書は当然、現在の時点におけるそれらの一つのしめくくりとしての意味を持っている。特に、かつて書いた『躍動する抽象』（講談社刊「現代の美術」第八巻、一九七二）は本書とも深い関係がある。そこでとりあげた画家や絵画思想についての考えを、本書ではいくつかのより大きな構図の組合わせの中であらためて展開し、単に抽象絵画のみならず、一般に絵画という形であらわれる人間の創造意欲とその結果について考えようと思った。

本書の叙述の仕方、全体の構成は、やや風変りなものになったかもしれない。これは意図的にしたことである。終章から逆に読んでいただいてもいいかもしれない。

これは一人の愛好家の証言にすぎない。その意味もあって、カラー・ページに掲載させてもらった作品はすべて、日本のどこかの美術館にゆけば見ることのできるものから選んだ。そこに多少の取柄はあると思っている。これらの写真、および本文中に挿図としてのせたモノクローム写真の掲載に協力していただいた各位に対してお礼申しあげる。

一九八五年四月　著者

窪田空穂論

岩波書店　一九八七年　二六五頁　四六判　一八〇〇円

■あとがき■

本書冒頭の章でも書いたように、窪田空穂の名は私にとって十代のはじめのころからすでに親しいものであった。それは私の父大岡博が空穂に師事する歌人だったからで、ウツボ先生の名は、父親の口から発せられるたびに、そこに籠もる深い敬愛の調子ゆえに私の耳をとらえた。のみならず、私の父は自らの主宰した歌誌「菩提樹」（昭和九年創刊）の昭和十四年九月号以降昭和二十四年八月号まで、戦中・戦後の強いられた休刊期間を除いて、前後六十二回にわたり「窪田空穂全歌集の鑑賞」を書き続けた。鑑賞のための底本としたのは、非凡閣版『窪田空穂全歌集』（昭和十年刊）だった。

父は早稲田大学に学んだわけではなかったから、空穂に教室で親しく接した多くの空穂系歌人たちとも永らく接触がないままに、自らの師と深く心に決めて入門した空穂を、ひたすら歌を読み解くことを通じてわがものとしていったのだったろう。雑誌で前後六十二回にわたる空穂全歌集鑑賞を執筆したことは、父親の文業全体の中で特別な意味をもっていたことは言うまでもない。彼は土岐善麿氏をはじめとする何人かの方々の度重なる奨めもあって時にはこれを刊行しようと思いたったこともあったが、ついに実現はしなかった。皮肉にも執筆枚数のあまりの多さゆえに、刊行を引受けてくれる出版社がなかったのである。

その父が亡くなってから今年で六年が経つ。父の没後、遺歌集『春の鷺』（花神社）、歌論集『作歌みちしるべ』（短歌新聞社）の二冊を刊行し、幸いにも好評を得たが、その後いつも心にかかっているのは、父の全歌集を編むことと並んで、「窪田空穂全歌集の鑑賞」をどうにかしたいという思いである。ただ、私は戦中の中学上級生のころから戦後期にかけて、父親の空穂全歌集鑑賞を毎号「菩提樹」誌上で読んでいた――あえて言えば愛読していた――時以後、これをまとめて読み直すことはまだしていない。読んだ場合どういう印象をいだくだろうか、自分でも予測がつかない。

いずれにしても、私は父親の鑑賞文を毎号読むことを通じて窪田空穂という歌人の歌にはじめて触れた。かなり特殊な接し方だったわけだが、これが私に及ぼした影響は大きかったにちがいない。その証拠に、私は今、この本をこうしてまとめようとしている。

私は青年期以来、短歌ではなく現代詩を作り、また西欧の詩や芸術に対して持続的に関心をもちつづけるという生活をしてきたから、私が窪田空穂という少しも派手な存在ではない歌人について論じることは、親しい人々の間でさえ奇異な感じで受けとめられていたらしいことを知っている。

しかし実際には、私は旧制高校のころ以来、少なくとも日本の詩歌文芸の読み方に関する限り、ほとんど決定的な影響を空穂の著作から得たのである。『古今集』とか『新古今集』、また紀貫之や西行や藤原俊成や江戸時代の歌人たちの世界に入ってゆくための、最も確実で強力な信頼すべき鍵は、私の場合、つねに窪田空穂の著作にあった。『紀貫之』、『うたげと孤心』、『折々のうた』その他、私が書くことのできたいくつかの日本詩歌に関する小著類は、空穂の本から得た測り知れない恩恵を除いては存在しえなかったと言っても過言ではないと思っている。

空穂は古典に対する時、いささかも古典拝跪やmystificationの趣味に堕することがなく、その説くところは対象の実態実情に即して十分に納得しうる合理性をもっていて、それらの背景に厳として存在している空穂自身の文学的思想的閲歴に対する畏敬の念を、おのずとよびおこさずにおかないのである。

私はそのような窪田空穂の業績の「意味」について、私に可能な限りにおいて語りたかった。彼の存在は、単に明治以降の近・現代短歌における一人の大家というような位置づけではとうていとらえることのできない重要な歴史的意味を持っていると私は信じている。その根拠については、まさに本書で論じたところだから、今はこれ以上書くことはしない。

ここに収めた文章のうち、Ⅱ部に収めた諸論は、かつて「文学」誌上に断続的に連載したものに手を加えたものである。雑誌掲載の順序に多少の異動があり、章題も変ったものがあるが、初出は次の通りだった。

窪田空穂の出発　「文学」昭和四十五年（一九七〇）二月号

空穂の受洗と初期詩歌　同誌同年四月号

空穂歌論の構造　同誌同年六月号

空穂の古典批評　同誌同年十月号

空穂の長歌「捕虜の死」と大戦（原題「空穂作「捕虜の死」論」）同誌昭和五十三年（一九七八）一月号・二月号

長歌に見る歌人空穂の本質（原題「長歌作家窪田空穂」）同誌昭和五十一年（一九七六）一月号

第Ⅰ部をなす二つの章は、第Ⅲ部の長歌・短歌による空穂秀歌選とともに、このたび本書を一冊にまとめるに当たって新たに書きおろしたものである。ただし、すでに書いたり話したりしたものを素材にしている所もある。

第Ⅲ部の秀歌選は、本書の内容が包括的に歌人空穂を紹介するという性格のものではないことをおもんばかって、読者への手引きの試みとして選んだものである。選にはおのずと私自身の好みによる偏りもあるだろう。選んでみて、あらためて空穂という歌人の特徴に気づかずにはいられない。すなわちこの人には、軽妙な、あるいは甘い、あるいは感傷性の勝った、いわゆる青春愛誦歌のたぐいがまことに少ないということである。青春愛誦の歌および歌人が人気を博するのはいつの時代も変らないことで不思議ではないが、空穂の歌にはそれとは別の意味で、心に深く滲み透ってくる人生認識の魅力的な歌声が響いている。大人の読者の愛読に堪える歌である。

「文学」への連載を断続的にくりかえした後、ずいぶん長い間私は本書をまとめることを怠ってきた。第Ⅰ部と第Ⅲ部の書き足しを考えていて、しかもそれになかなか着手できずにいたためである。その間、編集部の野口敏雄氏がたびたび声をかけ、義務を思い出させてくれなかったならば、この本はまだ当分の間休眠状態に陥っていただろう。ところが氏は、今年一九八七年が窪田空穂の没後二十年に当るのみか、私の父親の七回忌の年にも当たることを知って、父の命日までに本を出すことを強く慫慂されたのだった。おかげで本書は命日に当たる十月一日以前に刊行される段取りとなり、私にとっては多年の心の重荷が一つ解消することになって、感謝の思いが深い。

空穂没後二十年を記念する「窪田空穂展」も、六月中旬に早稲田大学図書館で開催され、多数の入場者があったという。この小著が空穂という巨きな存在に対する読者の関心をどこかで惹くに足るものであることを願いつつ、いささか長きに失するあとがきを終わることにする。

一九八七年盛夏　　著者

詩人・菅原道真　うつしの美学

岩波書店　一九八九年　二〇五頁　Ｂ６判　二三〇〇円

■あとがき■

二十年近く前のこと、私は『紀貫之』（筑摩書房・一九七一年）という本を書きました。その中に「道真と貫之をめぐる間奏的な一章」という章があります。それが今度のこの『詩人・菅原道真』という本の発端でした。私はその章の終りで太宰府時代の道真の詩をとりあげたのち、次のように書いてその一章に区切りをつけました。本書の意図にも直接関わるものだったその部分を、少し長いのですが引かせて頂きます。

　私は貫之がもしこれらの詩を読んだとして、その感慨はどんなだったろうと思う。この純粋に溢れ出る抒情の輝きは、貫之を脅かしただろう。けれどもまた、ここには、漢詩文というものに対して日本の詩人たちが抱いていたにちがいない、一種しゃちこばった《（ママ）》卑下的敬意、またそれに見合うような、どこかよそよそしく、またつけ入る隙のない修辞でかためた宮廷詩のかずかずをば、たちまち吹飛ばすような、日本詩人の薬籠中のものとなった漢詩があった。道真はこの詩形を用い、かつてない清新さで、悲哀を、寂寥を、孤愁を、絶望を歌ったのである。華麗な修辞は影をひそめ、代って個人の感情が生きはじめる。漢詩はここではたしかに国詩になったのである。

　それは、歌人たちが、やまとことばの詩を書くことによって味いはじめていたはずの自由な感じと、ある点で交わり合うところをもち、しかもその私的なモチーフの深刻さ、徹底性によって、かれらの世界をさらに超えもしていたのである。私が貫之の表情を想像して、そこに複雑な思いを読みとりうると感じるのも、そのためであった。両者の、あり得たかどうかもわからない交渉を強いてとりあげ、この間奏的一章を構成した理由もそこにある。

　さらにいえば、漢詩文ならぬ西洋の詩文への崇拝、憧憬、模倣のくりかえしの中で、近代日本語による詩歌のフォルムを創造すべく努めてきた私たちの近代以後の詩歌にも、少なからぬ道真がいたし、また貫之がいたのではなかったか――この連想が、私にこの章を書かせたもう一つのかくれたモチーフだったのである。道真も貫之も、そういう点から見るなら、けっして遠い過去の、われわれとは無縁の人間とのみは思われない、新墾道《にいばりみち》の先行者だったのである。

『紀貫之』に続いて書いた『うたげと孤心』（集英社、季刊

『すばる』に一九七三—七四年連載、一九七八年単行本として刊行）は、本書に到る次の段階の仕事でした。本になった時、『うたげと孤心』には「大和歌篇」という副題がついていました。これはどういう意味かと人にしばしばきかれたのですが、私はこの後に「漢詩篇」を書く予定だったのです。しかし、『すばる』が月刊化され、季刊のペースで書くことに馴染んでいた私は、どうしようもなく準備不足であるのを知っていたため、遂にその当時は「漢詩篇」を書くことができませんでした。「漢詩篇」とは、言うまでもなく菅原道真論だったわけです。

同人誌『へるめす』が岩波から刊行され始め、私は最初十号までは「ぬばたまの夜、天の掃除器せまつてくる」という組詩を連載しました。それが終った段階で、いよいよ道真論にとりかかるほかなくなりました。だいぶ以前から頭の中にうごめいていた「うつしの美学」についての論を書くのには、『へるめす』同人の一人として毎号欠かさず待ったなしに書かねばならない立場にあるのは、私にとって有難い義務でもありました。

こうして私は、「うつしの美学」の一環としての道真論にとりかかりました。しかしたちまち道真論は膨張し、ごらんの如くそれだけで一冊分の分量になってしまいました。

本書刊行の経緯は以上の通りです。題名も、『へるめす』連載中の「うつしの美学」の代りに、「詩人・菅原道真」としました。

本書で「です、ます調」の話し言葉を採用したのは、かねがね文章における話し言葉の可能性について考えるところがあるからです。私は文学評論や思想論文などに見る現代日本の文章が、いわば過度に武張って難解になる傾向を持っているのがあまり好きでありません。同時に、巷間人々が語る話し言葉そのものが、しまりのない、断片的で刹那的なものになる傾向を持っているのもあまり好きではありません。

文章を「です、ます調」で書こうと「である調」で書こうと内容は同じだろう、一体どこに違いがあるのか、と反問する人も多いでしょうが、私一個の経験からすれば、両者の間には大きな違いがあると感じます。実をいえば、この本の序章を書きはじめた時、私は「である」調で始めようとしてどうしても動きがとれず、思いきって「です、ます」で書き出した途端、堰きとめられていたものが一気に流れはじめるという経験をしました。そのことについてここでは詳しく書きませんが、もし「です、ます」で書くことをせずにいたら、この本はどんなに硬い本になっただろうかと思うと、何とも不思議な気がするほどです。

私はこの本で、伝説に覆われてきた菅原道真という学者政治家のイメージの中から詩人というイメージを掘り起こし、そのイメージを、私に能う限りみずみずしく充実させようと努めました。多くの貴重な研究によって私を導いてくれた先学たちの業績を、いたずらにけがすことなく、ささやかながら多少とも意味のある事が言えているなら以て瞑すべしと思っています。

一九八九年盛夏　著者

詩人・菅原道真　うつしの美学

〔岩波現代文庫　文芸136〕岩波書店　二〇〇八年　二〇六頁　A6判　九〇〇円

■岩波現代文庫版あとがき■

『詩人・菅原道真』という本は、私にとっては随分以前から考え、書きもしてきた主題のひとつの帰結として出来上がった本であったと思います。私は昔『紀貫之』（一九七一年）という本を出しました。大学を出て十年間勤めていた読売新聞の外報部記者の時代に書きはじめたものでした。その中に「道真と貫之をめぐる間奏的な一章」という章がありましたが、『詩人・菅原道真』は、その章から発展し、次の『うたげと孤心』（一九七八年）を経て実を結んだものでした。

この文章は元来が同人誌『へるめす』（岩波書店刊）に連載した「うつしの美学」が、大きく膨らんで菅原道真論になったもので、その点では『紀貫之』『うたげと孤心』『詩人・菅原道真』と、ひと連《つら》なりの主題を追った日本詩歌論だったと言うことができるかと思います。

道真は古代日本における傑出した漢詩文の作者でしたが、本書初版の「あとがき」（一九八九年）に書いたように、「漢詩文ならぬ西洋の詩文への崇拝、憧憬、模倣のくりかえしの中で、近代日本語による詩歌のフォルムを創造すべく努めてきた私たちの近代以後の詩歌にも、少なからぬ道真がいたし、また貫之がいたのではなかったか」という思いが、私に、今言ったような、一貫した主題を追った日本詩歌論を書き続けさせたものだった、と思います。そういう気持ちで書かれた本だ、ということを申しあげておけば、本書を読んで下さる方々にも、漢詩なんか、といって敬遠する必要はないことを納得して頂けると思います。

二〇〇八年四月二十一日　大岡信

連詩の愉しみ

〔岩波新書新赤版156〕岩波書店　一九九一年　二一四頁　新書判　五五〇円

■はじめの口上■

連詩？　何だいそれ。どうせ変なものなんだろ。あまりわけの分からないものを広めないでくれよな、忙しいんだから。

そういう声もきっと挙がるにちがいないと思います。私の方には連詩というものを広めるなどという気持はありませんが、もし自然な反応として、面白そうだからやってみようという人々があちこちに出現するなら、それはたしかに面白かろうと思います。

連詩という言葉は耳新しいが、連歌《れんが》とか連句なら聞いたことがある、あるいは時々仲間といっしょに連句を楽しんでいる、という読者なら、意外なほど多いかもしれません。ここ二十年ほど前から「連句復興」といっても言い過ぎではないほどの関心が、連句に対して寄せられ始め、実作者も全国にひろがっていることは、今では広く知られていることです。

連句は、さかのぼれば連歌から出ました。その連歌は、さかのぼれば神話伝承時代の倭建命《やまとたけるのみこと》と火焼《ひたき》の翁の、五七五／七七の形式を踏んだ対話にまで源泉を求めることができるというもので、その後も『万葉集』以下各時代に短い連歌の作例が残っています。室町時代にいたって、連歌は実に精緻な体系をもった集団制作の長大な詩形にまで発展しました。

この時代の連歌を「正式連歌」（幸田露伴が呼んでいる呼び名です）とすれば、これがあまりにきちんと威儀を正して窮屈であるため、時には退屈する、そこで余興に生じたのが、形式は同じ五七五と七七の連ねですが内容に俳諧味つまり滑稽味を加えた「俳諧之連歌」でした。こちらがどんどん優勢になると、長たらしい名前から「之連歌」を省略するようになり、単に「俳諧」というだけで同じ意味をあらわすようになりました。芭蕉たちが実行したものがすなわちこの「俳諧」で、それを明治以後「連句」と呼びならわすようになったのです。

「俳諧之連歌は歴史的には滑稽なのが其の本質であるけれど、芭蕉が出づるに及んで、歴史的から云ふ本質には少し変つて来て、俚語俗言を用ゐた、必ずしも滑稽詼諧のものでは無い、云はゞ『平民的現代的之連歌』といふ意味とされて来たのである。勿論歴史的の習気〔くさみ、というほどの意味〕をも猶多少は存して、滑稽な味《あぢはひ》を存したものも無いでは無いが、大体に於て単に坐興的の滑稽なものであつたものを、詩歌其ものの本質に近づけた進歩向上の功は芭蕉及び其一派の有するところであつた。」（幸田露伴「俳諧に於ける小説味戯曲味」）

露伴先生の説明は実に明快です。連歌および連句の連続性と異質性についての肝心なところは、この説明で十分と言ってもいいほどです。

つまり、連歌も連句も、五七五と七七という長短二種の句を連ねてゆく点については変らないのです。五七あるいは七五の調べが日本詩歌の根本であることを、これは端的に物語っている事実だといえます。そして、現在でも、連句を作る人々にとって、この五七五／七七の連鎖形式は、もしそれを存分に堪能しつつ生き生きと駆使できる人々があるならば、なお十分に生きた形式として私たちを楽しませることのできる不思議な生命力を保ちつづけているのです。

さてしからば、なんでわざわざ、この古典的完成をもった形式を離れて、わざわざ不定型な現代詩を連ねてゆく「連詩」などというものを始めてしまったのか。

それを自分自身の体験に即して語ってみようと思ったのが、この本の成立ちです。

私は古典的形式としての「連句」も作ります。その魅力について強調することはいくらでもできると思っています。作ってみた人なら誰でも知っている連句の魅力というものがあって、古くさいとか、型にはまったものを作って何が面白いのか、と言う人々に対しては、「まあ一度やってごらんになったら」と自信をもって勧めることもできると確信している人間です。

その連句好きの人間が、なぜわざわざ型を外した連詩などというものを始め、あまつさえここ十年ほどは、たびたび外国へ呼ばれて行っては諸外国の詩人たちとテーブルを囲み、時には四、五日間も連詩を作るというようなことにまでなってしまったのか、それはいったいどういう現代詩人としての動機にもとづいているのか、またそんな形で作られる共同制作の詩に、いったいどんな意味を見出しているのか――これらについて、ある時点までのまとめをしてみようと思ったのがこの本です。

私はここでは、心安だてに、ずっと昔から今に至るまで一緒に同人詩誌『櫂《かい》』を出してきたわが敬愛する友人たちの作をもたくさん引合いに出し、また外国での連詩においては私たち作者と完全に同等の創作者として参加していると言っていい各国語の優れた翻訳者たちの仕事にもおんぶしながら、ずいぶん勝手なことを書いております。あらかじめこれらの人々にご容赦を願っておかねばなりません。

また、私がここで書いた書き方は、いわゆる入門書の書き方とはまるで違っています。連詩という形式そのものが、目下生成発展中なのですから、入門書も何もありはしないのが当然ですが、それをのぞいても、私は自分がはじめて連句というものに目を開かれた時の思い出をここで大切に反芻しています。

それは、私に連句への興味をかきたててくれた本が、「連句入門」のたぐいではなく、前記露伴の「俳諧に於ける小説味戯曲味」という文章と、芥川龍之介の「芭蕉雑記」という文章だったという事実です。これら二つの文章を若いころに読む幸運に恵まれなかったなら、たぶん私は松尾芭蕉という詩人の真の偉大さを知ることも、日本の詩歌伝統の根幹に触れる連句というものの重要性に開眼することも、ずっと遅れてしまったに違いないのです。

まことに人は、果物の成分をこまかに学んでからその美味を知るわけではありません。連詩の入門書を読まねば連詩はわからない、というものでもないだろうと私は思います。

ただし、私が以下にのべることが、一個のリンゴ紅玉の味にも及ばないかもしれない可能性はあります。その際には、引合いに出した罪を果物に詫びねばならないでしょうが、読者諸賢には多少の忍耐と多少の好奇心をもってページを繰って下さるよう、お願いします。多少は珍しみのある話題も中にはあるだろうことを、他に誰も宣伝してくれる場所ではないので、自ら宣伝する次第です。

■あとがき■

岩波書店から刊行されている雑誌『へるめす』の第十六号から第十九号まで（一九八八年九月—八九年五月）、「連詩大概」の題で連載したものに新たに書き足し、また付録として私が海外で参加してきた連詩の記録資料を巻末につけたものが本書です。

一冊にまとめるに当たって題名を「連詩大概」から「連詩の愉しみ」に変えました。前者にも愛着はありましたが、この題を掲げてから書き始めた内容は、「大概」と銘うつにはどうも個人的観点からの記述の比重が大きすぎるようでした。そうならざるを得ないほど、「連詩」という詩作形式はまだ若いということだろうと思います。

「はじめの口上」の中で、この本を書いた動機についてふれていますが、日本国内、また海外で、この偶然生まれてしまったような詩作形式でいろいろ試みてきた者として、今すでに踏みはずす要素をその核心に持っていたということです。

この形式は、もちろん共同作業を通じて詩を作ることを目的としますが、実はそれ以上に、他者を知り、他者に知られるという、人間関係上の大問題に直接関わる興味深い形式ではないかと思います。

その場合他者を知るということが、精確に言えば、自分と他者との実に多様な異質性の発見にほかならないこと、これが最も肝心なところです。他者との同質性、共通性の発見も、もちろん喜ばしいし嬉しいことですが、より深い喜びと信頼感を産み出すのは、逆に、他者と自分がどこでどれほど違っているかということを、深い畏れと敬意と親愛感をもって認識するところにある——そのことを連詩制作体験は骨身に徹して教えてくれました。

本書付録リストの最も新しい連詩の会は、つい二カ月ほど前に行なったフランクフルト・ブックフェア「日本年」でのものですが、それへの参加者の一人、ガブリエレ・エッカルトさんが、「この数日間は私にとって大きなセラピー（治療）の体験だったわ」と言っていたことを思い出します。私たちは誰でも自我の内側に閉じこもろうとする性向を持っています。連詩はその性向に対して、いずれにしても刺激的な働きかけをすることを、私は体験を通じてしばしば痛感してきました。

これが一体どういう性質の文学なのかとしかつめらしく問うことは、私には今のところあまり興味がありません。

本書に無理矢理登場させられた内外の詩友たちには、あらためて心からのおわびとお礼を申しあげます。

私は以前『ヨーロッパで連詩を巻く』（岩波書店・一九八七）という本を書きました。そちらも併せ読んで頂けたら嬉しいことです。これまでに刊行した連詩集（『ヴァンゼー連詩』や『ファザーネン通りの縄ばしご』）をもお読み頂ければこの上ない喜びです。

「です」「ます」調を用いているのは、『へるめす』でこれの前に連載し、『詩人・菅原道真』（岩波書店・一九八九）の題名で刊行した本の場合も同じで、私は日本の文芸評論や論文の文章がもっと平易なものでありうると考えており、それの一つの実例としてこれを書いてみようと思ったからです。「です」「ます」だから、難かしいことを一層たくさん書けるのだ、とさえ思っております。

一九九〇年師走　　著者

あなたに語る日本文学史　古代・中世篇

新書館　一九九五年　三一〇頁　四六判　一二〇〇円

■まえがき■

「文学史」と銘うっていますが、それにしてはずいぶん風変りな文学史だと思われる方も多いと思います。日本文学のそもそもの始まりの時代から現代のことまで、遺漏なく言及し、整理し、筋道をつけてゆくのが文学史の大道だとすれば、これはむしろいたるところで横道にそれ、横道の方にどうやら一層面白い生き物が棲んでいるかもしれないなどと呟きながら、どんどん別の道を歩いていってしまう文学史でしょう。まあ、そう言ってよければ、ゲリラ的文学史とでも言うべきか。

でも、私はこういう「文学史」もあっていいのだと思っています。と言うのも、ごらんになれば明らかなように、ここには「日本文学の基本線は詩歌」という主題が常に鳴っているからで、この見方に立てば、日本文学の歴史は、少なくともその頂あるいは尾根のあたりの景観は、ずいぶん見晴らしがよくなると思うのです。

それを詳しく説明することはいたしません。本文にゆずります。ただ、日本文学がそもそもの最初から詩歌を中心に展開してきたということは、否定しようのない事実だろうと思います。近代以後はそんなに単純に言いきることもできないと言えますが、それでも、近代創始期以来の散文文学について、本当にすばらしい文学史が書かれているかどうかということひとつを考えてみても、散文中心の文学史が書かれるには、まだ時間がかかりそうだと思えるのです。歴史が浅いのです。

しかし、そのようなことよりも何よりも、私がこのような本を作ることになった動機について、少し書いておくべきでしょう。

この本の成立ちをまず書きます。この本の計画の最初は、私自身の発案ではなく、新書館編集部から来ました。日本文学の最も重要で面白い肝どころを、編集部の何人かを聞き手にして話してみてはくれないか、と言うのです。できればそれで本を作りたいのだと。

自慢じゃないが僕にはそういう能力だけはないね、と私は当然のことを答えました。

何度かそういう問答が繰返されたのち、ついに私が折れたのは、日本文学について「若い人たち」の手引きになるような本がなければならないと思うと力説されたからです。私もかなり長いあいだ大学の教師をした身ですから、「若い人たち」という言葉にはいろいろ感じるところがあるのです。「若い人たち」よりは、多少とも私の方が日本文学を読んできたし、その面白いところも多少は知っているのもたぶん事実だろうと思います。

それだけでなく、もっと強い内的な要求も、私の中で身をもたげてきたのでした。二つあります。

その一つ。私は一九三一年（昭和六年）二月にこの世に生れ出た者ですが、その年齢の人間として、何年か前から思っていることがありました。口に出してしまえばいかにもよそゆきに響きますが、思いきって言ってしまえば、「昭和ひとけた生れの人間の責任」というものがあるんじゃないか、ということです。ひとけた生れ、特に限定して言えば、昭和ひとけた前半期、言いかえれば、教育制度における「旧制度」時代を生きた者。

私はいわゆる早生れなので、昭和五年組になります。私の年代は、旧制と新制との二つの教育制度が、大混乱状態で入れ替った、まさにその瞬間に、中学高学年（旧制）、高等学校（旧制）、高校（新制）、大学（旧制、および新制）を経過した年代です。私の場合についていえば、中学での同級生は、三年間にわたって、浪人生には一度もならずに、毎年四月になると一部分ずつ上級学校へ入学していく者たちがいたという、奇妙な端《は》境《ざかい》期の学生でした。同級生で途中から新制度の学校の第一期生になる連中もたくさんいた一方で、私を含む比較的少数の者は、中学四年を修了した段階で（正規には中学は五年まででした）旧制高等学校に運よく入れたため、以後大学を出るまで、すべて旧制度の教育システムのもとで学生生活を送ったのでした（中学五年、高等学校三年、大学三年）。

　私は従来こんな問題について、それほど真剣にも深刻にも考えたことはなかったのですが、いつまでものほほんとしてはいられないのじゃないかと思うようになってきました。「若い人たち」が続々と新しい世代の波を形成するのはいいとして、この人たちは、当然常識として持っていなければならない教養をも、意外なほどに欠いている場合があり、それを、「これでいいのだ」と、バカボン・パパみたいにごく無邪気に肯定しているのではないかと思われる場合さえあることに、気づかざるを得なくなったからです。

　そして気がついたことは、この若い人たちの中には大人が常識的に当然知っているはずのことでも、実ははじめから教えられず、そのまま体ばかり大きくなってしまった人も結構多いらしいということでした。難解な用語を使ってだとけっこう喋れるのに、容易に納得できる常識については理解できず、人に迷惑がられているような秀才もいて、こりゃこの人たちの責任ばかりではないよ、と思うようになったのです。

　つまり責任は、われわれ以前の「旧」世代と、そのあとのすでに厖大な数を擁する「新」世代とを、どうやら結びつけうるかもしれない私のような世代に、大いにあると思わざるを得なくなった——これが、編集部のたび重なる慫慂に応える気になった理由です。

　理由の二つ目は、今言ったことで半ばすでに言ってしまったようなものですが、要するに私が現代日本の社会に対して感じている居心地の悪さ、異和感にあります。私は一九八〇年代以降の、飽食と自己満足と物質信仰と拝金主義の風潮に、居心地の悪い思いをいだくことが多いのです。それは主としてマスコミ、特にテレヴィジョンを通じて私たちに浸透した生活感情と連動していることが多いと思いますが、一言で言えば、日本人はずいぶん落着きを失くしちゃったんですね。

　再三の求めに対して、「じゃ、できることだけでもやってみようか」という気をおこしたのには、そういう理由もありました。

　古い時代のことを少しでも親身に知る機会がふえることは、人間が落着きを取り戻すためにはいいことだ、と思います。若い人も年とった人も、です。


　さて、この本の内容をなすのは、十回にわたって話したことです。場所は山の上ホテルの小会議室。午後の三時間ないし四時間近く、ひたすら話しました。時には、話し終えた瞬間、ふっと気が遠くなるような感じになったこともあります。私としては、単なる知識の堆積とその披露に終るようなことは、まったく興味がないので、していないはずです。それより、「何が面白いか」を専心語ること。

六十年余り生きてきた人間として、その「責任」の一端をはたし得ていたら、それで満足です。

言うまでもなく、この程度のことを話すだけでも、じつに多くの先学の学恩を受けています。一々あげていったらきりがないと思います。その一部は、本文中にもお名前を出して敬意を表しておりますが、そのほかにもたくさんの方々の仕事のおこぼれを頂戴して、ようやくこの本が成っていることを申しあげておきます。それに、欠かすべからざるものとして、たえず参照した辞書や文学事典その他の事典類。諸君はほんとに廉価きわまる宝庫だね。深甚なる感謝を捧げる。

最後に、文学史は、読み物としては一人の執筆者によって書かれたものにとどめをさしますが、近年の日本文学史では、何といっても小西甚一氏の『日本文藝史』(講談社、五巻)およびドナルド・キーン氏の『日本文学の歴史』(邦訳中央公論社、全十八巻)の二つが圧巻です。そのことを申し添えておきます。

大岡信

*一九九五年刊『あなたに語る日本文学史』は、「古代・中世篇」と「近世・近代篇」の二分冊。

あなたに語る日本文学史　近世・近代篇

新書館　一九九五年　二五三頁　四六判　一一〇〇円

■あとがき■

「まえがき」にも書いたことですが、私が日本文学史のようなものを語るということは、およそ考えられないことに属していました。それは第一に、ちゃんとした学者のなすべき仕事であって、私のようなその道のアマチュアにすぎないような人間が口出しすべきことではないと、ずっと信じてきたからです。

しかし、今は多少考えが変りました。私はちゃんとした学者ではありませんが、文学史というものにはいろいろな書かれ方がありうるのではないかと思うようになったからです。

別の言い方をするなら、今私にとって文学史とは、「それぞれの人が持っている、当該言語(この場合にはもちろん日本語)に対する愛着の気持ちを、その言語が有する文学作品をダシにして語ること」だと思われるのです。「愛情」というと少しよそよそしくなりますので、「愛着」というのですが、私は自分の日本語に対する愛着の気持ちを疑うことができません。まあ、これだけは確かなことと言っていいらしい。

読み、書き、喋ることも一応できる言語として、私には英語とフランス語があります。それぞれ好きな言語です。非常に好きだと言っていいでしょう。それぞれの言語を用いている時、なんとすばらしい言語だろうと、英語についてもフランス語についても思います。私が使えない無数の言語についても、国際詩人祭や作家会議のようなものに参加して、朗読される詩や散文を聞いている時など、意味はわからなくても伝わってくるその言語の底力については、片時も眉に唾をつけるような気持ちになったことがなく、時々はうっとりしてその言語を崇拝するような感情を抱くことさえあるのです。

言語というものは、人類が発生以来持ってきた無数の持物のうち、比較を絶して「よきもの」であったし、これからもそうであるだろうと私は思います。言語は個人よりはるかに偉大なものです。

そういう考えを持っている人間として「文学史」を考えてみると、文学史とはその言語への、無限定で深い愛着を、文学作品というある種の限定のもとにあるものを通じて、なんとか披瀝してみせるものだ、ということにならないでしょうか。

少なくとも私が今こうしてまとめることになった日本文学史は、私自身が持っている日本語への愛着に、ある程度の歴史的背景と形式的（詩歌だとか散文だとかの）整備とを与えてみたものにほかなりません。そういう意味でなら、私たちのだれもが、自分自身の日本文学史を持っているのですし、努力すれば、それを書くこともできるのです。そういう可能性を持っている者の一人が、実際にそれをやってしまったのがこの本だ、と思って頂けると嬉しいのです。

顧みれば、もちろん私だけの特別強い関心事もあったと思います。旧制中学三年の後半、日本の第二次大戦敗北とともにものを書くことを覚えた世代の人間として、外国語（最初はもちろん英語ですが、ついでフランス語）への関心はどうやら特別のものがあったらしいので、年齢で言えば三十代の終りごろまで、私が最も好んで読める本は、実をいえばフランス語と英語の本でした。

大学で専攻したのは国文学科でしたが、国文学、つまり日本文学の学生としては、要するに腰の定まらぬ、ろくでなしの学生にすぎませんでした。国文学の学問研究をするよりもずっと強い度合で、私は自らが日本語で詩を作り、散文を書くことにのみ打ち込んでいましたから、その点からしても、地道な研究者の立場からすれば、鼻もちならない学生だったわけです。

日本文学史などというものはこういう学生にとっては、身の毛もよだつような無味乾燥な知識の羅列と見えたのです。笑うべき哀れな錯覚です。自分でもそれを感じないわけではなかったのですが、仕方がない時は仕方がないのでした。天網恢々疎にして漏らさず、テキはちゃんとカタキをとりにやってきます。それは、日本語への愛着が深まるにつれて、当然の帰結としてやってきます。私たちに日本語への愛着を最も多様な形で明瞭に自覚させるもの、それこそ文学、特に詩歌だからです。

私は英語やフランス語の本を翻訳することもやりました。それほど数多くの本ではありませんが、詩や美術書の翻訳を、これは二十代の初めから二、三十年のあいだ、時々やりました。幸運だったのは、私がこれらの翻訳を通じて、「これはおれ自身の日本語を鍛えるのに大変いい」という考えを一度も撤回せずにすんだことでした。翻訳をしたことのある人なら多かれ少なかれ覚えのあることだと思いますが、実を言えば、自分の日本語を少しでもましなものにしようと願うなら、最良の手段の一つは、外国語を日本語に移してみることです。それによって、私たちは初めて、実際の経験を通じて、自分の日本語を外側から見直し、日本語の思いがけないほどの合理性や柔軟性に目を開かれることにもなるのです。

少なくとも私の場合、そのようにして外国語を敬愛すると同時に、日本語への愛着を深めることを知りました。大学の国文学科を卒業すると同時に、できれば入りたいなと希望した通り、新聞社外報部という、日夜横文字と付き合うのが商売である部に入ることができ、まる十年間在社して横文字ばかり読んでいられたことも、私には幸運でした。

日本文学を多少とも私が客観性をもって知るようになったのも、こういう経験と別物ではなかったと思います。私は自分の書く詩の言葉を、多少ともましなものにするためもあって、日本の古代から近代に至る文学作品を、必要に応じてあらためて読み直しました。しかし、何しろ学生としてさえいい加減な読み方しかして来なかったのですから、どうしても自己流の読み方しかできなかったのです。

私にとってただ一つの免罪符は、「必要に応じて」読んできたということだけです。私は日本文学を、必要だから読んできました。泥縄式の読み方も始終やりました。そうしなければならないことがしばしばだったからですが、それだから逆に印象強く読むこともできた面がありましょう。

この本はそういう人間が語ったものです。日本文学の専門家でない人間が語ったものですから、必然的に穴ぼこだらけの文学史です。しかし、語っていることについては、どれも自分がきわめて大切だと思っていることばかりです。少なくとも、日本文学史について考えるなら、この程度のことは知っていたほうが面白いよ、と思うことばかりのつもりです。

別の言い方をすれば、「僕はここにあるようなことを知り、味わうために半世紀近くかかりました。でもこの本を読めば、そういう時間の無駄はだいぶ省けるかも知れない。その分あなたのほかの関心事に熱中してくださいな」ということです。

終りに、この本をまとめる上で数知れない恩恵を蒙った先学諸氏に対し、あらためて心からお礼を申し上げます。

一九九五年弥生

大岡信

＊一九九五年刊『あなたに語る日本文学史』は、「古代・中世篇」と「近世・近代篇」の二分冊。

あなたに語る日本文学史

［新装版］　新書館　一九九八年　五六二頁　四六判　二二〇〇円

■新装版のためのまえがき■

『あなたに語る日本文学史』の上巻と下巻を一冊にまとめ、同時にペイパーバックでなく、ハードカヴァーの装幀にして新たに刊行したいが、どうでしょうか、と新書館から申し出がありました。「どうでしょうか」と問われて、「それはいやです」と答えるほど私はへそ曲がりではありません。思いがけない朗報で、そのようにしてもらうことに致しました。

二冊を一冊にまとめますが、内容は二冊本と変わりません。それらに書いた「まえがき」と「あとがき」も、そのまま残してもらいました。その上で、新装版のための「まえがき」と「あとがき」を新たに書くことになったわけです。

旧版のために書いた「まえがき」「あとがき」を読んでいただければ、もともと文学史を書くだけの学問的蓄積にはきわめて乏しい人間であることを、自分自身がいちばんよく知っているにもかかわらず、私が新書館編集部のたび重なる説得に押されて、語り下ろしによるこんな本を作ってしまった理由も、わかってもらえると思います。編集部は「若い人たち」の手引きになるような本がなければならないと思う、と力説し、私も同意したのです。

私の頭には、旧版の「まえがき」に書いたこと以外にも、自分自身の記憶の中に生きている次のような事例も浮かんだのでした。

それは私が大学生だったころ読んだイギリスの文学史についての二冊の本の思い出でした。

一冊目は、当時（一九五〇年代初頭）ようやく大学生協の書店にも出回りはじめていたイギリスやアメリカの本のうち、学生にも手に入れやすかったポケット・ブックの一冊で、アイフォア・エヴァンス Ifor Evans という人の書いた『英国文学小史』を買い求めたことでした。私は国文学科の学生でしたが、そのころは英米やフランスの現代文学に関心を持ち、買う本もそちらの方が多かったのでした。エヴァンスという人がどのような経歴の学者でどんな業績があるかなどということはまるで興味もなく、ただ三百ページにも満たない本でイギリスの古代から現代までの文学の歴史が読めるなんて、いいじゃないか、という程度の気持ちで読みはじめたのでした。そしてたちまち、この本のとりことなっていました。

たった今、この本を書庫でさがしたのですが、なんとしたことか、ペンギン・ブックスなどの小型本を集めて置いてある書棚の中に、大事な思い出の一冊であるこの本が見当たりません。心配ですが、また探し直すとして続ければ、本の内容にふれることができないのが残念ですが、私がこの本でうたれたことのひとつは、文学史とはいっても、無味乾燥な叙述ではまったく無く、チョーサーにせよシェークスピアにせよ、実に要領のいい引用をしながら、その人と作品を読者に親しく簡潔に紹介してゆく手腕が何ともお見事だったことでした。当時の私の頭にあった文学史（もちろん日本の、です）というものとは、まるで違ったものなのでした。通俗的な啓蒙書と言っていいような本でも、読み易い上にこんなに密度の濃い叙述で「文学史」が書かれているということが、私には驚きでした。

この本は、そのようにして私の記憶にしっかり灼きついたのですが、同じころ、私はゾッキ本を売る本屋さんの店頭で、青山二郎装幀、吉田健一著『英国の文学』（雄鶏社、一九四九）を見つけ、買ったのでした。この本は、驚かされるページの連続でした。第一、文学史の冒頭に置かれた「英国と英国人」という、著者自身の英国暮らしの体験をふまえた序論の、現実感と美しさに、ほとんどうっとりするくらいの感動をおぼえたのです。

吉田さんには一つの伝説があり（たぶんそれは事実そのものだったと思うのですが）、吉田健一は引用する時でも一々原作に当たり直して一字一句間違えないよう厳密に引用することなど、軽蔑していた、というのです。なぜならヨシケンさんは、とりわけ詩を引用する際は、その詩をちゃんと諳《そら》んじていて、原作を一々参照することなど必要としなかったのだ、というのでした。これには圧倒されました。

私はその後、吉田さん流の考え方が、むしろ当たり前であり、文学というものはそのような接し方で接するのが最も正当なのだ、という考えが、ヨーロッパではごく当然だったのではないかと思わせる事例に時々出会いました。引用する時にも、わざと我流に曲げて引用し、みずからが暗記していた詩を、そのまま引用したのだと印象づけるような筆法も、中にはあるのだとも聞きました。

私のこの本が、それほど立派な態度に貫かれてはいないのを恥じます。しかし、この本にも多少の取り柄はあろうと思います。それは日本文学で自分が面白いと思っている諸点を、なぜそう思っているのか、ということがわかるように語ろうとつとめているからです。文学史に必要なのは、知識の羅列ではなく、面白いなあ、と読者に思ってもらうことが第一だと思うからです。

著者

■新装版のためのあとがき■

二冊本として刊行した旧版が、多くの読者に迎え入れられ、思いがけずも好評を得たのは、著者として望外の喜びです。一冊本として新たに世に出直す本書も、読者によって愛読されるものであるよう、心からねがいます。

旧版刊行後少なからぬ方々からお便りを頂きました。中でも、大著『日本文藝史』（講談社、五巻）を完成された碩学小西甚一氏は、まことに思いも寄らないほどのお褒めの言葉を下さり、とりわけ私が「歌謡」について弁じ、いかに歌謡が日本の詩歌において中核の地位を占めているかについて、長々とのべたことを喜んで下さいました。私の歌謡に対する知識は、元来が小西先生のきわめて先駆的な研究から得たものが中心なのですから、言ってみれば、これで多少のご恩返しができた、というようなことになるでしょうか。

実は小西さんは、そのあとに仰天するような数ページを付け加えて下さいました。つまり、旧版初刷りにあった誤記・誤植類を、何ページ何行目の何、とリストアップして指摘して下さったのです。これには驚き、感謝の思いでいっぱいでした。有難いことに初刷り刊行後、日をおかずに二刷りが刊行されることになりましたので、ご好意に甘えてただちに訂正することができました。私は俳人加藤楸邨さんとその晩年親しくして頂いたのですが、小西さんは楸邨と大学で同級の親友だったのです。楸邨は晩学で小西さんよりずっと年上だったのですが、俳諧文芸を通じて、お二人は楸邨が亡くなるまで、きわめて親しい友人同士でした。

小西さんが私のために異例の好意をお示し下さったのには、楸邨さんの遺徳のおかげもあったと思うのです。これも「文芸」というものの大切な価値を証す一例であろうと思います。

小西さん以外にも、旧版を読んで下さった方々の中には、私がうっかり記憶違いのまま誤った地名や人名を喋っているのを、注意してきて下さる方々もあり、著者としてはまことに有難いことでした。数字については、私は実に苦手で、平気で百年くらい間違えて喋っていることがあり、固有名詞についても同断です。お恥ずかしき限りです。小さな訂正を必要とすることは、今後もあるかもしれないと恐れますが、読者の寛大なご理解、ご叱正を賜れば幸いです。今はこの新装版の幸運な船出を祈るのみです。

一九九八年十月末日　大岡信

日本の詩歌　その骨組みと素肌

講談社　一九九五年　一九九頁　四六判　一六〇〇円

■あとがき■

『日本の詩歌　その骨組みと素肌』は、パリにある高等教育機関コレージュ・ド・フランスで、一九九四年十月（四回）、九五年十月（一回）の五回にわたって行なった、あるいは行なう予定の連続講義を本にしたものです。日本語で原稿を書きましたが、講義はドミニック・パルメさんに仏訳して頂いた訳文により、九四年度は毎週一回、木曜日の午後五時から七時まで、二時間の枠をとってもらって、六番教室という部屋で行ないました。パルメさんの訳文はまことにすぐれたもので、朗読していて、原文は私自身の文章でありながら、終始みごとな翻訳に対する感嘆の念を押さえることができないほどでした。

細かいことをいえば、最終回、第五章「日本の中世歌謡」は、本書収録の私の原文では授業には少々長すぎ、そのまま仏訳してもらった場合、優に二時間の枠をはみ出してしまうことは明らかでしたので、あらかじめ若干の部分を省略して訳してもらいました。仏訳ではその分だけ短かくなっていますが、本質的な違いはありません。

パリでも本書と時を同じくして、コレージュ・ド・フランスの刊行物として、パルメさん訳のフランス語版が出ることになっており、たいへん嬉しく思っています。二年前にイヴ・マリ・アリュー氏の訳でピキエ書店から刊行された『折々のうた』抄訳も、近く改版の上再刊されるようで、両者併せて読んでもらえば、フランスの読者たちに、日本詩歌のいわば本質と現象の双方を、より深く知ってもらいたいという、年来の私の願望の一端は達成されることになります。

二人のきわめてすぐれた翻訳者に恵まれたということは、私の幸運以外の何ものでもありませんでした。一般に詩、とりわけ短歌や俳句の翻訳は、訳されたばっかりに、かえって逆効果になっているというような不幸な例も、決して少なくないのですから。

ここでコレージュ・ド・フランスについて少し書きます。日本にはこれと類似の施設がまったくありませんので、読みかじり、聞きかじりの知識ですが、読者のご参考に供します。

フランス語のコレージュは、英語ではカレッジですが、コレージュ・ド・フランスに関する限り、現在のカレッジとの類似点はほとんどありません。

コレージュはフランス文部省直轄の高等教育機関となっていますが、元来は一五三〇年に創立された古い学寮でした。創設者はフランソワ一世。創設された理由は、中世以来のスコラ学にがんじがらめにされていたソルボンヌ（パリ大学神学部）に対抗して、人文主義《ユマニスム》思想にもとづき、古典語のヘブライ語、ギリシア語、それに数学の、三つの部門を教えることが目標でした。ヘブライ語やギリシア語の研究は、必然的に聖書をその源泉にまでさかのぼることを意味しますから、ラテン語が聖域をなしていたソルボンヌの神学にとっては、不倶戴天の敵になるというわけでした。その最初の教授たちの一人が、かのフランソワ・ラブレーであったとか、教授に迎えられるはずだった話がつぶれたとか、聞きました。ラブレーはもちろん当時の代表的な人文主義者《ユマニスト》でした。

現在では教科はあらゆる学問分野にまたがっており、それらが数学・物理学・自然科学部門、哲学・社会科学部門、歴史学・言語学・考古学部門の三種類に大別されています。専任の教授たちは全員国家元首に直接任命されるのですが、彼らは自分が研究している得意のテーマを教壇で思う存分講義します。そのために教授に任じられているわけです。

二十世紀初頭には、アンリ・ベルクソンやポール・ヴァレリーが、それぞれ代表作として知られることになる有名な講義を何年にもわたって続けましたし、最近では文化人類学のクロード・レヴィ＝ストロース、哲学のミシェル・フーコー、同じくロラン・バルト、詩人のイヴ・ボンヌフォアその他、現代最高の知性がそれぞれ講座を持って授業をしていました。現在の教授陣の中に、日本学・日本仏教学の権威ベルナール・フランク教授がいることは、つとに知られています。

私はある時フランクさんと同道して構内を歩いていて、比較的小柄で温顔の、見るからに碩学と感じられる老紳士と出会いましたが、フランク教授に紹介されたそのお相手は、レヴィ＝ストロース名誉教授その人でした。所用でコレージュの研究所へちょっと出向いたということでしたが、鬱然たる学問の大森林が、とつぜん目の前に気さくな温容となって立ち現れたのには、まったく予想もしないことなのでびっくりしました。

別の日には、コレージュの正面にある石段を降りて大きな通りへ立った瞬間、フランクさんが、「ここでロラン・バルトはタクシーにはねられたんです」と痛恨の面持ちで目の前を指さしました。考え事にふけっていたのか、バルトはタクシーが疾走してくる大通りを横切ろうとしてはねられたのだそうです。身分証明書によってコレージュの関係者だとわかり、警察から問合せがあって大騒ぎになったのだと、フランクさんは教えてくれました。コレージュでの見聞の一端です。

コレージュ・ド・フランス最大の特徴の一つは、講義が無料で一般公開されているということ、従って試験もないし、卒業証書もないという点でしょう。私にはこれは教育機関として理想的な施設だと思われます。もっとも免状が必要な人には、あまり縁がないでしょうが。

そういうところに私は講義をしに行ったわけですが、世界各国から招かれてここで講義をするのは、もちろん多種多様な専門分野の人々です。自然科学者もあれば言語学者もあり、ほとんどはその道の著名な学者のはずですが、たまには私のように、専門学者とはいえない人間もまじっているわけです。もっとも、私にしても、日本の古典詩歌について合計五回の授業をしたわけですから、一応専門家の末席には連なることになるのかもしれません。

しかし、私がコレージュで講義をするに際しての招聘責任教授であるベルナール・フランク教授は、当初から私を詩人であり、かつ日本古典詩歌についての仕事もいろいろ重ねてきた人間として招いて下さったので、これは私にとって気分的にずいぶん楽になれることでした。そのため、講義の草稿、つまり本書を書き進める上でも、自由な気持ちで臨めたのが非常によかったと思います。その意味でも、こういうまったく稀れな機会を与えてくれたコレージュ・ド・フランス、とりわけフランク教授に、深い感謝の気持ちを捧げたいと思います。

私の知る限り、コレージュで外部の人が講義をする場合、少なくとも二種類の講義の仕方があります。ひとつは私が昨年やったように、毎週一回ずつ四回、一ヶ月連続で授業をする場合。他のひとつは、私が今年やるように、一回だけに限って授業をする場合です。

四回連続して授業をする人は、数も限られていて、自薦・他薦たいへんなのだと聞かされましたが、たしかに四回講義するのは、学者としての大きな名誉であることは、一ヵ月滞在している間にいろいろと思い知らされることがありました。私はそういう詳しいことは何も知らずに行きましたが、四回の授業を終った時、思いがけないことに、「もう一回、来年いかがですか」とフランクさんに言われ、「もしもう一回話せるなら、ぜひとも話したいことがあります」と答え、最終回の「日本の中世歌謡」を話すことになったのでした。普通では考えられないほど有難い機会を与えてもらったわけですが、聞くところによれば、前年四回話すという好遇を受けた上、次の年に重ねて招かれるというような例は、あまりないのではないかということでした。

これはもちろん私にとって大きな名誉ですが、それだけでなく、私はこのことを、日本の詩歌そのものが当然受けるべき名誉であると考えています。フランク教授が真先にそれを認めていることですが、日本の古典詩歌は、しかるべき方法で提示されるならば、フランスの聴衆の心をもとらえ得るだけの魅力があると私は思っています。

「しかるべき方法」と書きましたが、私の場合それはまず第一に、日本の詩歌というものを本質的なところでとらえるように努め、決して特殊な世界として扱わないこと、従って私自身の叙述も、可能な限り明晰に、しかも十分に相手の興味と好奇心をかきたてるような書き方で書くことを意味していました。

その場合、たえず立ち帰るべき出発点として私が念頭に置いていたのは、日本の文学・芸術・芸道から風俗・習慣にいたるまでを、根本のところで律してきた和歌というものの不可思議な力、それを出来るだけ具体的にとりあげ、説明してみたい、ということでした。

第一回の講義において、その和歌ではなく、漢詩の偉大な代表詩人菅原道真を論じた理由も、実はそこにありました。菅原道真は、その悲劇的な生涯そのものにおいて、その後一千年以上にわたり、日本の文明、文化全般に対する、いわば恐るべきアンチ・テーゼそのものとなってしまった詩人だと私は思います。その彼の業績と生涯を最初に語ることによって、私は以後の全講義を、言ってみれば初めから意図して困難な立場に追い込んだのでした。

道真の詩が偉大であればあるほど、彼の道からどんどん遠ざかって行った和歌というものの針路は、怪しげでうさんくさいものになるのではないだろうか？

この疑問は、日本の詩歌全体の運命に関わる根本的な疑問であらざるを得ないのではないかと私は思います。第二章で紀貫之および勅撰和歌集の本質について論じ、第四章で叙景歌という日本独特の詩歌様式を論じ、あわせて日本の詩歌に自己主張の要素がきわめて乏しい理由について考えたのも、私の脳裏では常に右の疑問が対極に横たわっていたからでした。

そして、第三章と第五章で、女性詩人の存在がいかに日本の詩歌史では決定的に重要であったかを論じているのも、同じくこうした疑問に別の側面から照明をあて、また答えようとしてのことでした。

私は聴衆が、議論好きで合理主義的思考に徹しているフランス人であることを、常に意識してこれらの講義を書きましたが、それが結果としてどれほど有益だったか知れないと、今ごろになって痛感しています。

私は、簡単に言って、日本の古典詩歌なんぞまったく知らないし、一旦興味がないとなれば、たちまち私を見捨て、次の週から二度と姿も現わさないであろう聴衆を、何が何でもわが陣営に引きずりこんでやる、というくらいの心がまえで、講義に臨んだのでした。

実際、この日本においてでさえ、古代や中世の詩歌作品や作者たちに付き合ってやろうなどという奇特な聴衆が、そんなにいるはずもないのです。それを思うと、私の授業が昨年の最終回には満員となり、何人もの人は立ったまま、二時間の長丁場を付き合ってくれ、相ついで質問や感想までのべてくれたということは、幸運以外の何物でもありませんでした。その理由は、たぶん、右のような私自身の問題意識に、聴衆が興味を持ってくれたからだと思います。日本人の語る下手なフランス語を聞くだけでも苦痛だという人もいたに違いないのに、授業の途中で席を立つ人が、各週通じていなかったことは、しかるべき方法で提示されれば、和歌でも俳諧でも外国人に伝えることができる、という私の考えを、たぶん立証してくれるものだったろうと思うのです。
そして、小声でもう一言つけ加えれば、この本は言うまでもなく、日本の人々にまず読んでもらいたいのです。
「あとがき」としては異例に長い文章を書きましたが、通常の本とは少し成り立ちが違うことに免じて寛恕ねがいたく存じます。
巻末で甚だ失礼なことですが、本書を書くに当ってとりわけ深い学恩を蒙った先学の業績は、数えあげることさえできません。中で特に次の諸著作には、深甚な感謝を捧げます。
川口久雄校注『菅家文草　菅家後集』（岩波版「日本古典文学大系」、一九九六年）
角田文衛『日本の後宮』（学燈社、一九七三年）
小西甚一『梁塵秘抄考』（一九四一年）
一九九五年八月　　著者

日本の詩歌　その骨組みと素肌

［岩波現代文庫　文芸97］岩波書店　二〇〇五年　二一六頁
A６判　九〇〇円

■現代文庫版あとがき■

『日本の詩歌』は、パリのコレージュ・ド・フランスで一九九四年十月と翌九五年十月に、前後五回行なった講義の原文です。講義は優れた翻訳者ドミニック・パルメさんに訳していただいたフランス語テクストにより、フランス語で行ないました。教室は毎回多数の聴講者で埋まり、私は大いに光栄に感じました。

その講義の内容が本書であります。全文講義した通りでありますが、ここではその後日談をしるさせていただきます。というのも、このコレージュ・ド・フランス講義の発案者で、終始きわめて深い関わりのあったベルナール・フランク教授が、脳腫瘍のため、一九九六年十月十五日、ヌイイ・シュル・セーヌの自宅で逝去されたからです。当時の日本で出た死亡記事には、次のように報じられました。

「フランスにおける日本学の権威、とくに仏教思想などに詳しい。コレージュ・ド・フランス教授。仏学士院会員、日本学士院客員。パリ生れ。パリ大学などを卒業し、東京にある日仏会館研究員や館長を務め、日仏の文化交流に大きな貢献をした。

明治初期に盗難にあったと見られる法隆寺金堂の阿弥陀如来座像の右脇侍仏「勢至菩薩立像」が、パリのギメ美術館の倉庫に眠っているのを発見し、九四年に里帰りを実現させた。『日本仏教パンテオン』などの代表的著作があるほか、『楢山節考』などを仏訳した。夫人は画家の淳子さん。」(「朝日新聞」パリ支局)

ほかに、「読売新聞」では、パリ支局の鶴原徹也記者の記事で、次のように報じられました。

「フランスで日本仏教研究に道を開き、七二年から二年間、東京の日仏会館館長を務めた。帰国後、パリ第七大学で日本学を教え、八〇年から権威ある高等教育機関コレージュ・ド・フランスで日本学の講義を担当。八二年から八四年まで日仏賢人会議委員。主著に『フランス東洋学五〇年と日本学』(一九七三年)。八六年、勲二等瑞宝章受賞。」

フランクさんは周囲の研究者たちに対しては非常に寛大な先生だったので、慕って集まってくる人々もたくさんいました。フランクさんの数多くはなかったであろう趣味のひとつは、日本の神社仏閣のいわゆるお札《ふだ》の収集だったようで、このコレクションは大変な数にのぼっていたと聞いたことがあります。私との会話の中でも、お札の収集の話などが出たこともありますが、肝心の話し相手の私が皆目そちらのことがわからない人間だから、フランクさんも張り合いがなかったことでしょう。

コレージュ・ド・フランスの研究所でフランク教授の、信頼おくあたわざる秘書役を果たしていた人に、司書の松崎碩子さんがいます。その松崎さんが、フランクさん逝去後「ベルナール・フランク先生を偲ぶ」というかなり長文の文章を「日仏図書館情報研究」No. 23(一九九七年)にお書きになりました。

たまたまそれが日本の新聞「中外日報」の一九九八年二月五日号に全文転載されており、私もそれを手に入れることができました。記事の大見出しに、「図書館に大きな関心」「司書に陽の当たる場」「学問厳しくユーモアも」などとあり、松崎さん独自の観点からフランクさんのプロフィールが語られています。

その文章の冒頭の一節には、フランクさんの発病の瞬間のことが、次のようになまなましく語られています。

「一九九五年一一月のある日の午後、突然電話が鳴った。その日は、パリの一一月にしては決して珍しくない、非常に暗い、陰鬱な日であった。電話の奥から、こわばった、震えた声が聞こえた。『突然字が書けなくなりました!』フランク先生の声は、それまで一度も聞いたことのない、重い、暗い、恐ろしい声であった。」

フランクさんは、まったく不意に、脳の腫瘍の発作に襲われ、字が書けないという恐ろしい出来事に直面していたのです。

「それから約一一ヵ月、先生は闘病生活を送られたが、私は、その間、先生はそのうち必ず元気になられ、少しずつ研究が出来るようになられると、心の底から信じ切っていた。あれほど信じていたということは、そうあって欲しいという祈りに通じていたのかもしれない。」

しかし知る人々みんなの祈りも空しく、フランクさんは逝去してしまいました。

思えば、私の五回にわたる講義が無事に完了できたのは、フランクさんからの最後の大きな贈り物だったのではないだろうかと考えずにはいられないのです。というのも、フランスで出た本書のフランス語原本、POÉSIE ET POÉTIQUE DU JAPON ANCIEN. Cinq leçons données au Collège de France 1994-1995は、まさに一九九五年九月に印刷をし終えており、本の裏表紙には〔B. F.〕と署名の入った、内容を簡潔に紹介する三十行近い推薦文がついていたからです。B. F.とは、ベルナール・フランクさんにほかなりません。この本の印刷が九五年九月だったということは、先に引いた松崎碩子さんの文章で知られるフランクさんの発病の日付けから考えれば、そのわずか二月前だったことになります。「フランクさんからの最後の大きな贈り物」と書いたのは、そう考えられずにはいられない偶然の幸運に恵まれて出来あがった本だと思うからです。

本書ははじめ講談社から単行本として刊行されました。今回岩波書店から現代文庫の一冊として刊行されることになったのですが、内容には何も付け加えず、ほんの数か所だけ語句を修正するにとどめました。

聴衆がフランス人であるということを考えて、最初から明晰に書こうと心がけました。私は常日ごろからそのように心がけて書いておりますが、この時は特別にそのように心がけましたので、その点ではこの本は、私の今まで書いてきた本の中でもとりわけ、明快さを持っているのではなかろうかと自負しています。日本の読者にとって、これまで提供されてきた古典詩歌論とは一味も二味もちがう味わいのする詩歌論であろうと思っています。わけても、冒頭から菅原道真に代表される漢詩のことが論じられていること、また日本の詩歌の大きな分野を占めている叙景詩の問題を特にとりあげていることや、日本の詩歌の中で非常に重要だと私が思っている歌謡について、最終章で書いていることなど、量的にはそれほど大量ではありませんが、私が若い頃から日本古典詩歌について「これはこんな風に考えてみたらどうだろうか」と、ためしためし考えてきたことを、積み重ねて書いてみた試論集です。ご愛読たまわれば幸甚に存じます。

生の昂揚としての美術

大岡信フォーラム　二〇〇六年　三三四頁　四六判　二〇〇〇円

■あとがき■

久しぶりに、美術について書いてきた文章を集めて、『生の昂揚としての美術』と題する論集を刊行する。刊行してくれるのは、三年ほど前から活動している大岡信フォーラム（株式会社Z会、三共株式会社など各社の協力を得て運営されている）という組織で、すべての原稿をとりまとめ、前後を整え、実にみごとに編集して下さったのは、同フォーラムで中心メンバーの一人として活動している芥川喜好さん。

芥川さんは職業としては、読売新聞の記者で、その点では同じ新聞で外報部記者として十年間禄を食んだ経歴を持つ私自身の、後輩にあたる。しかし読売では、芥川君が入社した時私はすでに退社していたため、一度もすれ違ったことはなかった。芥川君はこの私を、彼が買って読んでくれていた詩集の著者として知っていたのだった。それがその後今のように親しい友人となったのは、さまざまな経過を経てのことであること当然だが、特別に重要だったのは、今後のこの本の成立にも並々ならぬ大切な後押し役をはたしてくれた、出版社花神社社長の大久保憲一さんの存在である。大久保君はここでご自分のことを宣伝されるのは嫌がるにちがいないのだが、私にとって芥川君をこれほどにも重要なパートナーにしてくれた人が大久保君であったという事実は消すことができないので、すまないがここは大久保流火遁の術を少し収めて頂きたい。私は彼のおかげで芥川君と親しく付き合うことができるようになった。もう一人引き合いに出させてもらえば、俳人長谷川櫂さんも同じくである。この方々はみな、大岡信フォーラムの重要メンバーで、ほぼ一カ月ごとに、数十人の参会者の集まる同フォーラムの主要メンバーとして、東京神田にあるところで、二時間ほどの勉強会を継続してやっている仲である。

これは、もともとは私自身の発案で始まった会合で、二十一世紀に入っても世の中はあまり心楽しいこともないという一般世相に対して、もっと自分の身のまわりを見つめ直さねばいけないのではないかと思って、同じような気持ちの人びとに寄っていただいて始めた集まりである。芥川君も長谷川君も、これの積極的な推進力として活動してくれている私の親友たちなのである。

その芥川君が、私の家にたくさん溜まっていた原稿類の中から、今まで公刊した美術論集の中に入れていなかったものを拾い出し、整理して、このような論集を作って下さった。

読み返してみると、私の中に奇妙な感じがおこった。「これは俺が今まで出した美術論集の中で、いちばんいいものかもしれない。読みごたえがあるし、さまざまな話題にまたがっているし、そのバラエティも、中心問題をかこんで、すべて要領よく配置されているようにみえる」。読む方はなんとアホなことをほざいているかと失笑されるだろう。しかし、長いあいだ筐底に蔵していたものもある原稿を世の中にご披露する作者の気持ちとしては、こんな有頂天の気分になるのも当然としてお見逃しいただきたい。そのような気分になるような原稿でなければ、世間にご披露する甲斐もない、と思う。

長広舌、おゆるし下さい。ご愛読たまわらばこれに優る喜びはありません。

二〇〇六年三月　　　　著者

随筆

彩耳記　文学的断章

［ユリイカ叢書］　青土社　一九七二年　二四二頁　A5変型判
九〇〇円

■あとがき■

彩耳記という言葉には何か由縁《いわれ》があるのか、と人に訊ねられた。これは私の造語で、特別の由緒はない。もちろん無意味につけた表題ではなくて、音から知られるように、歳時記の音にヒントを得ている。それは、これらの断章が「ユリイカ」の復刊第一号（一九六九年七月号）から一九七一年一月号まで、一九七〇年十二月号を除いて、月ごとに欠かさず連載されたことからの連想でそうなったらしい。らしいというのは、この表題にはもうひとつ、中味の多くが私にとっての耳学問であるという気持が含まれているからである。私はこれらの断章を、多くの古人今人の言葉に触発されて書いた。それらの言葉は、私の貧しい耳を彩ってくれたのであり、私はその気持を本の表題に出せるものなら出したかった。歳時記という言葉の音が、そういう気持に形を与えてくれたとき、彩耳記という題名が浮かんだように思われる。

なぜこういうものを書くことになったのかについて、いささかしるしておきたい。

清水康雄氏が「ユリイカ」を復刊したいという希望をもち、伊達得夫の「ユリイカ」に比較的深いつきあいのあった人々に意見をききたいというので、皆で集ったことがある。集った人の大半は、新しい詩誌の発行について楽観的ではなかった。実は私もその一人だった。しかし清水さんはやれると思うといった。かつての「ユリイカ」の気風を受けつぎながら、新しいものをつけ加えた雑誌を作りたい、頑張ればやれると思う、といった。私は、楽観的な予想はもてないながら、できるだけの協力はしようと思っていた。何本かの連載ものが必要だね、という話になったが、私には成案はなかった。私が用事で一足先に帰ったあと、大岡はノートに断片を書いたものをもっているのではないか、それを雑誌に発表させたらどうか、という話が出たらしい。私にそんな隠し財産があるわけもないが、それでもあちこち引っくりかえせば、ノートの一冊、二冊は出てくるものである。連載「断章」はそういう形で、いわば泥縄式に開始されることになった。

しかし、十年以上も前のノートをそのまま使うわけにもいかない。最初の二回ばかりで、材料になりそうなものは大体つかってしまった。あと、どうしよう、ということになった。清水さん曰く、倒れるまで書きつづけて下さい。今にして思えばこれはまことに巧みな挑発だったようで、私はとにかく書きつづけることになった。二、三にとどまらぬ人々が、じかに、あるいは手紙で、感想をきかしてくれたことも、その一因となった。それは私の他の文章に対してとはだいぶ違う感じのものだったので、私はそれを一種の自己発見という意味合いも含めて受けとめた。

自己発見ということは、ほかにもいくつかあったが、「断章」を書きはじめてから、私は自分の文章が少し変ったのではないかと感じている。『窪田空穂論』とか『紀貫之』などの長い文章を書いていて、少なくとも自分一個ではそれをまざまざと感じたのである。これは、私にとってはかなり大きな出来事だった。断章という形式は、一見非常に自由で、何を書こうとかまわないもののようにみえるのだが、実はこちらの形式感覚をたえずはげしい試練にさらすものなのである。これもまた、ひとつの発見であった。

私はこれらの断章を書きながら、素人のこわいもの知らずで、ときどき自然科学の領域に迷いこんでいった。また、しばしば古い時代の人々を呼び出そうとした。それらは多くの滑稽なあやまちを犯しているだろうと思う。しかし私は、ものを考えるときに私たちが示しうる独創性というものに、過大な期待をいだかない。現代人の自己主張癖が示すさまざまな形の傲慢さ冷酷非情さに対するひとつの抵抗として、また自戒として、私は意識的に古今の人々の言葉を引き、それに寄り添って語ろうと思った。引用の仕方がまずかったり、誤っていたりすることを恐れるが、意図したところはそういうことである。

あんな危い形式で書いて、詩が書けなくなるんじゃないか、ということもいわれた。これは私にとって、いわば客観的な問題としても大層興味ぶかい事柄である。萩原朔太郎は大量のアフォリスムを書いた。それを書きはじめてから、彼の詩作は、量的には激減した。断章を書くことと詩作とのあいだにどんな秘密の取引があったのかの詮議は別として、あらわれとしてはそうなった。私は、自分については何ともいえない。今いえることは、文章についてと同様、詩についても、これらを毎月書くという周期的な緊張が、どうやら深い影響を及ぼしつつあり、私はその変化にひどく興味をそそられているということだけである。

いずれにせよ、私は今も「ユリイカ」に断章を書きつづけている。清水さんのいうように、倒れるまで書けるかどうかはわからない。この形式は、瞬間的な集中力を非常に必要とするので、興味がなくなったらやめるまでだと思っている。本書には、ページ数をおもんばかって、一年半分をまとめた。少なからぬ方の、手紙や口頭でのご教示を得て、不明だったところ、誤っていたところを訂正できた。また新たに書き加えたところもある。

なお、Ⅰの章で引いたキャスリーン・レインのブレイク論は最近出た彼女の大著ではない。十数年前に出た、ブリティッシュ・カウンシル版の小冊子の方である。またⅢの章の「形態・形体」論議で引いた「広辞苑」の語句解釈は第一版のものである。ちょうどあれを書いたころに出た第二版では「造形」の項の説明は変らないが、「形態」「形体」「ゲシュタルト」などについての説明がかなり変っていることを付記する。興味をおもちの方は参照されたい。なかなかおもしろい。

一九七一年師走　　大岡信

彩耳記　文学的断章

［新版］　青土社　一九七五年　二四三頁　A5判　一四〇〇円

■新版あとがき■

『彩耳記』の新版を『狩月記』『星客集』と同じ判型で出すことになった。元の版は「ユリイカ叢書」の一冊として出たもので、A五判変形の、やや細長い形のもの、装幀者は長尾信氏だった。二刷まで出したところで、断章集第二冊目の『狩月記』以下を私の好みの判型に統一することにしたため、第一冊目の『彩耳記』についても形を『狩月記』以下と合わせた方がよかろうということになり、この新版を出すことにした。ただ、本文は元の版の紙型を用いるので、印象が異るだろうがやむを得ない。箱に使ったエッチングは、七、八年前に加納光於さんのアトリエに闖入して作ったもののひとつである。もとより拙作。ただ、『彩耳記』という題名の本を黒づくめの表面で覆うという考えにとりつかれたとき、これを思いだしたのだった。以上、新版を出すにあたっての蛇足である。

一九七五年四月　　著者

狩月記　文学的断章

青土社　一九七三年　二七五頁　A5判　一二〇〇円

■あとがき■

雑誌「ユリイカ」に毎号（ただし毎年十二月号を除く）連載している「断章」の、一九七一年二月号から一九七二年九月号までの分をまとめて『狩月記』と題した。前著彩耳記に続くもので、分量はやや増している。

『狩月記』という題に特別の由来はない。造語である。『彩耳記』が歳時記の音に倣いつつ、同時に耳学問を通じてわが貧しい耳を彩ってくれた数々の物事の記録という意味をこめた題名だったのにくらべれば、これはもっと茫漠とした題名ということになる。私としては、毎月きまった時期になると狩猟に出かける狩人のような心境になることや、またお月様を狩りにゆく貧しい一人の村の青年であるように私自身を感じる日もあることや、その他何やら胸のうちに湧くイメジがないわけでもなくてこの題名を選んだ。

よく続くね、と人にいわれる。なるほど、「ユリイカ」復刊第一号から休みなしに書きつづけて、今は五年目に入っている。本書に収めたもののあと、すでに一年分近くのものがあるわけだから、よく続くねといわれるのも当然かもしれない。時々は休載したくなったこともある。今月はとても無理だと逃げだしたくなったこともある。そのたびに「ユリイカ」編集部の三浦雅士さんが電話の向うで悲壮な唸りをあげ、石田晶子さんが重患を受持った看護婦さんのようになり、結局私はなんとか書きあげているということを繰返してきた。こうなると一種の共同作業であって、この人たちがいなかったら、とうに打切りになっていたかもしれないと思う。

『彩耳記』のあとがきにも書いたことだが、私はここでも多くの人々にさまざまな形で恩恵を蒙っている。断章という形式はアフォリスム風の物言いに適した形式であるはずだが、私はあまりその方面に手をのばしていない。むしろ古今の人々の言葉に寄り添いながら、それをさらに引きのばし、転換させることに興味があった。アフォリスム風の文章に惹かれるだけに、かえって逆を志したところもある。しかし、打割っていえば、書き出してみないとどんなものになるのか見当もつかず、書いてみるとこういう形になっていた、というのが実状で、実は毎月そのスリルを楽しんでいるところがあるようだ。

「心細きこと髪の如きは大意を得る所以なり、万巻の書を読破するは胸に半箇の字無き所以なり」という古人の言葉を幸田露伴が引いていることは本書でも書いた通りだが、願わくばそのような信念をもちうる書生でありたいと思う。月々いろいろ話題が飛ぶため、私がかなりの程度には本を読んでいる人間だと思う人もいるらしい。そのたびに、私は困惑し、羊頭をかかげて狗肉を売る人間をみずからのうちに感じる。「言葉のやすらかなるは極めてよし、言葉の確と実際に協ひたるは、ひときはよきなり」（露伴）というところにまで行くのは実にむつかしい。

前著『彩耳記』はユリイカ叢書の一冊として、叢書の規格の版型で刊行したが、今度の本は私のわがままを通させてもらい、このような形の本となった。この種の本はできるだけゆったりした気分で読んでもらいたいと考えたので、本の大きさや活字の大きさ、組み方など、素人の私の方から青土社々主清水康雄さんに強引に自説を押しつけることになったが、大人は前著との体裁の不統一ということに目をつぶって、寛大にこれを容れてくれた。そういう事情のため、担当の三輪利治さんにもいろいろ幼稚な注文をつけたりしたが、莞爾として奔走してくれた。いずれも感謝している。

なお、装幀にあたって用いた図の由来は次の通りである。函・テーベ出土、古代エジプト陶片（カイロ博物館蔵）、裏表紙ならびに本文カット・筆者不詳、欧州竹馬図。扉カット・象牙海岸地方の「クプレ・クプレ」

一九七三年八月　著者

星客集　文学的断章

青土社　一九七五年　一二五頁　Ａ５判　一四〇〇円

■あとがき■

雑誌「ユリイカ」の一九七二年十月号から一九七三年十一月号まで（ただし七二年十二月号は除く）連載した「断章」をまとめ、『星客集《せいきゃくしゅう》』と題した。『彩耳記《さいじき》』『狩月記《しゅげつき》』に続くもので、ひきつづき『年魚集《ねんぎょしゅう》』と題する続編をまとめる予定である。

『星客集』という題は、むかしの日本の詩の中に出てくる「星客」という言葉から借りた。万葉集末期の詩人たちがまだ歌をつくっていたころに編まれた漢詩集『懐風藻』の中にこの言葉がある。星客というのは、星まで行ってきた人という意味で、中国の話にそんな男の伝説があるのだという。奈良朝の日本人にとってその話は面白く感じられたから、彼らのつくった漢詩の中にまでこの言葉が入ってきたのだが、千二百年後の地球に生きている私にも、この言葉は面白く感じられる。星客を解して夢を語る人とパラフレーズしても、あながち全くの見当はずれとはいえないだろう。もちろん自分自身のことを、夢を語る人などと称して悦に入っているわけではない。ただ、文章を綴るとき、人はだれでも、ある種の奇妙な星客になっているということはいえそうに思う。題名の由来を語れば、およそのところそんな気持から出ている。

『彩耳記』や『狩月記』のあとがきでも書いたことだが、偶然的な機縁で始めたこの「断章」という連載が、私の文章の書き方に、ある種の大きな影響を与えたのを感じる。ある人間の文体というものがどういうものなのか、その特徴的な要素を取出して手ぎわよく論じるなどということは、いずれにせよ恐ろしくむつかしいことである。しかし、とにかく文体というものがあることだけは確かであり、こんな問題について自らのことを言う無謀を承知でいえば、「断章」という形式で書き綴ってきた一連の文章は、私にとって、思いがけない文体上の練習のくりかえしという性格のものになっていたように思われる。それがなぜそうなったかといえば、はっきりいえる理由のひとつに、これらの文章が、大方は、古今の人々の書いた文章に端を発し、それに寄り添いながら自分の思考を展開してゆくという形をとっていたからだ、ということがいえる。このことは、『狩月記』のあとがきでも書いたことだが、今、ますますその思いが強い。これらの中で文章を引用させていただいた方々には、幾重もの意味で深い感謝をささげずにはいられない。

　著者自装という点は『狩月記』と同様だが、何分にも素人の下手の横好きというやつで、その道の人が見たら笑うだろうような幼稚さだが、お許しねがいたい。箱に使った絵は、もとは谷川俊太郎の発案に応じて作った「わたしは月にはいかないだろう」と題する小さなコラージュで、この本の題名を『星客集』とすることに決めたとき、これを使うことも瞬間的に決まってしまったものである。

　扉に用いた写真のカメオは、何年か前に東京国立博物館で「ソ連所蔵名品百選展」というのが開かれたとき、そこに出品されていたもののひとつで、「月神セレーネー」という題がついていた。忘れられないものだった。本文各章のあたまや裏表紙に用いた三種類のカットは、イギリスの中世あるいは近世時代の遊戯について書かれたあちらのある文章にのっていた、作者不明の昔の絵から借りた。

一九七五年二月　　著者

年魚集　文学的断章

青土社　一九七六年　二五一頁　Ａ５判　一四〇〇円

■あとがき■

雑誌「ユリイカ」の一九七三年十二月号から一九七四年十二月号まで連載した「断章」と、雑誌「展望」の一九七四年十一月号から一九七五年一月号まで連続して書いた三つの断章的な文章を併せてまとめ、『年魚集《ねんぎよしゆう》』と題した。『彩耳記《さいじき》』『狩月記《しゆげつき》』『星客集《せいきやくしゆう》』に続くものである。

『星客集』の題をきめたとき、次の一冊は『年魚集』と題することにきめていた。星客という語の字面を眺めているうちに年魚という語が自然に浮んだ。深い理由はない。年魚という語は、鮎の異名で、辞書によると、春生じ、夏長じ、秋衰え、冬死ぬから年魚というとあり、また年と鮎の音が近いから誤って用いられたものかともいう。ともかく記紀万葉その他、古代の書物には、鮎あるいは香魚を年魚と記していることが多い。もっとも万葉集では、阿由と万葉仮名を用いている場合も少なくない。大伴旅人が九州で詠んだ大和への望郷の歌に

隼人《はやひと》の湍門《せと》の磐《いはほ》も年魚《あゆ》走る吉野の瀧《たぎ》になほ及《し》かずけり（九

六〇）がある。また、大伴旅人作か山上憶良作かについて説は分れるが、中国の神仙思想の影響があるために万葉集中でも異彩をはなっている巻五の松浦川に遊ぶという一連の歌にも、鮎がさかんにうたわれている。私は前からこの一連の歌が好きだった。

春されば吾家《わぎへ》の里の川門《かはと》には鮎児《あゆこ》さ走《ばし》る君待ちがてに（八五九）

こういうところできらきら身をひるがえしている年魚のイメジが好きだが、しかし今度の本の題名は、別に鮎をたたえるためにつけたわけではない。前述のように、星客という字を眺めているうちに年魚という字が呼び寄せられてきたというのが実情で、それにもう少し理窟をつければ、私のこれらの文章も、年ごとに生じては衰える年魚のようなものかもしれないという思いもなくはなかった。

内容については、前三著と同じく、たまたま見聞した古今の人々の文章その他に寄り添って文を綴るという形のものが多いが、亡友重田徳の追悼に端を発して、中学時代の同人誌のことを三回にわたって書くことになったりしたのは、思いもよらない出来事だった。重田のことは、その遺著『清代社会経済史研究』（岩波書店）がつい先頃刊行されたこともあって、一九七五年十二月号の「世界」にもあらためて追憶を書いた。

私はこの「断章」を一九七四年十二月号でいったん中断した。七五年から朝日新聞の文芸時評を書くことになり、またスタロバンスキーの『道化のような芸術家の肖像』の翻訳や、評伝『岡倉天心』の書下しその他、手に余る仕事が控えていたためで、かたわら「断章」のような文章を綴るだけの余裕がなさそうだったからである。それらの仕事もある程度は済んだので、また「断章」を再開するつもりでいる。

「展望」にのせた文章の執筆時期は、ちょうど「ユリイカ」の連載を中断した時期と重なっていて、書いた気分としては「断章」と同じといってよかった。この本に入れることにしたのはそのためである。

前三著にひきつづき、本書で文章や談話を引用させて頂いた方々に深い感謝をささげたい。

終りに、この本の装幀について。相変らずの下手の横好きの自装だが、箱の中央六角形のジンク版は、加納光於さんの手ほどきで試みたインタリオ・プリントの原板のひとつで、原題は「まぶたの裏で見た風の夢」。加納さんに数枚刷ってもらった後、傷をつけて廃版にした。中央に何本か筋が入っているのはそのためである。箱表紙にこの原板を使ったら、とヒントをくれたのは加納さんで、インキをつめた状態にして渡して下さった。六角形という扱いにくい形を眺めて茫然とすること久しきにわたり、ためにこの本の刊行予定期日も狂う仕儀となったが、以前加納さんが私のノートのある部分を凸版にとってくれたことがあったのを思い出し、その凸版原板の一、二枚を使って、地の部分を作ってみることにした。まあ、子供が積木をやっているようなものと大目に見て頂きたく思う。こんなことを勝手にやらせてくれている青土社に感謝する。

扉のカットは今いったインタリオ・プリントを用いた。また本文中および裏表紙のカットは『星客集』の場合と同様、イギリスの昔の遊戯について書かれた文章にのっていた作者不明の絵から借りた。

一九七五年師走　著者

逢花抄　文学的断章

青土社　一九七八年　二二八頁　四六判　一四〇〇円

■あとがき■

ここに収めたのは、雑誌「ユリイカ」に掲載している「断章」シリーズの一九七六年四月号から一九七七年十月号までの分である。ただし同誌一九七七年三月から五月までの三回分は、その前年十一月から十二月にかけて中国を訪問したときの印象記だったが、これはその後『片雲の風――私の東西紀行』（講談社）をまとめるに際して、他の場所に書いた中国旅行記と一緒にする必要が生じたため、同書の方に移した。

『逢花抄《ほうかしょう》』という表題は、読んで字の通りの意で、これまでの四冊の断章集と同様、ここに収めた多くの文章も、年々歳々の花に逢って私が得ることのできたいくつかの収穫を記録したものにほかならない。

今私はこの「あとがき」をニューヨークで書いている。それで思い出すのは、今度の本の最初の四章をなしている『言海』の著者大槻文彦をめぐる文章のことである。この中のⅢの章だったかそれともⅣの章だったか、今すぐにはたしかめる術がないが、私はそれをオランダのロッテルダムの客舎で書いて「ユリイカ」編集部に送った。一九七六年六月に同市で開かれた国際詩人祭に招かれた私は、十三年ぶりにヨーロッパに二度目の旅をして、少しばかりおのぼりさん風の心境だったから、毎日いろいろなものを見て歩くことに忙がしく、宿へ帰って雑誌のための原稿を書くことは、これでけっこう重荷だったことを思いだす。『言海』おくがきのコピーだけは旅行かばんの中に入れてきたので、それをとりだして、小さな読みにくい文字――『言海』が版を重ねたため、活字がすりへっていたので――をたどりながら一章を書きあげ、ロッテルダム駅前の郵便局に投函したときはほっとした。その足でアムステルダムに行き、美術館に直行したのだった。

最近大槻文彦の伝記が、「エナジー」編集者として知られる高田宏氏によって『言葉の海へ』（新潮社）という本にまとめられた。高田氏のその本のことは、ゲラ刷りの状態のときに読む機会を得、読後感——というよりはもちろん推賞の一文——を「波」誌上に書いたので、今あらためてくりかえすことはしないが、詳細な調べの上に立って、大槻文彦の仕事が明治という時代の生んだ偉大な業蹟であったことを明らかにしたすぐれた本であり、高田氏とは年来の友人である私にとっても嬉しい出来事だった。私は氏が文彦伝を構想し、書いていることなど、この本が出るまで少しも知らなかったから、ゲラ刷りを届けられたときは驚いた。もし高田氏の本がもっと早くに出ていたなら、私は本書の最初の四章を、あるいは書かなかったかもしれない。書いたにしても、少し別のものになっただろう。けれども、今になってそれらに手を加えることはあまり意味がないことだし、高田氏の本と小文とは、ある意味で相互に補い合うこともできそうに思われる点もある。それゆえ、発表当時のままここに収めることにした。

　その他の文章についても、いちいち何かしら書きたいことはあるが、きりがないからやめる。ただ、中原呉郎氏、吉田健一氏、新国誠一氏らの死にふれての文章が並んでいることに、少しばかり感慨がないわけではない。

　なお、私の断章シリーズは、これまでＡ５版箱装で出してきた。装幀や本文活字のレイアウトなども、すべて私の、いわば遊びに近いやり方で勝手にやらせてもらってきた。今度の本から、それを四六版に変えることになった。書店の棚に置かれる本のサイズとしては、その方が諸般の理由から望ましいという青土社の希望があって、そのように決めた。それに従って、今度の本のカヴァーの装画も、友人のサム・フランシスの作品「One Ocean, One cup」（一九七四年）を使わせてもらうことにした。ニューヨークに来る前、日本からカリフォルニアに飛び、サム・フランシスの家に三日ほど滞在したが、そこでは九月の末というのに四十三、四度もある暑さに驚き、毎日プールに入っていた。ニューヨークに来たらマフラーを必要とする日もあって、アメリカという国はなるほど広い国だった。

　一九七八年十月十一日　ニューヨークにて　　著者

宇滴集　文学的断章

青土社　一九八〇年　二二四頁　四六判　一四〇〇円

■あとがき■

　雑誌「ユリイカ」の一九七七年十二月号から一九七九年五月号まで連載の——ただし七八年四、九月号、七九年三月号は休載——「断章」を十五回分まとめて『宇滴集《うてきしゅう》』と題した。

題名の「宇滴」は、このシリーズの最初のものとなった『彩耳記』や前著『逢花抄』の場合同様、私の造語である。音《おん》は「雨滴」に通じるが、意《こころ》は宇宙の「宇《やね》」から受けるしずくというほどの気持である。「宇」の字はウカンムリと音符于《ウ》から成り、家の四方の隅、ひいては蔽うところという意を表わす。従って、その意味は、のき・のきした・やね・いえ・そら・無限の空間・天地四方・国の果て・端《はし》などとなり、さらに内面化すれば人の器量・心・精神を意味することにもなる。

本書におさめる十五篇の文章もまた、従来の『彩耳《さいじ》記』『狩《しゅ》月《げつ》記』『星客《せいきゃく》集』『年魚《ねんぎょ》集』『逢花《ほうか》抄』と同様、多くの方の著作や談話から得たものによって養われた。その恩恵に対して深い謝意を捧げたい。

題名について補足するが、「記」二冊、「集」二冊と続いたあと、「抄」を一冊出したのみで再び「集」へ戻したのは少々均整を欠くが、「抄」とつけてうまく落着く題名が容易に見出せなかったためである。少しばかり残念な気もするがいたしかたない。「宇滴」には「集」ならつくが「抄」はつかないというのが、理窟抜きの私の選択である。

また、『年魚集』までの四冊はA五判の判型で、装幀も各冊私が自己流でやってきたが、『逢花抄』を編んだあとで、『彩耳記』以後の五冊を四六判の大きさに統一し、装幀も共通の特徴を持つものにして一度に新版を揃えたいという青土社の希望が出され、私もそれに同意した。『逢花抄』のカバーは、サム・フランシスのタブローを彼の好意によって使わせてもらい、私が装幀したものが刊行されたが、その直後に右のような新方針が決まり、同書の装幀も他の四冊同様のイデーに従うことになったので、サム・フランシスの絵をカバーにした本は比較的少い部数だけが市場に出るにとどまった。新方針にしたがって、『逢花抄』刊行後、これをも含めて全冊、奥野玲子さんの装幀で統一された新版が刊行された。今回の『宇滴集』もそれを踏襲する。

『彩耳記』の断章を書きはじめたのは、青土社の発足と同時で、第一回は一九六九年七月の第二次「ユリイカ」創刊号に載った。以来、休んだ時もあるが、十年間余りよくも続けられたものだと思う。私には回顧趣味も懐古趣味もない代りに、初めのころの文章を読んでおのれ自身の今を省みることには興味がある。人間というものは変るものだ、と思う。人間というものは変らないものだ、と思う。これだけでも、考える種子にはなる。宇宙のしずくは無限で、人間がいくら飲みほそうと変りはしない。

一九八〇年七月　著者

風の花嫁たち　古今女性群像

草月出版　一九七五年　二三七頁　B6判　一六〇〇円

■あとがき■

　ここに収めた文章はすべていけばなの雑誌「草月」に書いたものである。「草月」は以前は「いけばな草月」といった。その第五十三号（昭和四十一年五月二十五日発行）に書いた「マリリン・モンロー」が第一回で、以後、途中で誌名も「草月」と変り、雑誌の版型もB5正寸からA4変形に大型化し、それにともなって一回の執筆枚数も、四百字詰四枚たらずから、八枚、ついで十枚と三回も変ったが、毎号欠かさずに書き、第九十号（昭和四十八年十月一日発行）まで続いたところで打切った。全部で三十四回。雑誌連載中の総タイトルは、「女……その神話」というものだったが、本にするにあたって、本文中に出てくるココシュカの絵の題名にヒントを得て『風の花嫁たち――古今女性群像』という表題にした。ここにとりあげた女性たちは、何らかの意味で、空を吹き渡る大きな風の伴侶のようなところがあると、少なくとも私には感じられるからである。

　正直にいって、私は三十四回も書きつづけることになろうとは思っていなかった。私にこれを書かせたのは、「いけばな草月」時代から現在の「草月」に至るまでずっと編集長として采配をふるっている樽崎汪子さんである。これはと思うような女性をとりあげ、なぜこれはと思えるのか、その魅力のよってきたるゆえんについて、私なりの見方で書いてみないか、というのだった。一ページ分、原稿用紙にして四枚たらずという短さが気にいった。私としては、文章で一枚一枚スケッチ風の肖像画を書いてみるというほどの気持だったが、枚数の枠組がこれだけの短さに限られているというところが、じつは私をして書きつづけさせた主な理由だったかもしれない。短い文章は多くの工夫を筆者に強いる。その制約が楽しみなのである。

　四枚たらずの長さの文章で十四回まで書いたところで、雑誌の版型が変り、それにともなって、一ページでなく、見開き二ページ分にこの欄が拡大された。この時は少々つらかった。文章の長さが倍以上になると、必然的にスタイルも変らざるを得ないからである。くたびれてもきたし、私が書いてみたいと思う女人の数も、無尽蔵というわけにはいかなかった。それどころか、私は自分が脳裡に思い浮べうる古今東西の実在の女人の数があまりに貧弱なので、がっかりしたものである。けれども、雑誌の方では簡単に解放してくれなかった。意外なことに、このページを面白がって読んでくれる読者が結構いるのだという。私としても、中途半端に投げだすのでは後味が悪かろうという気持もあって、結局三十四回までつづけた。そこでほんとに種切れの感じになった。

私はこの一連の文章で、それぞれの女性の、私の脳裡にうかぶ空想的肖像画を書いた。同時に、これらはいわば私の、女性を中心とした読書ノートといった性格をも持ったようである。けれども、もとより私の読んだり見たりするものの量などたかが知れている。内容については少なからず不備な点があるだろうと思う。あらかじめ読者の寛容をこいねがっておきたい。

草月出版が、雑誌だけでなく、単行本の刊行に踏切り、この文章も本になることとなった。本にまとめるに当って、雑誌発表当時の順序を多少入れ替えた。私としては、この種の本を出すのは初めてであり、面映ゆい思いがある。せめてこの本の読者が、ここから一夕の楽しみを得てくだされればとねがっている。

一九七五年二月　著者

風の花嫁たち　古今女性群像

［現代教養文庫1208］社会思想社　一九八七年　二二四頁
16.0×11.5 cm　四四〇円

■「教養文庫」のためのまえがき■

本書の題名『風の花嫁たち』は、「あとがき」にも書いたように、「アルマ・マーラー＝ウェルフェル」の章に出てくる画家ココシュカの作品「嵐」、別名「風の花嫁」に由来します。ここに登場する古今東西の女性はすべて実在の人物ですが、どのひとも多かれ少なかれ自らの内面に「嵐」をかかえこみ、同時に大空を渡る風の「花嫁」とよぶにふさわしい自由な精神をもっていた人々だと思います。この中の一人与謝野晶子の歌に、

よしあしは後《うしろ》の岸の人にとへ
われは颶風《ぐふう》にのりて遊べり

という壮大な作があります。この際わが意を得た歌のような気がします。

実在の人々とはいえ、この中で私が実際に会って言葉をかわしたことのあるのはジャンヌ・モローさんだけ。それもごく近年のことです。つまりすべて私の片思いから生れた架空会見記のようなもので、映像や本の記述をもとにした肖像画集です。真偽のほどは保証いたしかねます。ただしわれわれは、毎日のように顔を合わせている身近な他人についてならよく知っている、といえるかどうか、それもまた真偽のほどはわからぬことでしょう。

本書ははじめ草月出版刊の単行本のひとつとして世に出まし

たが、少部数のやや特殊な刊行形態のものだったので、たぶん人目にふれる機会もごく限られていたでしょう。こんど教養文庫の一冊として再び世に出るのは、その意味ではむしろ新たなお目見えという気味合いも感じられ、著者としてはありがたいことです。というのも、この本には著者としてやや特別の愛著(ママ：着)をもっているからです。それはここでとりあげた女性たちへの親愛感と切り離せないものです。読者にもそれがうまく伝わったらいいのだが、と思っています。

大岡信

一九八七年六月

本が書架を歩みでるとき

花神社　一九七五年　二一八頁　四六判　一四〇〇円

■あとがき■

花神社を創った大久保憲一君とは、同君が山梨シルクセンター出版部、つづいてその改称後のサンリオ出版の出版部で課長をしていた時からずっと縁があった。彼がそこで企画した女性詩人叢書のために、全巻解説をしてくれとたずねてきたのが初対面である。私はそのとき、大久保君および同行の他の二人の編集者の醇朴さに心を動かされ、その申し出を引受けてしまった。あとで、原稿が書けないために大久保君にはさんざん迷惑をかけ、窮鼠猫を嚙むのたとえ通り、「なんで本をそんなに急いで出さなきゃいけないのかね」とか、「売れる本ばかり作るなんてことは、とても恥かしいことなんだよ」とか、御託をならべて彼を困らせるようなことばかりだった。出版にたずさわろうという青年に対して、私はかんばしからざる思想をかなり注ぎこんだと思う。大久保君がサンリオを退社して、徒手空拳で出版社を始めたいと言ってきたときには、大丈夫かしらという心配とともに、私の注ぎこんだ悪い思想が何ほどか彼の決心に影響したのではないかという恐れも感じた。しかも彼は、自分の社の名前を、私の詩からのヒントでつけたというのである。やんぬるかな。

この本は、そういうわけで、大久保君からの注文に従って、私としては借金の一部を返済するような気持もこめて、出すことにしたものである。

大方は本をめぐっての文章ばかりである。大久保君は私がこの種の文章をたくさん書いているのだから、充分一冊の本になると言う。そりゃそうかもしれないが、新聞の書評のようなものは、短くて、読書案内程度にしかなるまいと私は言った。大久保君は、今のように本が氾濫している時代には、読書案内も必要なものではないかと言う。勝手にしてくれ、君にまかすよ、できるものなら作ってみろ、と私は言った。ここにおさめである文章の構成や選択は、そういうわけで大久保君によるところが大きい。並べられてみると、全体として、まるで無意味な本というわけでもなさそうな気がする。案外、自分でも好きになれそうな本かもしれないと思う。大久保君に感謝しなければならない。

第一部には、自分の読書経験にかかわる随想風な文章を置いた。第二部には、一九七一年四月から七四年三月まで、朝日新聞の書評委員をしていたあいだに書いたものの中から選んでのせた。選択は大久保君にまかせた。全部を収録できなかったのは、この本のページ数をはじめから決めていたためである。第三部には、右の場所以外に書いた文章をのせた。これらはおおむね新聞書評よりもやや長いので、おのずと当該著者についての作家論風なところもあり、その点も考慮して、それぞれの項目のタイトルは、当該著者の名をかかげることにした。朝日の書評でも、他の場所に書いた文章と一緒になる場合には、第二部でなく第三部に入れた。

こうしてみると、かなりたくさんの本について書いているように思う。以前出した本の中にも、その時々の書評をおさめているものもあるし、今度の本でも、紙数の都合で割愛したものがかなりある。本との付合いは、少しは深いということになるだろうか。友人たちは私の無趣味をしばしば憐み、ある者はゴルフでもやれと言い、ある者は碁将棋ぐらいはと言い、こちらの反応のにぶさに呆れるのだが、どうやら私は本を読むことで、そういう愉しみに向うエネルギーを大体ほどよく使いはたしているのかもしれない。ある人々はかわいそうなやつと思うだろう。

大久保君が言うように、今日のような時代には読書案内風な文章も必要であり、この本がいささかでもそういう役割をはたしうるということであるなら、少しはこの本を出す意味もあろう。あとがきとしては少々お喋りがすぎる一文を草したのもそのためである。読者よろしく諒とされよ。

一九七五年五月一日　著者

片雲の風　私の東西紀行

講談社　一九七八年　二三五頁　四六判　一一〇〇円

■あとがき■

十五年ほど前、はじめてヨーロッパに旅したことがある。パリで開かれたパリ青年ビエンナーレ展という催しに特設された言語芸術部門への参加招請があったためだった。私はそこで自作の詩および数人の日本の同世代の詩人の詩を朗読し、紹介した。その前後のことは、私の最初の紀行文集『眼・ことば・ヨーロッパ』(一九六五)に書いた。

その最初の海外旅行をする少し前に、親しくしていたフランス人記者で、当時から現在にいたるまで日本に住みついて活動しているM・ジュグラリスが、雑談中ふと教えてくれた一つの忠告があった。

「もし君が外国へ行くようなことがあったら、飛行機が羽田を発った瞬間から、手帖を手から離すなよ。見たもの聞いたこと、一切を手帖に書いておけ。必ずそれらは役に立つ。嘘じゃないよ」

彼の言葉は十分な説得力をもっていた。というのも、そのようにして蓄積された彼のノートは、みごとに整理されつつ日ごとにふくらみ、一冊、また一冊と、日本やアジア諸国に関する本となって刊行されていたからである。

爾来、私は、国内で旅するときも、彼の有益な忠告を私なりにできるだけ守ろうとしてきた。これは心がけていなければなかなか守りつづけるのが難かしい忠告であったけれど、有益な点においては文句のつけようのないものだった。ジュグラリスは写真をとることは措いてもノートをとれという立場であって、私もそれにかなりの程度まで同感する。

この本におさめた紀行文は、一九七六年夏のロッテルダム国際詩祭参加の記、同年冬の中国旅行、翌一九七七年初頭のヨーロッパ旅行、それに日本国内での二つの旅行をめぐる文章を集めたものであるが、どの旅においても私は小さな手帖に書きしるしたその日その日の見聞を頼りに紀行文を書いた。これらのほかにも、一九七七年夏には、私も制作スタッフの一人であった早稲田小劇場の「トロイアの女」ヨーロッパ巡回公演があり、私も途中から一行に加わってフランス、イタリアを旅したけれど、それについての文章は量も少ないのでここでは省略した。

本文中にも書いたが、海外旅行をしたのは前述のパリ・ビエンナーレ参加以後たえてなく、ロッテルダムへの旅はほんとに久しぶりのことだった。近ごろは厖大な数の人々が海外に出ているから、旅行記の類も少しも珍らしくない。私のこの本が、屋上屋を架するにすぎないものであるとしたら、本にまとめる意味もないことになるが、少しは類書と異なる見どころもあろうかと思っている。

中国旅行については、同じ旅をした旅仲間の人々の文章が多く書かれており、とりわけ中国東北地方に暮した経験をもつ清岡卓行氏は、「文学界」に長文の詳細をきわめた旅行記を連載した。私のものは清岡氏の紀行にくらべれば即席のスケッチを重ねたものにすぎない。

国内旅行の折々に書いた文章は他にもあるが、本書にはその中から二篇を選んでおさめた。旅行記を書くことは本当は非常に難かしいと思う。芭蕉の旅のことを思うとその感がひとしお深い。

いずれにしても、十数年間日本から出ずにいたのち、一昨年から昨年にかけて急に何回か外国の土を踏む機会を得たことは、それぞれの場合について、公式・非公式に多くの方々の厚意と推挽と助力があっての上のことだった。その多くの方々に心からの謝意をささげたい。

本書におさめた文章の中には、いくつかの新聞・雑誌にそれぞれ独立して書いたものを、本にまとめるに際して編集し直し、手を加えたものも多い。次に初出記録を掲げ、各紙誌の編集担当者諸賢に謝意をささげるとともに、このような形の本にまとめることをすすめてくれた講談社文芸図書第一出版部の中村武史さんにお礼申しあげる。中村さんはつい先ごろまで、「群像」編集部にあり、私の中国旅行記のうち、「『夏《か》』のこと」「白い一頭の馬のこと」「『柏』のこと」は、氏の手を通じて同誌に発表されたのだった。

最後になるが、本書の装幀一切を、年来の友人宇佐美圭司君にお願いした。そんな風なものであったらいいな、と思っていた通りの絵が何枚も作られ、私の本を飾ってくれることになった。どうも有難う。

一九七八年四月　著者

ことばの力

花神社　一九七八年　二一三頁　四六判　一四〇〇円

■あとがき■

本書の冒頭に置いた「言葉の力」という文章は、本文中にもしるしたように、講演速記に加筆したもので、雑誌「世界」に発表した。それが雑誌に出たあと、花神社の大久保憲一君がやってきて、「今度の本はこの題で出させてもらいたいですね」と言った。それでこの本が出ることになった。

本の表題としては、大久保君とも話し合って、『ことばの力』という表記をとった。

内容についてあらためてここで説明するほどのこともないが、考えてみれば、私は青年のころ初めて詩論のようなものを書いたとき以来、くりかえし「ことば」をめぐる文章を綴ってきた。詩や戯曲を作るときも、美術作品について書くときも、私がたえず問題にしていたのは、「ことば」のことだったと言っていいように思っている。それでいて、何ひとつ分り切ったことにならないのが、「ことば」というものの世界だった。「ことば」について考えるという営みは、つまるところ、その事実をますますはっきり知るためにのみあったとも言えそうだった。

この本のすべての文章が、そういう性質のものであることを、それらの作者たる私はよく知っている。読者諸賢よろしくそれを諒とし、一夕の机辺にこのささやかな言の葉の集をひろげ見られんことを冀うのみ。

一九七八年八月末日　　著者

アメリカ草枕

岩波書店　一九七九年　三一三頁　四六判　一四〇〇円

■あとがき■

この旅行記は、本文中に語られた旅のあと、雑誌「世界」一九七九年一月号から十月号まで（五月号は休載）九回にわたって連載したものに若干の補訂を加えたものである。エピローグの章に書いたような事情で、私は半年後に再びアメリカへ旅行することになったが、前後二回とも、旅は恵まれた条件のもとで行われたものだった。もし私が本書に書いたような旅の始末を自分一人でつけねばならなかったとしたら、おそらく何倍かの労力と時日を必要としただろう。その点で、こういう旅を可能にしてくれたすべての人々に深く感謝している。

また、たまたま旅行者としての私と地球上で遭遇したために、この本の中に会話の断片を録され、あるいは著作を引用されるという不意打ちの目にあわれた方々には、心から寛恕をおねがいするばかりである。

アメリカへの旅は、私にとっては結局のところ、そこで生きる人々との出会いの旅だった。

一九七九年九月　　著者

詩とことば

花神社　一九八〇年　二一七頁　四六判　一四〇〇円

■あとがき■

二年前、花神社から『ことばの力』を出した。幸い愛読して下さる人々がいて、いろいろな機会に、また思いがけないような場所で、この本の中のあれこれの文章が引かれたり話題になったりしているのに気づく。花神社はどうころんでもまだまだ大出版社というわけには参らない小出版社であるから、ここから出た本が読まれ、話題にのぼることは、私自身の本であるなしにかかわらず、従来多少とも縁のある私としては有難いことだし嬉しいことだ。良心的などというありきたりな形容はあまり使いたくないけれど、花神社の仕事は、やはりそう言って然るべきものだろう。今度の拙著も、少しでも多くの人に読んでもらえると有難いと思っている。

これは『ことばの力』と一対になる本と考えて頂いていい。いつものように、花神社のあるじ大久保憲一君が、私の書いたもの、話したものの中から選び、編集してこの形にしてくれた。私は彼の作ってきた目次を見て、そのままの形で同意した。どういう本を出したいと思っているかという、出版社としての肝心な方針がよくわかる編集だったから、それに賛成したのである。「ことば」について考えることは、「詩」について考えることと、別のことであって別のことではない。ここで言えるのはそのことだけである。

なお、『ことばの力』と一対という考えのもとに編まれた本なので、装幀も同書と一対のものとした。

一九八〇年九月下旬　大岡信

詩の思想

花神社　一九八二年　二二五頁　四六判　一五〇〇円

■あとがき■

「二年前、花神社から『ことばの力』を出した」という書き出しで、『詩とことば』のあとがきを書いたのが、今から二年近く前の一九八〇年九月下旬のことだった。

二年たって、また花神社から新しい本を出す。その間に、何冊かの本を別の出版社から出しているが、花神社主人大久保君は、それらの本に含まれていない別種の私の文章を四部に編み、手まわしよく目次も作成し、私のところへやってきて、本にまとめたいという。私は「いいよ」と同意した。前二著の時もそうだった。

私が同意するのは、彼の編み方が私を納得させるからである。みずから読んでみたいと思う本を、みずから読みたいと思う配列で編集してみるということは、責任ある本を出そうとするほどの出版人なら当然持つべき初心の表れだと考えるからである。そういう形の出版は、言ってみれば手づくりの本づくりということになるが、私はそれを大切なことと思っている。

題名を「詩の思想」としたのは内容がこの題名を要求したからで、ほかにもいろいろ考えてみたが、結局最初から念頭にあったこの題名以外の題は採れなかった。

収録の文章のうち、第三部に置いた奈良・京都の仏寺・仏像めぐりに関する文章三つは、写真家土門拳氏による仏像写真の集大成を意図した三巻本写真集のために書いたものである。私は土門氏を直接には知らないが、これらの随想は、土門氏の希望によって私に求められたものだと聞いた。写真集が刊行されている間に土門氏は病床の人となったので、相知る機会を得ていない。仏寺や仏像について文を綴ることは甚だ難かしい。この分野での写真家の仕事に感銘を受けるのは、文章ではとらえることの困難な、時のうつろいのありのままの定着ということが、一枚の写真の中でみごとになしとげられているのを見るような時だ。

しかし、それは写真家にとっても、死にもの狂いの闘いのあげくに一瞬与えられる恩寵の瞬間だということを、ほかならぬ土門氏の仕事が語っている。

詩はついに、究極、志だ。土門拳が詩人であるのもその理由による。「詩の思想」を語るとは、そのことをさまざまな角度から語ることにほかならないだろう。

一九八二年四月中旬　大岡信

人麻呂の灰　折々雑記

花神社　一九八二年　一八九頁　四六判　一二〇〇円

■あとがき■

私がいろいろな機会に書いてきた文章のうち、比較的短いものを取り集めて一冊にまとめたいという花神社の提案でこの本が出来上った。文の選択と排列は花神社大久保憲一君にお任せした。

収録の文章がかなりの割合で私自身の日常生活にかかわっているのは、文章の長さとも関係があるだろう。短文は身辺雑記を書くのに適している。

しかし中には身辺雑記と全く性質を異にする文章も混じっている。大久保君はそれらをも同時に収めることが必要だと判断したようで、私もそれに同意した。

変哲もない折々の小文だが、数が多い分だけ、目先の変化はあるかもしれない。読むに価する文章があれば幸いである。

一九八二年十月　著者

マドンナの巨眼

青土社　一九八三年　二四八頁　四六判　一四〇〇円

■あとがき■

「ユリイカ」に連載していた「断章」シリーズは、従来「文学的断章」という通しのシリーズ名で『彩耳記』、『狩月記』、『星客集』、『年魚集』、『逢花抄』、『宇滴集』の六冊にまとめてきた。

こんどの『マドンナの巨眼』は、内容的にはこれらに続くものである。ただし、こんどの本はシリーズの一冊としてではなく、単行本として刊行したいという青土社の希望があり、私もそれに同意した。そのため、従来のように月々の発表順をそのまま踏襲した編み方でなく、内容によってある程度の再編成をし、それに従って文章にも加筆修正したところがある。雑誌発表の期間としては、一九七九年七月号から一九八一年四月号までということになるが、すでに刊行した別の本と内容が重なるものもあるので、それらは割愛した。

「断章シリーズ」には筆者として愛着の深いものがある。こんどの本も大方の読者に暖い目で迎えられることをのぞんでいる。

一九八二年師走　　著者

うたのある風景

日本経済新聞社　一九八六年　二六四頁　四六判　一〇〇〇円

■あとがき■

随筆を書くのは簡単だと考えている人の数は意外に多いらしい。「五枚程度のものですから、お忙しいでしょうが、なんとかお願いします」といった類の依頼を受けるたびにそう思う。「急なお願いで申し訳ありませんが、二枚でよろしいんです。ぜひ」などと言われると、それだけでもうお断りしてしまうことになる。

随筆は概して短い文章である。短いものなら書くのも簡単だと考える人が多くなったということは、編集者さえ含めて、日本人がいかに量の多少によって物の価値をきめようとする考え方に毒されているかを、よく示しているように思われる。短い文章はだらだら長い文章よりもずっと難かしい。それはいかに惜しかろうと捨てねばならぬ材料が多いからだし、一語一語にかかる全体の比重も大きいからである。何よりもまず、随筆の材料を選ぶのは難かしい。筆に随って思いのままに何でも書けばよろしい、というようなものではない。少なくとも私はそう考えている。

だから、身辺雑記風な文章をもって随筆の主な分野と考えることができない。固苦しいことだが、要するに私は随筆をそれほど気安く考えることができない物書きだということになる。

さて、このように書いてしまうと、ではお前にとって随筆とは何か、という問が前方にせり上がってくるのは当然で、困ったことになった。何しろここは「あとがき」の場である。しかし、言い出した以上、途中で話を中断することもできない。そこで、以前江戸時代の随筆について短い文章を書いたことがあるのを思い出し、もう一度ここでその考えを繰り返すのを許していただこうと思う。

平安朝文学を仮に女流の和歌と物語および日記の時代とよび、中世のそれを歴史物語と軍記の時代、室町のそれを小歌とお伽草子の時代とよべるなら、江戸文学の一大特徴は随筆の隆盛というところにあった。こんなに多くの人が、こんなに多様な随筆を書き、また愛読した時代は、それまでの日本の歴史にはなかった。

江戸随筆の面白さを一言で言えば、世間話の面白さである。ただし、ひとたび世間の話となれば、江戸人士には世態・人情・学問等あらゆる領域について、話の種にならないものはなかったように思われる。世間話すなわち考証であり、故事であった。見聞記・回想録・由来記・伝記・言行録・名所旧跡談・俳文・日記のたぐい。歌舞音曲や遊里の沿革ばなし。大火・大事件・天変地異の記録もあれば、あまたの書物の目録もある。地理や古地図の精細な調査探索の記録もある。魚釣りばなしもあれば博奕のはなしもある。侠客列伝があるかと思えば名高い遊女らの逸話もある。とくに後者は、世間話というものの面白さと魅力を満喫させる点で群を抜いていた。

ありふれた日常茶飯の出来事も、由来をたずねて源泉にさかのぼれば、何ひとつ無意味なものはない。それどころか、すべてこれ興趣横溢し、知見四通八達のよすがとならぬものはない――こういう所に、江戸随筆の有名無名の作者たちに共通する態度があった。

ここまで来ると、世間話が学問と親密・緊密に握手する風景も随所にひらけてくる。

また一方、話上手がたくさんいたということは、聞き上手がたくさんいたということでもあった。江戸随筆があれほど大量に書かれ、出版されたということは、大量の聞き上手の読者がいたことを意味していると見ていいのである。そういう意味でこそ、江戸時代は高度の文明を誇る時代だったと言うことができる。私はおよそこういう具合に考えているので、自分が随筆を書く場合にも、おのずとそういう過去の歴史を念頭に思い浮かべざるをえないことがある。思い浮かべてみても、そのこと自体どうということはないが、それでも多少役に立つことはある。たとえば題材の選択に迷っているような時に、取捨の決心をつけるのに役に立つ(ことがある)。

しかし、もちろん文の成否は私自身の書くことにすべてかかっていて、昔の人には何の責任もない。本書はそんな考えをいだいている人間が、需めに応じて折々に書いてきた短文を集めたものである。

第一部は、最後の一編をのぞいてすべて、国鉄新幹線のグリーン車で配布されている「グッデー」誌に、一九八四年八月号から八六年七月号まで丸二年間二十四回にわたって連載したもので、毎回短い詩歌作品を一つとりあげ、それに触れつつ筆のおもむくままに書いた。ある程度は当季の季節感をも考慮しながら書いたもので、今回単行本にまとめるに当っては、日本経済新聞社出版局の担当編集者鈴木亮さんが二十四ヵ月分の順序を一旦解消し、全体を通して一年間の季節に合うように配列しなおしてくれた。

第二部には一九八六年一月から六月まで、日本経済新聞夕刊「プロムナード」欄に毎週火曜日連載した随筆をまとめている。この連載では私は意図的に時事的な話題を材料にした。そこでは当然現代社会に対する観察と批評が主体になっている。

第三部には故郷伊豆の三島や沼津で過ごした幼少年期を中心にした文章をおさめている。私はこの種の文章はあまり書かないが、それでもまとめてみるとある程度の分量になっていた。

以上すべてを通じて、文章を書く機会を与えて下さった関係者各位に感謝申しあげる。

一九八六年晩夏　著者

人生の黄金時間

日本経済新聞社　一九八八年　二五三頁　四六判　一〇〇〇円

■あとがき■

「人生の黄金時間」という題名が頭に浮かんだときには全く考えもしなかったことだが、ある人が「ん、ゴールデン・アワーですか」と言ったので急にテレヴィジョンの方での用語でもあることに気がついた。ちょっと興ざめな思いがしたが変える気にはならなかった。私としては、たとえばポール・ゴーギャンのタヒチの絵の題名などに現れる「黄金」という言葉の感触を、この本の題名にも籠めたかったのだが、もちろん本書の文章には、ゴーギャンのタヒチ島とはおよそ無縁な現代日本の時間が流れていよう。かえってそれゆえに、こんな題名をつけたいと思ったのだろうと思う。

題名論議は別として、人生の黄金時間にもさまざまな別があるにちがいない。オリンピック選手にとっては世界一の勝利者になりえた瞬間が人生の黄金時間であろうし、苦しい受験勉強に耐えてきた予備校生にとっては、合格発表の掲示板に目ざす一つの番号を見出した瞬間が、人生の黄金時間であるかもしれない。たしかに人それぞれの黄金時間がある。

ではこの本の題名がさし示している時間はどんな時間だろうか。自分でそんな題名をつけておいてからこんなことを問うのは本末顚倒も甚だしいが、どうも私には人生の黄金時間というものはひどくゆっくりした流れのもののように思われる。この本に入れた文章でいえば、たとえば「猫はこよなき無用もの」

のような文章で書いた「無用」なるもののすばらしさが、黄金時間の最も貴重な実質をなしているものではないかと思う。

　これまたおそらく、多用多忙な生活情景に揉まれている現代社会の一員なるがゆえに出てくる夢想なのかもしれないが、しかし私たちの憧れる「美」には無用なるものの限りない豊かさがあって、それこそ単なる有用性を超えた大いなる用の働きをもっているものなのである。詩歌とか芸術とかいうものの、合理的説明だけではとらえ尽くすことのできない含蓄は、すべてそこから来ているのだろう。

　私が本書の題名を「人生の黄金時間」としたのは、そういう意味での大いなる用の働きをもった無用なるものを、少しでもわが身辺に漂わせておきたいという願いから出たものと理解していただければ幸いである。つまり、テレヴィジョン的ゴールデン・アワーのほとんど正反対のものとしての黄金時間が、私の念頭にあったものらしい。

　こんな次第なので、本書の構成もおのずとそれを反映して、ゆるやかな分け方ながら三つの部分から成るものとなった。

　最初の部分には一応身辺雑記風、回想風、空想風な文章が、次の部分には詩歌をめぐる文章が、最後の部分には、さまざまな意味で私にとって親しくもあれば、その人々の存在が貴重でもある造形作家たちについての、主に個人的な接觸を通じて得られた論や随想が集められている。

　これらのすべてを通じて、直接の「用」よりは、むしろ「無用」な時の流れの中での思考というものの面白さを、多少なりとも語り得ているなら、私としては以て瞑すべし。随筆というものの醍醐味は、結局のところそれに尽きるのではなかろうかと思っている。

　日本経済新聞社が出してくれる私の随筆集としてはこれが二冊目である。前著『うたのある風景』を編集してくれた鈴木亮さんから、そろそろまた、と声をかけられ、ではお願いしようか、ということになった段階で鈴木さんが別の部に配属されることになった。後任として引きついでくれた白石賢さんは、入社まもない新進だが、てきぱきと仕事を進めてくれて、まことに有難いことだった。前著同様、この本が大方のご愛読を得られれば幸甚である。

　一九八八年十一月　　著者

人生の黄金時間

［角川文庫］角川書店　二〇〇一年　二五一頁　A6判　六四八円

■文庫版あとがき■

この本の題名である「人生の黄金時間」と言うのは、聞き馴《な》れない題名だと思います。よく、「人生の黄金時代」と誤植されることがあります。「黄金時代」ということばはたくさんありますが、私は「黄金時代」ということばは、この本の表題としてまったく考えていませんでした。

「黄金時代」ということばに慣れている人は多いけれど、「黄金時間」は私の造語です。けれども、これからは「黄金時間」ということばが流行《はや》るのではないかという気がするのです。なぜかということを、この「あとがき」で記します。

まず、「人生の黄金時代」という言い方が、私は嫌いなのです。「黄金時代」ということばは、「若かりし日はよかったけれど」などと、懐古趣味に浸るときに使うことが多い。あのころはよかったけれど、今はだめだということを語るときに使われるのです。つまり、いまは黄金時代ではなくなっているわけです。

「黄金時代」というと普通は過去の時間を言います。たとえば、中世の黄金時代はいつだったか、あるいは近代の黄金時代とはいつごろか、十九世紀末から二十世紀にかけてのフランスだったとか、そんなふうに「何とか時代」というときに、この「黄金時代」ということばが使われます。私は、「黄金時代」がともなっているところのこの過去形で語られるような要素、それが嫌いなのです。

私が言う「黄金時間」とは、それとは違います。「時間」と「時代」とは全然違うのです。時間は瞬間をも指すし、永遠をも指す、という非常に幅の広い概念です。とくに「人生の黄金時間」というときは、ある人の黄金の時間、黄金のように光り輝く時間は、つねにありうることだということが私の頭の中にはじめからあるのです。「あの人は黄金時間を生きている」と言ったら、その瞬間瞬間がずっと続いているということ。しかし、「黄金時代」と言うと瞬間がない。ある長さの時代というものしかありません。

時間をギュッと短縮して瞬間にすると、その瞬間は「永遠」なのです。時代というのはあるときからあるときまでという限定が生じますから、瞬間よりは長い分だけ、逆に言うと身動きがとれないことになります。

文芸型式でいえば、俳句のような短詩型が瞬間を表現するとすれば、短歌は多少とも長い時間を表現する。そのために短歌のほうがある時間を区切ってピシッととらえることができますから、ある意味ではわかりやすい。それに対して俳句というのは瞬間だけを言います。瞬間は同時に永遠ですから、俳句は永遠的な要素を詠むには適しているけれど、逆にそういうものを受け入れられなくなる時代になれば、そうした俳句は忘れられてしまいます。

そこで、「時間」と「時代」は全く違うものだと私は思っています。黄金時代的なものだったら歴史的にいつからいつまでの時代ということを言えますが、黄金時間と言えばだれにでも、どういう時にでもありうることですので、どんな場合をも指していいわけです。

　人生の黄金時間を生きるということは、だれにもありうることです。どういう時間かといえば、「あなたの瞬間瞬間、今ですよ」ということになる。それが、この本の本意です。

　本屋さんでこの本を見た人のなかには「人生の黄金時代」と読み違えて買ってくれる人もいると思います。それでもいいけれど、作者の本当の気持ちはそういうことです。ですから、この本は過去のある時代を語っているのではなくて、つねに現時点の瞬間を語っている、と大言壮語しても少しも恥ずかしくありません。

＊

　このエッセイ集は三つの章に分かれています。一つめは「無用な時間は黄金時間」という、皮肉と思われるかもしれませんが、題をつけています。「無用な時間」というのは実際、黄金時間なのです。用事のある時間は黄金ではなくて鉛の時間であることが多い。しかし、うんざりするような用事があって、でも、それを喜んで、しかも自分が行動することによってその時間が輝くという場合、まさにその人はその時に黄金時間を生きているわけです。そういう意味では「無用な時間は黄金時間」と思うのは当然ではないでしょうか。

　ですから、この章には、結局のところ、無用なものの貴《とうと》さ、いつでも黄金時間でありうる時間をわれわれ一人ひとりがもっているということを意識しながら、さまざまな方向で書いたエッセイを集めています。

　たとえば「猫はこよなき無用もの」という短い文章があります。猫を飼ったことのある人ならどなたでもご存じのことですが、猫は犬よりももっと無用な動物です。無用の存在の最たるものが猫でしょう。しかし同時に、猫ほど人を慰めたり面白がらせたりしてくれる動物はいません。そういう意味では、はなはだしく有用な動物です。

　その有用さというものを生み出すことのできる猫の無用さの一つは、千変万化することです。たとえば猫をぽんと上に放り投げると、その瞬間に筋肉が実にピンシャンと動いて、必ずふんわりとやわらかく着地します。そういう猫の体の応用可能性。また猫は、エラスティシティ（elasticity）というか、造形しやすい要素があって、でこぼこさせることもできるしピンとさせることもできるという体の動きをもっています。動きのなかに一種の造形性を本質的にもっているということはすばらしい。

　だけど、猫そのものは何の実用にもならない。猫というものは無用の美しさ、大切さをじつによく示している動物だという意味で書きました。そういう短文がこの章に集められたすべてのエッセイに共通しています。

フランス料理の専門家であった辻静雄さんのことを書いたのが「水甕《みずがめ》を運ぶ人」です。彼は水甕座でした。私と同じ星座です。私は、つねに流れていく、流れる姿勢を保てるということがとても大事だと思っている人間なので、辻さんのことを書くのにこういう題をわざわざ選びました。

「毛筆とエロスの論」というエッセイがあります。私はいつからか筆を使って手紙などを書いています。いまではそういう人間は珍しくなってしまったようですが、筆を使ったほうがずっと手筋がよくなります。これは明らかです。習字の手というものは、ほかの人に習うものではなく、自分の手に習ってやるものです。自分の使う手のなかにちゃんと自分の先生がいる。これは、はっきりしています。無用さを重んじる人間がどういうものを基本に考えているかといえば、結局、自分自身を先生にするしかないというような、非常に堅苦しい教訓でもあるけれど、そういうことも含めた文章がここに集まっているということを理解してもらえたらと思います。

二つめの「詩歌の望遠鏡で星を見る」という章は、いろいろな詩歌について書いた文章です。詩歌についての文章を書かされることが多いので、そういうものから結実した文章をここに集めました。いきおい短詩型文学が多く、短歌もあれば俳句もあります。

たとえば「大伴旅人《おおとものたびと》の梅花の宴」というかなり長い文章があります。大伴旅人の屋敷におおぜいの人が集まって梅の花を見ながら詠んだ歌は、「梅花の宴」として『万葉集』にまとまって見られます。同じ主題で歌を詠み合ったということで、後世のわれわれが見て面白いと思えるような話題の一つなので取り上げました。本意は、日本人は集団で詩を作ったり歌を作ったりということが絶えずあり、そのための会合もした。そのことの大事さ、重要な意味を書こうと思ったのです。

こうしたことを踏まえたうえで、三つめの「物の命は美に転じる」という章は、造形美術の作家のことを主として書いています。

芹沢銈介《せりざわけいすけ》さんは、意匠を作るデザイナーとして非常に重要な生き方のモデルを示した人という意味で尊敬しています。

宗廣力三《むねひろりきぞう》さんは染織家です。彼は岐阜県の群上《ぐじょう》出身ですから、そのために郡上紬《つむぎ》という名前で彼の作ったものが呼ばれることもあるのです。

この人とは偶然、知り合いになりましたが、その結果、ぼくの妻の妹とその亭主が宗廣さんの仕事に惚《ほ》れこみ、とくに亭主が惚れこんで、宗廣さんの押しかけ弟子になり、とうとう一本立ちの紬織りの作家になって、現在では一年に一回は二人で展覧会を開いています。佐々木健・美智と言います。最近、静岡県の裾野《すその》のほうに家を造り、移りました。そこでもせっせとやっています。実は彼は宗廣さんがあまり熱心に迎え入れては下さらなかった弟子なのです。というのは宗廣力三という人は若い女性しか弟子にとらなかった。不思議なことです。それはなぜかといえば、その時代の若い女性に教え込めば、一生の間、それを職業にできるという堅い信念があったからです。

　宗廣さんはすでに亡くなられましたが、染めること、織ること、その根本にある絹というものを繭から取ること、そういう「手の出発点」に仕事の根を置いていた人ですから、私は重んじているのです。

　志村ふくみさんにも同じことが言えます。志村さんも紬織りの人です。しかし、志村さんは紬織りの専門家として出発したのではなくて、結婚して、子供ができて、そのあとで染織を始めた人です。しかも、いろいろご苦労なさったあとでそうなられた。お母さんが染織をやっていらしたので、お母さんからいろいろ受け継いだものを生かすかたちで、いまやっていますが、はじめのうちは、もうやめようと思うくらいの時期があったのです。そんな時、これが最後、これで失敗したらやめようという作品を作って展覧会に応募したら、みごとに入選した。それで染織作家になったという人です。

　志村さんはものの根本にさかのぼって仕事をするということに徹している人です。そういう意味では、色彩もそうですし、紡ぐ糸の問題でもそうです。だれかに作ってもらったものをそのままいただいて何かをやるというのでなくて、自分で出発点にさかのぼってゆき、何かを作るということが芸術家の原則です。芸術家というものはすべてそうでなければならないと思います。志村さんも、原初に立ち戻って、しかも最も斬新《ざんしん》なものを作るという信念がはっきりある人です。

　つい最近、「志村ふくみ展」がありました。そこへ行きましたら、斬新そのものの着物が一つ出ていました。パッチワークみたいな感じで、さまざまな色のきれをつなぎあわせて一つの着物を作っている。あの域に達してから、こんなに冒険する人は偉いと思いました。

岡鹿之助さん、加山又造さん、平山郁夫さんは画家です。

加山又造さんと平山郁夫さんは現代の日本画家の代表です。

それぞれ注目すべき仕事をなさっています。

　平山さんと私は同じ年齢で、私は早い時期に彼の家へ行ってインタヴューをしたことがあります。「芸術新潮」に長い間、連載ものを書いていた時期です。それが最初の出会いでした。

　画家の仕事でも、原初に帰って、しかも最も先端のことをやっている人に私はとくに興味があります。加山さんがまさにそうです。技術というものを徹底して習得していて、そのために技術がそのまま精神になっている。こういう画家は少ないのです。

平山郁夫さんは、シルクロードや中国の古代のものにまでさかのぼって、人類文明のなかでアジア文明の非常に古いものの根源はどこにあるかということを考えて仕事をしている人です。「人類の心の原郷」ということを平山さんのことを書いた文章の題で使っています。心のふるさとというものをこの人は求めている。そこに特色があると思います。

私にとっては、ものごとの元に関心がある人、造形作家の場合にはとくにそういうことに興味があります。

金重道明《かなしげみちあき》さん、藤原雄《ゆう》さんは備前焼の作家です。焼き物はもともと土からそのまま作り上げるものです。釉薬《ゆうやく》を使ったもの、それはまたすごくいいものですが、備前焼は釉薬を使わないで、高温度、非常に強い火で焼き上げるので、土がそのまま器になって出てくるのです。その単純率直さは私の趣味に合っています。

*

「人生の黄金時間」を全体として言うと、「黄金時間」というのはものごとの根本に立ち返ることによって発見できる時間のことです。それは時代という、ある種の長さをもった時間ではなくて瞬間です。瞬間のもっている永遠性をよく表しているものが、私の考えでは「黄金時間」です。ですから、ものも黄金時間を示しているし、心も黄金時間を示しているという意味で、人間そのものと、人間と接触するすべてのものと、両方を引っくるめた「黄金時間」というものを考えて、この本を作ったと言えると思います。

二〇〇一年一月　大岡信

永訣かくのごとくに候

［叢書死の文化11］弘文堂　一九九〇年　二二八頁　四六判
一五五〇円

■あとがき■

二十代も終ろうとするころ、道元の『正法眼蔵』を文字通り読みかじったことがある。何も本当にはわからないだろうということははっきり感じていたが、時々えもいわれぬ霊感にみちた閃光が文字の中から襲いかかってくることもまた確かだったため、その閃光との出会いへの期待だけで、難解な語句や不可解な論理の森へ分け入って飽きなかった。

そのころは新聞社の外報部勤めだったので、横文字との付合いが常態だったが、省線電車の混み合った車中に立ちんぼしながらでも、分厚い文庫本の『正法眼蔵』を読むことだけはかなり長い間欠かすことがなかった。

ある巻々は面白さに息をつめて読んだ。別の多くの巻々は取りつくしまもないほど聳え立って人を寄せつけないように見えた。あれらの難解な表現が、たとえば戦闘にまもなく出発する武士たちのような俗人も聴衆であるところの、説教の場における示衆の語録であるということは、信じがたいことのように思われた。言ってみれば講演であり、レクチャーなのだから、語り口も分かり易くてしかるべきだろう。それが、安直な理解を拒んでこんなにも堂々とそそり立っていられるということに、身の震えるような感動をおぼえることさえあった。

それは、日本語というものへの信頼感を確固たるものにしてくれた体験でもあった。「華開世界起」という題の巻が『眼蔵』の中にあるが、私がこの本とぶつかることで得たのは、まさに「華開世界起！」という歓喜の感覚だったのだろう。私はその後、いくつもの自作詩やエッセーの中で、「華開世界起」という言葉そのものも含めて、『正法眼蔵』からかすめとった語彙や観念をしばしば流用する罪をおかした。すべて我流の借用であり、しっかりした思想的根拠などまるでない人間の、単なるファン気質以上に出ることはほとんどない、由無きわざくれだったと思うが、その誘惑に抗しがたかったのも事実である。

『正法眼蔵』には、当然のことながら、生死の問題が一貫して論じられている。たとえば「現成《げんじょう》公案」の巻の有名な一句、「自己をはこびて万法を修証するを迷とす。万法すすみて自己を修証するはさとりなり」でも、これを人間の生死の問題についての断案だと考えることができるし、むしろそう考えなければならないだろう。

「全機」の巻の次の一節についてなら、これはもうそのものずばり、生死観を語っていて、何度読んでも言葉の威力にうたれずにはいられない。

「生は来にあらず、生は去にあらず、生は現にあらず、生は成にあらざるなり。しかあれども生は全機現なり、死は全機現なり。しるべし、自己に無量の法あるなかに、生あり死あるなり。」

「あらず、あらず」のつらなりが、「しかあれども」の一句でいきなり断ち切られ、生も死も一気に相対世界の区分論から「全機」の全面発動する宇宙そのものへと転じている。

私は冒頭に書いた年齢のころ、無謀にも誘いに応じて「華開世界起」と題する『正法眼蔵』論を書いたことがある。その中でこの「全機」の思想について次のように書いた。若気の過ちだったが、今読み直してみて、自分がそこから一歩も進んでいないことを痛感する。

「生があり、死があるから無量の法があるのではない。無量の法があるから、生があり、死があるのだ。無量の法とは、一切の有によって量り得ぬもの、すなわち無にほかならず、無なるがゆえに一切の有のうちに宿り、これを動かしている活機にほかならない。だからこそ、生は全機現であり、死は全機現であるのだ。」

「生」をも「死」をも無量の法が包摂し、貫流しているのだと信じるなら、生死の問題を考えるに当たっても、その立場そのものがすでに単なる相対論を越えていなければならないだろう。「しかあれども生は全機現なり、死は全機現なり」とは、そういう立場に立たなければ了解できない思想だろう。

私にはそれを把握しているという自信はまったくない。いつも鬼にせせら笑われているだけである。それゆえに、いつかは「しかあれども生は全機現なり、死は全機現なり」という言葉が納得できるところまで行きたいと願っている。「自己に無量の法あるなかに、生あり死あるなり」という言葉を、ずしりと自らの中に受けとめ、十分納得できるところまで、行きたいと願っている。

この本はそういう中途半端な、しかし追究心だけは多少とも持っている人間が書いた小さな本である。いずれにせよ私は、ここでの対象であるところの「死」というものをまだ経験したことがない。そういう立場の頼りなさを初めから終りまで感じつづけながらこれを書いた。

本文の中でも同じようなことをたびたび書いたが、私は結局、死よりは生を、より太い輪郭線で囲いこもうとしたことになるのではなかろうか。それでは生の全機現も死の全機現も、まだとうてい視野の中に入ってこないことだけはたしかである。

この本の主題の重さゆえに執筆に取りかかる決心がつかず、さんざんてこずらせる結果になった弘文堂編集部の忍耐に、あつく感謝の意を表したい。

一九九〇年一月　大岡信

ひとの最後の言葉

［ちくま文庫　お5―3］筑摩書房　二〇〇九年　二五一頁
A6判　八〇〇円

■文庫版あとがき■

今回「ちくま文庫」の一冊に収めてもらったこの『ひとの最後の言葉』は、平成二年三月に『永訣かくのごとくに候』という題名で弘文堂から出版された本と内容的には同じものである。

芭蕉や漱石、子規といった日本人を代表する文人たちが、死に際してそれぞれどのようにふるまったかを探ることで、彼らの生の鮮やかさを切りとってみたい。そういう意図で『永訣かくのごとくに候』は書かれた。あれから二十年近くが経ち、旧著にあらたな装いを与えることができたのは、望外の喜びである。

　このたびの文庫版の上梓に際して、「死生学」のプロジェクトを精力的に進めておられる宗教学者・島薗進氏からは、実に行き届いた解説をお寄せいただいた。著者として深く感謝申し上げる。同時に、担当者である筑摩書房の湯原法史氏に感謝申し上げたい。

　そして、ひとりでも多くの読者に、死によって照射された生の強靭さが届くことを願っている。

　平成二十一年一月　大岡信

詩をよむ鍵

講談社　一九九二年　三三三頁　四六判　二二〇〇円

■あとがき■

　『詩をよむ鍵』という表題をかかげた本のあとがきとしてはおよそ妙な方角の話題と思われるかもしれないが、この本はハイテクノロジーで世界の最先端を走っている繁栄の国、という日本観が一九七〇－八〇年代を通じて世界的に広まった時代的背景を、詩の問題として強く意識し、かつ困惑を抑えきれずにいる人間が書いた試論集である。

　ハイテクノロジー社会は、端的にいえばコンピューターに主導されている社会である。その別名を情報化社会ともいう。

　日本は一九七〇年代から八〇年代にかけて、この側面において最先端をゆく国と見なされる進歩を着々となしとげてきた。その結果日本は、未曾有の繁栄を謳歌する国になったが、同時に外部世界から見るとますます不透明な、何を考え、何を世界全体に対してなそうとしているのか、どうもよくわからないと見なされる国になってきている。

　一般的にいって、いわゆる情報処理工学は、根本的に理性が支配する学問的追求の一分野だが、結果的にそれが生み出しているものの一つは、少なくとも現在の段階では、日本を含む世界の全体像のはてしない流動化・細分化・断片化であり、私たち一人一人は情報洪水の濁流にもみくちゃにされつつ、未知の明日に向かって表面上は賑やかに押し流されているという実感が強い。一九九〇年代に入ったばかりの情報化社会日本の実情は、情報ますます多くして、社会の全体像ますます遠のく、という感慨をさまざまな生活場面で人々にいだかせるような性質のものになっているように思われる。

　日本人自身にとってさえそうであるなら、外部世界から見た、国全体としての日本のイメージがますます不透明になってきているとしても、一向に不思議ではない。他の諸国もまた、もし同様の道を歩むなら、外目には次々に不透明さを増してゆくことになるだろう。そしてその国の人々にとっても、事態は日本と同じような形で推移するだろう。二十一世紀世界は、情報化社会の次にやって来るのがどういう社会であるのか、それはどういう理想に導かれる社会であるべきなのか、という問いとともに始まらざるをえないだろう。この世紀末劇場の舞台では、新たな、見通しのよくきく全体的理論の登場が、必須かつ緊急のものとして待ち望まれている。その幕間の時間を、いろいろのキッチュな新興宗教の異常人気が埋めているというのが、わが情報化社会の一断面図である。

ハイテクノロジーは、便利で効率よく快適な、ただし予想に反しておそろしく忙しい生活を人々にもたらしたが、幸福感とか充足感とか誇らしい義務感とか責任感とかいった、計算機では計算しつくせないあの「生き甲斐」とよばれる心の主食を供給することはついにできないままでいる。もちろんこれはコンピューターの欠陥ではない。人間自身の欠陥である。あるいは逆に、これこそ人間という存在の、わけのわからない豊かさの証だといえるのかもしれない。人間は迷妄によってさえ幸福感を味わうことのできる存在である。いわんや理想主義においてをや。

本書に収めた文章のうち、たとえば「日本の詩を読むために」「いろの詩学」「翻訳の創造性」などは、はじめから外国の読者あるいは聴衆を対象として書かれたものである。また「車座社会に生きる日本人」は、最初日本の雑誌に書いたものだが、まもなく英語、フランス語、スペイン語に訳されてそれぞれの言語の定期刊行物に掲載された。

これらの文章を含め、本書の詩歌論は多かれ少なかれすべて、日本の詩歌を千年以上の歴史の流れの中に据えた上で、私に可能なやり方で、その成り立ちを合理的に、なるべく単純な力線の組合わせで説明してみようという意図のもとに書かれたものである。右に題名をあげたいくつかの文章は、執筆動機からして当然、この意図をより鮮明に反映しているわけだが、他の文章も、特に近代以前を対象にしたものは、同じ性格を色濃くわかちもっているはずである。

なぜかといえば、私は日本という国がわかりにくいという印象を外部世界の人々に与えているのは、「日本文化」なるものの最も中心部に位置している詩歌伝統の原理的諸問題が、外国の人々にほとんど紹介されておらず、したがって理解もされていないという事実の、当然の結果だと考えているからである。

能や歌舞伎、あるいは茶道や生け花が、どれほど盛大に金をかけて諸外国に紹介されようとも、それらの根本を貫いている日本の詩歌伝統の、少なくとも原理的な諸局面が、それらの精神的支柱として紹介されずにいる限り、能も生け花も、より深い理解を得られぬままにエキゾティシズムの対象であり続けるだけだろうと私は思う。

日本の古典詩歌は、ある種の神秘的なヴェールのむこう側に身を隠している甚だ説明しにくいものと一般に思われている。外国人はいうに及ばず、現代日本の市民たちもその点では五十歩百歩であろう。なんだか曖昧模糊として、妙に気取った扱いを受けている鬱陶しい文化的重荷、という感じをいだいている人も多いはずである。

けれども、私の考えでは、そういう人々の中にも、たとえば『古今集』の和歌を作ったあれら古代人たちとほとんど変らない行動パターンやものの感じ方が生き続けているのである。学校とか会社とかワープロとか新幹線とか飛行機とかの現代的属性をちょっと取りはずして考えてみれば、現代人も平安朝人も、意外なほど共通した面の多い裸の男であり女であるにすぎない。

詩歌というものは、古代以来ずっと、人間生活の中でも最も変らない要素、すなわち性とか愛憎、喜怒哀楽の感情などに密接に結びついている表現形式だったから、日本人の行動様式や思考形態の最も基本的な様相が、その中にふんだんに見出せるのである。この基本的様相が、ハイテク日本の市民たちの中にもありありと現存しているから、現代においても短歌・俳句のような古典的形式の詩が、これほどにも繁栄しているのではないか。実際、ハイテクノロジーを喜々として享受する人が、同時に短歌や俳句にも熱中しているのであって、そこに何の違和感も感じていないのが最も普通の市民生活者の日常なのである。

俳句の一語あるいは助詞ひとつの選び方にさんざん頭をしぼる力をもっているからこそ、高度な精密機械をも楽々と操作できるといった技術者も、決して稀ではないだろう。第一、近代の有名俳人の中には、自然科学の分野で一流の業績をあげた人が少なくない。

こうしたことは、結局、日本語というものの動かし方、生かし方を究めることと、精密機械の複雑な部分部分の動かし方、生かし方に精通することが、一人の人間にあっては決して別々のものでないという当り前の事実を意味しているのにほかならない。日本語についてよくいわれる曖昧さなるものは、実は精妙さの別名であるともいえるのであって、そこには古代的な要素から現代的要素まで、折り重なって保存されているのである。

詩歌はそういう日本語の最も精密な自己表現である。私がこの「あとがき」で、日本の詩歌伝統の原理的諸問題を外に向かって説明することの必要性を強調しようと思っているのも、この理由によっている。

詩歌作品を個々別々に取りあげて、一つ一つに何かしら深遠な意味があるかのように眼光紙背に徹せんことを願い、あれこれ頭をしぼってみてもあまり意味はない。一つ一つの作品は、その形式の短さと同じように、実にあっさりしたものだからである。それらは単独では実に僅《わず》かな意味しか語ってはいない。日本の定型短詩の恐るべき強味は、逆説的に見えるかもしれないが、それが文字として語っている内容の、あまりといえばあまりなほどの僅かさ、貧弱さにあるといってもいい。語っている内容の僅かさと、語らないで暗示しているものの厖大さとの絶妙な合体が、俳句形式という日本語表現なのである。この形式の恐るべき強味がそこにある。

ところで、暗示という詩的武器は、暗示を読みとりうる同心の友の輪が存在しない場合には、とたんに威力を失う。短詩型文学は、その意味で、本質的に集団の文学であり、同心の連衆《れんじゅ》の文学であらざるをえない。ただこの場合、同心の連衆は、必ずしも同じ結社の仲間のごとき人々である必要はない。三百年、五百年、あるいは千年昔の作者とでも、私たちは連衆の座を組むことができる。古典を知るということの本当の意味がそこにある。

このことはもちろん、俳句形式の祖先である短歌形式についても全く同じようにいいうることである。そしてその和歌が、日本の長い歴史をもつ舞台芸術においても他の芸能においても、茶道、華道その他の生活芸術においても、最も重要な精神的支柱とされてきたことは周知の通りだった。柿本人麻呂も紀貫之も藤原俊成・定家父子も西行も、一首一首の作によってのみならず、彼らが形づくっている伝統の連続性の守護神として崇拝されたのだった。

日本の詩歌をそういう厖大な広がりをもつ精神圏そのものとしてとらえるなら、おのずとそこを貫流している力線も見てとられうるはずである。それについて説明することも、個々の作品の神秘的な意味について説くのとは違ったやり方で、できないことはないだろう。つまりそれは、ある種の構造原理の、そして力学の説明となるはずだからである。

私が本書で試みようとしたことは、そういう側面からの「詩をよむ鍵」の提示だといえる。もしそれが可能なら、それは同時に、片やハイテクノロジー万能の日本、片や能・歌舞伎・生け花・茶道の日本という、通常極端にかけ離れているかのごとく思われている両極の共存する奇怪な国日本の精神構造が、決して自己分裂しているわけではなく、両方とも実は同じ精神構造の二様の表現形式にほかならないことがわかるはずである。

というのも、繰返すようだが、外部世界にとってよくわからないと見えている日本の、そのわからなさとは、究極において「日本語」のわからなさと同じであり、それはまた「日本文化」のわからなさでもあれば「日本詩歌」のわからなさでもあるからだ。この根本の問題を少しでもわかり易いものにすることは、仮にも一九四五年以来日本語の詩というものに深く関わって生きてきた人間にとって、やり甲斐のある仕事でないはずがない、というのが、青年期以来の私の誇大妄想的な思いこみだった。

この本はそういう成り立ちの本である。これは、古典詩歌から近代・現代の詩人たちの仕事にいたるまで、すべて一人の現代詩人が乏しい才覚をふりしぼって考えてきた観察の集積である。私が考えてきたことは、たいていの場合、先人によって踏み固められた安全な道を歩みながらの威風堂々たる考察ではなかった。伝統詩歌を素材にしていても、私はいつも自分の直観と問題意識だけが頼りであるような危なっかしい歩みを続けてきた。

しかし、そういう人間であるがゆえに、日本詩歌の本質的な力線が、強い個性同士の協力と戦いの場である共同制作にあったことに、大きな示唆を感じとることもできたのだろうと思っている。その意味で私は日本の古典詩歌の伝統に、偉大な敵に対する深い敬意と親しみにも似た親愛感をいだいている。

本書は、続いて今年七月に刊行される予定の芸術論集『美をひらく扉』と、いわば一対をなすことになるはずである。このような形で二冊の本が出せるのは著者冥利に尽きる思いである。私としては両書とも、しばらくぶりにまとめる詩論集と芸術論集である。それぞれに愛着ある文章で両書を構成できるのが嬉しい。二冊をまとめるようにすすめてくれた講談社第一出版センターの清水元彦氏、そして熱心に、細心の注意を集中して編集の任に当ってくれた加藤広氏に心からの御礼を申しあげて、長すぎるあとがきを終る。

一九九二年五月

著者

美をひらく扉

講談社　一九九二年　三一八頁　四六判　二三〇〇円

■あとがき■

美術論集という言葉で一括するにはだいぶはみ出し部分もある本。私はこの『美をひらく扉』をそのような本にしたいと思った。なぜなら、そのようなはみ出し部分をもつことによってのみ、「美」についての本は多少とも美に近づくことができると思っているからである。これは逆説でも何でもなく、「美」というものは常に「美とされているもの」からはみ出してゆくものだからである。「固定」と「硬直」と「範疇」ほど美から縁遠いものはない。

本書の冒頭に置いた「美を感じるとはどういうことか」という文章で私が書こうとしたのは、簡単にいえば右のようなことだったように思う。

それを具体的な面に移して考えれば、絵のコレクションの歴史も画商の仕事も、文字を書くことも絵を描くことも、肉体の動作の一瞬一瞬がすなわち「作品」の展示そのものである舞踏を踊ることも、すべて美の技術と考えることができるということだろう。

私は何年か前に『抽象絵画への招待』（岩波新書）という小著を出したが、その中で次のようなことを書いた。本書の底流をなす考え方を知っていただくためにも便利だと思うので引いておきたい。

「一般に、宗教的、精神的要素を強くもった美術は、例外なしに単なる写真の限界を乗りこえて、肉眼に映る形態以上のものを表現しようとする。写実主義がギリシアあるいはルネッサンスに代表される人間中心主義思想のあらわれであるのに対し、人間を超えた世界を表現しようとする思想は、象徴主義、表現主義、抽象主義、超現実主義、抽象表現主義等々の、単なる肉眼的視覚の領土を超えたところに最も重要な表現目的を想定する多様な美術思潮となって、二十世紀美術の歴史を形づくっている。

つまり、それらは、造形的表現であると同時に、画家の世界観の表現でもあるのであって、現代美術を見る上で、このことは忘れてはならない重要な点である。美術の歴史は、その意味では、単に自然界や人間世界を忠実に映す作業の歴史ではなく、眼に見える世界について、視覚によって、また視覚を超えた全体的な知覚、さらには知性の不可欠な参加によって問われた、永遠的な問いの歴史であるといってよい。」

ここで書いたことは、別の言葉に直していえば、美術もまた人間の世界認識の精妙な形式だということである。それは知的な思索とも、芸術家個々の人生経験とも、切り離しがたく結びついている。だからこそ、画家たちの書く文章や詩は、しばしば職業的な文筆家が逆立ちしても及ばないほどの高貴な輝きと闇を秘めて人類共通の財産になる。

同じ理由で、言葉でものを考え表現することに専念する詩人や散文作家が、美術、音楽、その他あらゆるジャンルの表現形式について、自分自身の問題として書くことになんの差障りもないはずである。

私はそのように考えて生きてきた。学生のころ、ヨーロッパの詩人たちがごく当然のこととして美術についての批評を書き、画家たちと共同で仕事をしているのを知って、それが一つの強い励ましとなったことを、文字通り昨日のことのように思い出す。現代詩を作る人間が、古典詩歌についても同時代の芸術諸ジャンルについても、自分自身の生の一部分について語るように語るのは当たり前のことではないか、というのが、私の昔からの考え方だった。本書の構成がここに見られるようなものになったのは、その意味では、ほかにどうなりようもなかったということである。

本書はつい先日刊行された『詩をよむ鍵』と一対をなしている。二冊をこのような形で刊行できることは著者として望外の喜びである。芸術論に類する本を刊行することは、現代日本の出版界ではきわめて難しくなっているのが実情だろう。その意味で、私は二冊同時刊行の申し出をして下さった講談社第一出版センター取締役の清水元彦氏に深く感謝している。私は清水氏が以前講談社の美術書の編集にたずさわっていた当時一緒に仕事をしたこともあるのだが、その後も美術に関する私の文章に注意してくれていたことから今度の本が実現した。直接二冊の本を担当してくれた若い編集者加藤広氏の丹念な仕事ぶりには、妙な言い方だが、実に感慨深いものがあった。

本のあとがきはあっさりしている方が好ましいと常に思いながら、どうも長くなってしまう。さまざまな思いの一端でも書きとめておきたいという気持ちの表れとしてお許しねがいたい。

一九九二年七月　著者

「忙即閑」を生きる

日本経済新聞社　一九九二年　二四六頁　四六判　一四〇〇円

■あとがき■

『うたのある風景』『人生の黄金時間』に続いて、日本経済新聞社から三冊目の随筆集を出してもらうことになった。『人生の黄金時間』は予想外に多くの読者に恵まれ、嬉しい驚きを経験したが、今度の本も同じように幸運に恵まれることを願っている。

題名の『「忙即閑」を生きる』は、本文最初に置いた「忙即閑でありたい」という短文に由来する。そこでも書いたように、私は昔からよく用いられる「忙中閑あり」という成句にはどうも馴染めないでいる。それはもちろん私が無趣味そのものの人間だからだが、それだけでなく、忙と閑とを対立する二つの状態としてとらえる考え方にあまり現実性が感じられないのである。

むしろ「閑中忙あり」というふうに、せいぜい気取って言ってみたい気もするが、これはなっから私などには似合わない。見回してみれば、私だけではなく、わが知人友人の多くは、「閑中忙あり」とうそぶく資格など持ち合わせていない人ばかりのように見える。

さりとてこの人々が「忙中閑あり」などとやにさがっている光景も思い浮かばない。知人や友人でない人々についても、事情はどうもあまり変らないように見てとられる。

私はゴルフもやらず乗馬もせず、碁将棋に閑暇を満喫する趣味ももたず、煙霞の癖《へき》もまたそれほどありはしない。そういう人間がえらそうな口をきけたものではないが、人間という生物は、閑暇の時間というものを仮に与えられた場合、それを埋めるべくえらく多忙な計画にのめりこむという、まことに扱いにくい癖の持主なのではなかろうか。

真の閑暇というものがどんなものなのかを知り、味わいさえしている人が、いったい何人くらいいるのかしら。「小人間居為不善」と中国の古書は教えているが、不善をなすとまではいかないにしても、人間そのものが元来間居（閑居）することに慣れていない生物であるように思えてならない。「ひまを持て余す」とよく言うが、「閑暇の時」は、どうもあまり幸せな心理状態とはいえないような気さえする。ひがみっぽいと人には見えるだろうか。

会社人間には会社人間の、自宅労働人間には自宅労働人間の、多忙な時というものがある。そういう時に心をよぎるのは、「ああ、ひまが欲しい。ひまなやつが羨ましい」というはかない願いである。しかるに閑暇の時間が与えられた時、われらの考えることときたら、「ああ退屈だ。なんか面白いことないだろうか」。阿呆らしいことだ。

それならいっそ、多忙な時と閑暇の時とが別物ではない状態というものを理想に掲げてみてはどうだろうか。

そんな状態がありうるものか、と一笑に付す向きもあろうが、私はそれはありうると思っている。我を忘れてある物事に熱中した経験のある人なら――これがないという人は考えられない――必ずやこのような忙即閑の心的状態を知っているはずだからである。要するに閑暇の時間とは、時計で測れる時間ではない。それは時計なら一秒でも、一時間でも、一週間でもいいのである。心が全身的に忘我状態に入って一つの事に集中して働いている時、私たちは最も深い意味で自由に解放された時間、すなわち閑暇の味を味わっている。仕事をするということが、何者かに強いられてしているのではなく、また自分が自分を支配しつつしているのでもなく、ただ仕事のリズムそのものが仕事をしている状態になっていて、ふと我にかえってみれば、それをしていたのはこの自分という人間だったことに気づく、そういう仕事ができる人は、まさしくこの忙即閑の状態にあるのである。

またしても、そんな禅問答のようなことが可能であるわけがなかろう、といわれるかもしれない。私は一つの例だけをあげておこう。すべての子供は、最も充実した時間をすごしている時、必ずこの状態にある。

結局私は、充実した無我夢中の時にひたっている時の子供の気持になりましょう、と言っているのかもしれない。しかし、注意しなくてはいけないが、いい年をした大人が、そのまま子供に還ることなどできるわけがない。まして近ごろは、子供が無我夢中になっているのは、大人が作った電子玩具に没頭している時だけ、というような皮肉で薄気味わるい時代が来ているらしいではないか。単純に子供に還るなど真平御免である。

大人は大人で、没我の忙即閑の時を見つけ出さねばならない。さしあたって私のこの随筆集は、私なりのやり方でそういう状態を模倣してみた足どりのひとかたまりだと言ってみたい。

『人生の黄金時間』に続いてこの本をも編集してくれた白石賢さんに感謝する。白石さんは私の手もとに溜まっていた大量の切抜きの山から一冊の本の原型を取り出し、このような形に彫刻してくれた。

本書収録の諸文章を執筆する機会を与えてくれた関係者諸氏にも深謝する。

一九九二年八月　著者

「忙即閑」を生きる

［角川文庫］　角川書店　二〇〇一年　二三四頁　A６判　六五〇円

■文庫版あとがき■

『名句歌ごよみ』五冊シリーズ、ついで『人生の黄金時間』と、角川文庫で出してきたエッセイ集の最新版として、『「忙即閑」を生きる』を出すことになった。『人生の黄金時間』と同じく本書も、日本経済新聞社から単行本として出したものの文庫化である。移籍に同意して下さった日本経済新聞社に感謝申しあげる。

「忙中閑」という成語はよく知られているが、「忙即閑」なんで妙な標語は聞いたこと無いよ、と読者の多くが思われることだろう。これについては本書の冒頭の一編でその由来を弁じているので、ここで繰り返すのはくどいことになるが、あえてそれをもう一度繰り返すことにする。

私は本書の親版である単行本『「忙即閑」を生きる』のための「あとがき」の一節で、次のようなことを書いた。（一九九二年八月）。

「会社人間には会社人間の、自宅労働人間には自宅労働人間の、多忙な時というものがある。そういう時に心をよぎるのは、『ああ、ひまが欲しい。ひまなやつが羨《うらや》ましい』というはかない願いである。しかるに閑暇の時間が与えられた時、われらの考えることときたら、『ああ退屈だ。なんか面白いことないだろうか』。阿呆《あほ》らしいことだ。

それならいっそ、多忙な時と閑暇の時とが別物ではない状態というものを理想に掲げてみてはどうだろうか」

そんな状態がありうるだろうか、という当然起こるだろう疑問に対して、私は「すべての子供は、最も充実した時間をすごしている時、必ずこの状態にある」と書いた。でも、いい年をした大人が、そのままで子供そっくりの心の状態になるなんてことは、まず出来ない話である。それに、ただ単純に子供の状態に還《かえ》ることなど、少なくとも私は真平御免である。私はくだんの「あとがき」の末尾でこう書いた。

「大人は大人で、没我の忙即閑の時を見つけ出さねばならない。さしあたって私のこの随筆集は、私なりのやり方でそういう状態を模倣してみた足どりのひとかたまりだと言ってみたい」

そう書いた時からもう十年も経ってしまった。世紀も二十世紀から二十一世紀に移った。移ってみれば、その途端に、地球的規模の臨戦態勢へ突入の時代がやって来た。多くの人が、忙即閑なんて閑人《ひまじん》のたわごとだ、今は忙また忙の時代だ、と浮き足だって口々にののしり合う時代さえ、来ているのかもしれないと思う。

しかし、人間はどんなにしたところで、人間自身の内部構造を改造し、生存の様式を変貌《へんぼう》させることなどできないだろう。猛烈に忙しい時間を何十時間、不眠不休で過ごした場合は、そのあと、死んだように眠りこけなければなるまい。さもなければ、ほんとうの死に襲われてしまう。生きている限り、私たちは「忙即閑」をわが物として生きることが、最も好ましい姿だと考えるべきではなかろうか。

本書には、前著『人生の黄金時間』とはまた趣きを変えた幼少年期の故郷の話題や、青年期の詩作事《こと》はじめ、また駆け出し新聞記者時代のことなど、私としてはあまり他では書いたことのない話題もかなりある。それらと、本書後半部分の多くを占める話題、つまり日本語をめぐる諸問題や諸芸術の体現者でありまた私の知友でもある人々との付き合いから生まれた、もろもろの話題との間には、私という一個人を媒介として広がっているいろいろの、まさに「忙即閑」の話題が横たわっていて、私にとっては、たとえ短い文章であっても、いずれも大切な文章である。読んで下さる方々の心に触れるものが少しでも多からんことをねがっている。

『人生の黄金時間』もこの『「忙即閑」を生きる』も、最初の日本経済新聞社版はいずれも同社の白石賢さんが編集を担当してくれたものだった。そして、両者とも、この角川文庫に入る時、編集を担当してくれているのは、角川書店の陸田英子さん。これらの編集者の注意深い、冷静な仕事ぶりのおかげで、本が新たに甦《よみがえ》ってゆく過程は、いつもの事ながら心に沁《し》みるような出来事である。

二〇〇一年九月下旬　著者

光のくだもの

小学館　一九九二年　二二一頁　四六判　一五〇〇円

■あとがき■

折に触れて書いた随筆風の文章を保存してある宅急便用の紙袋、これがふくらんではち切れそうになってきたころ、小学館編集部の加納寿美子さんから、随筆集を一冊まとめませんかという誘いを受けた。それはありがたい、そちらの計画に合うものを適当に選んで下さい、と言って、袋の中身の一部を見つくろってお渡しした。それを三章に分けて編集してくれたのがこの本である。

題名は加納さんがはじめから『光のくだもの』という題を念頭においていると言い、私にも異存がなかったので、真先にきまった。

ゲラ刷りになってから、はじめてのものを見るような気分で全部を通読した。もの珍しい感じがする所が何個所かあって、安心した。こういう本の作り方は無責任だろうか。私はそうは思わない。私にさえ珍しく思われるような本でなければ、ほんとのところ面白くないと思うからである。

第一章には、四百字詰原稿用紙で二枚にも満たないような短文がたくさん入っている。いずれも月刊誌の連載で、ごく短い文章を毎月定期的に書くのは、時にはひどく難かしく思われたことがあるのをあらためて思い起こした。素材と与えられた字数との釣合いがとれないことがある時、その困難が生じる。それを何とか克服した時は、十倍ほどの長さの文章を書いた時よりもいい気分になることもある。

第二章に猫の話がいくつか出てくる。今まで私は随筆集の中であまりこういう話題の文章は載せなかったと思うが、今度は例外的なことになった。例外的といえば、第三章に、辱知の人々に対する弔辞とか追悼文をいくつかのせたのも同様のことである。

弔辞や追悼文については、私は古代人の柿本人麻呂が作った長歌形式の挽歌が、その種の文章の一つの理想形を示していたと思っている。人麻呂は長歌の中で、主として死者の生前の輝かしい側面について、心をこめて細叙しつつ讃美した。泣くのは反歌（短歌）の方でじつに効果的にやってのけた。もっとも、愛人が死んだ時はさすがに長歌の方でも泣き濡れているけれど。

私は弔辞や追悼文を、死者の功績を要約して讃える小論文のようなものだろうと思っている。

小論文といえば言いすぎだが、私は自分が書く随筆的な文章はすべて、エッセーの要素を大量に含んでいると思っている。

エッセーという西洋語は、語源からすれば「試み」という意味だが、私は人生そのものも究極のところすべて試みといえるだろうと思っている。その意味で、エッセー的随筆を書くことも大切な仕事だと思っている。さしあたってそれはまず、文体上の試みを含んでいるから。

一九九二年九月　大岡信

人生の果樹園にて

小学館　一九九三年　二〇五頁　四六判　一四〇〇円

■あとがき■

この本の成り立ちについてはじめに書きます。

ここに収めた二十四章は「ザ・ゴールド」（JCB発行、小学館編集）の一九九一年四月号から九三年三月号まで、二年間連載されたものです。「です・ます」調になっているのは、実際に毎回話したことを元にしてできた本だからです。

「ザ・ゴールド」編集部から連載を求められたとき、私は毎回話題を変えて二年間の連載を無事に（つまり一回も休載などせずに）しとげることができるかどうか大いに危惧しました。私は一つの話題について文章を書き、あるいは話す場合、話題が私の関心をひくものであればあるほど、その話題を何か月分か引きずってしまうのです。もしこの雑誌で連載をするなら、別の手段をとる必要がありました。だれかに聞き手になってもらい、毎回容赦なく話題を変えて、とにかく読み切り連載の形にすること。主題としては、身近なところに題材を求めつつ、全体が現代文明と日本文化についての観察集であるようなものにすること。

テープを毎回同じ長さの文章にまとめてくれたのは、詩人の高橋順子さんです。彼女はかつて私が十五巻の著作集を青土社から出した時、編集事務を担当し、巻末付録として私が語った回想的解説をまとめてくれた経験をお持ちです。加えて彼女は私の岩波新書版『折々のうた』の「作者略歴」をも、第一巻からずっと手がけてくれています。私は高橋さんの編集能力と聞き書きの能力に敬意と信頼感を抱いており、「ザ・ゴールド」の場合にもお願いして、快く引き受けてもらったのでした。同誌編集部の加納寿美子さんがもう一人の参加者でした。私が話す間、二人は一言も言葉をさしはさまず、純然たる聞き役に徹してくれました。

私の話は――文章でも同様ですが――しばしば横道へそれる傾向があります。そのことは、本書をお読み下されば一目瞭然ですが、二人の聞き役はそのような脱線をむしろ面白がってくれたので助かりました。

雑誌連載の時の総題は「乾坤《けんこん》の一滴」でした。この宇宙のただ一滴にすぎないのがこの私であり、またこれらの文章なのだというつもりでした。もちろん、乾坤一擲をもじったのです。本人としてはわりあい気に入っていましたが、「乾坤」の語が当節どれほど通用するかについて不安があり、ケンコンイッテキも、音としては知っているが、字も知らないし意味もわからないという現代日本人はたくさんいるかもしれません。そこで編集部と相談の上、いろいろな案の中から最後に選んだのが、本書の表題『人生の果樹園にて』です。

私は書き言葉と話し言葉の問題については多少の考えがあり、本書以外にも、ペンで書く文章を「です・ます」調で通し、本にまとめたものもあります。文章の極意の一つは、難しい話題をわかり易く書くことですが、その場合、文章の形式を「だ・である」から「です・ます」に変えるだけで、全体がずいぶん違ってくるという事実があり、私はそのことを大いに大切に思っているものであることを付け加えます。

一九九三年三月　著者

一九〇〇年前夜後朝譚
近代文芸の豊かさの秘密

岩波書店　一九九四年　三四六頁　四六判　二六〇〇円

■あとがき■

最近の本としてはかなり分厚くなった本ですが、『一九〇〇年前夜後朝譚』の校正刷を見終ったところで感じるのは、この本を書きあげることができたことへの、安堵というよりはもう少し強く、感謝の気持ちというに近い思いです。長篇評論としては、同じく「へるめす」に連載した『詩人・菅原道真』（一九八九年）以来のことですが、感じることはその時にも増してたくさんあります。やっと一つの仕事が終りました。

雑誌「へるめす」にこれを連載しはじめた時には、結局はどのような本になるのかということについて、確かなことはわかりませんでした。わかっていたのは、一世紀以前の、近代日本創始期の人々が、実際にどのように考え、どのように表現したのかということを、私にとって興味をもてる範囲で多少は幅広く、書いてみたいという意図だけでした。

その場合、わからないことにまでお義理で、あるいは義務感のようなもので、手を拡げるようなことはすまいということだけは、固く思っていました。自分が今書いておかねばならないと思うことだけに主題は限ること。しかし、それでももちろん書き洩らしたことはあります。

たとえば、近代演劇草創期には、坪内逍遥と並んで、森鷗外や、それ以前にも北村透谷のような人が、演劇の言葉の問題について苦心し、面白い試みもやっています。それらが立ち消えになっているのはなぜだろうか、ということ。具体的に言えば、演劇のセリフを七五調で書いた作品が鷗外に、また逍遥に、いくつかあって、特に前者の試みは十分に現代的価値もあり、芸術的にも優れていたのに、たぶん役者の側と観衆の側、そしてもちろん文学者や批評家の側と、いずれもこれをきちんと受けとめるだけの能力と水準がなかったために、立ち消えになってしまったのです。

これはずっと後、第二次大戦後の戦後文学全盛期に、同じく提起されながら立ち消えになってしまった「詩劇」の問題の、遠くて近い先駆者だったはずですが、私の方に書くだけの根気がありませんでした。

一例をあげればこういうことでした。

ウサギさん、ウサギさん、そんなに急いで、どこゆくの?という童謡がありますが、私たち昭和・平成の日本人は、ウサギさんの何代目になりますか、とにかく目の色変えて新しいものを追っかけるという習性にどっぷり浸かっています。おまけにコンピューター器機(ママ)という、人をこき使うために人に手助けしてくれるのを大得意とするマシーンが、いよいよご主人様になりつつある時代ですから、たださえ新しいものに従順な私たちとしては、ますます忙しくなること必定です。

私がこの本を書いた大まかな意図は、右の漫文を読んでいただけば推察して頂けると思います。要するに、私たちはこんなに日々忙しく立ち働いているのに、それにまた長寿社会だそうだのに、それにしてはなぜそれほど精神的に快活じゃないのだろう、という素朴な疑問がこの本の出発点にあります。一世紀前の思想家も文学者も、私たちより短命で病苦にもさいなまれていた人が多かったのに、私たちより本質的に快活で元気がよかったと私は感じています。それは「なぜ」なのか。その疑問を少しでも明らかにしたいと思ったのでした。

本の中ほどには、短歌、俳句について、また、和歌、俳諧についての文章が、かなりの分量を占めています。柿本人麻呂から外国の少年少女のハイクまで、私としては一世紀前どころか一千年以上昔からの根本的問題について、思えば青年時代以来、折にふれては考えながら、いつも多かれ少なかれ断片的な形でしか書くことができずにきたごく単純な、しかし大切な問題について、多少は考えをのべることができたと思っています。

いずれにせよ、ここに収めた文章は、根本の性格として「挑撥的」でありたいと思った文章です。挑撥、しかしオチョクリではないもの。私はそれがすべての批評の根本動機であるべきだと、つねづね思っています。それ以外に批評を書く理由などないのではないでしょうか。もっとも、今はオチョクリというものに人の心が動かされることの多い時代らしいので、私がこんなことを言っても一笑に付されるだけでしょう。

「へるめす」が五〇号を機縁として、編集同人制を解くことになりました。この本は、私にとっては十年間の「へるめす」同人時代の後半期に書かれたものですが、もしこの雑誌がなかったなら、まず確実に、この本は書かれなかったでしょう。磯崎新、大江健三郎、武満徹、中村雄二郎、山口昌男の諸氏の存在は、私にとっては必要な緊張感と持続性の源泉でした。定期的にめぐってくる次号のための原稿が、時間に迫られてぎりぎりの駆けこみになるのが常だった私を、辛棒（ママ）強く待っては激励してくれた編集部の坂下裕明氏にも、併せて深く感謝します。

一九九四年八月　　著者

P.S.私がこの作品で「です・ます」調をとっているのは、この本が、どちらかといえば多少ともアカデミックな論述になりやすい題材を扱っているためです。私はいかめしい、あるいは悲愴でさえある重々しい文章のスタイルが、好きではありませんので、論文風の書き物では好んで「です・ます」調を用います。個人的にその必要を痛切に、ほとんど蘇生の思いと共に感じたある大切な経験が、このスタイル採用の根本動機をなしています。もちろん口述筆記のごときものではありません。

初出

「へるめす」21号（一九八九年九月）～26号、30号～35号、37号、42号、45号、48号、49号（一九九四年五月）に連載。（単行本化にあたり、章タイトル・小見出しを改めた箇所がある。）

光の受胎

小学館　一九九五年　二二一頁　四六判　一五〇〇円

■あとがき■

エッセイ集『光の受胎』は、小学館から先に刊行した『光のくだもの』と、少なくとも題名では一対をなすエッセイ集になりました。たまたま収録エッセイの中に、萩原朔太郎の初期作品をめぐる「光の受胎へむけて」の一篇があることからヒントを得て、このような題名を選んだものです。『光のくだもの』と対をなすのもまた面白かろうと思ったのでした。

実は『愛と痼癪』という題も面白いかもしれないと思ったのですが、なにしろ漢字が制限されていますから、題名を見て、ハテ何とよむの、などといぶかしがる向きがないとも限らないと思い、採用しませんでした。痼癪という字がよめない人は少ないだろうと思いましたが、第四章の冒頭エッセイ「現代のことばを哀しむ」で思いのたけをぶちまけておいたように、私は日本の言葉が今置かれている環境については、心ならずもひどく悲観的になる時があり、それこそ癇癪を起こす気にさえならない時があります。そのたびに、「短気を起こすな、光の受胎をこそ願え」と思うのです。

本書には、かなり以前に書いたエッセイも、ほんの少しまじっていますが、それらに適切な席を用意してやることができたことを、有難いと思っています。

全体としては、第一章には小説あるいは小説家についてのエッセイ、第二章には詩人、歌人、俳人について、第三章には画家や音楽家について、第四章には、以上の三章とも深く関わりつつ、特に言葉について書いたエッセイをまとめました。

全部のエッセイが一冊の本の形をとり、印刷ゲラになった段階で、あらためて通して読んでみたとき、一つの明瞭な印象にうたれました。漱石とか朔太郎、太宰治とか虚子とかのような、私がお会いする機会のなかった大先輩の場合を除くと、ここでふれて書いた人々の大部分は、私が何らかの意味で相識っている人々ばかりだということです。中には一緒に仕事を何度もしている人々もいるし、日常的に友人としてしばしば談笑する人々もいます。

実をいえば、私がこれまでに書いた長短さまざまなエッセイ類は、歳月の流れるままにかなりな量になっていて、その切抜きやらコピーやらは、用済みの宅急便の空袋にいくつも乱雑に投げこまれているだけです。その中からまず私自身が相当な量のエッセイを選び出し、それをさらに担当編集者の加納寿美子さんが三分の一くらいにまで選び分け、さらに私が最後の選択をして一冊の本にしたものがこれです。その場合、最後に残ったものの大半が、何らかの意味で親しく識っている人について書いたものだったということには、きっと何か大事な、あるいは面白い、わけがあるのかもしれないと思うのですが、これはむしろ、新しいエッセイの主題でさえありうると、つまらない事を考えたら、この「あとがき」の決められた枚数がきていました。

一九九五年八月　大岡信

ことばが映す人生

小学館　一九九七年　二二二頁　四六判　一六〇〇円

■あとがき■

最初に往復書簡「美の変幻」をこの本に収めることに同意してくれた粟津則雄君に感謝します。前後三十一回、つまり三十一週にわたってこの連載は毎日新聞に掲載されましたが、もし手紙を綴る相手が粟津君でなかったなら、こうも互いに勝手気ままに、関心のある主題について書くことはできなかっただろうと、ゲラ刷りを読みながらあらためて思ったのでした。どんな話題に飛躍しても、粟津ならちゃんと受けとめて話を展開してくれるだろう、というこちらの思いこみが、一度もはずれることがなかったのは、私にとっては大きな幸運でした。私のもうひとつ図々しい思いこみを言えば、粟津則雄の方でも同じふうに考えていただろうと思います。友人の有難さです。

このエッセイ集にはもうひとつ、愛知県立岡崎高校創立百周年記念のために行った講演の速記録も含まれています。高校生や中学生に話すのは、私はいつも難しく感じられるため、めったに話すこともしないのですが、この講演は日ごろ念頭を離れない主題について触れたものだったので、ここに収めました。

この本の構成や収録する文章をどれにするかということについては、小学館編集部の加納寿美子さんにすべてゆだねました。その点では、これより前に小学館から出した『光のくだもの』『光の受胎』の場合と同じです。

「山本健吉の俳句論」だけは別ですが、他の文章はすべて、ここ一、二年のあいだに書いたものばかりです。これら以外にもまだたくさんの文章があるように思いますが、限られたページ数の本に収録するために自らその構成やら目次やらを考えるということになると、あれこれと迷ってしまうこと必定なので、いつも加納さんに一括して原稿を渡し、その裁量にゆだねるようにしています。その場合、読者の立場で考えてくれるように希望しています。

そのようにしてまとめられた各篇を見ると、現代詩についての文章がわりと多いことに気づきます。特に「日本の詩歌百年をかえりみる」と「マケドニア日記」ですが、一方は百年間の歴史パノラマを超特急で展望したもの、他方は私個人に生じたきわめて特殊な体験を中心に語ったものという違いはありながら、あらためて眺めてみれば、相互に補い合うところがいろいろあることに気づかされ、それが同じ本の中に収録されていることを幸いなことに思っています。

それにしても、ベルナール・フランクさん、武満徹さんをはじめ、近年、辱知の人々がこの世を立ち去る足どりの早さは、何としたことかと思います。大事な友達が一人減るごとに、代りはどこにもいないことを思い知らされる体験ばかりが増えてゆきます。この体験が増えれば増えるほど、身のまわりには寂寥の風が吹くのです。この本を読んでくださる読者のご健勝を祈ります。

一九九七年八月　　大岡信

折々のうた

［岩波新書黄版113］　岩波書店　一九八〇年　一八九、二六頁
新書判　三二〇円

■あとがき■

本書は一九七九年（昭五四）一月二十五日、朝日新聞創刊百周年記念日から、同紙朝刊（ただし九州の西部本社版だけは夕刊）に連載されているコラム「折々のうた」の一年分をまとめたものである。新聞休刊日を除いて連日掲載されたので、およそ三百五十回分ほどが第一集としてここにまとめられている。

新聞コラムでは、引用の詩句を除く本文部分が百八十字と限られている。その限定は、私にとって必ずしも窮屈とは感じられず、むしろ伸縮自在の枠組という感じがあって、ほとんどの場合はそれの制限内で書くことが一種の楽しみでさえあったが、さて一本にまとめる段になって見直してみると、百八十字の枠内にきちんとおさめるために採った省略とか強調とかの方法が、書物の中では目ざわりになるという点もあることに気づいた。本書でも本文部分は二百十字分だから、わずか三十字分の余裕が生じただけだが、その範囲内で手入れをし、書物に合った文章にしようとつとめた。その結果、新聞連載の時とはかなり面目を変えた個所もあろうと思う。

朝日新聞学芸部からこのコラム連載の話があったのは、開始前年の暮秋のころだった。引用詩句も含めて二百字ほどのスペースの中で連日詩歌の鑑賞をすること、という以外には、新聞社側にも成案はなかったようだが、話を持込まれた私にとっては、これは初手から無理難題と思われた。辞退と要請が繰返されたあげくに私は折れ、採りあげる作品を短歌、俳句に限らないということを条件に始めることにした。準備期間もごくわずかという状態で出発してしまったが、朝日新聞社は作品の選択その他一切について、私の自由裁量にまかせてくれた。そのため私はひとつも窮屈な思いをせずにこの仕事を続けることができた。

『折々のうた』で私が試みたことについては、年の初めにこの新書の予告が新聞広告に出た時、もとめられて広告用に書いた「これから出る私の新書」という一文を引いておくのが便利だと思う。

〈自家宣伝めくことを思いきって言わせてもらえば、『折々のうた』で私が企てているのは「日本詩歌の常識」づくり。和歌も漢詩も、歌謡も俳諧も、今日の詩歌も、ひっくるめてわれわれの詩、万人に開かれた言葉の宝庫。この常識を、わけても若い人々に語りたい。手軽な本で。新聞連載は続くが、まず一年

分をまとめる。〉

実現された結果は別問題として、意図としては右のようなことがたえず私の念頭にあった。日本の詩の歴史を、短歌、俳句、近代以降の詩という三つの分野について見るだけで足れりとしがちな世の「常識」を、私は大いに疑問とする。そういう「常識」がいかに貧寒で、自らを卑しめるものでもあるかについて、及ばずながら語りたいと思う。その上で私自身は、私の「現代詩」をこれからも書いていくつもりである。

言うまでもなく私が日本の詩歌について知るところははなはだ狭くとぼしい。もし、古今の秀作をすべて網羅しようなどと考えてこの企てに乗出したのだったら、その重荷に耐えず、たちまち挫折してしまっただろう。私にはそういう野心はない。代りに、私は古今の詩句を借りて、それらをあるゆるやかな連結方法によってつなぎとめながら、全体として一枚の大きな言葉の織物ができ上がるように、それらを編んでみたいと思ったのである。そこにでき上がる言葉の織物が、日本語で書かれた詩というものの全容を思いみる上で、ひとつの見本帖のごときものになり得ていたらどんなにいいだろう。これが私のいわば希望的観測というものにほかならなかった。

詩句を一日一日配列しながら、全体をゆるやかな連結方法でつなぎとめる場合、最も大きな枠組としては、春夏秋冬という枠組がある。日本の詩歌が古来その枠組を重んじて作られ、また編集されてきたのはいうまでもない。私もそれを尊重しようと思った。本書の構成を「春のうた」から始めて四季別にしたのもそのためである。新聞連載の時には最初の部分をなしていた高村光太郎の短歌以下三十四回分が、本書では「冬のうた」の最後の部分になっているのはそういう事情による。

春夏秋冬の区分は、しかし厳密なものではない。一応の枠組という程度であって、その枠組の中で、採りあげる詩句は季節に関係ない人事の諸相にわたっている。一つの詩句から次の詩句に転じてゆく転じ方も、私自身の内部で働く連想、対比その他の方法にしたがっているので、手っ取り早くいえば勘でまとめていくやり方である。しかしそれにはそれなりの見どころもあるのではないかと思っている。

「あとがき」が長広舌の場になって見苦しいが、本文の中でこういうことを書く場所がなかったため、読者の寛容を乞いたい。

以下に、本書の内容について書いておかねばならないことの若干をしるしておきたい。

本書を編むに当って引用させていただいた諸家に感謝申しあげるとともに、読者の便宜を思って、原作にはない振り仮名を、多くの作品に対して振ったことへの寛恕をおねがいしたい。その場合、原作が歴史的仮名づかいである場合は、振り仮名もそれに準じてつけた。

振り仮名の件は、特に漢詩読み下し文の場合、ときに悩ましい問題となることをつけ加えておこう。戦後に出た本の場合、漢文の読み下しを現代仮名づかいで書いている本も少なくない。そういう本に依拠する場合と、歴史的仮名づかいの読み下し文をつけた本に依拠する場合とが当然生じてくる。それらが同居する形になる本書のような性質の本の場合、気にしはじめるとそれがひどく気になる。しかしみだりに統一することもはばかられるので、気にしつつも両方の仮名づかいを共存させざるを得ないことも生じる。その点をおことわりしておく。また、読み下し文そのものにも、訓読者によって違いがある場合も多いが、出典を一々あげることはしなかった。江戸時代の俳諧作品についても句集名は煩瑣にわたるため略したものが多い。

作者名の振り仮名はすべて現代仮名づかいにした。また藤原俊成、同じく定家のような有名な作者の場合、トシナリ、サダイエでなく、慣行に従って、シュンゼイ、テイカとした。

文中の年代表記は和暦で統一したが、私自身は西暦との併記を理想的と考えている。しかし本文スペースが限られているので果せなかった。

コラムでの引用の詩句は二行分という限定があるため、漢詩、連歌・連句、歌謡、近・現代詩などの引用におのずと制約があり、採りあげたくても採りあげ得ないでいる作品が、とくに近・現代詩に少なくないのを残念に思っている。

参照した本は多い。それらを通じて多くの先学の学恩を蒙っている。また、新聞連載中、私が想像もしなかったほど大勢の方々から、新聞社や私個人あてに葉書や手紙を頂戴したが、それらの中には専門家の懇篤なご叱正、ご教示もあり、本書で有難く活用させていただいた。

付録として「作者略歴（兼索引）」を新たに作成した。これの作成にあたっては、青土社社員で新進の詩人である高橋順子さんのご協力を得た。

これらの方々にあつく御礼申しあげる。

また、若い人々に読んでもらいたいので手軽な本で出したいという私の希望を認め、岩波新書でこれを出すことに快く同意してくれた朝日新聞社の各位にも、感謝をささげたい。

一九八〇年三月　　著者

続　折々のうた

［岩波新書黄版146］岩波書店　一九八一年　一九五、二九頁
新書判　三八〇円

■あとがき■

一九八〇年（昭五五）一月二十五日から八一年（昭五六年）一月三十一日までの朝日新聞に連載したコラム「折々のうた」をまとめて、『続　折々のうた』とした。同コラムは、筆者が勤め先である明治大学の長期在外研究員として、今春から一年間海外に出かけるため、一月いっぱいで休載することになった。前著『折々のうた』は一九七九年一月二十五日からの丸一年分だったが、この続篇はそれより数日分多い次の一年分ということになる。

二年間にわたって、新聞休刊日を除いては一日の休みもなしにこのコラムを書いてきたので、さすがに多少の感慨がある。連載中は数日間の旅に出ることさえ難かしい有様だった。原稿をきちんと期日通りに書くことだけでも私にはしばしば重荷で、ましてや一か月分、二か月分と書き溜めることなど思いも寄らないことだったから、病気でもして寝こむようなことがあれば、穴があくことも十分にありえた。

このコラムの場合、書き溜めることができなかったのには、もう一つの、もっと重要な理由があった。私は季節のめぐりにある程度合わせて作品を選ぶという方針のもとにこれを書いてきたが、そういう方針をたててみると、その季節になってみなければ当季の歌や句についてぴったり来る言葉が湧きあがってこないことがしばしばあったのである。

たとえば、二月の寒い空気の中で春の蝶の歌や句を選び、それに短文をつけようとしたとする。ある種の蝶の句は四月の初めごろに置くのがふさわしそうだとか、いや四月の終りあるいは五月に入ってからがふさわしかろうとか、そういう細かなことが自分にとっていちいち問題になった。ふだんいかに外界を見つめることに習熟していないかということが、そういう場合に暴露された。毎年見慣れているはずのことなのに、ある自然現象がいったい一年のどの時節において最も充実した様相を呈するかという点について、ひとつひとつしっかり確かめて知ってはこなかったことを後悔するという事態がしばしば生じた。その結果、たとえば二か月先の自然界の姿を確実に想像すること、言いかえれば自分の肌に二か月先の風がどんな温度、どんな湿度で吹き、その時木草はどの程度に葉の色が変っており、どんな虫や花が顔をみせはじめているかといったことについてだけでも、確実な実感をもって想像することが大層難かしいということを、ほとんど初めて、身にこたえて知った。

新聞コラムの文章は百八十字という短文だから、ぴたっと来る一語が得られるか得られないかで、出来不出来に雲泥の差が生じる。その一語は、結局のところ辞書からも歳時記からも簡単に得られるものではない。ある季節の中で自分が感じとるある実感、それが私の中に茫洋とうごめいている言葉の群れの中から、ある一語を突如として明かるみに引き出す。私はその言葉と、その時はじめて出会う。そういう出会いがないと、百八十字の短文は書きようがなかった。一語の背後に同時に数十語が感じられるような、そういう一語に出会えるかどうかが、この種の文章の唯一といってもいい要点だと思われた。

それが私の文章で実現できているなどとはもちろん思わない。心構えとして常にそう思っていたということである。したがって、新聞記者のいわゆる「予定稿」を作ることは、「折々のうた」の場合、少なくとも私には不可能だった。ある季節のものは、その時節にわが身を置いていないと書けなかったし、書く気もなかった。そのためいつも緊張していただろうと思う。それで病気もしなかったのかもしれない。

もともと、いつも自分をせっぱつまった状態に置くという感覚は、私にとっては文章修業の大切な要件であるように思われ、ぎりぎりのところで閃く言葉にこそ生命の輝きが宿るという信仰のごときものもあるので、これ以外のやり方は本当はできないにちがいなかった。

知識というものを、奥深いところではあまり頼りにしていないのである。かといって無知を標榜するつもりもない。どちらもそれだけでは詩の問題を覆うに足りないというだけのことである。

さて、こんな話題に筆が及んだところで、早速自分の失敗譚をもち出すのは少々滑稽な話だが、実はこの『続　折々のうた』では、朝日新聞連載時には載っていたある句の鑑賞が一回分省かれているのである。なぜそんなことになったのかについて、「新潮」一九八〇年七月号の随筆欄に書いた「彼岸と富草」という一文から、必要な個所を引いて説明に代えさせていただきたい。これはコラム「折々のうた」について書いた一文である。

《五月下旬現在で私の書いた回数はおよそ四百八十回ほどになるだろうか。その間、とんでもない大間違いはそんなに仕出かしていないと思うが、さる三月五日付の松本たかしの句、

蝌蚪《くわと》生《あ》れて未だ覚めざる彼岸かな

についての解釈は、現代詩を書き、また読みなれてきた人間が陥りやすいおとし穴にストンと落ちこんで、我ながら叩頭するほかないものだった。私はそこでこう書いた。

『松本たかし句集』（昭一〇）所収。宝生流能役者の家に生まれたが病弱で能を断念、虚子門に俳人となった。句は繊細にして高雅。「蝌蚪」はオタマジャクシ。「彼岸」はむこう岸。生まれたばかりのオタマジャクシが水中に群れ遊ぶ。この時対岸はまだ眠りの中に霞んでいる。春の朝の田園情景だが、「未だ覚めざる彼岸かな」には、どこか非現実の岸辺の縹渺たる感触がある。

旬日もたたないうちに、ある俳人から手紙をもらった。「彼岸」をむこう岸と解するのはおかしいではないか。これは春の彼岸のことであろう。句は「蝌蚪生れて未だ覚めざる」で一旦切れて「彼岸かな」と続くのであって、「未だ覚めざる彼岸かな」というお前の読みは俳句の何たるかを知らないものである。

言葉はずっと穏かだが、内容の要点はそういうものだった。私は一読してマイッタマイッタと言うほかなかった。続けてマタヤッタと、苦笑した。

以前、虚子の若い頃の句、「づんぶりとなる子に暮るる夕日かな」の「なる」について、これを動詞と早とちりして、我ながらうまい説明とうぬぼれるばかりの解釈を、二ページほどにわたって弁じたことがある。ところが何と、詰らないことに、「なる子」は「鳴子」に過ぎないのだった。伝統俳句を注意深く読む習慣があれば、虚子が季語なしの句を作るはずがないことぐらい当然念頭になければならないのに、たまたま「なる子」という表記になっている本を読んだため、たちまち脳裡に水浴する児童の姿が浮び（茂吉や白秋の三崎での水浴童児の歌などが同時に思い出されたのも運が悪かったのだが）、あとは「現代詩人」の空想癖にみずからはまりこんだというわけだった。これもある俳人の指摘で、マイッタと相成った。しかしこの句、「鳴子」では全く詰らない句ではないか。

たかしの句の「彼岸」に私が「どこか非現実の岸辺の縹渺たる感触」を思い、当り前といえば当り前に気付くべきお彼岸の方を無視してしまったのは、同じく「現代詩人」の抽象癖、空想癖、遠方想望癖によること、言うまでもないが、もう一つ理由があって、それはこの句に、もう一つ春季の季語が詠みこまれていたためである。すなわち「蝌蚪」。

季語を一句の中に二つ詠みこむ句が最近の俳句にはふえている。必ずしも排斥すべきこととは言えまいが、私には気になる。安易すぎる傾向ではないかと思う。そう思っているから、松本たかしともあろう俳人の句にもそれがあるなどとは、はなから考え及ばなかったのだ。しかし、見直してみればこの句での季の重なりは、句を損ねてはいない。さすがにたかしの句である。

かくて、季語畏るべし。もっとも私は、私の「彼岸」の映像を投げ捨てる気はしないから、私自身のための解釈としてはとっておくつもりである。》

たかしの一句が本書では省かれた理由は以上の通りである。これらの説明をつけて本文に収録するには、本文の二百十字という枠ではどうにもならないので、残念ながら割愛した。右の一文でも書いたが、私は自分の失敗を必ずしも全く無意味だとは思っていないのである。「彼岸」という季語にしても、仏教用語の原義にもどって言えば、私の感じたことは誤りではなかろう。ただこの俳句では、作者自身がお彼岸の時節を念頭に置いて作っていることが明らかだから、その事実がまず語られねばならない。その点で私の解釈は邪説ということになる。

例によってまた「あとがき」が長広舌となってしまったが、こういう内輪の話を書きしるすのも無意味ではないと思うので書いた。

前回同様、作品をここに収載することに快く同意して下さった作者の方々に、あつく御礼申しあげたい。

前著「あとがき」でしるした執筆意図や凡例に類することは、繰返しになるので省略させていただく。

一九八〇年秋、この新聞コラムに対して第二十八回菊池寛賞が与えられたこと、その授賞理由として、これが「歴史の流れに立って詩歌のこころと魅力を広く読者に植えつけた」とされたことは、私のささやかな努力に対してのみならず、古今の詩の短い言葉の中にこもる日本語の力そのものに対して与えられた褒賞として、有難いことだと思った。

本書は今さら申しのべるのも気がひけるほど多くの先学の学恩を蒙っている。また多くの読者からのご意見やご教示も頂戴し、それらを本書で活用させていただいたところもある。それらのご恩にあつく感謝申しあげる。

「作者略歴（兼索引）」は、前著に引きつづき高橋順子さんのご協力を得ることができて有難かった。

連載に関してすべて私の自由選択にまかせ、書きたいように書かせてくれた上、前著に引続いて岩波新書でこれを刊行することに同意してくれた朝日新聞社に対し、あつく感謝申しあげる。

一九八一年一月　著者

第三 折々のうた

［岩波新書黄版226］岩波書店　一九八三年　一八八、二六頁
新書判　四三〇円

■あとがき■

『第三　折々のうた』は、一九八二年三月十五日から八三年三月十四日までの朝日新聞朝刊に連載された「折々のうた」一年分をまとめて新たに手を入れ、一冊としたものである。一年分だが、うち十日ほどは新聞休刊日のため書かれなかった。

すでに『折々のうた』『続　折々のうた』の二冊をまとめており、この新聞連載コラムの由来や筆者としての私の意図などについてはそれらであらましのべているので、ここであらため

て特記すべきこともないように思う。ただ、第一冊目のあとがきでものべたように、私は日本の詩の歴史を、短歌、俳句、近代以降の詩、という三つの分野について見るだけで足れりとしがちな世間一般の「常識」に対して、つねづね疑問をいだいている。日本の詩歌は、もっと裾野の広いものであり、種類も豊富である。その全容を系統立てて紹介するということは、とうてい私の任ではないけれども、少なくともそのような企てが将来実現されるよう、その機運を醸成する役割の一端くらいはにないたいと願っている。「折々のうた」というコラムはそのような意図のもとに書いているもので、私はそれを自由にやらせてくれている朝日新聞社に感謝している。

短歌が出た翌日には漢詩の一節、その次には俳句、次には歌謡といった具合に、様式の異なる詩形が入り乱れるように登場し、互いにつなげられてゆくのも、私のそういう考え方からすると自然だし、むしろ必然だということになる。違う様式で書かれたものの中に、ある共通の水脈が見出され、互いに呼応しあいもしているという事態が生じるなら――そしてそれはたえず生じている――そこから逆に、それぞれの詩形の個性についてもう一度考えてみる興味も湧いてくるだろう。

『折々のうた』のあとがきで、私は自分の意図を次のように説明した。今度の本についても根本的には同じなので、以下に引いておきたい。

《言うまでもなく私が日本の詩歌について知るところははなはだ狭くとぼしい。もし、古今の秀作をすべて網羅しようなど考えてこの企てに乗出したのだったら、その重荷に耐えず、たちまち挫折してしまっただろう。私にはそういう野心はない。代りに、私は古今の詩句を借りて、それらをあるゆるやかな連結方法によってつなぎとめながら、全体として一枚の大きな言葉の織物ができ上がるように、それらを編んでみたいと思ったのである。そこにでき上がる言葉の織物が、日本語で書かれた詩というものの全容を思いみる上で、ひとつの見本帖のごときものになり得ていたらどんなにいいだろう。これが私のいわば希望的観測というものにほかならなかった。》

《春夏秋冬の区分は、一応の枠組という程度であって、その枠組の中で、採りあげる詩句は季節に関係ない人事の諸相にわたっている。一つの詩句から次の詩句に転じてゆく転じ方も、私自身の内部で働く連想、対比その他の方法にしたがっているので、手っ取り早く言えば勘でまとめていくやり方である。しかしそれにはそれなりの見どころもあるのではないかと思っている。》

新聞コラムの場合、引用している作品を除いた私自身の文章の長さは、最大限で百八十字である。たいていの場合は百八十字分を目いっぱい使って書いている。岩波新書の場合、この枠が二百十字分までふえているので、多少の修正を加えて加筆していることが多い。新聞では名詞止めの書き方などを活用している省略の多い文体になっていたものが、こちらではもう少し自然なつながり方になっている、などのちがいがある。これは前二著の場合も同様だったが、読者の中には新聞連載時の文体をそのまま保存した方がいいと忠告して下さる人もいる。私自身の考えでは、新聞紙上で四角の枠に囲まれ、その枠の中にきちんとおさまっている限りではあまり無理も感じさせないような省略の仕方でも、場を移して本書のような形にしなおすと、必ずしもしっくりこないということがあるのだ。文章というものは、発表場所のいかんによって、案外違った印象を与えるものだということを感じさせられるのである。

新聞に出ていた時と本書とで、発表の順序に異同のある個所がある。すなわち、春の部の一カ月あまりの分（本書三ページから二〇ページまで）は、新聞では最も新しく、本年二月初旬から三月中旬までに発表された分なのだが、本書は春の部から始まる関係上、それらの位置を先頭の方に移してある。

本書を編むにあたって、引用させていただいた諸家にあつく感謝申しあげる。そして、読者の便宜のため、多くの作に振り仮名をふったことへの寛恕をお願いしたい。原文が歴史的仮名づかいである場合は、振り仮名もそれに準じてつけた。

作者名の振り仮名は現代仮名づかいにした。

文中の年代表記は和暦で統一したが、私自身の気持ちとしては、西暦との併記が一番落着きがいいと思っている。限られた本文スペースではそれを省かねばならなかった。

前二著同様、執筆中に参照し教示を受けた先学の研究書その他の学恩ははかり知れない。また、連載中に便りを下さって叱正をたまわった方々の御恩も忘れることができない。いずれにもあつく御礼申しあげたい。

付録の「作者略暦（兼索引）」の作成には、前二著同様、高橋順子さんのご協力を得た。記して御礼申しあげる。

一九八三年三月　　著者

第四　折々のうた

［岩波新書黄版261］　岩波書店　一九八四年　一九〇、二五頁

新書判　四三〇円

■あとがき■

『第四　折々のうた』は、一九八三年三月十五日から八四年三月十五日まで朝日新聞朝刊に連載された「折々のうた」一年

分をまとめたものである。今までの三冊の場合と同じく、本書にまとめるに当って、表現上の修正や補足を全ページにわたって行っている。これは新聞連載の場合百八十字が限度であるのに対し、本書では一項二百十字で三十字分の余裕があるためである。修正は多くの場合きわめて微細なものだが、三十字分の範囲内で可能な限り、文章表現として意にみたなかった部分に手直しをほどこしている。

新聞コラムの読みものとしては決して不自由でなく、むしろある種の調子をも作り出して効果的に思われるような名詞止めの語法などが、本の形になると微妙な異和感をおこさせることがあって、そういう所は修正せざるをえない。『第三 折々のうた』のあとがきでも書いたように、この事実は興味ある問題で前々から関心をもっているが、今度の本でも同じことを感じた。文章というものは、それが発表される場と生きた関係において結ばれているものだということを、こんなとき痛感する。

修正・補足にはまた、新聞に発表したあと読者からの教示があって、本書をまとめる機会に訂正することのできたものも含まれる。新聞原稿は時間的にあまり余裕のない状態で書いているため、時には調べを十分にせず、記憶に頼って書く場合がある。そういう時、間違いをおかすことがある。年とか場所とかをうっかりして間違えるのは、ほとんどそういう時である。そんな時、手紙や葉書によって注意して下さる読者が必ずあるのが有難い。本書ではそれらの教示を生かすことができたので、その種のミスは減っていると思う。お礼申しあげたい。

新聞連載はこれで丸四年になった。真中に一年間、外国へ出かけたための休載期間が入ったので、開始した時からだと五年間が経過したことになる。始めたときにはこんなに長く続くとは予想しなかった。私はこれを始めるにあたって、少なくとも、日本の詩歌史が短歌・俳句・詩という最もよく知られた三つの分野だけで尽きるものでは到底ないこと、従来軽視されがちだった漢詩とか歌謡、またいわゆる雑俳などの世界に、正統派の和歌などに比していささかも遜色ない生気にみちた詩が見出されること、またとりわけ、日本の詩歌史では複数作者が同じ場で出会い、一座をなして共同で詩を作ってゆく連歌・連句の伝統が本質的に重要であることを、実際の作例を通じて見てみることが必要であること、などを念頭においていた。それらの考えは、連載にあたっての作品の選択や、その排列の仕方にも当然反映しているわけだが、四年間書いてきて、いま私が実感していることは、こういう私の考え方が多くの人々に徐々に自然な形で受け入れられはじめているような気がするということである。私にとってはこれは少なからず喜ばしいことである。

私はここでみだりに日本の詩歌の優秀性などを説くつもりはない。某国の詩歌は優れており、別の国の詩歌はそれほどでもない、などという議論ほど——そういう議論が仮にあるとすれば——不毛かつ滑稽なものはない。言語が違うところ、必ず別の詩歌があり、そしてその一つ一つが、何ものにも替えがたい必然性によって、その言語の最上の美果となっているというのが、詩歌というものの本質的あり方なのである。

そう指摘した上で、やはり日本の詩歌の特徴について一言付け加えておきたいという気持が私にはある。それは短歌や俳句や川柳のように短い詩形が、昔から今にいたるまで生きた詩形として人々に愛用され続けていることの不思議さについてである。ただ一行で完結する詩を千年以上にわたって歌い続けてきたような民族は他のどこにもない。「俳句歳時記」が、単に「歳時記」であるだけでなく、「俳句」の選集としても読まれうるのは、一句が一行で完結しているため、厖大な数の句を一冊の中に収めることが可能だからである。私自身に関わることでいえば、詩歌に関するコラムが新聞の第一面に毎日掲載されるという、少なくとも今のところ他国の新聞では考えられないユニークな形式が成りたちうるのも、一つには日本に短い詩の秀作が豊富だからにほかならない。このことは、指摘しておくべき点だと思っている。

私は日本の詩歌を知ることは、日本語を最も深いところで知ることだと考えている。「折々のうた」の試みは、究極のところつねにその問題に関わっているが、目標は明らかでも道程は遥かに長い。一九八四年三月十六日から同年末まで、私は新聞連載を休んで充電期間とすることになったが、予定通り八五年一月から再開した場合にも、方針は定まっている。必要なのは一層の工夫だけである。

本書を編むにあたって、引用させていただいた諸家にあつく感謝申しあげる。従来同様、読者の便宜のため、原作にはない場合でも振り仮名をふった作が多いことへの寛恕をおねがいしたい。原文が歴史的仮名づかいである場合は、振り仮名もそれに準じてつけた。しかし、作者名の振り仮名は、従前通り、現代仮名づかいで統一した。

文中の年代表記は、できれば西暦との併記が望ましいと思うのだが、本文スペースが限られているためやむを得ず和暦にした。ただ、必要な場合、何世紀云々という形の叙述はしている。

執筆中に参照し、教示を受けた先学の研究書その他の学恩ははかり知れない。いちいち挙げないが、あつく御礼申しあげる。

付録の「作者略歴（兼索引）」の作成には、前三著と同じく、高橋順子さんのご協力を得た。記して御礼申しあげる。

一九八四年三月　　著者

第五　折々のうた

［岩波新書黄版333］　岩波書店　一九八六年　一九一、二五頁
新書判　四八〇円

■あとがき■

『第五　折々のうた』は、一九八五年元旦から同年大晦日までの一年間、朝日新聞朝刊に連載された「折々のうた」をまとめたものである。既刊四冊と同じく、書物の形にまとめるに当って、表現上の修正や補足を全ページにわたって行っている。新聞連載では私の本文は百八十字だが、この新書では一項二百十字まで入るため、三十字分の増補が可能になる。それは当然、旧本文の削除修正をともなう増補だから、本文全体に修正の手が入る場合も時々生じた。

　一例をあげると、一日ごとに読み切りになる新聞コラムの場合なら有効な働きをする名詞どめの語法が、一冊の本全体の流れの中では必ずしもよい方向に働くとは限らないという問題がある。そういう個所を補修すると、文全体の示す一種の手ざわりも変化してくる。私はそういう変化を見守るのが好きだから、結果的にはかなりこまかい手入れもしてあると思う。

　実は一九八五年元旦に先立つ九カ月、私は新聞連載を休んだ。その折り朝日新聞に「休載の弁」を書いた。そのある個所は、本書を読んで下さる読者にも、楽屋ばなしとして読んでもらえそうだと思われるので、以下に引用しておきたい。

　休載はひとえに私の側の希望による。小さな欄だが、一日も欠かさず書くのはさすがに疲れることでもある。困ることの第一は、旅先では書けないこと。また取り上げる作品の選択や調べを、だれかに手助けしてもらえる性質のものではないこと。いつでも手が届くところに、必要な本の一切がなければならないこと。辞典だけでも、国語辞典や漢和辞典何種類かを含め、常時十数種類を座右におかねばならないこと。その他。

　こういう条件の積み重なりは、結果としていつも本に囲まれた生活を生みだし、意識的にも無意識的にも緊張を強いる。何カ月かの無責任な解放の時間がどうしても必要になる。それが開店休業の理由である。何しろ、数日間の旅行に出るだけでも、原稿を書き溜《た》めるのが苦手な私には大ごとで、まして二、三週間外国へ行く必要が生じたりした場合には、時間のやりくり算段に四苦八苦する。

　具合のわるいことに、私はこの種の短い文章（百八十字分）を書く心得として、せっぱつまった状態にあえて自分をおくことが必要だと考える人間なのだ。せっぱつまった状態でひらめくものが、短い文章では時に決定的に重要なことが

ある。それの訪れを待つために、あえてぎりぎりの時間まで書かずにいたりする。はた目には何たる愚図か、と見えるかもしれないやり方によって自分を追いこむ。何のことはない、たえず苦しい状態にみずからを置こうと努めているのである。新聞社からのオートバイが、今ごろ高速道路のどのあたりを疾走しているかを、ありありと感じながら最後の仕上げを急いでいるなんてことはしばしばで、頭脳には時によき刺激にもなるが、心臓にはあまりよくないに違いない。休みが必要になるのは当然だ。

オートバイ云々は決して誇張ではなかった。休載の結果、一カ月ほど休んだところで体調もずっとよくなったという明らかな事実があった。

しかし、一九八五年元旦から再開してみると、またもや同じ難問が行く手にひかえていることに、否応なしに気づかざるを得なくなった。つまり私は、この一年間に合計一カ月半近く国外に旅行しなければならなかったからである。ヨーロッパの何カ所かへ行ったあと韓国へも行き、詩祭や芸術祭や学会で詩の朗読や講演をした。さらに数か国の詩人たちと詩の共同制作(「連詩」と私は呼んでいるが)をも試みるという、これまであまり例のなかった経験さえそこに加わった。その間には、フランス文化省と朝日新聞社の共催によるいわゆる「日仏文化サミット」第二回会議にも一週間にわたって参加するという過密なスケジュールだったから、この時の「折々のうた」の書き溜めは、たぶん一カ月半分ではきかなかったと思う。書き溜めが苦手な人間にとっては、相当な難業だった。

書き溜めが難しい理由の一つは、実をいえば、百八十字の本文を書くことよりも、そもそも歌や句を選ぶことが難しいからである。一カ月半分の歌や句をあらかじめ選び出すために、はたして何冊の本に目を通したことになるのか、自分でも見当がつかない。名歌名句なら何でもいいというわけではなく、少なくとも私自身の心積もりでは、日々の歌や句の配列にはおのずと内的なつながりがなければならないのである。それなしには、「折々のうた」を日本詩歌のひとつの織物として、すなわち一全体として提出したいという私の当初からの念願は、影の薄いものになってしまうだろう。それだけに、選ぶこと、そしてそれを配列することは、この連載の作業のたぶん七割ぐらいの比重を占めるのであって、その段階ですでに書くことの要点は決まっているとさえいえるのである。

これが「折々のうた」執筆の最も難しい点だといっていい。しかしそれはまた、毎回私に何かしらの新しい刺戟を与えてくれる当のものであって、この緊張がこの仕事を支えてくれているといってもいい。

幸いにして今も多くの読者に読まれているコラムが、このような形で本にまとめられることは、私にとっては大きな喜びである。

そして注意深い読者は、本書に収められた分に関していえば、私自身の文章が、全体として前四冊とは肌合いのかなり違ったものになっていることに気づいて下さるだろう。それがこの一年間、一見大して変りがないとみえるであろうこのコラムの内面に生じた、ひとつの変化であることを筆者は自負している。

本書を編むにあたって、引用させていただいた諸家にあつく感謝申しあげる。従来同様、読者の便宜のため、原作にはない場合でも振り仮名をふった作が多いことへの寛恕をおねがいしたい。原文が歴史的仮名づかいである場合は、振り仮名もそれに準じてつけた。しかし作者名の振り仮名は、従前通り現代仮名づかいで統一した。

文中の年代表記は、できれば西暦との併記が望ましいと思うが、本文スペースが限られているためやむを得ず和暦にした。

執筆中に受けた先学の研究書その他の学恩ははかり知れない。いちいち挙げないが、あつく御礼申しあげる。

付録の「作者略歴（兼索引）」の作成には、前四書の場合と同じく、高橋順子さんのご協力を得た。御礼申しあげる。

一九八六年二月下旬　　著者

第六　折々のうた

［岩波新書黄版370］　岩波書店　一九八七年　一九〇、二四頁

新書判　四八〇円

■あとがき■

「あとがき」を書くのもこのシリーズだけで六回目になる。すなわち本書は朝日新聞連載「折々のうた」の、満六年目の一年分をまとめたものである。

ただ、新聞コラムのために書いた文章そのままをここに転載している例は非常に少ない。大半は本書収録に当たって何らかの手を加えている。新聞の本文字数は百八十字以内、本書の一作分は二百十字以内で、三十字分の違いはかなり大きな意味をもっているから、それを活かしつつ文章の呼吸を新聞から本へ調整するのが、毎度本にするたびに大切な仕事となる。

さて、今年一九八七年一月一日付けの新聞から秋口まで、新聞コラムの方は休載中である。それについて私は八六年十二月二十七日付けの朝日新聞夕刊に、「折々のうた休載にあたって」という文章を書いたが、本書の読者にも読んでいただければ幸いだと思う点もあり、以下にそれを掲げて、あとがきの代りともしたい。

元日の朝刊からしばらくの間「折々のうた」の連載を休ませていただくことにした。一九七九年から始めた連載がこんなに長く続くものになろうとは、私の夢にも予想しないことだったが、今までにも間に二回休憩させてもらったことがある。この欄は新聞休刊日を除くすべての日に連載されるので、私の能力をもってしては丸二年間の全力疾走が限度、しばらく息を整えてからまた再開ということにせざるを得ない。言ってみれば、毎日新たにスタートラインに戻っては百メートル障害競走をくり返すような仕事であるため、マラソン・ランナーとはまた違った息の調整が必要であるらしい。

川の瀬に立つ一つ岩乗り越ゆと水たのしげに乗り越えやまぬ　窪田空穂

人間のする日々の営みが、この歌にうたわれている水のような具合にはいかないのは、致し方ないこととはいえ残念なことである。考えてみれば、自然界というものには人間がもつような「疲労」という現象はない。木の葉が枯れて落ちるのも、疲労ではなく、必然である。人が自然界に深い慰めと活力の源泉を見出す理由もそこにあろう。

とはいえ、「折々のうた」の仕事は、疲労に倍する楽しみと発見の喜びを私自身に恵んでくれるので、実際のところ休載などということなしにすませられるならどれほどいいだろうかと思う。しかし私はこの仕事以外にもすべき事を持っていて、それらもまた、私自身にとってはしばしばきわめて重要なものなので、「折々のうた」の仕事との折り合いをつけるのがなかなか大変になる。これも前掲の空穂の歌同様「折々のうた」で数カ月前に引いたものだが、坂本龍馬の次の歌にはそんなわけで不思議な愛着と共感をおぼえる。

「淀川をさかのぼりて」と詞書のある歌――

藤の花今をさかりと咲きつれど船いそがれて見返りもせず

坂本龍馬

私は今、この原稿をパリで書いている。これが新聞にのるころには日本に帰っているはずだが、「折々のうた」に関することに話題を限っていえば、この欄の存在がフランスの、また西ドイツやオランダなどの多少とも日本に関心を持っている――そしてその数は飛躍的にふえている――私の知り合いの文学者や編集者やラジオ・テレビ関係者のあいだで、一種の驚きとともに語られていることは、私自身がその当事者であるだけに何とも印象的なことである。

何に対して彼らが驚いているかといえば、「大新聞の第一面に毎日詩が一つずつのっている」という事実に対してである。詩人たちは私に、「本当か」ときく。足かけ八年前から続けていると答えると、「信じられない。何という文化だ」と驚く。『ル・モンド』はそれをやるべきだ」と何人もが異口同音にいったのが面白かったが、日本には短い詩の長い伝統があって、それが今なお生きているからこんなことが可能なんだよ、と私がいうたびに、「ううん、そうだな。こちらの詩ではそういう小さなコラムは成り立たないな」と首を振る。実際、欧米の詩は短歌や俳句に比べればずっと長い。私は自分自身が自由詩形の作者だから、彼らの気持ちがよくわかる。短歌、とくに俳句の形式は、とにもかくにも彼らにとっては不思議な生き物なのである。

十一月半ばに日本にやってきたフランスの詩人・批評家クロード・ロワと東京で会った時、彼が私に対して用意してきたいくつかの質問の中に、「伝統的な詩は現代のハイテクノロジーの日本でもうすっかり見失われているということを、パリにいる日本人から聞いてきたが本当か」という問いがあった。私は二十代のころからその著書を親しんで読んできたこの詩人に、日本の詩の伝統と現在についてしばらく説明する喜びをもったが、十二月初めに出た週刊誌「ヌーヴェル・オプセルヴァトゥール」には、早くもロワの日本訪問記が掲載され、その中で彼は私との会話についても書いていた。

「地下鉄でも、山の手環状線の中でも、私は東京人が十二世紀や二十世紀の詩を読んでいるのを見た」と彼は「折々のうた」にふれながら書いていた。

私は以上のようなことが自慢話めいてくるのを恐れるが――結局自慢話には違いないのだから――これを書いたのはむしろ、新聞というもののもっている文化的な役割について、いかにヨーロッパの知識人が敏感であるかについていいたいからである。ジャーナリズムの力に対する信頼と尊重の念は、それに値するジャーナリズムがない所には育ち得ない。その意味で、私の書いている小さなコラムに対する彼らの関心から、逆に教えられる所が大きいのである。

本書を編むに当たって引用させていただいた諸家に御礼を申しあげるとともに、読者の便宜を思って原作にはない振り仮名を多くの作品に対して振ったことをご寛恕ねがいたい。俳句作品の場合はとくに、振り仮名を振ることで作品の味わいに微妙な変化をもたらすこともあるため、これは常に私にとって悩ましい問題の一つであることを告白する。

本書収録の句でいえば、中村汀女さんの有名な句、「とどまればあたりにふゆる蜻蛉かな」の「蜻蛉」を、ふだん自分が読んでいる口癖に従って「あきつ」と振り仮名したところ、汀女さんご自身から丁寧な手紙を頂戴し、本書で「とんぼ」と訂正したような事例もあって、私自身の思い込みからくる無意識の誤りをおかしていることが時々あるのではないかと危惧している。間に合って訂正できる場合はいいが、本になってから気づいたり教示されたりすることもある。それらは版をあらためる時にできる限り正すようにしているが、それでも遺漏はまぬがれまい。その場合はご寛恕願いたい。

このことに関連して、新聞連載中にさまざまな便りを下さり、有益な教示を賜わる読者の方々に対して、ここで御礼を申しあげたいと思う。

毎回の記事において参照した本は多いし、蒙った先学の学恩については今さら言うのもはばかられるほどである。

巻末の「作者略歴（兼索引）」の作成については、従来の五冊同様、高橋順子さんのご協力を得た。ついでながら申し添えれば、高橋さんの新しい詩集『花まいらせず』（書肆山田刊）が、最近「ミセス」創設女流三賞の「現代詩女流賞」を受賞したた。慶祝。

一九八七年三月　著者

第七　折々のうた

［岩波新書新赤版56］　岩波書店　一九八九年　一八九、二六頁

新書判　四八〇円

■あとがき■

一九八七年九月十四日から八八年九月十四日まで朝日新聞に連載した「折々のうた」をまとめたものが本書である。連載を開始したのは一九七九年一月十五日だったから、間に休載期間もあったとはいえ、ずいぶん長期の連載記事になったものである。

新聞第一面に置かれたこの小さなコラムが、筆者の思いも寄らなかったほどの多くの読者を得ることができたのは、第一にはその置かれたページが第一面であったこと、第二にはそれが百八十字という、言ってみればほとんど一息で読めてしまえる短さに終始していること、この二点を除いては到底考えられない。その点については今までにも折りに触れて書いてきたことだが、今あらためてそれを思う。

新聞第一面にこのような閑文字を連日のせておくことにしたのは朝日新聞の英断にほかならなかった。今では外国にさえその事実を知る人が出てきたこの世界最初の新機軸のおかげで、私のささやかな文章が望外の数の読者に恵まれ、結果として、日本語で作られた詩歌作品の面白味について、従来よりは多少とも広い関心を人々のあいだに喚起することができているらしいことは、私にとって幸運以外の何ものでもなかった。

またこのコラムが百八十字という短さであることも、短い文章というものの意味を考え直す上で、多少とも潜在的効果を発揮しているかもしれないと思っている。

長い文章には長い文章の価値がある。同様に短い文章には短

い文章の価値がある。両者は共通の要素を持つが、また大いに異質な要素もある。ほかならぬ私自身が、この百八十字という枠組みの設定のおかげで最も多くを学んできた。文章を書く自分についての発見もあった。

中でも重要な点は、私にとってこの短さは、「枠組み」ではあっても決して「制約」とは感じられないということである。もしこれが私自身にとって窮屈な「制約」と感じられていたなら、私のコラムは根本的に失敗していただろう。

私たちは制約と感じるものに対しては必然的に抵抗し、それを乗り越えるため無理な手だてをも講じようとする。もしそういう事態がこのコラムの筆者である私に生じていたなら、それは肝心の対象である引用された詩歌についての解説文に、必要以上の緊張や硬直をもたらすに違いない。つまり私は、対象の詩歌作品の面白さを人々に示す役割りをそっちのけにしてまで、私自身の能力と格闘する方に力を入れてしまうことになるからである。「折々のうた」という新聞コラムはそのような格闘の場ではない、というのが私の考えである。

というのもこのコラムは、その目的からして本質的に、引用された作品と私の文章との二人三脚競走のようなものだからで、私が当該作品について何から何まで説明してしまうようなことも、その意味で絶対に避けねばならない条件なのである。

だから、このコラムが百八十字しかないということは、制約どころか、むしろ大いにその目的にかなった枠組みを私に与えてくれているということになる。

とはいえ、新聞紙上に掲載した文章は、本の形にする時にはまた別の光で照らして見る必要がかならず生じる。岩波新書にまとめる時には、その意味であらためて文章に手を入れ、三十字分の余裕を十分に生かそうと心掛けている。新聞記事と本とでは、おのずと文章に質の違いが要求されるからである。私の手入れが、その点で多少とも好ましい側面を加えることができていることを願っている。

本書を編むに当たって、引用させていただいた諸家にお礼申しあげる。

また巻末の作者略歴の作成に当たって、従来の六冊同様多大の協力を惜しまれなかった高橋順子さんに深く感謝したい。

一九八八年十二月　著者

第八　折々のうた

［岩波新書新赤版111］　岩波書店　一九九〇年　一九三、二五頁
新書判　五二〇円

■あとがき■

このあとがきを書くのも八冊目となり、我ながら不思議の感にうたれる。朝日新聞の連載がこれほど長期に及ぶことになろうとは当初予想もしなかったことで、多くの読者からのさまざまな形での支持がなければ、もちろんとうの昔に「折々のうた」という欄そのものが消えていたに違いない。

私自身にとっても、足かけ十年以上になるこの欄の執筆期間中に得たものの大きさは、測りつくせないものがあった。この期間中に私が他の場所で書いてきたものは、古典評論のたぐいはもちろんだが、自らの詩作品や連句・連詩、舞台作品なども含めて、すべて「折々のうた」の仕事と深くつながっていることを痛感している。その意味では、私はこの仕事をする機会に恵まれたおかげで、どれほど個人的に得をしたかわからない。幸運というものが実際にあるとすれば、私はこの仕事において本当に幸運だったと思う。

この幸運は、新聞連載がすべてこのような形で書物にまとめられてきたことによって決定的となった。「あとがき」と題してまず心に浮かぶのはそのことである。

私は学生時代には国文学科に在籍したが、日本文学の研究に関しては実に怠惰な学生だった。大学を出て就職したのも新聞社の外報部で、自ら希望して運よくその部に入れたことで大いにほっとしたものだった。毎日外電を読み、翻訳し、解説も書くという生活を十年やって少しも苦痛を感じなかった。自宅に帰っても、詩や詩論を書くことと仏文や英文の本を読むことが、生活の大きな部分を占めていた。

そんな人間が、このような仕事を長年にわたって続けてこられたことは、繰返すが幸運以外の何ものでもない。強いてその理由をさがして見るなら、私が結局どこまで行っても素人でしかないことが、この仕事に対する好奇心の持続を保証してくれてきたのだと思う。

「折々のうた」で採りあげる古今の作品は、すべて何らかの意味で私の好奇心をかきたててくれる作品ばかりである。私は一作一作、はじめて出会うもののように感じながらこれを書いている。得をしたと書いたのはそのためである。時間に追われて疲労して、時々は休息を必要とすることはあっても、採りあげる作品そのものからは必ず何か新鮮なものを受けとることができた。

新聞連載中に読者から頂く手紙や葉書によって教えられ、こちらの不明を恥じることも時々あって、これもまた有難い。今度の『第八　折々のうた』の場合も、新書版にするに当たっていつものように字句の手入れをした中に、読者の指摘のおかげで修正できた個所がある。その主なものについてここで書いておくのも、読んで下さる方にとっては一興かもしれない。

一つは、冬のうたに入っている服部嵐雪の「武士《もののふ》の足で米とぐあられかな」。

この句を読んだ瞬間、ひとつの突飛なイメージが私の中に居すわってしまい、あとになって考えてみればどうしてそのように単純な思いこみをしたのか不思議でさえあったのだが、そのイメージの突飛さに興味を感じてこの句の論評をしたのだった。新聞紙上での文章の該当部分を引けば次の通りである。

「ずいぶん乱暴な米のとぎ方だが、普通の状態ではあまり見られない情景である。合戦の合間に大勢の食事を急ぎ準備してでもいるのか。連句で詞藻をきたえている元禄俳諧師であれば、そのような空想の情景で句を作ることも日常茶飯事だったろう。」

この解に対して何人かの読者から疑問だという便りを頂いた。「足で米とぐ」というのは実際の情景としてはあまりにも無理ではないだろうか。比喩的な表現ではないのか。

冷汁三斗とはこのことで、一言もなかった。足で米をとぐという、まずありえないような情景で書かれている面白さにとびついた、これは私の好奇心の完全な脱線だった。本書で書き改めた部分を次に書き抜く。

「ずいぶん乱暴な米のとぎ方をするものだが、実は比喩である。嵐雪の頭の中には、あられが激しく降る中を武士があわただしく行き来する合戦の情景があるのだろう。彼らの足元にばらばらと散り乱れるあられを、足が米を威勢よくといでいる有様に見立てたものである。見立てに諧謔味があるが、一方、急迫した気分の造型もある。」

お粗末なことだった。

もう一つも同じ冬のうたに入っている油煙斎永田貞柳の狂歌、「何ごとも見ざる聞ざるいはざるがよござるとさる人も申しき」。

これは「さる」（猿）を何びきも詠みこんだ歌だが、私は猿の頭数を間違えた。新聞では「この狂歌には合計六匹の猿が詠みこまれている。『よござる』の『四・五猿』と『さる（然る）』の『猿』」と書いたのだが、これもたちまち何通かの便りを頂くこととなった。「申しき」の「申」が申《さる》（猿）であるのを数え落としたのである。「見ざる・聞かざる・いはざる」の三猿と、あとの四匹で、合計七猿になるのは当然のことだったのに、これまた何ともお粗末。

これら際立ったミスのほかにも、新聞のこの欄の字数百八十字の中にきっちり文章をはめこむための工夫をしているうちに、ついうっかり大事なことをかえって言い落としていたり、舌足らずな表現になっていたりして、ご注意を受けることもある。

文章というものは、よく練ればよいというものでもないと思うのは、あまりいじっていると大事なことをかえって書き落とす場合があるからで、そういうこともこの欄の仕事をしているうちに学ぶことの一つである。

もしお目にとまることがあるなら、この場所を借りて、連載中に便りを下さった多くの方々に心からのお礼を申しあげたい。

本書のためにそれぞれの作品を引用させていただいた作者諸賢にお礼申しあげると共に、朝日新聞社のいつもながらのご好意に感謝申しあげる。

また、従来のすべての場合同様、巻末の作者略歴の作成に当たって協力を惜しまれなかった高橋順子さんに、あつくお礼申しあげる。

一九九〇年一月　著者

第九 折々のうた

〔岩波新書新赤版184〕岩波書店　一九九一年　一八七、二五頁
新書判　五五〇円

■あとがき■

『折々のうた』岩波新書版もこれで九冊目となった。まる九年以上朝日新聞紙上に書いてきたうち、九年目の分ということになる。この「あとがき」でたびたび書いたように思うが、こんなに長いあいだ新聞連載を続けることになるとは、一九七九年連載開始当時は想像さえできないことだった。日本の短詩型詩歌作品の質量ともに豊かな遺産がそれを可能にさせてくれたが、私自身についてはその時々でいろいろな困難もあり、手仕事の面白さと同時にわが能力の乏しさへの嘆きもあった。

とりわけ難しい点は、休刊日を除けば一日も新聞連載に切れ目がないという過密スケジュールで動いているため、一カ月近く日本から外へ出たりすることが年に二、三回もあったりすると、引用すべき作品の選択や、原稿書き溜めの必要に急迫され、かなり無理な時間の使い方を強いられることである。

すでに三千回をだいぶ越えているので、かつて引いた作品を除いて新しい作品を選ぶこと自体、かなり難しいと思うことがある。しかし、わずか三千数百回程度で日本詩歌史のさまざまな局面に散らばっている興味ぶかい作品を探す作業が尽きるはずもない。その厳然たる事実が、私にたえず無言の圧力ともなり、また励ましにもなってきたように思う。

最近はテレファクスという至極便利な機械が普及したため、外国へ出かけても、出先から日本へ原稿を送るのが非常に楽になった。以前は航空便で郵送するにせよ、誰かに原稿を託して持ち帰ってもらうにせよ、最小限数日はかかるという時間の差があったから、その間の不安や気がかりは決して小さなものでなかった。私は新しい機械にせよ旧式の機械にせよ、だいたいは敬遠して日常を過ごしている人間だが、ファクスだけは身に

しみてありがたいと思っている。「折々のうた」を続けてきて経験した最も大きなハード面での変化は、あるいはファクスの普及ということだったかもしれない。ずいぶん貧弱な経験だが。

しかし、機械に頼るようになれば、それだけ気がゆるんで、旅先に大量の仕事を持ち運ぶことにならざるを得ない。その分だけ心の閑暇と自由は奪われているだろう。機械は便利になればなるほど人をますますこき使うものだという、いつも感じていることを、あらためて痛感するのも、そういう時である。機械の側からすれば、ニンゲンテヤツハ　ナントイウドシガタイボウオンノトダロウネ　ということになるだろう。

最近は、短歌にせよ俳句にせよ、新しい個人歌集や句集の刊行がますます盛んになっていて、少なくとも量から見れば、日本の定型短詩の世界は文字通り繁栄を謳歌している。中年に達してからこの世界に入った作者の数が急激に増しているだけでなく、二十代の若い短歌作者、俳句作者の数もふえているようである。それにともなって、現代短歌や現代俳句の質も当然変ってきたところがある。そしてそれは、川柳の作者にも、現代詩の作者にも、多かれ少なかれ共通した変化であるように思われる。

そういう意味で、ある大きな変化の時代が今やってきていることはたしかだと思われるが、それだけに私の新聞連載での引用作品についても、考えねばならないことがいろいろある。今度の九冊目の『折々のうた』には、こまかく数えてみたわけではないが、現代の比較的若い作者たちの作が、今までの本に較べれば、多少ふえているだろうと思う。新しければいいというわけのものでは毛頭ないが、現代の作者たちの作には、まぎれもなく新しい要素がある。ただ、それらを何冊も十何冊も続けて読んだ後で、『新古今集』であれ『芭蕉七部集』であれ読んでみると、古典として残ってきたものの揺るぎない力と、時を超えて人を感銘させる言葉の鍛錬の偉大さに、あらためて驚かされることが多い。

本書のために作品を引用させていただいた作者諸賢にお礼申しあげるとともに、朝日新聞社のいつもながらのご好意に感謝申しあげる。

また、従来と同様、巻末の作者略歴作成に当たって協力を惜しまれなかった高橋順子さんに、あつくお礼申しあげる。

一九九一年七月　　著者

第十　折々のうた

［岩波新書新赤版246］　岩波書店　一九九二年　一八七、二三頁
新書判　五五〇円

■あとがき■

とうとう十冊目まで来てしまった――感慨などというのではなく、むしろ驚きに近い気持ちでそう思っている。

ここには一九九一年五月一日から九二年四月三十日まで「朝日新聞」に連載した「折々のうた」が収録されているが、いつもと同様、新聞連載時の文章に手を入れたものが本書の内容をなしている。ついでに申し添えれば、新聞連載の時とは、ある部分で順序に大きな変動がある。それは本書が大まかながら春・夏・秋・冬の四つの章に分けられているために生じた変動で、「春のうた」の冒頭、藤原良経の「み吉野は山もかすみて白雪のふりにし里に春は来にけり」から四十三ページの加藤暁台の句「風おもく人甘くなりて春くれぬ」までは、新聞連載では一九九二年二月四日（立春）から四月三十日に至る期間のものに該当する。これに対し同年元日から二月三日の分までは、本書では「冬のうた」の最後尾の部分を構成している。芭蕉の「花を愛すべし、其実《そのみ》猶《なほ》くらひつべし」から杉風《さんぷう》の「僕《ぼく》が雪夜《せつや》犬を枕のはし寝哉《ねかな》」までがそれである。

同じことは既刊の本でも多かれ少なかれあったことだが、今までそのことを特に書いたことはなかったので、ここで明らかにしておきたい。執筆時期としてはいちばん後であった約三か月弱のコラムが、この本では最初に来ているということになる。

本書には、二つの大きな塊がある。「春のうた」の中にある身体障害を持つ作者たちの歌と、「夏のうた」の中にある諸外国および日本の子どもたちのハイクで、それぞれ二十日間前後にわたって紙面に引用したものである。これも前述の理由によって、実際の執筆時期としては後だった障害者による短歌作品が、本書ではハイク一連より前に出ている。

予想していたことながら、これら二群の作品については、きわめて多くの反響があった。障害をもちつつ生きる方々の歌については、引用した何人かの作者から便りを頂戴したが、特に若い作者の場合、このコラムで採りあげたことを大きな励ましと受け取ってくれたことがわかって、こちらが深く感動したこともある。

外国の子どもたちのハイクからは、私自身日本の詩歌の歴史をかえりみる上で、いくつものきわめて重要なヒントを与えられた。それについては、雑誌「へるめす」（岩波書店）で現在連載中の「一九〇〇年前夜後朝譚」その他何か所かで論じたり言及したりしたが、何よりも、俳句のような定型短詩が日本独特の文芸形式であるという従来の常識に対して、外国の子どもたちが、作品そのものによってさまざまな反論、あるいは議論の糸口を提供してくれていることに、私自身は快いスリルを感じている。私は「俳句」の本質が端的に言ってその短さにあると考えているが、この「短さ」は、日本語という言語のもつ諸特性と切離すことができない「短さ」だと付け加えたい。「俳句」と外国語で作られる「ハイク」との間に横たわるいくつかの重要な相違点を考えることは、日本の現代俳句にとって有益だと思っている。

本書のために作品を引用させていただいた作者諸賢にお礼申しあげるとともに、朝日新聞社のいつもながらのご好意に感謝申しあげる。

また、従来に引き続き、巻末の作者略歴作成に当って協力を惜しまれなかった高橋順子さんに、あつくお礼申しあげる。

一九九二年七月　著者

新編・折々のうた

[新編]　朝日新聞社　一九八三年　二三五、二五頁　20.8×22.5 cm　二八〇〇円

■あとがき■

『新編　折々のうた』は一九七九年（昭五四）一月二十五日から八一年（昭五六）一月三十一日まで、二年間分の朝日新聞連載コラム「折々のうた」をまとめて新編集し、一本としたものである。

「折々のうた」は、すでに岩波新書の形で一年分ずつ刊行されている（同新書『折々のうた』『続折々のうた』）。朝日新聞連載のものを岩波新書で刊行したのには理由があった。私はこれを特に若い人々に読んでもらいたいと願っていたので、廉価な本であることを強く望んだからである。朝日新聞社は私の希望に寛大に同意してくれた。その際、将来、朝日新聞社が愛蔵本の形でこれを刊行することもありうるという点について、両社の間で合意が成立していた。今回多数の写真を配し、『新編　折々のうた』としてこの本がまとめられたのは、そのような合意に基いている。

著者としては、このような手厚い配慮のもとに二種類の本を出せることは過分の幸せであり、感謝の思いで一杯である。

二年分を一冊にまとめたため、「春のうた」「夏のうた」など四部の作品配列も、二冊の新書版の配列（新聞連載の順序をほぼそのまま踏襲）とは全く別のものになっている。二年分を一緒にして、全面的な組み替えをしたこの「新編」が、多くの読者に愛される出来映えであるよう心から願っている。

引用させていただいた諸家に感謝するとともに、装幀ならびに各種写真のレイアウトに力を注いでくれた菊地信義氏、作者に関するデータその他に手落ちのないよう検討してくれた朝日新聞社出版局図書編集室の諸氏に感謝する。

一九八三年一月　　著者

新編・折々のうた 第二

［新編］朝日新聞社　一九八五年　二三七、二三頁　20.8×22.5 cm　一八〇〇円

■あとがき■

本書は一九八二年三月十五日から一九八四年三月十五日まで、丸二年間にわたる朝日新聞連載「折々のうた」を集めて一本にまとめたものである。すでに同じ判型で出版されている『新編　折々のうた』に続く第二冊目の集成で、編集の方針も、また装幀・写真レイアウトなども、前著を踏襲しながらより一層美しい本にまとめあげるよう努めた。

新聞連載は三月十六日から年末まで休載し、今年元旦から再開したので、実質的には五年目、そもそもの始まりの時からいうと足かけ七年目に入ったわけで、始めたころには夢想だにしなかった成行きになってしまった。多くの読者の励ましに支えられてのことで、ありがたいと思うと同時に、大変なことだとも思う。私自身の文章は毎回百八十字というごく短いものであり——本にするに当ってはほんの少々だが補筆している——長い間続けてこられたのは、一にかかって古今の詩歌作品の魅力があったればこそだろう。私のしていることに多少の取柄があるとすれば、これらの作品の組合わせ方や鑑賞の目のつけどころにいささかの苦心をこめているという点にしかない。

むしろ、百八十字という短文を休みなしに書き続けることによって、私は自分自身の詩作および文章修業に、これはもう文句なしに、測り知れない利益を得た。その幸運に対して感謝しなければならない。

さて、これまでの丸四年間の「折々のうた」は、別に岩波新書から一年分ずつを一冊としてすでに四冊刊行されている。本文の内容そのものについては、この朝日新聞社刊行の美装愛蔵本との間に違いはない。ただし大きな違いのある点もある。第一には、いうまでもなく、この愛蔵版は写真をふんだんに使い、四季の風物と詩歌世界の響き合いを直接目で感じることができるように造られている点である。デザイナーの菊地信義氏が、第一冊目に引き続き、存分に、かつ細心に腕をふるって下さったことに深く感謝している。

第二には、本書は二年分の連載を一冊にまとめているので、各一年分で一冊になっている岩波新書版とは、作品の配列がまったく変っている点である。新たに一冊分に編み直すため、二年分を並べてながめ、作品各個の間に新しい響き合いを見つけようと努力する作業は、困難だがまた楽しいことでもあった。

終りになったが、従来同様、作品を引用させて下さった諸家にあつく感謝し、また作者略歴の部分についていつも手助けして下さっている高橋順子さん、編集作業を情熱的にとりしきって下さった朝日新聞社出版局図書編集室の諸氏にお礼申しあげる。

一九八五年一月　　著者

新編・折々のうた　第三

[新編]　朝日新聞社　一九八七年　二四一、二一頁　20.8×22.5 cm　二九〇〇円

■あとがき■

一九八五年元旦から八六年大晦日まで朝日新聞朝刊に連載した「折々のうた」の丸二年分を一冊にまとめた。『新編・折々のうた』としてはこれで三冊目になる。編集の方針も、装幀・写真レイアウトも、前二著でとられた方針を踏襲しているが、デザイン面での細心で斬新な菊地信義氏のご協力のおかげで、本書も前二冊同様美しくかつどっしりした本になったことを喜んでいる。

「折々のうた」には、一カ年分ずつを一冊にまとめた岩波新書版が別にあって、すでに六冊が刊行されている。それはできれば若い読者を中心に、手ごろで廉価な本の形で多くの人に読んでもらいたいという願いから実現したことだった。朝日新聞社は快く私のそのような希望を容れてくれたが、その時新聞社は、岩波新書とは別個の形で、カラー写真を豊富にあしらった愛蔵豪華本を適切な価格で刊行するという方針を決め、それに従って「新編」シリーズが二年分ずつをまとめて編集・刊行されてきたわけである。私としては、自分の新聞コラムがこのような異なる二種類のシリーズとして出版されることになろうとは予想もしなかったことだけに、最初はとまどいもしたが、心から有難く思っている。幸い両シリーズとも多くの愛読者に恵まれていて、まことにうれしい。

本書は二年分を一冊にまとめ、全体を春夏秋冬の四章に大別してある。ということは、元来の連載はもちろん、一年分ずつで完結する新書版とも、作品配列の順序ががらりと変わっていることを意味する。私は新聞連載に当たって、日ごとに採りあげる新旧さまざまの詩歌作品の配列には多少とも気をつかっている。それだけに、二年分を合わせて一本にする場合には、あらためてまったく新しい気分で作品を並べ直さねばならない。これはなかなか難しい作業で大いに気をつかうが、一面、新しい配列のもと、両隣りに並ぶ作品との映り具合で、それぞれの作品が新しい表情を見せる場合があるのを大いに楽しみもして

きた。
読者諸賢もそれぞれの感じ方でこの楽しみを共にして下さったら、どれほどいいだろうかと思う。
従来同様、引用させていただいた諸家に深く感謝申しあげる。
また、今回も巻末の作者略歴欄の作成について高橋順子さんに協力していただいた。朝日新聞社出版局図書編集室の諸氏にも相変わらず大層お世話になった。これらの皆さんに心からお礼を申しあげる。

一九八七年仲秋　著者

新編・折々のうた 第四

［新編］　朝日新聞社　一九九〇年　二四二、二二頁　20.8×22.5 cm　三〇〇〇円

■あとがき■

一九八七年九月十四日から八九年九月十五日まで朝日新聞に連載した「折々のうた」二年分をまとめたものが本書『新編 折々のうた』第四である。

同じ時期の「折々のうた」は、別に岩波新書で「第七」「第八」の二冊としてすでに刊行されているが、『新編　折々のうた』はその二年分を一冊にまとめているため、引用作品の配列は岩波新書の配列とは大いに異なっている。春夏秋冬それぞれの季節に該当するページに、各二年分の作品が再編成された上で入っているためである。

私は新聞連載を毎日続けてゆくに当たって、引用する作品それぞれが、どこかで前日の引用作品と繋がりをもっていること、響き合うものをもっていることを期待しながら個々の作品を選ぶよう心掛けてきた。この場合、あるときには内容の共通性を、別のときには逆に対照性を、選択の基準にすることもあるし、詩形の異なるもの（たとえば俳句と歌謡とか、和歌と漢詩とか）同士の間に見出される、思いがけない響き合いの面白さを、両者を並べて浮き立たせるという方法をとることもある。

そのようにする理由は、詩歌というものを一篇一篇の独立した魅力において鑑賞するだけでは足りないと思っているからである。もっと根本的な問題として、時代の違いや詩形の違いを超えた日本語の歴史的持続性と多様性を、たった一行の俳句の背後にさえ感じとることができてこそ、本当の意味で日本語の豊かさに触れ、それを愛することになるというのが私の考えで、引用作品の配列に多少の苦心をするのも、その意味からである。作品を単に一つ一つばらばらに引いてくるだけでなく、

たがいにどこかで関連性のあるものを配列してゆくことによって、日本語の美しさをも力強さをも鮮やかに示す言葉の織物を織ってみたいというのが私の願いである。それゆえ「折々のうた」の仕事で最も苦労するところは、百八十字（本書では、岩波新書と同じく、新聞コラムの百八十字よりも少しふえている場合が多いが）の短い文章で何らかのまとまったことを言わねばならないという点にはなく、むしろ作品を選んで配列することそのものにある。だから、ここには既成の見方からして名作とされてきた作品の隣りに、「へえ、こんな歌があったのか」と大方の読者が思うであろうような作品が、ごく当たり前の顔をして並んでいることが多いし、それが望ましいのである。

こういうわけで、二年分の「折々のうた」を一冊にまとめようという『新編　折々のうた』では、作品の再配列が一仕事になる。それまで仲良く並んでいた二つの作品の間に、次の年の作品が割り込んできて仲を引き裂くこともしばしば生じるから、その関係の再調整には苦心を要する。しかし、面白いことに、そうしてやってみると、新しい隣人同士の関係がうまくいった場合には、先に言った日本語の美しさや力強さ、歴史的持続性や多様性が、あらためて浮き彫りになるということも生じるので、私からすればそれが楽しみの一つなのである。

『新編　折々のうた』第四に、そういう意味での幸せな配列が一つでも多く見出されることを願っている。「新編」と銘うっている理由もそこにある。

前三冊と同様、美しいカラー写真を選んでレイアウトし、詩歌作品との効果的な配合（ここにももう一つの配列の苦心があるわけだ）に、存分に力をふるって下さった菊地信義氏に感謝する。

この豪華愛蔵本については、愉快なエピソードがある。だいぶ以前になるが、私の中学時代以来の親しい友人の息子が結婚することになった。私の友達は、披露宴のお客に対してありきたりの引出物を贈るよりはと言って、その時までに出ていた『新編　折々のうた』の第一、第二の二冊を引出物にすることにしたと電話で告げてきた。

「それでさあ、署名してもらいたいんだよ。悪りいなあ、たんとあって」

どさっと届けられた本に、私は喜んで署名した。

披露宴には昔の同級生仲間もかなり大勢出席した。宴果てたのち、人々は、正方形に近い箱型の、大きさに比して意外に重い引出物の包みを手にさげて帰った。

しばらくして同窓会があった。ある友人の話が皆を笑いころげさせた。彼はこの引出物が羊羹であると思いこんでいて、帰宅するや包みを冷蔵庫に押しこんだのである。しばらくたってから、取り出して開けてみてワッと驚いた。

「そう言やあ、ばかに重たい立派な羊羹だなあと思ったたっけさ、だけどよ……」

彼がそう思いこんだのも無理はなかった。息子が結婚披露をした友人は、私どもの通った沼津中学がある静岡県沼津市の有名な菓子店の生れで、やがて隣町の三島市の、羊羹で有名な菓子の老舗の娘と結婚し、今はその店をとりしきっている身だからである。

この本が読者の家の冷蔵庫に収まることはまずなかろうと思うが、日本の詩歌の美味なるところを読者が味わって下さるなら嬉しい。

本書に作品を引用させていただいた古今の作者たちに、心からの敬意と謝意を表するとともに、『折々のうた』が本にまとめられるようになった時以来、一貫して作者略歴の作成で手助けして下さっている詩人高橋順子さんに感謝し、また朝日新聞社出版局図書編集室の諸氏にも御礼申しあげる。

一九九〇年八月　　著者

新編・折々のうた　第五

［新編］　朝日新聞社　一九九四年　二四三、二一頁　20.8×22.5 cm　三二〇〇円

■あとがき■

一九九〇年五月一日から九二年四月三十日まで「朝日新聞」朝刊に連載した「折々のうた」丸二年分が、本書『新編　折々のうた　第五』となった。編集の仕方も、装幀、写真レイアウトも、これまでの四冊と同じ方針のもとになされている。デザイン面での菊地信義氏の斬新かつ細心なご協力によって、今までの四冊に加えてまた一冊、重厚で同時に新鮮な愛蔵版が誕生したことを、著者として心から嬉しく、有難いことだと感謝している。

「折々のうた」には、一年分ずつを一冊ずつにまとめて刊行している岩波新書版が別にあって、既刊十冊を数え、やがて十一冊目も出ようとしている。これは、一九七九年から始まったこの連載の単行本化の計画が最初に持ちあがった時、私がぜひにと希望したこと、つまり若い読者にできるだけ廉価な本の形で読んでもらいたいと希望したことが、朝日新聞の好意ある取計らいによって、岩波新書として実現したからだった。

しかし同時に、朝日新聞が愛蔵版の形で別途これを刊行することもありうるという合意がその時なされており、それが実現したのがすなわち一連の『新編　折々のうた』シリーズである。

この場合、二年分をまとめて一冊にするという形になっているので、おのずと各作品の配列順序も岩波新書版とは全く異る

ことになっている。それは春・夏・秋・冬の四季に分けているので、二年分を一冊にまとめるとなれば、当然全面的な組み換えが必要となるためである。

したがって、『新編』ではおのずと新書版とは異った新しい作品相互の響き合い、照らし合いが、随所に生じているはずである。

作品相互の響き合い、照らし合いと今書いたが、私は特に日本の詩歌の場合、一編一編の作品そのものの単独の価値だけでなく、その作品が別の作品と隣り合わせになった場合に見せる別の響き合い、別の風景もまた、重要なその作品の価値をなすものだと考えており、そのため作品相互の配列そのものに強い興味をいだいている。

それは、日本の詩歌作品が、とりわけ古典詩歌について見るなら、五七五、あるいは五七五七七、いずれにせよきわめて短い詩型を基本として長い歴史を歩んできたことと、切り離すことのできない問題である。

というのも、短い詩型の詩は、その中で「言われていること」よりも、むしろ一層強い度合で、「言われていないこと」「暗示されていること」によって、人を感動させたり考えこませたりするというのが、ごく普通に生じる現象だからである。昔愛用された言葉で言えば、「余情」というものも、当然このことと関連している。

「言われていないこと」の方がしばしば重要であるために、一つの作品をもう一つの作品と並べてみるとき、思いがけない響き合い、照らし合いという現象も生まれるのだと私は思う。そのことが、結果として、ある作品に秘められていた隠れた意味を、不意にはっきりあぶりだすというようなことさえ、時には生じる可能性がある。そこに「短詩型文学」を読み解く面白さの一つがあると、私は思っている。

この本をそういう観点から読んでいただくなら、読者それぞれの読みによって、一つ一つの作品が思いがけない面白さを示し始めることもあるのではないかと、ひそかに思っている。

本書の「春のうた」と「夏のうた」の部には、二つの大きな塊りがある。すなわち、身体障害をもつ作者たちの短歌と、日本および外国の子供たちのハイクである。それぞれ二十日間前後にわたって新聞紙面に引用したが、私が当時予想した通り、両者ともにきわめて多くの反響があった。

身体に障害をもつということがどれほど悲しい、辛いことであるか、健康な、あるいは少なくとも一応健康な生活を今のところ営んでいる人々にとっては、はっきりとは想像もできない場合が実に多い。それゆえ、障害と戦いながら、自分と自分の環境を客観的に見据え、短歌を作るところにまで到達した人々の作品を読むと、すでにそのことだけでも、一つの事を成しとげたことへの喜びを分かち合いたいような気持ちにさえなるのである。少なくとも私はそういう気持ちでこの一連の作品を選び、鑑賞した。

一方、外国の子供たちのハイクからは、私自身が日本の詩歌の歴史をかえりみる上で、きわめて重要なヒントをいくつも与えられた。俳句のような定型短詩は、日本以外のどこにもないし、育つこともないだろうという、従来日本人の多くが漠然といだいていた常識に対して、外国の子供たちは、作品そのものによって、「そんなことはないんじゃないの?」と問い返している。もちろん、日本語による五七五定型は、あくまで日本語のものであり、それが日本語の諸特性と切っても切れない関係にあるということは、決して誤解してはならない真実である。しかし、全く性質を異にする他の言語によっても、こんなにたくさんの子供たちが立派な「短詩」を作り得ているという事実は、少なくとも私には実に楽しい発見であり、読者にもそれを分かち合ってもらいたいと思った。新聞連載中またその後にも続いた数多くの反響は、私のこういう希望が無駄ではなかったことを物語っていた。

最後になったが、従来同様、引用させて頂いた諸家に深く感謝申しあげる。

また、従来通り巻末の作者略歴欄の作成について協力して下さった高橋順子さん、編集のすべての細部にわたって注意深く検討し、助言して下さった朝日新聞社出版局書籍第一編集室の諸氏、なかんずく石井辰彦氏に深く感謝申し上げる。

一九九四年盛夏

著者

新編・折々のうた1 一の上 春のうた・夏のうた

[朝日文庫] 朝日新聞社 一九九二年 二二〇、三三頁 A6判 七八〇円

■まえがき■

この文庫本『新編・折々のうた』は、一九八三年に第一冊が出た同題の大型愛蔵本をもとにして新たに刊行される文庫形式の本で、本巻と第二巻とで旧版一冊分に当たる。そのため、これを「一の上」とし、第二巻が「一の下」となる。収録されているのは、朝日新聞一九七九年一月二十五日から八一年一月三十一日まで、二年分の「折々のうた」である。

私はすでに岩波新書に『折々のうた』シリーズがあって、一九九一年現在『第九 折々のうた』まで九冊が刊行されている。ここに新たに朝日文庫でも同種の小型本が刊行されることになったため、著者としてはその間の経緯について書いておか

ねばならないのを感じる。

朝日新聞連載コラム「折々のうた」を私が開始したのは、今書いたように一九七九年（昭五四）一月二十五日からだった。これが一年分になった時点で、岩波新書の一冊として刊行された。そしてその形式で現在までに九冊出たわけである。

一方、新書の第一冊、第二冊が出た段階で、朝日新聞社から二年分を一冊にまとめた大型愛蔵本が出されることになった。その間の事情については、本文庫第二巻に転載される大型本「あとがき」に詳しいが、便宜上ここでその要点部分を引いておきたい。

「朝日新聞連載のものを岩波新書で刊行したのには理由があった。私はこれを特に若い人々に読んでもらいたいと願っていたので、廉価な本であることを強く望んだからである。朝日新聞社は私の希望に寛大に同意してくれた。その際、将来、朝日新聞社が愛蔵本の形でこれを刊行することもありうるという点について、両社の間で合意が成立していた。今回多数の写真を配し、『新編・折々のうた』としてこの本がまとめられたのは、そのような合意に基づいている」

こうして『新編』は多くの写真を入れた愛蔵本として刊行されたのだが、二年分を一冊にまとめるため、中に収められた古今の詩歌作品の配列は、岩波新書とは全く別のものとなった。新書では一冊ごとに春・夏・秋・冬と分けてある。一方こちらでは新書二冊分を一たんばらばらにし、二年分の「春」なら「春」のうたを一つにまとめる、といった再構成作業を新たに行わねばならなかったからである。

その結果、隣同士の歌や句や詩句が、相互のつながり具合によって新しく映発し合うのに気付いたことなど、私自身思いがけない再編成作業の面白さを発見した点もあった。

朝日文庫はその後規模を大いに広げ、発行点数も飛躍的に増大した。その過程で、大型愛蔵本としてこれまで四冊刊行されてきた『新編・折々のうた』を、新たに工夫をこらした小型本としても刊行したいという申し出が、文庫編集部の方から私に寄せられた。

元来、「折々のうた」は朝日新聞に連載されているものである。その点からすれば、この連載シリーズが同社から朝日文庫として刊行されることは自然である。
ただ、私は前記の理由によって岩波新書からこれを出してもらった経緯があるので、いかに新編成の形になるとはいえ、同種の本が二つの社から出るということには、心に少なからざる抵抗感の生じるのは致し方ないことだった。

ところが、文庫編集部の申し出には新しい提案がついていた。安野光雅さんにこの本の内外を飾ってもらうというのである。これには一も二もなく降参した。安野さんがもしこの案に賛同してくれるなら、僕の方に何の異議がありましょうや、と私は答えた。安野さんとは今までに一緒の仕事もしたり、詩集をたびたび飾ったりしてもらってもいる仲である。敬愛するわが友は、しかし多忙に超の字が二つはつくというほどの人だから、それが問題だった。しかし安野さんの返事はオーケーだった。

こうして、ここに瀟洒な文庫が誕生することになった。私としては、以上の経過を読者諸賢にご理解いただき、新しい装いの『新編・折々のうた』文庫本をポケットに入れて、ふとした散歩の折などにも、もちろん混み合った乗物の中でも、折々に読んで頂けたら幸いだと思う。

一九九一年十一月　著者

＊あとがきは偶数巻に掲載。元版『新編・折々のうた』（一九八三年）のあとがきと同じ。

新編・折々のうた3　二の上　春のうた・夏のうた

［朝日文庫］朝日新聞社　一九九二年　二三二、三四頁　A6判　七八〇円

■まえがき■

文庫本『新編・折々のうた』第三巻（二の上）・第四巻（二の下）は、同じく朝日新聞社から刊行されている大型愛蔵本『新編・折々のうた　第二』の文庫化された新装本である。

ここに収められているのは、一九八二年三月十五日から八四年三月十五日まで、丸二年間にわたって朝日新聞朝刊に連載された「折々のうた」で、新聞連載時の文章に若干の書き加えや修正を行ったものである。

大型愛蔵本がこのほど安野光雅さんのすばらしい装幀に飾られ、こういう形で文庫化された経緯については、第一巻冒頭の「まえがき」で書いた通りである。また第四巻の末尾には、大型本刊行のときに「あとがき」として書いた拙文を掲載してある。できればこの巻に続いて第四巻をもお読みいただければ、著者としてこれに過ぎる喜びはない。

一九九一年十二月　著者

＊あとがきは偶数巻に掲載。元版『新編・折々のうた　第二』（一九八五年）のあとがきと同じ。

新編・折々のうた5　三の上　春のうた・夏のうた

［朝日文庫］　朝日新聞社　一九九二年　二〇一、三一頁　A6判　七六〇円

■まえがき■

文庫本『新編・折々のうた』第五巻（三の上）・第六巻（三の下）は、同じく朝日新聞社から刊行されている大型愛蔵本『新編・折々のうた　第三』の文庫化された新装本である。

ここに収められているのは、一九八五年元旦から八六年大晦日まで、丸二年間にわたって朝日新聞朝刊に連載された「折々のうた」で、新聞連載時の文章に若干の書き加えや修正を行ったものである。

大型愛蔵本の刊行にあたって装幀や写真の選択・レイアウトなどデザイン面を取り仕切って下さったのは菊地信義氏だが、文庫新装本として新たに刊行されるこのシリーズでは、畏友安野光雅氏が腕を振るって下さっている。よき装幀者に恵まれて本を出すことができるのは著者の幸運である。深く感謝する。

岩波新書の『折々のうた』シリーズは、一年分ずつ一冊にまとめているため、一九九二年春現在で九冊まで刊行された。一方、朝日の大型愛蔵本『新編・折々のうた』シリーズは、二年分を一冊にまとめているので、現在までに四冊が刊行された。こちらでは内容も二年分の春・夏・秋・冬の作品を一冊に含む関係上、岩波新書とでは作品の配列順序が大いに異なっている。さらに、文庫本は大型本をそのまま一冊に収めることができないので、中身を上下二巻に分け、前半が春・夏、後半が秋・冬という構成になっている。

この文庫本でも、第二巻・第四巻同様、第六巻（三の下）の巻末に、大型本刊行時に「あとがき」として書いた拙文を、当時のまま掲載してある。読み合わせていただければ有難い。

一九九二年一月　著者

＊あとがきは偶数巻に掲載。元版『新編・折々のうた　第三』（一九八七年）のあとがきと同じ。

新折々のうた1

［岩波新書新赤版357］　岩波書店　一九九四年　一八三、二六頁　新書判　六二〇円

■まえがき■

通巻十一冊目になる「折々のうた」シリーズの、いわば折返し第一冊目になる本書を、題名も『新折々のうた1』としてこ

こに刊行することになった。

このように長い新聞連載になるということは、当初まったく予感さえしていなかったが、この『新折々のうた1』所収の作品は、一九九三年（平成五年）五月一日付「朝日新聞」朝刊以後、九四年（平六）四月三十日付までの丸一年間、同紙一面「折々のうた」欄に掲載された記事を、ある場合にはかなり大幅に加筆訂正して新書にしたものである（この本では一回分二百十字まで収録可能）。

新聞休刊日以外には一日の休載もなく続けたが、筆者としての私は、当然毎日取り上げる作品の選択に最も苦心する。選択の苦心にくらべれば、執筆の方は、やや不遜に聞こえるかもしれないが、だいぶ楽である。というのも、選んだ瞬間、すでに書く上での方向づけはできている場合がほとんどだからである。

なぜそれが可能かといえば、私の選択自体、個々の作品を一つ一つ選ぶので終るわけではなく、ある作品を選ぶ場合、それの前にある作品と後に来る作品との前後関係という、「見渡し」を同時に選んでいることが多いからである。

そのような選びかたをすると、ある作品を選択する場合は、それ自体の面白さのほかに、他の作品との関係において見た場合の面白さをも念頭において選ぶことになるので、おのずと書く上での切り口もある程度決まってくるという利点が生じてくる。それが今言ったこと、つまり執筆する方が選択するよりも少しは楽になるということの理由である。

もちろん、書き始めてしまえば、前後の「見渡し」のことなどほとんど忘れて書いている。第一、百八十字（新聞の場合）しか書けない場所で、そんなことまで配慮した文章を書くことはほとんど不可能である。しかし、ある作品とその前後の作品との間には、何らかの照応関係があるかも知れないということを、ふと思い出しながら読んでいただけたら、著者としては嬉しい。

その点が、新聞で毎日単独で読んでもらう場合と、本書で通読してもらう場合との、実は最も大きな違いのひとつであると、私はひそかに考えている。

なぜそんなことが問題なのかと思われる読者もあろうが、それは日本の詩歌作品の基準的な長さが、短詩型という言葉通り、短いものが圧倒的に多いことと関係がある。

短歌形式、俳句形式は共にきわめて短い。この短い詩型では、ある思想を充分展開して叙述するようなことは不可能である。勢い、短詩型文学では、省略と暗示が最も重要な表現手段になる。

これを読者の側から言うと、読みこみの深さ、浅さによって、一つの作品の解釈や鑑賞の仕方にも、深い浅いの違いがいろいろ生じてくる可能性があるということである。

実は、これが短詩型文学の魅力をもなしている。もし、単一の作品には単一の解釈しかありえないということになったら、そんな作品は決して永持ちしえないだろう。短詩型文学は極度に短いが、意味するところは豊かな暗示力に富んでいる、というのでなければ、人々の共通の財産にはとうていなりえなかったはずである。

その意味で、一つの作品は決してそれ一つで完結しているものではないということが、短詩型文学の場合とりわけ大切な条件となる。作品は、潜在的にはつねにほかの作品を呼んでいるのである。

私が、前後の「見渡し」の重要性について書いたのはこういう理由によっている。一つの作品は、その隣りに置かれた作品によってひそかに照らし出される部分を持っているかもしれないのである。それを見つけて示すことができたなら、それはその作品に新しい可能性を見つけてやることにも通じるのではなかろうか。

私が「折々のうた」でやろうと思っていることのひとつは、以上のべたようなことである。その点について言う限り、この本の作品選択と配列そのものにも、ささやかながら、ある種の創作的な性格があるだろうと思っている。

同じように、私がこの「折々のうた」執筆に当ってひそかな掟としてきたことは、この短い文章の中では、れっきとした「外来語」として日本語に定着しているもの（たとえばポスト、カステラ、ラジオのような）を除いて、まだ訳語さえ確定していないような外来語（たとえばポスト・モダンのような）は使うまいということだった。

意味がさまざまにとれる片カナ語を意味もなく多用する習慣と、言葉の置き換え、言い換えを安直にやる習慣とは、心理的に言えばまったく同じ根から出ているものだが、私はこの習慣の、現代日本における、あまりといえばあまりな、気易い伝播をなさけないと思っている者なので、「折々のうた」ではこれを避けてきた。まったく目にもつかないほどささやかな自分用の掟にすぎないけれど、事のついでにこのこともしるしておきたい。

本書収録分の期間を過ぎてだが、新聞連載の回数が一九九四年七月十二日付で四千回に達した。この欄そのものには回数の表示がないので、担当記者からそれを教えられて少し驚いた。いずれはそのくらいの回数にはなるだろうと思っていたが、そんな数のことなど忘れていた方が、書く時には気楽でよいと思う。今この「まえがき」を書いている時点では、四、一〇〇回前後ということになる。これだけの数を書いてきて、まだ扱うべき作品がたくさんあるらしいということを思うと、日本の詩歌そのものこそ、その豊穣さによって私から感謝されねばならぬ第一のものであることは明らかである。

本書のために作品を引用させていただいた作者諸賢にお礼申しあげるとともに、朝日新聞社のいつもながらの御好意に感謝申しあげる。
また、従来同様、巻末の作者略歴作成に当って協力を惜しまれなかった高橋順子さんに、あつくお礼申しあげる。

一九九四年九月　著者

新折々のうた2

[岩波新書新赤版415]　岩波書店　一九九五年　一八八、二七頁
新書判　六二〇円

■あとがき■

本書『新折々のうた2』に収める作品は、一九九四年(平成六年)五月一日付「朝日新聞」朝刊以後、一九九五年(平七)四月三十日付にいたるまでの丸一年間、同紙一面コラム「折々のうた」欄に掲載された記事を、加筆修正した上で、岩波新書に収録したものである。新聞掲載時の本文は百八十字を限度とするが、本書では一回分につき二百十字まで収録可能となっている点も、従来と同じである。

この期間は、私個人にとってはかなり大きな経験がいくつも重なった期間だった。第一には、寝込むことはなかったものの、かなり長期にわたって体調を崩したため、「折々のうた」を一回も休むことなく続けられたことは、何という悪運の強さだったか、とまで自ら思うほどだったこと。体調は崩したが、少なくとも自分自身の見る限り、「折々のうた」の文章には、著しい悪影響を受けてはいないらしいことが、私にとってのひそかな安堵でもあれば誇りでもあったことを、今思い返している。

第二の経験は、一九九四年十月、一ヵ月にわたってパリに滞在し、毎週一回ずつ、日本の古典詩歌についての二時間枠の講義を、コレージュ・ド・フランスで行なったこと。講義は、ドミニック・パルメさんがすばらしい翻訳をして下さったフランス語のテクストを、私自身が朗読する形で行なったが、各回のテーマは「菅原道真、詩人にして政治家、あるいは日本の詩と漢詩の間に横たわる深淵」「紀貫之と『勅撰和歌集』の本質」「奈良・平安時代の女性大歌人たち」「叙景の歌、なぜ日本の詩は主観の表現においてかくも控え目なのか?」だった。

この講義は望外の好評を得て、今年一九九五年十月にも、もう一回追加講義を行なう機会を与えられたので、是非とも話したかったもう一つのテーマ、「日本の中世歌謡――『梁塵秘抄』と『閑吟集』」を話しにゆくことになった。本書が刊行される時には、私はヨーロッパにいることになるが、以上五つの講義

をまとめた本が、まったく同じ時期に、日本とフランスで刊行されることになっている。日本版は、講義の全文を雑誌「群像」で出してくれた関係で、講談社から『日本の詩歌　その骨組みと素肌』の題で出版され、フランスでは、コレージュ・ド・フランスからパルメさんの訳で刊行される。

私としては、考えてみればもう数十年にわたる日本の詩歌との関わりの、いわば決算報告書といった性格をも、事の性質上いやおうなしに持たざるを得なかった著作が、日本とフランスで同時に刊行されるということは、一つの事件でないわけがない。

外国人聴衆が、二時間もの間、じっと教室の座席に坐って、日本の古典詩の話を聞いてくれるためには――しかも全部で五回も――当然こちらにまったく新しい執筆の態度と方策が必要とされた。なかなか大変な、数ヶ月の緊張にみちた仕事だった。

終ってみれば、これはまさに千載一遇の好機だったことは明らかで、感謝の思いでいっぱいになるが、実は――これこそ本書の「あとがき」に別の著書のことを長々と書いてきた理由である――私が右のような本を書くことができ、あまつさえフランス人聴衆に向かって、長時間の講義まで行なうことができたのは、明らかに、私が「折々のうた」という連載を四千数百回にわたり「朝日新聞」で続け、さらにそれを一年分ずつ岩波新書としてまとめてきたこと、また有楽町マリオンビルの朝日ホールで、多年にわたる講座「『折々のうた』を読む」を、季節ごとに続けてきたことの、いつ知らず蓄積されていた結果にほかならないのである。

この仕事を基盤にして考えることのできたこと、いや、それ以前に、この仕事を続けるうちに知り得た数えきれない事どもが、今や私という小さな存在の中で、それなりに厖大な時空のひろがりを反映する反響板のようになってしまったということが、不思議に軽やかで同時に重い実感として、ずっしり感じられるのである。感謝の思いが自然と湧き出てくるのも、そのためだろう。

以上のような個人的経験の範囲だけで言うなら、この一年間は、他の年にも増して、私にはある種の収穫の時期だったが、ひとたびこの国全体のことを考えるなら、一九九四年七月の松本サリン事件、九五年一月の阪神大震災を経て、一連の堕地獄「教祖」による、口にするさえおぞましい犯罪餓鬼道めぐりの道程が、逐一暴露されつつある最中で、加えてさまざまな分野での崩壊現象が相つぎ、私たちは、束の間享受した経済的・物質的繁栄のむなしさを、今索漠とした思いでかみしめるにいたっている。

こんなことになるとは夢にも思わなかったと、多くの人が考えるかもしれない事態である。しかし、『折々のうた』で私が取り上げてきた古今の人々の詩歌作品を見れば、「こんなこと」

が、過去にも、くり返しくり返し起きていたことに気付くのは容易だろうと思う。私は、そういう意味でも、この仕事を続けてきたことには、多少の意義があっただろうと思いたい。詩歌作品や文学作品を読むことは、少なくとも私たちに、「思わず我《われ》にかえる」という貴重な経験をさせてくれるものだと、私は思っているからである。

本書のために作品を引用させていただいた作者諸賢にお礼申しあげるとともに、いつに変らぬ朝日新聞社のご好意に感謝申しあげる。

また、このシリーズの最初からずっと、巻末の作者略歴作成に当って協力を惜しまれなかった高橋順子さんに、あつくお礼申しあげる。

一九九五年九月　著者

新折々のうた3

［岩波新書新赤版531］　岩波書店　一九九七年　一八九、二六頁

新書判　六四〇円

■あとがき■

本書『新折々のうた3』に収める作品は、一九九六年（平成八年）五月一日付「朝日新聞」朝刊以後、一九九七年（平九）四月三十日付にいたるまでの丸一年間、同紙一面コラム「折々のうた」欄に掲載された記事を、加筆修正した上で、岩波新書に収録したものである。新聞掲載時の本文は百八十字を限度とするが、本書では一回分につき二百十字まで収録可能となっている点も、従来と同じである。

五月一日から一年間連載が続いたところで岩波新書一冊分が作られるというやり方は、私の記憶にまちがいがなければ、平成四年（一九九二）の五月から一年間休載した時に始まったのだったと思う。この時は翌平成五年（一九九三）の五月一日から連載を再開、二年間休みなしに平成七年（一九九五）四月三十日まで連載した。その間に、『新折々のうた』の1および2に集められている作品を書いたことになる。

その後、平成七年五月一日から翌八年四月三十日まで一年間休載したので、本書にはその休暇が終った同年五月一日から翌平成九年四月三十日までの一年分が、収録されているということになる。

ややこしいことを書いて恐縮だが、こんなことを書いたのは、私自身さえ時には混乱を起こしかねないことを、文字にとどめておきたいという気持ちもあったためだが、それだけでなく、このような方式をとっているために生じるちょっとした問題について、読者のご参考までに書いておきたいと思ったため

でもある。

五月一日から新しい年度が始まると、ただちに生じる問題がある。五月五日あるいは六日が立夏で、季節が春から夏に変るからである。このことは、他の場合はいざ知らず、この新書版『折々のうた』シリーズにとっては、実はちょっと具合が悪い。実際の例をとって申しあげるのが一番手っとり早いので、そうしてみる。

本書『新折々のうた3』の43ページに、道元の『正法眼蔵』「現成公案」の巻から引いた「華は愛惜《あいじゃく》に散り　草は棄嫌《きけん》に生《お》ふるのみなり」という一句がある。実はこれが、一年間の休載後、平成八年五月一日の「折々のうた」でまず取りあげた作品だったのである。つまり、その後一年間の連載はこの日から始まった。それが円環を描いて、春・夏・秋・冬とめぐり、ちょうど一年分を経過し了えた時の最後の作品は、本書では、道元のすばらしい一行の直前にある橋本多佳子の「かぎりなく出てしやぼん玉落ちて来ず」だったのである。

つまり、本書で冒頭の「春」の部を構成している作品群の大半は、新聞掲載時の順序でいえば、一年分の連載の最後の部分に当たっていたわけである。多佳子の句と道元の哲学との間には、一年間の季節が流れていた。そして本書の著者としては、道元の一句に自然につながってゆく句あるいは短歌を、平成九年四月三十日の新聞に載せる必要があった。多佳子の句を選んだ理由の一つはそこにあった。これは、「朝日新聞」の読者にはあまり関係のないことだが、岩波新書『折々のうた』の読者には、多少ご興味のあることかもしれないので、一つの内幕ばなしとしてこの際ご披露しておく。

平成七年一月十七日に阪神地域を襲った大震災で被災者となった方々の作品が、本書の「夏」の部にいくつか紹介されているが、それは一年間の休載期間をおいてのことだったため、遅くなったのである。しかしそれらの作品が、掲載時期の多少の遅れなどとは関りない迫力をもって迫ってくるものであることは、見られる通りである。

毎度のように書くことだが、この連載がこれほど長期にわたるものになるとは、私自身まったく予想もしていなかったことで、多くの朝日新聞読者、そして岩波新書読者に支えられてここまで来られたことを有難く思っている。

どうしたらあれだけ多方面の領域から作品を選んで来ることができるのか、と時々訊ねられることがあるが、私自身に何か隠れた技術があるわけではない。取材の範囲も、私の限られた書棚にある本と恵贈される新刊の詩歌集に限られる。新刊書の量の多さには、正直のところ悲鳴をあげたいが、いずれにしても何の手品を使っているわけでもない。

このコラムが続き得ている一番簡単な理由は、たぶん、私自身がこれを書くことを、一度も苦痛に思ったことがなかった、という点にあるだろう。どの俳句でも歌でも、あるいはどの歌謡でも漢詩でも、私は自分が何らかの意味で面白く思った作だけをとりあげてきた。言いかえれば、どの作品も私には「珍しく」思われたから、それをとりあげた。

もちろん、「面白い」と思うのは私一個の特殊な事情であって、だれでもそう思うとは限らない。だからこそ、私が書く意味があると言える。私の考えの筋道を追って書くこと、それが新聞の場合百八十字、新書の場合二百十字を使っての、このコラム唯一の存在理由である。それがむつかしい時もあれば、割合に簡単な時もあるが、いずれの場合でも、私自身は、原作との間で、いわば二重奏を演じているようなものだから、自分だけの主張を遮二無二通そうという孤独な闘いは、ここではお呼びでないし、もしそういう行き方だったら、たちまち息があがってしまったに違いない。

だから、この本の文章は、著者である私自身が真先に、楽しんでいる文章なのだと思う。三百六十人前後の作者たちと、次々に短いおしゃべりを楽しんでいる本だともいえよう。

そういう性質の仕事だから、この本の仕事と私自身の詩作とは、まったく切り離されている。両者それぞれが完全に独立していて、干渉し合わないでいられるということが、「折々のうた」の長続きできた理由だ、とも言えるように思っている。

本書のために作品を引用させていただいた作者諸賢にお礼申しあげるとともに、朝日新聞社のご好意に感謝申しあげる。

また、このシリーズの最初からずっと、巻末の作者略歴作成に当って協力を惜しまれなかった高橋順子さんに、あつくお礼申しあげる。

一九九七年九月　著者

新折々のうた4

［岩波新書新赤版585］　岩波書店　一九九八年　一八九、二六頁
新書判　六四〇円

■あとがき■

本書を開かれた読者は、開巻冒頭に近く、今までこのシリーズでは一度も無かった種類の注記が、二回続いて出てくるのにお気づきのことと思う。すなわち「(「あとがき」参照)」という注記である。この注記のことから「あとがき」を始めることにしたい。

二つの注記はいずれも、江戸俳諧付句集『武《む》玉川《たまがわ》』から引いた付句に関するものである。当初「朝日新聞」の朝刊コラム「折々のうた」でこれらの付句について書いた時の私の解釈と、新聞コラムに手入れをしたのち一冊にまとめた岩波新書版の本

書とでは、この二回分の内容に大幅な違いがある。いうまでもなく、私が内容を大きく変えたためである。

それについて、どんなわけから内容訂正に至ったかを書き記しておくことは私の務めだと考えるので、この「あとがき」の場所を借りたいと思ったのである。

いちいち説明するよりは、一九九八年二月十八日㈬付の「朝日新聞」夕刊に私自身が書いた文章『折々のうた』読者の方々へ」を、そのまま引用する方が具体性があってよいと思う。

《拙文「折々のうた」をお読みの方々はまだご記憶の向きも多いと思うが、さる二月七日付で、江戸俳諧付句集『武玉川』から七七の付句「目へ乳をさす引越の中」をとりあげた。前段を略して肝心の所だけ引けば、私は「現代人にはとんとわからぬ当時の風俗もたくさん詠まれている。この句は引越し騒ぎの一こま。あまり忙しくて、赤ん坊に乳をふくませるひまもなく、つい赤子の目におっぱいを飲ませてしまう母親」と書いた。この句が私にまず伝えてきたのは、滑稽感だったので、それに従った。そう解している人（ただし欧米人）もいることを後で知った。

新聞紙上に出て、驚くべきことが起こった。まさに全国津々浦々から、ご自分の経験や伝聞をもとに、これに関する異説が殺到しはじめ、朝日新聞社に届いただけでも百数十通、また電話もひっきりなしという騒ぎになった。

私個人の所へも、敬愛する川柳雑俳の学者や詩人から、ご近所住まいらしい「一老女」に至るまで、はがきや封書が次々に到着、「いやはや、これはスゴイ」という有り様になった。

たかがおっぱい一しずくで、あの小さな欄のためにわざわざ手紙を下さる人がこんなにも大勢おられるということ、いわばケガの功名をひしひしと実感したのは、「折々のうた」を十九年前に始めた時以来、まさに初めてというほどの量だったからである。（中略）

京都にお住まいの俳諧研究家で、私の尊敬する室山源三郎氏が下さった封書を、無断で引用することをお許し頂きたい。

「（この句は）引越し騒ぎの最中ゴミが眼に入ってそれを眼の外へ出すために、衛生上も安全な（？）乳を注いでもらった図です」

ここまでは、ほとんどの方々の来信と同じ内容だが、室山氏はさらに「母の眼に娘の乳の恩返し」など他の例句をも引かれ、これは実に明快で、私としては今更ながらおっぱいの恩の偉大さを反芻《はんすう》した次第。（中略）

おっぱい騒ぎは以上だが、実は二月十日付の「開山の杖に芽の出る春の雨」（『武玉川』）で、「法螺ばなしだろう」と書いたのも、私の無知によるまちがい。

　能登半島羽咋《はくい》市にある大寺妙成《みょうじょう》寺は、北陸唯一の日蓮宗の本山だそうだが、右の句はこの寺の創建縁起にかかわる句だったようだ。日蓮聖人の愛弟子だった日像聖人が、師の没後各地の日蓮ゆかりの地を歴訪して修行中、佐渡から能登にまわり、この地で弟子たちに槐《えんじゅ》の枝の杖を残し、「この杖から芽が出ることがあったら、奇瑞《きずい》ゆえ、そこに寺を建てよ」と言いおいたのだという。枯れた槐の杖から芽が生じたので、この地に数々の重文の建物から成る妙成寺の基礎が築かれたのだという。

　この寺伝を私に教示されたのは、現在身延山の総務である九十歳の藤井教雄氏で、奇跡や奇瑞には注意が向きにくい現代人たる自分の弱点を教えられた一事だった。（後略）》

　以上がくだんの〝おっぱい譚〟顚末の骨子である。この小エッセーが出たあと、それについての感想をも含めて、またひとしきり私の周囲でこれが話題となった。「目へ乳をさす引越の中」というたった十四音の短句ひとつの解釈が、これほどにも人々の興味を刺戟し、ペンをとらせるまでに至るというようなことが、はたしてよその国にありうるだろうか。

　はからずも私の無知から発した二つのエピソードが、日本の短詩型文学の裾野のひろがりを教えてくれる絶好の材料にもなったわけで、そのため私は今引用したエッセーの最後を次の一節でしめくくったのだった。


《いずれもお恥ずかしいお話で、読者にもお詫びしなくてはならないが、いやはやそれにしても、こういう失敗談とその後日譚、書きながら何だか心楽しいのは、なぜだろう。》

　失敗しておきながら、図々しいではないか、とおとがめの方がおられたら相すまないことだが、私はむしろ、こんな失敗談ならあまり罪にもならないばかりか、時にはあってもよいものだろうと、厚顔にも思っているほどである。

　ついでに書けば、枯れた杖から新たに芽が出てくる奇瑞についても、私のエッセーが新聞に出てからのち、別の場所、別の状況下での同じような現象について、手紙で教えて下さった方々がいて、宗教的な奇跡・奇瑞の話のひろがりについて、あらためて感心させられたのだった。

　ひとつの話題について長々と書いてしまったが、本書の読者の中には、この話が初耳の方も多いだろうと思って、あえてこの話題をとりあげた次第である。

　さて、本書には、もう一つ特徴的な部分がある。一カ月以上にもわたって引用した『出版人の万葉集』のさまざまな短歌群である。

その本には、ここにとりあげた作品以外にも、たくさん心引かれた歌があった。短歌として特に目を見張るような傑出した作品というわけではない歌でも、出版人たちの職業をうたった歌には、出版以外の他の職業に深く共通する要素があって、そこが重要な点の一つである。私自身が身近に知っている世界だということを越えて、出版人たちの生活の哀歓は、別の職業にある人々の哀歓を、かなりの程度まで代弁しているところがある。

それらの歌の多くは、「哀歓」と言うなら「哀」の方が圧倒的に優勢であるということも、私としては他人事と思えない点である。それは、単に個人個人の事情ということを越えて、今日の出版事業全体のかかえている大変な難題（その代表的なものは、もちろんコンピューターとの格闘である）のことを、一人一人の短歌作品の背後に考えずにはいられない時代になったからである。

本書のために作品を引用させていただいた作者諸賢にあつく御礼申しあげ、朝日新聞社のご好意に感謝申しあげる。

また、巻末の作者略歴作成に当たって、いつも変わらぬ協力を惜しまれなかった高橋順子さんに、あつく御礼申しあげる。

一九九八年八月　　著者

新折々のうた5

［岩波新書新赤版699］　岩波書店　二〇〇〇年　一九〇、二五頁
新書判　六六〇円

■あとがき■

自分で数えたことはないが、朝日新聞連載の「折々のうた」は、岩波新書版で通巻十五冊目に当る本書の冒頭から、ほんの少しの部分出たあたりで、連載開始以来五千回を越えたことになるのだという。それについての記事も出たりしたので、新聞を読んでいる方々には、この本に入っている分でこの連載も五千三百回以上に達していることをご存知の方もいらっしゃるだろう。私自身としては、「よく、まあ……」という声以上のものはさし当って出てこないけれど、仕事というものを数量の値いによって見る習慣がしみついている現代人にとっては、この数字にも何らかの意味があるのかもしれない。

作者というものは、数量よりはそれの持つ価値によってこそ、一つの仕事を測るという習慣が身にしみついているから、この「折々のうた」の仕事も、何回書いたかということはあまり問題にならない。私としては、とにもかくにも連載中に突然休載する羽目に陥るようなことにならずに来られた幸運、いや

むしろ悪運の強さに、心中ひそかに感謝しているのである。そういう羽目に陥ることも、あり得ないではなかった。私を陰に陽に支えてくれた多くの方々(本書の読者も含めて多くの読者がまずそれに該当する)に、深い感謝の気持ちをいだいている。

さて、本書の内容をなすのは、一九九九年(平成十一年)五月一日から二〇〇〇年四月三十日までの一年間、新聞休刊日約十日間を除くすべての日の朝刊に掲載された「折々のうた」(百八十字分)を、最大限二百十字分までの範囲で、書籍用に添削したのちの文章である。なぜ新聞発表のままでないか、といえば、新聞と本との間には実に微妙な相違があって、新聞コラムとしてはむしろ最適だった文章の呼吸(リズム)も、本の形にすると妙に落ち着きが悪くなり、手加減を加えねばならなくなる等の事情が必ず生じるためである。

本書には何個所か、同じテーマあるいは同じ場所で作られたそれぞれ作者の異なる続きもののページがある。例をあげれば、「春」の部に入っている(それが春に入っているのは、単に新聞掲載の期間が春だったからにすぎない)死刑囚たちの俳句である。多くは死刑執行直前に作られた句だと思われるが、これらの句を目にした人で、句の衝撃を私にまで直接に、あるいは書簡その他によって伝えてこられた方の数は多かった。いわゆる兇悪犯罪を冒し、死刑の判決を受けて現在服役中の人々と、塀の外で安穏に暮しているわれわれとの間には、何の本質的な違いもないことを痛感しながら取り上げたものだった。

「春」の部には、現代どどいつの作品もいくつかまとめて紹介した。

「夏」の部で小集団をなしているものには、十七歳という、昨今マスコミを騒がせることの多い年齢の男女の高校生の俳句もある。あれも十七、これも十七。

しかし、本書の中でとりわけ大きな集団をなして取り上げられているのは、平成七年(一九九五)の終戦五十年を記念して編まれた沖縄合同歌集『黄金森』その他から取った、一カ月近くに及ぶ沖縄・奄美・台湾その他の作歌者たちの歌である。これは従来何かの形で紹介したいと思っていた沖縄の現代歌人の声が、終戦五十年という一つの区切りの年に、百五十九人、三千百八十首がぎっしりつまった形で一冊にまとめられて発表されていたのを好機として、一挙に取り上げることができたものである。この掲載の動機にはもう一つあって、それは「沖縄サミット」なる諸大国合同のお祭りが開催されることが明らかになったためだった。「サミット」、つまり「頂上」で論じられることなど金輪際ないであろうところに、沖縄の人々の重畳する無念の思いはあって、その一端がこの合同歌集につまっている。そのように感じていたから、サミット会議に先立ってこれらを紹介しておきたいと考え、一カ月近くの長きにわたってこれを取り上げ続けた。「もういい。やめてくれ。あまりにも悲惨だ」という声もあったらしい。私としてはそれが目的だったのだから、仕方がなかった。

　本書の内容は、もちろん以上のような集団的な取り上げ方の部分にのみあるのではない。いつものように、坦々と、しかしできれば読者に歌と歌、句と句の並列状態から何かを見てとってもらい、時には探偵めいた楽しみも見出してもらいたいと考えているのだし、きちんとした形で表現された短かい日本語の快よさを、あらためて感じとってもらいたいという思いで、毎日私なりに努力してきたわけである。

　本巻をもこれまでと同様愛読していただけたら、これ以上の喜びはない。作品を引用させていただいた作者諸賢ならびに朝日新聞社に深謝し、また従前通り巻末の作者略歴の作成をお願いした詩人高橋順子さんに、あつくお礼申しあげる。

二〇〇〇年十月末　　著者

新折々のうた6

［岩波新書新赤版760］　岩波書店　二〇〇一年　一八九、二五頁
新書判　七〇〇円

■あとがき■

「朝日新聞」朝刊一面に書き続けてきたコラム「折々のうた」の、二〇〇〇年（平成十二年）五月一日から、二〇〇一年四月三十日までの一年間分が、本書に収められている。

　コラムを書いている間、私はほとんど気にすることもなく過ごしてきたのだが、実は先日、本書のゲラ刷りを前にした時、不意に一種の感慨をおぼえて、自らぎょっとしたのだった。「ずいぶん長い間これを書き続けてきたものだな」。

　読者諸賢はこんな打ち明け話に呆れなさるかもしれない。しかしこれは事実なのである。私が自らぎょっとしたのは、長らく書き続けてきたという事実そのものについてではなく、そのことに対して一種の感慨をおぼえたという、自分自身の心の動きが、いまだかつて経験したことのないものだったことによる。「そんなことを感じるってのは、お前さん、気の弱りじゃないのか」ともう一人の私が冷たく批評する。そのおかげで私は我にかえる。

　ほとんど瞬間的な心の動きだったが、そういう出来事があって、記憶の中へゆっくり沈んでいった。

　しかし世界には、私の心の中のこんなささやかな出来事など問題にもならない出来事が、ここ一と月ほどの間に相次いで起き、二〇世紀から二一世紀への交替が、いやおうなしに劇的に刻印されることになった。

狂牛病がひたひた迫っている足音が聞こえはじめた矢先、九月十一日のニューヨーク世界貿易センタービル二棟の大崩壊などの同時テロリズム、それを受けての米国によるオサマ・ビンラーディンおよびタリバン軍への連日の空爆。あっという間に世界は前代未聞の破壊と破滅への道の瀬戸際に追いこまれてしまった。

私はこのすさまじい時期に、たまたま五月一日から一年間、前々からの約束に従って新聞コラムがお休みになっているため、ひそかに胸をなでおろしたのだった。もし毎日連載記事を書かねばならない立場だったら、どれほど心理的に重苦しくなっていたことか。しかし、来年初夏「折々のうた」連載再開のころ、どんな世界情勢になっているか、まさに神のみぞ知るだろう。

今この「あとがき」を書いている十月半ばの時点では、私にとって記憶に値する人事が二つ、相次いで起きた。一つは、米国でのテロ事件からまる一カ月後、十月十一日の、日本画家秋野不矩《ふく》さん（九十三歳）の逝去。一九九九年二月の旅を最後に、過去四十年ほどで計十四回も、ベンガル地方を中心にインドに通い、数々の大らかな作品を制作した。巡礼たちと同じバスに揺られて旅をし、奥地の寺院などに滞在して、氾濫するモンスーン期のガンジス河や、そこを泳ぎ渡る水牛の群れなどを、無心な歓びに満ちた画面に存分に描かれた。訃報に接し、私は二つの新聞に哀悼の文章を書いたが、その一つ（静岡新聞）に、一つのエピソードを引いた。秋野さんの人柄とその作品について思う時必ず脳裡に浮かぶエピソードである。それは昭和四十七年（一九七二年）夏、秋野さんが画室を全焼し、戦前・戦後の作品合わせて約五十点をすべて灰にしてしまった時の話で、彼女はこの大打撃を前に、こう思ったという。（平野重光氏の『画家・秋野不矩』による）。

「ロクでもない絵ばかりだから神様が焼いちゃったんだ、焼けてよかったのだ。」

この火事事件の少し前からインドにのめりこみはじめていた秋野さんは、以来最晩年に至るまで、孤独で自由な旅人としてインドを繰り返し訪れ、自らが観察し、驚き、歓喜した数かずの印象を、着実に自分のうちに溜めこみ、黄金色に輝くような、しかし徹頭徹尾インドの大地に根ざしている軽やかな絵を描きつづけた。インドへ美術の交換教授として一年間行った最初の旅が、すでに五十四歳の時である。それから約四十年間。普通なら、とうの昔に現役引退の年齢であるが、この画家は身軽に出かけてゆき、インドの人々の間でごく自然に暮らしてきた。現世的な面で言えば、彼女は最晩年には文化勲章も贈られていたのだが、彼女が畏まってそれを押し戴いたかどうか私は知らない。しかし勲章の側からすれば、受けていただいてありがとうという思いだっただろう。

二番目の最近の出来事は、アメリカ大リーグに入ったイチロー選手が、一年目にしていくつもの一位記録を塗りかえ、燦然と輝く成績を樹立したことだった。私は彼が、どんなチームのどんな名選手に対しても物怖じせずに向かってゆき、相手の一球一球をじつに冷静に分析し、その分析を次の打席では必ず生かしてゆく姿勢に徹していることに感銘を受けてきた。

まぢかな過去における二つの出来事は、アフガニスタンで生じつつある出来事とは異なって、人間に対する信頼感を私の中につなぎとめてくれる二つのエピソードだった。

『折々のうた』の「あとがき」としてはまったく変則的な文章になっているような気がするが、今この時にはこんな文章も、時代のひとつの記録として必要であろうという気がする。読者のご寛恕を願いたい。

本書『新折々のうた6』においても、重い病気と闘っている人々の短歌や俳句がいくつもあり、病む人々の文芸作品が、ますます広範囲に表現の場を獲得し、かつ読者層をひろげつつあるという、現在の日本社会の状態を映し出しているようである。とくに、平成八年三月で「らい予防法」が廃止されて以後、ハンセン病に対する日本社会の実に根強い偏見が、わずかずつではあっても次第に取り除かれてゆく方向に動きつつあるのは喜ばしいし、ハンセン病文学の厖大な作品全集も、過去の掘り起こし作業を踏まえて実現しようとしている。すさまじい破壊の時代が到来したかのような昨今の世界情勢にあっても、人間ひとりひとりの命は、常に細やかに観察され、保たれねばならないものとしてある。日本語の短詩型文学作品は、現在も将来も、そのような命を表現するのにきわめてよく適合したものとして、存続するだろう。

本巻をも、これまでと同様愛読していただけるよう願っている。作品を引用させていただいた作者諸賢ならびに朝日新聞社に深く感謝し、従前通り巻末の作者略歴の作成をお願いした詩人の高橋順子さんに、あつく御礼申しあげる。

二〇〇一年十月中旬　著者

新折々のうた7

［岩波新書新赤版865］岩波書店　二〇〇三年　一八九、二五頁
新書判　七〇〇円

■あとがき■

朝日新聞第一面に書き続けているコラム「折々のうた」の、平成十四年（二〇〇二）五月一日から平成十五年（二〇〇三）四月三十日までの一年間分が、本書に収められている。具体的な作品をあげれば、「捨てばちになりてしまへず　眸《め》のしづか

な耳のよい木がわが庭にあり」（河野裕子）が最初であり（本書42ページ）、「若葉みな心臓のかたち眼《め》のかたち」（多田智満子）が一年分の最後の引用作品だった（本書41ページ）。見られるごとく、多田さんの俳句と河野さんの短歌は、ここでは前後隣り合わせに並んでいるが、実はその二つの間に一年間の歳月が挟まれている。

同じ季節の詩歌を選んで並べていくやり方だから、一年たてばまた同じ季節の作品が、いわば円を描いて同じ位置に呼び出されてくるわけで、この本自体がそのような円環状につらなる一年間という季節にぴったり寄り添いながら、確実に一年間という時間を刻んでいるわけである。

さて、本の「あとがき」としてはやや羽目をはずす形だが、連載「折々のうた」とも関係があるので、書かせて頂く。というのは、私は過去三十二年間（それ以前の三鷹市時代を入れれば四十五、六年間）住みついていた都下調布市の深大寺《じんだいじ》周辺地域を、ある日ふと、という形で決心し、都心に引越してきたからである。今度は背の高いマンションの上層階なので、周囲の景観も環境も、変化したと言うも愚かな激変ぶり。四月半ばに転居しはしたものの、今まで住んでいた地べた密着の生活が、高いところへ宙吊りの暮らしに変っただけでも、生活感覚に微妙なずれが生じるのは避けられない。今までは、いたる所にハミダシばかりあった「田舎暮らし」だったことを、あらためて認識し、無駄な空間というものの存在が許されないマンション生活というものの、便利と言えばまことに便利だが、怠けものが余白を確保するにはそれなりに工夫が大いに必要な暮らしに、今ごろになって気づき、あわてて気を引き緊めているところである。

本書を構成している「折々のうた」作品は、はじめに書いた通り今年（二〇〇三年）四月末日までの分で丁度一年分が終っている。例年の習慣では、二年間ぶっ続けに書いた後、一年間をお休みするという行き方だったが、今年は右に書いたような、私個人にとっては三十数年ぶりに生じた一身上の大変化のため、例年通りのやり方で書いていったら、連載原稿を続けるうちに、私という書き手自身が、「ぶっ壊れて」しまいそうな予感が、新春のころからあり、朝日新聞の関係方面にそのむね陳情に及び、特別の措置として今年の分は一年間お休みさせてもらうという了解を取ったのである。

これは「正解」だった。移転後まだ半年足らずだが、いろんな人びとから、〝少しボンヤリしている〟と見られていたらしい状態が、やっとやや回復してきているらしい。来年五月一日から連載を再開できるよう、言ってみればリハビリ中の身だと観念している。

それにつけても、私の環境激変に伴う変化の最たるもののことを付け加えておきたい。以前から同じ状態だったが、新たに小さな部屋に閉じこめられてみると、今さらのごとく困却しはててしまうのは、全国の詩歌人から定期便のように送られてくる結社誌、同人誌その他の雑誌類の山のこと。「折々のうた」を続けていることが、何らかの意味でこれと関係があるだろうと察せられるが、「折々のうた」に採りあげる作品は、雑誌からではない。結社誌からとりあげることも全くない。選択はすべて句集・歌集・詩集からで、すべて私個人の主観的判断によって行なわれる。全国の詩歌人から尊重して頂くことは有難いことだが、そのため私の部屋を重たい紙屑の山にして下さるのは、できればおやめ願いたく存じます。

今回はまさに脱線的あとがきで、申しわけないことです。

本巻をも、これまで同様愛読していただけるよう願っている。作品を引用させて頂いた作者の皆さん、ならびに朝日新聞社に深く感謝し、従来と同じく巻末の作者略歴の作成をお願いした詩人の高橋順子さんに、あつく御礼申しあげる。

二〇〇三年九月末日　著者

新折々のうた8

［岩波新書新赤版983］岩波書店　二〇〇五年　一八八、二一四頁
新書判　七〇〇円

■あとがき■

「朝日新聞」朝刊一面に書き続けてきたコラム「折々のうた」の、平成十六（二〇〇四）年五月一日から平成十七（二〇〇五）年四月三十日までの一年間分が、本書に収められている。

いま右の一年分の原稿のゲラ刷りを見ているところだが、日本の短歌という詩型は、日常生活の〝記録〟をするための道具として用いられるとき、きわめて有能な働きをすることがありうるということを（それは常日ごろから考えていることだが）、あらためて思い知らされている。

たとえば本書の冒頭近く、フルシチョフをうたった四賀光子さんの作が出てくる（一二ページ）。スターリン没後ソ連共産党中央委員会第一書記となってスターリン批判の演説を行なった当時の、彼の巨大な存在感は、全世界の人々の記憶するところだが、四賀さんの歌は権力の座を離れた一市民フルシチョフが、妻と共に歩いている姿を（たぶん写真を見ながらの感想だろう）スケッチしている。「すこし痩せて妻と歩めば平凡な市民にすぎずニキタ・フルシチョフ」。「すこし痩せて」という観察に、短歌の切り口があったが、このささやかな切り口でも、対象の人物像にひとつの陰翳をつけることができる。短詩型文学というものの生命力は、そんなところで大きな力を発揮することができる。

同様なことは、もちろん俳句についても言えるだろう。いうまでもなく、俳句には俳句の切り口があって、右の短歌の場合と同じようなことを言うわけにはいかない。ひとしく短詩型文学と総称されるけれども、内実はそれぞれみごとに独立している。それゆえに、多年にわたり生き続けてきたのである。

本書には、大学受験の話題もあれば闘病の歌や交通事故死の歌も出てくる。メソポタミアの諺も出てくれば、二〇〇一年九月十一日のニューヨーク世界貿易センタービルの、テロ攻撃による崩壊の話題も出てくる。まさに現代社会の出来事は、あらゆる形で短詩型文学によって取りあげられる可能性があるということである。

「折々のうた」というコラムの現代的な意義も、そういう点にあるだろう。

本巻をも、これまで同様愛読していただけるよう願っている。作品を引用させていただいた作者の皆さん、ならびに朝日新聞社に深く感謝し、また今回新たに巻末の「作者略歴」の作成をお願いした詩人・画家の大岡亜紀さんに、あつく御礼申しあげる。

二〇〇五年九月末日　著者

新折々のうた9

［岩波新書新赤版1101］岩波書店　二〇〇七年　一八四、二七頁
新書判　七〇〇円

■あとがき■

いよいよ最終巻『新折々のうた9』（二〇〇六年四月一日〜二〇〇七年三月三十一日）も、この「あとがき」で著者の手を離れることになった。「折々のうた」は足かけ29年の長旅で、朝日新聞の中村謙記者（最後の担当記者）の記事によると、6762回だったそうで、その間記事が重複したり、気に入らないため自分で没にした（回数は数えるほどしかなかったが）ことも含めて、総数はこれを少々上回るだろうが、いずれにしても長い旅路であったことは確かで、ずっとこれを続けてこられた朝日新聞社に対して深い敬意と感謝の念を捧げる。

一九七九年一月二十五日から「折々のうた」は始められたが、その時とりあげたのは高村光太郎の短歌、「海にして太古の民のおどろきをわれふたたびす大空のもと」だった。

高村は専門歌人ではない。彼が若き日与謝野寛・晶子一門の短歌に親しむ歌人だったことを知る人も、ほとんどいないだろう。私がこの「折々のうた」開始の日に、専門歌人ではない彫刻家の若き日の作品を採りあげたのは、自分自身がこのような

コラムを受け持つことの非専門性を十分に意識していたからだった。

そして三十年近い連載の最後に私が、これを、と思って選び出したのは、江戸後期の女性俳人田上菊舎《たがみきくしや》の、これまた旅の俳句だった。「薦《こも》着ても好《すき》な旅なり花の雨」。

連載の冒頭も終結時も、旅を詠んだ作品になったのは、もちろん私として意識的にやったことではなかったが、あとになって考えてみれば、「折々のうた」という連載そのものが、長期にわたる旅みたいなものだったから、無意識のうちにそのような考えが浮かんでいたのかもしれない。

いずれにせよ、長いあいだ連載掲載中は一日の休みもなしに続けてきたわけで、われとわが身に呟いていることは、バカじゃなきゃ、できないよ、のひと言だけである。外国旅行の最中にも毎日のように新聞社にファックスを送っていたのは、今となっては、苦痛を我慢しつつやった記憶とともに、毎回解放感の小刻みの繰返しだったと思う。

新聞社の何人も入れ替った担当記者たちにも心からお礼を申しあげたい。そして、こんな小さなコラムを長い間愛読して下さった読者諸賢に、心から有難うございました、と申しあげる。

また、「折々のうた」開始以来ずっと、これを手ごろな本の形で出し続けて下さった岩波書店の関係者諸氏にお礼申しあげるとともに、まず第一には、たくさんの読者諸賢に対し、心からの「どうも有難う」を申しあげる。さあこれから、我流の旅に出かけましょうか。

二〇〇七年七月末日　著者

折々のうた三六五日　日本短詩型詞華集

岩波書店　二〇〇二年　三八七、六頁　B６判　二六〇〇円

■あとがき■

「朝日新聞」第一面の片隅に、日本の短詩型文学から毎朝一作ずつ抜きだし、短文でそれを鑑賞する、という試みを始めたのは、一九七九（昭五四）年一月二十五日、朝日新聞創刊百周年記念日のことだった。それが大勢の読者に支えられて、何度かの休載期間をはさみながら、現在にまで続いてきた。まったく予想もしなかったことだが、新聞休刊日以外はまさに一日の休載もなくやってこられたことは、実に幸運なことだった。

今ざっと計算してみると、これまでに約五千八百数十回新聞紙面に登場したのではないかと思う。それが大よそわかるのは、新聞連載開始後、一年分をまとめて一冊ずつ、「岩波新書」で本にしてきたのが、二〇〇二年十一月現在、合計十六冊（十

一冊目からは「新折々のうた」と題名が変り、それが今六冊目）にまでなっているからである。現在は、「新折々のうた7」の、ちょうど半分ほどのところを新聞連載では書いていることになる。

五千八百余回というのが、驚くほどの数なのかどうか、日々一本ずつ新聞社に送っているだけの人間としては、よくわからない。毎日一生懸命書いているだけである。しかし、過去に採りあげて鑑賞してきた多くの作品は、あらためて読めば非常に重要なもの、興味あるもの、珍しいものをいっぱい持っている作品がたくさんあることは、まぎれもない事実である。これらを一年三六五日に配して、一冊の本にまとめてみたらどうか、ということを考え、それを私に相談してこられたのは岩波書店のかたがたであった。

私にも異論はなく、過去十六冊分の岩波新書版にあたっていろいろ取捨選択した結果、ごらんのような本になった。時代は古代から現代まで、詩歌作品の種別も、和歌、短歌、俳諧、俳句はいうまでもないが、古歌謡から近世歌謡まで、諸外国の児童によって試作されたハイク、その他私にとって、日本の短詩型文学の仲間に含めうると考えられるさまざまな試みも、すべて「日本語の詩文」の範囲内にあるものとしてここに収めた。

それだけに、近・現代の日本人による作品を、万遍なく拾いあげて網羅するということはできなかった。たえずそのように心掛けてはいたが、結果としては遺漏も多かろうと思う。何しろ五千八百余の中から三百六十五を選び出すのだから、別の観点から選べば、まったく別の本も作りうること、いうまでもない。

今は一つの試みとして、大方の読者に寛大な眼で翫賞していただきたい。

二〇〇二年十一月はじめ　著者

精選折々のうた　日本の心、詩歌の宴

朝日新聞社　二〇〇七年　三八六頁（上）・三五五、三一一頁（中）・三八五頁（下）　四六判　各二〇〇〇円

■あとがき／「精選　折々のうた」を世に送る■

「折々のうた」は、一九七九年（昭五四）一月二十五日、朝日新聞創刊百周年記念日から、同紙朝刊で始まり、二〇〇七年（平一九）三月三十一日まで、足かけ二十九年にわたって続いた連載コラムである。途中何回かの「充電のためのお休み」をとったため、連載は通算で六千七百六十二回となった。本書はその七千回に迫る総数の中から、二一世紀に伝えたいという気持ちを込めて二千百の作品を選び出した上中下の三冊である。

選択が読者諸賢の意に添うものであって欲しいと願っている。

引用される詩句も含めて、二百字ほどのスペースで、連日詩歌を紹介し鑑賞するコラムを連載しないか、という相談が朝日新聞学芸部（当時）からあったのは、連載前年の一九七八年秋のころだった。再三の懇請に根負けした私が出した条件は、採りあげる作品を短歌、俳句に限らない、ということだった。朝日新聞社はそれを受け入れるだけでなく、作品の選択その他一切について、私の自由裁量にまかせるとしてくれた。おかげで連載中、私は毎日締め切りに追われるということ以外、ひとつも窮屈な思いをせずに、仕事を続けることができたのである。

連載の名前も、私が決めた。

年が明けて、連載開始を告げる社告の「筆者のことば」で、私はこんなことを書いた。

「私たちは生活の中で、『これは！』と驚いたり心動かされたりするものに出会う。ささやかな『これは！』が人を生かす力にもなる。私はそれを古今の詩の中に求めてみたい。」

さらに翌年、「折々のうた」が最初に本になった時、その第一巻の予告広告に、私は次のように書いた。

「自家宣伝めくことを思いきって言わせてもらえば、『折々のうた』で私が企てているのは〝日本詩歌の常識〟づくり。和歌も漢詩も、歌謡も俳諧も、今日の詩歌も、ひっくるめてわれわれの詩、万人に開かれた言葉の宝庫。この常識を、わけても若い人々に語りたい。手軽な本で。新聞連載は続くが、まず一年分をまとめる」

二十数年前にこんなことを書いていたとは、と今の私は舌打ちしたい思いもするが、そんな長口舌をふるいたいようなたかぶりを感じていたこともたしかである。私は「日本詩歌の常識」を破る日本詩歌の常識」を作ろうとしていたのだと言ってもよい。俳句、短歌にとどまらず、漢詩も歌謡も俳諧も川柳も、近代詩も現代詩も翻訳詩も、ときにはことわざまでを採りあげることにした。およそ日本語で書かれたものなら、すべて「うた」として、「折々のうた」の候補である。俳句、短歌を主流としたアンソロジーの編集という常識に、挑戦してみようとしたのだ。すぐれた日本語で表現されているのなら、作者の生きた時代はもちろん、国籍も関係なかった。

そういう構えで始める連載の第一回に、どんな作品を採りあげるか。最初にどんな作者のどんな作品を採りあげるかということは、連載の筆者がどういう態度で連載を続けてゆくつもりなのかを、はっきり示してしまうだろう。いろいろ考えた末に、私は連載第一回には、高村光太郎の短歌を採りあげることに決めた。


海にして太古の民のおどろきをわれふたたびす大空のもと

高村光太郎の詩ではなく、短歌を登場させることで、私の選ぶ姿勢を明らかにしようとしたのだ。「高村青年は緊張もしていただろう。不安と希望に胸を騒がせてもいただろう」。この歌について私はこのように書いた。私はもう青年という年ではなかったが、これはそのまま、新聞に詩歌の連載コラムという、まったく前例のない試みを始める私の気持ちでもあった。

結果として「折々のうた」は足かけ二十九年間連載されたから、それ自体かなり長期に及ぶ旅となってしまった。こんなに長く続くとは、私の夢にも予想しないことだった。連載中には、実際に国内や国外に旅行することもたびたびあったが、旅行かばんに、「折々のうた」に必要な書籍や雑誌、原稿用紙や辞書類を詰めこんで運搬するというのは、まったく普通の私の旅行姿になった。何週間もの海外旅行の場合など、毎日原稿を書き終えるたびに、持っていった参考書類のコピーやら雑誌の切り抜きやらを、一、二ページずつ丸めてポイと捨てていく。そのことに気持ちよさを覚えてしまったのは、仕事とはいえ、どこか後ろめたいような気分になることでもあった。

ヨーロッパのいくつかの国でもアメリカでも、私が会った人々は、私が書いている「折々のうた」という連載記事のことを知ると、みな一様に呆れた面持ちで、「大新聞の第一面に毎日詩が一つずつのっているなんて」と言うのだった。彼らにとって、詩というものが、一行や二行で完結しているということは、簡単に納得できるようなことではないのである。俳句や短歌の詩行が、五七五や五七五七七という短さであるということは、実際にそれらの作品を見てみないとどうも納得できないらしい。国際詩人祭のごとき催しが、ヨーロッパでもアメリカでも、あるいはアジアでも挙行される時代になったが、そのような場に参加している詩人たちが、日本の俳句や短歌の詩形の短さ、そして貴重さについて、よく理解しえているとはいえない事実は、否定できないことだと私は思う。

たった十七文字ないし三十一文字という、こわいほどに短い中に、まったく異なるふたつのイメージや事件を持ち込み、それをつき合わせることで、一挙に詩の世界を広げてみせる。ふたつのものが短い言葉の中で出合うことによって、イメージが二倍どころか四倍にも八倍にも広がってゆく。俳句、短歌の力はこの基本構造に支えられている。「折々のうた」という連載記事は、そういう観点からすれば、具体的な例をもって日本の詩歌の短さ、そしてその短さの貴重さを、実証しつづけていたものだった、ということになるだろう。私はそういう役割をはたしえたということに、ひとつの満足を感じている。

もし「折々のうた」にさらに多少とも見るべき点があるとするなら、いろいろな種類の詩形の作品の中に、日本語の表現可能性あるいは可塑性、一口に言えば「日本語の力」とでも言うべきものを見出したいと志している者が、その発掘・発見の現場報告を書き続けた点にあるだろう。日本語はあくまで日本語だが、それは同時に充分複雑で豊かな層を成している生きものである。漢文も日本語なら、短歌も連句も現代詩も日本語。しかし言葉というものは、自堕落な使い方をすれば、どんどん劣悪な質のものに変わってゆく敏感な生きものでもある。私が長年にわたってこの連載を続けたのは、その事実を言い続けたいためだったようにも思われる。

　それにしても、三十年近く、六千七百六十二回という、数だけで言えば「万葉集」約四千五百首をかなり上回る数の「うた」をたった一人の人間が選ぶという作業は、類例のないことであるようだ。連載を始めたときに四十代後半だった私は、今、七十代の半ばに差し掛かっているが、若いころに比べて、人事をめぐるうたよりも、自然詠により大きな魅力を感じるようになっているのは興味深いことである。その背後に人事が語られていることが多いにせよ、自然詠がこれほど多く詠まれていることこそ、他の文化と比べたときの、日本のうたの大きな特徴といえるだろう。

　この三月三十一日、最終回に私が選んで提出したのは、江戸時代の女性俳人田上《たがみ》菊舎の次の句だった。

　薦《こも》着ても好《すき》な旅なり花の雨

　奇しくも「折々のうた」は、旅に始まり、旅に終わることになった。筆者の私自身は必ずしも旅好きではない。あくまで、詩の主題としての「旅」というテーマが好きだというわけで、この旅はどこから始まり、どこまで続くのか、自分でもきちんとした経路はないのである。考え返してみれば、詩そのものが、そのような旅人なのであった。

最後に、本書を編むに当たって引用させて頂いた作者、著作権継承者各位に対し、ここであつくお礼を申しあげたい。また、現代の読者の便宜を思って、原作にはない振り仮名を、多くの作品に振ったことについても寛恕をお願いしたい。

また、文中で参照した本を通じ、先学の学恩を蒙っていることに対しても、あつく謝意をささげる。それと共に、連載中に多くの読者からのご叱正、ご教示をいただくと同時に、実に多数の方々からの激励のお便りによって支えていただいたことに、深く感謝申し上げたい。

二〇〇七年六月　　大岡信

＊二〇〇七年刊『精選折々のうた』は上中下巻あり。「あとがき」は上巻に掲載。

恋の歌

［詩歌日本の抒情3］　講談社　一九八五年　二六〇頁　四六判　一四〇〇円

■あとがき■

本文の中でもたびたびふれたことですが、日本の詩歌史全体の中で恋のうたが占めている位置および役割の大きさは、どれほど強調してもあやまりではないほどのものであります。

もちろん、地上に住むあらゆる民族にとって、恋愛という情熱は普遍的に行きわたったものであり、その点では日本人だけが特別である理由はひとつもないでしょう。しかし、〈詩的・文学的表現として現れた恋愛〉という問題は、本能的・生理的レヴェルでの恋愛という事実とは切り離して考えねばならない要素をもっていて、その点になれば世界の諸民族の詩史・文学史はにわかに多様なすがたを示しはじめるといっていいのです。

日本において古来恋愛詩が詩歌の歴史のうごかしがたい中心を占めてきたという事実は、生理や本能の問題であるよりは、むしろ日本という土地の文化の型の問題であったといっていいのです。

本書で私が心がけたことのひとつは、そのような観点をたえず念頭において、古代詩以来近代詩にいたる、何といっても相応に長い日本の詩の歴史における恋のうたの諸相をとり出し、解明してみるということでした。

そういう関心のありかたからすると、作品ひとつひとつの面白さ、優秀性を個別に指摘し、鑑賞するだけにとどまらず、その作品がある特定の時代に生まれ、愛されたことの意味についても同時に考えるということが必要になるわけで、本書ではそのような面についても、可能な範囲で論じることを心がけました。

これはまた別の言い方をすれば、一篇の恋愛詩の中にさえ一つの時代思潮が明らかに透けて見えるということでもあります。さきほど、文学的・詩的表現として現れた恋愛の問題とは、すなわち文化の型の問題であるということを書きましたが、今書いたことと別のことではありません。

本書を書くにあたっては、かねがね私が日本の恋愛詩の中でも重要な部分をなすと思っている歌謡、つまり流行歌について、和歌や俳諧に対すると同じように、あるいはそれ以上に重視するという方針をとりました。従来のこの種の本では、和歌や俳諧と同列に流行歌をとりあげて書くということは、あまり例がなかったかもしれません。しかし私の考えからすると、そのような通念は、何よりも現実に詩歌が人々の中で生きていた実態から遠くかけ離れている点で、あやまっているといわねばなりません。本書をお読みになれば、その点についても十分理解いただけると思います。

それらのページがふくらんだため、現代の詩や歌について書く余裕がまったくなくなってしまったことを残念に思います。しかしそれらについては、また書く機会もあろうかと思いますので、後日を期します。

本書全体の構想を立てる上で討論相手となり、あれもこれもと欲張るたちの私に対して、断念と整理のための適切な意見を出してくれた妻深瀬サキに感謝します。

一九八五年六月　　　著者

＊「詩歌日本の抒情」全8巻。通巻編集は飯田龍太・大岡信。第3巻が大岡著。

うたの歳時記

［「うたの歳時記」　学習研究社　一九八五～八六年　一六三～一六四頁　菊判　各一三〇〇円

■あとがき■

『うたの歳時記』第一回配本としてまず「秋」の巻をまとめて世に送る。

この企画は、実をいえば私にとっては降って湧いたような企画だった。いわゆる歳時記とは一味も二味も違ったもの、しかも春・夏・秋・冬、そして恋という、古来日本詩歌のもっとも基本の枠組をなしてきた主題別に各一巻ずつをたて、これぞと思う詩歌作品を私自身の短文とともに配列することによって、一つの新しい歳時記のスタイルをうち出したい、さらに巻末に、秀れた秋の詩・歌・句を二百ほど、こちらは解説抜きで詞華集風に並べ読者の便宜に供したい――というのが、この企画を綿密にたてて私の所に持ってきた学研編集部有働義彦氏の構想だった。氏の熱心さとねばり強さに説得されて始めた仕事は、生来規則正しい整理整頓ということがきわめて苦手な私にとっては、予想以上の重荷となった。見かねて編集全般にわたる協力を買って出てくれた妻の深瀬サキ、ならびに明大大学院日本文学研究科でたまたま私の学生だった縁から、喜んで協力を申し出てくれた府川恵美子、森真弓両嬢の助力がなければ、この「秋」の巻は、木枯らし吹きすさぶころになってもなお、世に出なかったことだろう。

私としては『折々のうた』『古今集・新古今集』をはじめ、これまで様々な機会に詩歌作品について書いてきたことを、このような形でもう一度整理し直す機会を与えられたわけで、有働さんの有能な督促ぶりに感謝せねばならない。見返しに慣れない習字まで書かされるとは、夢にも思わないことだった。

一九八五年七月　　　　大岡信

＊「うたの歳時記」全5巻。あとがきは第一回配本の「秋のうた」に掲載。

声でたのしむ　美しい日本の詩
和歌・俳句篇／近・現代詩篇

岩波書店　一九九〇年　一九二頁／一九四頁　20.0×16.0cm

各一四〇〇円

■はじめに■

メソポタミアとかエジプト、あるいはインド、中国。それらの土地で文字というものが発明され、そのおかげで遥か遠方の人々にまで知識を普遍的に伝えることができるようになったのは、人類の歴史にとって最大の事件のひとつでした。

私たちには、この日本の島の上ではじめて大陸渡来の文字というものを目にし、驚きと好奇心に満ちてそれを使いはじめたであろう六世紀、七世紀のころの人々のことは、ほとんど想像もできないほどになってしまいましたが、それまで声とジェスチャーの言葉だけでお互いの意思を通じ合わせていた人々にとっては、文字という新しい、強力無比な伝達手段の出現は、どれほどすばらしい出来事だったか知れません。なにしろ、声や音の届く範囲の人々との、その場限りの会話や意思伝達しかできなかった人たちが、文字の導入によって、何百キロ先の相手にでも通信できるようになったのですから、文字の偉力は絶大でした。

もともと詩歌は、地球上のあらゆる民族にとって、その民族の言語の発生とともにあった、喜怒哀楽や祈りの最も重要な表現手段でした。文字の出現より遥か以前から、すでにおびただしい詩歌が音声言語や身振り手振りによって歌われ、演じられていたことは言うまでもありません。そのような詩歌の長い歴史は、文字の導入後、一層豊かなものとなって人々の心の糧となっていきました。声と文字とは決して対立・矛盾するものではなく、文字という新しい手段を通すことによって、ある一つの詩歌作品が何百万人ものそれぞれ別個の声として甦ることも可能になったのです。

この「声」の中には、文字を目読しているだけで心の中に湧き起こる「内心の声」も含まれます。一千年前の詩歌がほんとの意味で私たちのものになるのは、目という器官を通して、実は私たち一人一人の心の中でそれらの文字が音となり声となって了解されるからではないでしょうか。目が声を呼び起こすときはじめて、詩歌作品は真に具体的に読者一人一人のものとなるのだと私は思います。なぜかといえば、普遍性をその最高の属性とする文字そのものが、本来、声と離れて存在するものではないからです。

　私たち日本人は漢字という素晴らしい文字言語を日常使っています。漢字は一字一字が意味を表わしていますから、その意味だけを取り出して考えれば、声とは無関係であるようにも思えます。しかしそれは違います。漢字の本家である中国の詩人たちは、詩を作るのに意味だけを切り離して書くようなことは決してしませんでした。韻を整えることに漢詩作法の最も基本的なルールがあったことを思い出すだけで十分でしょう。

　まして、アルファベットのような表音文字を用いて書く全世界大多数の民族の場合、文字と音声との緊密な結びつきについてはあらためて言う必要もないでしょう。私たちは表音文字で綴られた詩を読むとき、日本の詩歌を読むときよりもかなり顕著に、それらの音に対して敏感になっているはずです。それはアルファベットその他の表音文字が必然的に要求する読み方なのです。

　日本の詩人たちも、言葉の本質をなす音声に鈍感であることは許されませんでした。

　『紫式部日記』の中に、一条天皇の中宮彰子が父藤原道長の邸に帰って皇子を産むくだりがあります。皇子誕生の祝宴に侍った女房たちの一人である紫式部は、このような祝宴の際のたしなみとして、酒を賓客たちにつぎながら詠みあげるべき祝賀の和歌を一首作ってその場にのぞみましたが、居並ぶ高位の面々の中に四条大納言藤原公任《きんとう》がいたために、女房たちが口々に「どうしよう、恥ずかしい。歌の出来不出来は仕方がないけれど、ちゃんとした声《こわ》づかいで詠みあげることができそうもないわ」とひそひそ言い合うさまを日記に書きとめています。

　公任は当時の歌界・歌学界の第一人者と目された人で、有名な『和漢朗詠集』の編者でもあり、藤原一門の大物でした。和歌・漢詩における才のみならず、詠歌や管弦の道にも傑出したいわゆる三船の才の持主で、女房たちが尻ごみしたのも、公任の前で自作の和歌を詠みあげながら彼の盃に酒をすすめる役がまわってくるのを恐れたからです。「歌をばさるものにて、こわづかひよういひのべじ」、つまり歌の出来ばえよりもむしろ声をあげて詠じることの方を彼女らが気にしたというのは面白いことです。紫式部は日記に自分がその時用意して行った歌を書きつけていますから、歌の出来ばえには自信をもっていたでしょう。しかし、公任の前で声をあげて自作を詠みあげることについては、やはり気おくれを感じていたと思われます。

　ずっと時代がくだって、元禄時代の俳諧の文句なしの巨匠である松尾芭蕉は、弟子たちに作句の要諦としてしばしば「舌頭に千転せよ」と教えました。句というものの本質が音声と切っても切り離せないものであることを、これほど簡潔に言い切った言葉も少ないでしょう。

短歌形式（五七五七七）、俳句形式（五七五）をはじめとして、日本の詩型には古来かなりの種類の形式がありました。歌謡の面白さの重要な一因も、七五調を基盤にした詩型の工夫のみごとさにあります。

それらすべてを通じて、文字で表記する場合、「、」とか「。」、括弧（「」・（））、疑問符（「？」）、感嘆符（「！」）など、広い意味での句読点はいっさい使われていませんでした。現代の活字本になった歌謡集などでは句読点がついているものもありますが、これは現代の読者の便宜を考慮して新たにつけられたものです。

なぜ句読点がついていなかったかといえば、句読点の助けがなくてもそれらの和歌や俳諧、歌謡を理解することができたからです。詩歌はくちずさめばわかるものというのは当然の前提でした。なぜなら、元来音声には句読点などないからです。音声に出してみてわかる作品なら、文字で書いた場合に句読点をつける必要もないわけでした。

日本の文字表現における句読点の歴史はまだ百年そこそこです。句読点は、書かれたものの論理的な理解を容易にするための記号です。「意味」をとりやすくするための便宜的手段として、明治初年代に、西洋の書物の翻訳とともに日本語の中に入ってきたものでした。

詩歌の中に句読点が使われるようになったのは、大まかに言えば大正時代からです。

短歌の中でも、一時期の若山牧水、前田夕暮、また長期にわたって句読点を使った釈迢空の例などがありましたが、それらは短歌世界の異端で、周知のように現在でも、俳句はもちろんのこと、短歌においても句読点はめったに使われていません。

それに比して、大正期以後の自由詩（近代詩・現代詩）においては、テンやマルはもちろん、括弧や感嘆符、疑問符などを使用するのは当たり前のようになりました。

それは言うまでもなく、詩における論理的要素の強調、意味の重視ということと切り離せない現象でした。そこに、伝統的な定型詩である短歌や俳句と、近・現代詩との大きな違いが、いわば象徴的にあらわれていると言うこともできるのです。

現代詩は黙読されることを要求する詩であると考える現代詩人が存在するのも、これと深く関連した現象でしょう。もっとも、私は真に黙読のみに値する詩というものがそんなにあるとは信じません。むしろ、一篇でもそのような詩があるなら、それは稀有の出来事だと言うべきでしょう。なぜならそれは、言語の本質に敢然と逆らって打ち樹てられた瞠目すべき奇跡的作品であるはずだからです。私はまだそのような作品に出会ったことはありません。

ここに谷川・大岡両名が二冊に編み、本およびコンパクト・ディスクの形で刊行するアンソロジーは、古代から現代までの日本の詩歌作品を、声を通して読み、鑑賞するという観点に立って編集し、和歌・俳句篇および近・現代詩篇の二巻としたものです。

編纂の背景をなす考え方は、以上にのべたようなところにありますが、根本的な動機としては、現代日本社会において言語表現が置かれている立場に対する危機感があると言えると思います。これはその意味で、言葉の力を再確認し、強化するための一つの試みとして編まれた本だと言えるでしょう。その言葉の力は、決して大声で叫ぶところに生じるわけではなく、むしろ静かに、明確に、リズムをもって、ある時は荘重に、またある時は軽やかに、しかし常に一語一語の働きを最大限に生かすようにして書かれ、声に発せられるところに生じるものであることを、これらの詩歌作品は立証していると思います。

このアンソロジーのために作品を提供して下さった作者の皆さんに御礼申しあげます。

コンパクト・ディスクのために作品を朗読して下さった平井澄子、松本幸四郎、岸田今日子、橋爪功、牧良介の五氏には、録音の作業中私たち両名が与えられた喜ばしい驚きの数々に対して御礼申しあげるとともに、多くの方々がじかに同じ喜びと驚きを共にして下さるに違いないという気持ちをもここに付け加えさせて頂きます。

編纂作業の開始から録音その他全部が終るまでには、思いのほか時間がかかりましたが、二巻を通じて編者両名の合議によって編まれたものです。現代詩の選択については、耳で聞くことを第一目的としたので、他のアンソロジー類とはかなり異なった性格のものになっていると思います。

本文の下欄には、それぞれの作品の鑑賞の手引きとなると思われる注記をつけました。屋上屋を架する愚におちいっていないことを願っております。この注記は、和歌・俳句篇を大岡、近・現代詩篇を谷川が担当しました。

一九九〇・四　　大岡信

＊「和歌・俳句篇」「近・現代詩篇」ともに同じ「はじめに」。「あとがき」は谷川俊太郎。

名句歌ごよみ

［角川文庫］角川書店　一九九九〜二〇〇〇年　二五二〜二八六頁　A6判　六二九〜六六七円

■あとがき■

以前、自分が古典と呼ばれる文学作品をどのような気持ちで読んだか、そしてそれらの古典についていつもどのように考えているか、ということについて、短い文章を書いたことがある(『古典のこころ』「はしがき」)。

今度角川文庫から『名句　歌ごよみ』を五冊本として刊行するにあたり、その『古典のこころ』に書いた「はしがき」の小文を読み返してみた。

驚いたことに、もう十五、六年たっているのに、私は今でもその文章に書いたこと以上のことを思いつかないのである。それで、いわゆる詩歌の古典とよばれるような種類の本からもたくさん引かせていただいたこの『名句　歌ごよみ』のための「あとがき」として、今のべた文章から本体を引用し、多少の手直しをほどこして以下に使わせていただこうと思う。この『名句　歌ごよみ』を読む方々が、「そうか、何も最初のページから身構えてきちんと通読しようなどと考えずに、気の向いたところから読み出してもかまわないわけだ」と思って、楽しみながらあちこち読んで下されば幸いである。

そうやって読みかじるつもりで始めたが、結局全部読んでしまった、という方が一人でも多ければ、これこそ著者としての幸せというものであろう。

では、読んでみて下さい。

「古典というのは何だろう」

「ウーン、一人無人島で暮らさなくてはならなくなった時、後生だいじに持っていく本かな」

「たとえば」

「たとえば聖書にプラトン、論語に万葉集、法華経に資本論」

「ふだん決して読まないくせに、読まなくちゃあといつも思っている本ばかり」

「それだけではないさ。読むのに時間がかかるからいい」

「どの本も退屈だからなあ」

「孤独と無聊《ぶりよう》を退治するのに、退屈な読書をもってする。人格修養には絶好だろう」

「無人島に一人で暮らさにゃならんようなときに、人格なんてものがなんで問題になるのかね」

「それがわからないようでは、はじめっから古典を読む資格もない。心掛けが悪いよ」

「わかった。古典てのは、要するにオレには関係ないんだ。ハハハ」

「じつはオレにもな、フフフ」

閑人の愚談はさておき、「古典」という言葉は近ごろどんな響きをもって人々の脳裡にころがりこむものであろうか。私が中学生、旧制高校生であったころと現在とでは、三十年以上の時のへだたりがあって、本というものについての一般的な感じ方にも、大きな変化が生じてきたことを折りに触れて痛感するから、今どき「古典は若いうちにきちんと読んでおきたまえ」などというお説教に耳を傾ける若者が、日本国中さがしてみて、果たして十人もいるかどうか、甚だ疑わしいと私は思っている。

実をいえば、この私自身、この世に生をうけてこのかた、「古典は若いうちにみっちりと」などという有難い教訓に、ただの一度も従ったことがないのである。だから私は、たとえば大学で学生を前に話さねばならない時でも、その種のことは決して口にしない。言いかえれば、教養としての読書という観念は、私はついに縁のないものでありつづけた末、今にいたった。それだけの余裕もない生活の連続だった、というのが実情だが、また自分一個で納得している考え方で言えば、読書というのはもともと、余裕があってするものではないんじゃないかと思う。

もちろん、余裕がたっぷりあって、本を読む時間も心の準備もできて、いざいざ、と本を手にすることができるなら、それはどんなに楽しいことだろう、と思う。そんな余裕が与えられたら、私にもじっくり読んでみたい本はある。山ほどある。しかし、そんな余暇はなかなかもって与えられないし、また仮にそんな余暇が与えられても、もし私が「それっ」とばかりにねじり鉢巻をして本の山を崩しにかかるなら、何のことはない、それはもはや「余暇」に悠々自適する生活ではなくなってしまい、「もう一つの仕事」が新たに生じるだけだろう。

だから、本を読むということは、人間のよくよく不思議な事業なのである。あわただしく便所の中で読んだ本の一ページが、じっくり坐った机の前で読んだ本一冊よりもずっと有益だったというようなことは、いくらでもある。何が「古典」で何が「駄本」か、などという区別も、本来ありはしないのである。

はっきりしていることの一つは、私にとって「古典」は、私がかつて読んだものの中にしかないということ。それらが、いわゆる古典文学全集とか古典思想大系とかに含まれている本と、ある程度まで重なっていることは、もちろんありうるけれど、それも、こちらの都合が、その場合世間の一般規格に合致しただけのことで、根本は常に「こちらの都合」にあるのだ。そういう具合の付合い方をした本でないと、古典であろうがなかろうが、本というもの、ほんとうのところ、身にしみて大切なものではなくなってしまうだろう。

人間というものは、それくらい自己本位なのだと心得た方がいい。どこか自分の都合とは別のところに、世にも有難い「古典」さまが鎮座ましましていて、われわれはその前で是が非でもうやうやしくお辞儀をし、自分にとってはどうもピンとこないような書物でも、我慢して読まねばならないのだ、などとは考えない方がいい。なぜなら、そんな中途半端な付合い方をしても、相手は決して秘密をあかしてはくれないからである。

自分の都合が大切だ、といった。そのことは、言いかえれば、自分にとって今何が必要なのかを明確に知っていなければならないということである。これは大変なことで、自己本位という立場を通すのは、人からああせい、こうせいと言われるがままに動くのよりは、遥かに難かしい。むかし夏目漱石が「自己本位」の立場を貫くことの大切さと困難さを説いた時と、事情は少しも変らない。

以上に書いたことは、本を読む、そして何かを書くということが、幸か不幸か、一日の生活の大きな部分を占めるような変則的な暮らしをしている人間のいうことだから、いずれにしても大きな偏りがあるかもしれない。しかし、私は余裕をもって読書を楽しむよりは、たとえ大急ぎの斜め読みでも、自分にとって必要なことだけはがっちり我がものにしてしまうぞ、という心がまえで本と付合ってきた人間なので、今さらきれいごとを言うわけにもいかないのである。

そんなやり方でも、ずいぶん多くの楽しみや余暇や喜びを、本の世界は私に与えてくれた。こちらに「余暇」がない時の、せっぱつまった読書でも、本の方から真の「余暇」を与え返してくれることが沢山あった。それこそ、実をいえば、本を読むということが私たちに与えてくれる最大の驚異なのである。そして、そういう関係で私と結ばれた本は、すべて、私にとっての「古典」となった。「私の古典」とは、私にとってはそういう意味だった。

一九九九年二月　　大岡信

＊「名句歌ごよみ」は全5冊。あとがきは「春」に掲載。

私の万葉集㈠

［講談社現代新書1170］講談社　一九九三年　二四三頁　新書判　六六〇円

■はしがき■

『万葉集』が古代日本最初の和歌選集であると同時に、現代の読者にとっても魅力をいっぱいもった歌集であることは、今さら言うまでもない事実です。

しかし、四千五百首余りにのぼる収載和歌の、すべてとはいわず、十分の一ぐらいの量でも、今までに読んだことがあるという人は、どれほどいるだろうかと考えてみると、これはかなり限られるんじゃなかろうかと思います。『万葉集』の歌は面白いと思っている人でも、読んでいる歌は多くの場合共通していて、その範囲も限られているというのが実状でしょう。つまり何人かの有名な作者の、有名な歌が、多くの人にくりかえし読まれ愛誦されてきたものの大部分を占めるだろうと推測されるのです。多少それよりも突っこんだ読み手の場合は、東歌《あずまうた》が大好きだとか、女性作者たちに特に関心があって読むとか、古代日本と大陸文明との関わりに焦点をあてて読むとか、大伴旅人や山上憶良の形成した筑紫歌壇に注目するとか、七夕《たなばた》の行事をめぐる歌が多いことを知って面白がってそれを調べてみるとか、その他いろいろあるでしょうが、巻一から巻二十までを辛棒強く通読するというのはまた全く別のことになります。

　私自身、そういう読み方をしたのは、はじめて『万葉集』の歌というものに触れた少年時代から数えれば、四十年ほど経ってからでした。読まねばならない事情があったから読みましたが、それがなければ、たぶん今でもまだ全篇通読ということはしていないのではないかとさえ思います。四千五百首の長歌や短歌を通読するのは、案外大変なことだと思います。たかが文庫本二冊程度。しかし、長篇小説のようにストーリーが展開してゆくわけではない上に、現代人にとってすべて興味しんしんというわけではない和歌というものを、続けざまに読むということは、単に量の問題として論じるだけではすまない困難さがあるのです。

　適切なたとえかどうかわかりませんが、長篇小説を読むのをマラソンにたとえるなら、万葉を読むのは、百メートル競走を四千五百回くりかえして小説と同じ距離に達するのに似ている、とでもいえましょうか。しかも途中には、あまり有難くない砂利道とか、穴ぼことかも現れたりすることが多々あるのです。

　にもかかわらず、『万葉集』が現在でも、古典としてのみならず、それほど努力しなくとも現代人が味わい、楽しむことのできる「生きた」歌集として私たちの前にあるということは、否定しようのない事実です。

　こういう古代詞華集の存在は、世界的にいってもきわめて稀れでしょう。たしかに日本よりもずっと古い時代から偉大な文明を花開かせた国々また民族はたくさんあります。しかし、それらの国々や民族の古代文化の産物である詩や散文のうち、現在でも「生きた」ものとして現代人に愛読されているものは、はたしてどれほどあるでしょうか。宗教分野での聖なる書物を除くと、その数は実に寥々たるものとなるに違いありません。

　これを別の観点から見るなら、日本人はいまもって古代人と同じ心情を大事に保ちつづけているということにもなるでしょう。五七五七七という古代の短歌形式が、単に残存してきたばかりか、一九九〇年代のいま、人数だけに限っても、たぶん日本歴史始まって以来未曽有の短歌愛好人口に支えられて元気に生き続けているという事実は、世界的に見ても不思議な、あるいは面妖な、日本文化の一特質だとさえいうことができるだろうと思います。

それはまた、能狂言や文楽・歌舞伎、舞踊その他、いわゆる伝統芸能の世界にしっかり根づいている伝統形式の原型伝承ぶりとも相通じているものでしょう。これらの芸能では、数百年以前に形づくられた原型を、時代の変化に応じてどんどん近代化し、変容させてゆくという試みは、ついに主流を占めることがありませんでした。謡曲の詞章は、観客に分ろうが分るまいが、世阿弥や禅竹が書いた文句をいまも一字一句作り変えることなくうたわれています。

ギリシアにおいて古典劇がそういう形で上演されることは、普通はないと聞いています。古代の作者の言葉は、現代の観客に合わせて現代語を基本に変更を加えられるのがむしろ当然だ、という立場に立つなら、今日日本の能楽堂が、いずこも常に満員またはそれに近い観衆に満ちている光景は、驚異的というほかないことでしょう。そしてまた、たとえば好奇心にかられた外国人が、「あなたは今うたわれている謡曲の言葉の意味が全部お分りなんですか」と観客の誰彼に質問した時、「ええ、分りますよ」と答える人がたぶん極端に少ないだろうというもう一つの事実を知れば、たいていの質問者は絶句してしまうに違いないのです。

ハイテク先進国の名をほしいままにしている現代日本が、他方でこれほどにも、古代・中世の遺産を原型のまま保存することに熱心な国であるという事実は、日本文化の体質を考える上でも、非常に興味ぶかい問題だろうと思います。

なにしろ私たちは、冠婚葬祭の場でとなえられる祝詞《のりと》とか経文についても、意味はよく分らぬままに頭《こうべ》を垂れて有難く拝聴している民族なのです。祝詞はまだしも、お寺で唱えられるお経の場合は、元来が日本語とは言いにくい呉音、唐音、宋音などの経文の棒読みですから、これの意味が立ちどころに分ったら大したものと言わねばなりません。

つまり私たちは、古い昔からずっと、ある種の霊的価値を認められたテクストについては、それを合理的精神によって解明し、新しい世代に理解しやすいように嚙みくだいて刷新しつつテクストそのものを変化させてゆく、というようなことには、あまり積極的価値を見出さずにきた民族であるらしいのです。

これは、政治とか社会体制の領域においても変りなく見られる、きわめて普遍的な現象であることは、ちょっとその目であたりを見回してみればすぐに分ることだろうと思います。

天皇制の連綿たる持続と、このような古代的・中世的遺産の原型保存の志向との関わりも、深層心理的にたぶんきわめて深いものがあるだろうと思われます。もちろんここには他の多くの要因も関わっているに違いありませんが、現代日本で最も純粋に古代的な習俗が保存されているのが宮中であることは言うまでもないでしょう。

しかし、それを言う以上、次の事実も指摘しておかねばなりません。

『万葉集』は周知のようにもとはすべて漢字で書かれていました。これを万葉仮名というのは、漢字を仮名文字のように扱っているからです。すなわちこれは、漢字本来の意味を生かして書くのではなく（例外は多少ありましたが）、主として字音を活用して古代の大和ことばを表記したものでした。後年も似たようなことがくり返されています。すなわち近代日本におけるローマ字というものがそれです。ローマ字の場合は、借用したアルファベットそのものが音標文字でしたからきわめて便利でしたが、漢字の方は違います。これは元来一字一字意味をもっている文字ですから、これを音標文字として利用するというのは、それ自体実に大胆かつ創意ある工夫だったと言えると同時に、ひどくややこしい問題を後世に残すことになったのも当然でした。

すなわち、『万葉集』が一応成立してから二世紀もすると、これをどう読めば五七五七七になるのかがすでに分らないという大問題が生じたのです。

紀貫之らによって勅撰和歌集の第一『古今和歌集』が撰進され、醍醐天皇の奏覧に供されたのは延喜年間、西暦でいえば十世紀の初頭でしたが、この時でもすでに、八世紀後半に成立した『万葉集』はきわめて難読の、しかし神聖きわまる和歌集となっていました。時代は漢文学全盛の時代です。多くの貴族がすでに漢文本来の書き方、読み方に通じていた上、片仮名や平仮名も漢字をもとにして開発されていましたから、漢字そのものを日本式のやり方でいわば恣意的にねじ曲げ、それを大和ことばの和歌を書くのに利用した過去の人々の窮余の一策は、たぶん恐ろしく奇妙なものに見えたはずです。

にもかかわらず、そこには古代天皇制の最も劇的な確立期の詩的証言である作品群が大量に含まれていました。天皇をはじめとする尊貴の人々の作が、柿本人麻呂や山部赤人の作とともにたくさん含まれています。当然解読されねばなりません。こうして『万葉集』解読の作業が、村上天皇の勅命によって正式に開始されたのです。第二の勅撰和歌集である『後撰和歌集』の撰者五人（大中臣能宣《よしのぶ》・清原元輔《もとすけ》・源順《したごう》・紀時文《ときふみ》・坂上望《さかのうえのもち》城《き》）が後宮の昭陽舎（通称梨壺）において、新しい勅撰和歌集を撰進することと同時に命じられ、作業を進めることになったのが、『万葉集』に訓点をほどこすという難事業でした。天暦五年、西暦九五一年のことです。

紀時文は巨匠貫之の息子、源順は当代きっての漢学者でもあった才能抜群の文人歌人、清原元輔も傑出した歌人で代々教養豊かな文人の家の出でした。元輔の娘が清少納言です。

梨壺の五人とよばれたこの人々が、毎日後宮の一室に通って仕事をしたのですが、おそらく『万葉集』解読は溜息つき通しの難事業だったろうと想像されます。今日にいたってもなお訓の定まらない歌がたくさんあるということからでも、それは分ります。

しかし、この事業がきっかけで、『万葉集』は古代の闇の中から徐々に後世の光の中へ甦ったのです。それの先鞭をつけたのが村上天皇の勅命だったということは、朝廷というものの文化的意味について考える時、無視できないものでした。

この場合には、朝廷の役割は啓蒙ということにありました。古代の闇に包まれていた貴重な遺産を、新しい時代の財産として甦らせること。

ただし、この作業がめざしたのは、元来大和ことばによってうたわれていたものを、借着である万葉仮名の漢字のむこう側に復元しようということでしたから、別の言い方でいえば、これはまさに復古事業だったのです。

学問における復古の作業は、必然的に「正統」への復帰という意識を伴うか、または生み出します。イニシヘこそ尊ぶべきものであり、これに対して近代は常に堕落しているか、または堕落への道を歩んでいる、というのが、このような意識に付随する基本的な物の見方、危機意識にほかなりません。

これもまた、天皇制をめぐるもう一つの重要な精神現象だったことは、尊皇攘夷思想が王政復古の思想と切離すことのできないものであったことからも明らかです。近い時代の文学者でいえば、昭和時代の代表的文芸批評家保田与重郎における近代批判も復古主義も、この問題のなまなましい現存そのものだったと言うことができます。彼の万葉論はこの危機意識を除いてはありえなかったものでしょう。それはまた、柳田国男、折口信夫らの学問を支えていた情熱やモチーフとも、深い所で結びついていたと言えます。

私はこれから『万葉集』を私なりの読み方で鑑賞していこうと思います。右にのべたことは、一首一首の歌を鑑賞・論評してゆく上で絶えず私の頭の片隅にあるはずの事柄ですが、鑑賞の場では直接ふれることが難しそうな事柄でもあるため、「はしがき」としてまず書いておこうと思ったのです。

もちろん、右にのべた事柄以外にもたくさんのことがあります。しかし、それらについては、すでに岩波書店刊「古典を読む」シリーズの一冊として書き下ろした『万葉集』(一九八五)でもいろいろと書きました。とりあえず、同書の「あとがき」で書いた内容の一部分をここに引く形で、『万葉集』に対する私自身の対し方を明らかにしておこうと思います。

「私はこの本で、現代の文芸批評というものが、『万葉集』という巨大な、そして多様性そのものである対象を相手にする時、最低限どのような形でこれを論じたならば、現代の批評文学として読むに堪えるものが書けるだろうか、という問いに、たえず直面しつづけたのだった。

考えてみれば、私が父親の蔵書の中から抜き出して青年時代から愛読してきた窪田空穂による『万葉集評釈』をはじめ、斎藤茂吉、折口信夫ら、歌人・歌学者による万葉評釈は、それぞれがみごとな成果をあげているし、また土岐善麿がかつて昭和初期に編んだ『作者別万葉全集』同じく『万葉集以後』(いずれも改造文庫)も、まことに有意義なくわだてだった。彼らの歌人としての体験が、万葉理解にきわめて有益に働いていたのである。

しかし、近代以後のいわゆる自由詩の詩人たちを考えてみると、評釈の仕事はいわずもがな、万葉論の分野においてさえ、意外なほどまとまった著作がないことに気づく。私のこの本はその意味ではむしろ珍しいものに属するかもしれない。現代詩人にも万葉愛読者の数は多いはずだから、これは少々不思議なことだったといえるだろう。

そういうことも頭の一方にあった。いずれにせよ、私がここで書こうとしたものは、現代詩の作者として万葉を論じればどのような点に注意が向くか、という側面をも、必然的に持つことになった。

その上で、今のべたように、現代の批評文学として万葉論を成立させるにはどのような観点から、どのような掘りおこし方でこの古代詞華集を解読することが必要か、という所に私の関心は主として注がれた。」


私がこれから書こうとしているのは、右の「あとがき」との関連で言えば、「批評」よりは一首一首の「鑑賞」に力点をおいたものです。これは全体ではおそらく厖大な量のものになるでしょうから、本書でどれくらいの分量を扱うことができるのか、正確には予測できません。

巻一から巻二十までの作品すべてを扱ってみないか、という誘いも受けたのですが、これは私の力量では全く不可能です。その理由の一つは、先ほどもふれましたが、訓の定まらない歌もたくさんあるというのに、私のような万葉学の素人がそれらについて書くことなど、到底なしあたう所ではないからです。

また、もう一つの大きな理由は、私の願っていることが万葉全作品を万遍なく取上げることではなく、要するに何らかの意味でそれについて何か言ってみたい、あるいは何も言わなくてもいいから、現代の読者に「なるほどこれは面白い歌だった」と見直してもらえるような形でその作品を現代の言葉に置き換えてみたい、ということにあるからです。『万葉集』という歌集は、そういう形ででも見直すに値する歌集です。それは何よりもまず、「詩」というものの一大集積体だと考えねばなりません。これを「詩」と見なす以上、専門学者とはまた異なった接近の仕方でこれを現代人のものにすることもできるはずだと、私は考えています。

その観点に立って見れば、『万葉集』には大いに食指を動かされる詩もある一方で、動かされない詩も当然たくさんあるのです。

七世紀、八世紀のころにうたわれたものなのですから、当然のことです。むしろ、食指を動かされる作が今でもこんなに多くある、ということの方が驚異的だと言わねばなりません。一世紀どころか、半世紀前の詩歌作品でも、今ではまるで興味が湧かないというものがいっぱいあるというのが、むしろ当たり前なのですから。

つまり、私の立場は、どう見ても復古主義、正統主義といったものではありえないのです。まあ、多少ふざけた口調で言えば、つまみ食い主義でしょう。あまり立派な主義ではないでしょうが、私は『万葉集』であれ『古今集』であれ、それらを絶対的権威として崇拝する気持ちにはなれないのです。そういう立場で書かれたものに対して、いつも強い反撥を感じてきたことをここで隠そうとは思いません。いずれにしたところで、多少古い時代に、われわれとそれほど違わない人間が作ったものではないか、と思っています。そういう別の時代の人間が、ある時とても私には及びがたいような詩を作っているということが、限りなく尊く、また懐かしく、面白く思われるのです。私としては、そういう尊さ、懐かしさ、面白さを、同時代の読者たちと共有できるようなものが書ければ、この本を作る意義は十分にあるだろうと思います。

したがってここでは、ある場合にはごく簡単な説明だけにとどめる歌もたくさん出てくるでしょう。語釈のたぐいも、常にきちんとやるということはないでしょう。つまみ食い主義と自称するゆえんです。もちろん私の力の及ぶ範囲で先人たちの貴重な研究や評釈を参照しますが、毎年厖大な数の研究書や研究論文が捧げられている『万葉集』のことですから、私の目の及ぶ範囲など、まったくたかが知れています。私としては、目標が別のところにある以上仕方がないと、あらかじめその点での敗北を宣言しておいた方が気が楽です。読者の寛恕を乞います。

なお、引用する場合どの本によるかということが大きな問題ですが、これについては私の信頼する専門家の意見もきいた上で、小学館版『萬葉集』（日本古典文学全集、全四冊）に依拠します。

各作品の末尾に〔　〕で示している数字は、その作品の『万葉集』における通し番号（『国歌大観』による）です。また、必要と考える場合は、いくつかの歌をいっぺんにまとめて掲げます。その方が一層理解・鑑賞によい場合がたくさんあるためです。

また、現代語に訳したものの中に、「ソラミツ大和」のように片カナ表記の語がある場合は、その語が枕詞《まくらことば》であることを意味します。これらは必ずしも説明はつけません。

私の万葉集㈡

［講談社現代新書1171］　講談社　一九九四年　二〇三頁　新書判　六四〇円

■あとがき■

万葉集は実に不思議な歌集です。その理由はたくさんあって、数えあげればそのまま、私自身の日本古典詩歌とのお付合いの全歴史をたどりかえさねばならなくなりそうです。

さし当って一つあげれば、この本を書きながら何度も思ったことですが、万葉集の中には、その後の日本の詩歌がたどってきた紆余曲折の歴史の、根本的に重要なところが、ほとんどすべて、萌芽状態ですでに存在しているということです。

萌芽状態であって、成長したあとの状態とはおのずと異なること、言うまでもありませんが、そういう芽生えの状態にあるものを見出すたびに、何とも知れぬ喜びを感じるのです。後世に生れた者の特権です。

たとえば巻四（『私の万葉集一』）の、笠女郎《かさのいらつめ》が大伴家持に贈った相聞歌に代表される女性たちの愛の歌は、実際にこの本を書いてみてはじめて気づいた多くの心の機微に満ちていて、ほとんど私たちとの間に時代の差を感じさせないのです。同じことは、他の巻々についても言えます。

奇妙なことですが、今まで何度も読んでいたにもかかわらず、読むだけでは身にしみて分るところまでいかなかった事柄が、実際に書いてみると、面目を一新して「これもあるよ、あれも」と迫ってくるのを、実にしばしば感じながら書いています。少なくとも私にとっては、この本を書くということは、より一層よく読むために必要な手続きであったような気さえしています。

もとより私はいわゆる専門の研究者ではありません。年間に、おもだった本だけでも刊行数が十冊は下るまいと思われる万葉集のさまざまな学術研究書にも、精通しているわけでは毛頭ありません。でも、私にできることもあります。

私にできること、それは、言うまでもないことですが、万葉集の面白さをできるだけ多くの人に知ってもらうべく、与えられた機会を利用して、まさにこの本のようなものを書くことです。これはまあ、万葉集に対する私流の友情披瀝の本、あるいは相聞歌であると言ってもいいのですが、してみれば、ずいぶんたくさんの恋文を書かせる歌集ではないかとあらためて感心します。

たとえば巻五（本書所収）の大伴旅人と山上憶良の漢文作品のようなものが、なぜこれほどにも面白いのか、それを説くことは、生れたときからずっと「日本語」の世界で育ってきた私にとって、ほとんどスリルに満ちているといってもいいような仕事でした。もちろんこの巻も、今まで多くの人が目にしてきたものではありますが、この巻が含んでいる独特の興趣については、残念ながらまだあまりよく伝えられていないように思います。何かしら厳めしい印象がつきまとっているのではないかと思います。それは残念至極なことです。私は、自分が面白がれるものなのだから、他の人にもそう思ってもらえるだろう、というただそれだけの見当で、これらの難物に取組んでいます。

また同じ巻五の、大宰府における「梅花の宴」についても、私は自分が信じるところに従って、日本文学史とこの宴との重要な内的連関について、長々と書きました。

それとの関係で言えば、私はますます強く、大伴一族のはたした日本文学史全体に対する貢献ということを考えさせられています。

その他さまざま、いくらでも語りたくなってしまうのが、「私の」万葉集です。このあたりで打ちどめとします。

なお、本書冒頭に「補遺」として、巻二の相聞歌についての追加稿をのせました。

なおまた、本書の文章が語り言葉であるため、あるいは口述したものかと思う方もおられるかもしれませんので付記します。

これはすべて原稿用紙に書いているもので、口述ではありません。私は、思うところあって、話すスタイルの文章を書くことが近ごろ多いのです。実験的にやっている段階は通りすぎて、今ではこのスタイルがだいぶ身についてきたと思っています。特に、いわゆる学にかかわるような文章、すなわち論文でこれをやるのは、大変よろしいと思っています。私は何しろ厳めしい外観のものは、人間にせよ建物にせよ、大嫌いです。まして「論文」においてをや。

もちろんこの本は論文集ではありません。これは読者に対する親密な接し方を考えた時、当然とるべきスタイルとして採用した話体の本であります。

本書の続きは、従来同様、講談社から出ている雑誌「本」に連載されています。そちらもお読み下されば幸甚です。

一九九四年三月　　著者

私の万葉集㈢

［講談社現代新書1172］講談社　一九九五年　二四九頁　新書判　六五〇円

■あとがき■

『私の万葉集一』の「はしがき」でも書いたのですが、一千年以上も昔に編まれた『万葉集』が、単に珍重すべき「古典」としてのみならず、それほど努力しなくとも現代人が味わい、楽しむことのできる「生きた」歌集として私たちの前に置かれているということには、思えば思うほど重要なさまざまの意味があります。こういう詞華集は、他のいかなる文明の中にも、ほとんど見出せないものでしょう。ただ古いというだけではなく、常に甦り続けている古典、今でも研究書や鑑賞書が毎年あらたに何冊も、いや何十冊も書かれ続けている古代詞華集が、『万葉集』というものです。

私のこの本もそういう大群の中のひとつですが、はたしてどんな取り柄があるのか自らに問うてみることも、時には必要でしょう。何の取り柄もないものを何百ページも費して書くなどということは、愚の骨頂です。

私の心づもりを言わせてもらえば、私はこの本で、ひとつには万葉時代の人々の生の息吹きを、可能な限り現代に伝えたいと思っています。そのためには、まずもって、一首一首の作品の現代語訳に力を注ぐことを心がけています。同時に、私の鑑賞文そのものも、いわば当り前の人間生活を、ごく当り前に現代人の前にくりひろげるだけでよろしい、という考えのもとに、できるだけ平易に書こうと念じていて、口語体で書いているのもその考えからにほかなりません。

私はまた、『万葉集』がいかにすぐれた詞華集であるとはいえ、平安時代以後の日本の文明・文化とはまるで違った、空前絶後にユニークな文明・文化の産物だとはまったく思いません。この本の随所で、平安朝以後の詩的産物とのつながりを強調しているのもそのためです。『万葉集』の価値を力説することが、たとえば『古今集』以後の和歌の伝統を軽視し、あるいは蔑視さえすることにそのまま通じているような議論が、つい数十年前には、ごく当然のものとしてまかり通っていたのです。それが結果として、いかに日本文化そのものの理解をはばみ、また歪めてきたか、計り知れません。逆に、『万葉集』を愛すれば愛するほど、続く各時代の文明・文化の中にも、その同族の後継者を見出してゆこうと努めることこそ、本当に自信ある愛情というものだろうと思います。

たぶん、私のこの万葉鑑賞の取柄のひとつは、著者が一貫してそういう態度で書いている点にあるだろうと思います。

たとえば本書の巻十一鑑賞において、「恋歌」の表現には

「正述心緒」「寄物陳思」「譬喩」の三つの方法があったことについてふれ、「物に寄せて」恋の思いを訴えるという相聞歌の技法が、いかに深く日本人の生活そのものから出てきたものであったかを、具体的な歌についていろいろ見た上で、私は次のように書きました。

この「恋歌――寄物陳思歌――譬喩歌」の伝統は、『万葉集』以来連綿として続き、平安朝和歌では全盛をきわめ、その後の日本詩歌全体の流れにおいても、たぶん最も太い伝統軸の一本を形成していると言っていいものです。（中略）

現代詩においても事情はいささかも変らないと言っていいでしょう。現代詩の技法で一番普通に見られる技法のひとつは、「譬喩の多用」です。とりわけ隠喩《メタファー》の氾濫現象は、私が今のべたような、万葉恋歌の事例と、実のところ本質的には少しも変らないのです。簡単に言えば、「何を本当は言いたいのか、言っているのか、わからない」ような詩の持っている問題点は、万葉歌人たちの場合と別ものではありませんでした。しかし、古人の方がむしろまだ問題は単純でした。なぜなら、結局のところ、あちらでは「恋愛」が中心問題だったからです。

私が本書においてとっている根本的な態度とは、たとえばこのようなものです。つまり『万葉集』は、私たち現代人の物の考え方や態度をも、根本的に照らし出してくれる鏡である、ということで、実際そのような事例は、万葉の歌を見てゆけばゆくほど、いたるところに見出せると私は思うのです。

『万葉集』は、そういう意味でこそ、「生きている」古典なのです。

一九九五年八月　　著者

私の万葉集㈣

［講談社現代新書1173］講談社　一九九七年　一七五頁　新書判　六四〇円

■あとがき■

新書版で四冊目の本となり、残すところは巻十七以後の四巻だけとなりました。それがまとまると、全部で五冊となりますが、何となく私が感じているところでは、従来私のこの本と同種の万葉集鑑賞の本は、新書版などで出た場合、大体四分冊以内で終ることが多かったのではないでしょうか。その辺が万葉集鑑賞書として区切りのいい分量だとするなら、私の場合はちょっと異例ということになります。

それは私の本が、従来の同種の本に比べて、いろいろな個所で〝肥大〟しているからです。その〝肥大〟がとくに著しいのが、本書収録の巻十六鑑賞の部分でしょう。雑誌「本」連載の時、この巻十六の鑑賞は五ヵ月にわたりました。本体の万葉集そのもので見れば、この巻十六は、万葉集全体の中では巻一に続き、集中二番目に歌数の少ない巻なのです。その収録歌数の少ない巻の鑑賞が、本書では、たぶん他のどの巻よりも長いものになりました。それはしかし、私には当然のことでありました。なぜなら、巻十六に収められている歌は、同一作者による何首もの連作をも含めて、すべて一首ずつ独立して鑑賞すべき、固有の背景あるいは物語をもっており、しかもそれが皆、今日の目で見ても鑑賞に堪える、その意味で鑑賞し甲斐のある歌だからです。

それゆえ、巻十六は、収録歌数は少ない反面、その多様性と、知的興味をいちじるしく刺戟する性質のため、実際にはずっと数の多い巻に匹敵し、凌駕するほどの内容のある巻となっています。

しかし、この巻の大きな特徴である知的な笑いの要素は、従来の抒情性を頂点とするピラミッド構成の日本詩歌観においては、むしろ軽んじられ、排斥さえされる傾向がありました。歌というものの最も大切な性質は何か、ということについて、アララギ派の影響力甚大の理論的指導者島木赤彦が、主著『歌道小見』で次のように宣言したことは、その鮮かな一例でした。「歌の道は、決して、面白をかしく歩むべきものではありません。人麻呂、赤人の通った道も、実朝の通った道も、芭蕉（これは歌人ではありませんが）の通った道も、良寛、元義、子規らの通った道も、粛《つつ》ましく寂しい一筋の道であります。」

この考え方からすれば、赤彦の崇拝する万葉集の中に、巻十六のような部分があることは、うまく説明できない異物の混入であり、いまいましくさえある盲腸のような逸脱だったでしょう。こうした巻に収められる歌は、万葉集というものの本質からすれば、残念な遊戯的逸脱であり、おふざけである、と見えるのは、赤彦的立場からすれば当然のことでした。

万葉集を現代人が従うべき尊いお手本と見る限り、そのような考えも生まれて来ます。これは言いかえれば、自分にとって（また同時代の日本人にとって）そうあって欲しい万葉集、すなわち〝イデオロギーとしての万葉集〟を高く掲げる立場に、島木赤彦は立っていたということです。そして、イデオロギーであるがゆえに、彼の万葉論は、大正末期、昭和前期を通じて、実に大きな影響を日本人の万葉観の上に及ぼしました。

私はそれについて今ここで論じようというのではありません。私自身について言えば、私は三十六、七年前に書いた「日本古典詩人論のための序章」（一九六〇年）という若書きの万葉論でも、赤彦流の万葉崇拝ではない読み方で読むことを論の中心に据え、その観点から、特に巻十六の重要性を力説しました。私がこの巻の鑑賞にとくに時間をかけているのは、決して単なる思いつきからではないことを知って頂ければ幸いです。

　ここでは、巻十六のことだけを取り出して書きましたが、万葉集というアンソロジーは、各巻それぞれに違った側面を見せて私たちを驚かせ、楽しませてくれる歌集であり、その多様性に、現代の読者たる私たちにとっての、尽きることない魅力もあることは、本書を読む方のどなたもが認められることであろうと、確信します。

一九九六年十一月　著者

私の万葉集(五)

[講談社現代新書1174]　講談社　一九九八年　二〇八頁　新書判
六四〇円

■あとがき■

『万葉集』巻十七から巻二十まで、全四巻の鑑賞と批評が、本書の中身です。これで私の万葉集との長い間の対話も終着駅に到着しました。雑誌「本」の連載の回数でいえば、丁度七十回分にあたる拙文を愛読して下さった方々に、心からのお礼を申しあげます。前後六年間に近い旅路でした。

　この巻十七から巻二十までの四巻は、ごらんのように、大伴家持を中心とする大伴家の親族・系累の、消息文や宴席の歌その他、日本歴史でもとりわけ私たちに親しく思われている天平という時代を生きた人々の、ある程度は内幕話ふうの趣きもある作品群が主体となって、構成されています。

　とはいえここにはまた、天平勝宝七年（七五五）に東国から徴兵されて難波に集結し、九州大宰府に移動して任務についた十カ国の兵士たち（防人《さきもり》）が、兵部少輔《ひょうぶのしょうふ》大伴家持に提出した望郷と妻恋いの歌八十四首も収録されて、異彩を放っています。

　大方は平々凡々たる日常生活ですが、とつぜん越中の国府で、家持がかわいがっていた下役の一人の痴情沙汰が生じ、そのため家持がやや異例の長歌や短歌を作って彼をいましめるというような事態も起きたりします。

　しかし、本当は地鳴りを伴って進行していたはずの政権上層部の権力争奪戦の様子は、万葉集の中にはほとんど影を落としてはいませんし、第一、かの東大寺の大仏開眼会《かいげんえ》の盛儀も、ここにはまったく痕跡をとどめていないのです。それは同時代の正史である『続日本紀』などには詳細にわたってのべられているのですから、万葉集の沈黙はむしろ不思議です。まして家持は、大仏鋳造にとって不可欠である黄金が陸奥で産出したとの報らせに、感奮興起して長歌まで制作し、大伴家に生まれた幸せを誇りもしていた人なのですから。

　この一事だけをとっても、万葉集には謎めいたところがたくさんあり、さてこそ多くの人の好奇心と関心を惹くのでもありました。しかし、そうしたことは、この集を何よりもまず古代人の詩的表現の紛れもない一大傑作集と見る私の立場からは、深入りすることもできなければ、そのように気持ちを誘われることもあまりない事柄に属します。

　むしろ私には、万葉集自体を見ただけで不思議に思われることがいろいろあって、そちらの方に一層興味を惹かれるのです。たとえばすでにふれた部下の痴情事件は結局どういう具合に解決したのだろうか、とか、また巻十九を読む限り、家持の妻大伴坂上大嬢《おおおとめ》は、歌を作ることにはたいそう怠け者で、自分の最愛の母坂上郎女《いらつめ》に贈る大切な消息までも、夫の家持に代作してもらっているほどだった、とか。そういう些末に見える出来事が、人間的側面からいうとひどく興味をそそられるのです。言ってみれば、こちらは小説家の空想を刺戟する部分ですが、その観点から見るなら、越中時代にあれほど多作で豊かな内面生活をも送っていたらしい家持が、帰りたいと熱望していた奈良の都へいよいよ帰還したのちは、すっかり寡黙な人になってしまう過程自体が、大いに小説的興味を刺戟するところでありましょう。

　彼が万葉集に残した歌の数はきわめて多きに及んでいますが、沈黙してからもなお二十六年間も生きていて、一応官界にとどまり続けたという事実も、多くの謎を含んでいます。しかし、万葉集自体に残された彼自身の肉声を除けば、その余はすべて想像のみ。

　私はこの鑑賞と批評の本を開始するにあたって「はしがき」を書き、自分が汗牛充棟のさまである類書の中に、敢えてまた同類の本をひとつ加える理由について、少しばかりの抱負を書きつらねました。

　その一つは、現代の文芸批評というものがこの巨大で多様性そのものである古代文学の宝庫に立ち向かった場合、最低限どのような形でこれを論じたならば、「現代の批評文学」として読むに堪えるものが書けるだろうか、という問いをたえず自分の前に置いてゆくということでした。

　それが結果としてこのような鑑賞の本になったわけです。果たしてどの程度にまで自分自身の出した問いに答え得ているか、それは読者諸賢のご判断にゆだねますが、私はいずれにしても対象である万葉集の作品を、古代の遺物として扱おうとしたことは一度もなかったと思います。ここでとりあげるのは、すべて現代の短詩型文学である、とさえ考えていました。

　もちろんそれは、万葉集を意図的に現代に引き寄せるということではありません。万葉集の作品は、それそのものとして、現代の私たちと同一レヴェルにあるものとして扱かわれねばならない、というのが私の立場です。それは、菅原道真も紀貫之も、藤原俊成も西行も芭蕉も、みな私たちの同時代人だというのと、まったく同じ理由からです。

なぜなら、「文学」というものは、本来そういうものだと私は信じているからです。「文学」を生みだす「ことば」というものが、私たちを常に同一レヴェルに置くからです。

そういう意味で、私はこの本をともかく一応書き了えることができたことに、深い感謝の念を抑えることができません。個人的なことですが、私は常時健康な状態を保ってこれを書けたわけではありませんでしたし、また尊敬する万葉学者たちに、折りにふれて励まして頂いたことも有難いことでした。

ついでに加えれば、私は以前から、自由詩の詩人たちの万葉集に関する著作がきわめて少ないことを、残念に思っていました。当然ながら近代以降の歌人たちは、佐佐木信綱を筆頭に、斎藤茂吉、折口信夫、窪田空穂、土岐善麿その他、実に立派な万葉集に関わる仕事を残していて、彼らの超人的規模での多方面の活動の基盤には、万葉集味読と論述の仕事があることは明らかなのです。

せめてその万分の一でも、自由詩形の詩人としてなしうることがあるなら、してみたい、というのが、私のささやかな希望でもありました。出来上がったものが大したものではなかったにしても、私としては一応終点にまで（途中ずいぶんスキップしましたが）たどりついたことで、自分自身をほめてやってもいいような気がしています。

あらためて、ご愛読頂いた方々に深く感謝申しあげるとともに、いちいちお名前は挙げませんが、講談社の有能な編集者諸氏、校正担当者諸氏に深く感謝申しあげます。

一九九七年十一月　　大岡信

現代詩の鑑賞101

新書館　一九九六年　二二四頁　A5変型判　一四〇〇円
Literature handbook
執筆：大岡信　高橋順子　野村喜和夫　三浦雅士　八木忠栄

■読者諸賢に編者から■

「現代詩ってどんなものなんだ、ちょっとのぞいて見ようか」、と思ってこの本をいま手にしている人もいるだろうし、「現代詩ってものは何だかひどく小むずかしい言葉が並んでいて、独りよがりな感じがするけれど、気になることも確かだ、そのわけをもっと突きとめて見たい」と思ってこの本を手に入れた人もいるだろう。中学や高校、あるいは大学に通っている人もいるだろうし、会社勤めの人も、自分に合った職を探している最中の人もいるだろう。

そしてそのだれもが、たぶん、詩というものを書いたことがあったり、書きたいと思っていたりするのだろうと思う。ただ、私自身はそっくりそんな風だったわけでもなかった。

私の場合は中学時代に二、三人の気の合う友人がいて、「詩」というものの不思議な魅力あるいは魔力に、同時に、一緒に惹《ひ》きこまれることになり、結局一番ウブで詩が下手だった私だけが生き残り、一緒に同人雑誌を始めた仲間はみな死んでしまった。そして私は、ちょうど五十年前になるその熱病の余燼《よじん》を、いまだに引きずっているというていたらくである。

私に起きたことは、他のだれに起きても少しも不思議ではないだろう。この熱病とは、要するに「言葉に心臓をひっつかまれる」病いであるから、だれに突然この「病」が伝染したとて不思議ではない。

「言葉に心臓をひっつかまれる」のであって、「現代詩」に心臓をひっつかまれるのではない。

「短歌」や「演劇」や「小説」によって心臓をひっつかまれる人もいる。「漫画」や地球生成の理論によってそうなる人もいる。「ダンス」という、一見言葉なき芸術に対しても、それが発している言葉に心臓をひっつかまれてしまう人もいる。そういう現象は人間の心に常に生じ得る現象であって、それを総称して「詩」との出会いという。

この場合の「詩」は、ある特定の詩作品ではなく、〈ものを造り出す力〉そのものという意味での「詩」をいう。芝居にも漫画にも科学理論にも、私たちが「詩」を感じることがあるのは、私たちの生命の基底に横たわって脈うっている大いなる言葉の流れが、ある特定の表現形式に触れた時にびりびりと感応し、自らのうちに〈ものを造り出す力〉の目覚めるのを感じるからである。その現れ方が、各人各様で決して画一的ではないところがすばらしいのであって、それゆえにたとえば私が深く揺り動かされるある詩の一節が、別の人には何の感動もひき起こさないということが、常に生じるのである。

それは一人一人の経験が、あるところまでは共通していても、究極には各人全く異質であるためであって、もしこれが全部同じであったなら、私たちは異様なロボット集団になるだろう。一人一人感動の性質が違うからこそ、生活に多様性が生じ、生も退屈なものではなくなる。

逆に言えば、一人一人が別々な要素をたくさんかかえており、本質的また究極的に孤独な存在であるからこそ、互いに語り合い、知り合い、愛し合い、憎み合い、結びついたり離れたりすることに、人生の昔も今も変らぬ、面白うてやがて哀しき(そして愛《かな》しき)風景が涯《は》てしなく展開することになる。

「現代詩」も、こういう過程で書かれているもので、その点では、地球生成の理論も、ダンスのソロも群舞も、それぞれが人間の表現行為という点では同質なのである。それらはすべて〈ものを造り出す力〉としての「詩」の、その時その場所での一現象形態にすぎない。ダンサーは一瞬一瞬に体で詩を描いているし、数学者はその頭脳からしぼり出す数式そのものによって、同じように詩を書いている。「現代詩」を書く人だけが詩人だなどとは、ゆめゆめ申すまじきこと。人はだれでも詩人でありうるのだ、もしその人が、自分のうちに、かの大いなる言葉に対する反響板を見出せるならば。

本書は、読者が自らのうちにそのような反響板をひとつでも多く見出すことができるよう、できればその手助けをしたいとの願いによって編まれたものである。なぜそんなお節介じみたことをするのかといえば、「現代詩」の中には、脈々と流れる言葉の大河を私たちの内側に呼び醒ましてくれる、さまざまの貴重な日本語の仕掛けが、たしかに存在すると思うからである。

私は日本語がその歴史の迂余《うよ》曲折の中で、和歌や俳諧、漢詩・漢文や歌謡などを無数に産み出してきたように、近代以降の詩をも産み出してきたことの意味を、まことに貴重なものだと考えている。

歴史の産物には、どのようなものであれ、無意味なものはない。それらの産物には、戦争や奴隷制や虐殺や、おぞましい仕業の無数の堆積もあるが、それらでさえも単に無意味なものはなかった。逆に恐るべき意味を持って全人類の前に常に立ちはだかるものは、それら否定的要素であるとさえ言うべきであろう。

有難いことにそんなおぞましい歴史の所産とは別種の意味をもっているたくさんのもの、その一つが、人類の掛け値なしに最も貴重な所有物たる「言葉」の歴史である。その「言葉」の一角を占めているのが「詩」であり「現代詩」である。これを理解すること、所有することは、しないよりはずっと、あなたの人生そのものにとって意味があるのではなかろうか、と私は思う。それに値する「現代詩」の作品を、数の制限の許す範囲内で選んだものが本書である。

もとより一〇一篇という、このシリーズ共通の数に添っての選択であるから、いわば一〇二番目に当る詩篇も、次から次に思い浮かぶ。それらにあえて眼を閉じてまで、この簡易な形式の鑑賞書を編むことにしたのは、現代詩人が「鑑賞」という大切な手続きを無視し、軽視しているうちに、私たちが日本語で書くということをどう逃れようともない条件としているという事実まで、軽やかに無視できると考えているらしい作品が、泡のように作られては消えてゆく有様となってしまったからである。

この本のために何度となく集まりを重ね、鑑賞執筆の努力を傾注された八木忠栄、高橋順子、三浦雅士、野村喜和夫の諸氏に感謝申し上げる。

大岡信

北米万葉集　日系人たちの望郷の歌

[集英社新書]　集英社　一九九九年　二四六頁　新書判　七〇〇円

■編者あとがき■

『北米万葉集』はこのたび新たに編集したもので、既存の本にこのような題のものがあったわけではない。集英社が新たに新書を刊行することになり、その最初の一冊として、北米に第二次世界大戦前から住みついた人々の短歌作品をまとめて刊行しようと考え、私にそれらの短歌の選と編集を委任されたのが、この本の誕生するきっかけとなった。

アメリカに移住した日本人一世、そして二世、三世たちが、主として西部および中部アメリカで生計をたて、第二次世界大戦への突入から日米開戦、邦人の収容所送り、そして日本敗戦後までの数十年間に経験した、多くの激動と激変、不安、緊張と重圧の歴史は、すでにさまざまな角度から触れられ、論じられてきたが、短歌というまことにささやかな、そしてあえて言えば不十分、不完全な表現手段を通じて記録された移民たちの精神史については、まだ全く光をあてられたことがなかったと言ってよかろう。

実をいえば、集英社新書編集部から、米国各地の邦字新聞などに小さな活字で掲載されていた短歌を、丹念にワープロで打ち直した草稿を示され、これを五百首にしぼってくれないかと相談を受けた時、はたして読むに値する一冊の本になるだろうかと心配になった。一首一首の歌をとってみると、当然のことながら作品としての、つまり短歌そのものとしての、面白みや味に欠けるものが多い。日々の暮らしの断片が、ほとんどの場合、つつましい呟きとして三十一音にまとめられているだけ、といってもいいような歌が多い。

だが、これらの呟きの背景をなす大きな時代の変動を、まさに背景として短歌と一緒に並べてみることができるなら、歌の一首一首は、いわば巨大な歴史の波の間に間に浮かんで流れてゆく花びらのような象徴性を帯びてくるかもしれない、と私は感じた。

そこで私は、集英社編集部のスタッフに、現在読者が見ておられるような形式をとった一冊の本をまとめあげるよう進言したのである。つまり、引用する短歌五百首を年代順に右ページに配置し、左ページには、それらの歌に関わりのある歴史的事実とそれの持つ意味を、簡潔にデータとして書き並べること。

編集部スタッフはこの要請に対し、私の予想をはるかに超えるスピードと熱心さと精緻な博捜ぶりで応えてくれた。このスタッフには、社外からも、在米移民問題について多年独自に調査してこられた作家工藤美代子さんが加わって、大いに協力された。

その結果、当初は一冊の本としてきちんとしたまとまりをもち得るだろうかとさえ危惧の念を感じさせたこの短歌集が、逆に、まことに読み応えある一冊の貴重なドキュメントとして立ち現われたと私は思う。読む文章だけでなく、当時の在米邦字新聞の広告その他、写真として記録するに足る興味深い資料をも、私はなるべく多く入れておくべきだと考え、そういう挿絵ページもいろいろ設けた。

その結果、短歌形式というものの有する記録的側面が、本書ではきわめて有効に発揮されているといえると思う。

本書に掲載された短歌作品の作者たちは、半世紀以上の歳月を経てしまった現在、ご存命の方があるかどうかもはなはだ心もとないが、この一冊の本が当時の日本人移民の方々の労苦辛酸に、ほんのわずかでもむくいることのできるようなものになり得ているなら、望外の幸せに思う。

集英社には、好評を得た『台湾万葉集』『続台湾万葉集』の二冊の短歌集がすでにあり、今回の『北米万葉集』は、そのような実績を持つ出版社が企画すべくして企画したきわめてユニークなドキュメント集ということができるだろう。私はその作業に参画したにすぎない者だが、このような本が実現するに至った功績は、スタッフの誠意ある努力にある。特にこのことをしるして、あとがきとする

一九九九年十月　　大岡信

百人百句

講談社　二〇〇一年　三八二頁　四六判　一八〇〇円

■まえがき■

和歌・短歌のほうには『百人一首』という由緒正しい表題のもとに集められた、百歌人各一首ずつの集成があり、多くの人々に愛誦されて今日に至っている。どういうわけか、俳句については近年に至るまで百人の俳人の百句撰の試みはなかった。私の知るかぎり、詩人高橋睦郎氏の『百人一句』（中公新書、一九九九年）がはじめての試みだったように思う。ただ、高橋氏の本で扱われているのは、物故者の作品だった。私の本は現に活躍している作者の句も含めて百句である。

講談社の元専務、加藤勝久氏から俳句によって『百人一首』と同種の本を編んでみないかとすすめられたのは随分以前のこ

とである。私は一九七九年一月から「朝日新聞」の朝刊第一面に「折々のうた」というコラムを執筆してきた。古今の短詩形文学から毎朝ひとつずつの作品を採りあげ、百八十字分の紹介・論評を加えるという形のもので、現在は、二年間休みなしに執筆したのち一年間休みをとる、というペースで書いている。二十年以上にわたってこの仕事を続けてきたため、ごく自然に、古今の短詩形文学についての私なりの見通しも脳裏に形づくられていると思う。加藤氏のすすめに応じたのは、百人一首のような形式で古今の俳句の集成が編めるなら、何かと重宝に思う人々も多いかもしれぬと感じたからである。

本書の表題は、当初『百人一句』でよかろうと考えていたが、まもなくその題名が妙に落ち着き悪いものに感じられはじめ、現在の形にしようと決めてから、頭の動きも多少よくなった。この方が元来の実態に即しているからである。百人百様。一人ひとりがまったく別様の個性を発揮している句ばかりである。それゆえ、『百人百句』である。

いうまでもなく、百一人目に該当する作者は何十人、何百人といるわけだから、私は随分無茶な独断偏見によってこの本を作っている。多くの俳人諸氏が著者の偏見を非議されることだろう。

私は自分の好みに従ったので、当然その好みには片寄りがあるだろうことを知っている。もともと俳人ではない現代詩の作者としての私が、たまたま長期にわたってしまった新聞連載の仕事の上に立って、このような本を作りあげたわけだが、この種の本はもっと多種多様に作られることが望ましい。私の見方とはまるで異なる同種の「百人百句」が作られ、それぞれが競って世に信を問うようになってくれれば、このような本を出版する意義もあったことになるだろう。

いずれにせよ、本書によって、日本語というものの柔軟性、可《か》塑《そ》性、論理性、簡明にして多義的な豊かさ、そして鋭利さを、具体的な俳句作品に即しながら見ていただけるなら、諸方面にわたってある種の危機状態がこの邦《くに》全体に感じられつつある現在、二十一世紀の最初の瞬間にこれを刊行することの意味もあろうかと思う。

大岡信

■あとがき■

「まえがき」にも触れたが、本書に引用した俳句作品は、「朝日新聞」に前後二十余年にわたって連載してきた「折々のうた」で採りあげた古今の俳句作品の中から選んだものが多い。また本文中で多数引いている個々の俳人の参考作品も、「折々のうた」に引用したものが多い。「折々のうた」に引用するものはすべて、私が何らかの意味で興味をいだき、それについて何ごとかを言えるだろうと思うものばかりだから、このような結果になることは当然である。

過去二十年以上にわたって続けてきたこの連載コラムは、古今の俳句を通観するという困難な企てを、いやおうなしに私に課してきた。本書の中身をなす各俳人のポートレートは、「折々のうた」執筆中に私の中にたたみこまれてきた断片的知識の群れを、個々の俳人に即して整理し、綴じ合わせたものである。この機会に、このような企てを可能にしてくれた連載掲載紙「朝日新聞」に対して感謝申しあげる。

本書がこうして形をなすまでには、甚だ多くの時間を要した。全体の叙述の形式について、自分で納得できるような形がうまく見つからないという感じがつきまとったためで、その過程では対象の作者を入れ替えざるを得なくなったこともある。編集部の加藤広君には、その間ひとかたならぬ気苦労をも強いた。必要な資料のコピーを大量に作ることから始めて、最後には、なかなか捗《はかど》らない私の執筆渋滞に対し、貴重なヒントを出して難関を切り抜けさせてくれた。私は百人の俳人すべてについて、いったん語り下ろしで論じ、それを原稿化し、文体もあらためることにした。これは加藤君の発案だったが、そのため私たちは日をおいては御茶ノ水の山の上ホテルの一室で、午後から夜にかけて仕事をした。私はひたすら喋り、加藤君はひたすら聴くだけ。疲れてくればケーキとコーヒーだけとって話し続けた。

同じことを、数年前同じホテルでやったことがある（新書館版『あなたに語る日本文学史』・聞き手三浦雅士氏）ので、少しは見当もついていたものの、いざ始めてみると、百人という数は大変な数だった。一人ひとりがまるで異質なものを核心部分にもっている集まりなのだから、これに何らかの意味で統一性をもたそうと考えることは無理なことである。むしろ、話に精粗が生じるのは当然で、その方が自然なことだった。それに、加藤楸邨とか高柳重信とかの人々の場合、個人的な親しみも加わっていたから、話はおのずと論よりも回顧談ふうなところもある形になり、そこに座談特有の要素も加わることになった。

つまり本書はかなりわがままな出来上がり方をしている部分がある本で、今はただ加藤君の忍耐づよさに、親しみをこめて感謝しよう。私にとって多少むくわれた思いがしているのは、元来それほど熱心な俳句好きとも思えなかった加藤君が、この面倒な編集作業の全工程に関わったおかげで、これらの俳句の日本語をしんから好きになってしまったらしいことである。

同じように深い感謝を捧げねばならないのは、私の妻深瀬サキに対してである。私の渋滞ぶりと加藤君の困惑ぶりを見るに見かねて、彼女は私がかつて書いた文章でこの百人の俳人に触れたことのあるものを探し出し、また私が日ごろ重んじている『俳諧人名辞典』から、必要と思われる箇所を抜き書きして参照しやすいようにしてくれた。もちろんそのようにしてこの駄馬の臀《しり》に鞭《むち》をあて、加藤君をはたから応援したのである。おかしなことにこれほど関与してくれたにもかかわらず、彼女は今もって俳句はなかなか難しいと思っているらしい。彼女の書く戯曲は、どうしても和歌のほうに親近感を示す傾向があって、それだけかえって俳句に対する付き合い方には、今度の仕事の手伝いをしてもらうような場合、信頼できるということもある。

最後になるが、本書で採りあげた俳人たちに対する深甚なる敬意と親しみを申し述べるとともに、とりわけお世話を蒙《こうむ》った高木蒼梧《そうご》著『俳諧人名辞典』（巌南堂書店、一九六二年）と、『俳文学大辞典』（角川書店、一九九五年）に深い敬意を表したい。

二〇〇〇年十二月はじめ　大岡信

おーいぽぽんた　声で読む日本の詩歌166

福音館書店　二〇〇一年　一九二頁　23.2×16.5cm／［別巻］一〇五頁　22.8×16.5 cm　二四〇〇円（セット）

■若い読者へのメッセージ／詩と短歌と俳句《はいく》は兄弟姉妹■

この本には「詩」といっしょに「短歌」や「俳句《はいく》」もたくさんえらび出されている。すべて日本語という家族の中の兄弟姉妹。高い垣根《かきね》をつけて「きみらはあっち、ぼくこっち」と区別することはできない。短歌・俳句にはきまった形があって、五七五七七とか五七五とかのきまりによって作るけれど、それはきゅうくつな檻《おり》のようなものではなく、声に出して読めば、ひろびろした気持ちになるものが多い。でも、むかしの短歌や俳《はい》句《く》については、言葉がちょっとわかりにくいものもあるから、みんなの手助けになるような意見を、私が別に話しているが、これはあくまでも参考《さんこう》にするだけ。まず言葉の意味を調べて、なんていうのは試験《しけん》勉強にまかせてさ。

こんなおかしな思い出もぼくにはある。この本にもとりあげた短歌で、『万葉集《まんようしゅう》』の春を迎《むか》える喜《よろこ》びを詠《よ》んだ志貴皇子《しきのみこ》の有名な歌がある。「石《いわ》ばしる垂水《たるみ》の上《うえ》のさ蕨《わらび》の　萌《も》え出《い(ず)》づる春《はる》になりにけるかも」

この歌のおしまいの部分を「なりに蹴《け》る鴨《かも》」とおぼえていた友だちがいたんだ。もちろんこれは「なったなあ」。その友だちだってそんなことぐらい知ってるよね。でも耳を通して聞く言葉は、そんな作りかえの楽しみも与《あた》えてくれることがある。

詩の言葉は、とりわけおいしい日本語なのだ。どこからでもいい、読みあげて、おいしさを声でかみしめてみよう。

大岡信

星の林に月の船
声で楽しむ和歌・俳句

［岩波少年文庫131］　岩波書店　二〇〇五年　二二二、七頁
17.2×12.3cm　六四〇円

■まえがき■

もうずいぶん昔のことになりますが、あるとき私は思いたって、『万葉集』を最初から最後まで通読《つうどく》したことがあります。おおよそ四千五百首、どのくらいの時間がかかったか、今では忘れましたが、退屈《たいくつ》はしませんでした。「おや、こんなおもしろい歌が古代にもあったんだ」と、目がさめるような気持ちにさせられることもたくさんありました。

たとえば、「柿本人麻呂歌集《かきのもとのひとまろかしゅう》」のつぎの歌。

天《あめ》の海《うみ》に　雲の波立ち　月の船　星の林に　漕《こ》ぎ隠《かく》る見ゆ

この歌は、本書の書名『星の林に月の船』を決めるにあたって、ヒントを与えてくれた歌です。

日本語による詩歌《しいか》作品は『万葉集』のような古代の詞華集《アンソロジー》からはじまって、千数百年のあいだ、じつに多くの男性女性の作者たちによって作られつづけてきました。代表的な詞華集《アンソロジー》として、平安時代の『古今和歌集《こきんわかしゅう》』、鎌倉《かまくら》時代の『新古今和歌集』、その他江戸時代半《なか》ばで、五百年以上つづいた勅撰《ちょくせん》和歌集（天皇《てんのう》の勅命《ちょくめい》でえらばれた和歌集）があり、また民間人のじつに豊《ゆた》かな個人作品集があります。作品の種類も和歌だけではなく、俳《はい》句《く》、歌謡《かよう》その他、時代の変化につれて、形も変化してゆくのです。これらの作品は、日本語の表現として長いあいだ、多くの人々に口ずさまれ、愛唱《あいしょう》され、朗読《ろうどく》され、また静《しず》かに黙読《もくどく》されてきました。

ありがたいことに、日本語の詩歌《しいか》には古代から、五音とか七音（今あげた例でいえば、「月の船」は五音、「星の林に」は七音）のような、唱《とな》えやすい決まった形があって（定型《ていけい》といいます）、それが今にいたるまで、ずっと保たれてきました。和歌（短歌）や俳句《はいく》あるいは歌謡《かよう》など、本書で引用している作品は、みなその定型によって作られたものばかりです。ですからこれらの作品は、声に出して読むと、その美しさが、いっそうよく伝わるはずです。

もちろん、日本語による詩歌作品は、これらばかりではありません。現代詩と呼ばれている作品もたくさん作られていますが、それらはほとんどこの定型によっては作られていません。しかし、現代詩の作者たちも、リズムとかハーモニーとかよばれるものを、それぞれの詩の中で大切にしているのです。

本書は、千数百年のあいだに日本語によってつくられてきたたくさんの詩歌《しいか》作品の中から、小・中学生のみなさんにとって

興味《きょうみ》深いかもしれないと感じた作品を、選びだし時代の流れにそって配列したものです。もちろん興味をひかれる作品は人によってさまざまでしょう。この本にはいろいろな興味をかきたてられる詩歌作品がたくさんあると思いますから、頭から順を追って読む必要はないとさえいえます。

また、詩歌作品は、年齢の上下によって理解できたりできなかったりするようなものではありません。ただ、使われていることばを理解《りかい》するのに、少し背伸《せの》びをしなければならない、ということはあり得ます。背伸びしてでも、ちょっとむつかしいものに挑戦《ちょうせん》してみてほしい——本書を読んでくれる人たちには、そんなことを言ってみたい気持ちがあります。詩歌を楽しむということは、ことばの世界への探検旅行《たんけんりょこう》であると思うからです。

大岡信《おおおかまこと》

著作集

ジャンル「著作集」は、刊行順ではなく、巻号順に並べている。あとがき、巻末談話の内容が多少前後しているので、この点を留意されたい。なお、刊行順は次のとおりである。

『大岡信著作集』
第11巻→第8巻→第4巻→第5巻→第1巻→第2巻→第10巻→第3巻→第12巻→第6巻→第15巻→第7巻→第13巻→第14巻→第9巻

『日本の古典詩歌』
第3巻→第2巻→第4巻→第5巻→第1巻→別巻

大岡信著作集1

青土社　一九七七年六月　五七五頁　四六判　二四〇〇円

■巻末談話／異物を抱え込んだ詩■

一番若い時期の詩は、詩Ⅲの巻に入りますので、ここでは詩集『記憶と現在』の頃のことからお話しします。『記憶と現在』は僕の最初の詩集で、一九五六年に出版されましたが、それ以前に、いわば小詩集の形で出たものはあるんですね。一九五四年に書肆ユリイカから「戦後詩人全集」が出て、それに僕の詩が十数篇載っております。伊達得夫氏が書肆ユリイカを作ってから七、八年がたっていて、詩の本の出版社として相当知られてきたわけですが、その仕事をひとつまとめるという意味もあったろうと思います。「戦後詩人全集」はある意味で、戦後の詩書出版史にひとつのエポックを作ったものだと言えるでしょう。全部で五巻、そのうち二、三の巻は、たとえば「荒地」グループが一冊、新日本文学やプロレタリア詩関係の人たちは別の一冊、というふうになっていました。僕の詩は第一巻に、谷川俊太郎君や中村稔さんと一緒に入っています。一冊に五人、全巻で二十五人の詩が入っているわけです。

僕が大学を卒業して、読売新聞社に入ったのが一九五三年ですから、「戦後詩人全集」はその翌年に出たことになります。その頃はまだ雑誌「ユリイカ」は創刊されておりませんでしたが、書肆ユリイカとしては、原口統三の『二十歳のエチュード』を皮切りに、中村稔さんの最初の詩集『無言歌』や、伊達さんの親友那珂太郎さんの、福田正次郎という本名による最初の詩集『福田正次郎詩集』を出していますし、中村真一郎さんの詩集も出ています。戦後詩における歴史的な意味を持った詩集を、すでに出していたわけですね。

僕は大学時代に、日野啓三、佐野洋、稲葉三千男その他の友人達と、「現代文学」という雑誌を全部で五号まで出しましたが、他のメンバーは小説や評論、戯曲やエッセイなどの散文作品を書く人達で、詩を書いていたのは僕と、それに途中で参加した金太中だけでした。飯島耕一君などは別のグループを作っていて、工藤幸雄――この人はずっとポーランドの大学で日本語を教えていて、最近は日本に帰って、東欧文学に関する非常にユニークな研究者で翻訳家になっている人ですけど――や栗田勇も一緒だったと思いますが、詩ばかりの「カイエ」という同人誌を作っていました。僕は飯島君の場合と、そこでちょっと違うわけなんです。「現代文学」の合評会では、散文を書く連中は、稲葉を除くと、詩については敬遠してあまり語らず、ということが多かった。僕の方は毎回、小説についても戯曲についても勝手なことをほざいていました。いわば詩という治外法権の場にいるみたいな感じでした。まあ詩については、一種のお山の大将のようなところがあったかと思います。

ですから詩を発表する場所も、「現代文学」その他の同人誌だったわけです。「現代文学」創刊号は一九五一年三月発行ですが、そこには「夜の旅」（『記憶と現在』所収）が特別扱いに大きな文字で掲げられ、さらに「詩抄」として、「額のエスキイス」（『記憶と現在』所収「額のエスキース」）、「木馬」（「方舟」所収）、「鎮魂歌」（詩集未収録）、それから「壊れた街」と「結氷期」（『記憶と現在』所収「壊れた街」では「1死者の歌「2生者の歌」に当る）を発表しています。それからエリュアールの詩の翻訳も何篇かやっています。第二号にも詩を二篇書いていますし、第三号には「菱山修三論」という、僕にとって最初の詩人論と、詩「挽歌」（『記憶と現在』所収「沈む」）が載っています。第四号では「1951降誕祭前後」（『記憶と現在』所収「一九五一年降誕祭前後」）、第五号では「神話は今日の中にしかない」（『記憶と現在』所収）と「ENFANCE」（『記憶と現在』所収「生きる」）を載せています。

それからやはり大学時代に、メーデー事件の頃でしたが、いろいろなグループが合同してタブロイド版の文学新聞を一回出したことがあります。小海永二君などがやっていた「エスポワール」という雑誌のグループとか、政治運動に参加している人達のグループとかが集まって、「東大文学集団」というゴッツイ題名のものでした。この新聞に僕が出したのは「海と果実」という詩ですが、これは草稿の時は「春のために」というタイトルで詩集『記憶と現在』ではまた「春のために」とした詩です。

その少しあとで、「赤門文学」という、これは昔から何度も出ては潰れている雑誌ですが、それを復刊しました。一九五二年十一月発行の一号きりなんですが、ここでは「地下水のように」と「可愛想な隣人たち」（いずれも『記憶と現在』所収）という詩と、「エリュアール論」を発表しています。

こうしてみると、『記憶と現在』の前半の部分、つまり「夜の旅」という章と「春のために」という章に入る詩のかなりの部分を当時作っていたわけです。まあ大学時代には、そういうものを書いてはいたけれども、商業雑誌的な詩誌に発表したわけではないし、もちろん詩集も出してはいません。

それで、初めにお話しした書肆ユリイカの「戦後詩人全集」ですが、大学を出たばかりで、まあ「エリュアール論」が少々人目にとまったために「詩学」に詩や詩論をいくつか書くようになった程度の、いわばずぶの新人の僕の作品が入ることになったのは、考えてみれば出版社としては冒険だったわけです。ある日伊達さんから端書が舞い込んで、ちょっと会いたいから来てほしいと言われて、神田神保町三省堂裏の通称昭森社ビル、木造二階だての小出版社雑居家屋に行ったわけです。その時が伊達さんに会った最初だったはずですが、「君の詩を『戦後詩人全集』に入れようと思うんだ」ということでした。ユリイカにとっては社運をかけた選集だし、そこに入るのは戦後詩人として有名な人たちばかりなんですが、全くの新人の僕、それに飯島君の詩が入ることになったわけです。その時伊達さんから、僕の詩を「戦後詩人全集」に入れるように推薦したのは那珂太郎さんなんだ、ついては、今彼はお茶の水駅近くの病院に入院しているので会いに行ってくれないか、と言われて、那珂さんを尋ねました。那珂さんは突然のことでびっくりしたようで、僕は僕で非常に緊張しているもんですから、ろくな話もしなかったと思うんだけれど、僕としては初めてだったでしょう、戦後の詩人に会ったのは。那珂さんは非常に内気で優しい人という印象がありましたが、のちのち、すごく優しいんだけれども、実はとてもこわい人だということが解ったわけです。

とにかく、僕は信じ難いようなことが起きたという思いで、すぐに詩を選んだ。写真を一枚添えて持って来てくれと言われたんですが、慌てましたね、写真がなかったから。ようやく、新聞社を受ける時に撮った写真のことを思い出して、その写真を載せることにしました。この写真では、あとでいろんな人から冷やかされた。僕はどうも写真に関してはあまり香しくないことが多いんです。

まあそんなことで「戦後詩人全集」が出ましたが、僕はその時期には「詩学」や「ポエトロワ」などの雑誌にエッセイを書いていました。大学時代の同人誌などで、他の連中の散文作品と自分の作品とを比較しつつ読むということが絶えず必要だったためもあってでしょう、批評を書く習慣は割に自然についたと思うんですね。それから、中学時代から書いてきた自分の詩は、どちらかというと不器用で、よけいな瘤をたくさん持ったものを作り上げてしまう癖があって、我ながらどうしてこう下手なんだろうと思って、まあ自作の批評をしょっちゅうしていた。それからエリュアールなどフランスの現代詩なども読んでおりましたが、フランスの詩人は批評を書くことは割と自然にやるわけですね。そういうこともあって、僕は批評を書くこともそれほど難しくは考えなかった。

ユリイカの伊達さんは、「戦後詩人全集」の勢いに乗って、「双書たねまく人」という評論叢書を計画したわけですが、その一冊として一九五五年に、僕の最初の詩論集『現代詩試論』が出ました。翌五六年の夏になって『記憶と現在』ができたわけです。これは記録も残っていないし、僕自身も忘れかけていたんですが、初版三百部が売り切れちゃって、五七年に誤植を訂正した再版をまた三百部ほど出しているはずなんです。この再版本は、中扉に１９５７と書いてあるものなんですが、『記憶と現在』は僕の手もとにも汚れた初版本があるだけで、なかなか手に入りません。

そういうことで最初の詩集を編んだわけですが、それ以前から詩集をまとめたいという気持はありました。一九五〇年から五二年までの詩を、自分で詩集の体裁にしたノートがあって、これによると「額のエスキイス」から「春のために」まで、十八篇の詩が入っています。

僕の詩は、大学を出る頃から少し変わってきたように思います。「春のために」あたりまでの詩を、清岡卓行さんは「戦後のバラ色の青春」というのですけれど、僕自身は不機嫌でいやな奴だったという記憶の方がずっと強いんです。当時の詩には、まあエリュアールなどの影響のようなものがあったかもしれないけれど、とにかく詩をカチッとまとめて、現実には四分五裂した心の状態を、一個の堅牢な球体のようにまとめあげていきたかった。どうも象徴主義以後の詩の伝統を僕なりにそう受け取っていたようです。言葉の構造体としての詩というものをたえず考えていたわけですが、その中である種の透明感をいつも追求していたと思います。緊密な構造体、しかし比類なく軽やかであるものを作りたいと思っていた。

ところで、「春のために」などより以前の詩は、元来の僕の気質と思いますが、憂鬱症的なものが多かったんです。大学時代もそれは続いていたけれど、いろいろカヴァーしていて、「春のために」のような作品はそういう努力を反映しているところもあると思うのです。しかしやがてまた憂鬱症的なものが出てきているんです。『記憶と現在』でいえば、「証言」という章あたりからあとがそうです。朝鮮戦争の時期でもあったので、それからくる影響もありますが。

それから当時、一九五一年から五五、六年頃は、荒地グループの詩人たちが最も活動的だった時期です。荒地の人達の詩は、僕の自己形成期に一番親しんだフランスの詩とは、ずいぶん違うんですね。僕が今に至るまで固執している二音、三音、四音とかのリズム、言葉の単位ではなく、もっとざっくばらんに散文的な言葉を並べていく。それから漢語を使う。鮎川信夫さん、北村太郎さん、三好豊一郎さんや田村隆一さんは、そういう要素をそれぞれうまく詩の世界に取り入れている、と僕は思ったわけです。黒田三郎さんや中桐雅夫さんの詩は、散文的な要素はそれほど強くないようだったけれど。とにかくかなり意識的に努力して、そういう散文的な詩を学ぼうとした形跡があります。『記憶と現在』の後半の詩は、そういういろいろな要素も加わって作られていると思います。

『記憶と現在』が出て少し後に、雑誌「ユリイカ」が創刊されて、その創刊号で中村真一郎さんが書評をしてくれているんです。僕は中村さん、福永武彦さん、加藤周一さんなどのマチネ・ポエティックの運動に関心を持ってましたし、中村さんが僕の詩について、こういう詩は解ると言われたことは、今考えると、かなり意味のあることだったという気がしてます。

『記憶と現在』については一応そんな沿革史になっているわけですが、「物語の人々」「声のパノラマ」などに入っている詩も、『記憶と現在』の詩と時期的に重なり合うものが多いんです。「声のパノラマ」は一九五六年に作っているんですけれども、自分では不思議な気がします。つまりもう少しあとで書いたような気がしてしようがないんです。これは同人雑誌グループの「櫂」の詩劇作品集というのに載りました。僕は「櫂」グループとは「櫂」第四号（一九五三年十一月）くらいから接触して、「櫂」第八号（一九五四年九月）から同人として参加してます。茨木のり子さんと川崎洋君が「櫂」を作り、その後谷川俊太郎、舟岡遊治郎、吉野弘が同人になり、第四号で水尾比呂志が加わり、第五号で中江俊夫、第六号で友竹辰が参加し、第八号で僕が加わったわけです。僕のあと、岸田衿子さんが入りました。第八号の編集後記で川崎君はこんなふうに書いています。

「今号から大岡信氏の参加を得た。……彼に今後詩と詩論の両面で多くの期待を寄せることが出来ることと、お互を刺激し得る要素が一つ増えたことは僕等にとって何にもまして嬉しいことである。僕等は一人一人別々であるけれども一つの意見を持つことが出来る。それはこうして詩の同人雑誌を出すとゆう事だ。その一つの意見は自身で又新しい別の構成要素を今後も真剣に探していくであろう。」詩と詩論の両面でと言っているのは、詩論を書く人間というのを相当意識していたわけですね。「櫂」グループは、一般論としていえば、詩論とか評論とかを書く人に対して、敬して遠ざけるという形の自尊心が強い人々の集まりだといえると思うんですが、まあ大岡のやつは許せる、ということだったんじゃないかと思うんです。今までとは違うグループに入ったので、僕は非常に楽しかったです。

「櫂」第七号（一九五四年七月）の川崎君の編集後記に「詩劇をめぐる動きが活潑になってきた。実験の為の実験にならぬよう心したいと思う」と書いてあって、このあたりで「櫂」の同人達が詩劇に関心を持っていることがはっきりしてるんですね。「櫂」同人が全員で詩劇というものを書いて一冊の作品集を作ろうということで、五六年に『櫂詩劇作品集』という本がまとまって、そこに僕は「声のパノラマ」を載せたわけです。

それ以前から詩劇に関心を持っていた人達がいて、たとえば福田恆存さんですね。それから荒地グループの詩人でも、劇詩的な作品の試みをしている人は何人もいます。中桐雅夫さんや木原孝一さん、加島祥造さんなどで、詩劇を作る気はなかったようですけど、詩の中にドラマティックな要素を入れたいという意思はあったと思うんです。そういう要素は、イギリスの現代詩の流れの中にはっきりあって、いうまでもなくT・S・エリオットが詩劇をたくさん書きましたね。それからオーデン、ルイス・マックニース、C・D・ルイスなどの詩も、詩劇ないしは劇詩的なものを目指していた時期があるんですね。

エリオットといえば、「詩の三つの声」という有名な評論があるんですけど、詩には第一の声と第二、第三の声があるという主旨で、第三の声というのは、たとえばドラマにおけるいろんな人物の発する声ですね。詩人は、第一の声、つまり自分の主観を抒情的に外に向かって発する声だけでなく、様々な人の思想や感情を可能な限り取り込んで、それらを融し込んだ形で詩を作るのだというわけです。僕はそういう考え方からも影響を受けたんじゃないかという気がします。つまり声が自分の中でいくつかの層を成していて、それぞれ質の違う声を、一篇の詩の中で自分の声として発するのだ、それが現代における詩のあり方だという考え方に共鳴していたと思うんです。これは谷川俊太郎などに指摘されるんですが、大岡の詩はゴツゴツした異物をたくさん抱え込んでいて、失敗する時は実に惨めな失敗をしている、しかし逆に言うとそういう失敗が、谷川にはちょっぴり羨ましくもあると。谷川の詩は御存知のように、いつでも非常に見事に出来上っていますね。無駄なものが本当にない詩だと思うんだけど、僕は無駄なものを抱え込むように抱え込むように詩の世界を作ってきちゃったように思っています。

まあ詩劇への関心がある程度共通してあった時期に、僕自身は詩の中でドラマをとらえてみたいとは思っていたけれども、放送や舞台のための劇的な構成を持ったものを作ることを考えたことはなかった。僕には台詞を書くことができないと思い込んでいたわけです。台詞というものを書くのは照れくさいし、詩の中に散文脈を入れるのも、僕には非常にやりにくいことなんですね。どうも詩っていうものについて相当頑固な、自分では解明のできない固定観念はあるらしくて、そういうことから来ているんでしょう。

「櫂」グループで詩劇を書くことになった時、僕は結局台詞のある形式のものはできなくて、「声のパノラマ」を書いたわけですが、「ユリイカ」の匿名批評では、台詞を用いた人々のものよりもむしろ僕のものの方が劇的な要素はあるなどと言われた記憶があります。僕は手慣れたやり方でやったわけだから、ちょっとバツの悪い思いをしましたが、「櫂」の連中はそういう批評は別に気にもかけなかったと思います。それで、谷川、茨木、川崎、水尾、中江などは続けて詩劇を書いていったわけですね。九州の方の放送局に名ディレクターがいて、「櫂」グループの作品をたくさん放送するようになりました。それが詩人たちによる放送作品への門戸を大きく開くことになったと思います。NHKでも、それまでは高村光太郎や島崎藤村などの詩を放送していた「放送詩集」という番組が、遠藤利男さんという担当者を得て方針大転換をやってのけた。遠藤さんが僕のところへもみえたんですが、僕は台詞というものを書けなくて、苦しまぎれに書いたのが「宇宙船ユニヴェール号」という作品なんです。この中には他の作品として発表している詩の断片も使っていて、苦労して結局いろんな声をコラージュする方法をとったわけです。結局詩の延長として書かざるを得なかったんですね。しかしむしろこういうものが放送作品としては適していた面もあるらしくて、ちょっと注目されました。

この巻には他に「転調するラヴ・ソング」「わが詩と真実」「献呈詩集」「水の生理」「わが夜のいきものたち」という題でまとめた一連の詩が入ってます。これらは一九五六、七年から六六、七年までの十年間にわたるもので、『記憶と現在』のあとの作品群になります。今お話ししたような放送作品もいくつか並行して書いている時期の詩ですから、劇的な構成や物語的な構成を試みたりしてますね。「水の生理」の中の「クリストファー・コロンブス」という詩、それから「転調するラヴ・ソング」という詩などはそうです。

これらを眺めてみると、やはり『記憶と現在』の後、詩が揺れてきているのは確かです。一九五六年頃から、飯島耕一、東野芳明、江原順その他の人達と「シュルレアリスム研究会」というのをやっていて、そういう刺激ももちろんあったと思います。一九六〇年前後の数年間の僕の詩は、あちらに手が出、こちらに足が出るというヘンな出来ぐあいをしているものが多い。批評的な目で眺めていると、手で覆いたくなるような行がかなり出てくるわけなんです。

この時期には僕は「今日」というグループにも参加しておりましたが、その中でまたひとつ小さなグループ「鰐」を作りました。吉岡実、清岡卓行、飯島耕一、岩田宏と僕の五人で、書肆ユリイカ発行で雑誌「鰐」を十号出したわけです。「鰐」ができたために「今日」が自然解消したような感じになっているかもしれません。「鰐」に載った詩が、詩集でいうと『わが詩と真実』に主として入っていることになります。シュルレアリスム研究会、「鰐」の時期は、僕なりに一所懸命詩を変えることも考えたし、少くとも言葉の質感とか詩の作り方、構成の仕方を何とか変えてみようとした時期です。かなり危っかしい詩があるんじゃないかと思います。

それからこの頃は、画家や作曲家との付き合いが急激に拡がった。駒井哲郎や加納光於、利根山光人、作曲家では武満徹、林光、一柳慧、湯浅譲二といった人たちですね。武満君からは、言葉をくれと言われて「環礁」という詩を書いたことがあります。武満君の、ソプラノと管弦楽のための作品に入ってます。それから外国の画家なども、サム・フランシスや彫刻家のティンゲリーなどとも親しくなった。そういう人々の展覧会とかその他の機会に書いた詩が「献呈詩集」という形になったわけです。単行本としては出ませんでしたけれども、今でもそういう希望は持っている詩集です。

大岡信著作集2

青土社　一九七七年七月　五四八頁　四六判　二四〇〇円

■巻末談話／台詞のこと、共同制作のことなど■

放送の作品については「詩Ｉ」の巻でもお話ししましたが、とにかく僕は台詞を書くことが当初苦痛でした。台詞のある作品を初めて書いたのは「墓碑銘」（一九六四年）という作品で、その年の放送記者会賞というのをもらいました。「写楽はどこへ行った」（一九六六年）も同じ賞をもらって、少しは自信がついてもいいはずなんだけれども、どうしてこうも単純率直なストーリーしかできないのかしらという思いしかなくて、つまり本当の意味での劇は書けないんじゃないかという気が、いつでもしてるんですね。「写楽はどこへ行った」は、実在した浮世絵師の写楽を題材にしているんですが、彼のほとんどわかっていない経歴や仕事の仕方についての言及はもちろん僕の空想です。写楽は最後に姿を消して、現実の世界とは異次元の世界に飛び込んじゃうわけですが、このテーマは実は僕の放送作品にはくり返し出てくるテーマなんですね。どうしてそうなるのか自分でもうまく説明できないけれど、書いてゆくうちにどうしてもそうなってしまうのです。放送作品ではほかにも「化《あだし》野《の》」とか「イグドラジルの樹」などがありますし、舞台や映画のための作品にもこのテーマが見え隠れしています。僕のこの種の作品には、どうもそういうテーマがかなり露骨に出ているんです。詩作品とドラマティックな構成を持った作品とを並べて読まれると、何だか底が割れてしまいそうな気もするくらいですが、まあ両方読んでいただくと、僕の中での相互の交渉過程がかなりはっきり見えるんじゃないか、と思います。

「イグドラジルの樹」は一九七〇年暮れから七一年の正月にかけて、難儀な思いをしながら書きました。これはＮＨＫの放送何十周年かの記念番組として委嘱されたんですけども、そういうものとして委嘱されたからには、ＮＨＫの放送劇制作者諸氏から、ある程度いいものを書くんじゃないかと期待されていたんでしょうね。しかし出来上った作品はなんだか奇妙なものでした。これはその後一、二度再放送されました。

実はこれを書いたのは、三島由紀夫さんが死んだ直後のことです。この作品では、イグドラジルというひとりの神話的存在に恋をし、ついには変身して死んでしまう男が主人公なんですが、その男のイメジが、どうやら三島さんの事件から受けた衝撃をかなり反映しているように思えます。これは、書いているときから気が付いていました。もちろん作品のテーマはだいぶ前からありました。それは、一九六九年頃に最初の草稿ができて、その後少し付け加わったりして最終的な作品になった「彼女の薫る肉体」で、かなりはっきり出ていると思います。この長い詩で書いているテーマと、「イグドラジルの樹」のテーマは重なっているんです。それはまた「あだしの」の浸っている世界でもあるんで、結局僕が戯曲的なものを書くと、いつでもそこへ向ってしまうテーマではあるんです。我々がふだん人間と呼んでいる人間の、その精神世界を超越した、もうひとつ別の、異次元的な精神世界に生きようとする人間の内面のドラマとでもいうべきものを書きたいんですね。詩の中では、必ずしもそういう意図が露わに出ることはないと思うんですけれど、ドラマ的なものを書くと、必ず露骨に出ます。この辺に僕の尻尾があるのではないかと思いますね。まあ、この辺で過去をできるだけお払い箱にするのもよかろうと思って、「詩Ⅰ」の巻とこの巻にいくつか収めることにしたわけです。

「あだしの」が舞台作品になったのは、ラジオの「化野」に出演した小池朝雄さんが、劇団「雲」の実験劇場で上演したいということで、僕には知らせずに、劇団内部で先にOKを取っちゃったんです。小池さん自身が演出も主演もするということで、ラジオ作品を舞台作品に書き直してくれということなんですね。もう日取りも決まっているというので、仕方なしに、僕にとっては書きにくい台詞ってものをまたまた書いたわけです。書いていくうちに、ラジオ作品の「化野」とは違うものになってしまいました。舞台に乗せた時の出来ぐあいはどんなものだったのか、当時はやっぱり興奮していたからよく解らない点もありますが、今でも時々、アマチュア劇団とか大学の学生劇団などから、上演させてくれって言ってくることはあります。まあ、長さが手頃だということもあるんでしょう。

この巻には「あさき夢みし」という映画の台本も入っていますが、これはアートシアター系で上映するものとして、ATGから委嘱されたもので、監督は実相寺昭雄さんです。実相寺さんは、日本の中世のイメジをずばりと出せるような映画を夢みていたんですね。いろいろ話しているうちに、中世の女を主人公にする、その女は初めは愛欲の無明の世界に住んでいて、それを次第に切り拓いて出ていき、新しい生活に飛び込んでゆく、そういう筋道で考えたわけです。

『問はず語り』という、中世のさる宮廷育ちの女人が書いた日記的な自伝があります。これは割合最近になって発見された本ですが、内容的には非常に面白い要素を含んでおります。鎌倉時代末期に、宮廷で最も高い地位にいた男たち、天皇とか、天皇の兄弟で仏門に入り高い地位までいった人、トップクラスの政治家、そういう人々の間で、まだ自分というものに目覚める以前に、単なる美しい性的なお人形として育てられ、その人々と性的な交渉を持っていく、そういう女の自伝です。この女の本名はわからないんですけど、一般には後深草院二条と呼ばれています。後深草院というのは、彼女が宮中で育てられた時、父親のように慈しんでくれた天皇が、上皇になった時の名前です。後深草院をはじめ何人もの男が出てきますが、彼らが生きているのは、贅沢な生活ではあるけれど倦怠感に満ちている、なぜなら現実には幕府が実権を持って、宮廷はそれに寄食しているにすぎないからですが、そういう宮廷社会です。そういう所で生きていた女が宮廷を離れる。やがて後深草院も他の男たちも死んでゆく。ひとりぼっちになった女は、多くの旅をします。その旅の手記というのが、闊達な文章でなかなか面白い。

この『問はず語り』の文章が、前半と後半にすぱっと分れているところなど、僕には面白い題材になりそうだと思えたわけです。この女が西行法師絵巻などを愛していたことはわかっているので、僕のシナリオでは、彼女をのちのち、一遍上人の捨身の法悦を説く思想にも強くひかれるような生き方をする、尼僧姿の女絵師にしちゃったんですが。そういうことで、『問はず語り』を踏み台にして書いたものですが、『問はず語り』そのものの脚色というわけではありません。女主人公の名も後深草院二条でなく、四条という名にしたりしてます。しかし僕の台本が非常に長くなってしまったので、映画では実相寺さんが腕をふるう場がなくなっちゃって、申し訳ないことでした。実相寺さんは、構図や動きの決め方、カメラワークのよさで抜群の感覚をもった監督さんで、色彩感覚の鋭い人ですけど、なんとしても台詞が多すぎた。どんどん削ってくださいって頼んだんですが、実相寺さんは一語も削らず、すべてを役者たちに喋らせたわけです。

僕が書くと必ず台詞が多くなって、たとえばラジオ作品の「写楽はどこへ行った」をテレビドラマに書き直した時もそうでした。テレビに書き直したのは、イタリア賞に出したいということからで、担当の遠藤利男さんとも話し合って、ラジオの時とは随分ちがったものになりましたが、台詞はやっぱり多かったんです。画面に英語の字幕を入れたんですが、審査員たちが字幕を読み終える前に場面がどんどん移る、そういうことになったらしい。賞はもらったんですね、撮影賞かなにかの。しかし外国の審査員たちは内容的によくわかったのかどうか、それは疑問なんだなあ。台詞が長すぎるというのは、つまり僕は日常生活的な台詞にあまり関心がないんですね。ひとりの人間が頭に浮かぶ想念をどんどん喋り出しちゃうんで、その結果長くなる。現実に人が喋る台詞と違うんです、質が。

「あさき夢みし」が出来たのは一九七四年ですが、それと前後して詩集『透視図法――夏のための』と『遊星の寝返りの下で』を出しています。

『透視図法――夏のための』は書肆山田から、一九七二年七月三日付けで出ました。実はこの初版本には発刊の日付けが入っていないんです。山田さんは丁寧に本を作ったんですが、千慮の一失というか、奥付けで発刊日を抜かしていたんですね。僕も校正刷を見たはずなんだけれど気が付かず、あとで人に言われて初めて気付いたというわけです。山田さんという人は、もともと詩集の収集家として知られていた人ですが、だんだん病が嵩じて自分で本を出してみたくなったんです。僕の所へも詩集を出させてくれないかということでやってきて、それでこの本が出ることになったわけです。出版社としてはまだ無名だし、売れなかったら困るだろうなと思っていたんですが、たまたま朝日新聞の文芸時評で、吉田健一さんが好意的な批評を書いて下さったりして、予想外に売れ、書肆山田の名も詩の出版社として知られることになったんです。

この詩集に収めた作品は、一九六七年から七〇年にかけて書いたもので数はあまり多くありません。この時期、ほかにもいくつかの詩を書いたんですが、詩集を編む時になって、気に入らないので捨てたものが何点かあります。詩が書きにくくなっているという自覚が生じていた時期です。この中の「透視図法――夏のための」と「接触と波動」という作品は、「ユリイカ」に連載の「断章」に書いたもので、詩と散文の接点ということをしきりに考えていたわけです。

「透視図法――夏のための」という作品は、夢で見たものをきっかけにして、あとはそこから出てくるイメジを書きながらふくらましていくという形をとりました。いわば書きながらその場で夢を見るというような状態で書いたものです。この作品は、僕自身割合に好きなものなんですが、この中には現実に見た絵の印象とか、知人の印象とか、幼い時の遊びの記憶とか、家の近所に住んでいた女の人の思い出とか、そういうものも入っているんですね。しかし全体としては、夢という形を枠組みにしておいて、一種のロマネスクなイメジの構図みたいなものを作りたかったんです。それが「透視図法」という題名にもかかわっているわけですが、「夏のための」という限定が付いているのは、作品全体の感じが、ある美しい夏へのあこがれというようなものでありたいと思ったからです。

「接触と波動」の方は、世界を形造っている一番基本的な元素、そういうものから発してくる音とか光とか触覚とか、つまり人間が世界を認識する時に、最も素朴に認識の要素としていくものについて、それを単に描写するのではなく、一度僕の内部を通して、あるコンストラクションを持ったものとして書いてみたいと思ったんです。表現形態としては、アフォリズムふうなものが混じっています。音はどういうふうに発するか、音と音が繋がるとどういうものになっていくか、水とか風は人間との関係でどう捉えられるか、人間の言葉は世界の中でどういう位置を持つものか、人間の魂とはどういうものか、そういうモチーフの組合せです。しかし、抽象的に、観念世界で自働運動を起こすことなく、要素的な自然にできるだけ接していたいというのが、書いているときの気持ちでした。少々理窟っぽい部分もあるかもしれません。まあ結果として、一種の詩論・芸術論のような形になっているかと思います。

この当時数年間、僕が詩を書く難しさを感じていたというのは、詩と散文の境界線を歩いてみるという強い関心が一方にあったものですから、行分けの作品の方が書きにくくなっていたのか、という気もするんです。でも『透視図法——夏のための』の初めの方に載っているいくつかの行分けの作品、「あかつき葉っぱが生きている」「榛名みやげ」「夜が雷管をもって」「壜とコップのある」などは、嫌いではないんです。「親しき者の幼き日への遠望」という作品の「親しき者」というのは、僕の結婚している相手の女性でありますので、個人的な要素が加わっていて、読者にはちょっと解りにくいところがあるかもしれません。これについて飯島耕一君が、あまりうまく出来てないけれど、突如として片かなの言葉を連ねて詩を終わらせちゃっているところは共感できると、いかにも彼らしい批評を書いてくれたことがあります。

「私は月にはいかないだろう」という詩は、今「遊」という雑誌を出している松岡正剛さんが、以前「High School Life」という高校生向けのタブロイド版の月刊新聞を編集していて、一年間、毎月一篇ずつの詩に小室等さんが作曲するということをやったんですが、その時に頼まれて書いた詩です。曲は小室等アルバムの「私は月にはいかないだろう」というLPに入っています。

「告知」という作品については、「言葉の出現」という文章(『言葉の出現』所収、著作集6)で細かく説明しております。簡単にいえば、ある夕暮れある写真集を眺めていて、ページを繰るごとに浮かび上がってくるイメジから触発される言葉を次々に書きとめていった、そういう作品です。これは僕にとっては非常に面白い試みでした。

この著作集に、内容がなくて詩集の題名だけ入っているのがあるんですが、ちょっと説明しておかなくてはいけないでしょうね。『砂の嘴　まわる液体』という詩集で、七十数頁あるかと思いますが、加納光於さんと僕が共同制作した「アララットの船あるいは空の蜜」というかなり大きい箱形のオブジェの中に装置されています。この箱は三十五箇作られました。ガラスを通して中がのぞけるようになっていて、中にいろんな部分、細かいオブジェが装置されているんですが、一箇ずつ中味が微妙に違う箱なんです。一九七〇年からとりかかって、一九七一年の終わり頃に完成し、七二年二月に南画廊で個展をやりました。箱は開けられないことはないんですが、開けてしまうと、どこかが傷ついて、元通りにするのが非常に難しいという状態になってるわけです。僕の詩集も取り出せないものですから、個展を見に来た人たちからも、けしからんと叱られたんです。『砂の嘴　まわる液体』は、密封されてしまった詩集ということになります。

「アララットの船あるいは空の蜜」を作るには、数年間の経緯があるんです。一九六五年十一月に、名古屋のお医者さんで俳人の馬場駿吉さんが、「点」という小さな雑誌を創刊しました。その創刊号に、加納さんの作品が写真で特集されたんです。僕は「加納光於による六つのヴァリエーション」という詩をそこに書きました（「献呈詩集」著作集1）。たぶんそのことがきっかけで、加納光於さんと僕とで、合作の本を作ろうということになったんだと思います。いわゆる詩画集ではなくて、「箱」っていうイメジがパッと頭に浮かんでいたんですね。そこへ入れるために、銅板などで何か作りませんか、と加納さんがいうので、これ幸いと鎌倉の加納さんのアトリエに銅版画の弟子として入門して、いくつか作らせてもらったりしたんですけれどね、出来上ったものは作品なんてもんじゃありませんでした。そのうちに加納さんがアメリカに留学したりして、具体的に仕事にかからずに何年か過ぎてしまった。そこへ青地社の白倉敬彦君が現われて、仕事を具体化してくれたわけです。加納さんはアトリエの脇にプレハブの木工場を作って、たくさんの大工道具を抱え込み、箱の内部に入れるものを作ったり、また遠方まで買いに行ったりした。箱の中には八十種類ぐらいの材料が詰め込まれているはずです。「アララットの船あるいは空の蜜」という作品は、加納さんの一年以上の歳月をすべて吸い込んでいるようなものです。アララットというのは、トルコ、イラン、アルメニアにまたがる高山で、大洪水の後にノアの方舟が漂着したという伝説があるわけですね。アルメニア産のコニャックにこの名のものがあります。なかなかうまい。僕らの作品は、まあ、その伝説のイメジを背景において、そのうえで空の蜜となって、どこかで香っているようなものでもありたいということで、こういうタイトルがついたんです。

『砂の嘴　まわる液体』という僕の詩集は、先ほど言った、行分けの詩が非常に書きにくくなっていた時期のものなんですね。ひとつだけお話ししておくと、何か言葉を思いついたりすると、何行か端書に書いて加納さん宛に投函するというようなことをくりかえした。それがこの詩集の中にも入っているというわけです。この詩集を未だに公開しない理由については、思潮社版綜合詩集の増補版あとがき（本巻五三五頁）で書いておきましたので、それを読んでいただきたいと思います。

一九七五年に出た『遊星の寝返りの下で』という詩集も、書肆山田から出て、加納光於さんの装幀はすばらしいものです。入っている作品の数は少なくて、散文形式のものが多いわけですね。「呪」という作品は、岩波ホールの演劇シリーズ第一回公演の、早稲田小劇場によるエウリピデス原作『トロイアの女』に使われました。僕は『トロイアの女』の潤色というようなことをやったんです。僕の書いた詩や断片を、演出家の鈴木忠志さんが要所要所に嵌め込んで作品を構成していったわけです。「咒」は芝居の冒頭で語られて、作品全体の基本的なトーンを予告するような形で使われています。

「彼女の薫る肉体」に現われる女のイメジは、先ほどもお話ししましたが、ラジオ作品の「化野」や「イグドラジルの樹」などに登場してくる女のイメジと重なっているかと思います。そういう意味では、相当長い期間に互ってだんだん出来上がってきた作品ですね。これは「都市」創刊号に発表したあと、湯川書房から「溶ける魚」叢書の第一冊として限定三百部で本になっています。『遊星の寝返りの下で』に入れる時、かなり手を入れました。この著作集では湯川書房版と両方載せてあります。「螺旋都市」というのは、これまた加納光於さんとの共同制作で、相当難しい印刷技術を駆使して、最初は雑誌「草月」に載せたものです。それを詩集に入れるのは、共同制作の片割れの形になるわけですが、加納さんがこの詩集全体の装幀をやってくれたので、『遊星の寝返りの下で』という新しい共同制作が成立しているということもいえるかもしれません。

大岡信著作集3

青土社　一九七七年九月　五五八頁　四六判　二四〇〇円

■巻末談話／一語一語の重み■

『悲歌と祝祷』という詩集は、つい最近まとめたものですが、大半は一九七〇年代に入ってからの詩です。前回（詩Ⅱの巻）にも話したと思いますが、僕は三十代後半あたりに詩を書くのが難しいという感じを持っていました。単純に書けないというのでなくて、その方法についていろいろ迷いがあったわけです。その時期のものは、主として『透視図法——夏のための』と『遊星の寝返りの下で』という詩集に入っています。その時に、次に出す詩集はもう少し別なものにしたい、できれば僕が詩を書いてきた経過の中で、何らかの意味でその道のりがこの辺ではっきり出ているようなものにしたい、そういう感じを持っていました。『悲歌と祝祷』に集めた詩は、そういうことを考え始めた時期以降のものです。難かしい段階をどう乗り越えたらよいか、その一つのやり方として、詩の書き方を物理的に変えてみたりもしました。以前は、ばらばらの紙に詩を書いていることが多かった。そして下書きはどこかへ捨ててしまうというふうでした。それをこの時期からはノートに書いていくやり方をとってみたわけです。どこの文房具店でも売っている安物のデザインノートに、ひとつの詩を何度も何度も書き直していく。推敲していく過程が、あとになるとよく見えるわけですね。

それからもうひとつ、この時期に『紀貫之』をはじめ、平安朝を中心とする古典詩歌について文章を書くことも多くなってきたんですが、そういう折に、和歌や俳諧で面白いと思ったものを断片的にノートしておくということも試みたことがあります。一首あるいは一句全体を写すのではなくて、一部分の単語ですね、僕にとってイメージを豊富に呼び起こしてくれる単語を、備忘的にノートしておくといったやり方です。これは実際には詩を書く場合よりも、安東次男さんや丸谷才一さん、川口澄子さん、そして時々石川淳さん、加藤楸邨さん、飴山実さんなどと連句を巻くような時、付け句に困った時の助け舟になったりしたんです。

連句をやり始めたのは、筑摩書房の「日本詩人選」で、安東さんの『与謝蕪村』という本が出た時、安東さんが、丸谷と大岡を連衆に指名するからというので、出版祝いの会のかわりにお祝いの連句というのをやって、それが病みつきになったわけです。連句というのは、一行一行が別々の人によって作られ、鎖のようにつながってゆく詩です。一行の中で明確なことを言っている必要があり、同時に何かを単に言い切ってしまっていてはまずい、つまり次の人が何か付け加える余地がないといけない。そういう意味で、一行一行の繋がり方が非常にダイナミックでありうる、そういう可能性のある共同制作の詩といえます。連句をやっているうちに、僕自身の詩に大きな影響が出てきました。それは、明確な手触りのあるイメージが出てこないような行は書けなくなってしまったということ。同時に各行の間に大きな断絶と飛躍がある詩でないと自分で満足できなくなっちゃったんですね。これは僕にとって、結局のところは非常にいい影響だったと思います。

『悲歌と祝祷』に収めた詩は、雑誌などに発表した当時には、違った形だったものが多いんです。時期的に早いものには相当手を入れましたが、その手の入れ方の基本原則は、今言ったようなことです。だらだらと長い詩を書くのはいやになっちゃった。それから、激しい断絶を含んでいて、しかも背後には繋がりが見てとれる、そういう詩を書こうとした。この詩集は、僕のそういう意図が強く出ていると思いますが、読む人には緊張感を要求するものになっているかもしれません。しかし僕は、それはそれでいいと思っているんです。こういうのもやらせてもらいたい。これではだめだっていわれるのなら、それは仕方がない。いずれにしても僕としては明確な意図をもってやっていて、そのことが日本語で今詩を書くことについての僕のある種の提案や答の試みも含んでいると思うので、成功も失敗もそれなりに意味があるだろうと思って、一冊にまとめました。

この詩集は、そういうわけで、ページ数は少ないですけれども、内容的にはいくつかの出口入口があって、いろんな読み方ができるかもしれません。

それからもうひとつ、『悲歌と祝祷』で初めて、詩を歴史的かな遣いで書いています。『透視図法――夏のための』をまとめた頃から、かなりはっきりとそういう意識が出てきていますが、そのきっかけというのは、古典論などを書くこともふえてきて、特に『紀貫之』を書いたことなんです。貫之の歌とか文章を引用しているうちに、歴史的かな遣いの一種の手触りが非常に気になってきた。先ほど、詩の一行一行の明確さということを言いましたけれど、詩の構造についてつっこんで考えるようになると、一語一語の重みとか容積、匂い、その冷たさとか暖かさ、そういうものが非常に気になってくるわけです。考えてみると、現代かな遣いよりも歴史的かな遣いで書く時の方が、いわばテンポがほんの少し遅いんですね。つまり喋っている音そのものではない文字遣いがあるわけですから、ブレーキがかかった状態で言葉を書くことになります。今の自分の方法論としては、詩は歴史的かな遣いで書かないとどうも落ち着かないなと思ったわけです。これは歴史的かな遣いの方が表記法として正しいとか、昔からのものをそのまま受け継ぐのが正しいからとか、そういう理由とはちょっと違う。僕自身が詩を書くうえでの必要から、こうなったんです。

『悲歌と祝祷』に収めた個々の詩について、少しお話ししますと、最初の「祷《いのり》」という三行詩は、安東さんたちとやった連句のなかで、ある時ふと出来た一行に手を入れたものです。連句の時には「覆へり　花にうるほふ　石のつら」という穏やかなものだったんですが、それを命令形に変えたわけです。まあこの詩集全体の最初におく一種の序詩として、僕自身に対する密かな願いというか命令をこめているわけです。

「死と微笑」「燈台へ！」という作品は、三島由紀夫さんの自殺に関連している詩です。「死と微笑」は、三島さんの死に対して批判的なんですが、ただ批判的というだけでなく、もう少し複合的な感情をもって作っていると思います。つまり男っていうものの中には、どうしようもなくある目的に向かって、自分を殺す形で突込んでいってしまう性質があると、自認しているようなところがあります。「燈台へ！」は、直接には三島事件と関係ありませんが、やはり男の精神状態の、一種のわりなさに、もう少し身を踏み入れたような感じで作ってますね。

この詩集の中で、他の人の作品を僕の詩に取り込んで、いわば引用、翻案のような形にしている作品がいくつかあります。俊成の歌を取り上げて、訳とも翻案ともつかず、むしろ対話というか、現代詩による唱和を試みたものが「とこしへの秋のうた」です。これは割合人にとりあげられ、論じられました。河出書房の「現代語訳　日本の古典」の評釈と鑑賞のために、俊成の歌を七十首くらいやったのがもとになっています。「としへの秋のうた」での歌の配列の仕方に、僕の俊成に対する唱和の一つのやり方があるかと思います。近頃はやりの引用論とは関係なく、自分自身の詩を拡げるための試みのひとつとして、つまり自分の死の養いのために、ごく自然発生的にやったものでしたが、自分にとっては仲々意味がありました。『悲歌と祝祷』を編むまでに数篇そういう試みをやっていますが、下敷にした作品が露骨に浮き上がって地の部分と分離してしまってはまずいし、さりとて完全に自分のものにしてしまいたくもない、痕跡が少しは残っている形にしたい、そういうやり方をやってみたかったということです。

それからこの詩集には、友人達や亡くなった友人達に捧げた詩があります。それらの詩の書き方は、ある点で、この時期に雑誌「すばる」に連載していた「孤心とうたげ」(ママ)というエッセイで書こうとしていたことと関係がありそうです。これらの詩は友人達への呼びかけという形をとっています。現代詩では呼びかけの詩は少なくなっちゃってる。しかし、詩というものの根本には、そういう衝動が非常にはっきりとある。で、僕としては自分の詩の中でもう一度それを取戻していきたい気持があるわけです。先ほど言った冒頭の「祷」という詩が命令形であるのも、僕自身への呼びかけをそこに置きたかったということですね。

詩集の後ろの方に、あるいは難解と言われるかもしれない詩が三、四篇あります。「霧の中から出現する船のための頌歌」「声が極と極に立ちのぼるとき言語が幻語をかたる」「四季の木霊」がそれですが、僕としては、ある意味では自分の詩の現在における結論的なあり方、形を、どう示せるかと考えて作っているつもりの作品です。詩を書き始めた頃から絶えず考えていた作品、一種宇宙論的なもので、同時に具体性も持ち、歴史的な記憶をも持ち、なおかつ言葉は非常に抒情的な手触りの生まなましさを持っている。全体としては連鎖状を成して、いろいろな局面が展開しながら、ひとつの小宇宙であるような作品、そういう作品を作りたいという気持ちがありました。単なる抒情詩では満足できない。形而上的な詩であり、かつ現代の現実を詩が自証しているようなものを書きたい。欲張っているもんですから、なかなかうまくいかないんですね。結果的には非常に観念的な傾きを示すものが多くて、むしろ「詩Ⅱ」の巻に収めたラジオ作品などに、今いったような自分の希望の、ある種の具体的な実現があるのかもしれない。「声が極と極に立ちのぼるとき言語が幻語をかたる」は、その気持が一番強く表われていると言えるでしょうが、それだけに観念世界への傾きも強い。現実のざらざら、デコボコして、不均衡で破れている面が欠けているのは、僕のまだ至らないところなんです。

最後の「少年」という詩は、この詩集全体において、長歌に対する反歌という関係、あるいは円のはじっことして、最初へ繋がって円環を成すような関係になっています。ここに登場する少年は、今読んでみると、どうも僕自身でもあるらしい。この詩集には、死に対する接触感が多いんですが、この作品でも、少年と僕は死者の街を通過することによってもう一回生の世界に反転してくることをねがっている、そういう気持をこめて書いた作品です。

『悲歌と祝祷』の祝祷は、単なる祷《いの》りという意味です。いろいろな悲歌を収めると同時に、僕としては祷りをこめて作っているわけです。

この詩集については、最近、雑誌「エナジー対話」で谷川俊太郎君と、それぞれの最新刊の詩集について細かな批評のし合いをした時、谷川君の言ってくれた感想が、僕には非常に参考になり勉強になりました。また先日は「新潮」(一九七七年八月号)で吉田健一さんがこの詩集について書いて下さったんですが、その後、吉田さんは渡欧し、帰国して急逝されてしまった。吉田さんには、以前にも『透視図法——夏のための』を好意的に読んでいただいて、その読まれ方が、僕には非常に有難かった。そういうこともあって、この詩集は僕にとって思い出の深いものになるでしょう。次に出す詩集は、これとはまるで違う性質のものにしたいと思っています。

この巻には初期詩篇というのが入ってまして、これはまことに恥ずかしい部分であります。度々お話ししてますけど、中学時代に「鬼の詞」という雑誌を出していた頃、初めに短歌を、間もなく詩を書き出しました。とにかく下手くそで、話にならなかったと思いますね。島崎藤村や北原白秋の詩、片山敏彦訳の『ドイツ詩集』やヘッセの詩の訳などからヒントを得、最初のうちは七五あるいは五七調の文語で詩を書こうとしていたので、二進も三進もいかない思いをしていたのは当然です。仲間にずっと詩のうまいのがいましたから、客観的にも、自分は詩が下手だと分って、それがある意味でとても勉強になったと思います。

旧制高校から大学に入ってからの時期のものも、初期詩篇として収めてあります。ちょっとお断わりしておきますと、思潮社版の『大岡信詩集』という全詩集に、初期詩篇として「方舟」という章がありますが、この著作集では、それを解体し拡大して、章題も「水底吹笛《すいていすいてき》」と改めました。これで詩を書きはじめたころの作のほとんどをまとめたことになります。短歌はごらんのように稚いもので、あまり幼稚なのは省きました。長歌もひどいので省きました。ついでに申し添えれば僕の第一詩集『記憶と現在』の初めの方の十篇ないし十数篇は、この初期詩篇の時期と重なっています。

訳詩というものを最初に試みたのは中学時代で、英語の勉強で読んだ斎藤勇さんの英詩鑑賞の本や、愛読していた佐藤春夫の『春夫詩抄』の英詩の翻訳などに刺激されて、自分でいくつか試みたんです。高等学校ではフランス語を習い始めて、グールモンの詩集から訳してみたり、大学時代にはエリュアールに熱中して、何篇も訳しました。大学の友人たちと出していた「現代文学」という雑誌にエリュアールの詩の訳を載せたのが、僕としては最初に公表した訳詩ということになります。エリュアールは、本当は日本語になるかどうか疑問なくらいに、フランス語のエッセンスのかたまりのような詩人です。僕は、一生の間にエリュアールの訳詩集を一冊作ってみたいと、昔は思っていて、今でもそう思わないこともないいんですが、やはり非常にむずかしい詩人だと思います。

この巻に収めたものを、もう一度原詩に当たって誤訳訂正するだけの気力がないものですから、間違いも多いと思いますが、しかし僕自身の詩の滋養にしようという気持でやってきましたから、日本語を書く、日本語として読める詩にしようという意識が強く出ていると思いますし、読む方もそんな風に読んで下さったら僕としては嬉しいのです。

エリュアールのほかには、ブルトン、アルトー、プレヴェールの作品も収めましたけれど、これらは大体、依頼されて訳したものが多いです。ブルトンの場合は、人文書院の『アンドレ・ブルトン集成』のために「溶ける魚」全訳と「自由な結びつき」を訳しました。アルトーは、現代思潮社の『アルトー全集』で訳しました。この巻に収めたのは、いずれもそれらの本から、自分で好きなものを集めてあります。アルトーのものは、彼の演劇的な側面も備えている作品を選んだんですけれど、久しぶりに読み返してみて、自分でも腹を抱えて笑ったので、たぶん面白いんじゃないかと思います。プレヴェールの「フランス国パリ市における仮面晩餐会の描写の試み」は、「ユリイカ」(第一次)に載せてもらいましたが、それ以外のプレヴェールは、新潮社の『世界詩人全集』と平凡社の『世界名詩集大成』でそれぞれ訳しています。

順序が逆になりますが、この訳詩集の最初にフランシス・ジャムの訳詩が入っております。河出書房の編集者だった三木卓君が担当していた『世界の詩人』という叢書のために訳したものです。いうまでもなく、堀口大学、三好達治その他の人によるジャムの訳詩を、僕は知っていたわけですが、それらの人々の訳しているジャムとはほんの少し違う部分がこの詩人にはあると思っていたんです。つまり、ちょっと粗野なジャム、粗野なるが故に非常に熱っぽい情緒を持っているジャム、僕はジャムのそういう面が割と好きなんですけど、そういうことを主眼に置いて訳しました。シュルレアリスムの詩人のものを訳して、フランシス・ジャムを訳すなんて、首尾一貫性を欠いているといわれるかもしれないけれど、僕は別に文学史に忠実に何かをやるなんて考えてはいなくて、自分に興味があるものをやるのが先決問題で、ジャムの場合も、訳しながら楽しんだといえます。

ロベール・フィリウーの「ポイポイ」というのがありますが、フィリウーについては、『眼・ことば・ヨーロッパ』（著作集11）で細かく書いていますし、「基本日本語詩　一〇〇〇」という詩集の翻訳もそこに載せていますから、「ポイポイ」と併せて読んでいただくと有難いんですね。フィリウーは非常に面白い人物で、今ではむしろ造形作家として一部で有名になっています。先日、早稲田小劇場の『トロイアの女』の海外公演に関係者のひとりとしてくっついて行った時に、パリで久しぶりに会うことができました。フィリウーは僕よりも数歳年長なんですが、この「ポイポイ」という作品などを見ると、フランスの戦後詩のある面が分るんじゃないかと思います。日本では、イヴ・ボンヌフォアその他の有名な詩人たちについては紹介されているけれども、そういう人達とは全然別のところで、こういう仕事をしている連中もいるということを、翻訳した僕としては言っておきたいですね。

それから、「小さな星座」というタイトルでいろいろな人々の作品を訳して集めてあります。この中でテネシー・ウイリアムズの「身の上ばなし」という作品があります。これには顕著にストーリーがあるわけですが、ストーリーがある作品の面白さを感じて訳してみたわけです。前にも話しましたけれど、僕はある時期、演劇的なものにとりわけ関心を寄せたことがあって、テネシー・ウイリアムズとか、イギリスのアングリー・ヤング・メンといわれる人々のものなどを熱心に読み、また観劇しました。ウイリアムズが詩集を出していることは、本屋さんで初めて知って、その時に買った詩集に、この「身の上ばなし」も入っていたわけです。同じ詩集に入っている「エヴリマン氏」という詩も『芸術マイナス1』（著作集10）に訳して引用しています。

サム・フランシスの「ボナール」、これは文章というのか詩というのかよくわかりません。サムは僕の十何年来の友人ですけど、この画家は、詩が非常に好きなんです。特にウイリアム・ブレイクの作品、ブレイクに関する本も実によく読んでます。絵描きですから、文章を書くのは苦手だと言いますけど、彼の文章は詩の精神に貫かれていると、僕は思っています。彼はしばしば日本に来るものですから、日本の美術雑誌などに頼まれて、時々短い文章を書くんですね。近頃は、彼が書く詩的な文章はすべて僕が訳すという関係になっちゃってます。つい最近もひとつ訳して、雑誌「草月」に載せましたが、ここでは「ボナール」だけを収めることにしました。これは一種の散文詩といっていいものだと思いますね。

それから、僕と同年配のスペインの現代詩人たちの詩を数篇収めました。これはスペイン語からではなく、フランス語からの重訳です。かつて僕は「現代詩」という雑誌の編集委員のひとりで、スペインの特集号というのをやった時に、飯島耕一君と僕とで、フランス語からの重訳でスペイン現代詩を訳し、紹介することになったわけです。スペインの詩人の訳です、なんて言えないかもしれないけれども、それぞれなかなかいい詩だと思います。「滴々集」の方に、「スペイン現代詩に関する四つのエスキース」という文章を入れましたけど、この文章も、「現代詩」の同じスペイン特集号に書いたものなんです。ページを埋めるために、詩の翻訳をやったり、紹介文を書いたりということをやっていたんですね。

　近頃僕は、だんだん翻訳をやるのはしんどくなってきております。横文字を日本語に直すのは本当に難しくて、時間を食い、めんどうな仕事だと思いますね。もっとも詩に関しては、好きな詩があればまたやってみたいという気持になるだろうと思いますが。

大岡信著作集4

青土社　一九七七年四月　五四二頁　四六判　二四〇〇円

■巻末談話／詩を確かめるために■

　僕が詩論を書き出した動機は、そうはっきりしているわけではないんです。旧制高校の寮にいた頃、いろんな現代詩人の作品を読みましたが、その中に菱山修三さんの詩集もありました。菱山さんは今の若い人にはあまり知られていないかもしれませんが、多くの愛読者をもち、影響力も強かった詩人です。ヴァレリーの詩の訳者としても知られていました。「荒地」グループの詩人たちでも、若い頃菱山さんの詩を読んでいた人は何人かいたはずです。それは「荒地」のたとえば三好豊一郎、田村隆一さんなどの詩を読むと解ります。菱山さんは、戦後は詩壇的な立場からすると孤立してしまった。しかしたとえば戦後の早い時期に書肆ユリイカが出した『戦後詩人全集』という五巻本のアンソロジーがありますが、その「荒地」グループの巻の解説は菱山さんが書いているんですね。僕には、それは意味のあることに思えました。「荒地」の詩人にはモダニズムから出発した人が多いわけですけれど、モダニストではなかった知性的な詩人の菱山修三が、戦後のある時期まで「荒地」の人達に近いところにいた。菱山さんは「荒地」グループの雑誌に文章を書いたこともありますしね。もっとも僕はそういう事実は、高等学校の寮で読んでいた時には全然知らなかったんです。僕が菱山さんの詩を知ったのは偶然なことからで、親しい年上の知り合いに、清岡卓行さんなどと一高で同学年だった人がいました。かつては詩を書いていた人ですが、この人が愛読していたのが菱山さんだったんです。その人に菱山さんの詩を教えられて読み漁っているうちに、語法とか、詩を作る態度とか、菱山さんの詩から影響を受けたんですね。しかしだんだん息苦しくなって、いわば菱山さんの影を僕の中から切り捨てるつもりで書いたのが「菱山修三論」だったんです。

僕の手元のノートによると、一九五一年四月二十一日に箱根の関所考古館で書き終えています。大学二年の時ですから、詩論というものはどういうものかなんてこと、皆目わからずに書いた。とにかく菱山修三が僕の中に残した痕跡を確かめ、その上で、それを切り捨てるというはっきりした決心をして書いたんですね。自分の中でそういう決着をつけるということは、かなり思いつめたことだったわけです。「菱山修三論」を発表したのは、日野啓三、佐野洋、稲葉三千男その他の人々と出していた「現代文学」というガリ版刷りの雑誌です。

大学三年の夏に「エリュアール論」を書きました。書き上げてから、高等学校以来の先生である寺田透氏に見ていただくために二三ヶ月のあいだ先生のところへ預けたんです。寺田さんが端書をくださったんですが、一応これそのものとしてはまああだろう、しかしどうもこの詩人論ではエリュアールという詩人全体の手触りというか存在感というものはあまり感じられなかったよ、しかし発表はしてもよかろう、ということだったと記憶しています。当座はかなりがっかりしたけれど、あの批評は非常に有難かったですね。その後まもなく、「赤門文学」という雑誌を有志が復刊するというので、それに「エリュアール論」を出しました。しばらくして、下宿の近くの本屋で立読みしていたら、中村真一郎さんが「文学界」の同人雑誌評でえらく賞めて下さってるのを見て、びっくりしました。

その後、読売新聞社に就職した直後、「詩学」を編集している嵯峨信之さんが社まで訪ねてみえて、「エリュアール論」は面白かった、「詩学」にも何か書いてくれないかといわれました。その時の話は、フランスのシュルレアリスムについて何か書けるか、というようなことだったと思うんですが、僕は日本のことについてなら書いてみたいことがあるのだと言って、書いたのが「現代詩試論」というエッセーだったわけです。ですから、これが一般の雑誌にものを書いた最初でした。「現代詩試論」は、日ごろ考えていたことを素直に書いただけのものだったんですが、一九五三年という時代では、いろいろ話題になる要素もあったようです。鮎川さんが後に、この評論は当時の詩壇におけるさまざまな雑音を一掃する役割をはたした、という意味のことをいわれたけれど、当人としては夢にも思わないことでした。当時、中村稔、山本太郎、谷川俊太郎、飯島耕一などの詩人が、「荒地」の次の世代として出てきた頃ですが、僕もその中のひとりに入れられて、詩と詩論の両方を、詩の雑誌に比較的頻繁に発表できるようになったわけです。

その頃の文章は、まず大学ノートに下書きをしてから清書してました。原稿用紙にいきなり書くのは、恐くてできなかった。今でも、ものを書き始める人がどんなふうにして書くかということに興味がありますね。原稿用紙は四百字詰と二百字詰とどちらが書きやすいか、筆記具は鉛筆やペンやボールペンのどれを好むか、とかね。僕は久しい間、大学ノートに下書きをしないと、どうも安心できなかった。学生時代の癖も残っていたんでしょうけど、ノートの両側とか上下を少しあけておいて、そこへあとから随時書き込みできるようにして使ってました。今そのノートを見てみると、書き込みした部分はそれなりに、ある種の必然性があったことが解るし、原稿用紙にいきなり書きはじめるよりは、習練としてよかったような気がします。

このノートを見ると、「現代詩試論」の前に「シュペルヴィエル論」を書いているんですね。これは少し遅れて、西条ふたばこさんが当時出していた「ポエトロア」という詩の雑誌にのせたんです。おそらく西条さんも、「エリュアール論」を見て、それで依頼されたんだと思います。僕の文章を見て、三十代半ばから四十くらいの人間だと見当をつけていたらしいんですが、初対面の時、はたちすぎの若僧だったので驚いていました。一、二年してから初めて三好達治さんに会った時、君の「シュペルヴィエル論」は面白かったと言われて、こういう偉い人でもああいうものを読むのかと不思議に思いました。

「現代詩試論」が割合に問題になったもんですから、また「詩学」に続けて何か書いてくれといわれて、「鮎川信夫ノート」を書きました。「エリュアール論」「シュペルヴィエル論」などとともに『詩人の設計図』(一九五八年)に入っていますが、連載で戦後詩人論のようなものを書けって頼まれた記憶があるんですね。ところが鮎川さんについて書いてみたら、自分が強い関心と敬意を抱いている詩人に対してひどいことを言っている。何だか揚げ足取りのようなことまで言っている、という感じがして、嫌気がさしたように思うんです。それで続きを書くのをやめちゃったんだと思います。

そういうことのあとで、詩っていうのは一体どういうものなのか、自分はなぜ詩を書くのか、詩が存在するためにはどんな条件、あるいは必要があるのか、というようなことを、もっと落着いて考えてみようと思うようになりました。勤めから帰り、下宿で簡単な食事を済ますとすぐに、ノートをひろげて書いてゆくということを毎日つづけてやったんです。そうやって書いたのが「詩の条件」「詩の必要」「詩の構造」です。

これを書いた一九五四年には、「現代文学」も出なくなっちゃって、かわりに、詩人たちのグループを知ったわけです。「櫂」のグループや「今日」のグループで、そのうちに、同人にならないかという誘いを受けて「櫂」と「今日」に参加したわけです。僕の最初の詩集『記憶と現在』（一九五六年）に入ることになる作品を、一所懸命作っては、詩集の配列順序や構造をあれこれ考えていました。その時期に、「詩の必要」「詩の条件」「詩の構造」などを書かずにはいられなかったのは、僕にとっての詩論が、自分の詩というものを確かめることを第一の目的にして書かれたものだった、ということを意味しているように思います。これらのエッセーは五五年に書肆ユリイカの「現代詩論シリーズ1」で、『現代詩試論』として本になってるんですが、これが僕の個人的な著書としては最初です。最初に詩集を出したいと思っていたのが、詩論集が先になっちゃって、ちょっと残念な気がしたことをおぼえてます。

『現代詩試論』（一九五五年）を書いた頃には、美術について何か書こうなんて思ってもみなかったですね。ところが飯島耕一、東野芳明と僕の三人で、シュルレアリスムの本を読もうということになりました。三人とも大学時代に詩を書いていて、僕はエリュアールに夢中になり、飯島君はアポリネールやシュペルヴィエル、東野君は間もなく美術評論家として登場したわけですが、シュルレアリスムの詩や絵画がどうも気になってしようがない、という点で一致していたんですね。江原順ともそのころ知り合いました。彼はアラゴンの問題、とくにアラゴンにおけるシュルレアリスムとコミュニスムの問題を通じて、シュルレアリスムを検討しようと考えていたと思います。一方、飯島や僕は瀧口修造という人の詩はすごいと思っていた。その当時、瀧口さんを詩人としてそんなふうに見ることができた人はごく少なかったでしょう。武満徹さんなどもそう思っていたことはあとでわかったけれど、既成の詩人たちの中にはいなかったはずです。瀧口さんは美術批評家として知られているけれど、本当はたいへんな詩人だ、しかもその詩はシュルレアリスムと切っても切れないものらしい、これはどうしてもシュルレアリスムを知らなくてはならない——まあそういうことで、実に素朴に始めたわけです。ところが「美術批評」という雑誌の編集長だった西巻興三郎さんがそれを聞きつけて、もっと大勢の人を集めて会を作り、その討議を「美術批評」に載せよう、ということになり、たちまちにして「シュルレアリスム研究会」が発足してしまったんです。たしか東野君と僕が最初の報告者になり、シンポジウムみたいなことをやったんです。結局十数回ですね。「美術批評」が途中で廃刊になり、そのあと「みづゑ」に籍を移しました。シュルレアリスムに関して僕らが思いつくテーマを、そのつど一つずつたてて検討してみたというわけです。その結果、僕は「美術批評」という雑誌と繋がりができて、美術に関する文章を書くことになっちゃったんです。最初に書いたのが「パウル・クレー論」で、『詩人の設計図』に載っているものですが、冒頭にゲーテのエピソードをもっていったのなど、僕としてはそれなりに思い出すことの多い文章ですね。その後美術関係の文章をしだいに書くことになって、『芸術マイナス1』の中の「写真の国のアリス」、これは今度の著作集で芸術論IIに入るわけですが、とか、『詩人の設計図』の中の「シュルレアリスム」「自働記述の諸相」とかの文章ですね。ですから『芸術マイナス1』と『詩人の設計図』には重なり合う部分があるわけです。

時期的にいえば一九五八、九年から六〇年の頃は、ですから僕の中で、詩と美術が次第に接近してきて、まざり合ってしまった時期と言えるのか。美術について書くのは、初めのうちはかなりまごついたと思いますけども、それよりも魅力の方が強かったんですね。それに「美術批評」では同年輩の美術批評家達が活潑に書いていて友人になったし、宗左近さんや清岡卓行さん、中村稔さんや飯島耕一、谷川俊太郎君なども書いていたと思います。詩の雑誌でいえば、伊達得夫さんが出していた「ユリイカ」と照応しているところがあって、「美術批評」に書いている人が「ユリイカ」にも書くというふうな、相互乗り入れがあったんですね。ですから、美術の雑誌に書いているという特別な意識もあまりなかったように思います。

シュルレアリスムについては、僕は主にエリュアールの作品からそれに接することになったんですが、もっと若い人達は、ずっと深く突っ込んでいく人が出てきてますね。たとえば巖谷國士さんなどは、何といってもまずブルトンを通じてシュルレアリスムを追求していて、これは僕らにはできないことでした。日本におけるシュルレアリスム論は、僕らが手探りしはじめたころとは比較にならないくらい緻密で体系的なものになりつつあります。それにくらべれば、僕らのはずいぶん身勝手な接し方だったと思いますが、僕らの場合、自分たちの飢えている腹にとにかくこれを詰め込みたいという気持でしたね。僕らはどうもいつも飢えを感じている世代なんだな。自分自身をどうするかというさしせまった問題からの出発ばかりでね。ただ、意識してシュルレアリスムにぶつかったことで、その後の方向みたいなものも決まったところがあるという感じはしています。古典について考える時でもそういう風に思っています。

この巻には、「夏目漱石論」という大学卒業論文が入ってますが、漱石を取り上げた動機について言えば、ながいあいだ精神的に沈鬱で動揺していた時期に、漱石の作品、特に『行人』に関心を覚えたんです。主人公が考える内容にではなくて、どうしようもないねじれ方を持って事に処さずにはいられない、そのねじれ方そのものに関心を持ったわけです。生意気ですが、これは俺にずいぶん似てると思った。それが深入りするきっかけになったんです。また漱石の『現代日本の開化』など、決して鋭い文化論とはいえないし、鷗外などと比べれば切れ味が鋭くないのが一層よくわかりますが、その、鋭いと言えないところが、むしろ非常に迫力があるし、面白いと思ったんです。それに初期の短篇集もきらいじゃなかった。漱石の内部にわだかまっていた歌が、いろんなメロディで一気に流れ出したのだな、と思い、その一種独得の美しさに打たれたんです。まあ、そんなことがいろいろあって、卒論の対象に選んだわけですが、当時の東大の国文学科では、近代文学についての卒業論文などあまりなくて、近代を選ぶというだけで怠け学生と見なされる、といったところだったでしょう。

とにかくこの漱石論は、一九五二年の秋から十二月にかけて書いて、締め切り日にやっと間に合って提出したものです。夏のあいだ、いろいろな人の本から必要そうな部分を書き抜いて漱石文献ノートをとったんですけど、今手元にあるそのノートを見ると、引用しているうちに相手の考え方に腹が立ってきて、僕自身のコメントの方がながながと書かれているような個所がいくつかあります。漱石という人は、たとえば則天去私という理想に向かって作品の世界を高めていったのです、というような予定調和的な言い方をする、つまり漱石学に対して、とくに反感を持っていたんですね。僕は久しく自分の漱石論を読み返していないし、内容的にはひどいものだろうと思うんですけれど、敢えて手を入れずに発表することにしました。

それに関連して卒業論文を提出した直後に冬休みで帰省していた時、静岡県が文化的な事業のひとつとして当時出していたものだと思うんですが、「文化と教育」という雑誌から頼まれて書いた漱石論があるので、それも入れてもらいます。「文学者と社会」という文章です。

それと、今度はじめて振返ってみて思い出したものですが、親父の出している短歌雑誌「菩提樹」にいくつか書いた文章があります。旧制高校三年のときに書いた『きけわだつみの声』の感想と「伝統そのほか」という文章を、併せてここに入れてもらいました。後者など、今度読み直してみて、主題の扱い方など、呆れるほど今の僕の考え方にかさなり合うところがあって、自分がちっとも進歩していないことをあらためて感じた次第です。

「文学者と社会」とかそれから『現代詩試論』の中のいくつかの文章でも、勘でパッと飛躍していく癖が、若い頃の文章にはかなり多いようです。机の前にいる時、頭の中は興奮して、直観的に頭にひらめいたことは絶対に確かだと思って書いているんですが、今読んでみると、そういうものの中にはかなり激しい飛躍があるんですね。それに関連して、アフォリズム好みというんでしょうか、ずいぶんあるなあ。学生時代に愛読した小林秀雄全集とか、ヴァレリーの文章、フランスのモラリストたち、たとえばラ・ロシュフコーやラ・ブリュイエール、パスカルの『パンセ』などの影響が、そういうところに出ているのかもしれない。とにかく短い文句で、自分の頭に生じているもやもやした要素を、ざっくりと要約できないと不安でしょうがなかった。まあ青年時代独得の神経的な症状ですね、精神の。飛躍的な考え方を好むのは、僕自身の個人的な癖もあると思いますけれど。

しかし僕の詩についての見方っていうのは、『現代詩試論』の頃からちっとも進歩していない。詩ってのは、どうも、ある時期に見えたものが、それっきり見えつづけている要素があると思うんですね。「詩の必要」や「詩の条件」などを書いていた時期に、僕は僕なりの感じ方で、僕にとっての詩という現象を感じていたと思います。詩っていうのは、こういう形で俺の前に現われるんだっていうふうにね。それを言葉にしようと思って、毎晩やってたわけです。

先程、ヴァレリーなどの名をあげましたけれど、もうひとり、これは中学時代に「鬼の詞」という雑誌をやった時にリルケの名前を知って、翻訳でも仏訳でも、リルケのものはわりと読みました。ガブリエル・マルセルという哲学者の本を、リルケ論が入っているのにひかれて買って読んだりね。『現代詩試論』の中の文章で、リルケなども引き合いに出していると思います。僕がリルケから観念として受け取ったもので、ひとつの形式として頭に残ったことは、たとえば男と女の愛において、苦悩を通じて女の愛が現実の男よりもはるかに高いところまで達してしまう、という考えですね。リルケは、そういう図式をいつでも頭の中に持っていたらしい。あの人は非常に女好きの詩人だと思うけど、まあ現実にはどうだか知りませんけれど、少なくとも観念の世界では、女は非常に高められた存在になっていますね。その高められた存在の女っていうもののイメージについては、僕はかなりリルケから影響を受けたんじゃないかと思うんです。そのあと、エリュアールからも、そういうイメージを僕は受け取っているんですね。「エリュアール論」にはそういうことも反映しているだろうと思います。

日本の詩人から受けた影響は、菱山修三さんの後は、あまりなかったような気がします。ただ、それぞれの詩人の持っている、独得の質感というものには非常に関心があるんですね。つまり、その人が何を言っているかということよりは、何かを言っている時のその人の表情とか、ものの考え方のかしぎ具合とか、うしろ向き加減とか、そういう所に滲み出てくる文体上の特徴を見ることの方が好きだというのかな。ある人があることを言う時にちらっと見せる、その人の隠された部分、手触りのようなもの、そこのところで、この人は面白い人であるとかそうでないとかいう判定を、瞬間瞬間にやっているわけです。それが僕に詩人論や詩論を書かせるかなり大きな理由のように思います。ある語と語のあいだにちらっと出てくる表情というものは、やっぱり確かな、信じられるもののような気がします。本当は一番危険で摑みにくいものなんだけれど、僕は、危険で摑みにくいものにしか詩的な意味での興奮を感じないので。まあ、詩論を書くのは、そういう興奮を見付けるためにやってきたように思いますね。

大岡信著作集5

青土社　一九七七年五月　五七四頁　四六判　二四〇〇円

■巻末談話／日本的美意識の構造を探る■

この巻には『抒情の批判』と『芸術と伝統』、そして『超現実と抒情』の中から『抒情の批判』や『芸術と伝統』に入っていない文章を選んで載せてあります。『超現実と抒情』という本は、『抒情の批判』の一種の改訂版という形で新しく版を起こしたものです。

『抒情の批判』には、いくつか忘れ難い思い出があります。そのひとつは、この本が、発足したばかりの晶文社から出たことですね。友人の小野二郎さんが社長の中村勝哉さんに協力して、この出版社が始まったわけです。最初の出版が寺田透さんの『理智と情念』（下）という本で、一九六一年四月十日に出、その十日後に僕の『抒情の批判』が出ました。最初の本が上下二巻のうち「下」からというのは、出版史に残るね、と言ったものでした。小野二郎さんはそれ以前は弘文堂にいて、現代芸術論叢書の編集をし、その一冊として『芸術マイナス1』を編集してくれています。実は『抒情の批判』も弘文堂のその叢書でまとまる予定だったものが骨子となっているんです。弘文堂の出版事情で、芸術論叢書の企画が挫折してしまい、小野さんは弘文堂を辞めて晶文社の顧問格になり、それで『抒情の批判』が晶文社に移った形になったわけです。その後も、出版社を始めたばかりの人が僕のところへやってきて、話しているうちに親しくなって、そこから本を出すことになったことが何回かあります。できたばかりの小出版社から本を出すことが僕は割と多いんです。僕にとって、その最初の本だったという意味でも、思い出の深い本です。

それから、実はこの『抒情の批判』のあとがきに大変な間違いが書いてあるんです。中村勝哉さんも小野二郎さんも僕より若い人たちだって書いているんですが、ふたりはニヤニヤしながら知らん顔して、そのまま印刷した。実は、ふたりが僕より若いというのは間違いで、僕の方が先に大学を出ていたために、そう思い込んでいたわけです。のんきなものでした。

ちょうど『抒情の批判』のゲラ刷りが出た頃に、書肆ユリイカの伊達得夫さんが亡くなられた。一九六一年の一月十六日です。伊達さんは、僕にとっては大切な、いろいろな意味で非常に恩恵を蒙った人です。『抒情の批判』に載っている「保田與重郎ノート」や、その他さまざまな文章を「ユリイカ」に発表しているし、日ごろ非常に親しくしていた。その伊達さんが亡くなって、これは本当に衝撃でした。「ユリイカ」を中心に詩や文章を発表していた多くの詩人達にとっても大きな衝撃だったわけです。そういうことがあって、『抒情の批判』は故人となった伊達得夫に捧げています。

この本が出た直後に、晶文社に一通の手紙が舞い込みました。差出人は三島由紀夫さんで、本が出ると同時に買って読んだ、非常に面白かった、ということを書いておられた。それから三島由紀夫氏によるこの本の書評が東京新聞に出たり、雑誌「風景」に載った三島さんの日記の中でも、この本のことを激賞して書いてあったりして、三島由紀夫の非常に多数の読者が、読者のきわめて少ない大岡信という男のものも読まなきゃいかんと思ったのか、この本が突如として売れたんですね。当時の僕にとっては破天荒に思えるくらいで、三千部くらいでしょうか、たまげた記憶があります。その後『超現実と抒情』という本として改めて編成し直して、それは晶文社でいまも版を重ねております。本というものは、売れる時には少しは売れることもあるという発見をした最初の経験だったわけです。

『抒情の批判』の中の「保田與重郎ノート」は、一九五八年の初夏でしたが、「ユリイカ」に連載で詩人論を書かないかと、伊達さんに言われて書いたんですね。その時の二人の心づもりとしては、毎回読み切りで何人かの詩人について書くつもりだったんです。ところが保田與重郎について書き出したところが、結局は五回連載の長いものになってしまった。僕は文章を書く時の予定が組めない人間で、予めプランを立てるのが下手なもんですから、しばしばこういうことが起きるんです。この連載の総題は「詩人と青春」ということで、これは現在でも青春詩人というと、立原道造や中原中也などが読まれていると思うんですが、伊達さんが考えていたのも、昭和十年代の詩人たちとその青春の意味を考えてみるということだったわけです。僕は、そういう詩人達を論じる前に、保田與重郎について考えてみたいと思ったんです。

当時すでに、日本浪曼派についての橋川文三さんの文章が、「同時代」に発表されておりまして、非常に教えられることの多かった文章です。伊東静雄についての議論も割に多くなっていたような記憶もあります。それ以前に、竹内好さんの重要な文章がいくつかあって、それらの中で、日本のナショナリズムの問題を避けて通ることはできないと強調されていたわけです。たぶんそういうことの影響も僕の中にあったと思いますね。

しかし、僕は保田與重郎の名前は中学時代から知っていて、気になっている人だった。度々書いたり話したりしたことですけど、中学時代に「鬼の詞」という同人雑誌を出していました。その時の僕らの指導者だった中学の先生で、その頃二十

四、五歳の非常に若い先生ですが、茨木清さんという人が、僕らに「コギト」のことなどを時々話したんですね。話の中に保田與重郎という名前がしばしば出てきました。戦後すぐの時期に、禁句に等しい保田與重郎の名前を口にする中学の教師というのは、戦後の風潮の中ではユニークだったと思いますね。茨木さんは、保田與重郎をイデオロギー的な面で信奉していたのじゃなくて、たぶん橋川さんが保田を論じるのと似たような動機からだと思いますが、戦争中に学生だったので、間近かに迫っている死を見つめながら、その死というものをどういうふうに納得するか、あるいは、そういう死をのり超えて、どういう形で自分の精神の自律性を垂直的に確保するか、その問題で非常に悩んだ世代の一人だったわけです。そういう人々にとって、特に初期の保田與重郎の文章には、右翼イデオロギーというようなことでは割り切れない、近代知識人の苦しみを真率に語ったものとしての魅力があるんですね。僕らは、そういう保田像を茨木さんを通しておぼろげながら知った。それで、立原道造や伊東静雄を論じるにしても、そういう人々のサークルの中心にいて、最も影響力の強かった保田與重郎について考えてみないと、昭和十年代の抒情の意味も摑めないと考えて、連載の最初に保田論を書こうと思ったわけです。

こういう人の仕事も知らずに素通りし、ある日気がついてみたら、全く同じ軌道を繰り返していたというようなことがありえないでもないぞ——ということを考えていた。特に日本の文学の伝統を考えると、詩人や作家が辿るある特徴的な軌跡があって、一般的なパタンのひとつは、日本への回帰というものです。例えば萩原朔太郎の場合と、他の人達の場合と、内容が同じものかどうかは非常に問題ではありますけれども、日本への回帰というひとつのパタンがあることは確かです。昭和十年代だけでなく、詩人とか文学者が、自分たちの時代は過渡期のデカダンスに陥っていると感じ、出口のないところに閉ざされていて、この重苦しい感情の捌け口を見つけることが非常に困難である、というふうに自覚し始める時代には、保田與重郎的なものの考え方は必ず再生する。それくらいに思えるほど、この人の論理構造は、そういう心情の解決策に関しては、妥当性を持っているように思えたわけです。「保田與重郎ノート」の副題に「日本的美意識の構造試論」としたのも、ひとりの批評家を論じるのと同時に、今言った意味で、別の時代にもかなりの普遍性をもって甦ってくる可能性のあるものとして論じようと考えました。実際、一九六〇年代の後半に、似たような心的状況が生じ、三島由紀夫の死がその最も徹底した結論を示しました。

「保田與重郎ノート」についてはいろいろな人が批評してくれましたが、中でもよく覚えているのは「ユリイカ」の匿名批評です。「今月の作品から」という欄で、毎年ひとりで一年間の担当だったでしょうか、その五八年の十二月号に dam4 という人が書いておりまして、いろいろな連中を辛辣に斬り捨てている。「保田與重郎ノート」もやはりやっつけられています。dam4 氏が吉本隆明さんであることは、もう読んだ瞬間にわかったんですけれどね。「時世ヲ知ラズ、かね、悪心がなさすぎるよ。だがこの詩人のエッセイでは、はじめて、はっきりとものが云えてるね。詩人にしか通じない論理がフッ切レてなくなってきているのだ。この詩人の最上のものでしょうよ。しかし、保田は政治を知っていたが、この詩人は、まるで知らないで論じている。保田は時代の子だったが、この詩人は永遠の美学さ。喰い足りないのはそこさ」と書いてあります。これでも詩論のベスト・スリーのひとつに選んでくれているんですが、辛辣にこの論の盲点を指摘したものでした。僕は、保田與重郎について政治的な面から論じるのは初めから除外していて、むしろ日本人の美意識の構造を探るというところに自分の努力を集中してやったわけで、僕は大体いつもそういう傾向になるんですが、dam4 氏の批評はずばりとその性格を言い当てている。三島由紀夫さんは絶讃に近い批評をしてくれて、それも大変ありがたかったけれども、この匿名批評も印象に強く残っています。

当時僕は何人かの近代詩人についても書いていて、三好達治論、菱山修三論などが『抒情の批判』には載っていますし、『詩人の設計図』（著作集4に収録）に入れた立原道造論もこれに再録して載せました。また、同じ晶文社から続いて出た『芸術と伝統』には、金子光晴、西脇順三郎、萩原朔太郎、北原白秋についての文章が入っています。それから、戦争中のいわゆる青年詩人で、一般的なジャーナリズムの上にはまだ出ずに、同人雑誌によって書いていた人々、特にモダニズムの詩を書いていた人達についても、いくつか文章を書いています。

これらのうちで、「三好達治論」を書いた時、三好さんが非常に喜ばれたということを何人かから聞いて、逆にびっくりしたことがあります。三好さんについての文章はいくつか書きましたけど、『抒情の批判』に載っているのが最初のものです。そこで書いたことの眼目のひとつは、三好達治という人はクラシックな詩人で、完成された詩の書き手だと思われているけれど、実はそうではなくて、精神の中に非常に暗い部分、三好さんの言葉で言えばダーク・サイドを持っていて、詩を築いては崩し築いては崩ししている鬱情と憤りの詩人である、その詩は内面で多くのものを虐殺しつつ生きてきた人の禁欲の詩であって、完成された詩人などとはいうべきでない、ということでした。そういう指摘が三好さんには当っていると見えたのかしらと思ったりするんですけどね。僕は、三好さんの晩年に二、三度お会いしてるけれど、そういう話には一切触れなかったんで、一体詩人が自分について論じられる時、どういうところを喜ぶものかという、興味深い問題の答を聞きそびれたのを残念に思っているんです。一九六三年、僕がヨーロッパへ行く直前に、三好さんと対談した時、三好さんは上機嫌でいろいろ面白い話をしてくれました。帰ってきて間もなく、三好さんを尋ねるつもりでいたところが、亡くなられてしまったわけです。

『抒情の批判』の中に、短歌や俳句のことを扱った文章がありますけれど、短歌のことは、塚本邦雄さんとの論争という形のものですね。「短歌研究」という雑誌は、当時、新進気鋭の編集者たちが、新しい短歌を発掘して、それを一つの流れにまでしようと、奮闘していた。たまたま僕に、「難解派」と近頃いわれている短歌について論じてみないか、と言ってきたので読んでみたところが、現代詩の方向と非常に似通ったものを持っているように思えたんです。それで、中心的に問題になっているらしい塚本さんの歌をはじめ何人かの歌をとりあげて、近く見えたから逆に欠点を暴くのに性急だったかもしれないけれど、批判したわけです。

「短歌研究」の方では、急遽それを論争という形に仕立てて、僕の文章とそれに対する塚本氏の反論が同じ号に載りました（一九五六年三月）。当事者がこんなことを言ってはおかしいんだけれども、これはある意味では短歌の世界に一石を投じ、ひとつの時代を画することにもなったと思います。これは当時、「前衛短歌論争」として話題になって、歌人や俳人、詩人も含めて、総勢で二、三十人がこの論争に関連して何かを書いたんじゃないでしょうか。塚本さんと僕が取っ組み合っているうちに、まわりで何人もが取っ組み合いを始めるという形になったんですね。どちらが勝った負けたということではなくて、それぞれ言いたいことを言っているうちに、結局、そういう新しい短歌の出現とその存在理由がはっきりしてきたということでしょう。

その時に、最初塚本さんの俳句界における同志として出てきた俳人の高柳重信さんとも座談会で知り合い、親しくなりました。僕は高柳さんを通じて、現代俳句、特に戦後の俳人たちの作品を知ることになりました。短歌の方は、親父が歌を作っていますから、割に雑誌なども読んでましたが、戦後の俳句のことは、この論争のおかげで知るようになったと言えます。高柳さんが中心になって出しはじめた「俳句評論」という同人誌にもその後文章を書いたりしました。

日本の古典詩について書いた最初の文章は、五七年九月ですか、「ユリイカ」に書いた「人麻呂と家持」という文章だと思います。これは『芸術と伝統』に載っております。このあたりから、日本の古典についてもぼつぼつ書くようになったわけです。学生時代に『寺田透文学論集』に載っている道元論「透体脱落」という文章を読んでうたれ、道元の書いたものに強い関心を掻き立てられたんですけれど、その縁で「文学」の道元特集号に「華開世界起」という文章を書きました。これも『芸術と伝統』に入っています。一方で「水墨画私観」のようなものもこのころに書いています。文章と造形美術とのかかわりは、かなり以前から関心はあったのです。吉沢忠氏の『渡辺崋山』についての文章は、同人詩誌「櫂」の仲間である水尾比呂志君が「國華」の編集をしていて、水尾君に書かされたのですが、崋山に関心があっただけに、専門家にむかってずいぶん勝手なことを言っていて、冷汗ものです。これらが日本美術について書きはじめた最初のものです。

もう一方ではヨーロッパの美術についての文章もかなり書きはじめていますが、僕にとっては、どれも別々のことではなかったように思います。読んだり考えたりしてきたことの中で、もっとちゃんと知らなけりゃいけないと思っていたことに少しずつ取り掛かって、徐々に穴を埋め始めているという感じです。

今言ったヨーロッパやアメリカの美術についての文章では、『芸術と伝統』の中に「単独航海者の歌」が入っております。これは記憶に鮮かなんですけど、当時「中央公論」の若い編集者で、今は「海」の編集長の塙嘉彦さんが、アメリカの現代美術を中心にして何か書いてみませんか、ということだったんです。「中央公論」という雑誌にそういうものが載るなんてことはかなり異例なことだったんですけれど、東野芳明君や僕にそういう依頼があった。それで書いたのが「単独航海者の歌」で、これは詩と現代美術の問題とを一緒にして、現代芸術の行方を考えようとしたものだったと思います。アメリカの現代美術と、例えば司馬江漢や杉田玄白などが考えたこととを並列させ、その中に現代日本の芸術にとっての問題をも置いて考えるというやり方をしていまして、僕が評論を書く時のある型みたいなものが出ているように思います。自分が今いる場所をどういう点に見定めるかということ、自分の中では詩も美術も音楽も何もかも一緒くたになっているはずで、それをどう捉え、そこからどうクリエイティヴな要素をひき出すことができるか、ということを考えようとしたわけです。

『抒情の批判』について付け加えますと、「新しい抒情詩の問題」や「言葉の問題」という文章は、割に苦労して、一所懸命考えて書いた記憶があるんです。「新しい抒情詩の問題」はかなり荒っぽいものだと思いますけど、この中で、今の詩人はこういうことを考える必要があると思う問題を、自分でとにかく抱え込んでみて、それに何とか答えようとしているところがある。ひとつは、詩を考えるのは、日本語を考えることだということを一所懸命言っています。日本の抒情詩は、詩人たちに対して言葉の中にある種のみごとな小宇宙を見出させる性格をつよく持っている。小宇宙を見つけるということは、短歌や俳句に最もよく現われているように、詩の表現としては極限的な、実に見事なものになってはいるけれど、それが同時に、現代の詩人にとっては大きな問題をつきつけるものでもあると思うのです。日本語というのは、極度に洗練されて深い象徴性を獲得してしまうが故に、逆に小宇宙の閉鎖性を生み出す性質もあるのではないか、ということですね。短歌や俳句など、極限的に完成された詩型を作ってきた日本の詩の中に、異質の新しい要素が生じ得るとすれば、それは批評性の問題ではないか、と僕は考えていたわけです。「言葉の問題」という文章でも、結局そういうことを考えようとしていたと思います。

このあたりの文章は、僕自身読み直して、もう一度ちゃんと考えなければならない問題を孕んでいると思いますね。僕は自分の書いた文章をあまり読み返さないんですけれど、時々必要があって読み返すと、二十年も二十五年も前に書いたと同じことを、いまだに言っているんで、自分でも呆れたり驚いたりすることがあるんです。現在僕がいろいろな形で書いていることは、やっぱりこの当時の延長線上にあるんだろうな。そして、当時かかえていた問題の方も、依然として問題でありつづけているのですね。

大岡信著作集6

青土社　一九七七年一一月　五一七頁　四六判　二四〇〇円

■巻末談話／出合いから生まれる要素■

この巻に収めた詩論は、『文明のなかの詩と芸術』『現代芸術の言葉』『言葉の出現』の三冊の本からとられております。『文明のなかの詩と芸術』『現代芸術の言葉』の他の部分は、「芸術論Ｉ」として別の巻に収めてあります。

この中では『文明のなかの詩と芸術』が一番早い時期に出したものです。目次を眺めて思い出すのは、一九六〇年前後のことです。つまり安保条約問題で騒然としていた時代です。詩の雑誌に載る詩論なども、調子の高い、危機意識に急迫されているという調子のものが多かったですね。僕の文章でいえば、「創造的？」「終末の思想と詩」などの文章は、やはり当時のそういう世相を反映しているんじゃないかと思います。「終末の思想と詩」では、詩の問題と現代の自然科学との関わりということを語っているわけです。水爆の脅威というようなものが、現実の可能性として、われわれの頭上にのしかかっているような時代には、文学や芸術が様々な時代に育ててきた、その時代独特の形象をともなった終末観というものも、予見される破壊のあまりの広範さ、あまりの徹底ぶりのため、想像力の関与する余地もないほどに漂白されてしまうのではないか。つまり、終末観というものが過去において持っていた衝撃力が、今や失われつつあるのではないか。そういうことについて書いたわけです。この文章の中で、神経衰弱的な主題だということを言っておりますけれど、実際そんな性質のものであろうと思います。僕のそれに対する対し方は、本文にもあるように、そういう時代だからこそ、もう一度われわれの本質をなすところの言葉というものを極めるために、言葉の内面に錘を垂らしてみようではないか、ということでした。

僕がこういう文章を書いた時期には、いわゆる六〇年代詩人と言われる、僕より少し若い詩人達が、言葉の拡張可能性といいますかね、そういうものを求めて勢いよく飛び出しはじめていました。その人達の仕事と僕自身の考えとは、内的には繋りがあり、外的にはかけ離れていた、と言えるかもしれません。もっとも、時間がもっと経ってみれば、五〇年代とか六〇年代とかいっても、それらは時間の流れの中ではあまり区別のない点か線のようなものになって、大して違わないように見えてくるかもしれません。

この本の編集をしてくれたのは、当時思潮社編集部にいた川西健介さんで、彼がいろいろな文章を集め、並べて、とにかく一九六〇年代半ばの出版物としての意味を持ち得るものを作りたいということで出来た本です。本の表題もそういう意味合いを強く持っていました。ですから、「終末の思想と詩」をはじめ、この本に入っている詩論は、比較的そういう性質の強いものが多いのです。「覚書」という文章も、「創造的？」もそうだと思います。

この中の「素描・現代の詩」という文章は、読売新聞に短期連載したものです。「ある出版屋の死」というのが連載第一回で、書肆ユリイカの伊達得夫の死について書いたものです。伊達得夫は、売れない詩の本をコツコツ出して、四十一歳で死んでしまった。今の僕の年齢より五つも若い時に亡くなったわけで、考えると非常に不思議な気がしますけど、そういう中途で斃れた人のことを冒頭に置いて現代の詩について書き始めたところに、僕の当時の心理状態が端的に出ていると思うんです。読売新聞がこういうものを書かせて紙面にのせたのは、当時としてはかなり思い切ったことでした。いや、今だって、もしこういうものがのったら、かなり異色でしょうね。考えてみると、新聞の文化面は当時よりも一般にずっと保守的になっているかもしれません。僕は現代詩というものが大勢の人に分かられるようになるとは思えなかったし、今でも思っていないわけです、本音を言えば。だから、伊達得夫という中途で斃れた人のことをまず書き、つづいて現代詩の中でもいろいろな試みのことを書きましたが、話は冒険とか実験とかいう言葉を多く使う方向のものにならざるをえなかったわけです。

個人的なことを言いますと、僕は一九六三年の三月に読売新聞社を辞めて、その数カ月後にこの連載を書いたわけです。普通だと、自分勝手に辞めた男にその新聞が連載を依頼するなんてことはあまりないでしょうが、僕は在社中から文化欄に署名原稿を頼まれて書いたりしていて、少々特別に扱ってもらっていました。現代詩とか、現代美術についての文章だったからそんなこともありえたわけで、もし僕が小説を書いているような人間だったら、そうはならなかったと思いますね。「素描・現代の詩」と同じ形で、現代の音楽については秋山邦晴君がやはり短期連載し、美術についても誰かが書いていたと思います。

「小説についての空談」という文章は、まったく「空談」というほかないような文章ですが、当時は小説について、自分なりの夢もありましたから、そういう気分はこの中に濃く反映していると思います。

もうひとつ小説について書いた文章があります。『言葉の出現』に収めた「大岡昇平の無垢の夢」で、僕なりに一所懸命書いたものです。大学の卒業論文に『夏目漱石論』を書いたあと、あまり小説や小説家について書くこともありませんでした。詩というものについて考えるだけでも手一杯で、小説について書くということもなくなっていたんですね。この大岡昇平論は、講談社の「われらの文学」シリーズの大岡昇平集の解説として書いたものです。僕のところにそんな依頼が来たのは、昇平さん御自身の希望だったように聞いた記憶があります。これを書いた時、ひと夏、海辺へ行くにも山に登るにも、大岡昇平の本ばかり持ち歩いていたような気がします。他の人が書いた大岡昇平論はあまり知りませんから何とも言えませんが、僕の論にも少しは取柄があったのではないかと思っております。

『現代芸術の言葉』に入っている詩論についてお話ししますと、「芭蕉私論」は、僕が芭蕉についてまとまった文章を書いた初めてのものだったと思います。かなり緊張しているから、文体にもそれが出ているかと思いますし、今読んでみると、背伸びして書いていることが分かります。しかし論旨としては、現在僕が考えつくほどの問題にはほぼ触れているので、まあ人間は少々背伸びしても、やれる時には思いきってやった方がいいということでしょうか。

「話し言葉と自働記述」という文章は、走り書きのようなもので恥ずかしいんですが、これには個人的な思い出があります。原口統三の『二十歳のエチュード』などをお読みの方なら知っている名前だと思いますが、橋本一明というフランス文学者がおりました。僕も一高時代に、一明さんが長髪をなびかせて、由井正雪みたいなスタイルで大学の寮の庭を颯爽と歩いている姿を、遠くの方からおそるおそるながめていた記憶があるんです。後に知り合ってみると実に優しい人で、フランス文学の世界では、いろんな人に愛され、慕われた人でした。橋本さんは、伊達得夫とほぼ同じ年齢で亡くなりました。その橋本さんあたりが、たぶん中心メンバーだったと思いますが、「世界文学」という季刊雑誌が冨山房から出てました。そこに何か書けと言ってこられたんです。僕は外国文学の秀才たちを中心にした雑誌などにはとても書く自信がなくて、最初は書けませんと断わったんです。しかし橋本さんはおだて上手で、とうとう書かされてしまいました。単に外国文学のことというのでなく、僕自身の関心に直接ふれるものについて書いたわけです。

「季節と形式」という文章は、現代俳句・短歌について書いたものです。戦後の前衛俳句の作者たちの中にある進歩主義、言葉についての楽天的な考え方に疑問を呈したものです。特に季語という「言葉」の世界についての考え方が、あまりにも近代文明社会の季感の変化に順応し過ぎる点などに異を立てたわけです。金子兜太さんの文章などを引いてやっつけていますが、これを受けて金子さんも反論を書きました。しかし僕がここで書いたことについて改める必要は今も感じておりません。

短歌についての部分は随想みたいなものですけど、一九六〇年代後半の時期に、現代俳句・短歌という短詩型文学について、僕が考えていたことのあらましは出ていると思います。伝統を守らなきゃならないという立場、それに極力反対する立場、二つありますが、僕自身はどちらか一方に与することはできない。言葉というものを考えていくと、そう簡単にオレは伝統派だとか、前衛派だとかと言えないよ、と思うんです。それを説明しようとすると大変複雑になりまして、場合によっては論争になることもあるけれど、こういう論争はあまり意味がないんですね。結局、何年もかけて自分自身の実作で例証し、証明していくことしかないと思ってます。

『言葉の出現』という本には、いろんなスタイルの文章が入っております。「現代詩の出発」「現代詩と『言語空間』」という文章は、詩の歴史に関わる、少々固い文章です。特に「現代詩の出発」は講座「日本文学」に頼まれたもので、こういうものを書くのはいつも苦労するんですけど、これもそうで、内容が固苦しいものになり、こういう文章はあまり書かない方が幸せだと、あとになって思いました。

「現代詩と『言語空間』」は、当時学芸書林にいた武田文章さんが僕の所に見えて、現代詩のアンソロジーを作ってほしいという依頼をされたんですが、それの解説として書いた文章です。本来ならば、そこに選んだ作品について解説するのが常道だと思いますが、僕はここで、現代詩の言語表現の特徴を主題として書いたわけです。それから、このアンソロジーには現代短歌・俳句もいくつか選んで入れましたが、これは僕にとっては自然なことだった。現代詩というものが、現代短歌・俳句との緊張関係を自覚せずに書かれている状態は、どうしても不健康だという気持が僕にはあるわけです。その説明はちょっと簡単ではないんですけれどね。

本のタイトルにもなっている「言葉の出現」という文章は、

僕自身にとっても重要な意味を持っていたと思います。これを読んで、何人かの人が面白かったと言ってくれました。そのひとりが寺田透さんなんですが、今まで僕が書いた文章の中で、僕自身のことはあまり書かなかったけれど、この文章では自分がどう詩を書くかということを言っていて、それが面白かったという意味のことをおっしゃっていました。

確かに僕は、自分はこういう書き方をしているというようなことはあまり書かない方です。まあ日本の詩人が書く詩論は、一般に、おれはこういう独自なやり方だぞ、他の人とは違うんだ、というかたちのものになることが多いように思いますけど、僕は初めからそういうことにはあまり興味がなかったと思いますね。今までの人類の歴史の中では、自分と同じようなことをやっていた人間は、洋の東西に及んで少なくないに違いない、自分が今現在考えていることなど、それだけでは全く大したものじゃない、そういう実感があるんです。

ただ、他の人と声を交す時には、僕自身が単独では言えないようなことも言えることがある。また他の人も、僕の方から声をかけていけば、たとえば一千年前の紀貫之でもいいですけど、初めて新しい声を出すかもしれないような不思議さが、彼らの残した言葉を手がかりとしてありうる。そういう気持をもっているんですね。そのくせ僕は社交性に富んでもいないし、人見知りがはげしい人間なんですけれど、人との出合いから生まれるそういう第三の要素の存在は信じているんです。理論的に説明しろと言われてもできないんですが、直観的な人間理解の仕方として、どうもそういうところがある。詩がひらめく場所も批評がひらめく場所も、どうもそこに根があるんじゃないかという気がしているわけです。

たとえば詩人論を書く時には、もちろんその人を徹底的に知ろうとするけれど、同時に、僕がその人について書くという行為を通じて、相手に新しいものが付け加えられるのだと思っているんですね。これはあるいは、T・S・エリオットを読んだ影響などが、東洋的、日本的な変形として出ているのかもしれない。ですから寺田さんがおっしゃったことは、僕には非常に面白く思われたんです。つまり「言葉の出現」でやったのは、自分自身を外に押し出す、脈絡を立てて自己主張するということとはむしろ反対の行為なんですね。むしろ自己主張をできるだけ押えることを方法的に実行して、それによって、裏返しに自分を書くという方法です。僕が自分を出そうとしたようにみえるものが、そういう形をとったということが、自分でも考えてみると面白いのですね。こういう行き方は、自分なりにシュルレアリスムに関心を持ってきたこととも関係があるかもしれません。また、その後書くことになる「うたげと孤心」という文章にも、これは理論的に繋がっているわけです。

「言葉の出現」という文章についてもうひとつ言っておきま

すと、何人かの人が面白く読んでくれたということは、ちょっと皮肉なことでもあるんです。これは、ある写真集をパラパラと繰っては頭に浮かんでくる言葉をそのまま書き写していったノートと、そこから得られたイメージをふくらませたり、ねじ曲げたりして詩の形にしたものと、二つを並べて経過報告をしたわけです。ところがその走り書きのノートの方が面白かったという人もいて、僕には痛し痒しみたいなことだったのです。僕自身としては、原材料を加工して作ったものの中に、僕にとって重要なものを入れることができたと思っているわけですから。

確かに、頭の中に浮かんだものをそのまま文字にしてゆく、シュルレアリスムのオートマティスムの方法のようなものの魅力はあるだろうと思います。ただ僕には、やはり詩に意味を強く求めるところがあるんですね。もちろんこの「意味」という言葉の「意味」が問題ですが、通常理解される意味での意味というものを超越したところに詩の未知のひらめきがあると信じる一方で、それをとらえうると無邪気に信じるには、すでに自分が十分にすれてしまっていることも感じます。しかしそれは感覚的な実感というよりも、今まで書かれてきた詩の歴史を眺めてみて、そういう歴史意識を含めた上での実感として、そう思うわけです。

「詩と詩人抄」というタイトルのもとに収めた短い文章について、ちょっとお話しします。これらの文章は、それぞれ書いた時の気分は割合によかったものなんです。短い文章ばかりなので、僕にとって問題となることを、簡単に書き記すだけに留まっていますが、しょっちゅうこういう文章を書いていられたら幸せだという気がある、そういうものです。「火をください」という文章は、自分にとっては妙に生ま生ましい実感のある問題を扱っていた、そういう記憶があります。

もうひとつ僕にとって大事なのは「わが寺田透入門」という文章です。たびたび申し上げたかと思いますが、寺田透先生は僕の高等学校時代の語学の先生で、その後もいろいろな意味で教えを受けています。ここに載っている以外にも、寺田さんについて書いた文章がありますし、寺田さんの本の書評も僕はわりにたくさん書いております。言語論とかバルザック論とか、フランス文学関係のものについては、とても僕の手には負えないところがあってあまり触れていませんけれど、寺田先生が本を出すたびに、書評新聞などから書評の依頼を受けるという年月がかなり長く続いてきましたね。つまりそのくらい、他に寺田透について書く人が少なかったんですね。今でも絶対数がそう多くなっているとも思えませんけど、僕にはなんとも不思議でなりません。

短歌、俳句についての文章がこの本にも載っておりますが、これらは『現代芸術の言葉』に入っている現代俳句・短歌についての文章と、大体同じ時期に書いています。「現代俳句についての私論」あたりの時期に戦後の俳句を少々読み噛り出し、それについて書くようになったわけです。塚本邦雄さんと僕との、いわゆる前衛短歌論争が起きた時に、その波の中で知り合った俳人の高柳重信さんに口説き落とされて、高柳さんがやっていた「俳句評論」という雑誌の俳句の賞の選考委員までやったりしました。そういえば、詩の雑誌ではそれ以前からH氏賞の選考委員などにならされていました。早い時期から、賞をもらうよりも出す側にまわらされるという妙な役割の位置に置かれてきて、いまだにそれが続いています。まあ、だれかがそういう役割を背負わされることになるわけで、仕方のないことですけれど。

　俳句については、そんなことで、しだいに何か書けという依頼がふえたわけです。ここに入っているもので、富沢赤黄男についての文章がありますが、この人は高柳重信さんが最も尊敬して師事していた俳人です。富沢赤黄男が、僕の愛読した菱山修三の作品に関心を持っていたりしたこともあって、僕もこの人には興味を持ちました。富沢赤黄男などを読んでいるうちに西東三鬼のことも知るようになり、次第に拡がってきた。短歌については、僕は少年時代から読んで親しんでいましたし、ここに出ている岡井隆、島田修二、佐佐木幸綱の三人は、個人的にもよく知っている人達です。

　こうしてみると、短歌や俳句についての文章がかなりあるので、我ながらびっくりします。繰り返しになりますが、それらについて書いたのは、現代詩というものを考えていく上で、短歌や俳句のことを考えずに済ますのはどうも釈然としないという思いがあるからです。僕は現代詩が短歌・俳句のような定型詩に単純に接近した方がいいと考えているわけでは、毛頭ありません。近頃、歌人の中にはそう思っている人もいるようですけれど、このことははっきりと言っておきたいと思います。日本の近代詩を考える上で、詩と短歌・俳句というものをハナから別物と区別して考えるのは、それぞれの歴史に照らし、また「日本語の詩」というものを考えてみて、いかにも不自然だ、だから僕は自然に考えたいということでやってきたにすぎないわけです。

大岡信著作集7

青土社　一九七八年一月　五二〇頁　四六判　二八〇〇円

■巻末談話／詩史を書くということ■

　『蕩児の家系』という本は全体として、「大正詩序説」「昭和詩の問題」の部分と、「戦後詩概観」の部分に分かれています。

しかし、大正時代から戦後の現代詩まで、僕なりに筋道を立ててみたいという気持で書いたものなので、内的な繋がりはあるはずです。

「大正詩序説」と「昭和詩の問題」は雑誌「文学」に飛び飛びに書いたものですが、当時は、こういう国文学関係の雑誌に現代詩に関する連載が出るということがあまりなかったので、どういう観点から書くか、論の組立てかたに苦心したように記憶しています。いわゆる詩史というものはとても書けない、しかし、自分がもし詩史というものを書くなら、これらの点には特に留意するだろう、ということを重点的に取りあげつつ、大正時代から現在に至る口語自由詩の私的な素描を試みてみよう、ということで始めました。

「大正詩序説」の中で、山村暮鳥の『聖三稜玻璃』について論じております。とりわけ「A FUTUR」という散文詩などに見られる特徴を通じて、一般に口語自由詩あるいは現代詩が抱えている問題を裏面から照らし出すような方法を取っているわけです。「A FUTUR」という作品は、意図においては斬新、しかし結果においては危なっかしく頼りない、そういう二面性を持っていた。これは昭和期のモダニズムの詩や戦後詩にまで通じる大きな問題点であろう、と思ったわけです。『聖三稜玻璃』は、前衛的な言葉の実験という意味で、昔から評価は高かったけれども、そういう場合に取り上げられるこの詩集の作品は、主に短い行分けの詩でした。

「A FUTUR」を取り上げたのは僕が最初ではないかと思いますが、感覚的な鋭さという点で、『聖三稜玻璃』の中でも注目すべきものです。ところが同時に、この作品には、作品の芸術的統一という点から見ると整わない部分があるし、古めかしい情緒も流れている。暮鳥はキリスト教の牧師でしたが、そういうキリスト者としての彼の資質とも関係があるんでしょう、神秘的、瞑想的な鋭い直観というものがこの散文詩の中にはひらめいていた。そういう性質全部をひっくるめて、ここにはいわゆる現代詩に関して問題になりうるいくつもの要素がある。で、この作品を大正時代以後の詩の一代弁者、あるいは一サンプルとして論じることもできるのではないかと考えたわけです。実際、口語自由詩の発生以来、暮鳥の「A FUTUR」のような作品はいつか必ず出現する可能性があったと言えると思います。

暮鳥の作品を取り上げたことの背景として、例えば蒲原有明や上田敏などの仕事が、日本近代詩の歴史の中にいまだにどうもはっきりとは定着していないという事実が、いわば盾の裏面の問題として僕の念頭にありました。この文章で僕は寺田透氏の文章を引用したりしながら書いたのですけれど、蒲原有明の仕事の中には、実は正統な自然主義的発想によって進められたといわねばならないものが色濃く存在していました。ところが現実には、有明を猛烈に攻撃して詩の世界の第一線から早々と追い立ててしまった勢力が、日本の自然主義者たちでした。

日本の近代詩の最初の成熟期に生じたこのような矛盾した動きは、その後も何度か繰り返されつつ現在に至っているのではないかという気がしてなりません。ある人の仕事をその内実において詳しく検討することなしに、そのある局面だけを捉えて——有明の場合には言葉があまりに高踏的であるといったような一面を捉えて——さっさと過ぎ去るべきものとして非難攻撃する。そういう所には、大変せっかちなものの考え方があった。集団的な付和雷同性というものがあったと言えます。

同じようなことが、大正の末から昭和の初めにかけてモダニズムが発生した時期にも繰り返されました。モダニズムの思想とは、都市化された文明社会において、それに適応していこうとする衝動を根本にもっていたので、そういう観点から、例えば春山行夫が萩原朔太郎を猛烈に攻撃するというようなことが生じました。詩をその言葉の内実においてとらえるよりは、むしろその意匠の新旧において論じるというようなことが行なわれました。そういうことが詩の世界での批評というものをずいぶん薄っぺらなものにしたと思います。僕はそういう行き方はつまらないと思った。ですから、むしろ忘れられているような詩人に光を当てることに興味があった。

僕が初めて書いた日本の現代詩人論は「菱山修三論」(『抒情の批判』・著作集5所収)ですが、僕がこれを書いた当時、菱山修三は詩壇から無視され、拒否されているような人だった。個人的には僕は学生時代に読みふけったこの詩人からの影響を断ち切るつもりでその論を書いたのですが、それを発表するについては、言うまでもなくそういう人の仕事をもう一度皆の目の前に引っぱり出してきて、再評価を求める、それが僕の第一の衝動でした。

蒲原有明の言葉が高踏的だということを言いましたが、つまり日常語でない、文学語を使っているということですね。例えば高村光太郎、あるいは西脇順三郎や金子光晴は、有明や上田敏や薄田泣菫などが文学的な言葉で書いていた時代には、自分たちには詩は書けないと思っていた、そう言っております。それは僕もある意味で同感するんですが、しかし有明や泣菫がなぜそういう言葉まで使わなければならなかったかということを、もう少し彼らの立場で考えてみる必要もあろうと思います。彼らにとっては、新しい時代の感情の細部を精密に書くためには、目の前にある日常語だけでは不足だったという事情があった。そういう動機から古い時代の言葉にまで手を伸ばしたわけなんで、つまり新しい時代感情をより精密に表現しようと念じて、ついに古語までも動員することになった。そういう問題は、時代と芸術家との運命的な出会いの問題なので、これを好き嫌いで簡単に割り切ってはしまえない問題だという気がいたします。少なくとも、詩史に類した文章を書こうとするときは、そういう問題に直面せざるを得ないと思います。

「大正詩序説」という文章で言いたかったことは、時間は順々に過ぎてきたけれど、その間に解決されずに残ってしまった問題はたくさんあるのではないかということです。三好達治が指摘していることですが、『月に吠える』という詩集は多くの人に読まれ、影響を与えたけれど、にもかかわらずそこからは何ひとつ生まれなかった。蒲原有明が北原白秋や三木露風を生み、白秋が萩原朔太郎や室生犀星を生んだ、というふうには、『月に吠える』は何かを、あるいは誰かを、生み出しはしなかった。三好さん自身、朔太郎を師と呼んで尊敬していたわけですが、三好さんの詩の中に朔太郎から受け継いだものを探してみても、はっきりしない。

もっとも現代の詩は、洋の東西を問わずこういう問題を抱えているんですね。ただ日本の場合にはもうひとつ特殊な事情があります。つまり明治時代に詩において使われていた言葉が大正・昭和になると使われなくなっていく。つまり、明治の新体詩人たちは、文語定型で詩を書いていたけれど、それはやがて文語自由詩になる。高村光太郎、萩原朔太郎、室生犀星などがこの系列に入る仕事をしておりますが、明治の末から大正にかけて、彼らは文語自由詩、ついで口語自由詩に転じ、そのジャンルでの最初にして最良のものといえるいくつかの詩集、たとえば『道程』とか『月に吠える』その他を作ってしまった。この場合、興味ぶかいのは、高村、萩原、室生といった人たちは、すぐれた文語定型詩をも書く能力があって口語自由詩を書いたんです。それが彼らの当時の詩の美点となっていると感じられる。詩人たちが文語を使いこなせなくなってくると、言語表現におけるある種の型の意識も当然薄れてきます。三好達治がしばしば嘆じたのは、口語自由詩になってから、なし崩しの裾野の広がりと、頂上の低下という二つの現象が生じたのではないかということでした。どうも認めたくない説ですが、しかしこれは現代詩に関する大きな問題として残っていると思います。現代詩について考える場合、短歌・俳句、つまり和歌・俳諧の歴史を、もう一方の秤の皿に載せてみなければいけまいと僕は思っています。その問題をさかのぼって考えていくと、明治の末から大正の時期に生じた一連の現象にぶつからざるを得ない。口語自由詩の旗手であった高村光太郎や萩原朔太郎が、その晩年に再び文語詩を書いているということも、個々の事情を越えて、何かしら解決され切っていない問題があったということでしょう。僕自身、口語自由詩というものを書いていますけれど、詩の書き方の中に文語的な骨組みを生かすということは、決して馬鹿にならない問題だと考えて、自分なりに試みています。自分のささやかな試みをしながら、同時に歴史的な視野で自分の仕事を考え、他人の仕事も考えようというのだから、どの道壮大な理論体系による詩史なんてものは書けそうもありません。

大正詩のことばかりお話ししてきたようですが、今のべたようなことは『蕩児の家系』という本全体の基調にもなっていて、昭和詩についても「口語自由詩の運命」の項で同じことを繰り返し述べております。「口語自由詩の運命」には安東次男さんの「現代詩の展開」という文章に触れて論じたところがあります。安東さんは、昭和初年代から十年代、文学にひかれる青年たちにとっては、詩人といえばむしろ小林秀雄や保田與重郎であった、そういう意味のことを言っているわけですね。それらの青年たちは、フランス近代詩やドイツ・ロマン派の作品を読み、日本の現代詩では三好達治、中原中也、立原道造、伊東静雄、あるいは文語詩の萩原朔太郎を好んで読み、北川冬彦や安西冬衛、北園克衛、草野心平などの作品は必要としなかったと。

僕は安東さんの意見はよく分かるんですが、例えば荒地グループの人たちだったら全く別のことを言うだろうということも考えずにはいられない。荒地の人たちにとって安西、北園、村野四郎といったいわゆるモダニズムの詩人たちは、親しい先輩筋と考えられていたし、T・S・エリオットやオーデン、D・H・ロレンスなどアングロ・サクソン系の詩や文学を愛読していたに違いない。つまり安東さんの言っているような青年だけでなく、モダニズムの影響を受けた青年たちも同時にいたわけです。

別の言い方をすれば、フランス語あるいはドイツ語を学んだか、それとも英語を学んだかという偶然のちがいのために、その後のグループ形成も、また書く詩のスタイルも別のものになってしまうという、実に不思議な現象が、日本の現代詩にはあったということです。僕は安東さんの書いたことに示唆を受けてそういうことを考えたわけですけれど、考えてみるとこういうことは案外馬鹿にならない問題を投げかけているのではないでしょうか。こういうところには、近代以降の日本のかかえている問題が、いわば縮図のように現れているともいえます。

僕は全体を十分に見渡すなんてことはとてもできませんけれど、どうもどちらか一方の考え方だけでは満足できない、居心地が悪い感じがする。何とか、自分自身が納得できるような形で、そこのところを考えてみたい。それが、たとえば安東次男や荒地グループの詩人たちのあとから歩き出した者としての、いわば務めであるような気がする。そういう意味で『蕩児の家系』という本は、でこぼこの多い本だろうと思いますが、自分としてそれなりに自負も持っているわけです。

口語自由詩の問題についてもう一言付け加えると、実は演劇の方でも同じようなことがあるんですね。早稲田小劇場の鈴木忠志さんから、「口語自由詩の運命」という文章の中に演劇の問題を読んだという話を聞いたことがあります。それは確かにそうなんですね。詩でいえば和歌・俳諧にあたる能や歌舞伎から、文語自由詩にあたる坪内逍遙らの演劇改良運動を経て、新劇、つまり口語自由詩になったわけです。これは演劇の場合だけでなく、音楽でも美術でも舞踏の世界でも、みな同じ問題を抱えているんじゃないでしょうか。それらの芸術ジャンルはすべて、僕の言うところの「蕩児」なんですね。例の放蕩息子の物語のように、現代詩も現代演劇も、親元を離れて、現在放浪中であるということになるんじゃないでしょうか。日本の場合には、先ほどお話ししたように、他の国よりも言語が複雑な変化をしたために、困難もより大きいかもしれない。しかし視野を広くとれば、二十世紀の文学・芸術は、いずれの国でも放蕩息子の彷徨という形になっていると思います。帰宅するかどうかは分からない。出たつもりでいるのが、まだ家出する前の状態に留まっている人もいるかもしれない。それはよく分かりませんですがね。

以上のような次第で、『蕩児の家系』という論集は、僕が見た大正以後の日本の現代詩のいくつかの症状に関する診断書といったものになっているかと思います。それにしても、思潮社の「現代詩大系」七巻の解説として書いた「戦後詩概観」という文章は、非常に書きにくかったように憶えています。現代詩について書くときは実に重苦しさを感じるのですけれど、これを書いた当時は特に難しかったような気がします。いわゆる六〇年代詩人といわれる人々がそれぞれ詩集を出し始めていて、現代詩においても、言葉を扱う態度にある種の変化が生じそうな感じがあったからです。今考えてみると、実際に変化した面もあるけれど、途中でうやむやになってしまった問題もあると思いますが。そういう書きにくさもあって、「はじめに」という項では何度読み返しても新鮮な「本」とはどういうものか、といったことについて一般論を書いています。現代詩がそういう「本」でありうるか、という問いがいつも僕の中にはわだかまっているため、そのことから書き出したわけです。所々で具体的な作品を引合いに出しつつ、そういう問題についても触れることができたと思いますけど、とにかく書きづらくて、僕の文章ができないために「現代詩大系」の刊行が徐々に遅れたという記憶があります。

僕と同世代の詩人たちについて書いた「感受性の祝祭の時代」というタイトルは、その後一種のキャッチフレーズのようになったようですね。キャッチフレーズというものは善し悪しで、自分がキャッチフレーズみたいなものを作るのはあまり好ましくないと思ってますが、やむを得ずそうなってしまうこともあるようです。

詩史を書くということは本来難しいことだし、僕自身、すべての詩集を隅々まで読んでいるとは言えませんから、それは辛いわけです。近頃は文学部の学生でも個別研究をやる人が増えて、文学史とか、ある時代を総括的・包括的に展望する論なり研究なりをする人は非常に少なくなっているそうですね。危険なところには近づかない利巧な行き方で、それはそれで結構なんだけれど、僕にはどうもそういうのは性に合わない。もちろん文学史が性に合っているわけではないですけれど、ある個体について書く時には、その個体が位置している場とか体系とかが気になるんです。ですからそういう仕事をやらなければならないと思えば、少々無理を押してもやってしまう。この『蕩児の家系』という本はいずれにしても、ちょっと無理して書いています。こんな本をたびたび書く気はしないという意味で、逆に思い出の深い本になっています。

　この本が出て間もなくの頃、山本太郎さんから「オレが今から言うことにイヤだといってくれるなよ」という電話があって、この本ならびに僕の批評活動に対して歴程賞を与えることになったから受けてくれということでした。詩人たちが集まって選んでくれた賞ですから、喜んでありがたく頂戴しました。まあ詩史というものはいろんなやり方で書かれ得るし、実際に書かれているわけですが、できればもっと若い詩人たちの中から、僕などとは違う観点に立って現代詩史を書いてくれる人が出るといいな、と思っています。

　『現代詩人論』という本の中のいくつかの文章は、すでに他の巻に収めてあります。この本は、折々に書いた文章を集めたものなので、全体を通して何か言うということもできないんですが、例えば中原中也論に関していえば、僕が最初に書いた中原論（『詩人の設計図』・著作集4所収）と併せて読んでいただけるとありがたいです。三好達治論も同じで、最初に書いたものが『抒情の批判』に入っております。

　瀧口修造さんとの往復書簡の形をとった文章があります。瀧口さんについて少しお話ししますと、僕が瀧口修造の名前を知ったのは戦後わりと早い時期でした。創元社から出た文庫版の日本詩人全集に載っていた「地球創造説」という長い詩を読んで非常にびっくりしました。意味はどうもよく分からないところがあるけれど、イメジの出現の鋭さ、豊かさ、言葉のきびきびした運動感、そういうものすべてをひっくるめて、これはすばらしい詩だと感じたわけです。その頃、瀧口さんは翻訳の仕事とか、美術関係の短い文章を雑誌などに書いて戦後の苦しい時期の生活を立てていたはずです。ですから世間的にも、瀧口修造という人は美術評論家ということになっていました。戦争中に出された瀧口さんの『近代芸術』という本が戦後すぐに復刻されたのを買った時にも、僕は美術論に関心があって読んだわけですが、その中には例えばピカソの詩の訳があって、これが大層面白かった。また現代美術の諸問題が詩の問題と本質的に重なり合っていることをも教えられました。当時、僕は美術についてはあまり知らなかったんですが、この『近代芸術』という本で本格的にそういうものに触れたわけです。

その後、飯島耕一、東野芳明、江原順などとシュルレアリスム研究会というのを始めた頃には、たぶん瀧口さんとすでに知り合っていたと思います。当時のことで思い出すのは、瀧口さんの詩集といえば、戦争前に出た詩画集があるきりで、僕らの手に入るような詩集は全くありませんでした。それで同人雑誌の「鰐」グループ全員で相談して、「鰐叢書」というのを計画し、その第一冊として瀧口さんの詩集を出そうということになりました。それを書肆ユリイカから出すという話になって喜んでいたところが、ユリイカの伊達得夫さんが急に亡くなってしまった。その次に渋谷の宮益坂にある、詩の古書ではよく知られていた中村書店で出すことになったのが、またダメになってしまいました。そういう経過を経て、ようやく思潮社から『瀧口修造の詩的実験 1927~1937』という本として出たわけです。その時期に至るまで、いわゆる詩壇では多くの人々が瀧口修造が詩人であるということをあまり考えなかったんですね。ところが、詩集が出ると、今度は逆に神秘化されるぐらいになってしまった。そういう経過を身近で見てきて、いろいろなことを感じました。世の中ってのは妙なもんだなと思います。

大岡信著作集8

青土社　一九七七年三月　四八五頁　四六判　二四〇〇円

■巻末談話／古典と私■

僕がはじめて自分の意志で読んだ日本の古典は、岩波文庫の『竹取物語』と『伊勢物語』ですが、それ以前に『古事記』を拾い読みしたことをおぼえています。中学三年の夏までは戦争下だったんですが、中学に入ってすぐのころ、たぶん学校で『古事記』を読まされた。勿論ごく一部分ですけど、それが比較的解りやすい文章の感じがして、こんなものなら読めそうだと思いました。たまたま親父の書斎に文庫本で『古事記』があったわけです。昭和の初め頃に出た文庫本で、与謝野鉄幹、晶子、正宗敦夫編纂の「日本古典全集」の一冊でした。それを拾い読みして、面白いなと思いました。僕らの小中学生の頃には、万世一系の天皇をいただく輝かしい日本というものを誇らかに語る、皇国史観によって教育が行われていたわけですけれど、そういうところでは教わらない世界が、教科書に載っていない『古事記』の他の部分にはたくさんあって、それが非常に面白かったわけです。女性の生理についてあからさまに書いてある文章としても、これがはじめて眼にふれたもので、記憶に残りました。

『竹取物語』や『伊勢物語』は、たぶん中学四年の時ですから、戦後になって読んだことになります。その頃まあ受験ということで、塚本哲三という国文学者のたしか『国文解釈法』といったと思うんですが、受験参考書を読みました。これは、当時旧制高校を受験する者なら必ず読まなきゃならなかったような本で、実際、大変面白く編纂されていた。僕は、それを古本屋で見つけてきて、古典の受験勉強に関しては、それ一冊で済したわけです。その中で使われている例文が非常によく編纂されていたし、それらの解釈や訳も面白かった。塚本さんは大正から昭和にかけての日本の古典文学関係の講座ものや全集ものにたくさん関わっている人で、有名な「有朋堂文庫」も塚本さんが編集人になっているんですね。そういう人の編んだものだから、受験参考書といっても味がちがった。読んでいるうちに、国文学というのも案外面白いじゃあないかと感じさせるものがあったわけです。それ一冊で大体、日本の古典の入口の部分は案内してもらった。で、こんどは一冊を通して読んでみようと思って、岩波文庫の『竹取物語』と『伊勢物語』にとりついたわけです。両方とも薄い本でしたからね。『竹取』はまあ読めるんですが、『伊勢』は難しかった。しかし、そこに出ている歌にはひかれました。

そのころから旧制高校にかけての時期に、僕がある種の影響を受けたと思うのは、堀辰雄です。『かげろふの日記』や『更級日記』その他、古典文学の堀辰雄版といったものや、エッセイ集などいろいろ読みました。古典の翻案みたいなものにはそう感心しなかったように思うけれど、エッセイで語られている堀さんの古典への接近の仕方は、僕にもなんだかとてもよく理解できるものに思われた。堀辰雄は、プルーストその他、フランス文学を愛読していましたし、リルケがフランス語で書いた『窓』という詩集の訳などもやっています。『ドゥイノの悲歌』について書いた文章など、今でもよくおぼえてます。そういうヨーロッパの作家や詩人を論じる一方で、堀辰雄は日本の古典に近づき、入っていったわけですね。堀辰雄のそういう文章の影響もあって、僕は初めから、古典を読むのと外国文学を読むのは、そう別々のものじゃないという気持を持っていたわけです。

旧制高校では最初の国語の教材が『万葉集』でした。戦後すぐの時代で、教科書も特になく、『万葉集』と名のつく本なら何でもいいから持ってこいと言われて、親父の書棚から探し出してきたわけです。『万葉集』と、それに『新古今和歌集』を。両方とも岩波文庫なんですけれど、ただ大型本でね。つまり版ヅラは文庫本のままだけれど、本の大きさは四六版くらいという、俗に教科書版といわれていたものです。余白が多いから、教室で先生が言うことは全部、そこへ書き込めるわけです。今でもあの型のものがあると便利だと思う。教室から寮に帰ると、こんどは『新古今和歌集』を拡げて読んでいました。一方でフランス語を習い始めていて、一年の終り頃には、解らないながらにボードレールなどを読んでいたはずです。ボードレールと『新古今和歌集』とのあいだに、ある種の照応し合うものを見つけては喜ぶといった、そんな読み方をしていたと思います。

ちょうどその時期に、「世代」という雑誌に中村真一郎、加藤周一、福永武彦の三氏が連載した文章がまとめられて『1946・文学的考察』という本になって出ましたけれど、この人達がまあ堀辰雄の系統だから、堀さんと同じような古典の読み方をやっていたんですね。たとえばダンテを論じながら、同時に藤原定家を論じるというようなね。中村さん達は大変博学だったから、僕の知らないいろんな名前が出てくるし、そういう点では閉口しましたけれど、古典に対する接近の仕方としては、僕はこの本からもある種の影響を受けただろうと思います。

しかし慨して言えば、僕はフランス文学の方に関心が行ってましたから、読むものも、その系統のものが多かったわけです。寮にはいろんな文学青年、哲学青年がいて、上級生では日野啓三、山本思外里、浜田泰三、森本和夫、村松剛、工藤幸雄とかですね。同級生には稲葉三千男、佐野洋（当時は丸山一郎）、最近亡くなって僕が追悼の詩を書いた（「薤露歌」、『悲歌と祝祷』所収）重田徳などがいました。そういう人々のほとんどが、日本の古典に対しては興味がなかったんですね。戦後すぐの時代には、とにかく日本的なるもの一切が、青年の眼には疑わしく、唾棄すべきものに見え、一日も早く撲滅すべきものだというくらいに、日本の古典などに対する感情的な反撥があったんです。僕自身の中にも、そういう気持は非常にありました。だけれども僕は、『新古今和歌集』を読み、ボードレールやランボーを読みながら、文学の世界の独自の網のひろがりみたいなものをぼんやりと考えていた。その網の目のひとつには『新古今』が引掛かり、もうひとつにはボードレールが引掛かるというような、精神的な意味での照応関係もあり得るんじゃないかと考えていたわけです。ずいぶん甘っちょろい考えなんだけれども、とにかく、全面的に日本のものは駄目だとも言い切れない、ただ、古典の扱い方や読み方は、今まで教わっていたものとは違ったものであり得るし、そうでないと意味がない、というふうに感じていたんですね。

高等学校の時期には詩を書くことが最大の関心事でしたし、自分の昨日の詩よりも新しいものを今日書けなければもう駄目だというくらいに思っていたから、日本の古典的なものの影響を受けるなどということは、全然考えられなかったわけです。藤原定家や式子内親王や俊成卿女の歌などは、読むたびに、実にいいものだと思ったけれど。おそらく『新古今』や『万葉』

を読むことは、本能的にバランスをとろうとする作業だったんじゃないかとも思います。

大学受験の時には仏文科を志望したけれど、成績不良で国文科へ回されました。フランス語だけできればいいと思って、ほかの勉強をほとんどしなかったわけです。とにかく仕方がないと思って、大学へ通うようになってからは、仏文と英文の授業に熱心に出ました。面白かったのは、英文学の現代詩の講義などですね。国文科の授業は最低の単位だけは取れるように出たんです。考えてみると全く駄目な学生でした。たとえば、池田亀鑑先生の『宇津保物語』のゼミをとったんですけれど、一回は皆の前で研究発表をしなけりゃならない。それで、大学時代、毎年夏に行っていた箱根町の小さな郷土博物館「関所考古館」でアルバイトのような食客のような暮しをしながら、空いた時間に『宇津保』を読んでは、我流の作品構造分析をやった。秋になって僕が発表したのは、国文科の同級生達からすると、全く呆れ返るような不思議なものだったんです。『宇津保物語』の本文には、長い年月のうちにある部分が失われてしまって、繋りがわからなくなったところがある、そのいわゆる錯簡をどう考えるかをテーマにしたんですが、僕は、池田先生の学問の基調を成す、いわゆるテキスト・クリティックの学などは全く知らないもんで、作家の創作心理を推察するに、ここはこういう排列でなければならないというような、主観的断定に満ちた論を発表したんですね。セザンヌの画論から聞きかじった「レアリザシオン」なんて言葉を使って、大まじめにやった。池田さんは下を向いて、くすくす笑っていたようでした。国文学科でやっている学問が、僕には全然解らなかったわけです。特に池田先生の文献学的な、本文批評の厳密な積み重ねの学問は、僕のように傲慢かつ怠惰な学生には、とてもじゃないが解るわけなかった。その出来事がある意味できっかけになって、ますます国文科の授業に出なくなるし、研究室へも顔を出さなくなってしまいました。

で、大学にいる間は、日野、山本、稲葉、佐野、金子鉄麿（神山圭介）、犬田れい子（現増田姓）などと「現代文学」という文芸雑誌を出すことに専念したわけです。そこに僕は、主に詩とエッセイを発表しました。当時の詩のかなりの部分は『記憶と現在』のはじめの方に載っています。エッセイでは「菱山修三論」と「エリュアール」を書きました。「エリュアール」は一号だけ出てつぶれた何度目かの復刊「赤門文学」というのに出しました。古典に関しては、特別何も書いてないけれど、藤原定家の歌を踏まえた詩などは、高等学校時代に書いています。これには、立原道造が式子内親王の歌を踏まえて十四行詩を書いたりしたことの影響もあるかもしれません。

そんなことで、大学の国文科で過ごして、日本の古典を少しは囓ったけれども、さんざんな記憶しかないんですね。むしろ、フランスの十九世紀、二十世紀文学やドイツ、ロシアの文学、それに特にイギリスのもの、ジョイスやエリオット、オーデン、ロレンス、イヴリン・ウォー、オルダス・ハックスレー、キャサリン・マンスフィールドなど、小説や書簡やエッセイまで含めてわりと熱心に読みました。卒業後、新聞社の外報部に入って、外国語を扱う仕事だったために、国文科の学生であったということをますます忘れるような状態になったわけです。

ところが一方、僕には非常に大事だった人がいて、それは親父の先生なんですけれど、窪田空穂さんです。空穂さんのものだけは非常に胸にひびいて解るように思って、よく読んでいました。空穂さんの書かれたもので、僕が最初に大きな衝撃を受けたのは、旧制高校に入ったばかりの頃に読んだ『和泉式部』(創元社、百花文庫、一九四七年刊)という本なんです。これは戦争中に出た『中世和歌研究』(砂子屋書房、一九四三年刊)の中の「和泉式部」の項目だけを抜き出して、仙花紙という粗悪な紙に印刷して薄っぺらな本にしたものなんですけどね。忘れもしない、日本橋の白木屋百貨店のブックストアーで買って、地下鉄で渋谷まで出る間に読み始めたら、もうやめられなくなって、寮に帰って一晩で読んじゃった。今見ると、何度も読みかえしたため、鉛筆だったりペンだったりの、毎回違う書き込みがあってね、おかしなことにフランス文学で読んだ、たとえば『マノン・レスコー』の心理と和泉式部の心理を比べていたりしてる。しかし空穂さんの『和泉式部』という本自体が、この女の歌人を、まことに小説的に捉えている面があるんですよ。空穂さんは、自然主義の時代に新進作家として小説集も出したりしているし、作家としての目が非常にあった人ですからね。和泉式部の歌は難しいんだけれど、実に見事に読み解いてゆく。それが僕には面白かったし、驚嘆したわけです。

今、茂吉や迢空は大変もてはやされているけれど、近代の文学者としての批評眼という点で言うと、空穂さんは抜群の歌人だったと思っています。あまり皆さんが解ってない面があるのは、非常に残念なんですけれどね。そうそう、僕は『伊勢物語評釈』も読みました。空穂さんは、非常に早い時期から『伊勢物語』に着目していて、小説的な意味での男と女の世界の面白さという観点をはっきり保って註釈しているわけです。この『伊勢物語評釈』という本は、空穂の初期の名著として知られている本ですが、僕は親父の書棚から掠め取ってきて読み耽ったんです。親父の書棚と言えば、能勢朝次さんの『幽玄論』という本も持ち出して、面白く読んだな。

それから大学時代に読んで、これは名著だと思ったのは、戦時中NHKのラジオ新書で出た風巻景次郎の『中世の文学伝統』という本です。これは『新古今和歌集』を中心にして、中世の和歌文学を歴史的に跡づけた本で、ラジオでの講演をまとめたものですが、内容的に高度で、文章も引きしまっている し、引用されている歌が適切で、この本によって僕は日本文学における中世の和歌の位置の重大さを教えられた。ちょうど小野十三郎さんの『詩論』(一九四七年)が出ていて、和歌を奴隷の韻律として強く批判したのが、現代詩を書いている人々にも大きな共鳴と影響を与えた時代ですね。僕も小野さんの否定論を鵜呑みにして、和歌には批評精神なんかないと思い込んでいたのが、どうもそう簡単に斬って捨てるわけにもいかないぞと解ってきたのは、風巻さんのそういう本を読んでからです。

まあ大学を出て、新聞社での仕事も外国語を読むことですし、たいていは外国の本を読むことの方が多かったと思います。当時読売新聞社があった銀座界隈の「ブリティッシュ・カウンシル」に関係のあった洋書店でイギリスやアメリカの本を買い、「イエナ」あたりでフランスの本を買っては読む、そんな生活だった。ところが、ぼくの最初の詩集『記憶と現在』が出たころ(一九五六年)、伊達得夫氏が雑誌「ユリイカ」(第一次)を始めて、僕らは新人としては割に優遇されていろいろ書いたんですね。その「ユリイカ」で、一九五七年に、日本の古典詩人について現代詩人が論じるという企画があり、何か書かないかと伊達さんに言われました。その時に書いたのが「人麻呂と家持」という文章で、『芸術と伝統』という本に収録してありますけれど、これあたりが日本の古典について書いた最初の文章だったと思います。それに引き続いていくつか書くようになって、たとえば『抒情の批判』に載っている文章で、「東洋詩のパタン」というタイトルのエッセイなどがある。それはインドの叙事詩『バガヴァッド・ギーター』の英訳本を使って、そういうものと『万葉集』や『方丈記』などに盛られた日本人の生命観、無常観とを比較したりしてるんです。独学者が無茶なことをやってるわけなんで、今見ると、お恥しい限りなんだけれど、当時の僕としてはそういうやり方しかなかった。どうも『万葉集』あたりの日本人の無常観は、あまり単純すぎるのでね、インドあたりではどうなのかっていうことが気になっていた。どうしてもインドのものを読まなければしようがない、しかし、どこにどんな本があるのかわからない、それで仕方なしに英訳本を探して読んだわけです。とにかく、そういう一種の無茶苦茶な手さぐりをやっていました。今も僕はそうなんだけれど。

僕は当時、「現代詩」という雑誌の編集に加わっていまして、プランも立てなければならなかった。それで「私のアンソロジー」という連載を企画して、何人かに書いてもらうことにしたんです。言い出した奴が最初に書けというので、第一回目に「私のアンソロジー――日本の古典詩」というのを書いたんです(『抒情の批判』所収)。紀貫之の『古今集』仮名序にのべられた自然観は全くやり切れない、なんてことを書いたりして、今眺めてみると、ずいぶん突張っている文章ですけどね。しかし、『万葉集』巻十六のナンセンス・ポエムなどを面白がったり、『古今和歌集』あたりからあとの勅撰和歌集の俳諧歌、いわゆるユーモラスなふざけた歌なども引用したりしてる。つまりこの時期すでに、僕のもう一方の関心であったシュルレアリスムのものの見方の影響が、そんな形で出ているわけです。それから、和泉式部の歌、西行の恋の歌を引用し、藤原定家に言及し、『梁塵秘抄』の歌をも引用したりしている。また、日本の場合はある種の散文も詩歌のアンソロジーに入るべきだと考えて、『方丈記』と『正法眼蔵随聞記』を並べて引用していま す。『方丈記』の文章をくさして、『正法眼蔵随聞記』のようなものこそ教科書に載せるべきだなどと、教育的な配慮までしておりましてね。『正法眼蔵』への関心については、大学時代に寺田透さんの正法眼蔵論「透体脱落」を読んで、非常に感激したことも影響していると思います。「私のアンソロジー」では、『閑吟集』とか良寛の歌とかも引き合いに出している。大学を出てから六年くらいの間に、僕が面白いと思いはじめた古典詩歌の範囲が一応そこに示されているわけです。

その後現在に至るまで、読むものもふえていて、興味の範囲も拡がってきてますが、大体当時の関心を徐々に引き伸ばしてきただけのように思いますね。古典についての僕の近づき方の基本は、どうもその時代に決った。いわば独学で学んで、それにしがみついてきたということです。

古典に対する僕の基本的な態度ということですか。『抒情の批判』のあとがきから、少し引用させてもらおうかな。

「本文の中でも書いたことだが、ぼくにとって一般的に『日本的なもの』といわれるものは、決して自明なものでなく、むしろ意識的に見出さねばならないものとしてあった。岡倉天心は『日本はアジア文明の博物館である』といったが、この『博物館』がはたして死の支配するガラスの墓場であるのか、それとも今日なお新たな生命力をよみがえらせる潜勢力を秘めているのかについて、ぼくは少なからぬ関心をもっている。」

つまり僕には、何かのよりどころを求めて古典を読むというよりは、古典から何かを引きずり出して、自分なりに、古典に対して現在から未来へよみがえるためのある方向を与えてやろうというような、まことに不遜な気持があったと思います。近年古典について文章を書く機会もふえて、古典帰りなどと思う人もいるようなんですけれど、僕自身は古典帰りしたなんて全然思っていない。ひとつには、少年時代に戦争が負けたとき、それまで無上に有難がられていた日本の独自なるものというやつが一挙に否定された、あの時代のショックが未だに続いているんですね、心の中に。古典に対して、ありがたいものに拝跪するような気持にはなれない。むしろ、自分たちの位置があまりにも不安定なので、それを測るために、古典の中にいくつかの測量点を置く、僕などはそれだけのために古典を読んできたような気がする。古典はほんとにありがたいものなんですよ、といった言い方をする人に出会うと、本当にムラムラしてくる。古典なんてありがたいものじゃないよ、ただ読み方によってありがたくなるんだよ、と思うんです。

　日本人の美意識の構造を探ることで日本人の精神的特質をつかみ出したいという気持は、ずっと以前からありました。それはどうも、僕が現代詩というものを書いてきたということとも関わりがあるでしょう。現代詩というのは、いつでもどこか得体の知れないもので、外形的なフォルムにしても、内容にしても、書く態度にしても、皆、実に千差万別のやり方をしているわけです。一応詩のような形をしているから現代詩とよぶ、というような状態が続いているし、これからも続くでしょう。いま日本語で詩を書くということは、そういう運命に堪えてゆくことらしい。おそらく日本語というものは、世界中の言語の中でもとりわけ融通性のきく、流動性のある言葉なんですね。現代詩について考えていくと、必然的に日本人の言語生活全体の問題に思いが関わってくるわけです。それを僕は、われわれの美意識の構造を問うという観点から考えようとしてきたわけです。現代詩について考えながら、古い時代のものに関心を持つ理由も、どうもそこにあるらしい。

先ほど話した、『方丈記』と並べて『正法眼蔵随聞記』の方を讃えるような態度も、やはりそういうところから来ているように思うんですね。『方丈記』的な無常観を中世の典型的な精神のあり方だといって、それだけで日本人を律することはできない。同じ時代にこういう文章もあって、『方丈記』とは違う、と言いたくなるわけです。オーソドックスに認められている日本的なるものに反撥して、違う面を強調したい。人からはバランス感覚が良すぎるなんて言われるかもしれないけれど、僕は、学問でも研究でも、ひとつの見解で統一されていくのが嫌いなんです。古典というものを、ありがたく読ませていただくというのは嫌いなんです。

　そういう態度がはっきり出ているのが、『紀貫之』という本です。筑摩書房の「日本詩人選」で貫之が僕に割当てられたとき、こんな魅力のない歌人を書くのは、損な籤を引いたな、と人に思われたらしい。紀貫之の名は、「詩人選」の他の古典詩人の中でも、一番くすんで見えましたからね。子規にくさされて、歌がつまらないということも定説化していた。『古今集』的な伝統とはまた別に、個人としても打撃を蒙っていたんです。しかし僕はかえってやりがいがあると思いました。僕自身、貫之の歌はたぶんつまらないだろうと思ったから、実際には危惧の念は非常にありましたけれどね。その当時は、貫之のことなどそんなに知ってやしない。『古今集』については、「古今集の新しさ」という『たちばなの夢』に入っている文章をすでに「文学」に発表したりして、関心はありましたけれど、貫之という人はどうかなと思ってね。まあ、切り口はいろいろあるだろう。貫之は歌人で歌論家であり、屏風歌の大量の注文にも応じられるプロの作歌者であり、同時に仮名というもので文学作品が書けるということを意識的に証明した最初の作家でもあるわけだから、切り口がないはずはない。ないと見るのは、見る側の見方に盲点があるんだ。僕は、そういう考えで読み進んでいくうちに、定説化している貫之の像とはだいぶちがう人物が見えてきた。それでこの本を書いたんです。その時僕を支えていた最大の情熱といえば、負け犬という定説を引っ繰り返して、その人の書いたものを復権する、そういうことの面白さだった。まあこの本は、その役割を少しは果したかもしれないと思います。

大岡信著作集9

青土社　一九七八年四月　五三四頁　四六判　二八〇〇円

■巻末談話／牧水、天心、子規、虚子について■

この巻では、若山牧水、岡倉天心、正岡子規、高浜虚子について書いた文章をまとめました。

まず牧水についてのちょっとした思い出などからお話しします。『今日も旅ゆく・若山牧水紀行』という本は、平凡社の「歴史と文学の旅」というシリーズで出たものなので、担当の編集者とも相談してこういう題にしました。本文にも書きましたが、僕が生まれたのは静岡県の三島で、牧水が晩年十年間ほど住んでいた沼津とは隣町だったわけです。僕の家には牧水の色紙などもあって、幼い時から見ておりました。平凡社の本は、関東上信越地方を旅行する人々のガイドともなるように、この地方における牧水の旅の足跡を一応追ってみるという主旨でしたから、載っている写真もそういうものが多いんですが、それらの写真の中に、僕の親父が所有している牧水の色紙の写真も二枚入っております。ひとつは「かんがへて飲みはじめたる一合の二合の酒の夏のゆふぐれ」という歌が書かれているもの。もうひとつは「ひそまりて久しく見ればとほ山のひなたの冬木風さわぐらし」という歌です。色紙としては「かんがへて……」の方が、字も材質もいいんですけれど、とにかくこれらの色紙は、僕が幼い時分から、家の床の間に掛けてあったりしましたので、牧水の歌には早くからなじんでいたといっていいわけです。

僕の父は初めは独りで歌を作り、当時三島にいてまもなく亡くなった豊島逃水という歌人に歌を見てもらっていたようですが、逃水の歿後、その縁で窪田空穂さんに師事するようになりました。空穂さんの系統ですから、牧水の系統とは歌の質が違うんです。しかし、牧水が沼津に住みついた当時、親父は二十歳そこそこの青年で、それなりに牧水にも親しみを感じていたにちがいない。

本文にも書きましたが、牧水は晩年には、色紙や短冊や半切などにたくさん揮毫して、自分のやっている「創作社」の経営資金や生活費をひねり出していたんですね。牧水の高弟にあたる大悟法利雄さんの書いた本などから察するに、牧水が命を縮めた原因は、ひとつには言うまでもなく酒ですが、もうひとつには、無理をして日本中を揮毫旅行して歩いたこともその原因になっていたように思います。人気絶大な歌人でしたから、行く先々で酒が出て、大勢の人が見守る中で筆をとって、大小さまざまな紙に揮毫してゆく。興にのると、大きな声で自分の歌を朗々と詠じながら字を書いたそうです。今でも「創作社」の人たちの中にはその伝統が残っていて、牧水歌碑の除幕式の時など、碑の前で門下の高弟たちが牧水の歌を朗詠するのがきまりになっているんです。牧水という人は、興がのれば歌が溢れるというタイプの歌人でしたから、そういう形での揮毫は、自分ではそう苦痛ではなかったのかもしれない。しかし晩年には相当大きな肉体的負担になっていたでしょう。

沼津地方でも、色紙に揮毫して販売するということを時にやったそうです。僕の親父もそういう時に買ったようです。「かんがへて……」の色紙は三円とか五円とか、当時としては相当いい値段だったように言ってました。親父が大事にとってあったのを、僕が表装し直して、目下は僕の手元に置いてありますけども。親父が酒を飲みながら、こんな歌を口ずさんでいたという記憶があります。「かんがへて飲みはじめたる一合の二合の酒の夏のゆふぐれ」というのは実にいい歌で、酒のみだったら、一度聞いたら忘れられないような歌ですね。

そんな歌は知っていた。しかし、それが家にある改造社版の牧水全集という本の著者の作である、というふうにはどうも結びついていなかった。子供のことですから、全集などを手にとってみるということもなかったわけです。しかし、沼津の千本松原へ遊びにつれていかれれば、浜に「幾山河こえさりゆかば寂しさのはてなむ国ぞけふも旅ゆく」という歌碑があって、これは強い印象として残っていました。

本当の意味で牧水を面白いと思ったのは、中学の三年から四年にかけて、同人雑誌の「鬼の詞」をやっていたころです。岩波文庫版の牧水歌集で読んで病みつきになりました。この中の特に最初の方に出ている歌、「白鳥は哀しからずや空の青海のあをにも染まずただよふ」などの一連の歌に熱中した。それらは、牧水が早稲田大学時代に、のちに人妻であったことがわかるんですけれど、年上の女性と恋愛して、房総を旅した当時に作った恋の歌ですね。この歌を知ったときは一種熱狂的な感じで、親父に隠れて読み耽りました。

僕の親父は、リアリズムを基調とした空穂さんの系統の歌を作っています。ところが牧水の歌は、特に青年期の歌はリアリズムというものではない。むしろ初めに歌う心がほとばしり出てしまって、あとから言葉がついてゆくというような歌です。すべての歌人や詩人に、そういう時期が多かれ少なかれあるはずなんですが、牧水はそれを実に見事に短歌作品として結晶させてしまった。二十代の初期にあれだけ美しい恋の歌を作ってしまったために、かえって誤解され続けている面もあるくらいです。牧水の後年の歌は、割合に知られていないですからね。

僕の短歌処女作の中に、牧水の影響が無意識のうちに出たらしいものが、一首だけあるんです。この著作集（第３巻）に、少年時代の短歌を数十首収めましたが、その冒頭にあるのがそれで、この一首を除くと、やはり親父を通して伝わってきている空穂さんの歌風を、少年ながら吸収し反映していたのではないかと思います。

若山牧水は、現代の短歌世界ではちょっと別格に置かれている人のように思えますね。大雑把に言えば、ひとつにはアララギ系統の歌——といっても伊藤左千夫と斎藤茂吉と長塚節、その先端にいる正岡子規など、それぞれ個性はまるで違いますが——が、大正以後の歌の世界では非常に大きな勢力を占めてきた。一方で、昭和に入ってから、明星的な歌の甦りのような形で何人かの歌人たちが出てくる。北原白秋や釈迢空の系列の歌人もいる。また窪田空穂さんなどが開拓した、生活の細かな襞を見つめて歌いながら、実際はその人の人生と人生観がみごとに波うっている歌のようなものもあります。ところが、牧水の歌はそのどれにもはまり切れないところがある。何よりもまず歌心が動いていて、それがごく自然に流れ出して言葉になる。そして読む人々の心にすっと入っていき、何かしら美しい歌の一節が風に乗って流れるように人の心の中を通過し、やがてまた消えてゆく、そんな歌だという気がするんです。

昔の人でいうと、西行の歌などに近いものがあるんじゃないかと思います。西行も旅の詩人であったということも含めて、何か共通するものを感じるんです。自己追究精神によって自然を見つめるのではなくて、自然界のいたる所に自分を投げ出してゆく、そういうタイプの歌人です。これは多くの日本人の心の奥底に、原形としてあるような歌の作者なんですね。だけれども、近代以後の短歌史は、むしろそういう歌だけではやってゆけないと思った人たちによる歴史だったといえる面もあるわけです。牧水が何となく今日のいわゆる歌人諸氏によって忘れられているらしいのも、そういうことと関係があるでしょう。しかし、この人は天成の歌人なんで、啄木などとも共通しているんじゃないですかね。牧水を愛する読者は潜在的には非常に多いと思います。

牧水という人は、正当に評価されていない部分がまだまだある歌人だと思っています。この本で、そういう点について十分に書き得たかどうか、自信はありませんが。

この本を書くために資料を読んで、初めて知った事実も多くありました。たとえば牧水の最初の恋人については、今まで詳しい発表はなされていないんですが、大悟法利雄さんが少しずつ書くようになった。牧水がいかにうぶだったかというようなこともね。相手の女性の経歴について何も知らずに惚れて、そのくせに、というか、それゆえにというか、あれだけ優れた恋歌を作ってしまった。不思議なる男女関係ですね。牧水がいい仕事ができたのは、最初にそういう恋をしてしまったことと、夫人になった若山喜志子さんがじつに優れた女性だったからだということでしょう。

牧水の歌を好きだなどと簡単に言うと、歌を専門にやっている人から、何をいまさらと言われそうですが、この人はやはり天成の歌人としか言いようがない。そういう人が、歌人たちからあまり顧られないということとは、現代短歌の一種の貧しさを示しているんじゃないかと思います。思い合わされることは現代の詩についてもあります。戦後のある時期、中原中也や立原道造などは、幼稚だとか古くさいとか、全くバカにされる風潮がありました。それが今はまるで様子が変ってしまった。今の読まれ方にも疑問に思う面がありますけれど、とにかく歴史の皮肉を感じます。牧水についても、専門歌人がもっと評価していいと思うし、初期の恋の歌以外のものも一般の読者にもっと読まれるようになるといいと思います。

牧水には、恋愛がうまくいかなくなって乱れに乱れた時期がありました。それが大正初期に破調の歌になって出てくるわけですが、破調といっても、彼の場合独得の新しい調子を作ってしまっている。リズム感があっていい歌です。また中年期以降、「みなかみ紀行」に代表されるような紀行文を次々に書くようになりますけれど、今読んでも実に気持のいい文章だし、文章の間に置かれている数多くの歌が、何ともいえずいいものです。一首一首の歌としての堅固さ堅牢さにはやや欠けるかもしれないけれど、ねじり鉢巻して作った歌などを一瞬にして笑い去ってしまうことのできるような、透明な豊かな風みたいなものが歌の内外を吹き去っている、そういう歌ですね、それが紀行文の合間にひょっこりと置かれているわけです。僕はそれらも好きなんです。

若山牧水の生き方は、不器用で生真面目なものだった。また、旅に飛び出してしまう時の牧水には、何ものとも知れぬものの呼びかけに一も二もなく応えずにはいられない、人間を超えた源へのふしぎな憧れのようなものの強さを感じさせられます。

『岡倉天心』という本は、朝日新聞社の朝日評伝選の一冊として出たものです。最初に話があったとき、僕が書いてみたい人物をあげてほしいということだったので、僕は候補として三、四人の名前をあげました。最後に天心の名前を書いて、実はこの人のことが一番書きたい、ただし出来るかどうかまだ自信がない、と言いましたら、担当の編集者たちが、それは面白そうだ、ぜひ、ということになったんです。ぼくが書くのなら、萩原朔太郎とか高村光太郎とかの詩人をあげるのではないかと想像していたそうです。

岡倉天心は、戦争中、「アジアは一つなり」という例の言葉が軍閥政府によって利用されたため、戦後は悪いイメジを持たれていた人ですね。しかしぼくは、天心という人はそれだけじゃないという気がしていました。中学の終わり頃だったか、岩波文庫で『茶の本』を読んで驚いたわけです。東西の思想について深い知識があり、近代日本の非常に苦しい立場を身をもって生きつつ、東洋の文化的な伝統というものの理想的な姿とは何かについて考えようとしているということだけは、その当時のぼくにもある程度わかったと思うんです。

その後、古本屋漁りをするようになってから、天心の全集の端本を見つけるたびに一冊一冊買いためていました。天心の全集は、歿後数年して作られた日本美術院版のもの――これは貴重なもので古本屋でも全く手に入りません――、昭和十五年頃に出た聖文閣版、戦争末期に出た創元社版があります。

戦争当時の世間一般における英語の扱い方のひどさを考えてみると不思議なんですけれど、創元社版の全集のうち一巻は、英語の原文を収めていました。『白狐』の原文もそこに入っていたから、おかげでぼくはこの本が書けたようなものです。しかしこの全集は全部で何巻出たのか、完結したのかどうかもわからない。創元社に長くいた人に聞いても、知らないんですね。どうも戦争末期から戦後にかけてのドサクサの中で、刊行が途中で立ち消えになってしまったことははっきりしています。

一九五〇年代の終わり頃でしたか、第一次ユリイカの伊達得夫さんに勧められて「保田與重郎ノート」(著作集5所収)という文章を書いた時に、岡倉天心に一度ぶつかったことを思い出します。安田與重郎は、明治という時代について独得な評価をしています。岡倉天心とか内村鑑三など、いかにも明治らしい、しかし決して偏狭なナショナリストではない人に対して、保田與重郎は高い評価を与えています。そのことは保田與重郎の思想を考える上でも大事な点だと思います。「保田與重郎ノート」を書いた時、いつか、天心という人を僕自身の目でもっと精密に見なおさなきゃならないということを思いました。しかしその後ずっと、頭の中ではあれやこれやよそへの旅ばかりしていたので、じっくり読みなおすこともしていませんでした。

朝日評伝選で本を書かないかと言われた時、これは僕に与えられたチャンスだと思ったわけです。『紀貫之』という本を書いた時もそうで、正岡子規に罵倒されて以来評価が下落していた貫之について書くのは、なかなか難しいことのように思えたんですけれど、逆に一種の闘志というか反逆心もかきたてられたんですね。結果としては貫之を書いたことは、僕自身にとっては大きな意味をもつことになりました。僕はわがままな性質が多分にあるので、書いてゆくうちにその対象の中に何か楽しめるものを見出せないと我慢し切れない。『岡倉天心』の場合は、久しく僕の中でもやもやしていたものを、この企画が外へ引きずり出してくれたということなんですね。

本当のところ、僕は天心の一介のファンに過ぎなかったわけで、さて書こうとあれこれ考えているうちに時間はどんどん過ぎ去ってしまいました。朝日新聞社の方では、書く人間と書かれる対象の組み合わせの珍しさもあって、第一回配本で出したいと考えていたらしいんですが、どんどん遅れていきました。本のあとがきにも書きましたけれど、「綿密な計画をたてて書くということができず――というより、むしろそれを意識的に避け――自分が困惑の極、蛮勇をふるってどこかに血路をひらかざるを得なくなるまで自分を追いこむことだけを願っているので、途方に暮れないことには事は始まらないのだった。」というのがその時の状態だったんです。

僕はものを書く時、特に本を一冊書き下ろすのは苦しくてたまらない。期日までに調べたりして書こうとは思うんですけれど、調べれば調べるほど、あれもこれも知らなかったということが出てくる。どんな小さなことでも無限に広がるのは当然なことなんですが、書き出すにはそれをどこかで断ち切らなければならないわけです。心理的には過飽和状態というところまでいって、どこかで針の穴みたいなものがあいてそこから空気がすごい勢いで吹き出すのを待ちながら耐えている。書く前に調べるというのはそういう状態を作っていることなんです。

この本の場合、非常にありがたいことがありました。親しい友人のひとりである吉岡実君が、雑誌「ちくま」の編集をやっている。彼は自分がいいと思った人の文章をゆっくりと載せていけば、必ずいい雑誌ができるという信念を持ってやっているんですが、「ちくま」はそのためにユニークな雑誌になっていますます。その吉岡君が、たまには何か書かないかと言ってくれたわけです。それで、天心のことを調べるために茨城県の五浦海岸に行ってきたことでも書こうか、ということになりました。僕としては、あわよくば、それが針の穴にならないかと思ったわけです。その原稿を見て、彼が、うん、これは面白いよ、と言ってくれた。僕も、何とかこれで始まりそうだな、という小さな安堵がありました。そして実際に、この「ちくま」の文章を頭にもってきて、何とか事は始まったんです。

しかし、そのあともそうすらすらは行かなくて、担当の廣田一さんは、追い込みにかかってから二ヵ月ぐらいの間、原稿を取りに僕の家へ定期便をやるような形になりました。廣田さんとは、その時かぎりの執筆者と編集者の関係ではない親身なつきあい方でやれたから、少しは気が楽でした。

本の構成については、初めから構想を立てておいても意味がないような書き方になりまして、特に第二章の「白い狐の幻影」は、それ一章で一五〇ページにも及んでいます。書いていていつまでたっても章が変らないので、自分でも絶望的になり、この本、書き上げられるのかどうか不安になった記憶があります。本としてはどうもバランスがひどく悪い。しかし僕の場合、きちんとした構成という点からすると、いつもこういうことになるんで、いわゆる論文のようなものを書かねばならないのだったら、一生のあいだ苦労しつづけということになったんじゃないかという気がしております。

「白い狐の幻影」の章は、The White Foxというオペラ台本をめぐって書いてあります。この台本は一見、彼にとっては保護者的な立場にいたアメリカの富豪の老婦人のために書いただけの作品のように見えますが、実は天心の生涯を貫いている主題、母親と子供、また男と女の関係に関する生涯の主題が潜んでいるように思うんです。この章を書いたおかげで、岡倉天心という人を内側から見ることができるようになったという気がしました。

そこから眺めてゆけば、彼のインド滞在中における革命的な志士としての像についても、少し別の見方ができそうだと思いました。たまたま運のいいことに、五浦へ行った時、天心の旧居跡の記念館で、展示品の中に、インドで出たある雑誌のコピーを見つけました。これは僕にとっては大きな収穫でした。それは、天心がインドで非常に親しくしていたスレンドラナート・タゴール——大詩人タゴールの甥にあたるんですが——が書いた天心についての回想記なんです。この回想記は、天心の息子である岡倉一雄さんの『父岡倉天心』という本にも抄訳されているんですが、その翻訳についても内容についても従来充分に検討されないまま、重要資料として他の研究者たちに利用されていました。僕はどうしてもこの原文を読んでみたかったので、記念館の管理をしている緒方廣之さんに頼んで、後日コピーのコピーを送ってもらったんです。

岡倉一雄さんの本によると、インド滞在中天心は、革命的な精神を持った青年たちの精神的な指導者であったことになっています。しかし当時のインドはイギリス統治下にあり、天心が革命運動の志士たちを激しくアジテートするような余地がそれほどあったのかどうか、ぼんやりした疑問を感じていたわけなんです。それでスレンドラナート・タゴールの回想録を読んでみますと、やはりどうもそういう読み取り方はできないことがわかりました。その経緯は本の中で、原文を引用しながら書いておりますので、読んでいただければいいと思います。

この本の中で、もうひとつ僕が力を入れて書いたのは、最終章の「宝石の声のひと」です。天心の最晩年の手紙十数通をめぐって、プリヤムヴァダ・デーヴィ・バネルジーというインドの女流詩人との精神的な交渉について書きました。これはすでに『星客集』（著作集14所収）で試みたことなんですが、この手紙のことをあらかじめ雑誌「ユリイカ」の「断章」シリーズで扱っていたことが、この本『岡倉天心』を書いてみたいという気持にさせたひとつの原因にもなっていたと思います。ところで、これはまだ言ってはいけないことかもしれませんけれど、僕が読みたくてたまらないある物が、実はまだ地上に存在しているらしい。もしそれが公表されることになれば、この章で書いたことは、はるかに大きな広がりを持ってゆくことになるのではないかと思います。

「道教の『虚』と創造の事業」という章は、短いものになっていますが、僕としては大事なことについて書いているつもりです。明治時代の、洋画対日本画の争いの次元から天心を眺めるというのが、日本近代美術史の基本的な考え方としてあるわけですが、これに対してちょっと別な見方を提示しているつもりです。岡倉天心はヨーロッパ的なものがわからない保守的なナショナリストだという見方は、甚だしい短見じゃないか。青年時代の一年間にわたるヨーロッパ視察旅行当時の日記なども近々公表されるのではないかと思いますが、そうするともっとはっきりしてくるでしょうが、当時、日本をヨーロッパ化しなきゃいけないと考えていた人々より、天心の方がはるかにヨーロッパ的なものを理解していたんではないか、というのが僕の仮説です。

おそらく天心はヨーロッパの世紀末芸術について、単なる知識というのでなくて、肌身に接して理解できた人ではないかと思います。ヨーロッパ世紀末芸術は、ヨーロッパの伝統の最も本質的な部分をリヴァイヴァルさせようという運動で、そういう運動に対比して天心の位置を考えてみると、しっくりするところがある。ヨーロッパにおける中世的なるもののリヴァイヴァル運動から社会主義的な方向へ進んでいったウィリアム・モリス、あるいはラスキンなどの仕事は、日本における天心の仕事に対応しているのではないか、そんな気がいたします。僕は美術史家ではないのでこれ以上のことは断言できませんが、このあたりのことを優れた美術史家がもう一度精細に調べて下さるといいなと思っています。

滴々集に天心についての談話のようなものを載せましたが、これはいわば『岡倉天心』という本の序章として読んでいただくとわかりやすいと思います。

『子規・虚子』という本は、特別に説明することもないんですが、正岡子規については僕は昔から気になっていたから、折あるごとに書いてきましたし、この本以外にも子規についての文章がいくつかあります。

　僕は『紀貫之』を書いた時、子規の貫之観の時代的限界を指摘するところから始めたんですが、子規を全面的に否定する立場では毛頭ないわけです。明治二十年代の勇しい時代の貫之打倒論であって、あの時期に子規が貫之を罵倒し、古今集を罵倒したことには、積極的な意味があったと思っています。

　前々から僕は子規が好きで、『病牀六尺』をはじめとする散文を非常に面白いと思っておりました。彼の文章は、ものごとがありのままの大きさで書かれていて、しかもそれが生き生きと力強い。これはどういうことかと、驚きを呼び起こす文章ですね。結局、子規という人間そのものが面白いわけです。生きようとする意志、と今ここで生きてしまっているということが一致しているみごとさがあると思うんです。この人の病気の凄まじさは言語を絶していました。そういう意味でも、彼の生き抜く意志の強さはちょっと及び難いと思います。

　高浜虚子については、本のあとがきで詳しく書きましたが、「高濱虚子全集」の月報に数回書くはずだったのが、毎回書かされてしまった。安東次男さんと半々ぐらいで書くことになっていたのに、安東さんが結局書かなかったのと、担当の編集者、石倉昌治君の頑固さのせいでした。

　おかげで、虚子について色々と面白い発見をさせてもらいました。ただし思いがけない大きな間違いもやっておりまして、「づんぶりとなる子にくるゝ夕日かな」の「なる」を動詞と取り違えて、季語のない句として鑑賞しているのなど、まあお恥かしい限りです。本文の中でそのことは註記しておきましたが、自分では面白い鑑賞文になったと思ってわりと気にいっていたのですから、喜劇的でした。しかし、「ユリイカ」の一九七八年三月号にも書いたけれど、この早とちりには、それなりに意味があったような気もします。負け惜しみというのじゃなくて。

　虚子について書いてよかったと思うのは、現代の前衛的な俳人たちには、今さら虚子なんてという考え方があるようですが、眺めてみると、したたかな広がりと強さを持っているのがわかったことですね。もちろん大正以後の時代の制約と限界を持ってはいるけれど、このくらい自由自在に俳句を使いこなせた人は近代では他にいないと思います。

　最後になりますが、この著作集もいよいよこの巻で完結することになりました。初めは、全十五巻というのが気の遠くなるような気がしていました。いつになったら完結するかを心配してくれた人も何人もいましたが、驚くべきことに毎月一冊ずつきちんと出すことができて、信じがたいような思いがしています。多くの方に月報その他でお力添え頂いたことも本当に有難いことでした。読んで下さっている方には、何とも言いようのない謝意を感じます。これが毎月きちんと出せたについては、編集の任に当って下さった青土社出版部の高橋順子さん、元青土社編集部員の石田晶子さん、そして毎月驚くべき精密さで面倒な校正をして下さった佐藤鏡子さんのお三方のご協力によるところが甚だ大で、特にその点についてお礼を申しあげたいと思います。

大岡信著作集10

青土社　一九七七年八月　四九三頁　四六判　二四〇〇円

■巻末談話／芸術と〈ことば〉■

この巻に入っている文章は、一九五五年のものから六六、七年に書いたものにわたっています。かなり長い期間の文章を集めたものですから、初めのほうと後のほうのものとでは、若干変化が生じているようなこともあるかもしれません。この時期には、十年間勤めていた読売新聞社外報部を辞めて、その少しあとで、半ば偶然でしたけれども、パリ・ビエンナーレ（一九六三年秋）詩部門に参加しないかという話があって、渡欧しました。この旅行をしてから、少しは違ったものの見方、考え方が生じたということもあるかもしれないと思います。この旅を中心とした文章は『眼・ことば・ヨーロッパ』（著作集11・芸術論Ⅱ所収）に収めましたが、それに先立って『芸術マイナス1』を出しています。雑誌掲載時点では、年代的に重なっているものもありますので、時間的な順序でいえば、「芸術論Ⅱ」の巻の文章は、今回の巻に収めた文章の中間の時期を埋めるような形になるわけです。

それまで主として詩や詩論を書いていたのが、次第に美術や映画、演劇、音楽、写真などについても論じるようになったわけですけど、これらのいわゆる芸術論的な文章を書き始めた頃の記憶は、割合はっきりと残っています。一番古い文章が、『芸術マイナス1』の中の「ケネス・パッチェン」で、三井ふたばこさんが出していた「ポエトロア」という季刊雑誌に載りました。「ポエトロア」には、その前に僕は「シュペルヴィエル論」を書いていて、引き続き何か書いてくれと言われて、これを書いたと思います。これはまあ詩論といったほうがいいようなものですが、『芸術マイナス1』を作ったとき、第二部の詩論ではなくて、第一部の芸術論のほうに入れました。当時の僕の気持としては、これを現代芸術全体の問題に関する考え方をのべたものとして、あえて芸術論の部に入れたのだろうと思います。この文章の「追記」で、パッチェンという人は、モダン・ジャズとの共演による詩の朗読を行なっているとか、ビート・ジェネレーションの先行者と見てよかろうなどと言っておりますが、実際パッチェンという詩人について考えながら、僕はこれを単に一人の米国現代詩人に関する詩人論としてよりは、アメリカの現代芸術についての、いわば象徴的な意味を帯びた試論として書こうとした記憶があります。

パッチェンに興味を持ったのは、「詩学」の外国の新鋭詩人特集号かなにかで、安藤一郎さんが訳されていた、切れ味のいい詩を読んだことあたりがきっかけになっていると思います。裸身の恋人を讃える詩でしたね。しかしパッチェンは、当時の日本では、北園克衛氏などによって、むしろいわゆるモダニスト的な詩人として紹介されていたんです。しかし僕は、どうもそうじゃなさそうだと思った。つまり、この詩人は、肉体の生理とか、米国の戦中・戦後の社会的問題を詩の中に好んで投影し、世代的な苦悩を進んで歌おうとする詩人なんじゃないか、と思っていた。ここでもまた通説に対して反対したくなるクセが出て、こんなものを書いたんです。パッチェンが単にモダニスト詩人として、言葉の組み合わせの面白さということだけでとりあげられる風潮がいやだったんですね。僕は「現代詩試論」（一九五三年）でも、現代詩には肉声が必要である――もちろん精神的な肉声ですが――ということを書いたけれど、パッチェン論も、そういう考えのごく自然な延長線上で書かれたものだったと思います。

最初の詩集『記憶と現在』（一九五六年）を出した頃に、東野芳明、飯島耕一、と僕の三人で「シュルレアリスム研究会」を始めました。それがあっという間に十数人に膨張し、そのシンポジウムが、最初「美術批評」に、ついで「みづゑ」に連載されました。それがきっかけで、美術誌や一般芸術雑誌と繋がりができたわけです。最初「パウル・クレー論」（『詩人の設計図』所収）や「写真の国のアリス」などの文章を書きました。「写真の国のアリス」は、訳せば『主観写真』という題になるんでしょうか、ザールブリュッケン美術学校で催された写真展の写真集を見て、それをきっかけにして現代における芸術的な写真というものについて考えたものです。

そういうわけで、この時期からなんとなく美術批評的な文章を書くようになったわけですが、それにはまた時代の雰囲気の影響もあったんですね。「美術批評」という雑誌には、宗左近、中村稔、谷川俊太郎その他何人かの詩人が、常連として、詩や短文を書いてました。宇佐見英治、矢内原伊作さんや、現在、美術評論家として活動している針生一郎、瀬木慎一、中原佑介、東野芳明といった人達の文章もここに集中的に発表されましたが、これらの人は、科学畑の出の中原君をのぞけば、多くは文学的な仕事から出発しているんですね。僕ら詩を書いている人間とのあいだに断絶感はなかった。だから僕も美術論めいたものを書くのに、格別無理をしたわけではありません。

「アンドレ・マルローの映画論」という文章は一九五九年に書きましたが、これはマルローの『映画の心理学素描』を読んで書いたものです。この本は、マルローが自作の小説『希望』の映画撮影を監督した際の副産物です。故橋本一明氏の訳が、ずっと後になって発表されたように思いますが、ごく短い、邦訳で五十枚程度のものです。ただし内容的には相当厚みのあるものでした。映画と写真、また映画と演劇は、どう違うのか、映画が芸術としてもつ独自性は何か、といった内容で、非常に面白く読みました。文中にはじつに洒落たアフォリズム風の文句がちりばめられていましてね。「演劇の大女優とは、多種多様な役を一人でこなせる女性であり、映画スターとは、似たようなシナリオを数多く生みださせ得る女性のことをいう。」「監督たちが、トーキーの音の祖先はレコードではなく、ラジオ放送における編集構成だと気付いた時、トーキーは芸術になった。」「優れた無声映画に較べると、パントマイムに近いのは演劇の方である。」といった具合です。クローズ・アップの技法についてのマルローの意見も新鮮だった。この本はまた、造形美術における西洋と東洋の違いについて論じていて、たとえば、西洋のものは劇的であるが、東洋のものは、西洋での劇的という意味では、劇的ではない、と言い、その理由を論じてます。この本は美術論や演劇論を書くうえでも役に立ちました。


僕が芸術全般にかかわる問題に関心をよせはじめた時期は、六〇年の安保闘争と重なっているんですね。そういう時代の雰囲気にも刺戟を受けていたのでしょうね。一九五九年の八月から、吉岡実や岩田宏などと「鰐」を創刊しましたが、他方で武満徹、林光、秋山邦晴、一柳慧、湯浅譲二といった音楽関係の人達と、主として草月アートセンターの催し物などを通じて知り合いになりました。画家や美術関係の人達とは、それ以前の「シュルレアリスム研究会」をきっかけにして、駒井哲郎、加納光於その他の人と親しくなったわけです。まああの頃は、詩を書いている人間も、音楽や美術をやっている人々も、一緒によく集まったものでした。この時期に少し先立つころ、僕は「保田與重郎ノート」を書き、日本モダニズムの再検討などをもやりはじめていました。それは、時間的には現在から溯って昭和十年代について考えてみること、また空間的には、音楽や美術をやっている人たちとの付き合いの増加という形をとりました。遠心的なひろがりを意識的に求めていたともいえます。戦後の音楽や美術に対する関心が広がっていって、自分がどこにいるのかわからなくなるくらいなところもあったけれど、それでいいんだ、広がるだけ広がっていいんだ、自分は自分の感じ方にしぶとく固執するだろうし、固執できるだろうという気持だけはありました。

「疑問符を存在させる試み」（一九六〇年一月）は、当時のそういう考え方を、荒っぽく、ヒステリックに、投げだすように書いています。これは「鰐」の連中に大論文を書けとハッパをかけられていて、なかなか書けなかったのが、新聞社の正月休みに一気に十五枚まで書いたんですね。でも後が続かなくて、そのまま投げ出した形で発表してしまったものなんですが、その後いろんな人がこの文章に言及し、客観的に言っても、当時、現代詩の世界での詩論としてはかなり話題になった文章でした。荒っぽいだけに、自分の困りはてている状況がストレートに出ていて、そういうところは今でも胸にこたえますが、息せき切った感じで、自分ではあまり好きな文章ともいえないんです。

同時期に、「芸術マイナス1」と「フォートリエ」という文章を書いています。日本橋の南画廊が「フォートリエ展」をやったんですが、今とちがって、一九六〇年頃は西洋の現代画家の展覧会などはほとんどなかったわけです。南画廊の志水楠男さんが「フォートリエ展」開催を決意したのは、それこそイチかバチかの大勝負を打つようなものだった。フタをあけてみると、当時は今とは別の小さなビルにあった南画廊は床が抜け落ちんばかりの大盛況、大騒ぎになりました。フォートリエ自身をはじめ、批評家ジャン・ポーラン、イタリアの詩人ウンガレッティなども来日しました。このフォートリエ展の衝撃は、日本の若手の画家たちの作風を一変するくらい強いものでしたね、なにしろ海の向こうのアンフォルメルというものが、まともに日本に入ってきたわけですから。僕は、このとき、志水氏に頼まれて、フォートリエ展のパンフレットに、フォートリエやジャン・ポーランの文章の翻訳をしました。

戦後美術への関心は、学生時代からある程度持っていて、外国の美術書なども折々読んだりしていたんですが、今言ったような新しい美術を目のあたりにして、それが美術論を書く気持を強めたといっていいでしょう。クレー論や「写真の国のアリス」などは、それ以前に書いているわけですが、これらは美術論としては駆け出し時代のもので、美術論を書く姿勢は、フォートリエ展の頃に一層はっきりしてきたと思います。

僕がパリ・ビエンナーレでヨーロッパに行くより以前に、東野芳明君はアメリカ、ヨーロッパを長期間旅行しています。これは当時としては、そう日常的なことではなかった。東野君は、帰ってきて、実際に自分の目で見たり、聞いたりしてきた新しい芸術の動向を紹介することになったわけですが、その旅行中に、僕によく手紙をくれまして、ジャスパー・ジョンズとかラウシェンバーグなどについても、非常に新鮮な印象を書いてきたんですね。ジョン・ケージの名前も、僕は東野君の手紙で初めて知ったと思います。

僕は、アメリカの詩や文学などには、学生時代から関心を持っていました。特にホイットマンにはひかれていて、まあアメリカというものをホイットマンを通して見るというところがあったんです。アメリカという国の現実的な状況などを別にしても、アメリカの芸術家への共感は感じていました。やがてサム・フランシスと親しくなりました。一時期、テネシー・ウィリアムズの詩や戯曲を熱心に読んだりしましたが、「エヴリマン氏」という文章も、そういう立場で書いてます。僕はどうしても芸術論と詩論とが同じ次元で重なるような書き方になるんですね。

一方では、渡辺崋山や水墨画などについての文章も書いています。勤めていた新聞社のほうは、二足のワラジを履くのはむつかしくなって一九六三年春に辞めました。そのあと、先に言ったヨーロッパ旅行をして『眼・ことば・ヨーロッパ』という本を書いたわけです。順序でいうと、『芸術マイナス1』『眼・ことば・ヨーロッパ』『文明のなかの詩と芸術』と順次、本になりましたが、これら全体として、かなり雑然としてますが、一九六〇年代前半の芸術論になっているわけです。

ともかく、一九六〇年代の初頭は、現代芸術が急激に変化していた時期です。その中で、僕ら詩を書いているものは、言葉という、どうしようもなく意味の尻尾をくっつけているものを引きずって生きていかなければならなかった。しかし僕は、言葉は手離せない、手離すまいと思っていました。言葉に対する不信を言い、言葉など通さない行為に突き進もうとする若い人々への共感はもちろんあったけれど、一方で、僕は言葉を手離せないぞ、と思っていた。しかし、さりとて、言葉を安易に信じられるような楽観的な状態ではないわけです。一方で、美術や音楽の人たちがやっていることから目を離すわけにいかない。両方に引き裂かれて、アンバランスな状態になっていましたから、この頃の僕の文章には、どこかイライラしたところがでているかもしれません。

ちょっと割切っていえば、そういう両極に引き裂かれた往復運動が、いわば『文明のなかの詩と芸術』のテーマであり、根本の姿勢になっています。冒頭の「批評について」で、「〈美しい〉という言葉を心置きなく使って、語ったり書いたり出来ないものか」と言っておりますが、〈美しい〉というような言葉は、今日では批評の言葉として用いるわけにもいかない言葉ですね。でも僕の中には、そういう陳腐で役に立たなくなってしまった〈美しい〉というような言葉を、適切に使えることこそすばらしいという思いもある。「美はどこにあるか」という文章も同様の主旨です。「幻影の都市」「泥について」も、同じ問題を抱えています。

「芸術・反芸術」から「ダリ考」あたりまでの文章などは、婦人雑誌に書いたものですが、そういう雑誌の編集者に、現代芸術の先端の動きについても関心を持っている人たちがいたんです。お茶やお花をやっている読者のうち、はたして何人がこんな文章を読んだか、はなはだ疑問ですが、美術雑誌以外のところに、前衛的な芸術についての文章が載るようになったのは、この当時からだったんじゃないでしょうか。

「サム・フランス（ママ）に沿って」は、この画家についての僕の考え方が大よそ出ていて、愛着のある文章です。「ケージ考」は、あまりよく知らないことについても一所懸命書いていて、我ながら痛々しい。「ＪＡＺＺ」は、ラングストン・ヒューズの『ジャズ』（木島始訳）に沿って書いたものです。僕はレコーズ（ママ）などで、セロニアス・モンク、チャーリー・パーカー、チコ・ハミルトンその他、当時のモダン・ジャズのスターたちのものを、割合よく聞いていました。ジャズについても何事か語っていたという意味で、僕にとっては歴史的なる文章です。「サイコロ考」は、僕自身としては大事に思っている文章です。

『現代芸術の言葉』は、現代芸術というもの自体を〈ことば〉として考え、それについて書いた文章を集めたものといっていいでしょうか。人間社会は言葉で埋めつくされているのではないか、と僕は考えていたわけです。たとえば演劇における演技をもまた、別の言葉の一つとして見ることができるのではないか。肉体そのものが言葉を語るというか、人間の行為という形で発せられる言葉、そういう、文字として表現に定着された言葉以外の言葉について考えてみようとしたわけですね。一九五〇年代半ばから六〇年代半ばにわたって考えてきた、美術や演劇、映画を通じての僕自身のテーマ、芸術的表現と言葉についての考え方がある程度固まって、いわば中間報告という形になっています。当時そろそろ言語論が盛んになりかけていて、そこから啓発されたこともあると思いますが、僕は感覚や知覚の次元になるべく密着して考えようとしていたから、僕の論旨は学問的な領域での話題とは違うんですね。つまり肉体と精神をひっくるめた形での言語表現体である人間というものを、その発語の状態に可能なかぎり接して考えてみようとしたので、学問的な記述とはかみ合わないところが出ていると思うんです。もっとも、学問的にやっている人でも、たとえば中村雄二郎さんや市川浩さんなどは、そういう関心を持っていて、僕などと、肌合いとして近い感じがしていますが。

この本には、「滴々集」に入れた文章のほかに、映画や芝居を見て感想をしるしたものをもそれぞれの項目にまとめて収録しました。もちろん本の形で収録するのはこれが初めてです。

映画についての文章の多くは、「草月アート・センター・ジャーナル」（「ＳＡＣジャーナル」）に書いたもので、これを書いたころは割とよく映画を見ていました。僕の感想は、映画批評というようなものなのかどうか、まったく分りませんが、久しく忘れていて、今度こんな形で本に入ることになったためゲラ刷りで読んでみて、自分なりの映画の見方というものはやっぱりあるものだな、と思いました。少なくとも、文学的な見方として、こういうものもあってよかったのではないか、と思いました。もっとも、当時東野芳明君は僕の映画評について、お前さんのは気に入った女優が出ていさえすればそれで大満足の典型的ミーハー批評だぜ、とからかいました。僕はそれをすすんで認めていいと思いました。素人が映画について書く楽しさは、そういうところにあるほかなかろうと思います。

パゾリーニについてのちょっと長い文章や、三島由紀夫原作の「剣」についての評は、それぞれ、決して一映画にとどまらぬ問題について書いているつもりです。いずれにしてもこれらは文学論的あるいは芸術論的な性格をも兼ねている文章だと思っています。

芝居についての文章も、僕のものはあくまでも一素人の立場で書いたものですが、その根本には、今言ったような性格がいつでもあると思っています。ちょっと居直りめきますが、僕は映画や芝居についての多くの人々の評を読みながら、日本の映画評や劇評の欠点は、そのあまりにも非文学的な点にあるんじゃないかと思うことがしばしばあります。こういうことを言うのは、日本ではしばしば、劇評などで文学性ということが悪い意味に用いられているのを見るからで、文学でさえないものが何でいい劇評でありうるのか、という風に反問したくなるときもありますね。自分のことは棚にあげての言い分ですが。

大岡信著作集11

青土社　一九七七年二月　五六六頁　四六判　二四〇〇円

■巻末談話／『眼・ことば・ヨーロッパ』『肉眼の思想』のころ■

『眼・ことば・ヨーロッパ』の成り立ちは、一九六二年に、パリ青年ビエンナーレの詩部門に参加した時の旅行記をもとにしたものです。今と違って、そう簡単にヨーロッパへ行くなんていうことができなかった時代です。それ以前に、友人の東野芳明のように、ヨーロッパとアメリカで二年近く過ごしてきて、新しい時代の新しい美術を見聞きして、それを僕らに教えてくれた、そういう珍しいケースもありますけどね。実際には、向こうへ行くというのは、そう日常茶飯事的なことではなかったわけです。僕の場合には、たまたま呼び掛けがあって、何人かの同世代の人たちの作品を紹介してくれというので、この本に書いてあるような経過を辿って、出かけたわけです。

僕はそれまで、一九五三年四月から六三年の三月まで、丸十年勤めていた読売新聞外報部を辞めました。学生時代からの詩や評論に加えて、いつの間にか美術批評のようなものも書き、翻訳もし、それから放送詩集という形で、ラジオ・ドラマのようなものもいくつか書いたりして、こんなにいろいろなことに手を伸ばしちゃって大丈夫かな、とちらちら思い始めていた時期だったと思います。十年というと、新聞記者としては一番働き盛りで、当然、一番難しい仕事をやってくれという期待が掛かってくる時期ですね。僕自身は、新聞記者という仕事は決して嫌いじゃなくて、まあ外報部というところは非常に性に合っていたんです。入って何年間かは外電や新聞・雑誌記事の翻訳と、それから英連邦とフランス地域をカバーしていたので、そういう所で何か出来事があれば、それについての解説を書くという仕事が主でした。社会部記者のサツ回りのようなものはなく、ふいに事件が起きてどうこうするということもなかったので、自分の時間をある程度規則正しくとれたことは確かです。ただ、夜勤や泊りが多いから、ふつうの勤めとはずいぶん違ってました。新聞社での付き合いも、皆、気持のいい連中だったから、ある意味では、大変に快適な時期を過ごしたんですね。ただ、物を書く仕事がふえてきて、新聞社へも外から電話が掛かってきたりして、身の振り方をはっきり決めないと、二足の草鞋を履いて、虻蜂取らずになるかもしれないという危険を感じ始めていました。

それに、年齢でいうと三十代の始めだったんで、それは不安定な時期ですよね。僕は二十代の半ば頃に詩集や詩論集を初めて出して、そのあと五、六年間、新聞社で仕事をしている間に、自分の文章を書く方の仕事も増えちゃったけれども、まだ、どんなことについても皆目見当もつかない時期だった。今になってみれば、あの時やっておいたことが、こういうふうに展開してきているなということは解るんだけれども、その時期はもう無我夢中で、やるべきことはたくさんあるように思えながら、実際には、そう仕事ができるという自覚もなくて、むしろ焦りがあったわけです。そろそろ特派員としてパリに行くことが既定の事実みたいになってきたわけですけど、その時期に、五、六年ヨーロッパにいなきゃならないとすると、これはかなり問題であると思ってね、ある日、辞表を出しました。

同僚はびっくりしてね、パリに行くことが大体決まっているのに、なぜ辞めるのかって。まあ親しい友人達は、やっぱり辞めたか、貧乏になるだろうけど頑張れや、といった具合でした。外報部では、喧嘩別れみたいにして辞めたのではないから、あとあとも親しく付き合っていますけどね。僕としては、暫くの間は退職金で食いつないで、とにかく翻訳で稼いで、あとは自分の仕事をやろうと思った。ところが僕が翻訳するものは美術の本とか、堅い本ですからね、売れるはずはないんです。翻訳で食えると思ったところが、呆れ返るくらい無知だったわけです。それで辞めた当座から暫くの間は、南画廊の主人の志水楠男さんが、週に一、二日画廊に出てきて相談相手になってくれないか、というので、そのつもりで出ていきました。

ところが一緒に酒を飲む機会が多くなって、週に一、二日どころか毎日のように出ていったりしましてね。結局その時期は、経済的にはずいぶん不如意だった。ただ不思議なことに、家には居候までもが、ごろごろいたりしました。仕事も大してしなかったと思うけれど、読売新聞の文化部から、新しい詩や芸術の動向について書かないかと言われて、十何回か連載ものを書いたりするというようなことがあって、まあ何とかいけるんじゃないかと思っていたわけです。たまたまそんな時に、フランスに来ないかと言われて、それで闇雲に飛びだしちゃった。家にある金は全部掻き集めて、餞別に貰った金も全部持って行っちゃいました。家の方はどうやりくりして食っていたか解らないんです。息子が幼稚園で、娘は生まれて半年くらいですね、僕がパリに行った時は。ひどいもんです。

向こうで会った連中の中で親しくなったひとりがロベール・フィリウーという男で、この本にも出てきます。ほかにも何人も親しくなった人々がいますが、みんな有名な詩人や有名な美術家ではないです。尋ねて行った人には、ジャン・アルプとかシャガールとか、偉い美術家などもいますけど、そう深いお付き合いだったわけではない。まあフィリウーはのちに、日本語の単語をもとにした、詩集のような、ことわざ集のようなものを作って、それを僕に捧げて出版したりしています（本書収録）。短い滞在でしたけれども、面白い男とも付き合ったわけです。

旅の間のことは一応メモに取ってあったんですが、帰ってきてからたまたま、当時美術出版社に勤めていた長田弘君が、旅行のことを中心にした現代芸術に関する本を書かないかという申し出をしてくれました。ほかに大してすることがないような状態だったから、この本の第一部はかなり早く、熱心に書いて、だから大半は書き下ろしです。書いているうちに、自分でも面白くなって、読者には少し話が面白くなり過ぎていると思えるようなところもあるかもしれない。実際に会って話をした人達のことは、できるだけ克明に思い出して、これ、記録だからと思って書いてあります。第一部が出来上ったところで、それに関連して、今まで雑誌に書いたまま本になっていないものを集めて、第三部としました。画家について書いた僕の詩をいくつか挾み込んで、第二部とする形にしたわけです。

この本を出した時には、何人かの人が面白がってくれました。たとえば安東次男さん、大江健三郎さん、椎名麟三さんなどが面白がってくれたのを憶えています。自分でも、一気に書いた部分は気に入っているんですけどね。ただ、この本はそう売れなかったんじゃないかと思いますが、その後二、三の出版を始めたばかりのような人が、あれを複刻させてくれないかと言ってくれたこともあるんです。まあ僕自身にとっても、何人かの人が思い出してくれているという意味でも、懐しい本になっています。この本を読んで、ヨーロッパで絵の修業をすると言い出して、困ったお母さんと一緒に僕の所へ尋ねてみえたお嬢さんがいたりしてね、びっくりしたことがありました。この本には一種のアジテーションの要素もあるようで、僕はそういうつもりは全然ないんだけれど、やはり書いている本人の気持の昂揚があったからではないかと思っているんです。

このヨーロッパ旅行で会った人のなかには、菅井汲さんもいて、その後非常に親しくなったんですが、ああいうユニークな芸術家と知り合う機会でもあったという点で、僕には記憶すべき旅だったですね。もちろん菅井さん以外にも何人かそういう人がおりますが。

ヨーロッパへ行く時に、あり金を全部掻き集めて行っちゃって、帰ってきてから、ろくに仕事もせずに酒ばかり飲んでいました。あの時期に、どうして本を一、二冊書いているのか解らないんだけれど、とにかく遊んでばかりいました。旅行から帰って、東京オリンピックと、そのあとの万国博の時期ですね、日本が高度成長経済になったという事実が僕などにも影響してきたのは。ああいう大掛かりなスペクタクルをやって、それに対する投資を猛烈にし、景気を煽るという形で、非常に変わったという実感があった。バーの飲み代が高くなったということと、今まで行けた店にだんだん行けなくなったということから、切実に感じましたね。実際に経済界の動きを見ても、そうだったと思います。ですから、僕のこの旅行は、貧乏旅行の最後の時期だったんじゃないかと思うんです。それ以後は、人々がどんどんヨーロッパなり、アメリカなり、グァム島やハワイ島まで行くようになりまして、僕などはそれでちょっと馬鹿馬鹿しくなって、意地張って外国へなんか行かないさ、という気になったところもあります。このあいだ十三年ぶりにヨーロッパへ行って、向こうはあまり変わっていないけれど、顧みれば日本はずいぶん変わってしまったのだな、と確認しました。

まあ今のようにヨーロッパやアメリカへ気楽に行ける時代になると、一種の骨董品みたいな感じが、この本に出てきているかもしれない。人々との出合いに、こんなに心を動かされてしまうというようなのは、もう近頃では流行らないのかもしれない。しかし僕としては、やはり今でも驚きとか、戦きとか、人と会ってびっくりするということはあった方がいいんじゃないかと思う。そんな本だということで読んでもらえれば、今でもある程度はこの本の意味があるのではないかと思います。

『肉眼の思想』は、『眼・ことば・ヨーロッパ』の四年後に出版したことになりますね。『眼・ことば・ヨーロッパ』で、ジャンルの区別を越えて芸術を考えるということを始めたわけですが、『肉眼の思想』もそれの延長線上に置かれると思います。この本のほぼ三分の二は、六七年から六八年にかけて「中央公論」の「芸術時評」として連載したものです。ヨーロッパの旅から帰ったのが六四年で、その後三年間くらいの間は、詩の雑誌だけでなく、建築雑誌や音楽雑誌や、もちろん美術雑誌など、いろいろなジャンルの雑誌に文章を書いています。そういうところから知識ももらったし、現代芸術一般について目を開かれて、それらについて自分なりの考えを述べることが多くなってきた時期なわけです。この本はその時期の産物ですね。「中央公論」の「芸術時評」は、僕の前に十何回か山崎正和さんが書いて評判になり、その次に、僕にやらないかと言われたので、僕なりのやり方で書いたわけです。これには建築やデザインや芝居についてのものもあります。ちょうど小劇場運動が最も華やかに展開された時期で、唐十郎、鈴木忠志、寺山修司といった人々が活躍しはじめ、舞踏の方では土方巽が非常に注目されてきたし、六〇年代の半ばから後半にかけてですね、面白い時代でした。

一九六〇年代は、詩の方でも僕らより少し若い人達、たとえば天沢退二郎君や鈴木志郎康君、吉増剛造君や岡田隆彦君などが出てきて、僕などはもう先の様子が解らなくなるくらいに思ったこともありましたね。その人たちはみな、小劇場や映画や土方巽の舞踏とかに、ある意味で、のめり込むように身を浸していった、そういう時代です。僕はむしろそういうものを、外側からも、また中側からも見たかった。できるかぎりのやり方で、とにかく両側に同時に身を置くような視点をもっていたいという気持があって、それが『肉眼の思想』のいくつかの文章には出ていると思います。

この時期、この本に出ているものでいえば、三島由紀夫の芝居や、大江健三郎の『万延元年のフットボール』が話題になりましたね。そういうものにふれながら、現代文学の終末論的な関心のあり方について考えるということを、この本の中では時評という形でやっていますが、それも以前から考えていたことの延長線上で捉えているから、それぞれの作品や演しものに無理して付き合ったという感じはあまりないのです。僕自身の関心のありかに触れてくるようなものが、その時期には、いろんなジャンルにころがっていたということです。

この本の中のいくつかの文章については、当時書いていて、ある種の予測をしていたことが、今読み返してみて、決して間違っていなかったという自信はありますね。僕は二十代からやってきた仕事のなかに芽ばえとしてあったものを、新しい時代の激しい動きの中でも、そう簡単には手離すまいと思ってきましたから、それぞれの時点でそれほど右往左往せずに物を見ることができたのではないかしらと、少々口はばったい言い方になりますけど、そういうことは思う。

時評をやっていつでも感じるのは、時評は相手に調子を合わせながら、自分の言いたいことも言わなけりゃならないということ。つまり、自分と全く異質なものにぶつかっても、とにかく相手を受け入れた上で、相手と自分との関係を測りながら、自分自身を見失わずに何か言う、という操作が常に必要だということです。芸術時評の場合にもそれは非常にあったわけです。

特に六〇年代は、戦後日本にたくわえられてきたいろいろな要素が、噴き出るように一度に飛び出してきて、それがふつうの二倍から三倍の騒がしい音響で叫び立てられた時代です。僕らが青年期を過ごした五〇年代には、まだ皆が内側へ屈み込むようにして、自分自身に呟くようにして外へ発言するという発想の仕方が多かった。六〇年代には、ほかの連中の騒音に掻き消されてしまうために、自分自身に呟くことでさえ大声で叫ぶという時代だったんじゃないか。そういう時代に時評をやるのは、じつはかなり難しいことだったかもしれないと、今になって思います。

また六七、八年は大学闘争の時期で緊迫していました。僕自身も、この頃すでに大学に勤めていたから、そういうことからくる精神的な影響は強かったですね。しかし、日々の動きの中に、永続的な問題を見つけたいと常に思っていたから、それでなんとか身が持ったみたいなところはあるんですね。小説に関することであろうが、詩や日本語やデザインや芝居や美術や、あるいは未来芸術というのは何だろうということに関しても、いつでも、その現象の底に最も永続的に問題になり得るものを見ようとしてきたので、『肉眼の思想』というタイトルもそういうつもりで付けたわけです。結局、どたんばで一番頼りになるのは肉眼である。肉眼に思想なんてないけれども、しかし、それに思いを込めて言ったわけです。物の最も裸な姿を見るためには、肉眼つまり裸な眼を持たなきゃね。現象に流されずに事物の最も核心に潜むものを見ることができれば、これは一番強いと。

当時、僕の友人達でも、僕のこういう行き方に対しては、大岡はなんてのんきなことを言っているんだ、と苛々したような人もいたんです。皆が目の前に現われてくる問題について、ものすごい勢いで論じることが多かった。ところが僕は、「あ、それは流行だからね」とわざと言ったりしてね、半年たったらその問題について考えるつもりです、なんて言ってきらわれもしました。それは意識的にやったんですけど、まあ、そういう形で僕自身の物の見方、考え方を、人には伝えたつもりだったわけね。そういうことで親しい友人と酒場で口論したこともあります。向こうが呆れ返って、「全くおまえって奴は昔から変わらねえんだから」。こちらはこちらで「おまえみたいにどんどん変わろうって奴もいねえんだから」。まあ、そういう形でお互いを確認し合っていたわけです。一般的にいって、外側が緊張した状態、加速状態になっている時期には、意識的に減速するというのが僕の歩き方だったようです。

そういう時に速度を速めてしまうと、足が地に付かなくなるということは、子供の頃からの経験で解る気がする。世の中が急転回して砂塵があがり、空が真黄色に曇ってしまうくらい騒がしく煙たくなってきたら、わざと地を這うというのが僕の方法で、この時期はかなりそうなっています。この芸術時評で扱っているのは非常に新しい話題、たとえばその年のデザイン賞について書いたりしているわけですけれど、つまり材料は新しいが、それを扱う僕の態度は、わざと減速して喋っているところがあります。そういう方法だと、時代の表面の相とそうでない部分とが見えるように、僕は思うんです。しかし親しい友人達でも、これとは全く逆に考える人もいるし、実際に意見が対立する時はありがたい。こいつがいてくれるから、俺は安心して彼とは反対のことを言えると思ってね。そういう意味での友達がいたことは、僕には幸いでしたね。この本には、芸術時評以外にいくつかの雑誌に書いた文章が四、五篇ありますが、心構えは今言ったことと同じで、まあ、この本に限らず僕はいつも大して変りばえはしないんです。

『肉眼の思想』の装幀は加納光於さんがやってくれて、僕はとても気に入ってます。『眼・ことば・ヨーロッパ』の場合も、瀧口修造さんから頂いた「リヴァティ・パスポート」という私製のパスポートから始まって、表紙は南画廊の志水氏が撮った写真、裏表紙は僕が撮った写真を使ってあります。友達とか尊敬している人からいろいろ貰うことができたし、外形も好きな本ですね。

このころの詩作についてですか。

第一詩集『記憶と現在』（一九五六年）を出した直後ころから、シュルレアリスム研究会をやったりしましてね。それから、草月会館で武満徹、林光、一柳慧その他大勢の作曲家たちの作品、モダンジャズや演劇など面白いものがありましたね。その一つで、ジーン・アードマンというアメリカの女の舞踊家を中心にした小人数のグループがやってきて、「六人を乗せた馬車」という芝居をやりました。ジェイムズ・ジョイスの「フィネガンズ・ウェイク」の中から、ジョイス学者のアードマンの旦那さんが構成した、芝居ふうな舞踊で、僕にはとても面白かった。ほかにも芝居をいくつもやってましたし、当時とくにつよく、演劇的なものに刺激を受け、関心を掻き立てられましたね。草月会館では、音楽や演劇や映画、それにハプニングとかイヴェントも、もちろん行なわれました。五〇年代の終わりから六〇年代にかけての時期、友達がそういう所で作品を発表することが多かったから、いつの間にかそこへしばしば行くようになって、それは詩作の方にも大なり小なり影響を受けていると思います。

僕の詩は、その時期にいろいろな形で膨張とか収縮をしたと思うんです。今読むと、非常に不安定な詩をたくさん書いていて、抹殺したい気もしますね。自分自身では、まあどこまで揺れるか解らないけど、揺れるとこまで行くほかないと思う一方、大丈夫かなという不安もありました。全体的に言えば非常に刺激の多い年代で、読売新聞を辞める頃まで始終刺激があったし、辞めた後ではますます勝手なことをやってもよさそうな気がしましたね。たぶん「書く」よりも「感じる」ことの方により強く引き摺られていたかもしれない。今言ったように、揺れるとこまで揺れちゃえという気持があったから、まあ波に揉まれながら、波の狭間でジグザグ行進みたいなことをしていたかもしれません。『眼・ことば・ヨーロッパ』の旅行は、そういう時期にしているから、この本の中でも、その揺れをかなり意識的にやっていると思いますね。そういう中でたとえば、この本にでてくるマドレーヌ・ルノー主演の「おお美わしの日々」という芝居に強く感動したのでした。それから、ヨーロッパであった詩人たちの、まあフランスあたりの詩は、日本の現代詩人の仕事と比べてみても、格別いい状態になっているとは思わなかった。やはり六〇年代の初め頃は、フランスでも、世界的にも、詩人たちが揺れ動いていて、落ち着いた動かし難い岩のようなものが表に出ていたとは言えない時代ですね。

美術の方で言うと、五〇年代は非常に大きな変動があって、アンフォルメル運動とかポップアートが出てきた。で、六〇年代までその余波が続いていたし、僕が旅行したのは、ヨーロッパにポップアートが入り込み始めた時期で、そういう意味で非常に動揺があったわけです。それまでパリは美術の中心地だと自負していたのに、戦後、経済事情も悪くなり、新しい動きもなかなか出てこない。そこへアメリカがドルの強力な時代というものを背景に出てきて、大型コレクターが続々と出てき、画家たちの生活も劇的に良くなってきた。そういうことで、アメリカの勢いはとても強かったけど、パリはちょっとくすんで見えましたね。くすんでいる中で、いろいろな細波がたくさんあった。僕はパリへ行って、大きな決定的な変化じゃなしに、それぞれの人が微妙に揺れながら何かを求めている、そういうところへぶつかったので、かえって人間的な接触を通しての懐しい感じが強く残っています。ひとりひとりの人間を見ているのが、非常に面白かったんです。

大岡信著作集12

青土社　一九七七年一〇月　五一一頁　四六判　二四〇〇円

■巻末談話／芸術の根源的な要素■

この巻には『装飾と非装飾』という本と、まだ本にまとめていない現代画家についての論集を収めてあります。『装飾と非装飾』の中の「水墨画私観」という文章は、『芸術と伝統』にも入っていて、これは「詩論Ⅱ」の巻に収めましたので、ここでは省いております。

『装飾と非装飾』の中では、「ロマン主義の領土」という長い文章が、時期的には一番古いものです。フランス・ロマン派絵画の巨匠ドラクロワの没後百年ということもあって、一九六二年に、「芸術新潮」に八回に亘って連載した文章です。当時、僕はまだ読売新聞社に勤めていて、美術についての文章を書き出して五、六年ぐらいの時期でした。ロマン派絵画というと大変に範囲の広いことですから、書けるかどうか自信はなかったんですけど、まあ、ロマン主義を起点とする近代の絵画、芸術一般について考えるいいチャンスだと思ったんです。毎回十枚くらいで、内容的にはかなり凝縮させて書かなければならないので、書きづらかったのですが、色々な絵を見たり本を読んだりしましたから、僕にはいい勉強になりました。

ロマン主義というのは定義しにくくて、ヴァレリーも「私はこの用語を定義しようとは思わない。それを試みるには、一切の厳密の念を失っていなければなるまい」と言っています。ふつうロマン主義というと、現実逃避的で空想にふける、エキゾティックな世界に向かってたえず自我が逃がれ、拡散していく、病的な想像力の肥大が狂気の領域にまで達する、要するに異常さへの好みが圧倒的に強い、というように考えられることが多いわけですね。しかし単にそれだけの精神状態では、芸術作品の豊饒な創造はできないはずです。ロマン主義の根柢には実は非常に積極的、生産的なもの、クリエイティブな産出力、また構想力があるのではないか、と僕は考えたわけです。僕の文章の中で引用しているバルザンの考え方はまさにそういうもので、大変共感したんです。それをひとつのポイントにしてロマン主義絵画について書こうと思いました。事実、ドラクロワをロマン派絵画の典型的な代表者とすると、現実逃避的というふうに考えられるロマン主義とは正反対といえるところを持った人ですね。

ロマン主義の現実逃避的な面は、ドイツあたりでは割合はっきり現われています。イギリスでも、詩人ではキーツなどはそういう傾向が濃厚だといえますが、一方で、社会的な問題にも積極的に関わろうとするバイロンやシェリーのような例もある。フランスのロマン主義は、どちらかというと強い積極性を持った人達が抱いていた思想ではないかと思います。結局、ロマン主義というのは単一の思潮としては理解しにくいもので、歴史的、社会的、民族的な要素が絡まり合って展開していると思うんです。

「ロマン主義の領土」という文章で、僕は特にフランスのロマン主義を考えてみたので、とりわけ生産的なロマン主義ということに興味があったわけですが、ドラクロワについて書いた部分が、文章全体の基調を成していると思います。美術史でいうと、クールベはロマン派というより、その後に出てきたリアリズム絵画の巨匠として位置づけられていますが、僕はクールベやドーミエなども含めて、ロマン主義の広がりを考えてみたかった。それからまた、ギュスターヴ・モローなどはまさに現実逃避的といえる人ですが、彼の色彩の豊かなオーケストレーションは明らかにドラクロワを受け継いでいるし、マティス、ルオーという二人の弟子たちのフォービズムに繋がってゆくものを持っていた。つまり、ドラクロワからモローを経て、マティス、ルオーに繋がる筋があるわけで、モローを単に孤立した現実逃避的で文学的な画家としてだけでなく、ロマン派絵画の流れの中で論じる必要があると考えたわけです。

この文章の最後の方で、ちょっとばかりロマン派の風景画について書いています。東洋においては、山水画の伝統は古くからありますが、いわゆるリアルな風景画は描かれなかった。ヨーロッパでは、歴史的な主題やキリスト教的な主題の背景としてあった風景画が、十九世紀になって、いわば独立の主題になり、風景そのものを目的とした絵が描かれるようになります。その変化は、やはりロマン主義と深い関係があるわけです。ロマン主義の源泉のひとつであるジャン＝ジャック・ルソーの思想が発見させた自然観が、十九世紀の芸術家たちを導いて、都会から田舎へ目を向けさせる。また急激に発展してきた機械文明、工業社会が、都市をどんどん変えていき、それらの都市で生活する人々は、自然をもう一度見直さずにいられなくなっていく。その過程で、自然を描く風景画が、非常にリアルな意味を持ってきたわけなんですね。そういう風景画の展開も、ロマン主義の精神が発見した、いわば生産的な領域のひとつだったと思います。それはまた、現代アメリカの抽象絵画とかポップ・アートなどに繋がる、歴史的な長い時間の射程で眺めることができる歴史的現象だったと思うんです。

この文章は、「芸術新潮」連載の時には「フランス・ロマンティシズム」というタイトルだったんですが、実際には、十八世紀末から現在に至る芸術観の歴史、少なくともそのある局面を僕なりの見方でスケッチするという形になったと思います。近代文明の中で、芸術家がそれぞれの自我を、歴史や自然や様々なイデーとどう関連づけ、認識していったかということが全体の問題でしたから、当然、現在の我々の芸術観や芸術創作の現状にも関連する問題を、僕としては意識していたわけです。

同じ本の中の「生の昂揚としての抽象絵画」という文章は、講談社の「現代の美術」シリーズの『躍動する抽象』という一冊に書いたものです。一九七二年刊行ですから、「ロマン主義の領土」を書いて十年後になるわけですが、問題意識としては繋がっています。抽象絵画について考える時、ロマン主義思想・ロマン主義芸術の精神的継承という点を無視しては語れないと思うんです。戦後の抽象芸術は非常に大きな広がりを持っていて、論点も色々あり得るけれど、僕はそれをロマン主義との繋がりという局面にしぼってみたわけです。ロマン主義的な独創性とか個性といった問題が、現代の抽象絵画の芸術家たちに、どんな現れ方をしているか、それを中心的なテーマにしています。それはまた、これら「独創性」とか「個性」とかの概念が最も深い意味で近代の文学、芸術に固有の問題だったという意味で、抽象芸術だけにとどまらぬ問題を含んでいるわけです。で、僕自身にとっては、『紀貫之』とか「うたげと孤心」とかの文章で扱っている問題と、これは直結しているわけです。このことは自分としては重要な問題だと思っています。

『装飾と非装飾』にはその他、「ギュスターヴ・モロー論」とか、「ユトリロの『白』」とか、「今日、芸術とは何か」という文章がありますが、それらは結局、十八世紀末から現代までを通じて、芸術家ないしは芸術創造の本質的な問題とは何だろうということについて考えてみようとしたわけです。また将来のコンピューター文明的な環境の中で人間が芸術というものを持ち続けるとしたら、それは人間にとってどういう意味を持ち得るか。芸術は人間の能力、認識や行為や感受性の能力の最も重要な現れの一つであることはたしかだと思われますが、その芸術の最も根源的な要素は何か。……ですから『装飾と非装飾』の主眼のひとつは、ロマン派以降のヨーロッパの美術を中心にしながら、現代芸術とは何かを考えるということにあったと自分では思っています。『装飾と非装飾』には、日本の美術に関する文章もいくつか入っております。僕ははじめヨーロッパの美術について書き、しばらくしてから日本美術についての文章を書き始めたわけですが、日本で美術論を書いている人の中には、そういう経過をたどっている人がわりとあるんですね。それは変則的なことですが、僕らの世代の場合、敗戦後の精神状態は、美術に限らず日本の伝統的なものに対する関心や熱意が急激に冷えてしまった状態だったんです。環境がそうだったんですね。しかし僕は外国のものと同時に日本のものについて、個人的な関心はないわけではなかった。それに、詩を書く、日本語で書くということは、本質的に日本というものに関わっていくことであるし、日本の古典詩歌やそれに関連する美術への関心をいずれにせよ持たないではすまされなかったわけです。実際に日本美術についての文章を書く前から、そういう美術展なども見に行ったりしていました。日本美術についての最も早い時期の文章では、これはこの本には入ってませんが、浜松図屏風についての短い文章などがあります。これは作者不明の中世の屏風絵で、画面を圧倒しているのは浜辺の松の、様式化された幹や葉で、それらの力強さが印象的なものですね。それから、「國華」の編集に当時からたずさわっていた水尾比呂志君に書いてみないかといわれて書いた吉沢忠さんの『渡辺崋山』という本の書評も、初期に書いた文章です。（『芸術と伝統』所収・著作集5）崋山は、ヨーロッパのリアリズム絵画に強い衝撃を受け、日本画の技法と素材とものの見方をもってそういうリアリズムをわがものとするにはどうしたらいいか、いろいろ考えた。その崋山の関心のあり方が、僕の関心のあり方と呼応するような気もしたんですね。そんなことで吉沢さんの本の書評などをきっかけに、日本美術についておそるおそる書き始めました。先ほど言ったようにこの巻には入っておりませんが、「水墨画私観」という文章も早い時期に書いたものです。

ところで日本美術は、ロマン主義に始まるヨーロッパ近代、現代の美術と同じ目で見てそのまま面白がれるものではないんですね。本質的に違うものがある。それをこの本の場合、「あとがき」でもふれたように、「装飾」と「非装飾」という二つの性格に分けてみたわけですが、しかしヨーロッパ十九世紀美術にも装飾性の追求という要素はたくさんある。両方に通じる統一的な視点はありうるだろうか。まあこの問題は僕には非常に興味がありますが、さしあたって今そんな大問題に対するみごとな答があるわけはないので、この本などは中途の中途といったものです。

たとえばアンドレ・マルローの「空想美術館」というのは、非常に面白い観念のひとつだと思いますが、僕も、自分なりのものの見方を通じて、日本人として日本の美術とヨーロッパの美術を見る目を結び合わせ、世界美術というものを考えたい、という希望をもっているんです。しかし大げさなことではなく、まあ自分自身の頭と目のささやかな楽しみのために、という程度のつもりでいます。

『装飾と非装飾』についてお話ししたようなことは、当然ながら現代画家についての各論とも関わってくると思います。この中では、平凡社から出たミロについての文章が時期的には一番古いかと思います。やはりまだ新聞社に勤めていた頃で、初めて一冊の書き下ろしを書くというので緊張した記憶がありま す。ミロの絵は昔から好きでしたが、僕がミロを好きだという意味とか理由を、自分に納得できるように書こうと思いました。当時はまだミロの作品を実際にはあまり見ていないはずですが、この文章を書いて二年ほどしてフランスに行った時にいろいろ見ました。その折、知り合いの関西の大きなガラス器会社の社長さんで、現代美術に関心を持ち、収集家としても知られている人が、美術作品の収集をしたい、ついては一緒に歩いてくれないか、というので、画廊やコレクターのところをだいぶ歩きまわりました。結局その人は十点ほど買いましたが、その中にはミロの戦後の代表作の一つで、「絵画」という題の、二メートル平方の大作品もありました。これをさるコレクターの家の壁で見たときはびっくりしました。僕はこの絵を画集で見ていて、とても好きだったし、この平凡社刊行の『ミロ』という僕の本でも、表紙絵に選んだ、まさにその絵だったんですからね。その絵はその後上野の西洋美術館に寄贈されましたから、今はあそこにかかっています。

「ジャクスン・ポロック」という短い文章は、抽象画家論というだけでなく、僕自身にとっての現代アメリカ芸術入門というつもりもあって書いたものです。これより何年か前に「疑問符を存在させる試み」「フォートリエ」（『芸術マイナス1』所収・著作集10）などの文章を書いた頃から、ポロックなど現代アメリカの画家について関心を持っていました。もっとさかのぼれば、中学時代に読んだホイットマンに対する関心の持続がこういうところにも現れているように思っています。

もうひとり僕が好きな画家パウル・クレーについて書いたのが、ここに収めた「クレー」です。ぼくとしては、それより数年前に書いた「パウル・クレー」（『詩人の設計図』所収・著作集4）につづくものです。書いたのは一九六四年で、ポロック論の半年ぐらい後になります。この頃から美術論を頼まれる機会が多くなって、この巻に収めたものでは、他にピカソ、レジェ、ルソーについての文章があります。

同じ時期、美術関係の翻訳などもやりました。新聞社を辞める直前に翻訳したのが、ハーバート・リードの『近代絵画史』です。セザンヌ以降の近代・現代絵画についての美術史としては、最も簡潔でよく書かれた本だと思います。僕にはもちろん非常に勉強になりました。リードは学生時代から、ペンギン双書など廉価版の本で買いやすかったので、『芸術の意味』とか『現代英国絵画』とか『詩とアナーキズム』とか、その他いくつか読んで親しんでいた詩人批評家でした。

それ以前には、マルセル・ブリヨンの『抽象芸術』を東野芳明君とふたりで訳して、それを瀧口修造さんが見て、三人の共訳という形で出したものがあります。そういう美術関係の翻訳をして得た経験は、ともかく自分で日本語にしていくわけですから、僕にとっては大きな意味があったと思います。新聞社を辞める時、美術論の翻訳などを定期的にやればなんとか食っていけるだろうと安直に考えて、ぽんと辞めてしまいました。その時直接に当てにしていたのはこのリードの『近代絵画史』の翻訳だったんです。相当の金が入ると思ったところが、版元の紀伊国屋からその前にツケで買っていた洋書の代金がさっ引かれたりして、まあ、計算に全くうとい人間のやることは実にバカバカしいことでした。

そんなことで、翻訳をしたり、美術雑誌に書いたり、美術書の解説を書いたりしているうちに、かなり広範囲に二十世紀画家について文章を書くことになったわけです。

その中でも、個人的に親しくしている外国の画家というと、サム・フランシスです。彼と初めて出会ったのは一九六一年だったと思いますが、その後も彼が日本にやってくる度に、日本で制作する作品を見たり、話したりしします。この人は非常に詩人的な人で、ウィリアム・ブレイクが好きです。夢に興味をもっていて、今はユンクをよく読んでいるようですが、以前から禅の思想に興味を持っていました。大学では生理学を勉強したんですね。戦争中に学徒動員で航空兵になり、訓練中に飛行機が墜落して脊椎をやられたもんですから、それ以後よく大病をするんです。日本に来ていて大病に患ったこともあります。絵も描けずに病床でじっと考えている。実にたくさんの夢を見るらしい。そういう彼自身の経験もあって夢を通じて個性とか自我を超えた世界を望み見る、あるいは、自分を通じて世界が夢を見ている、そういう状態に対して強い関心をもっているようです。それは詩の問題とも関わり合っていると思いますが、僕にとって彼との付き合いが貴重な意味を持っているのも、そういうことがあるためです。

日本の画家についての文章では、一九六〇年の夏に、かつての白木屋（今の東急デパート）で行われた駒井哲郎さんの最初の作品展のために書いたものが、日本の画家について書いた最初の文章だったと思います。駒井さんと知り合ったのは、僕が最初の詩集『記憶と現在』（一九五六年）を出してから一、二年後くらいの時だと思います。第一次ユリイカの伊達得夫さんが、ユリイカ主催の詩画展をやった時、駒井さんと僕が組んだんですね。組んだといっても駒井さんが僕の詩集から二つの詩を選んで、マニエル・ノワールという手法で小さな作品を二点作ったんです。それぞれ三十枚ぐらい刷ったかと思いますが、僕の手元には作者の分として épreuved' artiste という特別の刷りが一点あります。それがきっかけで駒井さんと親しくなり、アトリエに遊びに行って作品を安く売ってもらったり、今では彼の代表作とされているような作品を何点かもらったりもしました。駒井さんからは、その人柄へのなつかしさと別に、銅版画の制作過程や、見方などを教えられたわけです。彼は昨年（一九七六年）十一月亡くなりました。まだ若くて死に、僕は弔辞を読みながら、かわいそうで、不覚にも泣いてしまいました。

駒井さんと知り合ってしばらくして、加納光於さんと親しくなりました。当時、加納さんのエッチング作品が非常に好きで、南画廊の個展では比較的安い小さな作品をまず買い、次の展覧会ではもう少し大きい作品を買いました。展覧会のオープニングの日、当然作者がいます。僕は加納さんと口をきいてみたいのだけれど、これが実にしゃべりにくいんですね。僕は今でも初対面の人とはしゃべりにくいんですけど、加納さんもどうやらやっぱりそうでしたね。実に近づきにくい。腕を組んで、画廊の片隅で、何人かの人に取囲まれながら孤独な顔をしていました。で、ともかく話をすることができたら、加納さんがいきなり実に難しい議論をふっかけてきたんで、僕は相当ショックを受けた記憶があります。あたりさわりのない世間的なあいさつができないわけなんですね。羞じらいがあるから。そんなことで初めから芸術論みたいなことをしゃべったんですね。それ以後は、いろんな形で一緒に仕事をしたり、本の装幀をしてもらったりしています。この著作集の函の絵も、熊野川流域を一緒に旅した時、僕が文章を書き、加納さんがデッサンした、その時の加納さんの絵が好きで、それを載（ママ）いて使わせてもらっているわけです。

　ここに収めた加納光於論は、加納さんを精神史的、造形史的に位置づけようとする試みという観点で書いたものです。従来加納さんについては、その作品の幻想性を強調する観点から書かれることが多かったんですが、僕はここでは、加納作品を材料に筆者自身の想像をあれこれ心楽しく繰り拡げるようなことは、むしろ極力避けようと思った。それよりも、加納さんの仕事を、十八世紀あたりからの近代の人間の、認識と行為の形式の発展史に位置づけて考えてみたかったわけです。加納さんの仕事は、どうもこういう、一見美術の枠を超えたようなところで理解した方が、より近づきやすい性質をもっているのではないかと思うのです。そのあたりで、『装飾と非装飾』の中のロマン派絵画論や、「生の昂揚としての抽象絵画」「今日、芸術とは何か」などの文章とも、この加納論はつながりを持っていると思います。

　岡鹿之助さんについての文章は、僕としては書く機会を与えられて本当によかったと思っている文章です。もっとも、ここに集めた文章はどれもそういう思い出のあるものですが。岡さんの絵は一見して岡さんのものと分かるんで、とても近づき易く分かりやすいと思えるでしょ。風景とか花とか廃墟の建物とか、主題においても三十年前と同じものを描き続けているわけですから。しかし、ひとりの芸術家がその出発以来同じ主題をくりかえしくりかえし描き続けているということは、どういう意味をもつことなのか。それを考えはじめると、実に大きな問題がそこに見えてくると思いますね。それは、芸術家が生き続けるということにどんな意味があるのか、という問に直接つながることであるわけでね。つねづね僕自身の問題として感じているそういう問題を、岡さんについて考えているうちに非常にはっきりした形でとりあつかうことができたように思っています。こういうことって、書いてみないとなかなかはっきりしないことである場合が多いと思うので、その意味で、岡鹿之助論を書く機会を得たのは有難かったわけです。

　山口長男《たけお》さんとは、南画廊で行われる山口長男展や、若い人の展覧会などでよく会って、とりとめない話をかわしたりしますが、必ずその中に教えられることのある人ですね。ここに収めた文章は、作品論というよりも、山口さんについての人物論といった方がいいかと思いますが、人物論が画家論でもありうるのが、いわゆる抽象画家である山口長男の大いなる美質だと思ってます。

多田美波さんは女流美術家ですが、女性の感性の弾力をみごとに活かしきって仕事をしてきた人だと思っています。その上で、この人の仕事は男とか女とかの区別を考えさせないんですね。仕事の広がり、深まり具合、多産性、そしてひとつひとつの仕事の堅牢さ、いい意味でのポピュラリティー。いろいろな要素を総合していますからね。

大岡信著作集13

青土社　一九七八年二月　五二七頁　四六判　二八〇〇円

■巻末談話／自己発見の方法の発見■

ここに収めた『彩耳記』と『狩月記』は、現在も雑誌「ユリイカ」に書き続けている「断章」というシリーズをまとめた最初の二冊です。この「断章」シリーズを書き出すに至った原因は僕の中にあるというよりは、きっかけとしては外側から、つまり「ユリイカ」が復刊されるということに伴って生じたものですから、その事情について少々お話ししておきたいと思います。

一九六一年一月に書肆ユリイカの社主だった伊達得夫氏が亡くなって以後久しく廃刊になっていた雑誌「ユリイカ」を復活させたいということで、ある日、現在の青土社社主である清水康雄さんが相談にみえました。清水さんは、第一次「ユリイカ」の頃、伊達得夫を助けて編集にも参画したことがあり、また僕にとっては「ユリイカ」にものを書いていた同世代仲間のひとりでもあったわけです。「ユリイカ」復刊第一号が出たのが一九六九年七月号ですから、この話が持ち上がったのは数ヵ月ほど前の春頃だったでしょうか。書肆ユリイカや雑誌の「ユリイカ」については、僕もいろんな機会に話したり書いたりしておりますが、戦後の詩人たちにとっては、大変思い出深い出版社であり雑誌であったわけです。清水さんは、そのユリイカという名前が絶えてしまうのは残念だ、昔とは別の形になるかもしれないけれど、かつての「ユリイカ」を復刊させる形で、いい詩の雑誌を作りたいというふうに考えたんですね。

当時、一九六〇年代の終わり頃は、大学紛争などで騒然たる空気の時代でしたし、詩の雑誌にもそういう空気がなまなましく吹き込んでいました。ある意味では詩の雑誌は、大学問題などに関心を持っている学生たちから最も注目されていましたし、詩の朗読会やシンポジウムのようなものが催されれば、大きな建物の二階が抜け落ちるのではないかと心配されるほど人が集まった時代でした。しかし僕は、そういう雰囲気にどっぷりと浸かるにはすでにいやおうなしに違和感を覚える年齢になっていることを自覚していましたし、眼前の問題についてやたらに大声を張り上げて論じている文章を見るたびに、嫌気と神経的な不快感を感じていました。それで、清水さんが新しい詩の雑誌を作るなら、肩怒らせて大声を張り上げている文章が並ぶようなものではない雑誌を作ってほしいと思っていました。それで、いくつかの希望をも清水さんに申し出ました。その一つは、詩の雑誌であると同時に思索的な要素をはっきりと持った雑誌にしてほしいというようなことだったのですが、これは清水さんにも同感してもらえることだったと思います。清水さんは元来、哲学の畑の仕事をしたいと思っていたからで、現在、青土社から「現代思想」という雑誌が出ているのも、清水さんの希望のひとつの実現であるわけですから。

最初に伊達夫人の了承を求め、次いで、第一次「ユリイカ」に関係のあった人たちで集まって、再刊に関する話し合いの会合を開くことになりました。新宿ステーションビルの上の方の部屋に、伊達得夫の親友だった那珂太郎さんをはじめ、十数人が集まりました。新しい詩の雑誌を出して、さてどのくらいの部数が出るかということになると、ほとんどの人が非常に懐疑的だった。僕は、第一次「ユリイカ」の部数が、多い時で三千くらいだったろうと思っていましたから、今度もそこまで出れば上出来ではないかと考えていました。他の人も大体同じような見方だったでしょう。当時、詩の雑誌では「現代詩手帖」が学生たちからの人気も高くて、部数もかなり出ていたと思いますが、新しい「ユリイカ」の場合にはそうはいくまいと思っていたわけです。清水さんだけはかなり自信があるようでした。結局のところ清水さんに先見の明があったということになるわけだけれど、とにかくその会合の雰囲気は、よしきた、やろうぜ、というような威勢のいいものではなかったという記憶があります。

その会合で問題になったのは、当然のことながら、何本か柱になる連載を早いうちに決定しなければならないということでした。清水さんの念頭には、ひとつは吉田健一さんの連載ということがあって、吉田さんは、新しい雑誌をやるなら協力しましょうとおっしゃっていたそうです。これに関しては裏話があって、吉田さんにどういう題目で連載をお願いしたらいいだろうか迷っている、と清水さんから相談を受けたんです。それで僕は即座に、それは「ヨーロッパの世紀末」でしょうと言ったんです。吉田さんが今書かれるとすれば、この主題こそ最もふさわしいし、僕自身最も読みたいものでもあったんです。吉田さんは、いいテーマを持ってきてくれた、大岡さんにも礼を言ってくれ、と言われたということを清水さんから聞きました。僕としてもうれしいことでした。吉田さんにはとうとう最後まで一度もお会いしたことがないけれど、学生時代にラフォルグの訳書『ハムレット異聞』や『英国の文学』を読んだ時以来親しい感じをもっていましたしね。「ヨーロッパの世紀末」は御承知のように、吉田健一氏晩年の爆発的な仕事の口火を切った、そういう意味で記念的な文章になったわけで、この時ばかりは僕は名編集者であったというふうに思っております。

　その会合ではそういうことで吉田健一さんに連載をお願いすることは決まったんですけれども、他の連載を誰にするか決まらないうちに、僕は用事があって退席した。そのあとで欠席裁判のような形で、大岡はいろいろと書き込んだノートのようなものを持っているにちがいないから、それを元にして連載を書かせよう、と衆議一決してしまったわけです。翌日その話を電話で聞いて、参りましたが、乗りかかった船だし、「ユリイカ」といえば、いろんな意味で僕には大事な名前だし、やらなきゃなるまいと観念しました。しかし発刊期日も迫っているし、せっぱつまった状態になったところで、会合で出たというノートのようなものというのを真面目に考えなくてはならないことになった。大学時代に大学ノートに書いていた日記のようなものをはじめとして、たしかに少しはノート類が手元にあったものですから、とにかくそれをひっくりかえして見た。読んだ本のことがわりと書いてあるんですね。それらを拾ってみようと思った。

　だいたい、若い頃の読書というのは、万遍なくバランスがとれた形で読んでいる場合は少ないんです。ある部分にひっかかって、そこだけは自分流にがむしゃらに突っ込んで読んでいる場合が多い。まあ、そういう読み方をしないで過ごしてしまう人はちょっと不幸だろうと思っておりますが、いずれにしてもいい機会だから、昔読んだ本のことをもう一度考えなおしてみようか、などと考えました。実際にはそこまでやる余裕はなくなってしまったのですが、しかしめっけものだったのは、若い頃のノートでも、少しはそのまま使ってもよさそうな文章があったことです。文章が固い点を除けば、学生の頃に考えていたことも三十代の終わりに近づいて考えることも、それほどの違いはなかったわけで、実際僕は学生のころからどれほど進歩したかと言えば、これは大いに疑わしいんですよ。

　そこで連載の第一回、第二回は、このノートをある程度は利用しております。引用しているうちに思い付くことを次々に断片として書き込んでいった。そういう形で第一、二回は何とかお茶をにごしたわけですが、ノートの利用できる部分が終わってしまったらあとが続かないだろうと心配でした。そう清水さんに言いましたら、清水さんいわく、大岡さん、もう始まってしまったのだから、タオレルまで書くほかないでしょうねと、人ごとのように言うわけです。それで僕も、それならクタバルまで書いてやる、ということで、それがともかく今日まで続くことになったそもそもの始めなんです。

　形式としては原題を読んで字の如く「断章」です。ひとつの主題をきりきり追求する論文ではなく、ややとりとめなくつなげられたいくつかの断章群で一回ずつを構成してゆくわけですが、純然たるアフォリスムとはまた違って、一回ごとに話題の中心になるテーマは一応あるんですね。というより、これは僕の好みでそうなってしまうのだけれど、ぶっつけに何かを書いてゆくと、おのずとその内側からある主題が喚び起されてきて、それまでは思い及ばなかった素材を僕に思い出させてくれる。そこでそれを引っぱり出してきて主題をさらにふくらませてゆく、という方法をとっているのです。すべてがそうというわけではないけれど、多くの場合そうなっています。実は、この方法は、僕自身にとっても一大発見というに近いもので、『紀貫之』その他の、のちに書くことになる本の書き方にまで甚大な影響を及ぼしました。

　それはともかく、連載を始めてみると、意外に、人が面白がってくれたんですね。それにはこういうこともあるんじゃないかと思います。つまり現代は、印刷物の量がとても消化しきれないくらい増えている時代です。人文科学系統の書物だけでも、二十年前に比べたら、その領域の拡がりと種類の多様化はお話にならないくらいにはげしいし、論文などの特殊専門化は大へんなものですね。そして術語の氾濫。そういう要素を全部ひっくるめて、現在ものを読むということが非常に重荷になってきていると思うんです。僕など元来が単細胞にできてますから、専門用語を駆使して片カナ術語がポンポンとびだすような文章に出会うと、一目でうんざりという感じになるわけです。その手の論文や議論文は、よほど文章のうまい人が書いても、読者を過度に緊張させるという性質があるんですね。

　ところが困るのは、過度の緊張にさらされている頭脳ってやつは、ある点を越えると今度は突如として反知性的な、情念的な衝動にとりつかれることがあるんです。少なくとも日本ではそういう傾向が、芸術、文学や思想に関心を持つ人々のかなりの部分に見られるんですね。僕は自分にもそれがあると思うから、そういうのを見るとひどく嫌な気持になります。文章には知的な核と余裕が必要だと思う。その核が崩れてしまうような時には、文章は綴らない方がいい。

　現代は人を緊張させるタイプの文章が多くなっていると思うんですけれども、僕の「断章」という文章は、そうでないものでありたかった。内容全体としてはそういう要素をもっている場合でも、語り口はそうでなくしたいと思って工夫しました。隙間がいろいろあいているようなものにしたのはそのためです。

　ある文章の塊が途切れたところで別の塊に飛躍する。いくつかの塊をつなぎ合わせてみると、そこにひとつの主題なり、僕の書きたいある世界が出来上がっている。そういう具合に毎回もっていけたらいいと思ったわけですね。結果としては、先ほども言ったように、『彩耳記』『狩月記』に集められた文章は、自分自身にとっても、文体の発見といいますか、文章を書く方法の発見をもたらしてくれたように思っております。これは瓢簞から駒が出たとも言えるようなもので、ある場合には、切羽詰まって何でもいいから書き出してしまえ、とやってみたところが、自然に続きが出てきたということもあります。以前に翻訳した文章なり詩なりを引用して写しているうちに、そこから引き出されてきた考えが展開していくということもありました。

僕はそれまで、文章の中ではあまり人のことを書くことをしなかったんですが、毎月容赦なく連載が襲いかかってくるものですから、やむを得ずという形で、身近な友人とか先生についてて、また外国人についても、以前文通のあったジャン・ケロールが来日したため、そのことを書くとかいうようなことになりました。また新聞・雑誌の中で興味ある記事を見つけた時には、それらを引用しながら自分の考えを書いてみるとか、いろんなやり方をしてみたわけです。

もちろんその一方で、単なる随筆というのではなく、現代の芸術や思想の問題を、僕自身の手触りを失わないようにしながら、この断章集の中でできるだけ考えていきたいという欲張った希望もありました。また、扱う主題や素材に応じて、ある場合には重く、ある場合には軽く書くとか、そのほか様々なやり方を自分に可能な限り試みてみました。その点、文体練習としては大いに役立ったといえます。

『彩耳記』に集めた文章を書き出した頃、雑誌「文学」の一九七〇年二月号から「窪田空穂論」を書き始めました。窪田空穂さんは僕の親父の先生ですが、僕も少年期からいろいろな意味で影響を受けた人で、この人の文学者としての大きさがまだよく理解されていないことを残念に思っていましたから、与えられた機会に言いたいことは言っておこうと思い、とびとびに連載することになったわけです。その時、「断章」を書いたおかげで自分の文章に何か変化が生じていることをはっきり実感しました。僕自身の感じとしてそういうことがありました。つまりその時初めて、「断章」というものを書いてみて自分の文章に生じた変化を、外側から眺めることができたわけです。

やはり一九七〇年の秋頃だったと思いますけれど、筑摩書房の日本詩人選で安東次男さんの『与謝蕪村』が出た時、その出版のお祝いということで、安東さんが前々からやりたいと言っていた連句をやってみようということになりました。丸谷才一さんと筑摩の担当者である川口澄子さんと僕の三人に声がかかって、連句を始めたわけです。連句をやったことは僕にとって、詩を書くうえでひとつの転機になりました。文章における

「断章」と、詩における連句と、この二つの経験は僕の三十代の終りに生じた願ってもない新しい自己発見の機会となりました。連句の一行から次の一行への飛躍の仕方は、ちょうど「断章」で文章修業を新たに始めていた僕には大いに示唆的だったんです。時のめぐりがそのまま時の恵みになったようにも思いました。

『狩月記』には『彩耳記』に引き続いて一九七二年九月までの分を収めてあります。『彩耳記』から『狩月記』に移る時期になると、もう少し広い範囲の話題も出てくるようになったと思います。そのひとつは自然科学的な話題です。もっとも『彩耳記』でも、第八章に、構造という言葉に関連して朝永振一郎氏の本のこととか、素粒子のことなどを書いており、第十七章では人間の脳髄の改良の話題などを書いていますが。自然科学にはまるで無知な人間が書くわけですから、いずれの場合にも文学的な領域に関係づけて論じているわけです。『狩月記』に移ってからは、数学者T氏（遠山啓氏）の話とか、詩と自然科学のこと、建築の話題や、新聞の活字に関連して活版全体の問題についての感想などを書いております。どこへでも拡がってゆけるスタイルをもった「断章」シリーズを書くことによって、従来の書き方で考えているだけだったらそこまでは拡がってゆけなかったろうような領域へ、話題が伸びていった。

その結果としてこの時期からは、妙に度胸がついてきて、たとえば雑誌「エナジー」の「リズムと文化」という特集号で人工心臓の専門家——医用工学っていうんですけど——の渥美和彦氏と対話したり、「ユリイカ」で数学者の遠山啓さんと詩と自然科学の関わり合いなどについて話したりするようになりました。これは僕にとってはかなり大きな出来事でした。今までは分からないと思って目をつむっていた問題などについて、少しは関心を持てるようになったわけで。

人はこの「断章」シリーズを読むと、気楽に書いていると思うようですが、そんなことはありません。ただ、気楽に書いたように見える文章を書きたいとは思っております。だいたい、日本語というのは、何かを「論じる」となるとどうしても文章が固くなる傾向があるんですね。たとえば英語やフランス語で、知的な意味で高度な集中力を必要とするような文章を読む場合、日本語のあの漢字の熟語や術語が続々と出てくる文章を読むよりはむしろスムーズに頭の中に入ってくることが多いんじゃないでしょうか。詩とか小説の場合はそれほどではないと思いますけれど、論文とかエッセイになると、同じ内容のものが、外国語で書かれた場合と日本語で書かれた場合とで難しさの感じが違ってくるという気がするんですけれどね。そう言うと、お前程度の語学力でちゃんちゃらおかしいと笑われるかもしれないけれど、語学の大秀才たちは内心みなそう思ってると思いますよ。それでその人たちが書いた日本語を読むと、これが頭の痛くなるほど高級にして難解な文章がある。しかるにそのことで悩んでいる秀才は案外少ない。これが僕には昔も今も不思議でしかたがないんです。

日本語の場合、音読みの漢字の熟語というのが曲者なんです。漢字を二字並べると、ほとんどすべての場合、音読みになります。つまり、訓読みにくらべて意味がじかに伝わる度合いが減ってくる。しかも、僕らが何らかの抽象性をもった考えを表現しようとするには、必ずといっていいほど、この二字続き音読みの漢字に頼らなければならないんです。これは大変な泣きどころでね。たとえば「哲学」という言葉でも、これをしょっちゅう使ってはいても、「哲《テツ》」という語が本当はどういう意味か知ってる人は少ないでしょう。僕だって知らないけど。音読みの泣きどころです。「哲」という語が何を本来意味しているか知らないくせに、「哲学」という言葉を平然と使って、哲学的問題を論じているようなのが、わが日本国の知識人の生態でしてね、つまりこの種の術語は、外見のいかめしさの裏で、実際にはただ習慣的に使われている場合が多いわけです。

だから言葉はいろいろな意味の幅を持ち、粗雑さを持ってしまう。しかもこういう言葉ほど、人をおどすのには適してるんですね。弱虫の学生がむつかしい漢語を乱用したがる心理もこれにもとづいています。しかし、日本語にとって、こういう言葉を用いなくてはならないのはやむを得ぬ必然、必要悪であることを、少なくとも今のところ認めざるを得ない。なぜなら漢字のこの種の熟語を使う以外に、抽象的な観念を表わす方法は我々の日本語にはないからです。あとは外来語をそのまま使うだけです。今はもうその乱用時代に入ってますが。しかし、こういうことが多くの人にわけのわからぬ緊張を強いているということを、ものを書く人間は知っていなければいけないと思うんです。

ちょっと話が横道にそれたかもしれませんけれど、要はあまり頻繁にカタカナ語を使わないとか、音読み漢字の塊をたくさん作らないとか、文章を書くうえでの基本的な心構えとして持っていたいということですね。言ってしまえばごく簡単なことで。

いずれにしても、「断章」シリーズを書いてきて、いろんな試みができたということは、僕には有難いことでした。途中で二年ほど、朝日新聞の二年間の「文芸時評」や『岡倉天心』の書きおろしのため、やむを得ず休載した時期がありますけれど、できればこれからも続けていきたい。しかし実際は、ついこの間書いたばかりなのに、もう翌月の分を書かねばならないということの連続で、なかなか大変なんです。

ついでに申しそえますが、『狩月記』の「断章XVII」は自分の詩の推敲過程を示したものですが、活字の部分をペンで抹消したり追加したりしたところは、草稿になるべく近い状態を復元したものです。以前『狩月記』が出たとき、ある老先生にお送りしたところが、「わざわざ誤植を訂正したものを下さって有難う」という礼状を頂戴して面喰らったことがありました。

大岡信著作集14

青土社　一九七八年三月　四五九頁　四六判　二八〇〇円

■巻末談話／尊敬する人たち、好きな人たち■

『星客集』と『年魚集』はそれぞれ、雑誌「ユリイカ」の連載「断章」の一部分をまとめたもので、『彩耳記』『狩月記』（著作集13所収）に続く部分にあたります。

　題名については、それぞれのあとがきに書いてありますが、できれば『彩耳記』『狩月記』のように「何々記」としたかったんです。「記」というのは日記の記でもありますし、それから、たとえば菅原道真が自分の書斎のことを随筆風に書いた「書斎記」という文章に言う「記」でもあります。随筆といっても、道真のことですから、漢文で書かれておりますが。菅家の屋敷の一隅にあった道真の書斎は、道真自身の仕事場であると同時に、いろいろな文献が収められていましたから、それを見て勉強するために弟子たちが集まってきて、いつも賑わっていたわけです。弟子の中には、本を汚したり切り取ったりする不心得な連中もいて、困ったもんだと書いています。「書斎記」には、そんな様子がくつろいだ文章で書かれているんです。

　「記」というのは、学者によると、中国の唐代から盛んになったジャンルで、身辺の事実を割合気楽に書いて、固苦しい「ねばならぬ」調の文章とは別の分野を開拓した文学形式だった。平安時代の仮名文字による「物語と日記」といわれる時の日記文学も、こういう「記」の文学に入るわけでしょう。男が官庁に勤め、政務に関連した公式の記述をする、それが当時の文章というものの概念だった。それに対して、少々膝を崩して、決まった形式を踏まずに、事象に即して文を綴ってゆく新しい文学形式。それが菅原道真の時代あたりから、日本でも盛んになってきたわけです。それがかな文字になると、紀貫之の「土左日記」がでてくる。ですから「土左日記」はそういう意味でも、当時としては新しいジャンルを開拓したわけなんです。まあそういう「記」の意味も踏まえて、僕としては、『彩耳記』『狩月記』に次いで「何々記」というタイトルを続けたかったんですけれど、どうもうまい題名がみつかりませんでした。

　題名に「記」を使わないとなると、ほかにはまず「何々集」というのに興味があったので、『星客集』『年魚集』としたわけです。『彩耳記』『狩月記』と二冊、『星客集』『年魚集』とまた二冊。この次はどうするかまだわかりませんが、題名についてある種の形式を作ってみるのも面白いかもしれません。「記」が二冊、「集」が二冊だから、その次は何にしようか。たとえば「抄」ではどうか、いやあまりよくなさそうだ、というふうなことを一人で考えては暇をつぶしています。

『星客集』の最初の章に、前田千寸先生について書いておりますが。本文の中でも書いたように、僕が出た沼津中学校で数十年間美術の先生をやっていた人です。確か明治の終わり近い頃、上野美校（今の東京芸術大学美術学部）の日本画科を卒業しています。前田先生が日本画科に進んだこと、また先生が一生のあいだにこつこつと押し進めた仕事を考えてみると、どうやら当時の時代思潮が大きく関係しているように思います。

当時は、明治二十八年に日清戦争が終わり、その十年後には日露戦争が起こるという、大変な時代だったわけです。文化的にいうと、民族的なものの価値に対して人々が目を向けはじめ、ナショナリズムが日本の社会を濃く包みはじめた時代です。実際、明治三十年代に、その後の歴史にとって非常に重要な意味をもった変化がいくつも起こっているんですね。

たとえば日本文化の研究についていえば、日本人が民族全体としてどういう本質、性格的な特徴、文化を持ってきたかということを大きく捉えようとする本格的な研究がこの時期になって急に目立ってきます。芳賀矢一の日本の「国民性」の研究とか、佐佐木信綱などの「万葉集」その他についての包括的・科学的な研究。岡倉天心が学校で「日本美術史」を講義したのもこの時代で、天心は日本美術を世界的視野の中で見ようとする方針をはっきり持っていました。彼のその理念は、三十年代に入ると、日本美術院の活動を通じて実作的にもさらに広げられます。そのほか宗教学とか考古学、その他いろいろな学問がこの時期に盛んになっている。それらは、断片的な知識としてでなく、大きな流れの中で日本人あるいは日本文化というものを対象化し、全貌を捉えようとする動きだったわけです。そういう風潮は、当時の青年層にも強い影響を与えたと思います。前田先生がそういう時期に日本画をやろうとしたということも、やはりそれと関係があると思うんです。

結局、前田先生は職業的な絵描きさんにはなりませんでしたけれど、その代りに非常に大きな仕事をした。それが『日本色彩文化史』という本です。前田先生が亡くなる少し前、昭和三十五年に岩波書店から五百部限定で出ました。先日、古書店の目録で見ましたら、数十万円の値段がついていましたが、大変に貴重な本です。ほとんど一生を費して、野山の草花を採取し、あるいは買い、自宅の庭に栽培し、そういう草花から自分で染料をとり、日本古代の、特に「万葉集」あたりに出ている色彩を復元していったわけです。その復元の過程で、日本の色彩文化全体を捉えようという気持からこつこつと書いてきたのが『日本色彩文化史』という本なんです。前田先生の仕事を顧ると、やはり明治三十年前後に青年だったことが、この人の一生を支配していたといえるように思います。

僕の親父が前田先生と親しくて——というのは、親父も沼津中学で前田先生に習ったわけで——僕が中学に入った時、入学の保証人になっていただくために、親父と一緒に前田先生のお宅へ伺ったことがあります。沼津市の南の方で、保養地の桃郷《とうごう》に近い二瀬川という閑静な住宅地に住んでおられました。海岸にも近いし、後ろには小高い山がある。今考えてみると藍の壺なんですけど、庭にいくつもある壺を見て、不思議なものがあると思った記憶があります。つまり、その壺で藍を染め、それにいろいろな草花の色素をかけ合わせて別の色を作る、そんなふうにして古代の色彩を復元する作業をやっていたわけなんですね。

親父と同じころの沼中生だった井上靖さんが、前田先生をモデルにした絵描きさんが出てくる小説を書いていることは、『星客集』でも書いたとおりですが、学校では、そんなに偉い人だということを知っている連中はあまりいなかったと思いますね。

小柄で、色が真黒な人でした。草花を集めるために、しょっちゅう野山を歩いてたわけですから。特に前田先生が苦心したのは紫草の移植栽培です。紫草の密生地は古代から大切な場所だった。なぜかといえば、貴重な色とされていた紫は、紫草の根からとられたからです。そういう草ですから、昔は大事に保護されていて、近江あたりにも特別にシメを張りめぐらして御料地にしているところがありました。

「万葉集」巻一に額田王と大海人皇子が唱和した有名な歌があります。

あかねさす紫野行き標野行き野守は見ずや君が袖振る
紫のにほへる妹を憎くあらば人妻ゆゑに我恋ひめやも

これなどは、おそらく宮中の人々がピクニックに行って、野原で紫草を集めたりした。そういう行楽の日の歌なんですね。しかしこの草は弱い植物で、今では武蔵野でも全滅してしまいました。『むらさきくさ』という前田先生の本に、仙台あたりの人を通して紫草を手に入れて、それを自宅の庭で育てようと苦心したあげく、結局うまくいかなかった話がでています。前田先生は、そういう草一本に植物染料の秘密を求めて、それで一生を送った。『日本色彩文化史』という大作と『むらさきくさ』というエッセイ集の二冊に、その生涯が凝縮されています。ひとりの人間が生涯かけてする仕事のすごさを教えられます。

この「断章」シリーズは、何度も言っているように、いろんな人の仕事に触れ、そこから啓発されて書いた文章が多いんですが、その中のひとりは秋艸道人会津八一です。歌はもちろんですが、会津さんの書が非常に好きです。僕は書については全くの素人ですから、どんなに有名な書家のものでも、まず第一に、読めないような字は僕には関心がない。会津さんの字は漢字でもかなでも読める。見ていて気持がいい。こういう字を書いている人は、人間として筋が通っているということが一目瞭然わかります。

会津八一の書のみならず、書論にも好きなものが多いです。たとえば「三」という字を書く場合、ふつうは一番上を中くらいの長さで、二番目を短く、三番目を長く書きますけれど、会津さんは、「一」が三つ集まっているだけだから三本同じ長さに並べればいいというわけです。これは別にデタラメな考え方ではない。会津さんの書論の根本は、漢字が発生してきた由来からするとこの方が正しいと、そういう考え方なんです。

会津さんはもともと英文学が専門ですけれど、ある時期から書に関心を持ち始めて、とうとう古代文字の研究でも専門家になった人です。奈良のお寺や仏像の研究で博士号をとり、同時に奈良の仏を歌った歌人でもあった。つまりこの人は中途半端なことが嫌いなんですね。文字を書くならば、文字というものの元の形がどういうものか知るべきである、そうすれば現在自分の書いている文字のよしあしの基準もわかるよ、ということです。

会津さんの字は、いわゆる書家の持っている気取りや臭味がない。書論も読んで共鳴できる、僕には納得できる考え方です。本文でも触れましたが、我々が書く字は明朝活字をお手本にすればいいんだというような一種の極論を吐く人ですが、この説も面白いと思うんですね。それからまた、弟子に字を習わせる場合、縦の線なら縦の線ばかり、あるいは横の線、右巻きの渦巻、左巻きの渦巻をそれこそ何カ月も書かせる。これだけで充分だということを書論の中で言っていますが、これも僕は正しいことなんだろうと思います。僕自身はやったことないから口幅ったいこと言えませんが。漢字といっても、結局、縦、横、斜め、点などの組み合わせに過ぎない。昔から、「永」という字の中に書道の全部の要素が含まれているからこの字を勉強しろなどといわれてますけれど、——会津さんはそんなの愚論だと笑っていますが——書道の原理というのはまあ単純なわけですよ。ただ、単純なことほど理解しにくいことはないのが人生一般の鉄則で。そういうことも含めて、要素的・元素的な事柄を押えておけばよいという考え方は、僕には非常に納得できる考え方です。詩について考える場合でもなんでも、基本のところが何かを知っていれば、あとは何とかなるというふうに考えているんです。

それから、字を習うということは自分の手を習うことだという会津説も、全くその通りだろうと思います。中国の書家で詩人でもあった黄山谷の字が、僕は好きなんですけれど、仮に黄山谷の字を一所懸命に真似して書いてみても、それは僕の字じゃない。僕自身の字は何かといえば、毎日、原稿用紙やその他の紙に書きちらしている字であって、そうやって書いている時、僕はペンによってお習字していることになる。つまり自分の手が自分の字を知っているほどには、僕の目は黄山谷の字を知らない。僕の手は、黄山谷の字ではなくて僕の字を知っているわけなんです。四十何年間か付き合ってきていますから、これが一番わかっている字なんですね。しかも変なもので、毎日違う字が書けてしまう。肉体的・精神的な条件などすべてひっくるめて、同じペンで書いても一定した字は書けない。筆で書く場合には、それがもっと激しいんですね。

黄山谷とか会津八一とか、好きな他人の書を目にすればすぐに目を移すということはない。しばらくは眺めます。そういう意味で他の人の字も見るけれど、最終的には会津八一の理論通り、習字とは自分の手を習うことだという気がするんです。書について何か言おうとする場合、それなりの専門的な知識が必要なことはもちろんですけど、いずれにしたって、人間の目に映る書ってものを除いて語ることはできない。字の意味がとれないような書は、造形的な美の観点から、芸術としての書として論じることができるかもしれませんが、僕はそれには興味ありません。読めて、意味内容が同時に伝わってくる、その上で造形的な美しさについて語ることならできると思います。

今までお話ししてきた前田千寸先生と会津八一さん、この二人はどこか似ているような気がしますね。僕が尊敬する人、好きな人というのはこういうタイプの人なんだな。今、思いつくままに喋っていて、そんな気がしてきました。

『星客集』にもうひとり、芸術家の名前がでています。絵描きの曾宮一念氏で、ここにも書いてあるように、失明して画家としての仕事はできず、今はときどき文章を書かれているわけです。つい先日も、どこかに書かれているのを読みました。ところで、一九七六年十月から十二月まで、僕はＮＨＫラジオで「古今和歌集」について喋ったことがあります。毎回一時間、十三回に亙って放送されました。録音のあと、招かれて中国へ行ったんですが、十二月の末に帰ってきて、翌年早々、このラジオを聞いていた人からの年賀状が何通かＮＨＫあてに届いていました。その中に封書がひとつあって、それは曾宮さんの手紙だったんです。曾宮さんの自筆でした。もちろん封筒の上書きと、判読しにくい字にはお家の方の筆が入ってましたけれど。目が見えなくなってしまったので、外から新しい知識を得る手段はラジオしかない。あなたの話はとても面白かった。お礼を言いたいと家の者に言ったら、あなたからは以前に本(『星客集』)をいただいている、ということなので、そのお礼も含めて手紙を書いた、とそんな内容でしたが、僕は非常にびっくりし、またとてもうれしい思いをしました。

曾宮さんはもちろん画家としても大変に偉い人ですが、文章がまたすごいと思うんですね。失明以後の随筆類がどういうふうにして書かれているのかわかりませんけど、たぶん口述筆記もあるでしょうが、一通だけいただいた手紙からすると、あれは御自分で書いているんじゃないかという感じがします。実に努力して書いてらっしゃるんで、わずか便箋で二枚ぐらいだけれど、ああいうのを見ると、目が見えるということの恩恵はたいへんなもので、その分だけ、できることはしておかなきゃいけないと思います。

もうひとつ、川崎で床屋さんの店を出しているO君の話があります。大石君っていうんですが、非常に腕のいい理容師です。僕が感心したのは、人の頭を扱うということはつまりは彫刻することなんだという彼の考え方です。彼が自分で思いついたのか、それとも理容師の学校で習っている頃、講師のだれかがひょっとそんなことでも言ったのか、わかりませんけれど。確かに人間の頭でも顔でも決して左右対称形ではないですよね。同じ人間の髪の毛でも、十代の頃はふさふさしていたのが、三十代、四十代になるとだいぶ様子が変ってくることもあるわけです。ひとりのお客を二年、三年、五年と眺めていく場合、その人の髪が変わってゆくにつれて床屋さんも扱い方を変えなきゃならない。ふつうはそんなことまで考えずに、決まった手順で決まったように刈っている床屋さんが多いと思うんですけれど、大石君はそのことにこだわった。

おそらく中学を卒業した頃から修業を始めて、のちには理容学校の講師にもなった男ですから、努力家でもあるし、人に教える立場に立った時、人間の髪を刈るということは彫刻することであるという観念が彼の中で明確になったんだろうと思います。人に教えるということは大ていの場合、教える側が、教わる側から教えられるんですね。ぼんやりと持っていた観念では人に教えることができないから、必然的に自分の考えを明確にしなけりゃならなくなる。大石君の場合もそういうことがあったんでしょう、その結果、僕の書棚からロダンの本を借りていくようなことになったわけです。僕はそういう人をえらいと思うし、人間て面白いなと思うんです。大石君が僕の家に現れた経過はこの本に書いてありますが、これもやはり人生のひとつの出会いだったわけです。この本を読んで、川崎近辺の人が彼のお得意さんになってくれるといいと思ってます。

話を『年魚集』の方に移しますと、この中で、自分が書いた推薦文を再録するという、あまり人がやらない妙なことをやっています。しかしここでも書いたように、短い文章の中である人の仕事を称讃するということはむずかしいことなんです。僕自身が興味を持っていないような仕事をしている人のために推薦文を書くということはあり得ないわけですから、その意味で責任は持てるというものでなければいけない。それらはほとんどペラペラのパンフレットなどに載りますから、現実には失われてしまうことが多いわけです。短いからといって捨ててしまっていいというものでもないと思うので記録しました。一度手をつけた仕事は骨の髄まで自分でしゃぶるという、そういう意味で僕はケチなところがありますからね。

『年魚集』の頃から自分の身辺のことなどを比較的多く雑記風に書いております。庭に来るヒヨドリのこととか、餅つきのこととか。餅つきのことを書いた時は、友達の中には不愉快がる人もいました。大岡の野郎、気取ってるぞ、お前、というんですね。僕はびっくりしましたが、そういう言い分もわからないこともないような気がした。つまり餅つきなどをやるのは、当節では気取りになるということですね。しかし僕は、一年のうちに何日間かこういうことをやる日があっていいのではないかという気がする。人が集まってワイワイいいながら、薪の燻る煙で涙を流したり、ついたばかりの餅を大根おろしやアンコやクルミなどといっしょにつまみ食いしたり。無意味というか、人間が生きているということの中にはそういう時間が必要だという気がしてるんです。

以前三鷹に住んでいた頃、両隣の家と、合計三軒で餅つきを始めてから十年の余ももう続けています。近ごろは、近所に住んでいる水尾比呂志君のところも加わっていますし、水尾君から話を聞いて、画家の池田龍男さんが一家三人で、餅つきをやりたいといって遠くからやってきたりもしています。別に宣伝したわけじゃないんですけれど、そうやって来る人がだんだんふえる。女房に言わせると僕がお祭り好きだからというのだけれど、まあその通りかな。僕は楽なもんですけど、準備をしなければならない主婦たちや、親類だか知り合いだかわからないけどとにかくそこに来てにぎやかにやっている手伝いの女の人たちは大変なんです。早めに来て早めに帰る人も、早めに来て終わるまでいる人も、餅を食べるためにだけ来るみたいな人もいます。小さい家ですから人であふれ返り、チビどもがウロウロと出たり入ったりで、正気の人が見たら、なんという気違い沙汰だと思うかもしれません。しかし、ものを書くことと生活との間にはわけのわからない繋りがありますから、僕の考えることの中で、たとえばこのごろ書いている「うたげと孤心」という主題などもそんなことと関係があるかもしれないし……というようなことを言うと、また怒る友人がいるんです。でも、怒るのも親しい間柄だからでね。

中学時代にやっていた同人誌「鬼の詞」については、仲間のひとりだった重田徳が亡くなったために、少し長く書いております。この雑誌については『詩への架橋』（岩波新書）という本でも書きましたし、くり返してお話しすることもないと思います。「鬼の詞」の指導者だった茨木清先生と、仲間だった山本有幸がこの著作集の月報を書いてくれました。茨木さんの文に、学校では優等生だと思っていたのに、先生のいない同人会などでは酒は飲むし、タバコもスパスパやっていたということをのちに知った、死んだ者たちも生き返らせて、一列に並べて皆の頭をコツンとやってやりたい、というようなことを書いておられました。どうも記憶がうすれてしまったけれど、そういうこともやっていたようですね。

南極越冬隊長をやった星合孝男君も「鬼の詞」の同人でしたが、今は国立極地研究所というところの教授です。このあいだ、中学卒業以来三十何年かぶりで再会しました。明治大学に公開講座というのがあって、僕はたまたま今その委員をやらされているんですが、そこで南極の自然と生活について話してもらいました。非常に面白い話でした。

しかし近頃は、身近の関心事ならワッと集まっても、南極の話を聞きにくるような好奇心のある学生は少ないですね。僕は相当ガッカリしました。これも僕の提案で、プロスキーヤーの三浦雄一郎さんに来てもらったことがあります。その時は大きな教室がわれかえるほどの盛況だったんです。ところが南極越冬隊長をしたことのある科学者が南極の話をするということになると、途端に人数が減る。そこに若い人達のつまらないところがあるような気がします。広い世界のことに対して、関心が乏しいのだろうな。

「鬼の詞」も三十数年たつと、死んでいってしまった連中も何人かいるし、年賀状などが来る時期になると、そのたびにそういう連中のことを思い出します。

人の話ばかりになりますが、「くまさんあたしをたべないで」というガリ版刷りの雑誌を作っていた高校生のT・H嬢の話が『年魚集』にでてます。この人は、学校を卒業後、社会学を勉強するといってアメリカの大学に留学しました。そのお嬢さんと社会学と、どうもうまく結びつかない感じがするし、内気でいつも自分をもてあましているようなタイプだったから、留学して大丈夫かなと思ってました。日本にいてさえ、要領よく周囲に適応してやってはゆけないようなタイプだと思っていましたが、時々長い手紙をくれて、それによると、どうも日本よりアメリカでの方がずっと快適に適応しているらしいんです。むこうの大学での成績もいいらしい。先ほど、若い人のつまらないところと言ったけれど、それも簡単には言えないんですね。

雑誌に書いた時、何人もの人から端書や電話で面白いといわれたのは、角田忠信氏の日本人の「精神構造母音説」の紹介です。日本人が虫の声などに哀愁を感じたりするのに、欧米人にはそれがピンとこないのは、民族的な特殊性などではなく、日本語の音韻の構造から説明できるという説ですね。これにはずいぶん大勢の人が関心を持ったようです。角田さんはその後、この研究をもっと深められて、つい最近『日本人の脳』という本にまとめられました。これは僕自身にとっても非常に示唆的な説で、日本の文学について考える上でも、なかなか面白いヒントを与えてくれると思うんです。たとえば和歌というものが日本的抒情の典型的な表れとすると、和歌の抒情は、日本人の民族的な特質として、他の民族の抒情とは違うと考えられていた。ところがそれは、やまと言葉そのものの言語的な特質から出てきているということも考えられるわけです。僕が以前からひとりで迷っていた問題について、角田さんの説は側面から実に面白いヒントを与えてくれた。説そのものの意味深さと同時に、僕自身にとってのそういう面白さがあったということですね。

『年魚集』には、「ユリイカ」に載せた「断章」のほかに、「展望」に載せた三つのエッセイも収めてあります。文章のスタイルも近いし、ちょうど、朝日新聞の文芸時評を書かなければならなくて「ユリイカ」の連載を中断することにした時期のものだったので、『年魚集』に収めることにしました。ですから、『年魚集』は、僕の「断章」シリーズの、まあ第一部といいましょうか、それをしめくくるものになったわけです。

大岡信著作集15

青土社　一九七七年一二月　五〇二頁　四六判　二八〇〇円

■巻末談話／女性について書くのは難しい■

『風の花嫁たち』という本は、いけばなの「草月」という雑誌に三十四回に亙って連載したものです。その経緯はあとがきに書いてありますが、編集長だった楢崎汪子さんから依頼を受けた時興味をもったのは、現在生きている人も含めて、実在した人物について書くという点でした。架空の女性、たとえばバルザックやスタンダールの小説などに出てくる女性たちについて書くのとはまた違って、実在の人物という条件に興味を感じたんです。この連載は一九六六年から七三年まで足掛け九年続いたわけですが、この間には大学紛争など世間にもいろいろなことがありました。書いている僕の気持の変化もあり、途中で雑誌の判型が変わって、原稿枚数も段階的に四枚から十枚程度まで、何回か変わったことが文体に及ぼした影響もあると思います。四枚くらいで書く場合には、いわばひとつの材料をいかにおいしそうに料理するかということで、機知《ウイツト》の要素が大切なんです。つまりある角度からの光の当て方によって、ある人物の全身がパッと浮かび上がるようにしなければなりません。しかし十枚となると、それだけでは成り立たない。そんなことで、文章によって質感が多少違っていると思います。いずれにしても毎回短い文章の中で、僕は文章の手触りという点には関心を持っていたように思います。

ここにはマリリン・モンローからクサンチッペまで古今東西の女の人が並んでいますが、以前から好きだった人もいれば、これを書く必要上調べてみて面白いと思った人たちもいます。中でも記憶に残っているのはマリリン・モンロー、ジャンヌ・モロー、ルー・サロメ、ゾフィー・タウベル・アルプ、和泉式部、出雲のお国、建礼門院右京大夫、今泉みね、佐々城信子、与謝野晶子など。プリヤンヴァダ・デーヴィへの関心は、その後書いた『岡倉天心』の中でさらに深くなっています。それからアルマ・マーラー＝ウェルフェル、ヨハンナ・ファン・ゴッホ＝ボンゲル、キャサリン・マンスフィールド、ニュッシュ・エリュアール、クサンチッペなどですね。魚玄機や則天武后という中国の女性たちについては、もっと調べれば面白そうだと思いながら、時間的な余裕もなくてこれだけのものになりました。余談めきますが、則天武后を書くために僕が集めた資料を見ているうちに、家人が興味を持ったらしく、それで則天を主人公にした戯曲を書いて「文芸」に発表しました。

マリリン・モンローとジャンヌ・モローの二人は、僕が、あの女の人は面白そうだなとか、いいなあと思う時の二種類の類型を、それぞれ示しているような気がします。モンローが亡くなった時、僕は詩を書いているくらいで、映画で初めて見た時から好きでした。好きということに説明を必要としない感じなんです。ジャンヌ・モローの方はむしろ説明したくなる。本文でも書いていますが、モローのすばらしさは、スクリーンという光と影の世界で、一瞬ごとに彼女が絶世の美女になるというスリルのうちにあると思うんです。彼女は美女ではないから美女になるわけです。一瞬のうちに消滅してしまうかもしれないはかない美しさで、それは観客の方からすると、切ないくらいに見つめていなければならない、そういう魅力を感じさせる人ですね。モンローの方は、ボウッと見ていても安心していられる。二人ともとっても魅力的だと思いますけど、話し相手としてはジャンヌ・モローのような人でしょうね。モローの方で話し相手になってくれるかどうかは問題でありますけど。

パリで人から聞いた話ですが、モローがまだ若い頃、ある芝居である女優の急ごしらえの代役として、一人二役の二つの人格を見事に演じたというんですね。それが彼女が有名になるきっかけだったそうですが、その話を聞いた時、僕がジャンヌ・モローについて抱いているイメジと全く同じだっていう気がした。つまりこの人は何人かの人格に瞬間的に変われるんですね。それは本質的な意味で舞台女優だからなんです。アンドレ・マルローが言っていることですが、映画の大スターは、常にその人自身を演じてしまうんだけれど、演劇の名女優は自らの生地を消し去り、あれこれの役になりきって、その人物の個性を強烈に発揮する人の謂いだというんです。その意味でマリリン・モンローは本当の映画スターだった。どんな映画に出てもマリリン・モンローでしかなかった。たとえば「荒馬と女」で、居眠りをしてテーブルの上に涎を垂らした時のモンローも、「七年目の浮気」で実にきれいな朗らかな笑い方で笑っていたモンローも、すべてモンローでしかないわけです。ジャンヌ・モローという人は、僕は舞台は見てませんが、映画を見ても、演じる役によって彼女自身の人格まで変わっている、変われる力を持っている強烈な個性の持主だと思うんです。この本の文章の順序は、連載の順序そのままではないですが、マリリン・モンローとジャンヌ・モローについてはその通りのつながり方で、僕の好きなタイプの女優さん二人を最初に書いたのでした。

ルー・サロメという名前は、僕が少年時代リルケの名を知って、詩や手紙そのほかを読んだ頃から強い印象を受けていた人でした。この人は、十九世紀独特のファンム・ファタール、つまり男を運命的に破滅の淵に誘い込むような魅力を持った女の一人ですね。しかしそれは逆に言えば、男を天上にまで引き上げる霊感の源泉を身体の内に持っている人ということでもある。ボードレールにおけるジャンヌ・デュヴァルなどもそうでしょう。近代社会の個人主義、そして女性解放という大きな流れが、必然的にそういう女を生んだといえます。十九世紀のヨーロッパでは、こういう神秘的な女たちが輩出しています。ルー・サロメの場合は、リルケ、ニーチェに恋され、晩年にはフロイドまで熱心な讃美者になったようです。

日本では少々事情が違いますが、有島武郎の『或る女』のモデルである佐々城信子や、与謝野晶子などもファンム・ファタールの資質はあったんじゃないでしょうか。晶子の場合は十一人も子供を産み、家庭の主婦としても文筆家としても多忙を極め、社会的・現実的地盤を持った生き方をしましたけれど、『みだれ髪』の頃の晶子は、場合によってはファンム・ファタール的なところへ行ったかもしれないように思えます。夏目漱石の『虞美人草』に出てくる藤尾という女も一種のファンム・ファタールを描こうとしたものでしょうが、小説の中では作者によって破滅させられます。ということは、日本の社会ではこういう女は生きられない、育ちにくいということでしょう。けれども漱石はこういう女を非常に気にしていた、好きだった、と思います。漱石は十九世紀ヨーロッパの世紀末思想に関心を持っていましたし、その世紀末思想の特徴のひとつは、女性の魔的な魅力への関心であったわけですから。

『椿姫』の女主人公のモデルであるマリー・デュプレシスは、知的な意味での魔性というより、結核に罹った女の、毀れてしまいそうな美しさの象徴でしょうけど、やはり謎めいた魅力がありますね。十九世紀というのは、女の人の内に新しい美、謎めいた魅力をとてもたくさん発見した時代なんだということを思います。

二、三年前にスタロバンスキーの『道化のような芸術家の肖像』（新潮社）という本を訳しましたが、スタロバンスキーが論じている十九世紀の芸術家たちと、彼らの中に生きていたファンム・ファタールについて、僕なりの結び付け方で改めて考えさせられました。あの本では、秩序ある日常的な世界の外側にはみ出した存在としての道化が、逆にいわゆるノーマルな世界を嘲笑する権利を持ち、既成概念を破壊する役割を担っている点を捉えて、それと十九世紀社会における芸術家の生き方、また芸術というものの概念を重ね合わせていました。ファンム・ファタールもまたノーマルな社会からはみ出した存在なわけです。ボードレールにおけるジャンヌ・デュヴァルのように、悪のイメジを担わされているが故に、ノーマルな世界が持ち得ない輝き、霊感の源泉としての力を持つ、というふうに価値づけられる。こういう見方は僕には共感できるものでした。男には女性に対する憧れの気持があるわけですけれど、僕自身の場合をかえりみても、ファンム・ファタール的な存在に対する憧れが強いような気がします。何かしら恐ろしい、まがまがしい匂いがするけれども、その魅力には抗し難い、そういう恐いものに触ってみたいという欲望があるんですね。

　ルー・サロメはもちろん、ジャンヌ・モローに惹かれるのも、彼女の魅力の中には今言った意味でのファンム・ファタール的なものがあるからなんでしょう。そういう意味ではまた和泉式部も大変魅力のある人で、もし僕が彼女と同時代の平安朝に生きていて、この人に惚れたりした日には、無事じゃなかったろうと思うような人ですね。この人の恋愛遍歴はあまりにも有名ですが、その中で一種の諦念をも育てている。彼女は、恋をしながらも同時に、男の向こう側の世界、男も女もありゃしない、人間全部が溶けて闇の中に吸い込まれてしまったあとのような暗い世界を見つめている感じのする、今様に言えば哲学的な意味をたたえた歌さえ作っているんです。

　出雲のお国についてはちょっとふざけた文章を書きました。お国についての演劇史的な位置づけなどよく知りませんが、彼女自身はそんな気は全然ないのに、運命的に歴史の発端を作ってしまったという意味で、非常に面白い人だと思います。お国が活躍した慶長年間は、日本歴史の中のいくつかの高潮期のひとつです。つまり社会的に、変革期の危険なまでのエネルギーが盛り上がっていて、それに呼応して傾《かぶ》く精神も都会に漲っていた時代です。その頃の風俗絵画などを見ますと、しどけない姿で町を練り歩く娼婦の姿などが実に美しく描かれてますが、いわばそういうたくさんの女たちのひとりだったお国が、後世の歌舞伎の象徴みたいになってしまったわけです。時代の曲り角に出くわした女たちの中からは必ず何人か、本人は意識してもいなかったのに、あの女がひとつの時代を作った、と後世になって看做されるような女が現れるんじゃないでしょうか。御本人が気付いていないということが魅力的なんで、これが男の場合には、かなり本人自身がそれを意識してますよね。そこに女と男の面白い違いもあるんじゃないかと思うんです。運命に押し流されるようにして、実は運命を作ってしまうところが女の不思議な力なんだという気がします。

キャサリン・マンスフィールドは、昔から親しみを感じていた女流作家なんですが、第一名前が非常に感じがいい。題名のいい本が人によく読まれるのと同じで、名前の魅力ってのがありましてね。この人はニュージーランドからイギリスにやって来て、旅回りのオペラ一座で端役をつとめたり、映画女優になろうと撮影所をうろうろしたりしているうちに妊娠し、子供を死産する、そんな経験もして、苦労した人です。彼女の死後に刊行された日記など、ピリピリした実に鋭い感覚を示していると思います。本文の中でも引用しましたけど、「雨を警戒せよ」という短文などには、男にはなかなか書けない、背筋の方で世界の変化の気配を感じ取るような女の不思議な感覚、そういうものがある。それからまた「ひとり住まい」という短文などを読んでも、この人はよほど辛い月日をじっとひとりで耐えてきたんだ、ということがわかるわけです。

ニュッシュ・エリュアールは、僕が愛読した詩人の奥さんなので、そういう観点から書いてみたかったんですが、近しく感じ過ぎていたせいか、あまりうまく書けませんでした。むしろクサンチッペについて書く時などは気が楽になって、文章の上で少々ふざけたりしております。

この『風の花嫁たち』というのはちょっと恥ずかしい本でありまして、何故かというと、やはり女性について書くのは難しいということなんです。こちらが見ているものの小ささ、狭さを絶えず感じさせられる形でしか、女の人については書けないという気がするんです。どこまで行っても男は、女の人のある面しかわからないのじゃないか。男の頭は決まった回路で埋められている部分が多いのに、女の人は全く意外な変化をする。それはしばしば男をゾッとさせるぐらいな、ものすごい力を秘めているのではないか。女がそういう変化を見せてくれることに憧れながら、一方では、そうなった場合、こちらはただ呆然と手を束ねているだけではなかろうか、とも思うんです。女について何か書いたとしても、そこから先は書けなくなってしまうようなところの向こう側に、本当は女の人の根の部分があるのではないか。ですから本になってみると、そういう深淵の手前でちょっと気の利いたことを喋っているという印象が拭えないわけです。

「風の花嫁たち」というタイトルは、アルマ・マーラー＝ウエルフェルの項で書きましたけれど、彼女のある時期の恋人だったココシュカの「嵐」別名「風の花嫁」という絵の題名からヒントを得ました。男と抱き合いながら、どの方向へ吹き寄せられていくかわからないけれど、とにかく今は嵐の真っ只中を横切っていく、そういう女たちを念頭においてこのタイトルを選んだんです。言葉自身はもう少し柔らかい、ロマンティックな感じになっているかと思いますが。

『青き麦萌ゆ』は、僕の初めての随筆集と言っていいんじゃないかと思います。

文章を書く上でちょっと新しい経験だったのは、この本に収めた「月のめぐりの記」という十二篇の文章です。NHKで出している「婦人百科」という月刊誌の第一ページに、毎月わずか二枚程度のものを書きました。文章の長さの制限から来る刺戟というものがあって、それが勉強になりました。

日本語について書いた文章がいくつかありますが、その中の「仙人が碁をうつところ」という文章で宮沢賢治の「虔十公園林」について書いた部分があります。僕の息子の小学校の教科書で、登場人物たちが喋る岩手県地方の方言がすべて標準語になっていたわけです。賢治の童話が好きで、たくさん読んでいた息子が、この教科書はインチキだといって見せにきた時、やはり少なからぬショックでした。その時初めて、教科書における改竄の実態を知ったわけでした。そういうことも含めて、この文章では、日本語というものについて自分がとる態度の一番基本的なことを書いたつもりでおります。

「考えられないものに触る」という文章は、コミュニケーションについての随想ということで依頼されたわけですが、僕はコミュニケーションという言葉が嫌いなんです。日本語で言えるはずの言葉を、コミュニケーションなどと気安く外国語におんぶしてしまっていいのか、ということですね。短い文章ですけれど、ここで言いたかったのは、何でもコミュニケーション、つまり伝達できるんだ、伝達できるということはいいことなんだ、そういう考え方に対する疑問です。近頃、僕のこういう文章が大学の入学試験などに使われるんですが、そういう僕の考え方は高校生にはわかりにくいと思うんですね。簡単にコミュニケーションが成立しなくてもいいんだというような思想が言葉の端々にひそんでいますが、これはなかなか通用しにくい考えでしょうね。物言いに、いわゆるひねりがあるので、短時間に文章の要点を摑み、穴を埋め、答えを出すという受験勉強の方法では判りにくいだろうなと思うんです。一方で、僕の文章はわかりやすいと思われていたりするんですけれど、受験生はわからないと嫌っているよ、と身近の受験生の一人が言いました。それは僕には納得できる意見ですね。僕の文章の成り立ちがそうさせていると思うんです。

ここには「父の歌集」という文章を収めてありますが、親父の歌については今まであまり書いたことはないんです。だけど僕がそう意識する以前から、つまりほんとに幼い頃から受けてきた影響は大いにあると思ってます。親父は、僕が生まれた時すでに、若い無名歌人だったわけで、以後今に至るまで半世紀近い間ずっと歌の雑誌を主宰してきています。僕は物心ついた頃から、毎月お弟子さんたちがやって来ては狭い家で雑誌の編集をやっているのを隣室で聞いたり、仕事ぶりを見て育ってきました。そういう意味では、親父の歌人としての生活が、僕の中学時代以前の精神生活に影響しているという事実がある。実際に親父の若い頃の歌などは、少年期の僕の頭の中に記憶されて、それらの歌のとくに寂しい要素になぜか惹かれてましたね。そして自分はそういう歌を作る人の子供であるということを意識していたわけです。親父の父、僕の祖父は貿易商で、上海へ行っていてそこで死んだんですけど、親父はそのため若い頃から兄弟や母親の生活をある程度支えなければならないし、苦しい生活をしてきた。僕が生まれた頃は全くつましい生活をしていたわけです。だからその時期の歌には、二十代の青年の焦りとか、不満、憤り、嘆きなどが色濃くあるんですね。

今ここで思い出す歌として、僕のすぐ下の妹が幼くて死んだ時の歌に、「銭のなき悲しさ骨に徹り来と我が呟けば母泣き給ふ」とか、僕が小学校の入学式に行く時、親父が手を引いて連れていってくれたらしいんですが、「手をひきてやればかなしも我が太郎山にゆかむと山を指さす」、そんな歌があります。妹が死んだときの歌には、「朝曇るひそけき庭にうづくまりみみず掘りをり子も寂しきか」という歌もあって、このみみずを掘っているのは、すなわちこの僕なんですね。人生の厳しさに直面している青年の暗く、鬱屈した気持がどの歌にもあって、それが反映しているわけですね、子供を見つめている歌にも。そういうところは、僕自身にも間接的な形で影響しているかもしれません。僕が詩を書き始めた時、やはりわりと寂しい詩を書いたんです。

「連句、その楽しみ」等、連句についての文章がありますが、これは近年僕が経験したことの中では、物珍しい経験の最たるものでしたが、それが僕の詩作や批評に及ぼした影響は大きく、また重要だったと思っています。

「書と芸術性」という文章は、お習字について書いているわけですが、書展などを見ていて感じるのは、とにかく字として読めなければダメじゃないかということです。書というものは、読めて、意味がとれるものであれば、僕はその美しさについて語ることもできると思いますけれど、何という字かわからない書について、その不思議なる書の美について語るには素人だ、とても語る気になれないと思います。これは大事な問題で、たとえば僕は中国の書では黄山谷という人の字が好きです。黄山谷は芭蕉が大変に愛していた詩人で書家ですが、字は読めるんです、僕のような者にでも。こういうものを見ていると心がすがすがしく洗われるような気がする。そんな風に思うので、「滴々集」の方にも、書についての文章を一、二加えてもらいました。

「熊野川」は朝日新聞が企画した「流域紀行」シリーズの一つとして書いたもので、加納光於さんと一緒に熊野川をさかのぼりました。加納さんのそのときの挿絵が好きで、その原作を譲ってもらいましたが、その一部分を今度の著作集の函のために使わせてもらっています。

なお、『青き麦萌ゆ』に収めていた「駒井哲郎の世界」という文章は、この著作集第十二巻・芸術論3に他の駒井哲郎論とともに収録しましたので、この巻では省きました。

万葉集を読む

［日本の古典詩歌1］岩波書店　二〇〇〇年一月　五九七頁
四六判　五八〇〇円

■あとがき■

本巻には、万葉集をめぐる論考と鑑賞、そしてそれに関連して、日本古代の詩歌と現代の関わり方を、自分自身の創作行為との関連をたえず念頭に置きながら、表向きは古典詩歌論の形をとって書いた若い時代の文章を、一括して収めた。全体が大別すると三つにわかれているうちの、第三部に含めた緒論がそれに該当する。実際にはそれ以外にも、かなりたくさんの該当する文章はあるが、分量からして到底ひとつにまとめて収めることはできないため、編集部がそれらを読んだ末に、ここに入れた三篇を採りあげて下さったもので、その選択が私にとっても最も妥当だと思われた。編集部の努力は並大抵のものではなかったはずで、感謝に堪えない。

実は第二部を形づくる『私の万葉集』も、量からすれば新書版五冊分だから、やむを得ずかなりの巻についての文章を割愛した。

例によって、本書収録作品の出典をかかげておきたい。
◎『万葉集』は岩波書店の「古典を読む」シリーズ第21冊として書き下ろした。一九八五年四月三〇日刊。
この本の「あとがき」には、私が『万葉集』を書くにあたってどんなことを考えていたかについて触れた個所があり、自分では大切な点だと思っているので、以下に抄録しておきたい。

少年期からの万葉体験はいうには及ばない、尊敬する数多くの先人、また同時代の人々の書いた、それぞれが心血を注いだ仕事の成果である万葉研究の、まさに厖大な蓄積があることを知りつつ、ここにさらに一冊の万葉論を加えることの意味を、私は本書執筆が決まった時以来、すでに何年にもわたって考えつづけてきた。(中略)

私はこの本で、万葉の歌を読み解く面白さ——それはまことに面白いものである——が、決して遠い過去の一時代の特殊な詩歌の解読程度にとどまるものではなく、現代人のごく現代的な日常生活にとってもいろいろな点で深く通じ合うところのある、ひろびろとした言語世界の解読の面白さであるということを書いてみたかった。一言でいえば、万葉の普遍的な面白さを、私なりの仕方で摘出し、指摘してみたかった。

これに続く部分は、『私の万葉集』の「はしがき」でも引用しているから、ここでは引用しないが、そちらでも引用しなかった別の一節を、読者のご参考に引いておこう。

「万葉」対「古今」という一般に甚だ通りのいい対立図式が、いかに根拠薄弱なものであるかということも、あらためて痛感した。それは裏返せば、歴史の中での詩的・文学的伝統の持続性を、私のやり方で再確認することでもあった。私としては、かつて『紀貫之』(筑摩書房)を書いて以来十五年の後に、あいだにいくつかの古典詩歌論を挟んでようやく『万葉集』にまで達し得たことに多少の感慨をおぼえる。

私にとって『万葉集』『私の万葉集』という二冊の本を書いたことが、どのような意味を持っていたかということを、右の「あとがき」の引用はのべているわけだが、それはさらに広げていえば、現代詩というものを作りつづけてきた人間が、なぜ古今集だの万葉集だのにそれほど熱心に付き合えるのか、という、多くの人がたぶんいだいているだろう不審の念に対する、私の数十年間を費してのお答えであると言ってもまちがいではない。

◎『私の万葉集』は講談社発行の読書人向けPR誌「本」に、一九九二年一月号から一九九七年一二月号まで、七〇回にわたって連載され、連載中から順次講談社現代新書(1170—1174)として刊行された。すなわち、「私の万葉集㈠」は一九九三年一〇月二〇日、㈡は九四年四月二〇日、㈢は九五年一〇月二〇日、㈣は九七年一月二〇日、㈤は九八年一月二〇日に刊行された。

第五冊目の「あとがき」の一部で私は次のようなことを書いた。

この巻十七から巻二十までの四巻は、ごらんのように、大伴家持を中心とする大伴家の親族・系累の、消息文や宴席の歌その他、日本歴史でもとりわけ私たちに親しく思われている天平という時代を生きた人々の、ある程度は内幕話ふうの趣きもある作品群が主体となって、構成されています。(中

略）

しかし、本当は地鳴りを伴って進行していたはずの政権上層部の権力争奪戦の様子は、万葉集の中にはほとんど影を落としてはいませんし、第一、かの東大寺の大仏開眼会《かんげんえ》の盛儀も、ここにはまったく痕跡をとどめていないのです。それは同時代の正史である『続日本紀』などには詳細にわたってのべられているのですから、万葉集の沈黙はむしろ不思議です。まして家持は、大仏鋳造にとって不可欠である黄金が陸奥で産出したとの報らせに、感奮興起して長歌まで制作し、大伴の家に生まれた幸せを誇りもしていた人なのですから。

この一事だけをとっても、万葉集には謎めいたところがたくさんあり、さてこそ多くの人の好奇心と関心を惹くのでもありました。しかし、そうしたことは、この集を何よりもまず古代人の詩的表現の紛れもない一大傑作集と見る私の立場からは、深入りすることもできなければ、そのように気持ちを誘われることもあまりない事柄に属します。

本書では『私の万葉集』からは、「はしがき」、巻四相聞、巻五雑歌（大伴旅人や山上憶良の漢詩文その他）、巻九雑歌・相聞・挽歌（珠名《たまな》娘子のエピソードなど）、巻十六有由縁《いうゆえん》と雑歌と（ロマンスと滑稽歌と）、巻十七大伴家の消息を中心とする天平時代の知識層の日常、というあたりを抄出した。私自身がとりわけ興味をいだいている巻々を中心にしたが、今あらためてそれらをながめて見ると、この抄出の仕方そのものにも、かつてのアララギ派流の重点の置き方とは随分はっきりと重点の置き方が違っている万葉歌理解の仕方が現れていると思う。とくに、巻五や巻十七などに典型的に見られる大伴家一族周辺の漢詩文への傾きの重視、巻十六のロマンスや滑稽趣味の重視といった要素は、その後の時代の文芸（たとえば平安期の詩歌・散文）との有機的連関を重く見る私の考え方を、たぶん率直に映し出しているものだろう。

講談社でこの五巻の新書がまとまるまでには、かなり長期の準備期間があった。最初は同社現常務取締役田代忠之氏が学芸局の役員をしていたころだと思うが、万葉集の評釈をしてみないかという相談をかけてこられた。全巻の評釈をという話なので、最初から無理な話だったが、田代さんは折にふれてはその話を再燃させ、ついに好きな歌のつまみ食い方式ならできるかもしれない、というところまで妥協した。私の頭には、『万葉集』（岩波書店）で、当然とりあげるべき歌人たちを割愛してまで人麻呂を大きく扱っていたことへの、バランス回復の希望もあったためだが、いったんそのように動きはじめた後は、田代さんの手順はすばやかった。ＰＲ誌「本」への連載という形で有無を言わさず走り出すことになってしまったからである。

今考えると、とにかく前後七十回の連載を乗り切って完結の時を迎えることができたのは実に幸運だった。間の一九九三年暮れ方のころには、詩のフェスティヴァルに呼ばれてパリに行っている最中に体調を崩し、急ぎ帰国するようなこともあったからである。

◎「日本古典（原文では「古典」ヌケ）詩人論のための序章」は当時出ていた季刊の大型版詩誌「無限」一九六一年冬季号に寄稿した。万葉集を考える上で最も重要な文献のひとつは、アララギ派の理論的支柱と長い間見なされてきた島木赤彦の歌論だった。それを主に相手どって、その中心的な観念そのものが、万葉集の世界からは程遠い近代の痩せ細った自我意識だったのではないか、と論じたものである。長い間この論をくわしく読み返したことはなかったが、今回あらためて読んで、三つ児の魂百まで、という俗諺を思い出さざるを得なかった。三十歳前に書いた文章だけに、執拗にたたみこんでゆく論法に、もし赤彦在世中だったら、実にいやな思いがしただろうと思わずにはいられなかった。私は、批評によって相手を攻撃する時には、一番強そうな人を選んで叩くということを原則としてきたようなところがあり（滅多にそんなことはなかったが）、現代詩の世界では、戦後詩人の大先輩鮎川信夫さんを批評した時がそうだった。相手が居ても立ってもいられないだろうくらいに、相手の拠って立つ最も中心となる観念をとらえて論じることが私の原則だった。それこそが、相手に対する敬意の示し方だと思うからである。最近はそんな風に考える風潮ではないらしく見受けられるが。

◎「人麻呂と家持」は、雑誌「ユリイカ」一九五七年一一月号に書いた。「日本古典詩人論のための序章」と共に、『芸術と伝統』（晶文社）一九六三年刊に収めた。

「人麻呂と家持」は思い出深い論である。これが日本古典詩人について論じたものとしては最初のものだったからで、きっかけはユリイカ社主伊達得夫（一九六一・一・一六没）が、「ユリイカ」で日本古典詩人を現代詩人が論じるという企画をたて、まず私に何か書かないかと言ってくれたことにあった。私はその前年に最初の詩集『記憶と現在』（書肆ユリイカ）を出したばかりの新人だったが、伊達という人物は、そんな外面的なことにはまるでこだわらない真の編集者だった。彼はごく短い言葉で、相手のいい所をちょっと刺戟することを知っていた。だから新人は背伸びして書くことを当然と心得るようになり、あとでそっと背伸びした分を埋めておくのだった。私は当時二十六歳で、好んで読むものはフランス語や英語の詩集や論集だったが、もう一方で旧制一高時代以来の癖で、万葉集や新古今集、また東洋思想の本をも同時に並行して読むというバランスのとり方を日常とし、かたわら読売新聞外報部では、フランス語圏と英連邦一帯のニュースを主として担当するという生活だったから、「人麻呂と家持」という自ら選んで書いた主題は、むしろ自分の身元をたしかめるような気持ちがかなり働いていたのではないかと想像される。

◎「旋頭歌の興趣」は「国文学」一九七〇年六月号に書き、のち『たちばなの夢――私の古典詩選』（新潮社）一九七二年一一月二五日刊に収めた。古典文学に関する論集としては私の最初の本だったこの本は、のち岩波書店「同時代ライブラリー」86として復刻された。そのときは、ライブラリーの一冊であることも考慮して、より一般的な表題とすべく、原書の副題を採って『私の古典詩選』（一九九一年一一月）と改めた。

参考までに同書の各章の題を以下にかかげておきたい。日本の古典詩歌に対して私がどのような観点から関わってきたかを暗示的に語っているように思われるからである。

序にかえて――私の中の古典／万葉の青春悲歌――動乱の中の恋と死について／人麿のうた――挽歌と相聞歌について／憶良をめぐる二、三の妄想――知識人の詩について／旋頭歌の興趣――詩形の生命と運命について／古今集の新しさ――言語の自覚的組織化について／読人しらずのうた――歌の実用性と魔力との関係について／菅原道真の詩――漢詩と現代語について／伝承歌謡の魅力　その一――雑芸的なるものについて／伝承歌謡の魅力　その二――伝承にともなう崩れについて／夢のうたの系譜――多義的な「夢」の氾濫について／平家物語のこころ――死の描きかたについて／お伽草子――世俗性と芸術性について／松尾芭蕉――連衆の世界、一句の純粋性そのほかについて／貫之のゆかり――「合わす」ことについて

以上である。書き写しながら、少々の感慨をおぼえるのは、現代詩人としては私はずいぶん古典詩歌に親しんだ人間だったことになるだろうな、ということをとつぜん思ったからである。そして右の各章題名を見ると、私がはじめから、極め付きの名作などには、普通以上の興味をほとんど持っていなかったことがわかる。こういうのを昔から、あいつはスジがわるい、といったのだろう。読んで下さる読者には、なんだか申し訳ないような気がする。

一九九九年十二月　大岡信

古今和歌集の世界

［日本の古典詩歌2］岩波書店　一九九九年七月　六四一頁

四六判　五八〇〇円

■あとがき■

本巻には『古今和歌集』を中心に、平安時代和歌の「人と思想」を考えようとする諸論を並べた。振り返ってみると、比較的に若い時期に紀貫之と『古今和歌集』について考える機会を与えられたことは、私個人にとって決定的な出来事だった。それは平安時代の文化構造が日本歴史の中でどれほど重要な展開の時代だったかについて、それまで漠然とさえも考えてはいなかった私に、平手打ちを食らわせるようにして気づかせてくれたからである。

その意味で、本書に集められた『紀貫之』、『古今和歌集を読む　四季の歌　恋の歌』（原題『四季の歌　恋の歌　古今集を読む』）、そして『うたげと孤心』前半部の三章（後半部は前回配本の『歌謡そして漢詩文』にすでに収録）の諸論は、平手打ちを食らった新鮮なショックが持続している状態で一所懸命書き続けたものであり、私にとっては、書きながら次から次へとひらけてくる視野の面白さに、ただただ驚きながら扉を一枚一枚開けてゆく思いで書かされた論考なのだった。

本書でもまず収録著作が最初に刊行された時の年次などを書きしるし、ついでそれと関連ある他の著作、また当時の私自身の関心事などについて書き記すことにしたい。

◎『紀貫之』は筑摩書房の「日本詩人選」（全二十巻）の第七巻として一九七一年（昭和四六）年九月に刊行された。これを書かないかと話があってから脱稿するまでに二年半近くかかった。

鮮明に思い出されることのひとつは、全二十巻の布陣が決まって間もないころ、臼井吉見氏と共に全体の監修者をつとめた山本健吉氏から一度会食に誘われた時のことである。山本さんは定宿にしていた御茶ノ水の山の上ホテルのてんぷら店で、私が紀貫之の担当に決まったことについて、慰めとも激励ともつかぬ挨拶をされ、「ま、私は紀貫之を書くのは君が最適任だと思ったのでね。しかし何しろあまり評判の高い詩人ではないので、ちょっと気の毒だけれど、貫之は詩人で同時に大批評家だし、土佐日記のような記録文学の作家でもあるし、君にはぴったりなんだよ」と言われた。私はそれまで山本さんには一、二回はお会いしたことがあるという程度の若造で（当時三十代の半ばを少し過ぎたばかりだった）、付き合いの範囲も同世代の現代詩人仲間や画家、音楽家の友人たち以外にはほとんど出なかったから、山本さんがこんなことを丁重に言われるのがむしろ奇妙にすら思われたのである。鮮明に記憶しているのもそのためだった。

もちろん私も、他の大スターたち、人麻呂とか和泉式部とか定家とかを割り当てられていたら、また別の昂奮もあっただろうが、しかし自分の考えはまた別だった。なるほど貫之の人気は、正岡子規に罵倒されて以来下落する一方で、山本さんがいみじくも私に言った言葉を写せば「なにしろ子規以来のことだからね」というわけだった。しかし、実はそれこそが私にとっての幸運だったのである。

第一に、私は論じる対象としてはいわゆる「負け犬」の方がやりがいがあると思っている人間で、のちに『岡倉天心』（朝日評伝選、一九七五年初版）を書いた時も同じように熱中する状態だった。第二に、数十年にわたって評判が回復しないような往年の大スター歌人（貫之は一千年近い期間大スターだったから、反動で評判は一層がた落ちになっていた）に対しては、近代の参照すべき研究書のたぐいが非常に少ないという有難い状況があった。私は実質的には紀貫之全集と称してもそれほど誤ってはいない一冊の本、すなわち朝日新聞社刊「日本古典全書」中の『新訂　土佐日記』（萩谷朴校註）をくり返し読み、私の貫之像を刻みあげることに専念すればよかった。

私にとってめぐり合わせのいい出来事がもう一つあった。貫之論の準備期間に、私は「文学」誌上に断続的な連載の形で「窪田空穂論」を二百枚弱書く機会に恵まれた。この連載はいよいよ「紀貫之」の執筆にとりかかる段階で中断したが、準備段階で貫之の和歌と空穂の短歌や批評を同時並行の形で読む期間があったことは、のちになって考えると、まことに幸運だった。直接にはまるで無関係な二人の大歌人の著作に没頭して何十カ月か過ごしたことで、私は紀貫之論を書く上で最も大切な、歌の読みとり方、歌のサワリを感じとるコツのようなものへのヒントを、数多く与えられたと思うのである。窪田空穂という歌人は、近代歌人のどんな人よりもずっと深く、平安朝和歌の特質と本質を鋭く読みとり、数多くの貴重な著作の中でそれを説き明かしてくれた大批評家でもあった。

近ごろブームの『源氏物語』の現代語訳にしても、空穂の訳は先駆的な位置にある。

昭和四十六年五月十日に『紀貫之』の原稿の最初の部分を筑摩書房の担当編集者川口澄子さんおよび村上彩子さんに渡し、ほぼ一章書き上げるごとに渡して行って、七月二十七日に全部を書き了えた（村上さんの記録による）。他にも用事はあったので、正味一カ月少々でこの本を書き了えたことになる。

執筆にとりかかる前に『新訂　土佐日記』に没頭していた期間が二年あまりあったので、いざ書き始めれば、あとは自分の脳の自由な働きを追ってゆくだけという書き方だったように思う。一冊の本を書き下ろしで書くという経験はこれが初めてだったので、書き始めるまでの圧迫感と不安は大きかったと記憶するが、書き始めてしまえば、もうじたばたしても仕方がないと観念し、それよりも脳裡に像を結ぶものを追う面白さの方に全身の注意を注いだ。

初版本の「あとがき」に書いた次の一節を引用しておきたい。

本文中では特に書く機会は失したが、貫之や道真、また古今集歌人たちの仕事を見て感じることの一つは、それが日本語の精粋をしぼってめざましい成果をあげ、まさに国粋とよばれて然るべきものであったにもかかわらず、彼ら自身は決して国粋主義者でなかったという事実である。古今集をかついで国粋主義の旗をうち振るような人物が現れたら、眉に唾した方がよい。

著書『紀貫之』は刊行の翌年（一九七二）第二十三回読売文学賞を与えられ、その受賞も契機となったかもしれないが、紀貫之再評価の機運がはっきりしてくると同時に、平安朝文化全体に対する、以前とは明らかに違った重視の機運も、その後強まってきたように感じる。

◎『古今和歌集を読む』のもとの本は『四季の歌　恋の歌』という題だったことは冒頭でのべたが、これはもとは一九七六年十月から十二月まで、毎週日曜日、十三回にわたってNHKラジオの「文化シリーズ古典講読」の時間に「古今和歌集」の総題のもとに各一時間話したものである。こういう形の著作はもちろん初めてだったが、担当プロデューサーは鳥飼文子さん、引用される和歌の朗読はヴェテラン・アナウンサーの後藤美代子さんで、お二人とも以前からNHKの番組でよくご一緒した旧知の仲だったから、全体として気楽に話すことができた。

私の悪い癖で、ここはもっと突込んで話さねば、という個所に来ると、どうしてもその話題に長くとどまる傾向があり、そのためこの『古今集』鑑賞は、やや頭でっかち尻すぼみとなってしまった。

もとはと言えば私が、これの冒頭四章（「一　古今集を読む前に」「二　古今集の位置」「三　古今集の撰者たち　序文」「四　古今集の歌風と女性の力」）を、いわゆる鑑賞に先立って全体の序論として書いたためでもあった。本書を読んで下さる方々にも、この四章は注意して読んで頂きたいと思う。

これは、「今、なぜ古今集を読むのか」という肝心の大問題について、まずもって語らねばならないと考えたからである。この方針はまちがってはいなかったと思う。一千年前の古典を二十世紀の末に読もうという人にとっては、「今、なぜ」という問いがなければ、いきなり古典だと有難そうに提出されても、画に描いた餅にすぎなくなってしまうだろう。

私は元来現代詩の畑で穫れた人間である。そのことと右の冒頭四章執筆のいきさつには、深い関係があると思っている。「今、なぜ」は、私と古典との付合いの出発点にいつもぶら下がっている表札のようなものである。

『四季の歌　恋の歌』を一冊の本にまとめるころ、私は『古今集』の世界に自分がこんなにも深く関わりを持つようになったことについて、かなり不思議な思いを抱いていた。私の最初の古典詩人たちとの付合いは、これよりまたずっと古く、『万葉集』歌人たちへの関心があり、特に巻十六の諧謔とナンセンスの歌の一群には、そのころ私が強い関心を持っていたフランスのシュルレアリスムとの関連もあって、ひどく惹かれていたのだった。ついで「文学」(一九六八〈昭和四三〉年十月号)に、はじめての古今集論「古今集の新しさ」を書いた。けれども、『紀貫之』のころから事情が変ってきた。そのあたりのことを『四季の歌　恋の歌』の「あとがき」から引くことにしたい。

私が古今集について話すようなことになったのは、それ以前に筑摩書房の「日本詩人選」の中の『紀貫之』(一九七一)を書いたことがひとつの端緒となっている。当時貫之について考える機会を与えられたことは、今思いかえしてみると、私個人にとって非常に大きな出来事だったようで、その後自分が書くことになった『うたげと孤心』(集英社、のち岩波書店)、『百人一首』(世界文化社、のち講談社文庫)、『日本詩歌紀行』(新潮社)のような本も、源は『紀貫之』にあったといえる。本書は「日本詩人選」の担当者だった川口澄子さんの発意で本にまとめられることになった。因縁浅からぬものを感じる。

放送テープをおこしたものをそのまま活字にすることにはためらいもあったが、いったん話したものを文章に書き直すことは、ほとんど別のものにしてしまうことを意味するので、結局話し言葉のまま本にすることにした。

NHKの放送が了ったあと、放送局気付で年賀状を下さった方々があった。毎回聴いていてくれた人々で、その中に、十数年前失明された画家曾宮一念氏からの直筆の手紙もあって、毎週楽しみにしていたということが書かれてあり、感動した。そういうこともあったので、話したままの形で本を出す気持にふんぎりがついた。

曾宮一念氏とはその後も、曾宮氏が一九九四(平成六)年十二月二十一日に満百一歳余りの長寿で逝去されるまで、時折り文通し、さらにその没後も、氏の遺作『雲をよぶ　曾宮一念詩歌集』(一九九五年朝日新聞社刊)を、私が編んだ。『古今集』によってつながれた縁だった。

◎さて本巻の最後の集落を形造っている「歌と物語と批評」「贈答と機智と奇想」「公子と浮かれ女」の三つの章は、『うたげと孤心』の前半部を形造っているものだが、これらは一九七三年六月から一九七四年九月まで季刊誌「すばる」(集英社)に連載した「うたげと孤心」の前半三回分ということになる。後半三回分は後白河法皇論で、すでに第一回配本の『歌謡そして漢詩文』に収録した。

言いかえると、私は『紀貫之』を書きあげて二年ほど経ったころ、「すばる」の連載をしていたことになる。その三年後には今度はラジオで『古今集』を十三回語っていた。今考えると目がくらむような感じがする。そのころは明治大学の講義にも週に三日は通っていた。

いずれにしても、「すばる」の連載は私にとって重要な意味をもっていた。担当は一貫して編集者の新福正武さんで、時には菅原道真について書くことを想定し、博多や太宰府などにも同行取材をした。道真論は「すばる」連載中には実現せず、のちに岩波書店で同人誌「へるめす」を始めたとき、『詩人・菅原道真』として結実した。

「すばる」は当初季刊誌だったので、私などの連載原稿は一回で四百字詰用紙五〇枚から七〇枚程度まで掲載できた。私にとって、特に『うたげと孤心』の諸篇はこの枚数で書くことが、甚だ具合よく、全体のリズムにとって好結果をもたらしてくれるものだった。「すばる」連載が私にとって重要だったと書いたのはそのためである。

したがって、「すばる」がある時から月刊に切り替ったことは、私にとっては切りあげ時を意味していた。ちょうど後白河法皇論に一区切りがついたところだったため、ここまでで一旦うち切りにした。『うたげと孤心』に〈大和歌篇〉とわざわざサブタイトルがあるのは、いずれ〈漢詩篇〉を続けるつもりの命名だったのだが、「すばる」の季刊誌体制が月刊に変ったため、一回六、七十枚のペースで批評を連載する余裕は編集部になく、〈漢詩篇〉は「すばる」では実現しなかった。

しかし〈大和歌篇〉だけでも私には十分だった。特に、本巻に入った三章の平安朝和歌論は、作者たる私自身、顧みて内心驚くほどの出来映えとなっているように思う。根柢には和歌の成立基盤としての「うたげ」というものへの執拗な注視があり、そこから「歌・物語・批評」という問題設定が生じているのだし、また次の章の「贈答と機智と奇想」という問題設定も全く同じだった。そして、「うたげ」の集団的規模をもっと特定個人にしぼったところで、藤原公任と和泉式部の密接な交流の現場に立ち入り、和歌の問答性の実に面白い実例を見ようと思った。この章はほとんど小説仕立てにしている。この小説仕立ての構想について面白がってくれる人たちもかなりいた。

この三章を書き進めている時、私は和歌というものの本質に、自分流のやり方で最も深く、広く、接し得ていたような気がしている。よしんばそれが妄想的錯覚であろうと、私は自分が平安朝和歌の内側に入り込んで、自由にそこで泳ぎまわり得た、という実感を、揺るぎのないものとして持っている。

このことは、私が現代詩人として日本の内外の詩人たちと「連詩」の試みを続けているということにまで、どうやら一直線につながっているもののようである。

平安朝和歌はそういう意味でも私にとっては、創作活動と深いところで通じ合う活力源のひとつとなっているように思われる。

一九九九年六月　大岡信

歌謡そして漢詩文

［日本の古典詩歌3］岩波書店　一九九九年五月　四〇一頁
四六判　四四〇〇円

■あとがき■

日本の古典詩歌をめぐって私が書いて来た文章は、数えてゆけば自分でも呆れるくらい、雑然としてしかも多数に及んでしまった。しかし、どれほど手を広げてみたところで、所詮ただ一人の人間が書いたものである。その点からすれば、それらの文章には、どこかで必ず同じ臍の緒でつながっているという共通性があろう。読んでくださる方にはそんなにはっきり見えないだろうけれども、書いた当人にはそれなりにわかるように思う。

今度岩波書店がこのような形でそれらの文章を六冊の本にまとめてくれることになったが、担当編集者の星野紘一郎さんは、驚くべき努力を傾けてさまざまな私の旧著をいったん解体し、同じ臍の緒でつながっていることが見てとれる文章ごとに再編成するという難かしい仕事を推進して下さった。

そうしてまずお目見えするのが本巻である。ご覧の通り、本巻には、一方で歌謡、他方で日本の漢詩文を扱った文章が収められている。それらの文章の古巣を先に申しあげておけば、歌謡の部では、

◎「日本の中世歌謡」は一九九四年と翌九五年、パリのコレージュ・ド・フランスで五回行った講義の日本語版『日本の詩歌　その骨組みと素肌』（講談社、一九九五年十一月刊）の最終章（第五章）。

◎続く「帝王と遊君」「今様狂いと古典主義」「狂言綺語と信仰」の三章は、季刊「すばる」に一九七三年六月から一九七四年九月まで連載し、一九七八年に単行本として「すばる」の版元集英社から刊行した『うたげと孤心　大和歌篇』全六章のうち、後半部の三章（前半部の三章はこの選集の第二巻に収録される）。原文はのち岩波書店の「同時代ライブラリー」にて刊行。

◎「謡いものの「優美」と「猥雑」」「和讃形式が語るもの」および「「花」の一語をめぐる伝統論」の三章は、『詩の日本語』（「日本語の世界　11」中央公論社、一九八〇年十一月）より。

後半部に収めた漢詩文の部では、

◎「修辞と直情」その一、同その二、同その三、「古代モダニズムの内と外」の四つの章は、はじめ「うつしの美学」と題

し、私を同人の一人として一九八四年十二月に創刊された季刊「へるめす」（岩波書店）の第十一号（一九八七年六月）から第十五号（一九八八年六月）まで連載、一九八九年八月に岩波書店から単行本として刊行した『詩人・菅原道真』から採った。本巻に収めるにあたって、一冊の編集上の観点から、同書の冒頭約四十ページ弱を占める「はじめに――「うつし」序説」を割愛した。

この「「うつし」序説」のモチーフ、そして『詩人・菅原道真』全体を貫いているモチーフは、「「うつし」や「うつり」という語が、日本の詩歌論・文学論・芸術芸道論・風俗用語、いたるところできわめて重要な用語とされて利用されてきた理由」を考えようというところにあった。

「うつし」は漢字で書けば「移し」「写し」「映し」である。私は、この「「うつし」序説」で、日本の文学的・芸術的伝統には、受動的な含みをもつ「写し」あるいは「映し」ではなく、能動的でダイナミックな変成力を含んでいる「移し」のうちに、より高い価値を見出す傾向が常にあったのではないか、という仮説をたて、それを「うつしの美学」と名づけたのだった。そしてこれを、菅原道真という平安朝詩人の、栄光と悲惨との関連において見ようとしたのである。

この本『詩人・菅原道真』について、吉田直哉氏の新著『脳内イメージと映像』（文春新書、一九九八年刊）の第八章「伝統との関係」で詳しく引用、言及され、「うつし」の問題についてきわめて興味深い考察がくりひろげられている。

『詩人・菅原道真』はいわゆる「デス・マス調」で書かれている。これについては同書の「あとがき」でその理由について触れているので、その部分を引用しておきたい。私にとって決してないがしろにできない問題だからである。

> 本書で「です、ます調」の話し言葉を採用したのは、かねがね文章における話し言葉の可能性について考えるところがあるからです。私は文学評論や思想論文などに見る現代日本の文章が、いわば過度に武張って難解になる傾向を持っているのがあまり好きでありません。同時に、巷間人々が語る話し言葉そのものが、しまりのない、断片的で刹那的なものになる傾向を持っているのもあまり好きではありません。
>
> 文章を「です、ます調」で書こうと「である調」で書こうと内容は同じだろう、一体どこに違いがあるのか、と反問する人も多いでしょうが、私一個の経験からすれば、両者の間には大きな違いがあると感じます。実をいえば、この本の序章を書きはじめた時、私は「である調」で始めようとしてどうしても動きがとれず、思いきって「です、ます」で書き出した途端、堰きとめられていたものが一気に流れはじめるという経験をしました。もし「です、ます」で書くことをせずにいたら、この本はどんなに硬い本になっただろうかと思う

と、何とも不思議な気がするほどです。

この、「デス・マス」で書き出した途端に一気に書けるようになったという体験は、十数年たった今でも実に鮮かな記憶として残っている。場所は東北地方にある小さな市で一泊した旅館だった。朝、乗車すべき列車の時刻には少し余裕があったので、私はもう何日も前から書き出しあぐねていたこの原稿に、はじめの一、二ページだけでも手をつけておきたい一心で、テーブルに原稿用紙をひろげ、ぼんやり考えこんでいた。部屋の前の池には鯉がゆっくり泳ぎまわっていた。頭の中にはむずむずとひとつの想念が動いていた。それは「文体を変えてみろ、文体を」と言っていた。「中身より衣装だよ」と。この時私の脳裏にひらめいたのが「デス・マス」だった。私はそのひらめきに従った。旅館を出発するまでの一時間余りのあいだに、私は二百字詰の原稿用紙七、八枚分を書き出し始めていたのである。それは列車の中でも続けられた。

『詩人・菅原道真』がデス・マス調をとっているのはこうしたわけからだった。私は一時期、内容がかたくるしくなりそうな文章には、進んでデス・マスを使うことが多くなった。

日本の文筆家には、こんなことでいちいちつまずいているような人は、あまり多くないと思う。しかし私は、文章にせよ詩歌にせよ、大して難しくもないはずの内容を、わざわざ武張った語彙、えらそうな口調で書くのは悪趣味だと思っている。いずれにしても、人は理解されたいから文章を書くのである。

順序が後先になったが、本書前半の後白河院を論じた「帝王と遊君」「今様狂いと古典主義」「狂言綺語と信仰」の三章は、以前、「書きながら見えてくるものの面白さに何度も雀踊りする思いをした」と書いたように、無我夢中で書いたものである。

後白河院が作らせた歌謡集『梁塵秘抄』、また菅原道真の漢詩集。いずれも私にとっては、とりかかる段階では、まるで先の見通しなどない大きな塊りだった。手がかりといえば、自分自身がどれだけ激しく揺り動かされているかについての、一種の衝撃感が持続しているものなら、つかみかかっても大丈夫、という無鉄砲な好奇心だけ、といってよかった。

はじめに臍の緒の共通性などという言い方で語ろうとしたことの一つは、つまりそういう好奇心において、私の書いたものはすべて共通したところがあるだろう、ということだった。

そのことは当然、もう一つの臍の緒の共通性という話につながる、つまり、私のこういう行き方は、どんなことについても私は素人、という自覚と別のものではないということである。この自覚は、やがてまた、私の方針といったものにもなっていて、私の著作を読んで下さる読者に、まずもって申しあげておきたいのもそのことである。

一九九九年四月　　大岡信

詩歌における文明開化

［日本の古典詩歌4］　岩波書店　一九九九年九月　四六四頁

四六判　五一〇〇円

■あとがき■

本巻には「近代」と呼び慣らわされている明治時代の、とくに草創期の文学者や思想家たちが、変転しつつある環境の中で、彼らそれぞれの言語・思想・社会観・使命感をどのように築きあげていったか、という主題を中心とする文章を収録した。

例によって、全十篇の出典をかかげておきたい。

◎『正岡子規──五つの入口』は、岩波セミナーブックスの一冊として一九九五年岩波書店から刊行された。元来は岩波書店アネックス（神田神保町）にある講義室で五回にわたり話した正岡子規論（一九九三年五月─六月）を一冊にまとめたものである。

この本は、過去の私の子規論ではまだうまく取り上げることのできなかった方面をできるだけ取り上げ、本質に迫ることを最初から念頭に置いて、何十人かの受講者の方々と一緒に、子規の仕事を具体的に検討し検証し、その上同時に楽しもうと試みたのでした。

私はあえて、子規の仕事を楽しもうと言います。明治の一流の文人たちの仕事に共通の性質と言ってよいと思いますが、他の多くの人々が楽しむことのできる仕事を積み上げていった文学者が多いということは、後世に生きる私たちにとっての大きな啓示であり、励ましでもあると思います。（「あとがき」より）

◎「漱石──『則天去私』と漢詩の実景」は初出「國文学」一九七〇年四月号。『明治・大正・昭和の詩人たち』（新潮社）一九七七年刊に収録。本書での底本は『ことのは草』（世界文化社）一九九六年刊。

私は漱石が和歌・短歌をほとんど作らず、新体詩に対しては揶揄的な気分で対していたらしいことに、漱石論のひとつの出発点があるとさえ思っている者だが、その彼が俳諧・俳句と漢詩においては疑いもなく近代日本で最上等の作者であったことには、たぶん大きな意味があるというふうに思っている。要点は「詩歌」と「思想」との関わり方の問題と、切っても切れないものとして、漱石における俳諧と漢詩があるだろう、ということである。

◎「紅葉の俳諧」は『紅葉全集』第九巻解説として書いたもの。岩波書店一九九四年刊。

近代俳句を語る人は正岡子規から始めるのをもって常識としている。私は子規風の写生俳句のほかにも、近代俳句草創期には別の道が十分にありえたと考えており、その代表者としてここでは尾崎紅葉をとりあげたのである。紅葉の行き方では、正岡子規の写生主義を始祖として厖大な人口をかかえるに至った近代俳句の大衆的人気はおぼつかなかった。けれどもそこには、俳句の前衛性を追求する情熱的で禁欲的な制作行為があったことを、忘れるわけにはゆかない。いずれは敗れ去るであろう道を追求した紅葉俳諧に、単純なドン・キホーテ的突進と自滅だけを見る見方とは違う観点を、ここでは示したと思っている。

◎「幸田露伴『一国の首都』」は岩波文庫『一国の首都』への解説、一九九三年刊。同文庫本は露伴の二大東京論を収めている。「一国の首都」および「水の東京」。私は冨山房百科文庫の『讕言《らんげん》』および『長語』(いずれも昭和戦前の刊行)というエッセー・随筆集を愛読していたが、中でも「一国の首都」(『長語』所収)は、はじめて出会った時、驚嘆措くあたわざる思いをしたエッセーだった。のちのち、戦後の日本の都市政策の行き当たりばったりの無策ぶりには、何とも歯がゆい思いをすることがたび重なった。そのため一八九九年という、二十世紀のまさに開幕をひかえた年の夏、一気に書きおろされた「一国の首都」の先見性と合理性に貫かれた東京論が無性になつかしく尊いものに思われて、岩波文庫編集部にこれを刊行してもらいたいと、たびたび直訴に及んだ。嬉しいことにやがてこれの刊行が決定され、その解説を依頼された。私はもとより都市論の専門家ではないので、解説者として適任かどうかは疑わしいが、露伴が文学者として堂々たる東京論を書いたことへの深い敬意だけは伝えたかった。

◎「内村鑑三の『地理の宗教』」の初出は「へるめす」23号、一九九〇年一月刊。のち『一九〇〇年前夜後朝譚』(岩波書店)一九九四年刊に収録。

このたび本書のゲラ刷りを読み通しながら、書いておいてよかったなあと自分自身を祝福したい気持ちになった随一の文章が、この内村鑑三『地人論』についてのエッセーだった。ある日都内の古書店の棚で眠っていた岩波文庫本を見つけ、興味をひかれて買ったのだったが、別の日たまたまページを開いた時からすべてが変わってしまった。貪るように読んだ。同人の一人として連載中だった「へるめす」誌の「一九〇〇年前夜後朝譚」の一章としてこれをとりあげようと思ったのは、それからだいぶ経ったころだったが、この「世界の地理を一大詩篇として見る作」と自らいう内村鑑三の壮大な詩的直観と、神の前での大いなる理想主義の披瀝には、あらためて感嘆せずにはいられない。

ついでに言えば、本書にこの『地人論』についての論と岡倉天心論と二つの章を採った原著『一九〇〇年前夜後朝譚』は、現在の日本社会および日本文明のあり方に不安と不満を感じている人間として、一世紀以前の主として文学者たちの事績を追尋してみることによって、脚下を照顧するよすがにしたいとの願いから始めた連載だった。同書の「あとがき」の一節を引いておきたい。

ウサギさん、ウサギさん、そんなに急いで、どこゆくの？という童謡がありますが、私たち昭和・平成の日本人は、ウサギさんの何代目になりますか、とにかく目の色変えて新しいものを追っかけるという習慣にどっぷり浸っています。おまけにコンピューター機器という、人をこき使うために人に手助けしてくれるのを大得意とするマシーンが、いよいよ御主人様になりつつある時代ですから、たださえ新しいものに従順な私たちとしては、ますます忙しくなること必定です。（中略）要するに、私たちはこんなに日々忙しく立ち働いているのに、それにまた長寿社会だそうだのに、それにしてはなぜそれほど精神的に快活じゃないのだろう、という素朴な疑問がこの本の出発点にあります。一世紀前の思想家も文学者も、私たちより短命で病苦にもさいなまれていた人が多かったのに、私たちより本質的に快活で元気がよかったと私は感じています。それは「なぜ」なのか。その疑問を少しでも明らかにしたいと思ったのでした。

私はこの「あとがき」の他の個所でも書いたが、『一九〇〇年前夜後朝譚』に収めた文章は、「根本の性格として『挑撥的』でありたい」と思って書いたものばかりだった。

挑撥、しかしオチョクリではないもの。私はそれがすべての批評の根本動機であるべきだと、つねづね思っています。それ以外に批評を書く理由などないのではないでしょうか。もっとも、今はオチョクリというものに人の心が動かされることの多い時代らしいので、私がこんなことを言っても一笑に付されるだけでしょう。

◎「知られざる近代――岡倉天心」の初出は「へるめす」24号、一九九〇年三月刊。のち『一九〇〇年前夜後朝譚』に収録。

これもゲラ刷りを読みながら、書いておいてよかったと自ら思った一つの論だった。

私は岡倉天心について、いつのまにか何篇もの文章を書いてきた。その最初のまとまりは、朝日評伝選の一冊として書きおろした『岡倉天心』（一九七五年初版、のち改訂増補して朝日選書に同じ題名で入る）だったが、これがきっかけで岡倉天心とベンガルの女性詩人プリヤンバダ・デーヴィー・バネルジーとの間で、天心死去までの約一年間に交わされた熱烈な恋文の往復書簡を、息子の大岡玲と共訳（平凡社選書）するに至るまで、何本もの天心論を書いた。しかし、「へるめす」に載せたこの「知られざる近代」が、先の書きおろし『岡倉天心』以外では中で最も中心的エッセーということになると思う。この論は、読んで頂けば明らかだと思うが、全体として先に述べた「挑撥」としての批評の一例になっているはずである。

◎「言葉における『文明開化』――訳詩の歴史が語るもの」

◎「新体詩の『文学語』と『日常語』――叙事詩の命運が語るもの」

◎「『言文一致』の夢と現実――明治の感傷詩と江戸の狂詩が語るもの」

◎「詩歌の『革新』と『充実』――子規の歌が語るもの」

以上四篇は、それぞれ別個の主題と題材について論じているが、内容においては密接につながっていて、主として明治二十年代、三十年代の詩と言語の多様複雑な諸問題について語っている。その意味でも、四篇をひとくくりにして読んで頂けるなら幸いである。これらの論は、すべて『詩の日本語』中央公論社、一九八〇年刊）に収められている。同書は叢書「日本語の世界」のNo.11として出たものだが、刊行された順序は中では早い時期だったと思う。書きおろしの本だったが、本一冊のページ数は多く、私はすでに書いていたエッセーを踏まえ、あらためて書き直したりして全体を構成したところもある。

何しろ「詩の日本語」という総題を与えられたため、その取材は広範にわたり、引用する材料も古代から現代まで多岐にわたった。ある意味では力いっぱいの力作となったが、読者にとっては肩に力瘤が入りすぎた印象もあったかもしれない。実は今度本書のゲラ刷りを読みながらひそかに恐れていたのも、この四篇が文章についても、内容についても、あまりはずみがなく、重苦しくなってはいまいか、ということだった。しかしそれは私の杞憂だった。第一には、担当編集者星野紘一郎さんの編集技術のみごとさのおかげで、この四篇は先立つ六篇の個別の論の並び具合と大きな食い違いはなく、逆に主として詩の問題に議論が集中している部分が、本書の最後にまとまって置かれることになって、著者の私自身、全部を読み了えた時、ある種の重い感動さえ受けたほどだった。

ここには、全体として、およそ一世紀以前の日本近代の思想と表現の世界が、私という一人の論者を通して、パノラマ的に拡がっているように思う。そして、それらの思想と表現は、二十世紀の末端にいるわれわれの現状に較べるとき、どの人の場合もみな、本質的に健かで元気のいい表現者だったということが、痛いほどに感じられるような気がする。本書が正岡子規に始まり、正岡子規に終わる構成になったのは、決して偶然とばかりは言えないことのように感じる。

一九九九年八月　大岡信

詩人たちの近代

［日本の古典詩歌5］岩波書店　一九九九年一一月　六二七頁

四六判　五八〇〇円

■あとがき■

本巻は近代日本の詩・俳句・短歌について論じた文章を一括して収録した。それに関連して、詩歌と分かつことのできない性質の批評文学を築いた保田與重郎についての長文のエッセーや、日本の詩歌を東洋の詩歌との関連において考えようと試みた若年のころのエッセーをも、全体の構図の中に置いて見てみようという意図のもとに、併せて収録した。

全体を読んで頂けば、私が単に詩を作ることだけで満ち足りてはおられず、不可避的な勢いで、短歌や俳句をも等しく自らの視野に入れうる視点をわがものにしようと、若いころから一貫して努めずにいられなかった心の傾きを、理解してもらえるのではないかと思う。

例によって収録作品の出典をかかげておきたい。全体は大きく分けて「I　近代詩史を書く」「II　俳句の近代」「III　窪田空穂論」の三部にわかれる。

I　近代詩史を書く

◎「日本近代詩の流れ　詩論の展開」は諸家の論から成る『詩の本』第1巻「詩の原理」の中の一篇として書いた。筑摩書房、一九六七年一〇月二〇日刊。

明治の新体詩から大正時代の詩まで、歴史的な流れを叙述しながら、同時に各時代の詩表現を支えていた詩論が展開してゆくさまを概観しようとした。私のこの種の論としては最も早い時期のもので、年齢も三十代半ばの時期のエッセーだったから、性急なところがいろいろあったし、対象の詩人についての見方も、今となっては浅慮短見ではなかったかと思われる所も多い。しかし他人の見解を鵜呑みにして書くという態度は私にはなかったので、これはこれで、いわば先輩詩人たちの胸を借りて詩史叙述を試みる若僧詩人の困難な試みだったのだ、と見て頂けるなら幸いである。というのも、不思議なことに、この種の多少とも歴史的な叙述にわたる詩論を書く若手詩人の数は、少なくとも私の同世代、またそれ以降の人々を見渡してみて、きわめて少なく、その傾向は数十年にわたってあまり変化していないのである。そのためか、あるいは他の理由も加わってか、私はすいぶん以前から、この種の文章を書くように依頼されることが重なった。

そうなるについては、もちろん私自身の側にも理由があった。それは、現代詩といわれている詩形式、つまり定型のない口語自由詩を書きつづけている自分自身が、他の形式（つまり短歌や俳句のような定型詩）を用いずに敢えて自由詩を選んでいる理由を、少なくとも自ら納得させる必要をたえず感じていたからである。

本書に収録されたもろもろの文章は、そのような自分自身の内部の要求に根ざしたものばかりである。近代の詩的表現を、私に可能な限り包括的に、検討しようと志すならば、単にいわゆる近代詩・現代詩の領域にのみ身を置くことは、怠慢以外の何ものでもない、と私は若い時から思っていたので、その結果が本巻に収められる諸エッセーになったのだった。

もちろん、私には他にも多数の同種のエッセーがあるが、ここにまとめられたものを見て頂けば、それらの詩論・詩人論に何らかの意味で重なり合う要素があるはずだと思っている。
◎「昭和詩の問題」は『蕩児の家系　日本現代詩の歩み』(思潮社)一九六九年刊に収録された。この本は「大正詩序説」「昭和詩の問題」「戦後詩概論」の三つの部分から成り、本書に収めたのはそのうち「昭和詩の問題」である。これを構成する五つの論の初出は次の通りである。
口語自由詩の運命　「文学」一九六五年四月号
萩原と西脇　現代詩と自然主義について　「文学」一九六五年六月号
宇宙感覚と近代意識　「歴程」、心平、光太郎　「文学」一九六五年九月号
抒情の行方　伊東静雄と三好達治　「文学」一九六五年十一月号
守備の詩と攻勢の詩　村野、小熊その他　「文学」一九六六年二月号
『蕩児の家系』の「あとがき」の一節を引いておきたい。
蕩児の家系という題名は、いうまでもなく、〈蕩児の帰郷〉という例の物語に由来する。近代日本における新しい詩的表現は、いわゆる近代詩・現代詩という形をとって歴史をきざんできたが、短歌・俳句、あるいは文語定型詩という旧家からとびだした放蕩息子である口語自由詩の足跡を、ぼくなりの観点から追跡し、再構成してみようとしたのが、この本のおおよその成りたちである。言う必要もないことだろうが、蕩児の家系といい、帰郷といい、かつては旧家への復帰を意味しているのでは毛頭ない。放蕩息子は放蕩息子の天地を見出すであろう。その新しい天地こそ、放蕩息子の帰郷する天地である。それはどのような場所なのか、それをぼくは考えてみたかった。云々。
読者はこの一節にも、さきにのべたのと同じ主旨の私の執筆モチーフを見出されることと思う。問題はその蕩児の目ざす場なのだが……。
◎「保田與重郎ノート　日本的美意識の構造試論」は『抒情の批判　日本的美意識の構造試論』(晶文社)一九六一年四月二〇日刊に収録。初出は「ユリイカ」一九五八年八－十一月号

連載。

『抒情の批判』という本については数々の思い出がある。第一に、この本が出た一九六一年の一月十六日に、私にとっては終生忘れられない出版人、書肆ユリイカの社主伊達得夫が四十一歳の若さで肝硬変のため死んだこと。『抒情の批判』は少し前に出した芸術論集『芸術マイナス1《ワン》　戦後芸術論』（弘文堂、一九六〇年九月刊）と共に、書誌ユリイカ以外の出版社から出した論集では二冊目のもので、私は二十九歳だった。

『抒情の批判』が書店に並んだ直後、版元の晶文社に三島由紀夫署名の手紙が舞い込んだ。本が出ると同時に買って読んだ、非常におもしろかった、という内容だった。それからまもなく、三島氏によるこの本の書評が東京新聞に出、さらに当時出ていた雑誌「風景」に連載中だった三島さんの日記にもこの本を激賞している記事がのり、多くの三島ファンがびっくりして、大岡信という無名の筆者の本を買い求めてくれた結果、私としては破天荒の売行きとなった。たぶん三千部くらい出たのではなかったかと思う。この部数は、現代詩人の本としては事実破天荒だった。本はその後『超現実と抒情』と題を改め、内容もかなり入れ換えて改版したが、改版後も含め、私の初期の本としては異例なほどよく読まれたと思う。

三島さんがこの本を激賞したのは、唯一かかって「保田與重郎論」のためだった。彼は「ユリイカ」にこれが連載されていた当時、人に教えられて読み始め、本が出ると同時に銀座の書店でこれを買ってくれたのだと、私はあとで聞いた。その意味では、氏の激賞に何の掛け値もなかったわけで、その一点だけでも三島由紀夫という人は、私にとって、その誠実さにおいてわけても懐かしい人格であり続けている。私はその後も、ついに一度も三島さんに対面したことはなかった。

「保田與重郎ノート」についてもう少し書くことにしたい。

一九五八年の初夏、伊達得夫が「ユリイカ」に連載で現代詩人論を書かないかとすすめてくれた。私は当時第一詩集『記憶と現在』（一九五六）を出してまもない若僧の詩人だったが、伊達は私を詩と詩論の両面で生かしてやろうと思っていたらしく、何回続いてもいいんだ、と元気づけてくれた。連載の総題は二人で相談の上、「詩人と青春」とした。伊達の心づもりとしては、私がそれまでに書いていた中原中也論とか立原道造論とかが、評判も悪くなかったことから、それらをさらに拡大したものを、と考えていたのではなかったかと思う。しかし私は、せっかくそのような誘いがある以上、まず書いてみようと思っていることがあった。つまり、昭和十年代の詩人たちとその青春を考えるなら、まずその前に、彼らの精神の動向に大きな影響をあたえた一人の批評家、すなわち保田與重郎を考えなければならないだろう、ということであった。

当時すでに日本浪曼派については橋川文三氏の文章が「同時

代」誌に発表されていて、教えられることの多いものだった。また竹内好氏の文章も重要なものとしてすでに存在していた。

しかし私にはもう一つの理由があった。沼津中学三年の秋、すなわち敗戦の年の秋に、私は仲間数人と一緒に「鬼の詞《ことば》」というガリ版刷りの同人雑誌を創刊したのだが、その指導者として私たちの仲間に入ってくれた若い国語教師の茨木清先生が、当初から私たちに熱心に語ってくれたのが、保田與重郎らを同人として昭和初年代に発刊された「コギト」のことだった。戦後すぐの時期に、当時札つきの極右の思想家として蛇蝎視され、禁句に等しかった(今の読者には想像もつくまいが)保田與重郎の名前を口にし、中学三、四年の坊主たちに、自らの書棚に愛蔵していた「コギト」やその同人たち、特に保田の若き日の著作を、自由に持って行かせてくれたような教師は、日本中どこにもいなかったし、いるはずもなかった。茨木さんはイデオロギー的な右翼思想家としての保田を信奉していたわけではなく、多分橋川さんが保田を論じたのとほぼ同じ心情的な理由から、保田に多大の親近感を抱いていたのだと思う。

戦争中に大学生だった人たちの一部は、間近に迫っている死を見つめながら、その死をどのようにして自らに納得させるか、その死をのりこえて自らの精神の自律性を、どのように垂直的に確保するか、という課題に直面していた。茨木さんの場合もその一例だったといえる。その種の人々にとっては、保田の初期の文章には、右翼イデオロギーなどでは到底すくいとれない、近代知識人の苦しみを率直に語ったものとしての親近感、信頼感があったのである。

ゆくゆく立原道造や伊東静雄などを論じるにしても、その中心にいて最も強い影響力を発揮した保田與重郎を論じないことには、事は始まらない、なぜならそこには、単に昭和初年代のみならず、明治の文明開化以来の重要な精神的問題が、いわば煮つまった形で現象しているのだから――というのが、私が保田與重郎について論じる最重要の動機だった。

これを書いて少ししてから、たとえば川村二郎、篠田一士といった私より多少年上の世代の批評家たち、つまり戦中に保田與重郎をすでに読んでいた人々から、年少の私がなぜ保田のことをこんな風に論じることができたのか、不思議がられたことがあるが、実情は以上のようなことだった。

昭和十年代のみならず、詩人や文学者が、自分たちの時代は過渡期のデカダンスに陥っているといった感じ、出口なしの重苦しい感情に閉ざされ、その捌け口を見出せずに苦しんでいる時は、保田與重郎的なものの考え方は必ず再生する、というのが、このエッセーを書いた当時の私の予感だった。そのくらい、保田の論理構造には普遍妥当なものが含まれていて、それゆえに保田を論じることを通じて別の時代を見通すことも可能だろうと考えたのである。実際、一九六〇年代後半の時期、同じような心的状況が生じ、三島由紀夫の自殺はその最も徹底した結論を示したのだった。

◎「東洋詩のパタン」は「現代詩」一九五八年六月号に初出。『抒情の批判　日本的美意識の構造試論』に収録。

これも私が早い時期から日本の現代詩に対して抱いていた一種複眼的な見方を示すエッセーといえるもの。私は自分の作っている詩やエッセーを相対化して眺める視点を常に確保していたかったのである。それゆえ、この文章などは思いきり背のびした文章になっているが、この『日本の古典詩歌』全六巻の選集では、こういう文章をも収めた方が読者に私のものの考え方の全容を見て頂く上でも多少は役立つという思いもあって、これを本巻に加えてもらうことにした。

Ⅱ　俳句の近代

◎「大正の俳句」は諸家の論から成る『俳句の本』第Ⅲ巻「俳諧と俳句」の中の一篇として書いた。筑摩書房、一九八〇年七月三一日刊。

私に大正時代の俳句史を概観する文章が依頼されたのは、少し前に本巻所収の「虚子の句」を書いていたことが一つのきっかけになったのではなかろうかと、今となっては詳しい事情は忘れてしまったが、推測される。

もちろん虚子の句以外の近代俳句作品についても、この当時すでにかなり広範に親しんでいたが、これの執筆を依頼されたことは、大正時代という、短期間に終ってしまったけれども短歌、俳句、近代詩いずれの分野でもきわめて豊饒だった時代の俳句について考える上で、私にとっては大層意味深かったと思っている。

◎「虚子の句」は『定本高濱虚子全集』（全十六巻、毎日新聞社一九七四―七五年）「月報」に十六回連載し、のち『子規・虚子』（花神社、一九七六年六月二〇日刊）に収録した。月報連載当時の題名は「虚子俳句瞥見」だった。『子規・虚子』の「あとがき」の一部を引いておきたい。

私は虚子について従来の評価をほとんど何も知らない状態でこれを書いた。むしろ知ろうとせずに書いたといった方がいいかもしれない。俳句には門外漢の私も、戦後俳句を推進してきた俳人たちといつのまにか何人も知合いができたが、その多くの人々は、虚子についてあまり語らず、語っても否定とか無視に傾く人が多かった。私はそのことに興味があって、ほんとうはどういう俳人なのか、という好奇心が動いていた。石倉君（担当編集者）の申し出がきっかけで、できるだけ虚子自身の句のみに付き合うというやり方でこの俳人の肖像画を描いてみる気になった。

俳壇の外にいる人間が描いたということが多少は人々の好奇心を喚起したこともあったかもしれないが、花神社から出版した『子規・虚子』は、それに続いてだした『楸邨・龍太』とともに、新装版として改版されてかなり多くの読者を得たと版元では言っている。

Ⅲ　窪田空穂論

◎『窪田空穂論』は岩波書店一九八七年九月二九日刊。同書は三部に分れており、第Ⅰ部が「窪田空穂との出会い」「空穂の世界　序説的な概観」の二篇で、これらは単行本としてまとめる時、書き下ろした。また第Ⅲ部には空穂の長歌十五首、短歌百首を私が編集し、「空穂秀歌選」として載せたが、本巻ではこの第Ⅲ部は割愛した。そこで第Ⅱ部の諸論の初出をあげると次の通りである。

窪田空穂の出発　「文学」一九七〇年二月号
空穂の受洗と初期詩歌　「文学」一九七〇年四月号
空穂歌論の構造　「文学」一九七〇年六月号
空穂の古典批評　「文学」一九七〇年十月号
空穂の長歌「捕虜の死」と大戦（原題「空穂作「捕虜の死」論」）「文学」一九七八年一月号・二月号
長歌に見る歌人空穂の本質（原題「長歌作家窪田空穂」）「文学」一九七六年一月号

窪田空穂は私の父の歌人大岡博にとっては最も尊ぶべき生涯の師であった。私は物ごころつくころからウツボセンセイという名をすでに知るようになっていた。父が主宰歌誌「菩提樹」で、戦中・戦後を通じ、前後六十二回にわたって「窪田空穂全歌集の鑑賞」という長篇の鑑賞文を書き続けていた間、中学生、旧制高校生であった私は、その中の相当な部分を〝愛読〟したこともある。そのため、私は戦後まもない時期の中学生としては、日本中でたぶん一番よく窪田空穂の歌を読んでいた生徒だったろうと思う。

　そういう前史はあったが、それだけでは私がかなりの歳月をかけて空穂を論じたことの理由にはならない。単行本『窪田空穂論』の「あとがき」から引いておきたい。それは同時に、本巻に近代詩、俳句、そして短歌について書いた文章が、一緒に並んでいる理由をも、照らし出してくれるだろう。

　私は青年期以来、短歌ではなく現代詩を作り、また西欧の詩や芸術に対して持続的に関心をもちつづけるという生活をしてきたから、私が窪田空穂という少しも派手な存在ではない歌人について論じることは、親しい人々の間でさえ奇異な感じで受けとめられていたらしいことを知っている。

　しかし実際には、私は旧制高校のころ以来、少なくとも日本の詩歌文芸の読み方に関する限り、ほとんど決定的な影響を空穂の著作から得たのである。『古今集』とか『新古今集』、また紀貫之や西行や藤原俊成や江戸時代の歌人たちの世界に入ってゆくための、最も確実で強力な信頼すべき鍵は、私の場合、つねに窪田空穂の著作にあった。『紀貫之』、『うたげと孤心』、『折々のうた』その他、私が書くことのできたいくつかの日本詩歌に関する小著類は、空穂の本から得た測り知れない恩恵を除いては存在しえなかったと言っても過言ではないと思っている。

空穂は古典に対する時、いささかも古典拝跪や mystification の趣味に堕することがなく、その説くところは対象の実態実情に即して十分に納得しうる合理性をもっていて、それらの背景に厳として存在している窪田自身の文学的思想的閲歴に対する畏敬の念を、おのずとよびおこさずにはおかないのである。

引用が長文にわたってしまったが、私は窪田空穂が最近若い歌人たちに新鮮な刺激的対象として読まれはじめていることを感じており、喜ばしい新たな兆候と考えている。既成の短歌史観、歌人論にのみ縛られている時代は、やがて過ぎ去るだろう。その時、新たなものの見方を教えてくれる師匠たちの先頭走者として窪田空穂が甦ってくることは、私には明らかであると思われる。

一九九九年十月　大岡信

詩の時代としての戦後

［日本の古典詩歌別巻］　岩波書店　二〇〇〇年三月　四三三頁　四六判　四八〇〇円

■あとがき■

「日本の古典詩歌」と総題して刊行されてきた私の古典詩歌論の選集も、本書「別巻」でいよいよ最終回となる。

元来が国文学者でもなければ篤実な古典文学研究者ともいえない私のような者が、このような選集を出してもらえるということ自体、身に余る光栄というべきであって、岩波書店の英断に対しては心からの感謝あるのみであった。ねがわくば一人でも多くの読者に恵まれて欲しいものだと念ずる。

私は十代の半ばにも達しないころから詩というものを作りはじめ、ついで、自分が書いている現代詩というものの存在理由を、少しでも明らかにできたら、という生意気な気持ちも手伝って、短歌、俳句という古典的な定型詩の世界に、いわば手探りの状態で分け入ってきた。それがいつのまにか、少なからぬ私の古典詩歌論というものになっていったことになるが、ありようを率直にいえば、私はこれらの文章を書くことと、自分の作る現代詩作品、さらには戯曲作品『あだしの』（劇団「雲」）その他、映画シナリオ『あさき夢みし』（ATG作品、実相寺昭雄監督）、オラトリオ『開眼会《かいげんえ》』（東京芸大新奏楽堂完成記念曲、野田暉行作曲）、モノドラマ『火の遺言』（一柳慧作曲、ソプラノ豊田喜代美）、その他かなりの数のラジオドラマやテレビドラマ（『写楽はどこへ行った』）などを作ることと、別次元のものとは考えなかった。

まして、連句（歌仙）や現代詩による連詩の制作にいたっては、日本古典詩歌論と地続きの創作行為であることは、少なくとも私自身の一人合点では明白だった。

結局のところ私は、創作という広大な領域のあちこちを、非力な一個人としてなしうる限りで、さまざまに掘り返し、耕してきて、いつのまにやら現在にまで到ってしまったのであった。だから、古典詩歌に分け入ることは、自分にとっては当然の道程であって、柿本人麻呂も藤原俊成・定家も松尾芭蕉も、あるいは紀貫之も岡倉天心も、それぞれが何らかの意味で詩歌の国の同居人の先輩たちにほかならないと思ってきた。

当然彼らは、私の見方においてそのように思われたわけで、私は人麻呂についても芭蕉についても、彼らの仕事のすべてを知悉しているなどとは毛頭考えない。しかし彼らの仕事の巨きさだけは骨身にしみて知っていると思い、それゆえこの人々はすべて、限りなく尊いと考えているだけである。

まして、若いころから、本当はまるでわかってはいないかもしれないのに、一人合点と疑問の往復運動を重ねつつ読んできた日本仏教の巨人たち、とりわけ道元の『正法眼蔵』のような謎の一大団塊については、自分で何かそれにふれたことを書いてはみても、一向にぴたりと決まったことを書くことはできずにいる。

けれども、『正法眼蔵』を毎日々々新聞社への通勤電車の中で立ち読みするような日々を重ねたとき、私をとらえていたあの魅力と磁気は、それから数十年を経た今でも私の中に生きていて、結局その魅力の大きな部分は道元の用いる言葉、つまりは日本語と言うものの畏るべき威力にあったと、これは昔も思っていたが、今はますます、そのように思っている。

いずれにせよ、このようにわがままな古典詩歌世界の散策者にすぎなかった私の著作を、暖かい目で見守って下さる方々には、感謝の思いあるのみだ。

そして、本巻についていえば、実はこの選集では「別巻」という巻立てなのだが、構成を見ていただけばただちに明らかなように、本巻こそ、私の上述したような本の読み方からすれば、最も自由に自分の考え方をのべることができた文章が集められている巻だということができるかもしれない。

世間的にはこういう文章は、エッセイと呼ばれるものの範囲に含まれてしかるべきものが多いのだろう。呼び名はどうでもいいわけで、その時その場で自分の考えをのべるのにふさわしい文章の形式というものが見出せれば、それに沿って書くことこそ大切だと私は考えている。

今回の編集は、短い独立した文章を一冊の本の中に詰めこむという条件があるので、これまでの巻とはまた違った苦心があった。いつものように編集部の星野紘一郎さんがその任にあたって下さった。もし私自身でそれをやるのだったら、まとめあげるのにどれほど苦心惨憺したか知れないような細かな作業を重ね、時には一つの章を、さらにそのある部分だけ生かして収録するというような苦心までして、このような形にまとめあげて下さったのである。一つの章を、さらにそのある部分だけ生かして、といったのは、具体的にいえば「芭蕉の「辞世」考」および「崋山の遺書」のことで、どちらも著書としては『永訣かくのごとくに候』の中の二つの章にあたる。そのような措置をとったのは、一つ一つの章が長文であり、それらを全文入れたら紙数を大いに食ってしまうため、区切りのいいところで切って独立させるという便法をとったからである。星野さんにはその点でも大いに感謝する。

以上のようなわけで、今回は収録された文章の一つ一つについて細叙することは避け、いつものように、本書収録作品の出典・初出を、リストとして一括かかげておきたい。読者の了承を乞うとともに、全六冊の『日本の古典詩歌』を完結まで支えて下さった読者諸氏、ならびに岩波書店に、深甚なる感謝と敬意をささげる。

I　世界把握、死生観をめぐって

悟りと表現――道元の和歌

　悟りと表現――道元の和歌（「禅の風」一九八一年三月、『詩の思想』花神社、一九八二年）

華開世界起――道元の世界

　華開世界起――道元の世界（「文学」一九六一年五月、『芸術と伝統』晶文社、一九六三年）

中心は周縁　周縁は中心

　創造的環境とはなにか――「中心と周縁」という主題をめぐって（『中心と周縁』〔文化の現在4〕岩波書店、一九八一年、『表現における近代』岩波書店、一九八三年）

死生観私見

　死生観私見（『死の科学と宗教』〔宗教と科学7〕岩波書店、一九九三年）

終末の思想と詩

　終末の思想と詩（「現代詩」一九六二年四月、『文明のなかの詩と芸術』思潮社、一九六六年）

死の描きかたについて――平家物語のこころ

　平家物語のこころ――死の描きかたについて（「国文学」一九六七年一〇月、『たちばなの夢』新潮社、一九七二年）

芭蕉の「辞世」考

　芭蕉の「辞世」考（『永訣かくのごとくに候』第五章「芭蕉・遺書・臨終・〝辞世〟考」より一部抄録。弘文堂一九九〇年）

崋山の遺書

崋山の遺書（『永訣かくのごとくに候』第八章「永訣かくのごとくに候」より一部抄録。弘文堂一九九〇年）

Ⅱ　日本詩歌論の方へ

日本詩歌論への一つの瀬踏み

日本詩歌論への一つの瀬踏み（「文学」一九八七年二月）

日本詩歌の読みとりかた

日本詩歌の読みとりかた――『折々のうた』断章（「図書」一九八一年二月、『詩の思想』花神社、一九八二年）

詞華集を編む

詩歌の森の散歩（読売新聞毎週一回、十二回連載、一九九〇年五月―七月、『詩を読む鍵』講談社、一九九二年七月）

「うつし」序説

はじめに――「うつし」序説（『詩人・菅原道真　うつしの美学』岩波書店、一九八九年）

美意識の「正系」と「傍系」――誇張と戯画化が語るもの

美意識の「正系」と「傍系」――誇張と戯画化が語るもの（『詩の日本語』〈日本語の世界11〉第5章、中央公論社、一九八〇年）

Ⅲ　言葉の力

移植――言葉の普遍性について

移植（「文体」一九七八年三月、『ことばの力』花神社、一九七八年）

言葉の力

言葉の力（「世界」一九七八年一月、『ことばの力』花神社、一九七八年）

朗読会

貧相な人間に陥らないために（「群像」一九九〇年七月、『ことのは草』世界文化社、一九九六年）

日本近代詩の風景

日本近代詩の風景（「アステイオン」一九九四年一〇月、『現代日本名詩選　ふゆのさくら』国際文化出版社、一九九二年、足達和子編訳ポーランド語版序文。『ことのは草』世界文化社、一九九六年）

現代詩の出発

現代詩の出発（「講座日本文学」三省堂、一九六九年九月、『言葉の出現』晶文社、一九七一年）

言語芸術には何が可能か

言語芸術には何が可能か（芸術時評67―68、「中央公論」一九六八年二月、『肉眼の思想』中央公論社、一九六九年）

近代性と無秩序――ある解説

近代性と無秩序――ある解説（「現代詩論大系5」思潮社、一九六五年、「文明のなかの詩と芸術」思潮社、一九六六年）

季節と形式――言葉の「進歩主義」を排す

季節と形式――言葉の「進歩主義」を排す（「一　現代俳句

について」「ことばの宇宙」一九六七年一月、「二　現代短歌について」「国語通信」（92号）一九六七年。『現代芸術の言葉』晶文社、一九六七年）

大岡信

二〇〇〇年二月

朝の頌歌

［ジュニア・ポエム双書53］　銀の鈴社　一九八九年　九五頁
A5判　一〇〇〇円

■あとがき■

詩というものをはじめて書いたころの気持ちは今でもよく覚えています。書こうとする気持ちは溢れるように体の中にあるのに、それをどう表現していいのかわからない。それでも書いてしまうのです。おそるおそる、しかし、恐れげもなく。

この詩集には、中学生当時、といっても当時と今では学校制度が違っていたから、今の場合に直せば高校一年生のころですが――書いた詩も混じっています。

「へただなあ、こんなのなら書けるよ」と思う読者も少なくないかもしれません。そうなんだな、私は実際、そのころ一緒に同人雑誌を出し合った仲間の中では、詩はへただったんだ。でも、詩というものに心を奪われる日々の中で、こいつとは別れられない、ということだけは、どういうわけか確信していたんだ。

それはつまるところ、「言葉」というものが時に人間を茫然とさせるくらい素晴らしい力を秘めているということを、ほかの詩人たちの作品を読んで確信したからです。その詩人たちの中には、日本の近代詩人もいたし、中国の古代詩人もいたし、西洋の近代詩人もいました。彼らのごく短い数十行の詩が、ぼくという、まだ何一つ人生の重大な秘密も知らない人間さえ夢中にさせる力を持っていたことは、ひょっとしてこのぼくだって、いつの日かそういう詩も書けるようになるかもしれないという希望を抱かせるに十分だったのです。そこには謎めいた難解さもあったはずですが、それさえむしろ詩の魅力の源泉となったのでした。詩のなつかしい呼び声とはそういうものです。

この詩集の収録作品は、大部分ほかの方々の選択によって選ばれたものです。西洋の詩の翻訳が入っているのもそのためです。私自身の好みよりは、第三者の眼を通して選ばれるものに重きを置いてみたいと思っていたので、これは私自身にとっても面白い編成の詩集になりました。関係者各位にお礼を申しあげます。

葉祥明さんがさわやかな表紙絵・挿絵で本を飾ってくださったことに感謝します。

一九八九年　初夏　　大岡信

大岡信詩集

［自選］　岩波書店　二〇〇四年　一五六頁　四六判　二〇〇〇円

■あとがき■

この詩集の冒頭にある詩「夏のおもひに」は、詩の末尾にある制作年次によると一九四七年八月二十四日に作られている。私は一九三一年二月の生まれなので、十六歳の時にこれを作っていたことがわかる。一九四五年の日本敗戦の年からまさに二年後だったわけである。手もとの古い手帖を見ると、私自身が、この詩をもって自分の詩の第一作と考えていたことがわかる。つまり大切にしていたその手帖の第一ページにこの詩が書かれているのである。

それ以来半世紀あまり、二〇〇二年に出した詩集『旅みやげにしひがし』の中の一篇「延時《イエンシー》さんの上海」まで、十冊あまりの詩集から自選した詩五十九篇が、本書の内容をなしている。

このような手ごろな厚さの自選詩集を出すことができるとは、思ってもみなかったことで、刊行して下さる岩波書店に深く感謝する。

私は最近都心部に引越した。何しろ東京に居を定めて以来六十年近く、その間ほとんどの歳月を山手線の西側に住んでいた人間が、都心部の高層建築物の一角に暮らし始めたのだから、万事につけて要領が悪くなっている。ただし生活の便利さは以前とは較べものにならないくらい便利である。このちぐはぐな感じは、しばらく大切に保っていかなければ、と勝手なことを思っているが、自分自身を試験台にかけるような思いで暮らしている。

この詩集が、好奇心あるすばらしい読者によって新たに見出されることをねがいつつ。

二〇〇四年十月末日　大岡信

詩・ことば・人間

［講談社学術文庫］　講談社　一九八五年　二七八頁　Ａ６判　六八〇円

■学術文庫のためのまえがき■

『詩・ことば・人間』は、わたしがかつて出した何冊かの著書の中から、詩あるいはことばについて論じた文章を集めて、新たに再編成したものである。もちろん、これら以外にも、この主題をめぐって書いた文章がないわけではない。むしろ、私がこれまで書いてきた文章の大部分は、何らかの意味で、詩あるいはことばに関わりある文章ばかりだったとさえ言っていいような気がする。

そう思ってかえりみると、何やら不思議な感じさえすることだ。どういうわけでそんな人間に自分がなってしまったのか、あらためて奇異な思いがする。ほかになんの趣味もない人間にとって、詩やことばについて考え、また、それらを作り、あるいは書き——つまり「ことば」について「ことば」で書き——、いつのまにか三十数年が経っていたということは、一面では仕方がなかったという気もするし、他面ではやはり奇妙なことだという気もする。

いずれにせよ、この本に収めた文章は、そのような生き方をしてきてしまった人間が、その時どきに解決を求めながら書いた、詩とことばに関する試案のいくつかである。

ここには、『現代芸術の言葉』（一九六七、晶文社刊）、『言葉の出現』（一九七一、晶文社刊）、『ことばの力』（一九七八、花神社刊）、『詩とことば』（一九八〇、花神社刊）、『私の文章修業』（共著、一九七九、朝日新聞社刊）から採った文章が収められていて、眺めてみれば、このうち自著である四冊のどれにも、「ことば」という語が題名に使われていることに気づく。しかし、少なくとも私には、ことばほど古びのこない思索の対象は、他になかったのである。身上調書に似たアンケートの「趣味」の欄に、時に「無趣味」と書くような人間にとって、ことばを考えることは、ほとんど趣味そのものなのかもしれなかった。

ところで私は、自著にたいてい「あとがき」を書いてきたが、『現代芸術の言葉』に書いたあとがきは、今かえりみると、私にとって大きな意味をもっていたように思われる。その一節を引いて、この「まえがき」のためのしめくくりとしたい。それがまた、おのずと、上述のような生き方をしてきた私自身の足どりの説明にもなるようだから。

《自分が言葉を所有している、と考えるから、われわれは言葉から締め出されてしまうのだ。そうではなくて、人間は言葉に所有されているのだと考えた方が、事態に忠実な、現実的な考え方なのである。人間は、常住言葉によって所有されているからこそ、事物を見てただちに何ごとかを感じることができるのだ。自分が持っていると思う言葉で事物に対そうとすることより、事物が自分から引き出してくれる言葉で事物に対することの方が、より深い真の自己発見に導くという、ふだんわれわれがしばしば見出す事実を考えてみればよい。これは、いわば、意識的行為と無意識的行為の差異に似ているが、要するに、われわれは自分自身のうちに、われわれを所有しているところの絶対者《ことば》を、所有しているのだ。いいかえれば、われわれの中に言葉があるが、そのわれわれは、言葉の中に包まれているのである。》

本書のために、心のこもった解説を書いてくださった粟津則雄氏に感謝する。

一九八四年歳末　大岡信

ことのは草

世界文化社　一九九六年　三〇二頁　A5判　二〇〇〇円

■あとがき■

九月初めの残暑甚だしい頃、一通の手紙が、とつぜん、本書誕生のきっかけとなる問い合わせを乗せて私のもとに届いた。世界文化社の編集者佐藤良和さんの手紙だった。私のエッセイを中心とした本を出したいので検討して欲しい、とある。

世界文化社からは過去に本を出してもらったこともあったが、佐藤さんは未知の人だった。この手紙は私を軽い驚きで満たした。そこには、題名は『ことのは草』にしたい、内容は次のようなもので、とあって、本に収録すべき文章の題から、初出時の発表紙・誌の名、年代まで、すべてが一覧表になっていたのである。中には、私自身、どんな内容だったかあまり記憶にないような短文まで拾われていて、しかもすでに一章から五章まで、作品の配列も順序立てられていたのだ。

加えて、同じ大きさ・体裁で先に刊行されていた白洲正子さんの『風姿抄』が添えられえていて、これがまことにいい感じの本なのだった。私は即座にこの編集者のいう通りにしよう、ただし収録作品のうち数篇は、近く出るエッセイ集などに含まれることになっているから、別のものと差し換えようと思い、そのように佐藤さんに連絡した。

本書の出来上がるまでの経緯は以上の通りである。私もかなりたくさんの本を出してきたが、こんな形で本を作ったことはなかったと思う。おまけに、私は十月にはヨーロッパに一カ月間滞在し、パリのコレージュ・ド・フランスやノルウェーのオスロ大学などで講演したりしていたので、十月末に帰国すると、もう本書のゲラ刷りを見る段階になっていたのである。

佐藤さんによる五章の章立てや各文章の配列順序は、すべて氏の原案のままで、私は一つもそれに対する異論はなかった。その結果、いくつも意外なことを発見さえした。どうやって探し出し、中身をきちんと読んだのだろうと、私でさえいぶかしく思うような短文の数々が、すべて有機的に、関連づけられて並んでいたのである。とりわけ第三章。

「貧相な人間に陥らないために」「真の国際化のために」「情報化時代の『詩』を問う」「情報化時代の相互理解」の諸文は、最初のものだけが文芸誌への寄稿で、あとはすべて新聞に書いたものである。時事的な素材が多く含まれているのは当然の文章で、時間がたてばどんどん中身も稀薄になるのが普通である。私は内心危ぶんでゲラ刷りを読み通した。

意外なことに、十年ほど前の文章もあるのに、むしろ現在の日本について書いているのではないかと、少なくとも自分では感じるほど、そこで扱われている時事問題の意味は古びていなかった。読者はどう読んで下さるか。これらの諸文では、私はとりわけ仏頂面で、現代日本の効率優先、情報化ばんざいの言語蔑視傾向に対して腹を立てている。それは十年近くたっても、本質的には少しも変わらないばかりか、崩壊現象はますます激烈にあちこちで生じている。これらの文章を今読んで頂くことにも理由はあるようだ、と思った。

『ことのは草』という題を佐藤氏がつけてくれたことは最初にも書いたが、古典的な意味では、これは和歌、つまり詠草を意味する。けれどここでは、「草」が「種《くさ》」に通じることから、「いろいろな言葉」の意味であると、著作自身では考えている。ご愛読頂ければ幸いである。

一九九五年十一月二十日　大岡信

ぐびじん草

世界文化社　一九九六年　三一七頁　A5判　二〇〇〇円

■あとがき■

〈ぐびじん草〉という題名は、あのヒナゲシの別名としての虞美人草《ぐびじんそう》をも、漱石先生の同名の小説をも意味するものではない。求道者《ぐどうしゃ》などというときの「求《ぐ》」に、「美《び》」、「人《じん》」、そして粗末なもの、簡単なもの、下書きめいたものというような意味での「草《そう》」がつながって出来た造語であると理解して下さい。

この本の成り立ちについて少し寄り道をしたいと思う。同じ世界文化社からの刊行で、私は『ことのは草《ぐさ》』というエッセーを中心とした本を出した。昨一九九五年（平成七年）の暮れ近いころ〈あとがき〉を書き、今年一月に出版された。そこでも書いたが、『ことのは草』は同社編集部の佐藤良和さんによる企画立案で出来た本だった。本の題名から、中に含まれる文章の選択・配列、章分け、表紙や見返しの絵の選択、カラー写真八ページの口絵の編集、題字の依頼に至るまで、三百四ページに及ぶ大判の本の一切を、この編集者は全部自分で決めて、その通りに造本してくれた。手にとって快い、持ち重りのする美しい本が出現したときには、わが著書ながら呆気にとられる思いがした。

この本は、書店にいっせいに並んだとき、ただちに増刷が決まるという、私にとってはきわめて稀《まれ》な幸運に恵まれたが、佐藤さんはそのときすでに、二冊目の本、すなわち『ぐびじん草』のプランを着々と固めていたらしい。このたびも、進行経過はまったく同じ。私は佐藤さんが郵便で、また自ら持参して、私に示すこの本の構成案に、気楽に随ってこの本を作成したのだった。

題字を初めて耳にしたとき、さすがにわが耳を疑った。漱石先生は私の敬愛する人である。だが、佐藤さんがこの題名の〝解字〟をするに至って、吹き出すことさえあるに至った。なるほど、漢字で書けば「求㆓美人㆒」と相成る。私は人並みに、その意味を解し味わうことに反対ではないが、本の題名としては適切ではない。佐藤さんの考えももちろん同じで、いわば「求㆑美人」の意味でグビジンと言ったのである。これではしかし、なんとも固苦しいではないか。「だから」と佐藤さんは考えたのであろう。「やっぱりこれも平仮名でいこう」と。さすれば漱石先生を面影にした佐藤良和さんの、これは語呂合わせの上に成り立った俳諧の一種でもあったらしい。私は私で、野の草としての虞美人草を思わせつつ、言葉の沃野に遊ぶていのこの命名に、面白味を感じているものである。

ただし中身が、「求㆑美人」の内容になっているかどうか、読者諸賢の前に、虔《つつし》んで頭《こうべ》を垂れ、その判断を待つのみ。

この本は、どこから読んで頂いてもいいと思うが、佐藤さんの編集意図は、あえて言えば、強烈に貫かれていると思うので、その意味ではやはり、初めから読んで頂けたら幸甚である。

「ことば」と「いのち」。これがその編集意図の最も端的な要約になるだろう。この二つの言葉が、ないまぜになったり、また「ことばはいのち」となったり、「いのちのことば」になったりする多様な様相が、この本を読み進んで頂くうちに、なんとはなしにじわじわと了解されるようであるならば、物書きとして、私の存在しうる理由もまたあったということになるだろう。

世はあげて情報化社会を謳歌しているように見える。それがそんなに結構ずくめの事態なのかどうか、私はもう少しゆっくり見守っていたい。技術と芸術は、むかしから深く互いに結びついて発達してきたが、今は技術が人間の鼻づらをつかんで、猛烈な鼻息で世界全体を導こうと勇み立っている。そんなときにも、遠くの方や身近な所に、まだぶらついてみるに値する領域はいっぱいあるのではないか、という声は上げねばならないし、実は今こそ切実に、それが必要とされるように、ますますなっているのではないか、と私は思っている。

本書が、そのような意味での読者諸賢の逍遥遊の一助になるなら、著者の本懐、これに過ぐるものはない。

一九九六年五月二十日　大岡信

しのび草　わが師わが友

世界文化社　一九九六年　三七四頁　A５判　二二〇〇円

■あとがき■

同じ年内に同じ出版社から、同一版型、共通意匠、共通の題字を持つ本を出すこと、これで三度《みたび》に及ぶという経験は、もちろん私にとっては初めてである。編集者の佐藤良和さんが、今度も一から十まで案を立て、章建てから各文章の配列順まで決め、私はただゲラ刷りになった段階で、誤植の有無を点検したり補足したり削ったりということをするだけで、大半の仕事はすんでしまった。

一人の物書きとして、こんな経験を三回も重ねるということは、どちらかといえば、たいへん珍しい例に属するだろう。私はただ舌を巻いて驚くというに近い状態で過ごしてきたと思う。

著者冥利に尽きる。

原稿の中には、むろんこの本が初出のものも多いが、内容に即して、既刊本の文章を、それぞれの出版社の応諾のもと、改めて収めたものも少なくない。そのほうが内容の厚みや意味の深まり方が俄然違ってくるのです、と佐藤さんはいい、私も実は以前から同じ考えだったので、これは、『ことのは草』『ぐびじん草』、そして今度の『しのび草』全部を通じての大方針となった。つまり、仮に四十年前に書いた若気の至りのような文章でも、同一主題、同一題材、同一人物について書いたものなら、つい最近の文章といわば意図的に並べて収録する、というようなことである。

これは、著者自身、ある意味では人体実験の場に自らを置くようなものである。昔書いたものと今書いていることが、一望のもとに見渡されるからである。その意味では、佐藤さんは怖いことをしてくれているわけだが、私は私で、このような編集者の出現のおかげで、現在自分が考えたり書いたりしていることが、十年一日どころか三十年、四十年一日の如く、基調においてはまるで変わらずにきたことなどを、思いがけず確認できる点でも、まことに有り難いのである。

　副題にもあるとおり、本書はすべて、他の人々について書いた文章を集めたものである。現在の友人知己、私にとって特別に重要な存在であった故人たち……。ある人々（たとえば加納光於《みつお》、サム・フランシス、寺田透、あるいは窪田空穂《うつぼ》、加藤楸邨《しゅうそん》、谷川俊太郎、武満徹ら）については、収めた以外にも、数篇あるいは十数篇も書いている。とても収められるものではないので絞ってはあるが、いずれにせよ、思えば私は実にたくさんの方々の仕事や人物像について書いてきた。それも大方は賞讃して。だから〝理解魔〟などとからかわれもした。

　これについての私の考えは、簡単である。賞讃できる人を数多くもてるということは、それだけでも幸せである。自分の小ささや限界を知るための最良の道であるから。

　題名についての佐藤さんの案は〈しのぶ草〉だったが、動詞連用形に変えてもらった。優れた人を思いつつ、という、進行形の感じにしたかったからで、私の加えた変更はその一点だけ。

一九九六年九月一三日　　大岡信

みち草

世界文化社　一九九七年　三六二頁　A5判　二一〇〇円

■あとがき■

　前著『しのび草』の編集中に、佐藤良和さんが、「この次は『みち草』と考えておりますので、よろしく」と言って、それが実現したのがこの本である。例によって例のごとく、私は、あれよあれよのうちに全五章の目次が届き、漱石の俳句について新稿を書かねばならないと知らされ、なるほどと納得したから新しく書き下ろした。

　古いものでは三十年近く以前の雑文まで大量に探し出されている。佐藤さんの編集にはいくつかの大方針があって、それに照らして単行本未収録の旧稿を次々に活かして編集しているので、原著者自身、ひたすら「ふーん」と納得させられている始末。本書の場合は、歳時記的世界を通して日本文化を考えることと、私のまわりの人や物の消息《しょうそく》・現状。おかげで、猫まで口絵写真だ。もうタネ切れですよね、と言うと、「いえいえ。ちょっと道草を楽しんだだけですから」。

　……何を考えているのかわからない。

一九九七年四月十日　　大岡信

しおり草

世界文化社　一九九八年　三三二頁　Ａ５判　二一〇〇円

■あとがき■

いつの間にやら世界文化社刊のエッセイを中心にした拙著は、シリーズの体裁を明らかにもち始めてしまった。編集者も佐藤良和さん一人なら、題名も一貫して『……草』である。毎度この場所で書いているように、このシリーズの構想も内容も構成も、すべて佐藤さんの〝独断と偏見〟によっており、著者たる私は、再校ゲラが出た段階でようやく本の全貌を目《ま》のあたりにするだけなのである。

こうしてシリーズ五冊目までできてみると、その都度佐藤さんの構成意図も大綱はわかるように思うが、大筋においてそれは、言葉の芸術たる詩歌《しいか》に主眼を置いて、日本文化の骨組みを再検証するための試みということになるだろう。裏返しに言うなら、私は佐藤さんのそういう観点にとって具合のいい文章を、よくもまあこんなに書いてきたものよ、ということになる。

そんな具合になったのは、一つには私が昭和ひと桁の半ばに生まれ、十代半ばで戦争をも戦後をも経験してきた世代に属するからではないか。戦争中の日本主義思想をも、戦後社会のくさぐさの輸入思想をも、いつもどこか醒めた傍観者の位置で見ずにはいられなかった習性は、思えばあの一九四五年（昭和二十年）の夏からずっと、私のなかに牢固として居すわっているものだった。

私が日本文化の諸相や特質について、鈍根《どんこん》をも省《かえり》みることなく絶えず書き続けてきてしまったのは、あの年の八月十五日に、この国の背骨とは言わないまでも、それに類する大切な骨が、ぽっきり折れてゆくのを、のろのろと、しかし否定できない実感をもって感じてしまったからではないか、と思っている。一九九七年（平成九年）の年の瀬になっても、この感じはまったく変わっていないような気がするのは、何とも奇妙なことだ。

多分ふざけた言い方になるが、私は自分の書いたものが、この本のような雑多さにおいて集められているにも拘《かかわ》らず、三十年あるいはそれ以上昔の文章も現在の文章も、互いに肩を並べて平然と同居している有り様を見て、「金太郎飴」をおのずと連想せずにはいられない。そのことに、一種の空しさと、それとは裏腹の妙な自信も感じるのである。いったい、人間に、進歩とか発展とかいうものがありうるのだろうか、と思わずにいられないのは、こういうときである。

もちろん、横への展開というものはある。けれども、展開ばかりしているわけにもいかない。といって、垂直方向への発展はないのかもしれない。しかし、むしろその「ない」という感じが、新鮮な刺戟になって、発展を夢みさせる。

佐藤さんが、断簡零墨《だんかんれいぼく》に近い片々たる短文にまで眼を通し、本書の〈付〉にまとめられているようなものを編んでくれたことに感謝する。短いものは大方は早晩捨てられる運命にあるが、書いた本人にとっては、長短に価値の高低はないからだ。

最後になったが、対談を収録させて頂いた丸谷才一氏に深く感謝申しあげる。

一九九七年十二月　大岡信

拝啓　漱石先生

世界文化社　一九九九年　二七八頁　A５判　一八〇〇円

■あとがき■

『ことのは草』以下『しおり草』まで五冊の『……草』シリーズをたてつづけに出してくれた世界文化社が、今回は気分を変えて私の漱石論を一冊にまとめたいと言ってこられた。先導役はもちろん今回も佐藤良和さん。佐藤さんは前記五冊を編集中からしばしば漱石論集を出したいと口にしていた。そのたびに私は「無理ですよ」と言ってきた。

その佐藤さんが、再校段階で、ゲラ刷りを届けてくれた。二百七十ページになんなんとするゲラ刷りが眼の前にどんと置かれて、私は今度もまた呆れてしまった。この大型本で、このページ数。

一つには、石原千秋《ちあき》・小森陽一両氏との鼎談《ていだん》『明治の青春　漱石と子規』と、中村真一郎氏との対談『漱石の漢詩の世界』とを拝借して、助太刀していただいたおかげなのだが、この二つの談話がどれほど私にとって有益なものだったかは、読んで下さる方々にも立ちどころに了解して頂けると思う。中村氏は残念ながら鬼籍に入られてしまったが、お三方には、心からお礼を申し上げる。

本の中でもときどき触れていることだが、私は東大の旧制最後の卒業生として、一九五二年の、たしかクリスマス直前に、卒業論文『夏目漱石論』を事務室に提出した。怠け学生としては、大学三年生の年のかなり多くの月日を、この論文の準備と執筆に費やした。自分ひとりでは、従来の漱石論と大きく違った論になったという自負《じふ》の念があったが、それにしても文章がずいぶん硬いようだ、と思い、また卒論としてはまるでいわゆる「卒業論文」になっていない、ひねくれものだとも思った。

一言つけ加えれば、夏目漱石は一九五二年当時、今日の読者が想像するかもしれないような国民的人気作家などではなかった。卒論にふさわしい作家でもなかったのである。

　どのようにしてこれを大学から返して貰ったのか、正確には憶えていない。当時はコピー機もなかったから、私としては何らかのまことしやかな理由をのべて、まんまと審査後のこの論文を取り戻してしまったのであろう。申し訳ないが、四十六年昔のことだ。東大には時効にしてもらいたいと思う。もっとも、かつて『大岡信著作集』（全15巻、一九七七〜七八年、青土社）を出した時、その目玉商品のようにしてこの論文を忍びこませ、何人かの作家が読んで、ほめてくれたのを思いだす。

　今度の本では、題名も「漱石と『則天去私』」と改め、卒業の文章では、極端に改行箇所が少なかったのを、多少改行をふやし、漢字も仮名に少し変え、読み易くした。他は一切手を触れていない。

　このことも含め、また本書の題名そのものからして、今回も佐藤良和さんの発案にすべて従った。私がやったのは、再校のゲラを見ることと、佐藤さんの指示に従って題字を書いたことだけである。これで私の漱石論は、主要なものはすべて入っていると思う。半世紀前の堅苦しい論も晴れがましいお目見得である。願わくば優しい好奇心をもって遇して頂きたいものと念じている。

　一九九八年師走　著者

おもひ草

世界文化社　二〇〇〇年　三四〇頁　A5判　二〇〇〇円

■あとがき■

もう残っている文章はないですよ、というと、「いやいや、そんなことはありませんよ」と編集の佐藤良和さんはいう。いつも同じ問答を繰り返してきたような気がするが、そのようにして今度もまた、私の『……草』シリーズの最新の一冊が世に出ることになった。

　最初の『ことのは草《ぐさ》』が四年ほど前に刊行された時は、このようなシリーズに成長しようとは夢にも思わなかった。しかし、本の造りのよさ、サイズとページ数のバランスの程のよさなどの理由が複合してだろう、思わぬ好評に恵まれて、ついに本書で六冊目を数えるまでに至ったのである。

　知るほどの人は皆、呆れ顔にこの『……草』シリーズを話題にする。その中心に、風狂編集者に見出された私の文章の幸運、という話題があることはいうまでもない。風狂さん、どうも有り難う。

　そしてふたたび対談原稿でお世話になってしまう丸谷才一《まるやさいいち》さ

んには、深い感謝を。鼎談《ていだん》のもう一人のお相手・由良君美《ゆらきみよし》さんには、今となってはよき追憶を反芻《はんすう》するのみ。

一九九九年十二月　　大岡信

日本語つむぎ

世界文化社　二〇〇二年　二九八頁　A5判　一八〇〇円

■あとがき■

本書は、六年前の『ことのは草』以来六冊まで出た〝〇〇草〟シリーズを、実質的には完全に受け継いだもので、シリーズの最初からの、いわば産みの母と言うべき編集者の佐藤良和さんが、今度も私の雑多な原稿や講演録などの山の中から、細心の配慮の果てに三章から成る構成にまとめ、題名も新たに命名してくれたものである。

「つむぎ」という語を使って題名をつけてくれたのは、わが意を得たもので、本書の中心的な関心である、日本語をめぐるさまざまな観察と発言も、つまるところ豊かな色合いのコトバを、わたし流の糸縒《いとよ》り車《ぐるま》にかけ、できるだけ強靱なコトバの織物を作り出したいという願いに叶っている。

近ごろ流行している「美しい日本語」論ブームの手引き書ふうではないだろうが、どの一篇も、手間ヒマかけた手づくりの味がするだろう、とは思っているのだが……。

大方の読者の関心と感興をひくものであってくれれば、嬉しい。

平成十四年（二〇〇二年）八月　　大岡信

瑞穂の国うた

世界文化社　二〇〇四年　三一六頁　四六判　一六〇〇円

■あとがき■

世界文化社の編集者佐藤良和さんの編集による私のエッセイ集は、本書で九冊目に当たる。すなわち平成八年（一九九六年）一月刊の『ことのは草』を頭に、『ぐびじん草』『しのび草　わが師　わが友』『みち草』『しおり草』『おもひ草』の〝〇〇草〟シリーズ六冊と、『しおり草』と『おもひ草』の間には、私が東大国文学科に提出（昭和二十七年・一九五二年）した卒業論文を中心に、他の漱石論をも一冊に集成した『拝啓　漱石先生』、それに『おもひ草』の後の平成十四年十月には『日本語つむぎ』。

私は七年間に、いずれも三百ページ前後に及ぶA5判の本を八冊も刊行してきたことになる。これは文学書しか出す機会を持たない現代詩人としては、破格の幸運に恵まれたと言うほかないことで、この幸運のほとんどすべてが、編集者佐藤良和さんとの出会いに帰することは明らかである。

佐藤さんはある日とつぜん一通の手紙を送ってきた。それがすべてのはじまりだった。自分で出したいエッセイ集の題名を自ら作って私に申し出て（これはその後毎回同じやり方だった）、収録したい文章すべての題、初出時の明細や年代まで、一覧表と共に提案して来た。今どきこんな編集者はいないだろうということが、一目瞭然だった。本の表題まで編集者が決めてくるというのは、人によっては越権行為だと腹を立てる場合もあるかもしれない。しかし私は、むしろそれを面白いと考えるほうなのである。今回も同じだった。

本書に収録されているのはすべて「俳句研究」誌に掲載されたもので、《芝生の上の木漏れ日》は同誌の平成十二年一月号〜十二月号に連載された。また《虹の槍はるかに……》は翌年の一月号よりの連載から抜粋し、順序は内容に応じて変えてある。刊行にあたっては、大幅に加筆もした。「俳句研究」連載時には、角川書店の石井隆司氏に大変お世話になった。

この本の中では、とくに高浜虚子《きよし》についての文章が量的に多くなっているが、「俳句」というものの生命力を考えようとすると、虚子の姿勢や考え方も含めて、今後もさまざまな角度から検討してゆくことが必要だろう、と思っているので、こうなった。

本書は、文章の発表場所が「俳句研究」だったことも多少影響して、俳句についての考察が多いが、私としてはその領域に話題を限ったつもりはない。いずれにせよ、主題は人生全般にかかわっている。ご愛読いただければ光栄です。

平成十六年一月末　著者

人類最古の文明の詩

朝日出版社　二〇〇八年　一九三頁　四六判　一四〇〇円

■あとがき■

私は今までにかなりたくさんの本を書き、出版してきたが、この本の成り立ちは従来の著書とはちょっと変っている。

それは、本書を担当し編集してくれた朝日出版社の仁藤輝夫さんが、独力で私が若いころに書いて発表したいくつかの文章を探し出し、それらをまとめてこのような本の形にしてくれたからである。それらの文章は多く一九五〇年代のもので、私自身の年齢は二十歳代の半ばごろだった。発表された舞台は、『現代詩』という雑誌などいくつかあったと思うが、それらの文章はおしなべて肩ひじ張ったところがあって、読者諸氏もそう感じになるかもしれない。しかし、書いている本人としてはまったくそうは思っていないので、その一生懸命なところに免じて、読んで下さらば幸いである。

実をいえば、今回はじめて自分の若書きの文章を丹念に読むことができ、そのころと今とで、大きな矛盾が生じるようなことがあったら困ってしまうだろう、と危惧していたが、そういう問題はないようだと解り、ほっと安堵している。

いやはや、こんな若書きの文章を丹念に見つけてくれたとは、えらく忍耐強い人だなあ、と仁藤さんに感謝あるのみ。

しかし、若書とだとはいえ、この本に収められた諸文章は、私という詩人がどういう成りたち方をして今日のようになっているのか、という点から見直してみると、その根本のところが見えてくるといえるように思えて、自分自身としては、納得できる本である。

仁藤さんには、そういう点でも深く感謝している。

二〇〇八年三月十一日　　大岡信

その他

詩の誕生

［新版］　思潮社　二〇〇四年　二〇五頁　四六判　一六〇〇円

■新版へのあとがき■

この本には、一九七五年当時の谷川との対談の全文が収録されているが、それだけではなく、二〇〇二年十一月一日から数日間行なわれた、山口県秋吉台の現代詩国際セミナーにおける谷川＝大岡の、詩についての雑談的対話も、本の最後の部分に「幸福な出会い」という、気恥ずかしいが、私としてはまさにその通りだと思っているタイトルで掲載されていて、三十年以上昔の対談とつい最近の対談とが、両者併せて同時に読んで頂けるようになっている。思潮社の小田久郎さんがそのように考えて構成したのだろうと思うが、私もこの構成に賛成である。

元来は、作家高田宏さんがエッソ・スタンダード社のまことに程度の高いPR雑誌「エナジー」を独力で編集しておられた時代に、谷川俊太郎と私の、泊りがけで正味三日がかりの対談を企画され、その対談が『詩の誕生』（一九七五）だった。谷川も私も四十四歳だった。

二人はそれからも、『詩の誕生』を第一回とする「エナジー」対談シリーズの第八回（一九七七）で、『批評の生理』と題して再び長時間、それぞれの新作詩集を一編ずつとりあげて分析的に批評し合う対談を実行した。二人とも四十六歳になっていた。

『批評の生理』はのち思潮社から新刊本として刊行されたが、今回、『詩の誕生』と共に思潮社から首を揃えて新版として刊行されるわけである。刊行される時機としては、むしろ今回の方が時宜にかなっているような気がするくらい、時代の空気も、落ちついて他者の作品をじっくり読むという方向に向っているように思われる。新しい読者たちに読んでもらうのにふさわしいものであることを心からねがっている。

『詩の誕生』にも『批評の生理』にも、長時間ずっと同席してくれたまとめ役の高田宏さんと、みごとな出来映えのテキストを作成してくれた優秀な速記者大川佳敏さんには、当時も今も変らぬ敬意と友情を感じている。(2004.6.20)　大岡信

日本の色

朝日新聞社　一九七六年　二六三頁　B６判　九四〇円

■あとがき■

『日本の色』は、もと、エッソ・スタンダード石油株式会社広報部から発行されていた非売品の雑誌〝Energy〟第九巻第三号（一九七二年七月発行・通巻33号）に特集されたものである。「エナジー」誌はエッソのPR誌だが、季刊で約一万部発行され、各方面に寄贈されていて、その内容の高さ、編集の優秀さでつとに知られていた。現在は「エナジー対話」と改称し、内容も毎号二人ずつの対話で一冊全部を埋めるというものに変っているが、編集の任にあたっているのは、創刊号から現在にいたるまで、高田宏氏ただひとり。この点でもまことにユニークな雑誌である。

「エナジー」の特集は、一人ないし二人の監修者が各号ごとに依嘱され、高田さんと一緒に全ページの構成をおこなうという形をとっていた。私は通巻第29号の「リズムと文化」特集号の折にも、小泉文夫氏とともに監修という役目を果したことがあり、「日本の色」は二度目の監修だった。このときは高田さんが強引にも私一人でその役を引受けろと迫り、私は当然のことながら、とんでもない、なんで素人の私がそんな大それたことを、と答え、何度も押問答の末、私の方で根負けした形になった。一夕、高田さんと一緒にこの号の構成、寄稿依頼者のリスト作りをした。二時間ほどでプランはできあがり、高田さんは満足そうだったが、私は大いに不安だった。寄稿を断わられたらプランを練り直さねばならない。私のような素人に、そんなに多くの思いつきがあるわけもない。

寄稿依頼を続けていた高田さんから、一人残らず快諾してくれたという知らせを受けたときは、むしろ拍子抜けするような思いがした。しかし、つづいて、これで特集はうまくいく、という確信が湧いた。座談会、対談も含めてすべての編集が終り、雑誌が刊行されるや、いろいろなところで注目され、エッソ広報部には、人づてに聞いて残部を一冊分けて欲しいという申込みが相ついだ。私の手もとに置いた数十部も、しだいに減って、ついに二部を残すだけとなった。雑誌が出てから二年、三年たって、あの本ないか、とたずねられたりすることも、たびたびあった。

たまたま、昨一九七五年、私は朝日評伝選の一冊として『岡倉天心』を書下したが、担当の廣田一さんがしばしば拙宅に見えていたころのある日、この特集号の話が出た。廣田さんはこれをまだ見ていないというので、まあ、のぞいてみませんか、面白いよ、と渡したのがきっかけとなり、思いがけずもこの本があらためて世に出ることになったのである。偶然のきっかけで、これが広範な読者の目にふれうることになったのは、私としてもまことに嬉しい。内容については、「日本の色」という主題が含んでいるじつに多様な問題点が、それぞれの筆者の個性的視野において掘りさげられ、重なり合い、興味しんしんたる読みものになっていることを今から自讃しておく。何人もの筆者が、今度の本のために旧稿に存分に手を加えられているのも有難いことだった。

なお、「エナジー」誌の特集号の際、資料編として、岡村吉右衛門氏の「日本の色名」とともに、今では大枚の金子を投じても入手至難となってしまった故前田千寸氏の五百部限定の名著『日本色彩文化史』(岩波書店刊)から、大量の抜萃を掲載したが、今度の本ではそれは除かれている。四百字詰原稿用紙にして百数十枚分にも及ぶ抜萃だったが、「エナジー」が非営利雑誌であることを考慮して、特別に岩波書店が許諾してくれたものだった。

この本の出版を快諾してくれたエッソ・スタンダード石油株式会社に対して謝意を表するとともに、高田宏さんにあらためてお礼申しあげる。この本は、あなたの情熱的で恐るべき、そして巧妙な誘惑なしには、ついに形をとらなかったはずのものです。

最後になるが、この本の装幀のために作品を使わせて下さいという私の希望に対して、「どうぞどうぞ。自由に使って下さい。楽しみにしています」と言ってくれた菅井汲さん、どうも有難う。おかげで美しい本になること、うけあいです。

一九七六年六月　大岡信

日本の色

［朝日選書139］　朝日新聞社　一九七九年　二七〇頁　四六判　七〇〇円

■あとがき■

朝日選書では5行追加されている。以下、追加分のみ

以上は朝日新聞社から『日本の色』を単行本として刊行した際のあとがきである。このたびこれが朝日選書の一冊として装いをあらため刊行されることになった。内容についての変更はないが、一九七八年十二月七日、本書執筆者の一人である観世寿夫氏が、稀有の才能の能役者としての大きな可能性を抱いたまま長逝された。痛恨の出来事だった。そのことだけを付言して、選書版のあとがきに代える。

一九七九年四月　大岡信

討議近代詩史

思潮社　一九七六年　二七一、六頁　四六判　九八〇円

■あとがき■

鼎談形式による近代詩再検討というこころみの参加者の一人として、この本に関する覚書を少々書きしるし、あとがきに代えることとしたい。

この企画を思潮社編集部の八木忠栄さんからきかされたのはいつだったか、正確には思い出せないが、いずれにせよ、思潮社創立二十周年というめでたい年を期して一九七五年「現代詩文庫・近代詩人篇」が新たに発刊されることになり、それに合せるというかたちでこの座談会が企画されたのだったと思う。社長の小田久郎さんの強い希望もあり、当初は尻ごみしていた私なども覚悟をきめめざるを得なくなった。私が尻ごみしたのは、いうまでもなく、近代詩全般にわたって遺漏なく論じるなんてことは私には不可能だ、ということがあったからである。しかし、鮎川さん、吉本さんと話し合うということには、私自身として大いに惹かれる気持があった。というのも、私は自分のたどってきた手さぐりの道筋を思いかえすにつけても、鮎川さんや吉本さんがどんな風に具体的に、近代詩のあの部分この部分に接触し、触発され、評価し、咀嚼してきたかについて、こういう機会に聞いておきたいという気持を抑えがたかったからである。

詩史というものは書かれうる。けれども、どんな詩史であれ、それを書く個人が少年期から読みついできた詩書その他の本、また読書以外の雑多な経験の個人的蓄積に無関係には書かれ得まい。そういう意味で、近代詩再検討という企てを、ざっくばらんに話し合う鼎談形式でやってみたいという八木さんの発案には、自分自身の能力の限界ということを棚あげしていえば、大いに魅力があった。鮎川さん、吉本さん、私の三人は、近代詩への接し方においてそれぞれかなり違った出発点をもっているが、それと同時に、互いに関心が重なり合う部分も少なからずあって、その点が私には興味があった。尻ごみしながらも出席することにしたのはそのためだった。

もとより、近代詩史を隈なく再検討することなど、こういう形式では不可能というに近い。むしろ、戦後だけでも三十年という歳月が経過したいま、近代詩の歴史を振返ってみる時おのずと心に浮びあがってくるおおまかな見取図がどんなものになるのか、そしてその見取図の中で、どんな問題が最も重要だと思われるか、またどんな可能性が潜在していると思われるか、などのことを話し合うのが、こういう形式にはふさわしかろう。私はそう考え、八木さんにそれを伝えた。ほかの二氏も同じような意見だったようだ。

全体を四回に分け、隔月に集まって話し合い、その記録は「現代詩手帖」に順次発表された。毎回、私が話の口火を切る形になったが、これは別にそう決められていたわけではない。何となく、そういうことになった。そういう形になるのが一番落着きがいいという感じが皆のあいだに何となく漂い、そうなった。結果的にはやはりそれが自然だったように思う。しかし、そういうことも一因となって、各回を通じ、私が少々喋りすぎの感があるのがいささか気がかりだが、いたしかたない。

詩には関心をもつが、過去の詩人たちがどんな仕事をしたかということにはほとんど全く無関心、という若い人々がふえている。そういう説を何人もの人からきいた。私にも思い当る節がなくもない。人それぞれの好みさ、といえばそれまでだが、そういう人々ばかりになるとしたら、やはり心細い話だと思う。過去の人のやったことも、親身になって肩入れしていくと、未来の話に転じるものであって、文学というものはもともとそういう心の営みだったんじゃないかと、当り前のことを言ってみたくもなる。この鼎談にそういう意味で何らかのヒントが含まれているといいと思う。

佐藤房儀氏が作製された近代詩年表が併載され、討議のおおまかなところを補ってくれるのは有難い。佐藤氏にお礼申しあげる。

一九七六年五月　　討議参加者の一人として　大岡信

芭蕉の時代

朝日新聞社　一九八一年　二六七頁　四六判　一三〇〇円

■あとがき（連名）■

この対談は、もともとエッソ・スタンダード石油株式会社の広報誌『エナジー対話』第十六号のために企画されたものである。

二条良基の『連理秘抄』の中には、「一座を張行せんと思はば、まず時分を選び、眺望を尋ぬべし」ということばが見えるが、企画者の高田宏さんは、前後二度にわたって、対談のための絶好の場を用意してくれた。すなわち、その実施の時所は次のごとし。初度は、昭和五十四年八月二十一日から二十四日まで、翁ゆかりの山中温泉かよう亭にて。二度目は少し間を置いた十月二十一日から二十二日にかけ、眺望絶佳の伊豆山桃李境において。

山中では四回七時間、伊豆山では三回五時間。合計十二時間にわたり一つ話題をめぐって語りつづけるということは、実のところ、精神的にも肉体的にもけっして楽な作業ではなかった。――現に山中での三日目の午後、速記者の大川佳敏さんを含めた当事者三人がダウンしてしまったことが、そのことを明白に実証している。にもかかわらず、探り足をしたり、跡戻りをしたりして、求心運動と遠心運動を繰り返しながら、芭蕉を語って倦むことを知らなかったのは、一にかかって高田さんの設営の妙と、芭蕉の魅力とのしからむるところといえようか。

爾来半年、「文台おろせばすなはち反古」ともいうべき放談は、高田さんのみごとな整理の手にかかってまとめ上げられるに及んで、〝芭蕉の時代〟という、当初からこの対談に付与されたタイトルの意味を明瞭化した。私どもは芭蕉を語りながら、不知不識の間に、実は芭蕉という存在のかかわるすべての時代、つまり芭蕉を生み、そして芭蕉が生んだ、この国の長い文学伝統について語り合っていたのだった。言いかえればそれは、芭蕉に焦点を当てながら、日本文学の〝座の文学〟としてのありようと、その意味を語ることだったといってもいい。

『エナジー対話』第十六号は昭和五十五年六月に発行されたが、思いがけずそれは月余を経ずして在庫切れとなった。今回、朝日新聞社の廣田一さんのお世話で単行本として装いも新たに刊行されることになったのは、望外の喜びというほかはない。単行本に改めるに当たっては、二、三の字句の補訂を施したほか、廣田さんの発案に従って、新たに若干の具体例をつけ加え、挿図・年譜・解説索引等を挿入・添付して、より広く親しみやすいものになるよう意を払った。なお、解説索引の作成その他にわたって、吉村貞司さんのお嬢さんにあたる中野沙恵さんの助力を蒙ったことも言い添えておきたい。

昭和五十五年十二月

尾形仂
大岡信

日本の詩歌　海とせせらぎ

岩波書店　一九八五年　三〇五頁　四六判　一八〇〇円

■あとがき■

「耳学問」という言葉がある。残念なことに、ふだんあまり使われなくなってしまった言葉の一つである。耳学問程度では現代の熾烈な試験競争場裡を生き抜き、勝ち抜くことなどできるものではない、という世相が一般化したためかもしれない。

私は耳学問を大切だと思っているものである。文字を黙って目で追うことも大いに必要だが、聴覚を中心として、視覚的印象や身振り、雰囲気などを含めた全体的な感覚を通じて得られる知識というものの大切さは、時に言語道断の域にまで達することがあると思っている。

この対談・座談集は、私にとってそのような意味での耳学問の絶好の場となったものの集成である。日本の詩歌史を古代から中世・近世・近代・現代と縦断し、あちらこちらにひろがっている洋々たる言葉の海や、また思いがけない発見の歓びを与えてくれるさまざまなせせらぎを、優れた思索者たちの手びきによって旅してゆくこと、それがこの対談・座談集全体を通じての私の役割りであり、また私に与えられた幸せであった。

年代からすれば十年以上前に行なった座談もあるが、今読み直してみて、実際にその場に出ていて感じた高揚感がたちまちにしてまざまざと甦るのを感じ、耳学問のありがたさをあらためて嚙みしめている。

本という形では、対話者それぞれの口調や身振りや表情のほとんどは再現できないものとなるが、それでもなお、「話すこと」が持っている独特の感触は十分にとらえられていて、きわめて重要な問題や大切な示唆が、親しみ深い形で次々にあらわれるのを見ることができる。これはひとえに、私がその折々に対話する機会を得ることのできた諸氏のおかげであって、それを私個人の名を冠して公刊するのはおこがましい限りだと思う。しかし、このような形でたくさんの貴重な対話が一本にまとめられることの利点に免じて、お許しいただきたいとねがっている。

あらためてそれぞれの対話者にあつくお礼申しあげる。

大岡信

俳句の世界

富士見書房　一九八八年　三〇〇頁　四六判　一六〇〇円

■はじめに――この本の周囲のこと■

九か月もの間、毎月一回定期的に同じ相手と会い、対話を続ける――そんな経験は私にとって初めてのことだった。もし相手との間にたえず意見の衝突があるとしたら、これは長い陰鬱な行事になるだろう。またもし相手との間に意見の一致ばかりがあるとしたら、これまた同じことになるだろう。

川崎展宏との対話は幸いにしてそのどちらでもなかった。逆に、私は毎回新しい刺戟への期待をもって対話の場へ臨み、毎回何らかの意味で満ち足りた思いを彼と分かち合って帰途についた。対話のために特別の準備を一所懸命したということはなかった。むしろ、彼との対話を通じてごく自然に私自身の中に湧きあがってくる想念の流れを、できるだけ忠実に追いながら、対象となっている俳人の仕事なり思想なりと私の想念との接触面をたえず押し広げてゆくことに専念した。

このように書くと、ずいぶん自分勝手な態度で川崎氏と向かい合っていたように受け取られかねないが、そうではない。川崎氏は、私が私自身の想念をできるだけのびのび追跡できるように、二人の対話をリードしてくれたからである。私はむしろ自分の想念の行方を自由に追うことが、彼の友情に応える最も望ましい道であることを感じていたから、そのようにさせてもらった。その結果、全九回の対話は、少なくとも私にとっては、毎度出かけてゆくのが楽しい語らいの場となり、話の弾み具合で私たちは、言葉そのもの、また俳句という詩型のもつ、不可思議な霊泉の息吹きに感嘆しつつ触れているという実感をしばしばいだくことができたと思う。

この九つの章にわかれた近代・現代俳句俳人論は、全体の骨組みも扱うべき対象も、言うまでもなく川崎氏と私との合議によって選択され、構成されているが、その点についていえば、私が参加したのはそこまで。こまかなことの一切は川崎氏が準備し、お膳立てし、さあこれを飲んだり食ったりしてみようと、対話の当日私の前へ素材を並べてくれるのが常だった。私にはそういう準備をするだけの十分な時間も、また知識もなかったから、ただ出かけていって、テンコウさんが投げこんでくるボールをせいぜい一所懸命打ち返すことに専念していればよいという次第だった。

言いかえれば、私は俳句の実作者ではない立場の人間として、ただし広く深い「詩」という霊妙な命の洗濯場に一緒にわが身をさらしている人間として、眼前に並べられる俳句作品を出発点として、詩のひろびろとした天地《あめつち》にどこまで閑々と遊べるかという試験を、わが身に課そうとしたのだった。下調べのようなものは、最小限必要なこと以外は一切しないで行こうと決めていたのもそのためである。

もし扱う対象にそれだけの力と美があるのならば、下調べなどしなくても、私たちはその力と美にじかにうたれて、言葉をうめき出すことができるはずである。今日の詩歌文芸の世界の病弊の一つは、そのような信仰が地を払いつつあるところにあるだろう。いいものは出会いがしらに私たちをうつ。その経験の蓄積と継承が詩歌の真実の歴史を刻む。今はそのような単純率直な真実が忘れられようとしている時代だから――しかし、忘れたかわりに何か別のものを得たというのか、そんなものは何もありはしなかった――歴史というものの豊饒さも、私たちには猫に小判となりはてている。

川崎展宏と私の対話が友人同士の対話であることについて、多少説明しておいた方がいいかもしれない。川崎氏と私は同じ大学の同じ学科の同級生だった。ただし私は怠惰な学生だったため、彼と本当の意味で知合ったのは大学を出てしばらくしてからのことである。米沢の女子大の教師をしていた彼が、ある時とつぜん手紙をくれて、その時はじめて私たちは単なる同級生ではなく、友人になった。

その後有為転変があって、奇縁から彼は私の勤めていた大学の、同じ学部の同じ学科の教師となった。つまり年がら年中生活を共にする最も親しい関係の同僚となった。私は昨年そこを退職したが、この対話は私の退職直前の時期から直後の時期にまたがって行われたわけで、私は退職後も毎月一度はテンコウ（というのが彼の俳名であり、愛称でもある）と会って話ができるのを心待ちにする喜びをもてたのだった。

私は以前、川崎氏がまだ『葛の葉』一冊しか出していない時期に、彼について『「遊び」の内景』と題する小文をものしたことがある。『現代俳句全集』（立風書房）という、私も編集に参加した全集の川崎展宏篇のためのものだった。それは少なくとも私にとっては多少ましと思える俳人論の一つだった。対話の相手について私がどのような認識を持っているかを本書の読者に知って頂く便宜を思って、そこから少々自己引用させてもらおうと思う。悪しからずご了承ください。

川崎展宏が今までに出した句集は『葛の葉』一冊である。この句集には昭和三十年から四十七年まで、十八年間の作が収められている。よほど厳選したものにちがいない。句数は三百に満たない。その数少ない句を集めて編んだ句集の最後に、彼は「跋」を書いた。たった三行。「俳句は遊びだと思っている。余技という意味ではない。いってみれば、その他一切は余技である。遊びだから息苦しい作品はいけない。難しいことだ。巧拙は才能のいたすところ、もはやどうにもならぬものと観念するようになった。」

大した覚悟である。彼がここで言っている「俳句は遊び」という高尚で健気な思想を、今日の俳人のいったいどれほどの人数が理解し、諾うであろうか。現代詩人については言うも愚かであろう。「余技という意味ではない。いってみれば、その他一切は余技である」とわざわざ念を押してはいるけれど、展宏の句は遊びだそうな、しからばすなわち余技ならん、と脳中余裕とぼしい回路が短絡《ショート》して火花を散らす人々もいるだろう。川崎展宏という俳人の真正直な向う気の強さが、この跋文にありありと出ている。

川崎展宏の言っていることは、詩歌のたしなみを「風月延年の飾り」と言った世阿弥の言葉と、格別ちがった意味のことではなかった。彼はおそらく、虚子の句に傾倒すること久しかった期間に、虚子の言う「花鳥諷詠」のこころを、彼自身の言葉で「遊び」と鋳直したのではないかと思われる節があるが、「遊び」という言葉にまで自分の句観を責めあげ締めあげてゆく間に、彼は「その他一切は余技」という切羽つまって厳しい考えを、幾たび反芻したことだろうか。反芻を重ねているうちに、この逃げも隠れもできないあまりにも真正直な考えは、とうとう展宏の玄関口からあがりこんで座敷に腕組みして、「一杯やろうか」と微笑しながら坐っていた。

（中略）

彼は米沢から、ある時とつぜん私に手紙をくれた。私の書いたものにふれての手紙だった。大学を出てまもないころ、私の詩を読んだことについての、こちらの胸が熱くなるような思い出話も書かれていた。私たちは正確にはその時以来の付合いということになる。しかしそれは時折の文通にとどまっていて、私が「あ、あれが川崎か」と認識したのは、彼が東京の女子大に転勤してきて、所沢に居を構えてから暫くしたころのことである。金子兜太の句集の出版記念会が市ヶ谷で行われて、宴たけなわからやや頽れ、座が騒然となりはじめた頃、顔を蒼くして、細い体のくせによく響く大声で、何やら兜太を難じつつ正論を怒鳴っている男がいる。私には正論ときこえたが、一座の空気はどうやら反対側に傾いていて、顔面蒼白の男は暗夜に月を呼んで吠える孤岩の上の孤犬のごとく見えた。それが展宏を、ほんとの意味では初めて見た日であった。

ひょんなことから私と同じところへ勤務先を変えたこの人物は、教授会の重くるしい議論の真最中でも、隣の私に近作の句を見せては意見を求め、熱してくるや持前のよく響く声を思わず高めてしまうという癖《へき》をみせて、なるほど、「いってみれば、その他一切は余技である」にちがいなかった。まったく、この男から俳句三昧の習性を取除いたら何があとに残るのだろう。この男が酒を飲んで大声を発するとき、俳句がそこで怒鳴っている感じがする。風狂とは、こういう必死の遊びにほかならなかった。

（中略）

感覚の鋭敏。語感の清冽。対象をとらえるときの全身的集中と、それを表現する言葉の厳しい抑制との、作者内部におけるみごとなコントロール。一言で尽せば、デリカシーという語が生きて歩いているのが、川崎展宏の句の世界にほかならない。

このようなわけで、川崎氏との対話は、互いにごく親しい友人同士である者の対話だったが、全九回を通して二人のあいだで話題になったことはすべて、それ以前には一度も二人が話し合ったことのない話題ばかりだった。おかげで一回二時間前後の会話は終始快い緊張の連続となった。今まで俳句界で論じられたことのない方向からの対象へのせまり方もいくつかあったと思う。そこには私の不行届きで間違っている点もあるかもしれないが、その場合でさえ、少なくともここには考えるに値する問題点の指摘だけはある、といえる程度の真剣な接近の努力はあったと自信をもって言うことができる。うなずいて読んでくださる人の一人でも多からんことを願っている。

昭和六十三年五月　　大岡信

日本人を元気にするホンモノの日本語

［ベスト新書128］　KKベストセラーズ　二〇〇六年　一七九頁

新書判　七八〇円

■希望の灯――あとがきにかえて■

金田一さんと二日にわたる対話をして、話し相手としては何とも頼りない人間だったなあと申しわけなく思っていた。ただ、校正刷りを見ているうちに、自分が若いころ、独学のつもりで毎日ノートに向かって何かを書いていたころのことを思い出し、そのころのことを調べてみるうち、次のような材料を見出だした。詩人の天沢退二郎君との対話の一節である。一九八二年十月に話した。『現代詩手帖』所収。その冒頭部分の一部。

「ほとんど最初のエッセイは、大学のときの「菱山修三論」と「エリュアール論」。菱山論は菱山さんの詩を熱心に読んだ時期の終りに、その影響をはっきりと断ち切るつもりで書いた。エリュアール論は逆に自分の詩の方法論のようなものを、ともかく見出したいという気持ちで書いた。原稿のままで寺田透さんに読んでもらったら、エリュアールという詩人自身の手ごたえがあまりよく出ていないと言われて、がっかりした。しばらくして寺田さんから、「考えてみたが、あれは発表してもよかろう」というハガキをもらいました。発表したら中村真一郎さんがほめてくれて、あの時は嬉しかった。そのあとが「現代詩試論」で、これは求められて書いた。しかし「詩の条件」「詩の構造」「詩の必要」、これらは書くことの練習として書いたわけです。その頃規則を課して、勤めから帰ると毎日大学ノートに三ページくらいずつ書いたわけです。完全に文体練習みたいなつもりで、書きたまると題名をくっつけて発表したんです。」（大岡信対談集『言葉という場所』思潮社、一九八三　所収）

こうして書き写していると、生まれてはじめて批評的散文なるものを書きはじめたころの記憶がむらむらと甦ってくる。詩はそれより何年も前から書いていたが、散文は正確にこの時期から書きはじめたのだった。ほんとに大学ノートに三ページくらいずつ毎日書いて行った。そのころ、読売新聞外報部に勤めはじめていたから、夕方家に帰ると、下宿の小部屋に閉じこもって、毎夜ノートを数ページずつ埋める作業に没頭していたのである。

今となっては、なつかしいような、空恐ろしいような孤独な作業だった。詩集は別として、私の最初の評論集『現代詩試論』（書肆ユリイカ、一九五五年六月刊）はこのような作業によって作られた。同書の「あとがき」から初出の出典を引いておこう。執筆順に従う。

現代詩試論	一九五三・六	『詩学』
新しさについて	一九五四・九	『地球』
詩の条件	一九五四・九	『詩学』
詩の構造	一九五四・十一	『櫂』
詩の必要	一九五四・十一	『今日』

詩観について　一九五四・十二　『囲繞地』
純粋について　一九五五・四　『葡萄』

こうしてひき写して見ると、まことに平凡な感想だが、若さというものの爆発的な突進力に、われながら呆れるような思いがある。

このようにして、やがて「文筆家」といわれるようになる人間が、しだいに形づくられていったわけである。先の見通しも何もなく、ただ頼りになるのは、まことに頼りない「勘」だけで。

感謝しなければならないのは、私を取り巻いていた友人たちである。同じ現代詩の作者たち、とりわけ同人雑誌を一緒に作っていた仲間たち。その雑誌の名は詩誌「櫂」という。この雑誌を創ったのは茨木のり子、川崎洋の二人だった。徐々に同人の数をふやしていったが、その中には、順不同で氏名をあげれば、吉野弘、谷川俊太郎、大岡信、水尾比呂志、岸田衿子、中江俊夫、友竹辰がいた。結束の固い会だったが、近年になって、川崎洋、茨木のり子という二人の創刊同人が相ついで逝去したため、「櫂」というグループは消滅した。戦後出発した現代詩人たちのたくさんのグループの中では、その成員の一人たる私が言うのは滑稽だろうが、最も質のよいグループのひとつだったと思う。

しかし、今や「櫂」も消滅した。現代詩を代表するといえるグループは、今はどこにあるのだろうか、私にはそれがよくわからない。きっとそういうグループは今も活動しているだろうが、私の狭い視野には、残念ながらまだ入ってこない。

希望だけは常に輝かしく灯っているのだが。

大岡信

四季の歌恋の歌　古今集を読む

筑摩書房　一九七九年　二八二頁　四六判　一二〇〇円

■あとがき■

一九七六年十月から十二月まで、毎週日曜日、十三回にわたってNHKラジオ「文化シリーズ古典講読」の時間に「古今和歌集」の題目で各一時間話したものが、本書のもとになっている。担当プロデューサーは鳥飼文子さん、引用される和歌の朗読は後藤美代子アナウンサーで、お二人とも以前からの知合いだったから、こういう形の長時間にわたる購読のようなものを一度もやったことのない私にとっては、気分的に楽で有難かった。しかし、私は古今集を専門的に研究した者ではもちろんないので、十三回にわたる話をうまく運べる自信はなかった。果せるかな、一つの話題をいつまでも話しこんでしまうという癖が出て、序章のつもりで話しはじめたことだけで四回分を費してしまい、後半おしつまるにつれて駈け足になるという、当初思ってもみなかった展開になってしまった。十三回も話す材料はなかろうと当初は思っていたのである。

しかし、結果としてはそういう構成になるのが、私にとって必然的な成行きだったと、今では思っている。今、古今集をなぜ読むのか、という点についての私の考えをのべるためには、最初の四章が必要だったからである。以下の各章で古今集の巻々の歌について述べていることも、たえずその問題にかかわる形になっているはずである。

私が古今集について話すようなことになったのは、それ以前に筑摩書房の「日本詩人選」の中の『紀貫之』（一九七一）を書いたことがひとつの端緒となっている。当時貫之について考える機会を与えられたことは、今思いかえしてみると、私個人にとって非常に大きな出来事だったようで、その後自分が書くことになった『うたげと孤心』（集英社）、『百人一首』（世界文化社）、『日本詩歌紀行』（新潮社）のような本も、源は『紀貫之』にあったといえる。本書は「日本詩人選」の担当者だった川口澄子さんの発意で本にまとめられることになった。因縁浅からぬものを感じる。

放送テープをおこしたものをそのまま活字にすることにはためらいもあったが、いったん話したものを文章に書き直すことは、ほとんど別のものにしてしまうことを意味するので、結局話し言葉のまま本にすることにした。

NHKの放送が了ったあと、放送局気付で年賀状を下さった方々があった。毎回聴いていてくれた人々で、その中に、十数年前失明された画家曽宮一念氏からの直筆の手紙もあって、毎週楽しみにしていたということが書かれてあり、感動した。そういうこともあったので、話したままの形で本を出す気持にふんぎりがついた。

放送に当っては、聴取者の手に入りやすい角川文庫版の『古今和歌集』（窪田章一郎校注）をテキストとしたので、本書の古今集の引用も同書に拠った。参考にした研究書、註釈書については一々あげないが、もとより多くの先人の学恩を蒙っていることは言うまでもなく、わけても『窪田空穂全集』中の『古今和歌集評釈』は、最も多くの、また最も本質的な事柄を教えてくれた本として、故空穂先生に幾重にもお礼を申しあげねばならない。

一九七九年四月末日　著者

詩歌折々の話

講談社　一九八〇年　二四〇頁　四六判　一二〇〇円

■まえがき■

まえがき

古典を読むうえでどんな心がまえが必要ですか、というような問いを受けて答えに窮することがある。詩や歌を読みたいと思っても、なかなかむずかしくて、と問いかけられて、簡便な答えはないから困惑することもある。むかしは私にとって、古典文学、古典詩歌というものと、近代以降の詩や歌というものとは別々に切り離されて存在するものにすぎなかったから、古典について問われても困惑し、近代、現代の詩について問われても困惑するという有様だった。

それが近年は、私自身、古典詩歌と現代詩歌のあいだに本質的な区別を設ける必要などないという考えになってきていて、何かを書く場合でもその態度で書くので、いきおい、古典を読むのにはどうしたらいいのか、という問いと、近代、現代のものを含めて、広く詩や歌を読むのにはどうしたらいいのか、という問いが、合わせて一本という形で投げかけられることも多くなり、そのたびにますます答えに窮して頭をたたく仕儀となる。

私は古典文学の専門家でないうえに、古典文学についての知識素養たるや我流もいいところ、人さまに助言できるような何の備蓄があるわけでもない。右のような問いを受けて私が困るのは、そもそも何らかの「心がまえ」をきめて古典を読んだという経験がないので、段取りをつけて、こうして見たらいかがです、さもなくばああして見たら、と適切な知恵を相手に伝えるような器用なことはできないのだ。

近代・現代の詩についても、おおむね同じ。ただしこちらは、自分が詩の実作について多少は苦労もしてきたと思うし、また、くちばしの黄いろいころから、現代詩人たちの傑作、佳作、凡作、それに加えて愚作にも結構たくさん付き合ってきたので、それなりに経験上の知識を話すことはできる。それでも、詩歌を読むのに何かの「心がまえ」が必要だというようなことは、いついかなる場合でも念頭に浮かんだことがない。

さて、心がまえはいかにあるべきや、と聞かれても答えられないが、あなたはどのようにして古典文学や近代、現代の詩歌を読むことを楽しんでいるのか、と問われるなら、これには私も答えることができる。我流には我流なりに楽しみがあると、大いに吹聴もしてみたい。実際私は、古典文学を自分の楽しみと養いのために読んできたし、その楽しみが時にはひどくこみ入った、頭をきりきりしぼらなくてはならない調べごとの領域にまで私をひきずりこむことはあるにしても、もともと自分の楽しみのためにやっている以上、文句をいう筋合のものではなかった。面倒な調べごと自体、おもしろくて仕方がないはずである。いつもそんなにうまくいくとは限らないが……。

古典を読む「心がまえ」を問われて、どうしても答えねばならないときには、仕方がないから、「おもしろいと思ったら読む、つまらなかったらやめる、それだけではないでしょうか」と答える。相手は、「その、おもしろいと思ったら、というところまで行くにはどうしたらいいのです、それがわからないから聞いてるのだ」と追いかけてくる。こうなってはもう並行線、どうしようもない。相手もいっしょに食べたものならその料理の話もできるが、なぜか食べてみようとしない人に、この料理はかくのごとき理由において天下一の美味なのだ、といくら説いてみても始まらないというのが私の考えである。

たぶん、最初に飢えや渇きがなくては事は始まらない。飢えがあれば、目の前にある食べものに手を出すのが人間の自然である。ひどく飢えていれば、ひたすら夢中で腹の中へおさめてしまうだろう。少し腹がくちくなってきてはじめて、あちらは美味だがこちらはどうも、という弁別もできてくる。弁別、すなわち人それぞれの好み。この好みというもの、気どって言えば趣味というもの、これこそ、古典文学であろうと近代、現代の詩であろうと読もうとする場合に、もっとも信頼できる私たち自身の導き手であって、かりにあなたが定評ある注釈書と首っぴきで大部の古典作品を読もうとかまえてみても、その本が自分の趣味にどうしても合わないのなら、さっさとやめたほうが心の健康にいい。

ただし、それはむこうが悪いのではなく、こちらのほうに趣味といえるほどのものがまだできていないからである場合がある。場合がある、というよりも、そうである場合がほとんどかもしれない。だから、十年後にもう一度その本に、今度こそ楽しくて仕方がないという付き合い方で再会できる可能性はつねにある。古典にせよ、近代、現代の詩にせよ、あちらはどこへも逃げてはいかない。いつでも本の中でこちらを待っている。ずいぶん気のいい人たちなのだ。

この私の本は、そういう考え方の人間が、折りにふれて人前で話す機会のあった話をまとめたものである。講演集というものを出すのはもちろんこれが初めてで、書いたものをまとめるときとはどうも少し勝手がちがう。面映ゆい思いがある。けれども、この数篇の、長短いろいろの話は、いずれも私としては、それぞれの題目のもとに語ってみたかったことばかりで、お座なりなものはない。中に一篇、現代美術についての話があって一見場違いなように思われるかもしれないが、話者としては少しも場違いなものとは思っていない。読んでいただけば、それがわかるはずである。

一九八〇年八月　　大岡信

《折々のうた》の世界

［講談社ゼミナール選書］　講談社　一九八一年　二五三頁　四六判　一二〇〇円

■まえがき■

一年足らず前に講談社から『詩歌折々の話』という講演集を出したときは、引き続いてこのような本をすぐに出すことになろうとは予想もしていなかった。

講演というものは不特定多数の聴衆があって初めて成り立つ談話の一形式である。聴衆がどのような人々であるかによって、その時その場限りでの話は、おのずと色合いも違えば弾み具合も違ってくる。そういう性質の話には、ひとり机上で原稿用紙に一字一字書きつけていったものとは違うふくらみがあるのかもしれない。しかしまた要らざる脱線もあるだろう。それをそのまま活字にすることは、最初から文字として書いていった文章とは、どうしても違う性質のものと思われる。

私はどうしようもなく古い感覚の持ち主であるのか、いま言ったような理由のため、講演で話したものを一冊の本にまとめるということには、何となく臆する気持ちがある。すでに一冊まとめてしまったのだから、もうそんなことを言っても、だれも相手にしてはくれまいが、この気持ちにいつわりはない。

しかし、だれかよき相手を得てやる対談というものなら、それほど活字にすることに抵抗がない。この点が不思議といえば不思議なところで、事実いままでに何冊か対談を本にしてきたし、いまも一冊準備中のものがある。

あれこれ考え合わせてみると、要するに、自分ひとりでかなりな長時間にわたって話し続けるということに、自分自身にとってさえしっくりこない思いがいつでもしている、ということではないかと思われる。そんなことを考えているのに、早々と二冊目の講演集を出すなんてことはおかしいことだが、今回の本については、自分でも講演という形以外では述べることもなかったであろうと思われる内容が、いろいろ含まれているのを感じる。その意味で、出すことも無意味ではないように思う。

前著『詩歌折々の話』を読んだ未知の読者からの便りの中に、講演集というものも無意味ではないと考えさせられるものがいくつかあって、それも私の気持ちに影響した。

この『《折々のうた》の世界』は、題名そのものが語っているように、朝日新聞に一九七九年一月二十五日から一九八一年一月末日まで、二年間にわたって書き、岩波新書で同題の二冊の本にまとめた連載コラム「折々のうた」に関わりのある講演を集めたものである。このコラムは、連載を開始してからしばらくたつあいだに、私自身は意外に思うほどさまざまな場所で話題になり、それについて語るよう求められることも多くなった。二年目に入ってますますその傾向が強まり、秋には菊池寛賞を与えられるという思いがけない出来事まであって、春からの外遊のため一たん打ち切りとなった八一年一月末日を過ぎてからも、まだ余波が続いている状態である。

講演を求められてこのコラムについて話すとき、よくたずねられるのは、百八十字という短い本文をまとめるうえでの苦心はどうか、また、どのようなやり方で毎日の詩歌作品を配列しているのか、といったことであった。それらについて話し出すと、これでなかなか時間がかかるものであることも知った。そのことは、本書を読んでいただけばおわかりのとおりである。

最初に置いた朝日講堂での講演は、コラム開始後もっとも早い時期の話で、話の中で扱っている作も、したがって比較的早くにコラムで取り上げたものである。その後、岩波新書で一年目の分がまとめられたころ、「富士通」から、同社の四十五歳社員全員の研修のため、新書をテキストに用いて何か話をしてくれという申し出を受けた。周知のように、これはエレクトロニクス工業の最尖端をゆく会社である。社員の大半はエンジニアリングないし、それに関連した仕事をしている人々である。四十五歳に達したそういう人々に話すのは、たとえば日ごろ教室で大学生に話しているのとは、おのずと異なるところがあるだろう。私は重荷に感じて辞退した。しかし、すでに二百余人の該当者諸氏は全員本を入手しているという。断わり切れなくなって、約七十人ずつ三組にわけて行われる研修の、三回全部に行くことになってしまった。一回が正味四時間。私は一度した話を二度、三度繰り返すことができないたちなので、おのずと話題に変化が生じ、具体的説明に取り上げる個所も変わった。それらの中から二回分を、四章に分けてここに収めている。

各回とも、私とあまり年の違わないエンジニア諸氏が、三十分ほどの休憩をはさんで正味四時間の話を、とにかく居眠りもせず、熱心に聴いてくれたのが救いだった。ただし私自身は、毎回くたくたになった。

最後に置いた大阪での講演は、勤め先の明治大学が創立百年を迎えて行なった一連の全国各地における記念講演の一つとして、朝日新聞大阪本社後援のもとに行なった公開講演会での話である。「折々のうた」から、話は自分自身のことに及んで、少々脱線気味のところもあるが、大目に見ていただきたい。

講演ということはもともとあまり得意でも好きでもない私が、こんなに長々と話していることに、われながら驚く。私は講演するとき、きちんとした原稿を作っていくようなことはしない。ある人々はあらかじめ完全な原稿を準備して講演会に臨むということを知っているし、フランスなどではきちんと書いた原稿を演壇で読みあげるのがふつうのようであることも知っている。

私の場合は、ごく簡単な箇条書きのメモを用意するだけである。話していて、聞き手の反応を話の中に取り入れることができるようにするのが、書く場合とは違う話す場合の、つまり書き言葉とは違った話し言葉の、一特徴だろうと思っているからでもある。書く文章の中では一度も言及する機会がなかったようなことが、話していると思い出され、おのずと話題がそちらのほうへふくらむというようなことがあって、その自発性はやはり尊重しなくてはならない。しかしまた、そのためにかく恥というものもあるかもしれない。講演集として本の形にするとき、そんな箇所があると自己嫌悪を感じることもある。

ねがわくばこの本が、その種の欠点を多く免れたものであらんことを。

一九八一年三月　　大岡信

《折々のうた》を語る

講談社　一九八六年　二三二頁　四六判　一五〇〇円

■まえがき■

朝日新聞社の行なっている文化事業のひとつに朝日ゼミナールがあります。私はこの事務局からの依頼によって、朝日新聞連載中のコラム「折々のうた」を素材にして話をするという特別講座、「『折々のうた』を読む」を数年前から行なってきました。

使用テクストは、簡便さという理由から、岩波新書で刊行されている『折々のうた』（第一冊から現在第四冊まで）を用いています。毎回その季節に合った箇所の詩歌作品を取り上げ、字数の制限上新聞コラムではとても書きしるせなかったような話題や解釈を、二時間半の講演時間の範囲で可能なかぎり多く話そうとしていますが、毎回、時間がまったく足りないという悔いを残しております。

それというのも、原則的には春夏秋冬、各季に一回ずつという講義だからで、『折々のうた』で取り上げている古今の詩歌作品は、形こそ短小ですが内容は豊かなものばかりですから、話せばいずれも長くなるのは当然なのです。

講義をはじめたころは丸の内の東商ホールでした。その後、築地の朝日新聞社ホールで行なったこともありますが、有楽町マリオンが開かれてからは、ここの十一階の有楽町朝日ホールで、ほぼ一季節に一回、時には二回、話してきました。二回になったのは、一回二時間半の講義では予定の半分も消化できなかったためでしたが、よくもまあこんなに大ぜい聴きに来てくれるものだ、と毎回心ひそかに驚きの念を禁じえない熱心な聴衆に支えられて、もう自分でも何回話したのかわからない回数を話してきたわけです。

講演というものはふしぎなもので、聴衆によってどのようにも変わりうるという意味では、まるで生き物のようなところがあります。加えて会場の良し悪しが決定的に影響します。私はこの二つの要素に非常に恵まれて、話を続けることができてきました。今までに四冊、まもなく五冊目が岩波新書で刊行される『折々のうた』は、各巻とも「春のうた」「夏のうた」というように四つの季節に大まかながら分類してありますから、機械的な計算でも、四冊なら十六回の講義が可能というわけで、まだそれだけの回数はやっていないはずですから、話の材料に不足するということはまったくありませんでした。講義は一九八六年に入っても続くはずです。

今回、この講義の中から数回分を取って一冊の本にすることになり、本書ができあがったわけです。ここに収録する部分については、速記段階でいろいろ言い足りないところを補ったり、逆に削ったりしてかなり手を加えました。直接ホールで聞いてくださっている方々も含めて、広い範囲の読者に本書が何らかの意味で楽しみの種子になることを願ってやみません。

録音テープの貸出しに同意して下さった朝日新聞社に謝意を表します。

一九八五年師走　著者

正岡子規——五つの入口

［岩波セミナーブックス56］岩波書店　一九九五年　二五五頁
四六判　二三〇〇円

■あとがき■

岩波書店のアネックスにある講義室で五回にわたり話した正岡子規論（一九九三年五月―六月）を一冊の本にまとめたのがこの『正岡子規――五つの入口』です。

私は今までに刊行した何冊かの自著、また子規自身の本への解説その他で、たびたび子規についてふれてきました。ある場合には、紀貫之に対する批判者としての正岡子規のめざましい仕事とその時代的限界とを両面から論じる（『紀貫之』一九七一年）ようなこともありました。

しかし、大方は正岡子規が短い生涯の中でなしとげた巨大な仕事への、心からの敬愛の念をもとに書いたものでした。この本は、そのような過去の私の子規論ではまだうまく取り上げることのできなかった方面をできるだけ取り上げ、本質に迫ることを最初から念頭に置いて、何十人かの受講者の方々と一緒に、子規の仕事を具体的に検討し検証し、その上同時に楽しもうと試みたのでした。

私はあえて、子規の仕事を楽しもうと言います。明治の一流の文人たちの仕事に共通の性質と言ってよいと思いますが、他の多くの人々が楽しむことのできる仕事を積み上げていった文学者が多いということは、後世に生きる私たちにとっての大きな啓示であり、励ましでもあると思います。

彼らは自分の関心のおもむくままに、大きな対象に向って、ひたすら自分の持てる限りの力を尽して取り組みました。あとから見てみれば、彼らは宿命的に出会うべくして対象と出会っていたように見えるのですが、実情はそんなにうまい話ばかりではなかったはずです。彼らの仕事が、その情熱と計画性の貫徹とによって、はたから見れば、結果としてみごとに形がとれていたのにほかならなかったのだと思います。

要は、初めに、何かをしとげようと思い立つことであり、そう思い立ったら、対象として眼中に入ってくるものに対しては、何事であれ実直に、丁寧に、惚れて付き合うことではないでしょうか。正岡子規の教えてくれるのは、まさにそのことだと思います。

私はこの授業で、終始そういう人物としての子規のことを語ろうと思い、そのようにしてきました。授業の速記録を読み直すのは、正直なところこわくもありましたが、今このようにまとめられてみると、この五回の授業は、やってよかったと心から思います。これは正岡子規に対する讃歌のような講義内容ですが、この人は讃歌を捧げられてしかるべき人でした。なぜかということは、この本を読んで頂けばわかることと思いますから、ここでは書きません。

最後に、セミナーの授業に毎回出席して熱心に聴講してくださった方々、そして毎回場内整理をしてくださった担当編集者高本邦彦さんと速記録を作ってくださった滝光子・篠田美佐子・登根俊子さんたちに感謝します。

一九九五年　初夏

大岡信

日本詩歌の特質

大岡信フォーラム　二〇一〇年　二九五頁　四六判　二〇〇〇円

■あとがき■

冒頭の「詩歌の読み方」の章に収めたものは、文中にもあるように新潮社主催の講演会「詩、あるいは現代芸術」の全文である。今あらためて読み返すと、よくまあこんなに克明に語ったものだと、驚いてしまうが、このような形で自分の考えを展開し得たことはまことに幸運だったと思う。ここで語られたことは、それ以前から現在に至るまでのあいだ、私の考えてきた日本文学の全体像というものを曲がりなりにも提示し得ているように思う。

いま、校正をしながら、ここで語られていることのそれぞれを鮮明に思い出すことが出来、どの話題についても自分がその時点で語るべきだと思っていたことを、力いっぱいに語ることができていたという満足感を感じた。

このような形で講演をまとめてみると、私は日本詩歌の特質を考える場合、それを歴史や地理の大きな背景の前に置いてみるという傾向が昔からあったことに気づく。これは一九四五年を境に世界を見る目が大きく変ってしまった世代に特有の現象かもしれないが、いわば物を見るとき、対象が二重に見えてしまう傾向があるのだ。そして、それをみずから訂正しようとはしない頑固なところがあり、そのことに自信をもっているところがある。

本書はそのような生き方をしてきた人間の、日本詩歌論集である。傷も多いかもしれないが、見どころも多少はあるだろうと思い、一本にまとめることにした。読者諸賢のご明察にゆだねる次第である。

二〇〇九年冬　大岡信

昆虫記

［少年少女世界の文学　別巻2］　河出書房　一九六七年　三二六頁　菊判　五九〇円

■まえがき■

ある人《ひと》がわたしに、こんなことをいいました。

「子《こ》どものころ『昆虫記《こんちゅうき》』を読《よ》んだことがあるかないかで、人間《にんげん》を二つのグループに分類《ぶんるい》することができると思《おも》わないかい？」

ずいぶんとっぴな意見《いけん》のようですが、『昆虫記《こんちゅうき》』を知《し》っている人《ひと》なら、だれでも、この意見《いけん》に賛成《さんせい》するのではないでしょうか。『昆虫記《こんちゅうき》』を読《よ》むと、まわりの世界《せかい》がいままでとはすっかりかわって見《み》えてきます。へやのなかへブーンとまよいこんできたハチも、こわい顔《かお》をしたクモも、死《し》がいにむらがる甲虫《こうちゅう》も、みんな「われらのなかま」になります。

『昆虫記《こんちゅうき》』は、第一次大戦中《だいいちじたいせんちゅう》に九十二歳《さい》の高齢《こうれい》でなくなったファーブルが、幼時《ようじ》からのめんみつな自然観察《しぜんかんさつ》をもとに三十年《ねん》がかりで書《か》いた、虫《むし》の大叙事詩《だいじょじし》です。ヒツジのふんをまるめてえっさえっさはこんでいくゆかいなオオタマオシコガネの研究《けんきゅう》など、四十年《ねん》もかけた観察《かんさつ》の結果書《けっかか》かれたものなのです。

ファーブルはひとつの徹底《てってい》した態度《たいど》をもっていました。本《ほん》に書《か》いてあるからといって、それをうのみにしてはいけない、なにごとも自分《じぶん》の目《め》でたしかめるまでは信用《しんよう》するな。つまり、徹底《てってい》した実証主義《じっしょうしゅぎ》です。こうしてかれは、昆虫《こんちゅう》の本能《ほんのう》のおどろくべき神秘《しんぴ》なはたらき、感動的《かんどうてき》な知恵《ちえ》を、つぎつぎにつきとめていきます。この本《ほん》はわたしたちが、わりあい身近《みぢか》な虫《むし》の話《はなし》を中心《ちゅうしん》にまとめたものです。

大岡信

語るピカソ

みすず書房　一九六八年　三七六頁　A五判　二〇〇〇円　ブラッサイ著

■訳者あとがき■

ピカソほどさまざまに論じられ、賞讃され、そしられ、その一挙手一投足が話題になった画家はいないだろう。かれについての本は、日本でももう十分すぎるくらい出ているといえるかもしれない。にもかかわらず、ここにまた一冊、ピカソに関する本が加わることになるが、このブラッサイの本には、従来の本になかった独特な魅力がある。

ピカソその人の日常生活とその思想、仕事ぶりが、一流の写真家の目を通して活写されているのみならず、ピカソをめぐる数多くの詩人、画家、小説家、画商、あるいは踊り子、編集者、ピカソの家族、また恋人たちや動物たち等々が、これほど生き生きと興味ぶかく書かれた本は、今までになかったと思う。ここには、ピカソを媒介として織りなされる友人たちの交流の美しい絵模様がある。エリュアール、プレヴェール、ミショー、ルヴェルディ、コクトー、サルトル、ボーヴォワール、カミュ、ミシェル・レイリス、ヘンリー・ミラーその他の詩人、作家たちが、ブラッサイの感度のいい目と記憶のカメラによって次々にとらえられ、私たちの前で動き、語る。あるいはまた、ピカソの保護者ともいうべき忠実な友サバルテスの陰影豊かな人間像や、マチスその他の画家、彫刻家たちの、面白いエピソードに富んだ生活と思想が、ふんだんに語られる。ピカソを有頂天にさせたり悩ませたり絶望させたりする愛人たちの姿が、何人も現われては消えてゆく。その合間には、アンドレ・ブルトンやサルバドール・ダリなどについてふれながら、ブラッサイ自身のシュルレアリスム時代の仕事や、シュルレアリスム運動についての簡潔で要を得た回想がのべられたり、アメリカの画商サミュエル・クーツの幾分滑稽な生態を通じて、第二次大戦後の抽象ばやりや、画商の裏面についての、皮肉のきいた観察がのべられたりするという具合である。

この本は一九三〇年代初期、つまりブラッサイ自身が写真家として張り切ってパリの芸術界に登場した当時から、独軍占領時代の暗澹としたパリ生活を経て、戦後の最近まで、約三十年間に及ぶピカソとの交渉をえがいている。ということは、この激動の時期に、ピカソをはじめとする芸術家たちが、どんなふうに生きてきたか、その生活史の一端もおのずとここに語られているということである。実際、この忠実な数々の会話の記録は、なまはんかな文学的、歴史的回想よりもずっとヴィヴィッドに、一群の芸術家たちの生活を私たちの前に浮かびあがらせてくれる。たとえばアンリ・ミショーという、気むずかしい、人前に出るのを極端にきらう詩人が、なんとここでは人間的な姿で登場することか。ブラッサイは、言葉によって、みごとなポートレート集を編んでくれたのである。

訳者の蛇足をこれ以上ながながと連ねるのは避けよう。以下に本書の著者ブラッサイについて若干の紹介をしておきたい。

ブラッサイは一八九九年ハンガリーのブラッサウに生れた。本名をジュラ・ハラーシュ Gyula Halász という。本書でもかれのデッサンをピカソが絶讃し、デッサン展開催のあっせんをしてくれたことが語られているが、はじめかれは画家を志してブダペストの美術学校に学んだ。ついでベルリンに出て絵の勉強を続けたが、一九二四年パリに移住し、ジャーナリストになる。そこではじめて写真術をおぼえ、カメラを買って写しはじめた。写真をはじめてからわずか二年半後の一九三三年、最初の写真集『夜のパリ』（本文はポール・モーラン）を発表して、一躍世界的に認められる。かれが写したパリの写真は、今では古典的な位置を占めている。

この本の冒頭で語られている通り、ブラッサイが豪華美術雑誌「ミノトール」創刊号のために、ピカソの彫刻を写すことになって、ボワジュルーへでかけたのは、一九三二年のことである。つまり、ブラッサイは写真家になりたてでピカソに出会ったわけである。そして同時に、「ミノトール」がシュルレアリスト・グループと深い関係にあったため、ブラッサイもおのずとシュルレアリストたちと深い関係を結ぶことになる。その後のかれの生活や仕事については、本書が何よりもよく語っているが、かれのその後の著作には、次のようなものがある。

『三十枚のデッサン集』（自作画集、ジャック・プレヴェールの詩一篇がつく）一九四六年、パリ。

『ピカソ彫刻集』（本文カーンワイラー）一九四八年、パリ。

『パリのカメラ』一九四九年、ロンドン。

『マリーの話』（序文ヘンリー・ミラー）一九四九年、パリ。この本は家政婦のマリーが話すことを聞き書き風にまとめたもので、マリーその人がまるで目の前で喋っているような、生き生きした語り口で好評を博した。ピカソがブラッサイのこういう能力を高く評価していることは、本書にもしばしば出てくるし、何より本書が示す通りである。

『ブラッサイ写真集』（本文ヘンリー・ミラー）一九五二年、パリ。

『祭のセヴィリア』（モンテルランおよびドミニック・オービエの本文）一九五四年、パリ。

『引掻き絵《グラフィチ》』一九六一年、パリ。

『語るピカソ』一九六四年、パリ（本書）。

本書の原著刊行当時、瀧口修造氏が大岡に「なかなかいい本なんですよ、これは」と教えて下さったのが、本訳書のそもそもの発端をなしている。その瀧口氏が、訳書題名の決定（原題は「ピカソとの対話」）や装幀について、すすんで参画して下さったことは、訳者たちにとって大きな喜びだった。ここにあつくお礼申しあげる。

なお、本書を訳すに当って、一九四三年九月にはじまる序章の部分は大岡、一九三九年の章から一九四五年五月十五日までを飯島、それ以後をふたたび大岡が訳した。両人でそれぞれの訳を読み合って、文章の調子の統一を心がけたが、なお微妙な相違が残っているかもしれないことを思い、一言おことわり申しあげる。なおまた、本書は本来もっと早く刊行されてしかるべきものだったにもかかわらず、小生（大岡）の怠慢から訳の完了が遅れ、日本語版のできるのを大層楽しみにしてきたブラッサイ氏にも、みすず書房にもご迷惑をおかけしたことを申しわけなく思っている。しかし、こうして本になった今、訳者たちは心からこういうことができる——さあ、読んでみて下さい、面白い本ですから。

一九六八年九月

飯島耕一
大岡信

道化のような芸術家の肖像

［叢書　創造の小径］　新潮社　一九七五年　一六七頁　22.0×17.4 cm　四五〇〇円

■あとがきにかえて　人ミナ道化ヲ演ズ——近代性の証人としての道化——■

　この本の原題 Portrait de l'artiste en saltimbanque は、きちんと訳せば「軽業師としての芸術家の肖像」ということになるが、本文を読まれれば明らかなように、著者スタロバンスキーは、軽業師を含め、大道やサーカス小屋で妙技をふるい、あるいは零落の姿を人目にさらす役者たち一般の中から、「道化」という特性を抽出し、その意味を「芸術家」という概念に結びつけつつ、生き生きした観察眼とたくみな構想によって説きあかしているので、訳書の題名には「道化」の語を用いた。また「道化としての」のかわりに「道化のような」としたのは、後述のように同種の題名の本の邦訳が「のような」としていることもあり、本書の内容を勘案した上で、「としての」の固さを避けて「のような」としたのである。

　ついでに、スタロバンスキーが書名をたとえば「道化《クラウン》としての」あるいは「アルルカンとしての」とせず、「軽業師《サルタンバンク》としての」としたのはなぜだろうか、考えてみる必要もあろう。私の推測では、本書最終章に引用され、論じられているリルケの軽業師をうたった『ドゥイノの悲歌』五番、ならびにそれに関連して論じられるピカソの軽業師を描いた作品の意味が、スタロバンスキーの「芸術家」概念の核心に深く関わっていることから、この題名が選ばれたのではなかろうか。

　もうひとつ、語の響きならびに影像の効果において、「サルタンバンク」は「クラウン」や「アルルカン」の語に優っていると感じられる。それも原著者の選択に影響しただろうと思われる。

　ジェイムズ・ジョイスの『若き日の芸術家の肖像』A Portrait of the Artist as a Young Man がこの種の題名の原型なのだろうか、その後たとえばウェールズの詩人ディラン・トマスは『仔犬のような芸術家の肖像』A Portrait of the Artist as a Young Dog （松浦直己訳・昭森社刊）を書き、ミシェル・ビュトールは『仔猿のような芸術家の肖像』Portrait d'un artiste en jeune singe（清水徹訳・筑摩書房刊）を書き、またまたジャン・スタロバンスキーがこの本を書いた。それぞれの作者において、作品を構想するモチーフは異っていたにしても、題名においてジョイスの本の題名を意識的に利用し、あるいはもじっていることは明らかであろう。もじり《パロディー》はいうまでもなく道化の表現原理の重要な一要素だが、もじりの達人であったジョイスの題名をもじるという形で、「芸術家」像追求の一連の仕事がなされているということは興味ぶかい。ジョイス自身の作品にしても、さらに遡ってみれば、ゲーテの『若きヴェルテルの悩み』のような作品にまで系譜をたどることのできるものだろうが、そう考えることができるなら、ロマン派好みの主題であった独創性・狂気・天才・自殺といったものの統一概念としての「芸術家」像、その栄光と悲惨を語ることは、ロマン主義以来の近代文学の最大関心事のひとつだったことを、あらためて思い起さずにはいられない。

　十九世紀初頭のロマン派詩人や作家たちは、芸術家としての自己自身の解剖と聖化を真正直に敢行したが、二十世紀になると、この主題はどうやらもじり《パロディー》の形式を借りて扱うほかないような手ごわい主題に変ってしまったように思われる。もちろん、文学的芸術的営みの核心には、古今を通じてもじりの要素はつねに存在しているが、それが芸術家自身の自画像をつくるに際して自覚的に行われるようになった点に、二十世紀の特徴があるといわねばなるまい。

　カフカは自分の主人公を理由も示さずにある日突然かぶと虫に変えてしまった。この種の、みじめで手も足も出ないような生存状態に人間をおとしこみ、その地獄の視角から、おのれ自身をも含め、人間という奇っ怪な生物の生態をみつめかえすという方法は、カフカばかりでなく、じつに多くの詩人や作家や劇作家、舞踊家その他がやっていることである。あの象徴派詩人のヴァレリーがつくりだしたテスト氏だとて、人間の知性の全貌を顕微鏡的精密さで拡大していったときにわれわれが直面することになる超人のイメージにほかならないし、つい最近もわれわれは渋沢竜彦氏訳によって、ジャリが二十世紀初頭につくりだした『超男性』（白水社刊）の一生を知ることができたばかりである。

　カフカのかぶと虫とジャリの超男性と。かれらを人間のもじりと見るか、それとも名づけようもない超人間的存在のもじりと見るか。いずれにせよ、こういう主人公たちも、スタロバンスキーのこの本の主題にはぴったり適合するところを持っているだろう。スタロバンスキーがこの本でくりかえし語っていることのひとつは、道化というものが矛盾する対極を一身に体現している存在だということであって、聖なるものと卑陋なるもの、敏捷さと鈍重さ、殺すものと殺されるものとの間のいわば通底装置としての道化の意味論が、この本の多面的な考察を通じてたえず鳴り響いている主題に他ならなかった。

私はここで、少々長くなるが、以前書いた自分の文章の中から若干の引用をしておきたいと思う。その文章のその個所で、私はロマン主義的心性についての考えをしるしたのだが、ここでもう一度それを引いておくのも、本書のあとがきとして無駄ではないように思われる。

《……ゲーテやハイゼンベルクの意見ではまるで悪魔の所業のごとく思われかねないロマン主義だが、いわゆる現実逃避的、いわゆる夢想的、いわゆる病的頽廃的ロマン主義なるものと、具体的現実世界への不断の批判的関心、建設意思、創造のエネルギーとは、決して水と油ではなく、むしろこの後者の性格もまた、純正なロマン主義的特性なのである。（……）要は、このような建設意思が、まさにその巨大な燃焼、上昇意思のゆえに、理想の偉大さと自己自身の卑小さとの矛盾に最もするどく引き裂かれざるを得ない点にあった。あらゆる純正なロマン主義的心情の中には、この偉大と卑小との激しい矛盾相剋がある。偉大な理想を抱き得る人間自身の偉大さと、その偉大さを知りつつ達成し得ない人間自身の無力、みじめさとのこの相剋は、いわば人間精神の根本にひそむ矛盾に根ざしているのであり、それゆえ、歴史的現象としてのロマン主義運動の大波（それはおよそ、フランス革命直後の時期、ほぼ一七九〇年ごろに始まり、一八五〇年ごろまで続いたとみてよいだろう）の時期だけでなく、普遍的な精神の状態として、ロマン主義的傾向はたえず新たな発生を見るのである。

いずれにしても、人間の偉大さと卑小さとの相剋をほかならぬ自分自身の中にするどく嗅ぎつけるとき、その表現は一義的に単純明快なものではあり得なくなる。古典主義的明快さに対して、ロマン主義者の表現が多かれ少なかれ多義的なあいまいさをもち、プラスとマイナスの極の危険な接近、いや交替さえ示し、狂熱を秘めた冷静さや、冷徹さを深く沈めた狂態を示し、俗悪まみれの自分自身を描くことによって高貴な世界を彼方に逆説的に示すというような方法をとるのは、こういう理由からである。人はこれを「ロマン主義的アイロニー」と名づける。その主たる特徴は「含羞」ということであって、この「含羞」の痛切さ、真正さがなければ、すべてはむなしい空騒ぎになるだろう。

すべて無限なるものへの渇望は、このアイロニーと無縁であるわけにはいかない。これを裏返しに眺めるなら、ロマン主義的無限愛とか自然愛に最もきびしく批判的である人の中にも、より奥深いロマン主義の「悪霊」がひそんでいることは、大いにあり得る。唐突にその名をもち出すようだが、古典主義的装いに身をかためた三島由紀夫の文学は、そういうロマン主義の少なくとも一種であっただろう。ただし、三島文学の中で含羞の要素がどれだけ強く働いていたかという点については、よほど綿密に検討する必要があるだろう。
（……）なぜなら、「芸術家」という概念こそ、天才、独創、個性という属性の典型的な綜合だからである。十九世紀という時代が生んだもろもろの新しい流行の中にひときわめだつのが、この「芸術家」概念の流行ということであろう。人々は彼のうちに新しい司祭を見出したのだ、美の司祭を。そして、美の宗教は、いずれにせよ、教会がつかさどった宗教にくらべれば個人的な性質のものであったから、司祭はいたるところに出現し、それぞれの新興宗教を新たにうちたてた。見方によって無秩序とも、また豊饒とも見える一種不思議な祝祭がここにくりひろげられたわけで、芸術家は必然的にヒーローというものであったのだ。

　堕天使とか呪われた詩人とかのレッテルが芸術家に貼りつけられるのもまた、こうした芸術家信仰の逆説的表現にほかならなかった。これもまた、ロマン的アイロニーの通俗的なあらわれということもできただろう。当の芸術家たちがこういうレッテルの嫌味なロマンティシズムと覗き趣味に憤り、あるいは白けきったにしても、それがどうだというのか。芸術家はおのれの最も内密な部分、おのれの苦悩、おのれの恥辱を赤裸にとり出し、犠牲の祭壇にみずから捧げることによってはじめて、異様な美、前代未聞の美の、正当な体現者となることができるのだ。選ばれた者、それの十九世紀的な代表者は、美の宗教の司祭たる芸術家にほかならなかった。ヴェルレーヌが、選ばれてあることの恍惚と不安を歌ったとき、彼は正確に自分の位置を認識していただろう。そして彼のこの言葉は、二十世紀日本のみずからロマン派を名乗った作家太宰治の文章のなかに、そのまま反響しているのである。》（『装飾と非装飾』晶文社刊所収「生の昂揚としての抽象絵画」より）。

　おそろしく長い引用になったが、私としてはいくつかの点で右の論旨がスタロバンスキーの本のための補註になりうるかもしれぬと思ったのである。

　スタロバンスキーが、本書の中でも中心的部分をなすボードレール論の中で語っているダンディスムは、いわばロマン的イロニー（ママ）にもとづく含羞と地続きのものといってよかろうが、それはまた仮面をつけた自我の一表現形式であり、故意の虚飾と露悪趣味に包まれた傷つきやすい魂の装いにほかならなかった。私たちの身近な詩人に例を求めれば、中原中也の作品がすぐに念頭に浮ぶし、また太宰治の「死ぬるとも、巧言令色であれ！」という箴言も思い出される。「自然」と「人工」の分裂を近代の病の最たるものと認識した文学者の数は多いが、とりわけ中原や太宰、また保田與重郎や立原道造、三島由紀夫といった名前を想起すると、昭和の初めから十年代にいたる一時期の日本の詩的精神の中に、スタロバンスキーが本書で分析した道化的精神の圏内で論じうる要素が少なくないことを思わざるを得ない。私は今、昭和の前半期だけについて書いたが、それ以後現在にいたる時代については、その事例はますます多く、その意味はますます多義的になり、複雑になっていて、結果としては、スタロバンスキーが本書の結びにおいた一句、「道化の嘲弄は続く」を、身をもって実証するような形になっているとさえいってよいだろう。

実際、スタロバンスキーがこの本で描き出した精神世界は、近代精神そのもののおかれている位置・状況を、道化の意味論というじつに応用のきく視座から、ためつすがめつ展望し、あるいは凝視しつつ再構成した一世界だということができるのだ。本書中にその作品の複製が二点掲げられている画家パウル・クレーは、考えてみればじつに多くの道化的人物を絵に描いた人だが、『日記』の中で次のようなことを書いている。

「俺は、鎧兜に身を固めている。ここは俺の住いではない。／俺の棲家は、深淵なのだ、遠く離れたかしこ……俺は、死人のそばで赤く燃える」（一九一四年の項、南原実訳『クレーの日記』新潮社刊より）。

この述懐は、スタロバンスキーがあざやかな語り口で語っているクラウン、アルルカン、ピエロ諸君の生活と意見そのものではなかろうか。

私はまた、かなり突飛にみえるであろうもう一つの例をあげることができる。さきほどもその名をあげたあのいかめしいポール・ヴァレリーの、たとえば『エウパリノス』。ヴァレリーはこのプラトンの対話篇をもじった対話作品において、ソクラテスの亡霊をして弟子パイドロスの亡霊に対してこんなことを語らせている。

ソクラテス　おお生命……。ところが私にとっては司祭を満載した船の黒いたるんだ帆。デロスから難渋して帰る船、櫂を引きずるようにして……

パイドロス　あなたは、ご自身の美しい生涯を思い出すのが堪え切れないのですね……

ソクラテス　パイドロスよ、色青ざめたパイドロスよ、私の霊と同類である霊よ、私にはよくわかっている。もし私の悔恨が、苦しめるべき実体をもっていたとしたら、もしその働きにたいして肉体が欠けていないとしたら、悔恨はおそらく果てしないだろうということを！　悔恨は私を悩ましはじめるがその仕事を果たさない！　自分の輪郭はかくが、彩色されることはありえないのだ！　……賢人の霊ほど虚しいものがあるだろうか。

パイドロス　賢人でさえ！

ソクラテス　悲しいかな賢人すらそうなのだ。賢人は弁舌家という人柄と、不滅の状態に捨て去られた様々の言葉、ただそれだけをあとに残してゆく……。私は一体何をしたか。ほかの人たちに、私は最も疑わしいことについて彼らよりずっとよく知っているのだと信じこませたこと以外に？　――ところがそう信じさせる秘訣は、うまく導き出した死、甚だしく不当な裁判に飾られ、深い友情にとりかこまれて、天日もために暗く天地も色を失うばかりの死にあるのだ。死を一種の傑作とするほど恐ろしいことがあろうか……。このような不断の断末魔に生はとうてい対抗できない。本来素朴な生は、こう想像せざるをえないのだ。悲劇詩の最も美しい部分は、最後の一行の最後の言葉のあとにはじまるのだと！　……人間の一ばん深い視線は空無に向かう。視線はすべてのかなたに集中するのだ。

ああ、悲しいことだ！　私は神話や霊感の言葉よりも遙かに虚偽である真理や誠実さを売物にした。私は自分勝手につくり出したことを教えていた……。私は聞きほれている人たちの心に子供を宿らせ、巧みに分娩させたのだ。

パイドロス　われわれ弟子どもにひどいことをおっしゃるのですね。(伊吹武彦訳)

ソクラテスの霊はここで生きていたときのソクラテス自身を嘲笑してコケにしている。知性の最もきびしい行使者としていわば聖別されているソクラテスの像を、死せるソクラテスは根こそぎひっくりかえそうとする。その方法は、何ともはや、反則すれすれのやり方、すなわちかの神話化されたソクラテスの死にかたを愚弄するというやり方であって、「うまく導き出した死、甚だしく不当な裁判に飾られ、深い友情にとりかこまれて天日もために暗く天地も色を失うばかりの死」、「一種の傑作」としての死、と、彼は、彼自身であった人物の偶像破壊に斧をふるうのである。

このとき、虚体である死せるソクラテスは、実体である生けるソクラテスの全生涯を一挙に空疎なものにしてしまう術をかけたのであり、この一撃によって、かの輝かしかりソクラテスはむしろ虚体となりさがり、亡霊であるソクラテスの方が何やら堅牢な実体となって黒々としたシルエットを空間に浮びあがらせる感がある。

これはあたかも、『リア王』におけるリアと道化の位置逆転にも比すべき逆転劇ではなかろうか。ヴァレリーは自我のドラマに憑かれた二十世紀の詩人だから、シェイクスピアのように主人公とその腰巾着の道化という具合に二人の人物を登場させることはせず、ソクラテスという一人の人物の中に、二人のソクラテスを見て、虚実入れ替りのブラック・ユーモア的偶像破壊をここで演じさせている。生けるソクラテスと死せるソクラテスの関係は、まじめくさって「神話や霊感の言葉よりも遙かに虚偽である真理や誠実さを売物に」している人間と、それを最も親しい立場から眺めて嘲弄する人間、すなわち道化という関係に類推できるように思われる。

いうまでもなく、私がとりだした部分は、『エウパリノス』という作品の中で格別中心的な思想を語った部分とはいえない。けれども、こういうさりげない細部においてさえヴァレリーが発揮する思考の力強さには、今さらながら瞠目させられる。彼はここで亡霊ソクラテスに道化的要素を与えたつもりなど毛頭あるまい。しかし、知性の徹底的な行使を念願するヴァレリーが、同じく知性の徹底的行使者だったソクラテスを描くとすれば、行きつくはては、偶像化されたソクラテスの像を破壊するアンチ・ソクラテスを呼びだしてしまうところまで行くのは必然であった。そしてそこには、結果として、道化の嘲弄と同じ性質の嘲弄が生れた。

　スタロバンスキーは本書で、ルオーの絵について情熱的に語っているが、彼がその中で、「人ミナ道化ヲ演ズ」というストア派の言葉が「象徴主義のあらゆる遺産によってさらに含蓄をまし、キリスト教的表現主義の文脈の中によみがえる」と、ルオー描くところの道化の意味について語っているのにならっていえば、ソクラテス的知性も、近代の仮借ない知的内省の文脈の中で、「人ミナ道化ヲ演ズ」という認識に突きもどされるということができよう。私が意図的に、およそ道化のテーマには縁遠い人と思われているであろう現代的な知性の権化ポール・ヴァレリーを引合いに出したのは、こういう意味合いからだった。

　すなわち、「道化」の意味論を始めると、近代精神の最も根本にひそむ問題が掘り起こされてくるのであり、その応用範囲はまたじつに広範囲におよぶのである。なぜなら、スタロバンスキーがボードレールを論じた「悲劇的道化の誕生」以後の各章でとりわけ精細に論じているように、「道化」とはすなわち「二律背反」の原理の最もみごとな具体化だからであり、そして二律背反の偏在ということこそ、近代以降のわれわれの生き方を最も端的に示すものだからである。この本で扱われている対象は、もちろん、造詣美術と文学作品にあらわれた道化的形象である。けれども、実質においては、ここで扱われているのは、近代精神そのものの病理解剖といったものであって、道化役者と芸術家（たがいにたがいの分身であるもの）だけが俎上にのせられているのは、いわば最も目鼻だちのはっきりしている連中だからにすぎないといってもいいのである。「しかめ面する分身」「再び天才が発掘された？」「軽やかさの眩惑　または道化の勝利」「アンドロギュヌスからファム・ファタールへ」「欲望をそそる肉体と陵辱された肉体」「悲劇的道化の誕生」「卑賤《いや》しき救い主たち」「導者と亡者」――本書の各章の題名をながめてみれば、スタロバンスキーが意図した構図はかなり明白である。大ざっぱに言えば、「しかめ面する分身」から「軽やかさの眩惑」までは。前期道化史とでもいえそうな部分であり、「アンドロギュヌスからファム・ファタールへ」以下「導者と亡者」までは、近代・現代の精神の鏡に映った興味しんしんたる道化像の展開というようなものである。この場合、道化像はそのまま「芸術家」の自画像という意味を負わされているゆえに、最初からそこには、天国と地獄の結婚とでもいえそうな二重性が刻印されていた。

　道化師や踊り子の驚嘆すべき跳躍は、重力に対する決然たる拒否である。かれらは同時に、社会の重力からも解放された存在であって、その跳躍やしかめ面や煽情的な身のこなしは、ブルジョア的鈍重さに対する侮蔑と、高みへの飛翔の輝かしいしるしである。それはあらゆる「自然的」なものへの拒否であり、それゆえ両性具有《アンドロギュヌス》や妖婦《ファム・ファタール》こそ、ここでのスターなのだ。すなわち、性においても、いわば自然的な重力に支配されるがままになっている男や女は拒否され、人工的に作りだされた性が脚光を浴びる。

　だが、これらは事態の一面にすぎない。ボードレールが歌った「信天翁《あほうどり》」の姿は象徴的である。いったんは足蹴にし、侮蔑しさった重力によって、こっぴどく復讐されるのが、道化＝芸術家の宿命である。軽やかさの源泉であった肉体は、重苦しいくびきとなり、輝かしい自由の幻影は、暗い牢獄の現実となる。飛翔していた肉体が、老い衰えて大道小屋の片隅に衣裳のほつれをつくろう身におちぶれている。このとき、肉体の敗残の姿は尋常のものではない。

　だが、じつに面白く、また意味深いことに、このあまりの無惨さこそ、ボードレール以後の芸術家たちに、道化の影像の重要性、あえて聖なるといってもいいようなその影像の重要性を暗示したのである。どん底の人間の姿が、苦しみもだえる人間の魂の象徴となる。キリストが場末のサーカス小屋で苦しみ、道化がゴルゴタの丘で血を流すという、倒錯的な、しかしわれわれの肺腑をつく観念がここに結晶する。

　すなわち二律背反にいたるところで苦しんでいるわれわれの姿が、ある厳粛に高められ浄められた光を浴び、対象化されてここに佇むのである。ピカソもチャップリンもリルケも、道化師や軽業師を描きながら、結局のところ、われわれのそういう姿を描きつづけたのであった。天使でもなく、野獣でもない人間は、中間における「移行」という状態を宿命づけられている。そして、スタロバンスキーが中世以前からのアルルカンのイメージの変遷をのべつつ語ったように、道化こそこの「移行」の達人であり、わけてもそれを、この世への他界からの「闖入」、秩序の攪乱という形で表現するために、既成秩序の破壊による新生への活力の注入者としての意味を持つということになるのである。

　私は今、大急ぎで本書の内容を一瞥した形になったが、近年、道化復権ともいうべき動きが生じていることは、ちょっと注意ぶかい読者なら知っているはずで、スタロバンスキーのこの本もいわばその潮流に棹さしているといってよい。そして本書は、一般読書人向けの本としては例外的なほど巧みに、今日問題になっている道化論の主要な論点を要約しつつ、それを緊張した美しい思考の渦に融かしこみ、個性的に展開していると思う。

それにつけて思い出されることもあるので、以下に少々書き足しておきたい。

私は一九四七年、旧制高校に入ってまもないころ、角川書店の飛鳥新書と名づけられた当時としてはわりと紙質も装幀もよかった双書の一冊で、林達夫氏の『文藝復興』という本を買って愛読した。これは林氏が十数年前に出した本の再刊だったが、寮の万年床の上で読んだこの本の感銘は強く、いまだに忘れない。この中に、ワトーとヴェルレーヌとドビュッシーを論じた「『みやびなる宴』」というエッセーがあって、その主題のひとつは「二重性そのものとも云われ得る道化役者」ピエロと重ね合せにヴェルレーヌを論じているところにあった。私にとっては、詩人というものを道化役者と重ね合せにながめる視点を、はじめて教えられた文章であった。

一九四八年九月には、中央公論社から、英文学者故中橋一夫氏の『道化の宿命――シェイクスピアの文学』が出た。私はこれを当時知らず、だいぶたってから古本屋で手に入れた。この本はその後研究社から復刻再刊されている。中橋氏の名は、戦中に出たT・S・エリオットの『異神を追ひて』の訳者として知っていたが、『道化の宿命』を読んだときの感銘は格別だった。今、あとがきを読んでみると、この本の上梓に林達夫氏が「異常な御好意と御尽力とをお示しくださった」と書いてあり、何かしら胸にせまるものがある。

こういう個人的追憶に類することをしるすのは、スタロバンスキーの本を読む人々に、日本でもこういう主題をめぐって書いた人々はいたのだということを知ってもらいたい気持があるからである。もっとも、そういえば、日本の芸能史にはこの種の主題は決してとぼしくないのだし、狂言や歌舞伎に関する書物にも、道化論はずいぶんと多いだろう。柳田国男の『不幸なる藝術』その他の本のことも書き添えておかねばなるまい。ただ、日本で道化論的主題が論じられる場合、スタロバンスキーが本書でみごとにやってのけたような、「芸術家」の「分身」としての道化を論じるという観点は、まずほとんどなかっただろうと思われる。これはやはり、すぐれてヨーロッパ的な観点だったことを感じる。

ところで、日本における最近の「道化の復権」についてふれないでは、重大な片手落ちということになろう。

何といってもまずあげねばならないのは、文化人類学者山口昌男氏の瞠目すべき精力的な道化論の展開である。山口氏のこの分野での最もまとまった仕事は、雑誌「文学」に一九六九年一月号から八月号まで連載した「道化の民俗学」で、これは最近増補して新潮社から刊行されたばかりだから、知る人も多いだろう。山口氏には他にも道化論にかかわる文章が多いが、今のところ右の著作が代表的であり、これは今後日本において道化論がさかんに行われるとすれば、その最初の記念碑的著作ということになるにちがいない。

他に、読者で興味をもつ人のために雑誌特集を一、二紹介しておけば、「芸術生活」一九七三年四月号は「道化考」という小特集を編んでいる。これとほとんど時を同じくして、「ユリイカ」一九七三年六月号も特集「道化」を編んでいるが、こちらは誌面のうち百五十ページ余をこの特集で埋めるという力の入れ方で、収録の文章も、翻訳を含めて十八篇、それに山口昌男・井上ひさし対談がついており、今日なぜ道化のごとき主題が問題になりうるのかということは、この特集一冊を読めば、おおよそのところ理解できるように編まれている。

ジャン・スタロバンスキーの著書ですでに日本で訳されているものには、『透明と障害――ルソーの世界』（山路昭訳　みすず書房）*Jean-Jacques Rousseau — La transparence et l' obscurité*, 1957『活きた眼』（大浜甫訳、理想社）*L' ceil vivant*, 1961『活きた眼II』（調佳智雄訳・理想社）*L' ceil vivant II*,1970 などがある。一九二〇年ジュネーヴの出身、はじめ医学を学んだのち文学に転じた。現在はジュネーヴ大学でフランス文学を講じている。精神分析学的解釈を武器にしつつ、しかしそれを馬鹿のひとつおぼえのように振りまわす愚からは遙かに遠く、この俊敏な学者批評家は、柔軟な文体論的接近によって、対象の文学者や芸術家を鮮やかに解読する能力に恵まれている。近ごろとみに声望が高いといわれるのも当然と思われる。

訳者としては、今までに少しは翻訳というものをも試みてきた経験に照してみて、この本の翻訳は格別に手ごわいという印象があった。私は道化論の歴史にもくらく、フランス文学を専門に学んでもいないので、そういう方面での困難を感じた点ももちろんあったが、何よりもスタロバンスキーの思考の展開の仕方が、しばしば意表をつく曲線を描くので気がぬけなかった。抽象的な語彙を何とか日本語の文脈の中で活気あらしめるために、ない智慧をしぼらねばならなかったところも少なくない。それでも読みにくいところ、思わざる誤りの個所もあろうと恐れる。しかし、この本の面白さは、曲りなりにも伝えることができたのではないかという自負もある。訳者というものは、多少とも原著者の「二の舞」を演じる道化であって、私は道化の苦楽をこの本でかなりしたたかに味わったように思う。

終りに、清水徹氏が貴重な参考資料を貸して下さったことにお礼申しあげたい。清水氏に読ませていただいた中の一冊は *Critique* 誌の一九六九年十二月号で、そこには本書の「しかめ面する分身」から「欲望をそそる肉体と凌辱された肉体」までの章が発表されている。そこには、スタロバンスキーによって参考文献が数冊あげられている上、引用文の出典の註記もあって、訳者として大変参考になった。スタロバンスキーがそこであげている参考文献は彼が参照したうちのごく一部にすぎまいが、原著者があげているものなので、読者の参考までにそのリストを、左に掲げておく。

Allardyce Nicoll, *Masks, Mimes and Miracles* (nouv. éd.), *The World of Harlequin*, New York, Cooper Square publishers, 1963, 408p. Cambridge University Press, 1963, 243p.

Enid Welsford, *The Fool, His social and literary History* (nouv. éd.), New York, Anchor Books, 1961, 381p.（邦訳『トリックスター』晶文社刊）

C. G. Jung, Karl Kerényi, Paul Radin, *Der Göttliche Schelm*, Zürich, Rhein-Verlag, 1954, 219p.

Tristan Remy, *Jean-Gaspard Deburau*, L'Arche, 1954, 224p.

O. Driesen, *Der Ursprung des Harlekin*, Berlin, Duncker, 1904.

みつけたぞぼくのにじ

［岩波の子どもの本］　岩波書店　一九七七年　20.5×16.5 cm
三二〇円　D・フリーマンさく　大岡信訳

■訳者のことば■

こどもの本を訳すのは私にとって初めての経験ですが、ドン・フリーマンのこの本を示されて、「あ、これならやってみたい」と思ったのは、中で語られていることばの魅力もさることながら、まず絵のすばらしさに一目でうたれたからでした。

のびやかで力強く、簡潔な筆づかいの中に豊かな陰影が波うっている絵を見て、自然に心が躍るのをおぼえました。多くのページで、背景はむしろ暗く塗られています。けれども、その暗い空の中に、何というあざやかさで夢のにじがかかることでしょう。作者は明と暗のあざやかな組み合わせを通じて、にじをつかまえようとする「ぼく」の心の躍動を、もののみごとにとらえています。すてきな舞台作品を見るようだな、と私は思ったのでした。

あとで、作者ドン・フリーマンが、もとトランペット奏者だったこと、大変な芝居好きで、ブロードウェーの舞台や俳優のスケッチで名を知られるようになった人だったことを知り、なるほどと思ったことでした。

『みつけたぞ　ぼくのにじ』のストーリーには、そういえば演劇のおもしろさに似たものもありはしないでしょうか、短い言葉が、生き生きと情景をつかみとり動かしていて……。

大岡信

まっくろけのまよなかネコよおはいり

［大型絵本32］　岩波書店　一九七八年　25.5×25.5 cm　一三〇〇円　J・ワグナー文　R・ブルックス絵　大岡信訳

■訳者のことば■

ローズおばあちゃんと犬のジョン・ブラウンは、ふたりっきり水入らずのくらしを久しくつづけていました。ところがある夜、ローズが窓から庭を見ていて、なにか黒いものがすばやく動くのを見つけた時から、ふたりのくらしに不協和音が生じます。

まっくろけのまよなかネコ。ローズおばあちゃんはネコを家族の一員にむかえたいのです。ジョン・ブラウンのほうはそうはいきません。

「ネコなんか、いらないよ、おばあちゃん。ぼくってものがいるじゃあないか」

ジョン・ブラウンはふたりだけの親密なくらしを守るために、まよなかネコをぜったいに認めようとしません。そのためにローズおばあちゃんはとうとう寝こんでしまいます。ジョンは考えこみます。考えて、考えて、とうとうまよなかネコを家族の新らしい一員にむかえる決心をします。

まよなかネコを家に入れて三にんでたのしくくらしたいと思うローズおばあちゃんの気持ちと、おばあちゃんといつまでも水入らずでくらしたいために、ネコに意地悪しつづけるジョンの気持ちとは、いずれもそれぞれの立場での愛情のあらわれなので、この二人のあいだに生じる行きちがいは人をひきつけずにはおきません。この絵本の魅力の一つはそこにあるでしょう。

お話を書いたジェニー・ワグナーは英国生まれで、少女時代にオーストラリアに移住しました。会社づとめをしたあと結婚して家庭の主婦となり、子どもたちが学校に行くようになってから大学に入りなおしたそうです。オランダ語、ドイツ語、スウェーデン語を習い、はじめて書いた作品は、なんと、英語ではなくオランダ語とドイツ語のものでした。単純な文章しか書けなかったわけですが、これがかえって、単純に書くことの大切さを教えてくれたと述懐しています。

絵のロン・ブルックスはオーストラリアに生れ、そこで仕事をしている画家で、広告、出版に関係し、美術教師、舞台美術その他の職業を経て、絵本作家として活躍しています。ジェニー・ワグナーとの共作に、『アラネアのうつくしいあみ』ほか一冊があり、名コンビの感があります。訳者として申しそえれば、ブルックスの絵の面白さを、ぜひともじっくり味わっていただきたいものだと思います。

大岡信《おおおかまこと》

アラネア

［大型絵本33］　岩波書店　一九七九年　25.5×25.5 cm　八〇〇円　J・ワグナー文　R・ブルックス絵　大岡信訳

■訳者のことば■

「アラネア」というのは、「クモ」を意味するラテン語です。いかにもやさしい響きをもった古語で、そういえば日本にも古く「ササガニ」ということばがありました。「ササ」は「細小」で、クモの形が小さいカニに似ているところから、クモの異名としてつかわれたものです。和歌の中には、「ササガニの糸」というような表現でしばしば登場します。

クモにもいろいろな種類がありますが、あの形が何となく気味がわるいという人もすくなくないようです。じつは訳者たる私もクモぎらいの方でした。ですからこの本を訳してみませんか、といわれたとき、クモの話だときいて「えッ、それはどうも……」とためらったのです。ところが、目の前に原書をつきつけられてみますと、たちまち魅せられてしまいました。『まっくろけの　まよなかネコよ　おはいり』と同じジェニー・ワグナー（文）、ロン・ブルックス（絵）のコンビであることにも興味をひかれましたが、何よりも、開けたときに目にとびこんできた黒白だけの画面のすばらしさにうたれたのでした。『まよなかネコ』の絵もすてきでしたが、この力づよく引きしまった黒白の画面は、また別種の堂々たる美しさをもっています。

つづいてワグナーさんの文を読んでみて、これを日本語に移すことに、大いに興をそそられたのです。そこで私は、クモぎらいのかんばんを、このさい下ろすことにしました。読者の中にもそういう方が出てくるにちがいないと思います。

アラネアは新しいすみかを求めて旅に出ました。風はやさしくアラネアを運んでくれます。新しいすみかの生活は平和にすぎていきました。ところがある夜、今まで出あったことのないおそろしい冒険にまきこまれてしまいます。人間にとっては何ほどのこともないような自然界の変化の中で、小さないきものは必死にたたかいます。そのたたかいを経て、美しいあみは張られたのでした。

クモの生態を注意ぶかくみつめ、印象的にえがきだしたこの物語には、地上のいきものの暮しをこまやかに見つめるまなざしがいきづいています。

大岡信《おおおかまこと》

おふろばをそらいろにぬりたいな

［岩波の子どもの本42］　岩波書店　一九七九年　20.5×16.5 cm　三八〇円　R・クラウス文　M・センダック絵　大岡信訳

■訳者のことば■

ルース・クラウスの本は、「エレメンタリ・イングリッシュ」誌の言葉を借りれば、「くりかえし　くりかえし眺め、引用し、笑い、話題にするにあたいする本である、加えてセンダックの絵と組合わせになっているとき、だいじにだきかかえ、すやすやそのまま寝入ることになる本である」。

「おふろばを　そらいろに　ぬりたいな」はそういう本である。ことばのえもいわれぬ軽やかな詩と、いきいきした命と色彩を求める子供のすてきな絵とが、両々相まって、豊かで意味ふかい幼児絵本を生みだしている。

この本の子は、おふろばをそらいろにぬりたいのだ。しかし父親は、まあ当然のことだが、それをさせない。そこで子どもは、もし自分が家をもっていたら、こういうふうに塗りたいなと思うやり方を夢みる。この子の考え、アイディアは、いちどでも自分の身のまわりを思う通りにしてみたいと空想したことのある子なら、だれにでもわかり、支持されることだろう。モーリス・センダックの絵は、この空想世界の興奮とよろこびを、あますところなくとらえている。

大岡信

木の国の旅

［フランスの傑作絵本］　文化出版局　一九八一年　二四頁　19.0×14.0 cm　八〇〇円　ル・クレジオ作　H・ギャルロン絵　大岡信訳

■訳者のことば■

森というところは、子どもだけでなく、大人にも、何やら無気味さを感じさせます。しかしまた、想像力が非常に刺激されるところでもあります。そこには様々な不思議や神秘が潜んでいます。そして、その静けさの中には、太古からの自然の優しい息づかいも感じられます。

現代の物質文明は驚異的な発達をとげ、どこへでも手軽に、しかも迅速に行けるようになりました。しかし、人間の想像力の方は、ますます貧困なものになってきてはいないでしょうか。実は、人間しか持ち得ぬ、この想像力という、美しく広大な翼を使えば、自動車や、飛行機で行けないところへでも、即座に旅することができるのです。

　作者ル・クレジオと画家アンリ・ギャルロンは、その独創的な言葉と色彩とアイディアを自由奔放に駆使することによって、読者を素晴らしい空想世界へと誘い、イマジネーションに満ちあふれる旅を体験させてくれることでしょう。

大岡信

宝石の声なる人に　プリヤンバダ・デーヴィーと岡倉覚三　愛の手紙

［平凡社ライブラリー221］平凡社　一九九七年　二四八頁　B6変型版　八〇〇円

■平凡社ライブラリー版　回想風のあとがき■
　本書を読まれた読者ならとうにおわかりのことと思うが、この書簡集はいくつかの実に幸運な偶然にめぐまれて、現在の形にまで再構成され、出版にこぎつけたものである。訳者として、この機会に、岡倉天心、プリヤンバダ・デーヴィーそれぞれの手紙が、どのような経緯で発見されたかを中心に、いくつかの思い出すことどもを回想風に書いておきたいと思う。

　通常、このような性質の、全くひそやかに交された男女間の手紙が、往復書簡集として公刊されることは稀れである。もっとも、どちらか一方の手紙がまとめられ、恋愛書簡集として刊行されることなら時にある。しかし、本書のような書簡集は発見するだけでも、困難な上にも困難な条件が重なっていたのに、偶然また偶然のきっかけが重なって、今日あるような形にまでなったもので、そのおかげで私たちは世にも稀れな恋愛往復書簡集を読むことができるようになったのだから、訳者としては何らかの天の意志の働きを信ぜずにはいられないのである。

　何しろ、この二人の男女は、異国人同士であり、しかもおおっぴらに手紙をやりとりできるような条件下にはなかった。プリヤンバダは手紙の中で時々、岡倉の手紙が何者かによって開封されているのではないかとの不安を洩らしている。

　二人の間には何千キロの距離が横たわっており、二十世紀はじめのころの郵便事情は、私たちの現在とは較べものにならない蝸牛の歩みだったから、男がどうやら重い病にかかっているのではないかと女が疑い、どのようにそれを確かめようと願ったところで、男にそれを教える気がない限り、女は疑惑の恐ろしい闇の中で七転八倒するほかなかった。

　すべては、たぶん天心の弟由三郎を除けば、他の誰にも明かされずに進行したので、二人の間に一方の死という恐ろしい運命が訪れたのちは、それぞれの手紙はひっそりとそのまま闇に沈んでしまっても、仕方がなかったのである。二人の手紙が何十年もたってからそれぞれ別個に発見されたということだけでも、劇的というほかない幸運に恵まれていた。

手紙のうち最初に人目に触れたのは天心書簡だった。その経緯については、私は拙著『岡倉天心』（朝日評伝選、一九七五年初版。のち朝日選書で増補版）の中で次のように書いたことがあるので、引用しておきたい。

「従来の天心伝では、カルカッタ、ボンベイへの天心の滞在は、単なる旅の小休止という以上にはみなされていなかった。しかし、それから四十年以上たった一九五五年、カルカッタのヴィスヴァ・ブハラティー大学の季刊機関誌に、受信人の名前は伏せて、天心からベンガルのある女流詩人にあてた十九通の恋文が一挙に掲載された。これがプリヤムヴァダ・デーヴィあての手紙だったことは言うまでもない。同大学で音楽と作曲の教授をしていたインディラ・デーヴィ女史（一八七三—一九六〇）が大切にしまってあったものが大学に寄贈され、それが公開されたのである。当然、受信人は同女史だろうと考えられた。しかしそうではなく、受信人は彼女の縁者であるプリヤムヴァダ・デーヴィ（一八七一—一九三五）であることがわかったのである」。

岡倉天心という、まさに波瀾万丈の短い生涯を生きた明治の偉大な精神は、あまたの誤解や曲解に取り巻かれながら、自分の所業について一言も自己弁明に類することはせずに死んだ。しかし、たまたまインドの大学の機関誌にさりげなく発表され、当初はごく少数の日本人がこれに注目した程度のものにすぎなかったのに、やがて岡倉天心最晩年の文学作品としても、また広く恋愛書簡文学のジャンルの中に置いても、一つの傑作と見ることができると考えられるに至ったことは、そのこと自体が劇的なことだった。岡倉天心伝を企てる人は、当然これらの書簡に流露している彼の真情を十分に理解して書かねばならなくなったし、同時に、そこに表れている東洋の思想についても、天心の業績全体と照らし合わせながら考えなければならなくなったと言っていいだろう。

私は『岡倉天心』という自著の第四章（最終章）を「宝石の声のひと」と題し、プリヤンバダあて書簡の紹介で埋めた。従来の硬直化した壮士風な天心像の修正にとって、それが必須不可欠だと信じたからである。

しかし、その時点では、相手方プリヤンバダの手紙の方は未発見であり、天心直系の遺族である岡倉古志郎氏なども、それらは永久に失われてしまったという前提で語るのみだったのである。

しかしそれらは発見された。出現して見れば、可能性ある唯一のところというしかない場所から発見された。天心の信頼する弟、英語・英文学者岡倉由三郎教授の遺品の中に、プリヤンバダの恋文は大切に保存されて、七十年近い歳月をひっそりと息づいていたのである。

これらがなんでそのような歳月ののち発見されたのかといえば、これまたある意味で劇的な事情による。

一九七〇年代後半になって、日本の読書界に一つの動きが生じた。岡倉天心への関心の高まりである。あるいは私が七五年に出した天心論もその動きの一端をになったかもしれないと思うが、この動きはついに一つの画期的な事業にまで発展した。すなわち、平凡社が企画した『岡倉天心全集』全九巻の刊行である。

天心の全集は従来何回か企てられたが、その都度中途で挫折するという、いわくつきの出版だった。それがこのたびは、一九七九年十月から始めて一九八一年七月まで、二年足らずの間に全九巻の、まさしく面目一新の豊かな内容による全集として結実したのだった。この成功にとって、鍵岡正謹、中村愿氏ら気鋭の編集者の奮闘が決定的だったことは、多少とも内情を知っている人なら誰でも知っていることだったが、編集部の働きのおかげで新たに見出され、全集の中に組み込まれた重要資料が数多かった中に、燦然と光る宝石のようにひときわ輝いていたのが、プリヤンバダ・デーヴィー・バネルジーのひとかたまりの書簡だったことは言うまでもない。それらは、他の貴重な文書とともに、強い兄弟愛のきずなで結ばれていた弟由三郎の遺族のもとで発見されたのだった。七十年近い歳月を経て、この時期に忽然とこれらの手紙が出現した背景は、以上のようなものだった。

これらが見つかったという電話を編集部から受けたある夕暮れのことを、私は今もありありと思い出す。失われたと言われていても、いや、実は岡倉家の周辺に今でも残っているのではないか、と夢のようなことを考え、時にはそう書きさえもした当の手紙が、相当な量出てきたというのだ。頭が一瞬真白になるような気がした。

編集部は、すでに私が全訳を進めていた天心書簡と一対のものとして、プリヤンバダ書簡の方も訳してくれと私に依頼した。ただし彼女の手紙は、いわば参考資料として、全集の『別巻』に収録するのだという。もちろん私に何の不都合もなかった。

しかし事はそんなに単純ではなかった。私はそのころ、朝日新聞連載『折々のうた』を始めたところで、これが思いがけないほど時間を食うものであることに気がついたところだった。この連載以外の仕事も折りかさなって押し寄せてくる。翻訳の〆切り期日は厳然として前方に控えている。

一計を案じて、私は息子の玲《あきら》を説得した。日本語を書こうと思ったら、外国語を翻訳するのが最上の練習法である、という自説を押しつけたのである。幸いにして、大学生はまだ暇がある。将来作家になろうなどとは、まだとうてい考えられなかったにせよ、彼は文章を書くことを苦にしてはいないようだったし、プリヤンバダの実に女性的屈折に満ちた手紙を眺めて見れば、これを日本語に移してみるのも面白そうだと思わないわけがなかった。かくて彼は翻訳することを承諾した。

プリヤンバダの詩については、私が全部訳すことは当然だった。したがって、手紙の本文だけを玲が訳し、それを逐一私が検討するという方式をとることにした。こうしてみると、彼が訳したプリヤンバダの手紙と、私の訳した天心の手紙とでは、訳文のトーンが実にくっきりと異なっていることがわかった。それがおのずと男女二人の手紙の色合いの違いを浮き立たせることになっていて、いわば思わざる効果もあった。

簡単に言えば、プリヤンバダの手紙は、日常ふだんに英語を書き慣れているということもあって、とりとめないお喋りから悲痛な憂いの表白まで、たえず伸びやかに、自分の感情のおもむくままに筆を走らせてゆく。他方天心の手紙は、短く簡潔で、憂愁に満ちている。その上で、両者ともに共通して、高揚した詩的霊感によって鼓舞された、緊張感ある文章を綴っている。二人の書簡をつき合わせてみれば、ここには稀れな恋愛書簡文学の達成があると言わざるを得ないような、文学的感動が感じられるのである。

プリヤンバダ書簡を全集の中の参考資料としてのみ置いておくのはもったいない、という考えがおのずと関係者の中に生じ、全集完結後まもなく、単行本『宝石の声なる人に』の刊行となったのである。単行本は安野光雅さんの装幀になる美本だったが、装幀者のこの本に対する愛情が強く伝わる本で、私自身愛着の深いものとなった。

今回のライブラリー版では、訳者名に玲の名を加え、二人の共訳ということにした。編集部が快諾してくれたことに感謝する。『全集』収載当時、彼はまだ大学生だったので、名を出すことは控えたが、十数年経た今、彼もまた文筆家として世に立つに至ったので、本来の姿に戻したわけである。

実を言えば、私たちにはその後もう一冊の共訳の仕事がある。私の友人でもあるアメリカの詩人トマス・フィッツシモンズの、陰影豊かな日本論『日本　合わせ鏡の贈りもの』（岩波書店、一九八六）がそれである。これは原作者フィッツシモンズのたっての希望もあって、玲との共訳として作った訳書だった。

この二回の経験から言えそうなことは、日本語練習のためには外国語の翻訳は最良の道のひとつだ、という私の自説を撤回する必要はないらしい、ということである。

「あとがき」としてはずいぶん妙なものになったようだが、

新版が出るのを機会に、回想にふけってしまった不謹慎を、読者よろしくお許しあれ。

一九九七年九月

大岡信

日本 合わせ鏡の贈り物

岩波書店 一九八六年 二四五頁 四六判 一八〇〇円 トマス・フィッツシモンズ著 大岡信・大岡玲訳

■訳者あとがき■

本書はアメリカの詩人・ミシガン州オークランド大学英文学部教授であるトマス・フィッツシモンズの書き下ろしの著作"Japan, Personally"(仮題)の翻訳である。原著は一部分が雑誌類に発表されているが、一冊の本として刊行されるのはこの訳書が最初である。これは通常の翻訳書としては異例の事に属するので、その間の事情についてしるしておかねばならない。

本文中に詳しく書かれているように、著者が日本をはじめて訪れたのは一九六二年のことだった。その時彼は重い病気から多少脱け出したばかりの、不安でいっぱいの旅人だった。それは自己免疫性の、癒る見込みのほとんどないと思われるまったく珍しい病気だった。それほど遠くない時期に訪れるであろう死をただ座して待つよりは、という絶望的な決意から、彼は未知の国日本にやってきたのだった。

ところが、日本に来て宿屋に泊まり、刺身を食べ、大学で英文学を教え、町々を歩きまわりしているうちに、アメリカでは絶望的だと考えられていた病気が快癒してしまった。この体験はたぶん想像以上に深い精神的・肉体的な日本への親愛感を彼のうちに植えつけたものと思われる。

以来二十年以上にわたって、彼の日本への友情は続き、数回にわたる日本滞在は、その都度一層強い親愛と理解の深化・拡張をもたらしたのだった。一年あるいは二年に及ぶ長期滞在もその中には含まれていて、東京周辺はもちろん、中部、関西、九州、山陰、北陸、東北と、広い範囲にわたってキャンピングカーその他で歩きまわり、民宿に泊まり、人跡まれな土地にまで好んで足を運ぶという旅を重ねた。元来が世界各地を旅することに情熱を傾ける国際人であるところから、日本との付き合い方も、素手で未知の土地へわけ入り、土地の人々とのまったく予測しえない出会いの中にたえず新しい活力と生きるに値する理由を見出してくるという方式である。どのような既成観念にもわずらわされることなく、自由なものの見方で日本を見、日本を生きているという点で、この著者は類例の少ない日本通の一人と呼ばれるにふさわしいアメリカ人だと言っていい。

そのような経験を重ねていながら——また本書中にもそれに

ふれて書かれているように、彼は『日本現代詩集』をはじめとするいくつかの重要な著作によって、日本の現代詩の紹介者としてまことに貴重な寄与をしてきたにもかかわらず――彼自身と日本との間に結ばれた深い精神的な関りについては、従来ほとんど口をとざして語ろうとしなかった。私は著者の友人の一人として、そのような謙虚さがこの詩人独特の「生のモラル」に基いているらしいことを感じてはいたものの、それを残念に思うこともあった。じつをいえば、彼は詩人としての実作においても、「自我」の表白を極力抑制する方向において多年その詩法を磨いてきたのである。それについては、これまた本文が詳しく語っている通りである。

しかしある日、偶然のことから、彼が長年の習慣を捨てて本書を書くことになる機会がやってきた。

本書でも語られていることだが、富山県の山深い利賀村で毎年夏開かれている国際舞台芸術研究所と劇団スコット（旧早稲田小劇場）の主催による演劇フェスティヴァル、そこに私とともに出向いたフィッツシモンズ夫妻は、同演劇祭の最初からの観客であり関係者の一人でもある岩波書店の緑川亨氏と同じ宿に泊まることになり、長時間さまざまなことについて歓談したのだった。フィッツシモンズの話は、多くの日本通の外国知識人が日本について論じる場合とはかなり違った角度からの日本論だったから、緑川氏はそれを深く印象にとどめたらしい。後日、別の席でまた歓談した折り、緑川氏はフィッツシモンズに対して、あなたは日本との出会いについて本を書いてみる気はないのか、とたずねた。もしあなたが書けるようなら出版に価いするものができるでしょうと。

利賀村以来緑川氏とはごく親しく率直に会話を交わす間柄になっていたフィッツシモンズは、この思いがけない申し出に対して、喜んで書きましょう、と答えた。その時、翻訳は大岡にやってもらう、ということが、両者ともどもの付帯条件として出されたのである。たまたま私がそこに居合わせたので、有無をいわさぬ了解事項となってしまった。

これが本書誕生にいたるいきさつである。しかし、私にとってはこれは容易ならないことだった。私がかかえている仕事の性質からして、仮に私がこの翻訳にとりかかるとしても、本がいつ陽の目を見ることになるのやら見当もつかないことになるだろう。本書が私の息子玲《あきら》との共訳になったのはそのような事情からである。フィッツシモンズは玲が彼の息子イアンと同じ年齢であることも手伝って玲に親しみをもち、よく会話を交わしていたから、そのような取決めをむしろ喜んでくれた。玲はすでに別の機会に彼の詩論を訳し、専門誌にのせたこともある。

フィッツシモンズの原作は全訳すると四百字詰原稿用紙で四百枚をだいぶ上回ることになろうというものだった。叙述全体のスタイルも、世界各地を経めぐった体験、ならびに日本各地を訪ねた旅の印象を随所に短くフラッシュバック風に散りばめる一方で、あいだあいだに、これより長い叙述による文化論、文明論、詩論、また自伝的要素をはめこみ、さらに詩作品をその間に散りばめるという凝った形式のものだった。原稿が一応出来上がった段階で、私たちは三者で話し合った。長さをもう少し縮めた方がよかろうということ、また各部分の構成も、時間がフラッシュバック的に前後に飛躍しすぎる場合には、はじめての読者が読み通す上でとまどうおそれがあるということを話し合い、別の日にフィッツシモンズと玲とで長時間にわたって日本語訳のための本文再編成作業を行った。

本書はそのような作業を経て決定された本文による日本語訳である。したがって、フィッツシモンズがアメリカで将来刊行するはずの原作とは、構成がある程度異なっており、また日本の読者にとって必ずしも必要不可欠とは思われない個所については省略もなされている。ただしそれらは原作者との協議によってそうなったものである。

叙述の中に訳者自身にかかわる部分が何個所も出てくる本を訳すということは、翻訳する立場からするとまことに異様なことである。しかし私がフィッツシモンズと共同で制作した英文連詩集“Rocking Mirror Daybreak”（邦訳『揺れる鏡の夜明け』筑摩書房、一九八二年刊）の経験は、フィッツシモンズにとっても私にとってもきわめて大きな異文化交流体験で、これを除外しては実際のところ本書のかなり重要な部分が欠落してしまうおそれのあるものだった。その意味では、本書の翻訳に私が携わることはむしろ必然といわねばならないわけだった。以上が、多少異例の訳書が誕生することになった経緯である。

著者のフィッツシモンズについてここでさらに付け加えることはさし控える。本書を読んでいただけば、彼の日本との接触がいかに深い内的必然のうながしによって行われたか、またそれを彼がどのように大切に内面化してきたか、読者には沁み入るようにわかってもらえるだろうと思う。これは内省力と観察力に富んだ、そして一風変った生い立ちと自己教育の経験を積んできた、成熟した詩人による、日本への友情と批評の書である。彼は本書の中で、「知り合い」を世界各地に持っているが、「友人」はそんなに気易く作ろうと思わないという生き方の哲学を語っているが——そしてそれはたしかに彼の生き方の重要なスタイルの一つだが——にもかかわらず、彼は真摯な友情をもって日本を考え、愛し、そして時に深く傷つけられもしている人なのである。

一九八六年春　大岡信

ファーブルの昆虫記　上

［岩波少年文庫513］　岩波書店　二〇〇〇年　三一四頁　小B6判　七二〇円

■まえがき■

ある人がわたしに、こんなことをいいました。

「子どものころ『昆虫記《こんちゅうき》』を読んだことがあるかないかで、人間を二つのグループに分類することができると思わないかい？」

ずいぶんとっぴな意見のようですが、ファーブルの『昆虫記』を知っている人なら、だれでも、この意見に賛成するのではないでしょうか。『昆虫記』を読むと、まわりの世界がいままでとはすっかりかわって見えてきます。へやのなかへブーンとまよいこんできたハチも、こわい顔をしたクモも、死がいにむらがる甲虫《こうちゅう》も、みんな「われらのなかま」になります。

『昆虫記』は、第一次大戦中に九十一歳《さい》の高齢《こうれい》でなくなったファーブルが、幼児《ようじ》からのめんみつな自然観察をもとに三十年がかりで書いた、虫の大叙事詩《だいじょじし》です。ヒツジのふんをまるめてえっさえっさ運んでいくゆかいなオオタマオシコガネの研究など、四十年もかけた観察の結果書かれたものなのです。

ファーブルはひとつの徹底《てってい》した態度をもっていました。本に書いてあるからといって、それをうのみにしてはいけない、なにごとも自分の目でたしかめるまでは信用するな。つまり、徹底した実証主義《じっしょうしゅぎ》です。こうしてかれは、昆虫の本能のおどろくべき神秘《しんぴ》なはたらき、感動的な知恵《ちえ》を、つぎつぎにつきとめていきます。この本はわたしたちにとって、わりあい身近《みぢか》なところにいる虫の話を中心にまとめたものです。

大岡信《おおおかまこと》

ファーブルの昆虫記　下

［岩波少年文庫514］　岩波書店　二〇〇〇年　三三一頁　小B6判　七二〇円

■訳者《やくしゃ》あとがき■

私がはじめて読んだファーブルの本は『昆虫記』ではありませんでした。太平洋戦争の最中《さいちゅう》、昭和十八年（一九四三年）に文明社という出版社から三巻本で出た『ファブルの自然科学』という本があって、私はその第三巻『日常の科学』という本を書店で見つけて買ったのでした。第一巻、第二巻がどういう題名だったのか、またそれらが無事《ぶじ》に出版されていたのかどうか、第三巻のどこを開いても知る手がかりはありません。しかし表紙は、粗末《そまつ》なものではあってもとにかく一応は布装《ぬのそう》の立派《りっぱ》な本でした。すでにこの種《しゅ》の本の刊行はだんだん難《むずか》しくなってきていた時代でしたし、この本そのものも、今では中身がぐずぐずに崩《くず》れてしまい、読もうとすると本の背中《せなか》がいくつかの部分に割《わ》れてしまうので、改《あらた》めて装幀《そうてい》しなおす必要があるのですが、私は今も少年時代に買ったこの本を書架《しょか》に愛蔵《あいぞう》しています。というのも、本の内容の面白さ、すばらしさもさることながら、この本はどうやら、私が生まれて初めて、自分の意志で買った本だったと思うからです。

本の最後のページには、きちょうめんな万年筆の字で、「昭和十九年四月　丗　日《さんじゅうにち》　沼津蘭契社《ぬまづらんけいしゃ》にて求《もとむ》　大岡信《おおおかまこと》」と署名《しょめい》がありました。沼津中学二年生になったばかりの時の買い物だったことがわかります。初めて四百ページもある本を買ったことがよほど嬉しかったらしく、表紙裏《うら》や奥付《おくづ》けページなど数ケ所に、べたべたと「大岡」のハンコが捺《お》してあり、ごていねいに裏表紙にも、筆で私の名前が署名してあります。

『昆虫記』のファーブルの名は、当時の私でも知っていたわけでしょうが、『昆虫記』ならざるこの本は、化学者、数学者、物理学者といった自然科学の諸部門《しょぶもん》を広く兼《か》ねそなえた人としてのファーブルの能力が、多彩《たさい》に発揮《はっき》されているたいそう面白い本で、何よりも翻訳《ほんやく》の文章がみごとでした。半世紀たった今でもそのまま少年少女の読みものとして立派《りっぱ》に通用《つうよう》しうるだけの、平易《へいい》で格調《かくちょう》高い訳文でした。翻訳者《ほんやくしゃ》は平野威馬雄《ひらのいまお》さん。たしか、グラフィック・デザイナー、イラストレーターとして有名な和田誠《わだまこと》さんの夫人《ふじん》で、テレビのお料理番組などで明るい個性《こせい》をふりまいている平野レミさんのお父上だったのではないかと思いますが、この本の訳文はまことによくこなれた日本語で、実は私自身が『昆虫記』の翻訳をするにあたって、いわばお手本のひとつと考えていたのが、この中学二年生の時に出会った本なのでした。

ではそれは、どんな内容の本だったのか。目次から一部を引いてみましょう。

炭酸《たんさん》、硫酸《りゅうさん》、硝酸《しょうさん》・炭酸ガスを吸って生きているもの――植物――・土と肥料《ひりょう》の話・地中にひそむ生命のいろいろ・根と球茎《きゅうけい》と球根《きゅうこん》の話・火とマッチの話・いろいろな金属の話・冶金《やきん》の話――熔鉱炉《ようこうろ》のこと・石炭のいろいろ・生物の化学・長寿《ちょうじゅ》の樹《き》の話・蜜蜂《みつばち》のはなし・世界のはてへ・地球とはどんなものか・空気のはなし・太陽の正体の話・雨のひみつ・紙と本と印刷のはなし・海のはなし・漁《りょう》のはなし・貝殻《かいがら》のはなし・古代の動物・犬と狂犬病《きょうけんびょう》のはなし……

このレパートリーの広さをのぞいただけでも、ファーブルという、たえず貧乏神《びんぼうがみ》について廻《まわ》られていた自然科学者が、いかに自分の身のまわりから観察の輪をひろげてゆき、はては広大な地球環境《かんきょう》全体にまで、着実《ちゃくじつ》に実験と実証《じっしょう》を積み重ねていったか、思い見ることができるのです。

私たちを新鮮《しんせん》な感動で押《お》し包《つつ》んでしまうのは、ファーブルが実に地道《じみち》な実験と解釈《かいしやく》と検証《けんしよう》をくりかえしながら、ありふれた既知《きち》の世界から出発して、あっと驚《おどろ》くような未知の世界を、ごく自然に切りひらいてゆく手続きの、手がたさと美しさです。

一例《いちれい》をあげれば、「科学的なころし屋」と『昆虫記』の中で敬意を捧《ささ》げられているツチスガリの、ゾウムシに対する攻撃《こうげき》ぶりへの、じつに辛棒《しんぼう》づよい地道な観察と、その観察の結果もたらされる、まさに数学的な謎解《なぞと》きの美しさがあげられましょう。興奮《こうふん》をおぼえずにはいられない自然界の摂理《せつり》のみごとさと、それをこのようにみごとな筋道《すじみち》で解明してくれるファーブル先生への感謝《かんしや》。ファーブルの晩年《ばんねん》、ノーベル文学賞を彼《かれ》に与《あた》えるべきだという運動が、学者や文学者たちのあいだで盛《も》りあがったという話も、決して作りばなしではありませんでした。

本書に訳したのは、ファーブルの厖大《ぼうだい》な『昆虫学の思い出《スーヴニール・アントモロジック》』(『昆虫記』の原題)の一部分にすぎません。訳者の意図としては、少年少女時代に読んだら、必ずやその面白さに夢中《むちゆう》になってしまうだろう、と思われるお話や、日本の自然界で日常的に親しく見出せる昆虫類、たとえば蟬《せみ》の生態《せいたい》などの章に重点を置いて選《えら》んだものです。

底本《ていほん》に用いたのは、ファーブルの本をはじめから忠実《ちゆうじつ》に出しつづけたパリの書店ドラグラーヴ社から、ファーブルの没後《ぼつご》(彼は一九一五年、九十一歳で亡《な》くなりました)、一九二四年―二五年に刊行された挿図《そうず》入り決定版《けつていばん》『昆虫記』です。全十巻の原書は、岩波文庫で全訳された『昆虫記』の底本にもなったと思われますが、セピア色の昆虫写真がたくさん挿入《そうにゆう》された豪華《ごうか》な革装《かわそう》の十冊本で、神田の古書店《こしよてん》で見つけて買った時の胸《むね》のどきどきは、いまでも鮮《あざ》やかに蘇《よみがえ》ります。

翻訳《ほんやく》に当たっては、今あげた岩波文庫の全訳『昆虫記』(山田吉彦・林達夫訳)二十巻をたえず参照できたことに大いに感謝いたします。ファーブルの文章は昆虫の生態を克明《こくめい》に観察し、実験をくり返しながら前進してゆくという文章なので、それをそのまま訳した場合には、決して読みやすいものにはならないことも多いのです。したがって私は、あまりにこまかい描写の部分や、ラテン語あるいはプロヴァンスの独特な表現、また他人の文章の引用など、日本の少年少女にとってはうるさすぎると思われるような個所については適宜《てきぎ》省略することもしました。昆虫の日本名についてのこまかな調べをはじめ、面倒《めんどう》な作業で妻の深瀬《ふかせ》サキに手助けしてもらったことに深く感謝《かんしや》しています。

また、今回岩波書店で新たに本書を刊行するに当たり、快く新版刊行に同意して下さった河出書房新社《かわでしよぼうしんしや》に深く感謝します。

さらに、昆虫名をこまかくチェックし、修正《しゆうせい》して下さった国立科学博物館動物研究部主任研究員小野展嗣《おのひろつぐ》さんにもあつく御《おん》礼《れい》申しあげます。

二〇〇〇年四月

大岡《おおおか》信《まこと》

サンタクロースの辞典

朝日新聞社　一九九五年　（頁なし）　16.0×16.0cm　二二〇〇円

■訳者のひとこと■

この「辞典」を見ると、日本人ならだれでも「おやおや」とびっくりすることがたくさんあると思います。サンタクロースの取り巻きに妖精たちが何人もいて、日夜忠実に行動をともにしているなんて！　日本ではサンタさんはいつも一人だと思われています。実をいえば、ヨーロッパの国々だけでも、サンタクロースをめぐるお話にはいろいろヴァリエーションがあるのです。私はそれを、チェコやオランダやスウェーデンの日本文学研究者である女性たちと一緒の時、まさにこの『サンタクロースの辞典』を話題にしていて知ったのでした。

グレゴアール・ソロタレフさん（一九五三年生）は、今フランスで人気絶頂の絵本・物語作家。祖先はロシア系だそうです。三十二歳までは医者でしたが、自分の子どもに絵をせがまれたのがきっかけで、絵本作家になってしまいました。実は画家一家の生まれだったのです。この『サンタクロースの辞典』で、一九九三年のボローニャ国際児童図書展グラフィック賞（幼年部門）に輝きました。

この「辞典」は、およそ人をくった皮肉や笑いをかかえこみながら、要所はぴたりとユーモアで押さえています。まっ赤なものが何でも大好きという風変わりなサンタさんは、意外なほどきまじめで、恥ずかしがり屋でもあります。どこにでもあらわれるけれど、どこにも実在しない、子どもにとっても大人にとっても永遠に夢の世界に生き続けているサンタクロース。

大岡信

昭和詩集（二）

［日本詩人全集34］　新潮社　一九六九年　三七六頁　小B6判　三三〇円

■あとがきに代えて■

『昭和詩集（二）』に収録されているのは、いわゆる戦後詩である。もっとも、本文を読めば明らかなように、ここに収められた詩人たちのうちかなりの人々が、戦前・戦中にすでに詩作があり、詩集を刊行してもいる。その点で、戦後詩とはいったいどの時点を起点とし、戦後詩とはどのような基本的性格を共有するものであるかについて、こまかく論じはじめればいろいろの問題が生じてくることだろう。ここでは、およそのところ常識的にみて、戦後になっての詩作活動がその詩人のもっとも本質的なものを明らかに示していると考えられる詩人たちを、戦後詩人とよぶ、というふうに理解しておけばよいと思う。

本書には四十九人の戦後詩人が収録されている。そのため、一人についてほぼ二百十行前後の行数しか与えられないことになってしまった。戦後詩の歴史はすでに二十数年を経ているが、これは新体詩発生当時からの日本のいわゆる近代詩・現代詩の全歴史のほぼ四分の一を占める。単純に数字の面からいっても、これだけの年数の間に書かれたおびただしい作品群を、一巻につめこむということには無理があるだろう。実際、本書には、私個人としては、さらに少なくとも十人前後の詩人が加わってしかるべきだったように思っている。ページ数の制約その他の事情でそれが果せなかったのは、いささか残念なことだった。戦後詩を、その質、量両面においてじっくり味読するには、少なくともこの五倍ほどのページ数が欲しいというのが、解説を書くために多くの詩集を読んでいるあいだ中、私の頭を去来した思いだった。もちろんこう書くからには、私は戦後詩の魅力を信じているのであるし、またその魅力が、私一個人が大声で叫ぼうと叫ぶまいと、読者にたしかに伝わるはずであることを信じているのである。

三好達治氏がかつて現代詩の蕪雑さを非難して、ヘボ筋に迷いこんでいるとのべたことはよく知られていよう。三好氏は戦後詩だけについていったのではなく、昭和初年代の、海外の前衛芸術思潮の影響を受けたいわゆるモダニズムの詩風、およびその流れをひいてさまざまな方法上の試みに熱中している現代詩の、反抒情的な詩風一般に対して不信の言葉を投げつけたのだと思う。夾雑物を可能なかぎり排除した純正な情緒の、端的で流麗な表現を求めつづけた三好氏の立場からすれば、現代詩、とりわけ戦後詩の、種種雑多といってもいい貪欲な表現上の試みは、まことにうとましく見えたであろう。しかし、戦後詩は、戦争のあらゆる悲惨を内的な体験としてくぐり抜けてきた世代から始まっていたし、またかれらが敗戦後の日本でいやおうなしに思い知らされたのは、詩の問題が同時に思想対立の問題であり、階級対立の問題であり、乏しい月給の問題であり、あらゆる卑俗な日常生活の問題であるということだったのである。詩は、むしろ詩でないものの中にある未知の何ものかだった。それは決して自明のものではなく、言葉を通じてさぐってゆき、自分でそれに形を与えてやらねばならないものだった。戦後詩が、はじめ取っつきにくくみえるとするなら、それはまさに、戦後詩がもっているこういう探究的な姿勢にもとづいているだろう。

　戦後詩人たちの書いた評論のたぐいには、しばしば、「全体的なもの」への渇望が語られている。これも、今のべてきたところと密接につながりのあることで、詩人たちはこの猥雑《わいざつ》な、転倒した価値や、相反する価値が平然ととなりあわせに共存しているような現代社会に音《ね》をあげながら、現代社会のすべての秩序をつきくずし、しかるのち全く新しい秩序によってこれを甦らせるために必要な、ある原点への渇望に、一様にとりつかれているといえそうである。そしてこの原点こそ、結局は「全体的なもの」にほかならないのである。政治的、イデオロギー的な立場のちがい、またもちろん資質や生活環境の大きなちがいといったものが、それぞれの詩人の具体的な作品にいちじるしい多様性を与えているものの、戦後詩人たちの、右にみたような意味での「姿勢」には、大きな共通性がみられるように思われるのだ。この点が、戦後詩とそれ以前の時代の詩との、ある顕著な相違として、読者諸氏にも感じとられるところだろうと思われる。

　ここでは、戦後詩二十数年の歴史を形成してきたさまざまの同人グループやその詩誌の盛衰消長については、くわしくはふれない。戦後詩の歴史のそれぞれの時点で、ある重要な役割をはたしたグループがあった。主なものをあげれば、昭和二十年代には、第一次戦後派ともいうべき『荒地』『列島』グループがあり、三十年代には、純粋に戦後に書きはじめた詩人たちの拠る『櫂』『氾』『漠』『今日』などから『鰐』にいたる数誌があり、それに接して、さらに若い世代の『凶区』『ドラムカン』その他がある。それらの小雑誌のほかに、『歴程』『時間』『日本未来派』『地球』『山の樹』その他、長期間にわたって続いている、多くの同人を擁する雑誌があるし、またいうまでもなく、『詩学』『ユリイカ』『現代詩手帖』『無限』『詩と批判』などのいわゆる商業詩誌が、戦後詩人たちの舞台として大きな位置を占めてきた。それらの詳細については、別に何冊もの本があるので、それらについて見ていただきたいと思う。

　私としては、本書の解説者として、各詩人に与えられた限られた行数の中で、できるだけまとまった作品群をえらび出し、それと有機的に関連する解説をつけるよう努力したつもりである。当初、私の任務は、この全集の他のほとんどの巻と同様、選ばれた詩人たちについて、総括的な解説を書くだけでよいはずであったのだが、中途で現在のような形（『明治・大正詩集』『昭和詩集（一）』と同じ）に変更になったため、それぞれの詩人の作品の選出にも、いきおいこうした事情がある程度影響しているかもしれない。しかし、それだけにまた、解説と所収詩作品との関連性は濃くなっているはずである。なお、作品の一部分には、自選作もあることを付記しておきたい。何人かの詩人から寄せられた自選作品は、おおむね私の考えと一致していた。いずれにせよ、戦後詩人集がこの一巻にまとめられたため、ある意味では、これは手ごろな戦後詩アンソロジーになっているだろうと思う。その点では、一冊に限られていたことがかえって幸いだったということもあるかもしれない。

一九六九年六月二十五日　大岡信

ことばの流星群　明治・大正・昭和の名詩集

集英社　二〇〇四年　二四七頁　四六判　一九〇〇円

■新版『ことばの流星群』・あとがき■

『ことばの流星群』は、かつて同じ版元集英社から、日本ペンクラブ編シリーズの一冊として刊行されたものを、内容には全く変更を加えずに、一冊の単行本として発刊するものです。この種のハンディな現代詩のアンソロジーが、右の文庫本（一九八四年四月第一刷、当時の題名は『愛の詩集　ことばよ花咲け』でした）の初版刊行後二十年経っても新しく出版されていないという残念な実情にかんがみて、これを単行本として刊行することには大きな意味もある、という諸方のご意見もあり、版元としてこの本の単行本化を決心し、当初からの編者である私の賛同を求めて来られたわけです。

『ことばよ花咲け』の巻末に多少長い解説を書きましたが、今度の新版『ことばの流星群』にもこの解説は掲載されていますから、私としてこれに書き加えるべき多くのことがあるわけでもないのです。それよりも、この本を初めて編んだ時からすでに二十年の歳月が経過しているという事実に、多少ショックに似たものを感じるのです。

この二十年間に、新しく芽生えてきたすぐれた詩人たちも少なからずいると思います。その新しい才能に目を向けないわけではもちろんありませんが、出版の事情が右にのべたような事情でしたため、今は新たな事情が生じ、新しいすぐれた編纂者の出現を得て、清新なアンソロジーが編まれるのを期して待つのみ、と書かざるを得ません。

本書に並んでいる人々を眺め渡すと、昭和時代から平成時代にはいって大いに活躍している若手（当時の、です）詩人たちの顔ぶれがずらりと並びます。アンソロジーの編纂にあたっては、新しい時代に入ってその編み方の真価が問われるようなことは、できるだけ避けたいものだ、と考えるのは当然ですが、今見直してみて、私の編み方には大過なかったように思われるのは、ほっとする事であります。

最近、集英社の雑誌「青春と読書」が現代詩の読者としても評論家としても、この人を措いてはなかろうと思われる適任者三浦雅士氏と私のために席を設けて、新刊『ことばの流星群』の発刊を記念する対談をさせてくださいました。その席で三浦氏がのべられた〝新発見〟の意見のかずかずは、当事者たる私さえ舌を捲くようなことがたくさんありました。ご関心のある向きは、同誌一月号をごらんになっていただきたく存じます。

巻末になりますが、本書の単行本化と改題に賛同して下さった日本ペンクラブに、感謝いたします。

二〇〇三年十一月　　大岡信

集成・昭和の詩

小学館　一九九五年　六〇五頁　四六判　二八〇〇円

■詞歌集の役割■

「詞歌集」という言葉はこのごろあまり使われず、アンソロジーといわれる場合が多いのですが、後者の語源的な意味をギリシア語アントロギアまでさかのぼれば、花を摘むという意味だと言いますから、詞華集の語はまさに言い得て妙な訳語だと思います。

詞華集とは、言葉の華を摘んで束ねたものでなければなりません。そして、歴史を顧みれば明らかですが、すぐれた詞華集が生まれた時代は、例外なく詩歌芸術の繁栄した時代であるか、またはそれの新たな繁栄をねがって一大詞華集編纂の事業が企てられた時代でありました。

日本について言えば、ほんのちょっと思い出すだけでも、『万葉集』『古今集』『梁塵秘抄』『新古今集』『玉葉集』『閑吟集』『芭蕉七部集』『松の葉』などが立ち並び、明治以後でも、俳諧文学で言えば子規派の『春夏秋冬』、紅葉一門の『俳諧新潮』、虚子の『ホトトギス雑詠選集』などは逸することができません。短歌でこれに匹敵するような詞華集が出なかったのは、また別の意味で面白いことですが、その代り、たとえば文部省編『小学唱歌』初篇から三篇までとか、讃美歌集の何種類かだとかは、近代初期の日本人にとっては、いずれも泰西の香気のする特殊な詞華集だったのです。

自由詩である近代史、現代詩の場合は、じつに時代を象徴する出来事でしたが、詞華集とはすなわち外国の詩の日本語訳による選集にほかなりませんでした。その双璧は言うまでもなく上田敏の『海潮音』（明治三十八年・一九〇五）と堀口大學の『月下の一群』（大正十四年・一九二五）でした。

昭和時代に入ってからは、いろいろな詩人や学者による近代詩の詞華集も数々編まれています。一冊本の詞華集をひとつだけあげるなら、萩原朔太郎編『昭和詩鈔』（昭和十五年・一九四〇）があります。しかし、多くの場合、明治以降の自由詩の詞華集は、対象となる詩人たちの数がますます多くなるばかりか、とくに現代の詩は、以前の近代詩にくらべ、一篇の長さが平均してかなり増大しているという問題もあって、一冊本の詞華集を編むことが非常に困難になっているのです。

もちろん、自分の好みを前面に押し出した編集の仕方をあえてするなら、これも可能なことですが、今はまだそのような詞華集を人が楽しむところまでは、一般の趣好が到達していないと私は思っています。

私自身も、従来、何種類かの現代詩詞華集を編んできました。一冊本も編んだことがあります。しかし、量的にも、また内容の多様な点でも、今度のこの『集成・昭和の詩』は特別のものであると思います。元来は「昭和文学全集・35」の『昭和詩歌集』に収録された作品が基礎になっていますが、量的制約から、私の責任において全作品を相当減らし、結果として一冊本の、愛読書として手軽に持ち運びもできる詩集に編み直したものです。その結果、詞華集としての価値はむしろ高まったとさえ思います。

昭和時代という、いずれにしても今後久しく問題になることの多いであろう時代に刊行された詩集の中から、その時代を代表する詩を可能な限り多く収載したこと、しかも一冊本詞華集としての役割を考えて編まれていることには、十分意味があったと思っています。

なお、「昭和文学全集」の他の巻に、散文作家として収録されている人々のうち、詩人として逸することのできない作家の作を、あらたにここで収録していることをつけ加えておきます。

井伏鱒二、中野重治、高見順、井上靖、富岡多恵子、吉行理恵の諸氏です。

作品選択にあたり、旧全集では作者の自選作をも参考にさせて頂いたことがあり、今度の詩集でもそれらのあるものはそのまま残っているはずです。その点も含めて、作品の再掲載を御諒承下さった全収録詩人に深く感謝いたします。

大岡信

著者
大岡信（おおおか　まこと）
1931 年、静岡県生まれ。詩人。文化勲章受章。日本芸術院会員。詩集『記憶と現在』『故郷の水へのメッセージ』（現代詩花椿賞）『世紀の変り目にしゃがみこんで』『鯨の会話体』、評論『現代詩人論』『紀貫之』（読売文学賞）『折々のうた』（菊池寛賞）『詩人・菅原道真』（芸術選奨文部大臣賞）、『うたげと孤心』『正岡子規』『岡倉天心』、講演集『日本詩歌の特質』、美術評論集『生の昂揚としての美術』他多数。

大岡信・全軌跡　あとがき集
2013 年 8 月 1 日　初版第 1 刷
著　者　大岡　信
装　丁　岩本圭司
発　行　大岡信ことば館　担当　森ひとみ
〒411－0033　静岡県三島市文教町 1－9－11
発 売　株式会社　増進会出版社
〒411－0033　静岡県三島市文教町 1－9－11
電話 055-976-9160 FAX 055-989-1360 振替 00800-1-158597

本文印刷・製本　大日本法令印刷株式会社
表紙印刷　合資会社三島印刷所
ISBN978-4-87915-843-7　C0095